Lynn Austin

SCHWESTERN DER FREIHEIT

Lynn Austin

Schwestern der Freiheit

francke

Über die Autorin:
Lynn Austin ist verheiratet, hat drei erwachsene Kinder und lebt am Lake Michigan. Ihre zahlreichen Romane sind allesamt Bestseller und mit unzähligen Preisen ausgezeichnet worden. In Deutschland gilt sie als die beliebteste christliche Romanautorin.

Bibliografische Information Der Deutschen Bibliothek
Die Deutsche Bibliothek verzeichnet diese Publikation in der Deutschen Nationalbibliografie; detaillierte bibliografische Daten sind im Internet über http://dnb.ddb.de abrufbar.

ISBN 978-3-86827-491-2

Originally published in English under the title
Fire by Night
by Bethany House Publishers
a division of Baker Publishing Group,
Grand Rapids, Michigan, 49516, USA

Deutsch von Dorothee Dziewas
Umschlagbild: © iStockphoto.com / ghornephoto
Umschlaggestaltung: Verlag der Francke-Buchhandlung GmbH / Sven Gerhardt
Satz: Verlag der Francke-Buchhandlung GmbH
Druck und Bindung: CPI books GmbH, Leck

www.francke-buch.de

Teil 1

Und der Herr zog vor ihnen her, am Tage in einer Wolkensäule, um sie den rechten Weg zu führen, und bei Nacht in einer Feuersäule, um ihnen zu leuchten …
2. Mose 13,21

Da redete Jesus abermals zu ihnen und sprach: Ich bin das Licht der Welt. Wer mir nachfolgt, der wird nicht wandeln in der Finsternis, sondern wird das Licht des Lebens haben.
Johannes 8,12

Kapitel 1

Bull Run, Virginia
21. Juli 1861

Ein gellender Schrei zerriss die Luft wie ein hauchdünnes Stück Tuch. Er jagte Julia Hoffman einen Schauer über den Rücken und ließ ihre Nackenhaare zu Berge stehen. „Was war das?“, murmelte sie.

„Die Rebellen“, sagte Onkel Joseph. „Gott helfe uns … sie greifen an!“ Er reichte sein Fernglas an Pastor Nathanael Greene weiter, der Julia in der Kutsche gegenübersaß. „Hier, Herr Pastor. Sehen Sie sich das an!“

Julia lehnte sich vor und beobachtete das Gesicht des jungen Pastors, während dieser sich das Fernglas an die Augen presste und den Blick über das Schlachtfeld in der Ferne schweifen ließ. Als Nathanael sprach, klang seine Stimme gedämpft vor Ehrfurcht oder vielleicht auch vor Angst. „Wo kommen die alle her?“

„Was ist los?“, fragte Julia. „Sagt mir doch, was los ist.“

„Die Verstärkung der Konföderierten ist eingetroffen“, sagte Onkel Joseph. „Es sieht so aus, als wären es Tausende von Soldaten. Wird unsere Verteidigungslinie halten, Herr Pastor?“

„Ich weiß es nicht.“ Nathanael wollte das Fernglas an den Kongressabgeordneten Rhodes weiterreichen, der neben ihm saß, doch der korpulente Politiker schüttelte den Kopf und rieb sich mit dem Handballen über die Augen.

„Mir ist der Schweiß in die Augen gelaufen. Das brennt höllisch. Diese vermaledeite Hitze ist einfach zu viel.“ Er hing mehr neben Nathanael auf dem Sitz, als dass er saß, und erinnerte an einen Fettkloß, der in einer Bratpfanne langsam schmilzt. Leere Champagnerflaschen klirrten zu seinen Füßen.

Julia wandte sich an ihren Onkel, der auf der staubigen Straße neben der Kutsche stand und die Hände rang. „Ich dachte, du hättest gesagt, wir gewinnen diese Schlacht“, sagte sie.

„Nun ja … so wirkte es ja zuerst auch. Aber jetzt … ich weiß nicht, wo die ganzen Rebellen herkommen."

Die Kutschpferde wurden plötzlich unruhig. Sie hoben gleichzeitig die Köpfe und starrten in die Richtung, in der die Kämpfe stattfanden. Sie hatten den ganzen Nachmittag über gelassen am Straßenrand gegrast, während Julia und die anderen die Schlacht verfolgt hatten, aber jetzt hatten die beiden Tiere schlagartig aufgehört zu fressen. Das Fell am Widerrist des großen Wallachs richtete sich auf und er wieherte leise. Es klang wie ein Schaudern.

Julia erhob sich und nahm Nathanael das Fernglas aus der Hand. Mit seiner Hilfe hatte sie eine ausgezeichnete Sicht auf die beiden Armeen, die in der Ferne kämpften, und auf das zerfallene Bauernhaus, das zwischen ihnen stand. Aber das, was sie für Steine gehalten hatte, die auf dem Feld verstreut lagen, erwies sich jetzt ganz klar als Soldaten, die gefallen waren. Tote Soldaten. Schnell wandte sie den Blick ab und richtete das Fernglas auf den Horizont. Eine massive graue Wand marschierte auf die Lichtung, mit funkelnden Bajonetten und blutroten Flaggen, die selbst durch den Dunst zu erkennen waren. Dann rutschte ihr das Fernglas aus der Hand, weil die Kutsche einen Satz machte, und Julia fiel rücklings auf ihren Sitz.

„Alles in Ordnung?", fragte Onkel Joseph sie.

„Ich glaube schon. Hier, du kannst das Fernglas zurückhaben. Was ist denn mit den Pferden los? Warum benehmen sie sich so merkwürdig?" Die Tiere waren immer unruhiger geworden und tänzelten nervös auf der Stelle, sodass die Kutsche wackelte. Der schwarze Kutscher zog die Zügel fest an, um sie im Zaum zu halten.

„Tut mir leid, Miss", sagte er. „Wahrscheinlich sind da draußen ein paar Pferde verletzt worden. Das macht die hier nervös."

Julia war in den neunzehn Jahren ihres bisherigen Lebens nur wenigen Schwarzen begegnet, und die meisten davon hatte sie nur aus der Entfernung gesehen – es waren ehemalige Sklaven gewesen, die bei den Versammlungen der Sklavereigegner gesprochen hatten, zu denen sie mit Pastor Greene gegangen war. Zu Hause, in ihrer reichen Wohngegend in Philadelphia, gab es keine Schwarzen, und so dicht wie diesem Kutscher war sie bisher noch keinem gekommen. Seine Haut war tiefschwarz. Schweißglänzend, wie sie war, erinnerte sie Julia an schwarzen Satin.

„Ja … ich kann einige gefallene Pferde sehen", sagte Onkel Joseph, der jetzt wieder durch das Fernglas spähte. „In der Nähe der Sudley Road kämpft eine Kavallerieeinheit."

Die Kutsche wackelte, als Nathanael heraussprang. Er war groß und schlank und hatte ein rötliches, mit Sommersprossen gesprenkeltes Gesicht, wie ein Schuljunge, der sich als Pfarrer verkleidet hatte. Julia kletterte ebenfalls aus der Kutsche und stellte sich neben ihn. Sie hoffte, er würde ihre Hand nehmen und ihr tröstende Worte zusprechen, aber er beachtete sie gar nicht. Also beobachtete sie die sich allmählich zuspitzenden Geschehnisse auf dem Schlachtfeld und fühlte sich ebenso beunruhigt wie die Pferde.

Sie waren nun bereits seit Mittag hier – vier Stunden – und Julia war schnell unruhig geworden. Wie der Kongressabgeordnete hasste sie die stickige Hitze von Virginia. Unter ihrer Haube war Julias goldblondes Haar den Haarnadeln entwischt und kräuselte sich feucht um ihr Gesicht. Aber nachdem sie gebettelt hatte, in dem eleganten Landauer des Abgeordneten mitfahren zu dürfen, um die Schlacht zu beobachten, hatte sie es nicht gewagt, sich zu beklagen, als es ihr beim Beobachten der Gefechte zu warm und langweilig geworden war. Sie hatte stattdessen versucht, Nathanael Greene in ein Gespräch zu verwickeln – der Geistliche war der eigentliche Grund, warum sie mit von der Partie hatte sein wollen –, aber er schien mehr daran interessiert über Politik zu diskutieren, als mit ihr zu reden.

In den vergangenen Stunden hatten sie die Krabbenküchlein und reifen Pfirsiche aus ihrem Picknickkorb gegessen. Die beiden älteren Männer hatten Champagner getrunken und zusammen mit Hunderten anderer Schaulustiger gejubelt, als die Armee der Union die Rebellen auf dem Schlachtfeld langsam zurückgedrängt hatte. „Das sollte ihnen eine Lehre sein", hatte der Abgeordnete gesagt. „Jetzt werden wir ja sehen, wie wild sie auf diesen Krieg sind."

„Ich glaube, mit dem heutigen Tag ist alles vorbei“, hatte Onkel Joseph vorhergesagt.

Aber jetzt hatte sich die Lage eindeutig gewandelt. Die Männer wirkten besorgt und gar nicht mehr zuversichtlich. Schweigend standen sie neben Julia und beobachteten das Kriegsgetümmel. Das vereinzelte Knallen oder Rattern von Gewehrfeuer schwoll zu einem ständigen Lärm an, wie ein Hagelsturm. Der Geruch von Schwefel und Schießpulver zog in einer Dunstwolke über das Feld. Julias Cousin Robert kämpfte da draußen. Onkel Joseph dachte bestimmt an seinen Sohn.

„Meinst du, wir sollten gehen, Joseph?“, fragte der Politiker von seinem Platz in der Kutsche aus. „Deine Nichte …“

„Ich habe keine Angst“, sagte Julia, obwohl sich ihre Beine merkwürdig schlaff anfühlten und sie sich an der Kutsche abstützen musste. Niemand sagte etwas, während sie eine weitere halbe Stunde zusahen, wie im Dunst immer wieder die Blitze der Gewehrsalven aufflackerten. Rufe, Schreie und das Donnern der Kanonen füllten die schwüle Luft mit Kriegslärm.

Das kribbelnde Gefühl der Angst, die Julia verspürte, war zugleich schrecklich und berauschend. Sie war eifersüchtig gewesen auf ihren Cousin Robert – inzwischen Leutnant Robert Hoffman und frisch ernannter Offizier der Militärschule in West Point –, als er sich darauf vorbereitet hatte, mit den Truppen der Union in Virginia einzumarschieren. Sie hatte um Erlaubnis gebettelt, mit ihrer Tante und ihrem Onkel nach Washington reisen zu dürfen, um ihn zu sehen, vor allem nachdem sie erfahren hatte, dass Nathanael Greene mit von der Partie sein würde. Ihr Cousin und seine Kompanie von Neunzig-Tage-Freiwilligen waren davon überzeugt gewesen, dass die Rebellion ein schnelles Ende finden würde. Keiner von ihnen hatte sich das Abenteuer entgehen lassen wollen – und Julia auch nicht.

Aber die Begeisterung verwandelte sich jetzt in Sorge, als sie mit ansehen musste, wie die Rebellen die Unionstruppen langsam zum Rückzug zwangen und sie den ganzen Weg, den sie gerade vorgestoßen waren, wieder zurückdrängten. Die Erde erbebte unter dem Donnergrollen der Kanonen.

„Das läuft nicht gut", murmelte ihr Onkel.

„Haltet die Stellung!", brüllte der Abgeordnete den Soldaten in der Ferne zu. „Lasst euch nicht von ihnen zurückdrängen!" Aber die blau berockte Front zersplitterte allmählich und brach angesichts des Ansturms der Grauen auseinander. Die Soldaten der Union zerstreuten sich, während das Schlachtfeld sich im Chaos auflöste.

„Gütiger Gott, unsere Männer treten den Rückzug an", stöhnte Onkel Joseph.

„Das ist kein geordneter Rückzug", sagte Nathanael. „Das ist eine Niederlage."

Julia klammerte sich an den Ärmel ihres Onkels. „Sie kommen hierher!"

„Bleibt stehen, zum Kuckuck! Stopp!", brüllte der Kongressabgeordnete. „Bleibt stehen und kämpft!"

Dann übertönte ein heimliches, pfeifendes Geräusch das Getöse der Gewehrsalven. Ein Brüllen wie Donner erklang ganz in der Nähe, dann noch ein zweites und ein drittes Mal.

„Sie bombardieren uns!", schrie der Abgeordnete Rhodes.

Nathanael packte Julias Arm. „Alle in die Kutsche. Schnell!" Er scheuchte sie auf ihren Sitz und half dann ihrem Onkel.

Das Gesicht des Abgeordneten war unter dem Schweiß ganz bleich geworden. „Kutscher, fahren Sie los! Beeilen Sie sich!", sagte er. Einen unendlichen Augenblick lang rührte der Fahrer sich nicht, sondern starrte mit aufgerissenen Augen geradeaus, sodass sich das Weiß seiner Augäpfel leuchtend hell von seiner schwarzen Haut abhob. „Schnell! Los!", schrie der Politiker. „Worauf warten Sie denn noch?"

Schließlich wandte sich der Kutscher um und ließ die Zügel knallen. Die Pferde, die nur darauf gewartet hatten, loslaufen zu dürfen, taten einen solchen Satz, dass Julia gegen die Rückenlehne ihres Sitzes geworfen wurde. Die Kutsche fuhr die holprige Straße hinunter in Richtung Sicherheit. Aber Dutzende anderer Kutschen, Zweisitzer und Landauer mit flüchtenden Zuschauern, verstopften bereits die Straße und ließen sie nur langsam vorwärtskommen. Julia drehte sich um, um die Kämpfe zu verfolgen, während die

Kriegsgeräusche unverkennbar näher kamen: feuernde Kanonen, Gewehrsalven und das unheimliche, beinahe unmenschliche Kriegsgeschrei der Rebellen.

Der Abgeordnete Rhodes erhob sich plötzlich, stellte sich schwankend in die Tür der Kutsche und schwenkte eine leere Champagnerflasche in die Richtung der sich zurückziehenden Soldaten. „Bleibt stehen! Zurück! Kämpft, ihr Feiglinge!" Seine Befehle verloren sich im Tumult, da immer mehr Soldaten über die Felder zum Fluss rannten, ihre Panik noch verstärkt von der irren Flucht aller anderen um sie herum.

„Bitte, Sir. Setzen Sie sich", drängte Nathanael den Kongressabgeordneten, als die Kanonenschüsse lauter wurden. „Die Granaten sind zu nah."

„Die Rebellen versuchen wahrscheinlich, die Brücke über den Bull Run zu zerstören", sagte Onkel Joseph. „Können Sie nicht schneller fahren, Kutscher?"

„Das würde ich ja gerne, Sir, aber vor uns staut sich alles. Jeder versucht über die Brücke zu kommen, genau wie wir."

Julia sah, dass eine lange Schlange aus Armeewagen die Straße vor ihnen blockierte. Sie selbst kamen nur mühsam voran und blieben nach einigen Minuten ganz stehen. Die Aufregung, die sie vorhin noch verspürt hatte, wich Angst und Schrecken, als fliehende Soldaten an ihnen vorbeitaumelten, benommen und blutend, die Lippen schwarz vom Aufreißen der Schießpulverpatronen. Schweiß und Dreck und Angst waren in ihren Gesichtern zu sehen. Ihre fortgeworfenen Rucksäcke und Matratzenrollen lagen kreuz und quer überall auf der Straße.

„Lasst uns durch!", rief jemand. „Bitte! Der Mann hier braucht Hilfe!" Zwei Soldaten eilten an der stehenden Kutsche vorüber, mit einem dritten Mann zwischen sich, dessen blutiger Fuß an seinem Bein baumelte. Schnell wandte Julia den Blick ab.

Einige Meter weiter versperrten immer noch eine Gruppe von Militärfahrzeugen und drängelnde, schiebende Menschen die Brücke. Dutzende Männer stürzten sich bei ihrem eiligen Rückzug kopfüber in den Fluss. Dann hörte Julia wieder das unheimliche pfeifende Geräusch, das den Himmel zerriss und wie Donner auf sie zurollte. Ihr schien das Herz stillzustehen. Sie würde sterben.

Die Granate schlug unweit von ihnen in den Boden ein und ihre mächtige Detonation schleuderte Julias Körper auf den Boden der Kutsche. Sie fühlte die Explosion in demselben Augenblick, in dem sie sie hörte. Ihre Nervenenden kribbelten, als Erde und Gras und zerrissener Stoff auf sie niederregneten. Alles um sie herum verschwand in einer Wolke aus Rauch und Staub.

Trotz des Klingelns in ihren Ohren hörte sie die furchtbaren Schreie und das Stöhnen der Verwundeten und die hektischen Rufe des Kutschers, der versuchte, die Pferde zu bändigen. Sie war noch am Leben.

„Alles in Ordnung?“, fragte Onkel Joseph, als er sie auf den Sitz zog. Seine Stimme klang, als wäre er unheimlich weit entfernt, obwohl er gleich neben ihr saß. Julia nickte und merkte, dass sie weinte. Ihr Mund war voller Erde, die ihre Zunge bedeckte. Der aufgewirbelte Sand brannte in ihren Augen und ihr neues blaues Kleid war ganz grau vom Staub.

„Beeilen Sie sich, Fahrer!“, flehte der Kongressabgeordnete. „Bringen Sie uns über die Brücke, bevor die ihre Artillerie nachgeladen haben!“

Julia spürte, wie die Kutsche sich ruckartig in Bewegung setzte. Durch ihren Tränenschleier und den dichten Qualm hindurch sah sie, dass die Granate der Konföderierten die Brücke nur um wenige Hundert Meter verfehlt hatte. Ein Gemenge aus blau berockten Leibern lag am Straßenrand, wo die Bombe eingeschlagen war.

„Helft mir! Bitte!“, bettelte ein Soldat. Er lag neben der Straße, beide Beine unterhalb der Knie abgerissen. Neben ihm lag ein toter Mann, der sein Gewehr noch immer umklammerte, obwohl ihm der Kopf weggeschossen worden war.

„Halten Sie an“, sagte Nathanael. „Wir müssen ein paar von diesen verletzten Männern mitnehmen.“

„Nein, nicht!“, schrie Julia, während sie verstört die Arme um ihren Körper schlang. „Nicht stehen bleiben, bitte nicht! Wir müssen hier weg!“

Nathanael starrte sie entsetzt an. „Julia! Diese Männer brauchen unsere Hilfe."

„Das ist mir egal! Ich will sie nicht in meiner Nähe haben! Fahrt weiter, bitte, fahrt weiter!"

Dann konnte sie nicht mehr an sich halten. Sie lehnte sich über den Kutschenrand und erbrach ihr Mittagessen. Julia zitterte am ganzen Körper, und als Onkel Joseph ihr ein Taschentuch reichte, nahm sie es mit einer Handbewegung, die vor Angst ganz ungelenk war. Sie hatte ihre Arme und Beine nicht mehr unter Kontrolle, so als gehörten sie jemand anderem.

„Bitte, wir müssen diesen Verletzten helfen", bat Nathanael.

„Nein! Nein!" Julia hatte entsetzliche Angst, dass noch eine Bombe explodieren würde, dass eine Granate die Brücke zerstören und sie festsitzen würden, dass die Kutsche zur Zielscheibe des Feindes würde, wenn sie Soldaten mitnähmen. Und sie konnte es nicht länger ertragen, das Blut, das rohe Fleisch und die blanken Knochen der verwundeten Soldaten zu sehen.

„Zwingen Sie sie nicht, Herr Pastor", sagte Onkel Joseph. „Sie ist sehr verschreckt. Ich bin für sie verantwortlich und ich möchte nicht, dass sie hysterisch wird."

„Helfen Sie mir … bitte!" Eine Stimme übertönte das Stöhnen und Schreien eines guten Dutzend anderer Menschen. Nathanael stand auf und sprang aus dem fahrenden Landauer, als dieser endlich die Brücke erreicht hatte.

„Wo wollen Sie hin, Herr Pastor? Kommen Sie zurück!", rief der Kongressabgeordnete.

„Wir können nicht auf Sie warten", mahnte Onkel Joseph. „Kommen Sie – steigen Sie ein, steigen Sie ein!"

„Nein, fahren Sie ohne mich weiter. Ich bleibe hier und helfe."

„Wir können Sie nicht hier zurücklassen."

„Fahren Sie", rief Nathanael. „Ich komme schon irgendwie zurück."

„Bitte bringt mich hier heraus!", flehte Julia. „Ich will nicht sterben!" Sie schlug sich die Hände vors Gesicht, als die Pferde über die Steinbrücke klapperten und sich durch den Ansturm der fliehenden Soldaten auf die andere Seite hindurchdrängten. Allmählich gewann die Kutsche an Fahrt. Sie löste sich aus der Menschenmenge und ließ die Schreie der Verletzten weit hinter sich. Erst da wagte Julia es, die Hände von den Augen zu nehmen.

„Was sollen wir wegen Pastor Greene unternehmen?", wollte der Abgeordnete Rhodes wissen. Schmutz und Schweiß schwärzten sein Taschentuch, als er sich das Gesicht abwischte. „Wir können ihn nicht hierlassen. Er ist in Gefahr."

„Es war seine Entscheidung zu bleiben", murmelte Onkel Joseph. Er wirkte blass und sehr erschüttert. Die Staubschicht auf seinem Haar und seinem Schnurrbart ließ ihn um zehn Jahre älter wirken. „Sehen Sie, ich muss an meine Nichte denken. Fahren wir zurück in die Stadt, dann können wir immer noch entscheiden, was wir mit Greene machen."

Die Fahrt zurück nach Washington schien endlos zu dauern. Obwohl die Kriegsgeräusche allmählich in der Ferne verklangen, hallten das Donnern der Artillerie und die Schreie der Verwundeten in Julias Gedanken nach. Als es bereits dämmerte, erschienen am Horizont die Kirchtürme Washingtons. Die Kutsche erreichte das Haus des Politikers und damit einen sicheren Hafen, bevor der Regen begann, den die tief hängenden Wolken schon seit einer Weile angekündigt hatten.

„Es tut mir schrecklich leid, dass du das alles mit ansehen musstest, meine Liebe", sagte Onkel Joseph, bevor eine Bedienstete Julia die Treppe zu den Schlafzimmern hinaufgeleitete. „Ich hätte nicht erlauben sollen, dass du mitkommst."

„Es war nicht deine Schuld", murmelte sie. Ihre Hände zitterten noch immer, als sie ihrer Tante die Laudanumtablette und das Glas Wasser abnahm, die diese ihr angeboten hatte.

Julia hielt die Tränen zurück, während das Mädchen ihr beim Auskleiden half und die Bettdecke zurückschlug, damit sie hineinkriechen konnte. Erst als sie in dem verdunkelten Raum allein war und der Regen über ihr aufs Dach trommelte, ließ sie ihren Tränen freien Lauf. Sie wäre vor Scham am liebsten gestorben. Schlimm genug, dass sie sich als Feigling erwiesen hatte, voller Angst geflohen war und Nathanael im Stich gelassen hatte. Aber dass sie sich geweigert hatte, den verletzten Männern zu helfen, war unverzeihlich. Schlimmer noch: Sie hatte sich vor Nathanaels Augen hoffnungslos blamiert. Wenn sie selbst sich schon so schämte, was musste er dann erst von ihr denken? Julia weinte, bis das Laudanum seine Wirkung zeigte und sie in einen albtraumerfüllten Schlaf fiel.

* * *

„Gibt es Neuigkeiten von Pastor Greene?", fragte Julia eines der Dienstmädchen, als sie am nächsten Morgen erwachte.

„Er ist vor ein paar Minuten gekommen, Miss."

Julia setzte sich im Bett auf. Die Sonne, die durch einen Spalt zwischen den Vorhängen fiel, schien bereits hoch am Himmel zu stehen. „Wie spät ist es?", fragte sie.

„Beinahe halb elf. Da hatten Sie eine schöne lange Nachtruhe, nicht wahr?" Die Fröhlichkeit des Mädchens erschien Julia unpassend. Ihr war, als müsste die ganze Welt trauern angesichts dessen, was gestern geschehen war.

„Wie kommt es, dass es schon so spät ist?", murmelte Julia. „Öffne bitte die Vorhänge."

„Nein, Mrs Rhodes hat gesagt, der Raum soll dunkel bleiben, damit Sie sich ausruhen können, nachdem Sie gestern so etwas Schreckliches durchgemacht haben. Ich habe noch nie jemanden so zittern sehen wie Sie gestern Abend. Da haben Sie einen ganz schönen Schrecken bekommen, was?"

Wieder fühlte Julia eine ungeheure Scham über ihre Feigheit in sich aufsteigen. Wenn Nathanael glaubte, sie sei nach der gestrigen Erfahrung krank, würde das die Sache nur noch schlimmer machen.

„Ich möchte, dass du die Fenster aufmachst, Bridget. Beeil dich." Heiße, schwüle Luft strömte zusammen mit dem Sonnenlicht ins Zimmer, als die Bedienstete widerstrebend die Vorhänge zur Seite zog und die Fenster öffnete. Julia kroch aus den zerwühlten Laken und stand auf. „Hilf mir beim Ankleiden."

„Aber Mrs Rhodes hat gesagt, dass Sie einen Tag im Bett bleiben sollen, Miss Julia."

„Ich bleibe nicht im Bett. Komm und hilf mir." Julia tastete nach den Korsettbändern hinter ihrem Rücken und versuchte vergeblich, sie alleine festzuziehen, während das Mädchen sich auf die Lippe biss, als sei es unsicher, wem es gehorchen sollte. „Bridget! Hilfst du mir jetzt mit diesen Bändern oder muss ich jemand anders rufen? Wo ist mein Kleid?"

„Das blaue? Wir versuchen noch immer, es sauber zu bekommen, Miss Julia. Es war beinahe ruiniert, wissen Sie, vor allem die hübsche Spitze. Ganz voller Dreck, als hätten Sie einen Ringkampf im Schmutz veranstaltet."

Julias Haut kribbelte, als sie an die Macht der Detonation dachte und die Dreckwolke, die ihr die Sicht geraubt hatte. „Dann muss ich eben mein Abendkleid tragen. Komm schon, hilf mir endlich. Beeil dich." Sie holte tief Luft, als Bridget die Korsettschnüre festzog. „Fester!" Julia wollte, dass sie so zierlich und zerbrechlich wie möglich wirkte. „Wo ist Pastor Greene im Moment?", fragte sie, nachdem sie vorsichtig ausgeatmet hatte, als die Tortur beendet war.

„Bei Mr Rhodes im Arbeitszimmer. Der Pastor sieht ganz fertig aus, so als hätte er unter einer Brücke geschlafen. Ich habe gehört, wie Mrs Rhodes die anderen angewiesen hat, ihm ein Bad einzulassen."

„Ist mein Onkel bei ihnen?"

Das Mädchen stellte sich auf einen Hocker und hob Julias Reifrock und die Unterröcke einen nach dem anderen über ihren Kopf. „Nein, Miss. Er ist zum Bahnhof gefahren, um Fahrkarten zu kaufen, damit Sie alle nach Philadelphia zurückkehren können."

„Hat er gesagt, wann wir abreisen?"

„Morgen, glaube ich."

„Weißt du, ob Pastor Greene mit uns nach Hause fährt?"

„Ich glaube nicht, Miss. Ich habe gehört, wie er darüber gesprochen hat, dass er bleiben und den verletzten Soldaten helfen will."

Julia war zum Heulen zumute. Sie hatte gehofft, auf dieser Reise endlich Nathanaels Zuneigung gewinnen zu können, da sie viel Zeit miteinander verbringen würden. Stattdessen war sie weiter von ihrem Ziel entfernt als je zuvor. Warum nur hatte sie sich gestern derart vor ihm blamieren müssen?

„Beeil dich", jammerte sie. „Ich muss mit ihm sprechen, bevor er sich zum Baden zurückzieht." Als sie endlich fertig angekleidet war, setzte Julia sich vor den Spiegel und trug ein wenig Farbe auf ihre Wangen und Lippen auf, während das Mädchen versuchte, ihre wilden Locken mit einer Bürste zu bändigen. Julia wollte nicht angemalt wirken, aber sie musste etwas tun, um ihre unnatürliche Blässe zu verbergen. Als das Mädchen ihre Haare gebürstet, gescheitelt und zurückgesteckt hatte, fand Julia ihre Frisur zu streng. Sie zog einige Locken heraus, damit sie ihr Gesicht weich umrahmten. Zufrieden mit ihrem Aussehen legte sie anschließend etwas Parfüm auf, zog ihre Schuhe an und eilte hinunter.

Die Tür zu dem mit dunklem Holz getäfelten Studierzimmer des Abgeordneten stand offen. Julia blieb draußen auf dem Gang stehen und wartete darauf, dass er sie erblickte und hereinbat. Nathanaels leidenschaftliche Stimme drang zusammen mit dem Zigarrenrauch des Politikers aus dem Zimmer.

„Aber die Rebellen sollten Ihre geringste Sorge sein, Sir", sagte er. „Die Regierung muss dringend genügend Unterkünfte für all die Verwundeten organisieren. Es gibt nicht genug Krankenhausbetten für alle und so sind die Männer gezwungen, auf der Suche nach ärztlicher Hilfe in der Stadt herumzuziehen."

„Was nützen uns Krankenhäuser, wenn unsere Stadt nahezu ohne Schutz dasteht?", sagte Rhodes. „Nichts wird die Rebellen davon abhalten, den Potomac zu überqueren und Washington anzugreifen!"

„Ich glaube nicht, dass Sie sich darum Sorgen machen müssen. Die schweren Regenfälle haben alle Straßen in Schlamm verwandelt. Glauben Sie mir – der Feind wird genug Mühe haben, überhaupt bis hierherzukommen."

„General McDowell sollte gefeuert werden, weil er so schlecht vorbereitet war. Wir haben gestern einen schrecklichen Narren aus uns gemacht. Wahrscheinlich lacht Jeff Davis uns gerade kräftig aus und – Julia! Meine Liebe! Kommen Sie herein, kommen Sie herein! Ich habe nicht erwartet, Sie heute zu sehen. Geht es Ihnen gut? Haben Sie sich erholt?"

„Mir geht es gut, danke", sagte sie und rauschte in den Raum. „Als ich hörte, dass Pastor Greene zurück ist, musste ich ihn einfach sehen und mich vergewissern, dass er gesund und munter ist." Sie wandte sich Nathanael zu und sah ihn mit einem, wie sie hoffte, liebevollen Blick an. „Wie geht es Ihnen, Herr Pastor? Ich habe die ganze Nacht für Ihre Sicherheit gebetet."

„Es geht mir gut, danke."

„Gott sei Dank! Ich möchte mich für mein schreckliches Benehmen gestern entschuldigen. Ich hatte noch nie im Leben einen solchen Schock und war einfach außer mir. Werden Sie mir jemals verzeihen können?"

„Natürlich", sagte er nach einem Augenblick. Aber an Nathanaels kalter, mürrischer Miene änderte sich nichts. Sie wartete darauf, dass ihre Entschuldigung ihn zu dem ihm eigenen jungenhaften Lächeln bewegen würde, aber das geschah nicht. Stattdessen herrschte ein hässliches Schweigen, das durch die düstere Atmosphäre des Arbeitszimmers noch verstärkt wurde. Der Raum war mit dunklen, schweren Möbeln ausgestattet und die Tapete hatte eine graubraune Farbe. Die leberfarbenen Vorhänge an den Fenstern waren beinah ganz zugezogen. Julia wollte etwas sagen, um die trostlose Stille zu durchbrechen, aber sie wusste nicht, was.

„Konnten Sie diesen armen, leidenden Männern helfen, Herr Pastor?", fragte sie schließlich.

„Einigen von ihnen."

„Du meine Güte, Sie sind sicherlich erschöpft. Wir waren es jedenfalls, als wir nach Hause kamen, nicht wahr, Herr Abgeordneter?"

Mr Rhodes nickte abwesend. Julia erinnerte sich an die große Menge Champagner, die er getrunken hatte, und daran, dass er auf der holprigen Fahrt zurück nach Washington eingeschlafen war. Sie fragte sich, wie viel er überhaupt noch vom Vortag wusste.

„Unsere Regierung war nicht im Geringsten auf so viele Opfer vorbereitet, es ist eine Schande“, sagte Nathanael und ignorierte Julia. „Sie müssen einen Bericht veröffentlichen, Herr Abgeordneter. Es gab keine Transportmöglichkeiten für die Verwundeten, zu wenig Ärzte, unzureichend ausgestattete Feldlazarette … Unsere Soldaten haben etwas Besseres verdient.“

„Ja, ich vermute, dass der Kongress noch eine Weile über diese Katastrophe debattieren wird.“ Während Rhodes damit beschäftigt war, seine Zigarre wieder anzuzünden, starrte Nathanael aus dem Fenster. Julia folgte seinem Blick und sah in der Ferne die unvollendete Kuppel des Capitols, das noch immer von Gerüsten umgeben war. Sie hatte ihre Entschuldigung vorgetragen. Jetzt schien keiner der beiden Männer sie mehr hierhaben zu wollen. Es war wohl das Höflichste zu gehen.

„Also dann …“ Sie lächelte unsicher zu dem Geistlichen hinüber, der ihr unhöflich den Rücken zugekehrt hatte. „Ich lasse die Herren weiterdiskutieren. Und ich danke Gott, dass Sie wohlbehalten wieder hier sind, Nathanael.“ Julia gebrauchte nie seinen Vornamen und sie wusste nicht, warum sie es jetzt tat. Durch seine Kälte fühlte sie sich wie ein Kind, das ausgeschimpft wurde, aber sie verließ den Raum erhobenen Hauptes und mit einer energischen Bewegung ihrer Reifröcke. Sie war gerade am ersten Treppenabsatz angekommen, als ihr wieder einfiel, dass sie am nächsten Tag heimfahren würden. Sie hatte vergessen, Nathanael zu fragen, ob auch er plante, nach Hause zu reisen.

Sie eilte zum Arbeitszimmer des Kongressabgeordneten zurück und sah, dass Mr Rhodes sich zu Nathanael ans Fenster gesellt hatte. Sie konnten Julia nicht im Türrahmen stehen sehen. Ihre Stimmen waren auf dem Gang klar und deutlich zu hören.

„Sie macht Ihnen schöne Augen, Herr Pastor.“

„Miss Hoffman, meinen Sie?“

„Ja. Ich bin vielleicht alt und grau, aber ich erkenne die Zeichen immer noch. Sie ist eine reizende junge Frau aus einer sehr guten Familie. Außerdem recht hübsch. Sie können sich glücklich schätzen, ihre Aufmerksamkeit erlangt zu haben.“

Julia lächelte über das Kompliment und trat einen Schritt zur Seite, damit sie zuhören konnte, ohne dass sie in Gefahr stand, gesehen zu werden.

„Ich glaube, Sie werden rot, junger Mann", sagte der Abgeordnete belustigt. „Habe ich einen Nerv getroffen?"

„Um ehrlich zu sein, finde ich Miss Hoffmans Zuneigungsbekundungen unangenehm. Aber ich fürchte, ich habe noch nicht die richtigen ... Worte gefunden, um ... sie zu entmutigen."

„Warum in aller Welt wollen Sie sie entmutigen? Finden Sie sie denn nicht hübsch?"

„Das kann ich wirklich nicht sagen. Wie es in der Schrift heißt, habe ich einen Bund mit meinen Augen geschlossen, kein Mädchen auf diese Weise anzusehen."

„Sie sind viel zu ernst, Herr Pastor. Man muss es doch nicht als Sünde ansehen, ein Mädchen hübsch zu finden. Wie alt sind Sie ... vierundzwanzig, fünfundzwanzig?"

„Neunundzwanzig, Sir."

„Sie sehen deutlich jünger aus. Hören Sie, wie wollen Sie denn eine Frau finden, wenn Sie nie eine ansehen? Wollen Sie denn nicht irgendwann heiraten?"

„Ich würde sehr gerne heiraten, wenn Gott es will."

„Dann denke ich wirklich, dass Sie Julia Hoffmans Zuneigung nicht ignorieren sollten. Ich würde Ihnen sogar raten, sie zu ermutigen. Abgesehen von ihrem hübschen Aussehen hat sie ein reines Herz, kommt aus einer hervorragenden Familie – und sie hat mir erzählt, dass sie sich sogar für Ihre Anti-Sklaverei-Bewegung einsetzt."

„Nun ja ... das tut sie wohl ..."

„Wo ist dann das Problem, mein Guter? Nach allem, was ihr Onkel sagt, kann sie zu Hause unter einigen geeigneten Verehrern auswählen und ihr Vater ist sehr darauf bedacht, sie gut verheiratet und versorgt zu sehen, vor allem jetzt, wo die Union in Aufruhr ist."

Nathanael seufzte so laut, dass Julia es sogar vor der Tür hören konnte. Diese Unterhaltung machte sie zunehmend nervös und sie war sich nicht sicher, ob sie Nathanaels Antwort überhaupt hören wollte.

„Um ganz ehrlich zu sein", erwiderte er schließlich, „ist Miss Hoffman ganz und gar nicht so, wie ich mir meine Ehefrau vorstelle. Ich halte sie für oberflächlich, verwöhnt und unerträglich selbstbezogen."

Julia sank gegen die Wand, als hätte man sie geschlagen. Einen Augenblick lang war sie wie betäubt vor Schock. Dann spürte sie, wie der Schmerz über seine grausamen Worte allmählich von ihr Besitz ergriff.

Offenbar hatte er auch den Kongressabgeordneten vor den Kopf gestoßen. „Mein lieber Mann!", sagte er.

„Verzeihen Sie mir, dass ich so offen bin, aber diese Einschätzung trifft auf die meisten jungen Damen mit Miss Hoffmans gesellschaftlicher Stellung zu. Sie können – oder wollen – nichts selbst tun, sei es, ihr Haar zu kämmen oder eine Tasse Tee zuzubereiten. Und bei ihrem wohltätigen Engagement geht es nur um sie selbst, es ist egoistisch motiviert und entstammt nicht echter christlicher Nächstenliebe und Barmherzigkeit. Äußerliche Schönheit hält nur selten ein ganzes Leben lang, Herr Abgeordneter, und was würde mir bleiben, wenn sie schwindet? Eine jammernde, nörgelnde Ehefrau, die sich um ihre eigenen Bedürfnisse dreht und deren einzige Leidenschaft es ist, Geld auszugeben und Gerüchte zu verbreiten? Ich brauche eine gläubige Frau, eine, die ihre Zeit damit verbringt, in der Bibel zu lesen und zu beten, die sich von ganzem Herzen für die Bedürfnisse anderer einsetzt und deren größte Leidenschaft die gleiche ist wie meine, nämlich das Evangelium zu verbreiten."

Julia hasste ihn. Am liebsten wäre sie ins Zimmer gestürmt und hätte sich für seine Beleidigungen gerächt. Aber wenn man dahinterkam, dass sie an der Tür gelauscht hatte, wäre das nur eine noch größere Schande – auch in den Augen ihres Gastgebers. Julias ganzer Körper schien zu schmerzen, als sie sich langsam von der Tür fortbewegte. Sie wollte kein einziges verletzendes Wort mehr hören, aber dennoch konnte sie nicht anders, als weiter zuzuhören.

„Meinen Sie nicht, Sie gehen mit Julia ein wenig zu streng ins Gericht?", fragte Mr Rhodes.

„Offen gestanden, nein. Das finde ich nicht. Sie haben doch

selbst gesehen, wie wenig Mitgefühl sie gestern den verwundeten Männern entgegengebracht hat."

„Ich habe eine junge Frau gesehen, die noch nie einen solch grausigen Anblick ertragen musste. Das gilt übrigens auch für mich. Das Schlachtfeld ist einfach kein Ort für eine Frau."

„Da bin ich anderer Meinung. Ich habe die Berichte über Florence Nightingale und die Arbeit gelesen, die sie und ihre Krankenschwestern im Krimkrieg geleistet haben. Die *Nightingales* haben erstaunlichen Mut bewiesen und vielen Menschen im Krieg das Leben gerettet."

„Ach ja, ich habe auch von ihnen gelesen. Außergewöhnlich. Wir könnten ein paar von diesen Damen in unserem eigenen Krieg gebrauchen."

„Selbst wenn Miss Hoffman mich zu den Versammlungen der Anti-Sklaverei-Bewegung begleitet hat, hatte sie mehr Interesse daran, zu flirten und von den anderen gesehen zu werden, als an dem, was die Redner sagten. Mir ist schon vor einiger Zeit bewusst geworden, dass sie ein Auge auf mich geworfen hat. Aber je mehr ich versucht habe, sie zu entmutigen, desto mehr hat sie sich an mich geklammert. Offenbar bin ich der Preis, den sie unbedingt erringen will, und je abweisender ich mich ihr gegenüber verhalte, desto entschlossener ist sie, mich zu erobern. Verzeihen Sie mir, wenn ich herzlos klinge, Herr Abgeordneter, aber ich bin einfach frustriert. Ich weiß nicht, wie ich sie loswerden soll."

„Soll ich mit ihrem Onkel oder ihrem Vater sprechen?"

Julia wusste, dass sie sterben würde, falls Mr Rhodes Nathanaels Worte vor ihrem Vater wiederholte. Schon bei dem Gedanken welkte sie innerlich vor Scham. Sie überlegte gerade, ob sie ins Studierzimmer stürzen und Nathanael sagen sollte, dass sie ihn ganz bestimmt nicht mehr belästigen würde, als sie seine Antwort hörte.

„Nein … Danke für das Angebot, aber ich glaube, ich muss selbst mit ihren Annäherungsversuchen fertig werden."

„Also gut. Aber seien Sie vorsichtig, Herr Pastor. Richter Hoffman hat eine Menge Macht in Philadelphia und er unterstützt Ihre Kirche sehr großzügig. Wenn Sie ihn oder seine Tochter beleidigen, kann ich Ihnen garantieren, dass Sie sich nach einer neuen Ausstellung werden umsehen müssen."

Jetzt endlich wandte Julia sich ab und eilte die Treppe hinauf, während ihr die Tränen über die Wangen liefen. Das würde sie tun – sobald sie wieder in Philadelphia war, würde sie dafür sorgen, dass Nathanael gefeuert wurde. Sie wusste, dass ihr Vater die Macht hatte, das zu veranlassen. Und er würde es gerne tun, wenn sie ihm erzählte, dass Nathanael alle Frauen beleidigt hatte, die wohltätige Arbeiten für die Kirche erledigten. Sie konnte sich nicht daran erinnern, jemals so wütend gewesen zu sein. Wie konnte er es wagen, so über sie zu reden? Sie hatte Dutzende von würdigen Verehrern gehabt, aber sie hatte nur ihn geliebt, seit drei Jahren nur ihn umworben. Nun, damit war ab sofort Schluss! Sie fühlte für Nathanael Greene nichts als Hass.

Julia weinte eine ganze Weile und tröstete sich mit der Vorstellung, dass Nathanael aus der Kirche, aus Philadelphia, aus seinem geistlichen Amt vertrieben würde. Dann kam ihr eine noch bessere Idee. Anstatt ihn in seiner schlechten Meinung von ihr zu bestätigen, würde sie ihm zuerst beweisen, dass sie nicht oberflächlich und selbstbezogen war. Und wenn ihm all das, was er gesagt hatte, so richtig leidtat, *dann* würde sie ihren Vater dazu bringen, ihn loszuwerden.

Sie presste ein Taschentuch auf ihre Augen, damit die Tränen endlich zu fließen aufhörten, und setzte sich vor ihren Spiegel, um Schadensbegrenzung zu betreiben. Julia wusste, dass sie hübsch war, selbst mit roten, geschwollenen Augen und fleckigen Wangen. Andere Männer erachteten sie als Gewinn. Warum tat Nathanael Greene das nicht?

Aber je länger sie über seine Worte nachdachte und darüber, wie sie gestern auf die flehenden, verwundeten Männer reagiert hatte, desto klarer begann Julia sich selbst zu sehen – deutlicher, als jeder Spiegel es ihr je hätte zeigen können. Sie sah ihr Bild nicht im reflektierenden Glas, sondern in den Worten des Mannes, den sie liebte; eines Mannes, der ihre Liebe nicht erwiderte, eines Mannes, der nicht ihr Gesicht, sondern ihre Seele ansah. Es gab Dinge, die sie tun konnte, um ihr Äußeres zu verschönern. Aber keine Spitze oder Seide oder Farbe der Welt konnte ihr Herz verbergen. Nathanael hatte sie „oberflächlich“ und „verwöhnt“ und „unerträglich selbstbezogen“ genannt.

Julia Hoffman blickte durch den Spiegel hindurch und wusste, dass er recht hatte.

Kapitel 2

West Virginia
September 1861

Phoebe Bigelow war so hässlich und pferdegesichtig wie eine Promenadenmischung – und das wusste sie auch. Sie war neunzehn Jahre alt und damit alt genug, um zu heiraten, aber wahrscheinlich gab es in ganz Bone Hollow keinen einzigen Mann, der bereit wäre, sie zu heiraten, außer vielleicht Rufus Shook – und die meisten Leute waren sich einig, dass er ein bisschen „komisch" im Kopf war. Erstens war sie viel zu groß, beinahe ein Meter achtzig, genau wie ihre drei älteren Brüder. Und sie war auch genauso gebaut – mit kräftigen Knochen, breiten Schultern und einem stämmigen Rumpf – und hatte drahtiges, strohblondes Haar. Da sie sich rundheraus weigerte, ihre Figur mithilfe eines Korsetts in weibliche Formen zu pressen, hatte sie nicht das geringste Weibliche an sich, außer ihrem Namen. Und aus Gründen, die Phoebe unbekannt waren, hatten ihre Brüder selbst den noch in „Ike" geändert.

Während sie die drei – Junior, Willard und Jack – dabei beobachtet hatte, wie sie sich darauf vorbereiten, in den Krieg zu ziehen, hatte sie es als das größte Unglück ihres Lebens empfunden, als Mädchen geboren worden zu sein. Sie war ebenso patriotisch wie ihre Brüder, oder etwa nicht? Sie wollte genauso sehr wie sie, dass die Rebellen und die von ihnen angestrebte Abspaltung aufgehalten wurden. Sie war zwar hier in West Virginia geboren und aufgewachsen, aber wie all die anderen Einwohner von Bone Hollow wollte sie, dass ihr Bundesstaat Teil der Vereinigten Staaten blieb und sich nicht irgendeiner verrückten Konföderation anschloss! Ihre Brüder, die genauso empfanden, hatten deshalb beschlossen, nach Cincinnati zu gehen und sich freiwillig bei der Armee der Yankees zu melden. Das Problem war, dass sie gleichzeitig beschlossen hatten, Phoebe zurückzulassen.

„Komm schon, Ike. Beeil dich da drinnen!“, schrie Willard, der vor der Tür ihres Blockhauses auf sie wartete. „Bei dem Tempo, das du an den Tag legst, ist es Nachmittag, bevor wir die Stadt erreichen.“

„Der ganze blöde Krieg wird vorbei sein, bei dem Tempo, das sie an den Tag legt“, fügte Jack hinzu, wobei er absichtlich so laut sprach, dass sie ihn hören konnte. Sie blickte sich ein letztes Mal im Haus ihrer Familie um und prägte sich jeden Zentimeter davon ein – Aschenstaub und Spinnweben inklusive. Dann setzte sie den alten Schlapphut ihres Vaters auf und warf sich den Leinensack mit ihren Habseligkeiten über die Schulter. Als sie zögernd zur Tür hinaustrat, warf Junior ihr nur einen Blick zu und sprang vom Wagen.

„Zum Kuckuck noch mal, Phoebe. Habe ich dir nicht gesagt, dass du einen Rock anziehen sollst? Du kannst nicht wie ein Mann gekleidet sein, wenn du in Mrs Haggertys Laden arbeiten und auf ihre Kinder aufpassen willst.“

„Und ich habe dir gesagt, dass ich weder auf ihren Laden noch auf ihre rotznasigen Bälger aufpassen will. Warum kann ich nicht hier auf unserem Land bleiben – wo ich hingehöre?“

„Das haben wir doch schon hundert Mal diskutiert. Die Farm ist an Jeb White verpachtet, bis wir aus dem Krieg zurückkommen. Du musst in die Stadt ziehen, wo du versorgt bist.“

„Ich brauche niemanden, der für mich sorgt. Schließlich habe ich bis jetzt auch sehr gut für mich selbst gesorgt.“

„Jebs neue Frau will dich nicht hierhaben. Du wirst dir Kost und Logis bei den Haggertys verdienen.“

Bei dem Gedanken daran, wie die mürrische Mrs Haggerty sie herumschubsen würde, wurde Phoebe ganz schlecht. Sie packte Juniors Arm, um ihn ein letztes Mal anzuflehen, seine Meinung zu ändern. „Lasst mich mit euch gehen, Junior. *Bitte!* Außer euch weiß kein Mensch, dass ich nicht euer Bruder bin. Und du weißt, dass ich doppelt so gut schießen kann wie du. Das heißt, ich kann doppelt so viele Rebellen töten wie du.“

„Du bist ein *Mädchen*, Ike.“ So, wie er es sagte, klang es, als wäre das schlimmer als eine Klapperschlange. „Mädchen kämpfen nicht im Krieg, egal, wie gut sie schießen können. Und jetzt zieh den vermaledeiten Rock an oder ich fessle dich und zieh ihn dir eigenhändig an.“ Junior war größer als sie und der größte von den Geschwistern. Er hatte schon oft auf ihr gesessen, wenn sie ihn wütend gemacht hatte, deshalb wusste sie, dass er es problemlos wieder tun könnte. Jack und Willard würden ihm nur zu bereitwillig helfen.

Sie schleppte sich die Stufen zum Haus hinauf und ging hinein, um den verhassten Rock anzuziehen. Währenddessen schimpfte sie lauthals über Mrs Garlock, diese nichtsnutzige Wichtigtuerin. Es war allein ihre Schuld, dass Phoebe überhaupt einen Rock hatte, den sie anziehen konnte. Sie hatte immer die abgelegten Hemden und Latzhosen ihrer Brüder getragen, bis die Witwe Garlock ihrem Vater gesagt hatte, es sei eine Schande für das Andenken ihrer Mutter, dass Phoebe wie ein Junge gekleidet in der Schule von Bone Hollow erschien. Die Witwe hatte Phoebe einen Kattunrock, Pumphosen aus Musselin und einen Reifrock besorgt und dazu ein abgewetztes Mieder, das Mrs Garlocks Schwester gehört hatte, die in jenem Jahr an Lungenentzündung gestorben war. Phoebes eigene Mutter war gestorben, als ihre Tochter kaum den Windeln entwachsen war, sodass ihr niemand beigebracht hatte, sich wie ein Mädchen zu betragen. Sie wünschte, ihr Vater wäre noch am Leben. Wenn er nicht krank geworden und vor einem Jahr ebenfalls gestorben wäre, hätte sie niemals von zu Hause weggehen und für Mrs Haggerty arbeiten müssen.

Phoebe blieb nichts anderes übrig, als sich umzuziehen. Sie konnte den blöden Rock kaum um ihre Taille zwängen. Und auch oben herum war sie breiter geworden, sodass das Oberteil zwischen den Knöpfen aufklaffte. Es würde Mrs Garlock und Mrs Haggerty ganz recht geschehen, wenn die Knöpfe vor Mr Haggerty, dem lüsternen alten Gockel, absprangen. Phoebe faltete ihr Hemd, ihre

Latzhose und die einteilige Herrenunterwäsche zusammen, stopfte sie in ihren Leinensack zu den anderen Sachen und sagte dem Blockhaus zum zweiten Mal Lebwohl.

„Wird aber auch Zeit“, murrte Willard, als sie durch die Tür trat. Als Jack einen anerkennenden Pfiff ausstieß, boxte sie ihn in den Arm. Er hieb zurück und sie schlug fester zu.

„Hört auf, euch zu streiten!“, befahl Junior. „Heb dir das für die Rebellen auf, Jack.“

Phoebe sprang hinten auf den Planwagen auf, als dieser sich in Bewegung setzte, und hockte sich so auf die Kante, dass ihre Beine herunterbaumelten. Wer ihre Brüder über das, was sie alles tun, und all die Dinge, die sie sehen würden, reden hörte, hätte niemals vermutet, dass keiner von ihnen je mehr als dreißig Kilometer von zu Hause fortgekommen war. Phoebe war genauso wenig gereist wie sie, aber im Unterschied zu ihr bekamen die anderen jetzt endlich die Gelegenheit, etwas von der Welt zu sehen – und sie blieb außen vor. Das machte sie so wütend, dass sie Feuer hätte spucken können. Während sie den schmalen Schotterweg in die Stadt hinunterfuhren, hoffte sie, eine Horde wildäugiger Rebellen würde aus den Wäldern gesprungen kommen und sie entführen. Das konnte kaum ein schlimmeres Schicksal sein, als in Haggertys Laden arbeiten zu müssen.

„Hey, Ike, schreibst du uns bald?“, fragte Willard. „Und erzählst uns, was zu Hause so los ist?“

„Nur, wenn ihr zuerst schreibt“, erwiderte sie mürrisch.

„Du weißt doch, dass Schreiben nicht so mein Ding ist. Und meine Rechtschreibung ist unmöglich.“

„Dann rechne nicht damit, dass du etwas von mir hörst.“

„Warum bist du so streitlustig?“, wollte Jack wissen.

„Du wärst auch streitlustig, wenn du Reifröcke und ein Kleid tragen und für Mrs Haggerty arbeiten müsstest. Du weißt, dass sie die boshafteste Frau in der ganzen Stadt ist. Wie würde es dir gefallen, bei ihr zu wohnen?“

„Du vergisst wohl, dass sie dich jede Woche bezahlt“, sagte Junior. „Und dir noch dazu die Unterkunft zur Verfügung stellt und

Essen gibt. Spar das Geld, dann bist du reich, wenn der Krieg vorbei ist."

„Ha! Warum schlüpfst du dann nicht in einen Rock und arbeitest für sie und ich ziehe an deiner Stelle in den Krieg?"

Das Schlimmste war für Phoebe, dass sie in der Stadt würde wohnen müssen. Sie hasste die Stadt und arbeitete viel lieber den ganzen Tag an der Seite ihrer Brüder auf dem Feld oder streifte durch die Täler und Hügel, die die Farm umgaben, wo sie Kaninchen und Eichhörnchen fürs Essen schießen konnte. Junior würde den Wagen und das Pferdegespann Jeb White leihen und sobald Jeb und seine Braut damit die Stadt verließen, würde Phoebe festsitzen.

Der Wagen versank an einigen Stellen bis zur Radachse im Schlamm, aber da alle Brüder anschoben, blieben sie nie lange stecken. Sie kamen kurz nach Mittag in der Stadt an und hielten in einer engen, verdreckten Gasse hinter der Gemischtwarenhandlung an. Sie hätten Phoebe genauso gut ins Gefängnis bringen können – das konnte sich auch nicht groß anders anfühlen. Das baufällige Gebäude sah aus, als wäre es aus überzähligen Holzkisten zusammengezimmert worden – und so war es wahrscheinlich auch. Die Haggertys wohnten im zweiten Stock über dem Laden; Phoebe hatten sie ein Bett auf dem Dachboden zugesagt. Jetzt im Sommer war es dort sicherlich unerträglich heiß und im Winter würde sie sich wahrscheinlich Frostbeulen holen.

„Benimm dich besser bei Mrs Haggerty", warnte Junior, „und tu, was sie sagt. Ihr gegenüber kannst du keine frechen Widerworte geben, so wie du es zu Hause immer getan hast, sonst versetzt sie dir eine Ohrfeige."

Phoebe blieb auf dem Wagen sitzen. Ihr war so schlecht, dass sie sich weder bewegen noch etwas sagen konnte.

„Also, worauf wartest du?", fragte Willard. „Steig aus! Wir haben nicht den ganzen Tag Zeit." Er drückte von hinten, bis sie von der Rampe des Wagens rutschte. Als ihre Füße den Boden berührten, fühlten sich ihre Knie so weich an, dass sie sich am Wagen festhalten musste, um nicht hinzufallen.

„Mach's gut, Ike", rief Junior. „Wir sehen uns nach dem Krieg." Er wollte die Pferde gerade antraben lassen und losfahren, als die Hintertür der Haggertys aufflog und eine Horde Kinder herausgestürmt kam, die den Wagen umschwärmte wie Fliegen eine Leiche.

„Wie viele Kinder haben sie eigentlich?", murmelte Willard.

Die Kinder waren in ständiger Bewegung – rempelten einander an, boxten sich, rauften miteinander –, sodass Phoebe keine Chance hatte, sie zu zählen. Das älteste Mädchen, das wie neun oder zehn aussah, war die Einzige, die stillstand. Sie stellte sich vor Phoebe und hielt ihr ein schreiendes Baby hin, als erwarte sie, dass Phoebe es ihr abnahm. Phoebe hob den Sack mit ihren Habseligkeiten auf, den einer ihrer Brüder vom Wagen geworfen hatte, und drückte ihn wie zur Verteidigung an ihre Brust.

„Hey! Aus dem Weg jetzt", schrie Junior, „oder ich fahre euch über den Haufen!" Der Wagen begann sich langsam in Bewegung zu setzen und die Kinderflut teilte sich wie das Wasser des Roten Meeres.

„Hey, Ike", rief Jack, „solltest du am Sonntag in einer Kirche sitzen, kannst du ja mal ein Gebet für uns sprechen, ja?"

Phoebe war zu benommen, um etwas zu erwidern. Sie starrte dem fahrenden Wagen nach, bis er um die Ecke gebogen und nicht mehr zu sehen war. Das hier konnte doch einfach nicht wahr sein. Ihre Brüder hätten sie fesseln, in einen Sack stecken und wie einen Wurf Kätzchen in den Bone Creek werfen sollen, wenn sie sie nicht wollten – das wäre gütiger gewesen als das hier.

Als der Staub sich legte, erfasste der Strom wirbelnder Kinder Phoebe und schob sie durch den Hintereingang in den Anbau, der als Küche diente. Beinahe hätte sie mit den Haaren die Deckenbalken gestreift, an denen Büschel getrockneter Kräuter hingen. Es dauerte eine ganze Weile, bis ihre Augen sich an das schummrige Licht gewöhnt hatten, das durch die dreckigen Fenster fiel. Die Luft war so fettig, dass Phoebe das Gefühl hatte, sie hätte eine Handvoll davon nehmen und damit eine Wagenachse schmieren können.

„Wird aber auch Zeit, dass du kommst", sagte Mrs Haggerty

zur Begrüßung. Sie stand am Tisch, die Hände in einer Schüssel mit grauem Spülwasser, und schrubbte eine Bratpfanne. „Sie haben mir gesagt, du wärst vor dem Mittagessen hier – damit du mir helfen kannst, diese Brut zu füttern. Jetzt ist das Essen vorbei und das Geschirr gespült und du tauchst auf. Warum hat das so lange gedauert?"

„Tut mir leid, Ma'am. Wir –"

Mrs Haggerty wartete ihre Erklärung nicht ab. Sie ergriff die Spülschüssel mit beiden Händen, stieß mit dem Fuß die Tür auf und schleuderte das Schmutzwasser auf die Straße hinaus, ohne zu gucken, wo es landete. Phoebe überlegte sich, dass es wohl besser war, nach den Mahlzeiten nicht vor der Hintertür herumzustehen.

„Mittags ist es im Laden immer am hektischsten", sagte Mrs Haggerty, als die Tür wieder zufiel. „Deshalb brauche ich dich. Meine Güte, du bist aber wirklich ein großes Mädchen, was? Ein Kreuz wie ein Scheunentor. Kein Wunder, dass du nicht verheiratet bist. Wie alt bist du?"

„Neunzehn, Ma'am."

„Keine Ahnung, wo du deine Kleider her hast, aber sie platzen aus allen Nähten. Na, macht nichts, du kannst dir abends neue Kleidung nähen, wenn die Kinder im Bett sind und du deine Hausarbeiten erledigt hast. Ich ziehe dir Stoff und Garn vom Lohn ab."

„O nein, Ma'am. Diese Kleider sind in Ordnung", sagte Phoebe, die bereits kommen sah, dass sich ihr spärlicher Lohn in Rauch auflöste – und das für ein verhasstes Kleid. „Ich brauche kein –"

„Du kümmerst dich jetzt um die Kinder, damit ich wieder an die Arbeit gehen kann. Der Laden schließt um halb sieben und dann wollen Mr Haggerty und ich unser Abendessen. Dein Bruder sagte, du kannst kochen." Sie legte die dreckige Küchenschürze ab, während sie sprach, und zog stattdessen eine etwas sauberere Ladenschürze über. Bevor Phoebe die Chance hatte zu fragen, was sie denn kochen sollte, verschwand Mrs Haggerty durch die Tür, die in den Laden führte.

„Hier, halt ihn." Das älteste Mädchen hatte sich wieder vor Phoebe aufgebaut, allerdings hielt es das sich windende Baby diesmal an den Armen hoch, bereit, es auf den Boden fallen zu lassen, wenn Phoebe es nicht auffing. „Er stinkt", sagte das Mädchen. „Wickel ihn." Ihre Stimme war genauso rechthaberisch und bestimmt wie die ihrer Mutter.

Ein Geruch, der an verfaulenden Kohl erinnert, stieg Phoebe in die Nase. Ihr blieb nichts anderes übrig, als ihre Tasche abzustellen und das Baby zu packen, bevor es mit einem *Platsch* auf den Boden fiel. Mrs Haggerty würde ihr bestimmt auch die Kosten für eine Schädeloperation vom Lohn abziehen.

Phoebes Leinensack hatte kaum den Boden berührt, als sich auch schon ein Dutzend Haggertys darauf stürzten wie Fische auf Brotkrümel. „Wenn ihr die Tasche anfasst, ziehe ich jedem Einzelnen von euch das Fell über die Ohren", sagte Phoebe. Die quirligen Leiber erstarrten einen Augenblick lang. Ihre schmutzigen Gesichter waren ihr zugewandt, als wollten sie einschätzen, wie gemein Phoebe wirklich war. Sie funkelte sie mit einem Blick an, von dem sie sich sicher war, dass er sogar ein Nest voller Klapperschlangen verscheuchen würde. Als sie etwas Warmes, Feuchtes aus der Windel des Babys über ihren Arm rinnen fühlte, war ihr erst recht streitlustig zumute.

„Du bist hässlich", sagte einer der älteren Jungen.

„Ach ja? Ich schlage vor, ihr verschwindet besser, bevor ich bis drei zählen kann, sonst sorge ich nämlich dafür, dass eure erbärmlichen kleinen Gesichter noch hässlicher aussehen als meins. Eins ... zwei ..." Die Tür fiel hinter dem letzten von ihnen zu, bevor sie die drei erreicht hatte.

In dieser Nacht stellte sich heraus, dass Phoebes Dachkammer noch heißer war, als sie befürchtet hatte. Außerdem gab es dort Fledermäuse. Sie hatte sie aus dem Fenster fliegen sehen, als sie in der Dämmerung auf der anderen Straßenseite gestanden hatte, um die ganzen Haggertys nach Hause zu treiben. Dreizehn Stück hatte sie gezählt – was ihr wie ein schlechtes Omen erschienen war. Die Haggertys hatte Phoebe noch immer nicht alle gezählt. Jedes Mal, wenn sie dachte, sie hätte alle beisammen, verschwanden einer oder zwei von ihnen und drei oder vier neue kamen von irgendwoher herbeispaziert und dann musste sie mit dem Zählen wieder von vorne anfangen. Sie hatte versucht, einem der Jungen das Blut von der Nase zu wischen, nachdem ihm jemand einen Fausthieb versetzt hatte, und er hatte sich losgerissen und gesagt: „Ich bin kein Haggerty! Lass mich in Ruhe!“ Das hatte ihre Statistik völlig durcheinandergebracht. Keine Ahnung, wie viele sie schon gezählt hatte, die gar keine Haggertys waren.

Sie fragte sich, ob Mr und Mrs Haggerty selbst überhaupt wussten, wie viele es gab, weil sich außer den beiden niemand zum Essen an den Tisch setzte. Und wie konnte man den Überblick behalten, wenn alle Bubba oder Sissy hießen?

Seit ihr Bruder Willard sie vom Wagen geschubst hatte, war Phoebe von nichts als Kindern, Chaos und Hausarbeit umgeben gewesen. Das Schlimmste war, dass sie keine Minute für sich gehabt hatte, von dem Zeitpunkt ihrer Ankunft an, bis zu dem Augenblick, als sie die Leiter zu ihrem stickigen Dachboden hinaufgeklettert war – und jetzt war sie zu müde, um die Tatsache, dass sie allein war, genießen zu können. Als Phoebe sich auf die kratzige Maisstrohmatratze legte, fühlte sie sich so elend, dass sie sich an einem der dünnen Dachsparren über ihrem Kopf hätte erhängen können. Nicht nur, dass das Bett zu kurz war und ihre Füße über das Fußende hingen, sie war zudem nach fünf Minuten bereits nass geschwitzt, obwohl sie nur ihr Unterhemd und die Pumphose trug. Sie hätte einen ganzen Becher voll Flüssigkeit aus ihren Haaren wringen können.

„Hier halte ich es auf keinen Fall aus“, murmelte sie vor sich hin.

Als der Krieg im letzten April begonnen hatte, hatten alle gesagt, er würde keine neunzig Tage dauern. Jetzt waren sechs Monate vergangen und die Rebellen machten keine Anstalten aufzugeben. Sie waren sogar dreister als je zuvor, seit sie die Schlacht am Bull Run gewonnen hatten. Wer wusste schon, wie lange die Kämpfe noch andauern würden und wie lange sie dazu verurteilt wäre, die Hölle der Haggertys zu ertragen?

Irgendwo in einem Zimmer unter ihr begann das Baby zu weinen. Das war der letzte Tropfen, der das Fass zum Überlaufen brachte.

Lieber bekam sie eine Rebellenkugel zwischen die Augen, als von diesen vermaledeiten Haggertys zu Tode geknechtet zu werden.

Phoebe stand auf, wobei sie darauf achtete, sich den Kopf nicht an den Dachsparren zu stoßen, und kramte in ihrer Tasche nach ihrer geliebten Latzhose und dem Hemd. Sie riss einen langen, breiten Streifen Musselin von ihrer langen Unterhose ab und band ihn sich um den Busen, damit er flacher aussah. Dann zog sie ihre einteilige Herrenunterwäsche an. Während sie sich umzog, musste sie zugeben, dass die Unterwäsche der Damen sehr viel luftiger war als die der Männer, aber das war auch schon alles, was für Frauenkleider sprach. Als sie fertig war, legte sie Bluse, Reifrock, Rock und Mieder ordentlich aufs Bett, sodass es aussah, als hätte sie sich einfach in der Luft aufgelöst und ihre Kleider zurückgelassen. Anschließend kletterte sie die Leiter hinunter, Schuhe und Leinensack in der Hand, und schlich über die Treppe in die Küche.

Auf dem Kaminsims fand sie ein Nähkästchen, aus dem sie eine Schere herausnahm. Dann packte Phoebe ihr Haar büschelweise und schnitt es ab, ohne zu zögern oder in einen Spiegel zu schauen. Ganze Hände voll warf sie ins Feuer. Die Glut sprühte Funken und zischte, als ihr feuchtes Haar darauf landete, aber Phoebe fachte sie an, bis die Haare schließlich brannten. Von dem Geruch wurde ihr beinahe so schlecht wie von dem der schmutzigen Babywindel.

Sie nahm sich den Rest Brot, der vom Abendessen übrig geblieben war, und eine kalte Ofenkartoffel aus der Kammer. Das war das Mindeste, was man ihr nach einem Tag Arbeit schuldete. Dann trat Phoebe Bigelow durch die Hintertür hinaus in die Freiheit und verschwand in der Nacht.

Kapitel 3

Philadelphia
Oktober 1861

„Julia Anne Hoffman! Was ist nur mit dir los?“ Julias Mutter stand in der Tür zu ihrem Schlafzimmer, die in Glacéhandschuhen steckenden Hände in die Hüften gestemmt.

„Geht ohne mich“, murmelte Julia. „Mir ist nicht danach.“ Sie starrte auf die Platte ihres Waschtischs, um sich das Spiegelbild ihrer Mutter nicht ansehen zu müssen – und ihr eigenes.

„Warum nicht? Und versuch nicht mir einzureden, es sei wieder ‚die Zeit im Monat‘. Diese Ausrede hast du letzte Woche schon gebraucht, genau wie die Woche davor, wenn ich mich recht entsinne.“

Julia antwortete nicht. Ihr Schweigen schien ihre Mutter noch wütender zu machen. Mrs Hoffman stürmte so rasant ins Zimmer, dass ihre Reifröcke wie eine Jolle hin und her schaukelten, und mit jedem Wort kam ihr Südstaaten-Akzent mehr zum Vorschein.

„Sieh dich doch nur an! Du bist ja nicht einmal frisiert. Inga!“, herrschte sie Julias Mädchen an. „Steh hier nicht wie ein Tölpel herum! Wir sind zum Nachmittagstee bei den Blairs eingeladen und wir sind schon spät dran.“

„Entschuldigen Sie, Ma'am … Miss Julia lässt mich ihre Haare nicht kämmen.“

„Julia, ich will, dass du auf der Stelle mit dieser albernen Marotte aufhörst, deine Haare selbst kämmen zu wollen. Hast du mich verstanden?“ Sie griff mit einer ärgerlichen Handbewegung nach der Bürste und drückte sie Inga in die Hand. Das Mädchen begann so vorsichtig Julias Haar zu bürsten, als befürchte sie, es könnte büschelweise ausfallen.

Mrs Hoffman stemmte die Hände wieder in ihre Hüften und baute sich neben der Frisierkommode auf. „Du bläst jetzt seit beinahe drei Monaten Trübsal – seit du aus Washington zurück bist. Ich habe versucht, Geduld mit dir zu haben, weil du auf dem Schlachtfeld einen solchen Schrecken bekommen hast, aber ehrlich gesagt bin ich mit meiner Geduld am Ende. Ich bin ausgesprochen verärgert. Dein Benehmen ist ganz und gar unhöflich – du lehnst Esseneinladungen von wohlerzogenen Herren ab und ignorierst deine gesellschaftlichen Verpflichtungen. Und erst diese beleidigende Bemerkung, mit der du Mrs Reed vor den Kopf gestoßen hast. Ihr vorzuwerfen, dass sie ihren Tee nicht selbst zubereitet! Also wirklich, Julia. Ich bin vor Scham fast im Erdboden versunken."

„Aber sie macht den Tee doch wirklich nicht selbst, Mutter. Genauso wenig wie ich – oder du."

„Natürlich nicht. Und warum sollten wir auch? Dafür gibt es doch Dienstboten. Jetzt beeil dich bitte, Inga."

„Ja, Ma'am … Noch eine Haarnadel, Ma'am."

Julia berührte das hochgesteckte Haar an ihrem Hinterkopf und kämpfte gegen die Tränen an, als sie an Pastor Greenes vernichtende Worte dachte. *Sie können – oder wollen – nichts selbst tun, sei es, ihr Haar zu kämmen oder eine Tasse Tee zuzubereiten.*

„Inga hat die Frisur viel zu locker gesteckt", sagte Julia. „So hält sie keine halbe Stunde."

„Daran bist du selbst schuld", erwiderte ihre Mutter. „Wir brechen jetzt auf. Nein, leg die Bürste fort, Inga. Wir können nichts mehr daran ändern. Hol Julias Umhang. Und ihre Schuhe. Sie hat noch nicht einmal ihre Schuhe an. Wo ist ihre Haube?"

Das Mädchen lief aufgescheucht hin und her, als könne sie sich nicht entscheiden, was sie als Erstes tun sollte. „Ich kann meine Schuhe selbst holen", sagte Julia und stand auf, um das Zimmer zu durchqueren.

„Ich weiß nicht, was ich mit dir machen soll", sagte ihre Mutter seufzend. „Dein Vater meint, wir sollten einen Arzt konsultieren."

„Ich brauche keinen Arzt", sagte Julia, während sie sich bückte, um ihre Schuhe anzuziehen.

„Warum verhältst du dich dann so?“

„Weil ich das alles leid bin, Mutter. Meine Leben ist langweilig und sinnlos. Wir machen Besuche und dann besuchen dieselben Leute uns. Das ist absurd. Abends gehen wir zu endlosen Esseneinladungen, Theatervorstellungen und langweiligen Vorträgen, bei denen jeder einschläft. Ja, wir tun etwas für wohltätige Zwecke, aber du weißt genauso gut wie ich, dass ein Großteil dieser wohltätigen Arbeit eigentlich dem Zweck dient, den guten Namen der Hoffmans hochzuhalten und gesehen zu werden und die richtige Sache zu unterstützen. Es geht gar nicht darum, anderen zu helfen.“

„Ich weiß nichts dergleichen.“

„Hier ist Ihr Umhang, Miss Julia.“ Das Mädchen kam zögernd näher, wie ein Kind, das sich einem bellenden Hund nähert. „Soll ich Ihnen helfen, ihn anzulegen?“

„Das kann ich selbst, danke.“

„*Du* bist absurd!“, sagte ihre Mutter verstimmt. „Gleich morgen früh hole ich den Arzt.“

Julia folgte ihrer Mutter die Treppe hinunter und nach draußen zu der wartenden Kutsche. Es war kühl für Ende Oktober und ihre Mutter schloss das Fenster auf ihrer Seite der Kutsche gegen den kalten Wind. Julia öffnete ihres ganz und blickte auf die beinahe kahlen Bäume hinaus, die sich über die Allee wölbten. Braune und goldene Blätter lagen auf dem Kopfsteinpflaster verstreut, und gegen ihren Willen musste Julia an die blau gekleideten Leichen denken, die wie Steine am Straßenrand gelegen hatten. Sie erinnerte sich an den Soldaten, der von seinen Freunden getragen worden war und dessen Fuß wie ein vertrocknetes Blatt heruntergehangen hatte, so als könnte der Wind ihn jeden Augenblick fortwehen. Ihr Leben fühlte sich ebenso wertlos an wie diese sterbenden Blätter auf der Straße. War das der Sinn des Ganzen? War es ihre einzige Aufgabe, eine Zeit lang schön auszusehen, nur um dann zu sterben?

„Das ist jetzt genug frische Luft, Julia“, sagte ihre Mutter. „Schließ das Fenster, damit du dich nicht erkältest.“

Julia beachtete sie gar nicht, sondern ließ den Wind über ihr Gesicht streifen, als die Kutsche schneller wurde. Sie fühlte die aufgestaute Energie, die wie Fieber in ihr brannte, und eine Unruhe bei dem Gedanken, den ganzen Nachmittag brav im Salon der Blairs sitzen und den Tee trinken zu müssen, den ihre Dienstmädchen zubereitet hatten. Der Drang, aus der Kutsche zu springen und fortzulaufen, ihrem „anständigen" Leben zu entfliehen, war auf einmal so stark, dass sie ihre Beine übereinanderschlagen musste, damit sie es nicht tatsächlich tat. Unbewusst begann sie gegen den gegenüberliegenden Sitz zu treten.

„Hör auf damit", sagte ihre Mutter und legte eine Hand auf Julias Knie. „Du ruinierst deine Schuhe. Und du weiß auch, dass du die Beine nicht übereinanderschlagen sollst wie ein Mann, geschweige denn mit dem Fuß herumzappeln."

„Ich wünschte, ich *wäre* ein Mann."

„Julia! Sag so etwas nicht in der Öffentlichkeit." Mrs Hoffmans Stimme war kaum mehr als ein Flüstern.

„Wir sind nicht in der Öffentlichkeit, sondern in einer Kutsche", sagte Julia laut. „Wer soll mich denn hören? Der Kutscher?"

„Ja", erwiderte ihre Mutter immer noch im Flüsterton. „Unsere Dienstboten sprechen mit den Dienstboten anderer Leute, ist dir das nicht bewusst? So entstehen Gerüchte."

„Natürlich sind die Bediensteten schuld", sagte Julia bissig. „Anständige Leute wie wir tratschen natürlich nie."

„Schhh! Es ist schlimm genug, dass Inga und die anderen Mädchen glauben, du hättest den Verstand verloren. Willst du, dass unser Kutscher denselben Eindruck bekommt?"

Julia streckte den Kopf zum Fenster hinaus und rief so laut sie konnte: „Es ist mir egal!" Als sie den Kopf wieder zurückzog, gab ihre Mutter ihr eine Ohrfeige.

„So! Wenn du dich wie ein verwöhntes Kind aufführst, behandle ich dich auch so."

Julia starrte ihre Mutter entsetzt an und sank dann an ihre Schulter und weinte. „Das hat er auch gesagt, Mutter. Er sagte, ich sei verwöhnt … und … und selbstsüchtig."

„Wer hat das gesagt?“

„Aber er hat recht. Das bin ich. Und ich weiß nicht, was ich dagegen machen soll. Ich will, dass mein Leben einen Sinn hat. Ich will nicht alt werden und sterben, ohne etwas geleistet zu haben.“

„Hör mir zu.“ Julias Mutter packte sie an den Schultern und richtete sie auf, damit sie einander ansehen konnten. „Was du brauchst, ist ein Mann und –“

„Nein, das nützt auch nichts!“ Am liebsten hätte sie geheult wie ein Kind.

„O doch, das tut es. Es ist an der Zeit, dass du erwachsen wirst, Julia. Dein Vater hat recht; wir haben dich viel zu lange verhätschelt. Du willst, dass dein Leben einen Sinn hat? Gut. Dafür ist die Ehe da. Was du brauchst, ist ein Mann, für den du sorgen, und Kinder, die du erziehen kannst, und einen Haushalt, den du führen musst. Eine größere Aufgabe gibt es im Leben einer Frau nicht.“

Vor der Schlacht am Bull Run hätte Julia ihr zugestimmt. Sie hatte all ihre Energie darauf gerichtet, hübsch auszusehen, um Nathanael Greene für sich zu gewinnen, weil sie glaubte, ihr Leben wäre vollkommen, wenn sie ihn nur heiratete. Aber das Gespräch, dessen heimliche Zeugin sie geworden war, hatte ihr bewusst gemacht, wie oberflächlich ihr Leben war – und jetzt wünschte sie sich mehr als das. *„Ich brauche eine gläubige Frau“*, hatte Nathanael gesagt, *„eine, die sich von ganzem Herzen für die Bedürfnisse anderer einsetzt und deren größte Leidenschaft die gleiche ist wie meine, nämlich das Evangelium zu verbreiten.“*

„Also, ich weiß zufällig, dass Mrs Blairs Sohn Haywood sich sehr für dich interessiert“, fuhr Mrs Hoffman fort. „Und Ralph Woolsey und David Jennison und Arthur Hoyt ebenso. Aber du hast sie alle abblitzen lassen.“

„Mit David Jennison war ich im August bei einem Gemeindeausflug und er hat mich zu Tode gelangweilt“, sagte Julia. Aber sie wusste, dass sie nur wegen Nathanael mit ihm ausgegangen war. Er war damals gerade aus Washington zurückgekehrt und sie hatte ihn eifersüchtig machen wollen. Aber warum hatte sie ihn eifersüchtig machen wollen, wenn sie ihn so sehr hasste? Sie war noch nie in ihrem Leben so verwirrt gewesen.

„Du hast weder David Jennison noch irgendeinem anderen eine echte Chance gegeben. Ich bin nicht blind, Julia. Ich weiß, dass du schon seit Längerem in Pastor Greene verliebt bist. Ich weiß nicht, was in Washington zwischen euch beiden vorgefallen ist, aber –“

„Der Krieg ist vorgefallen“, murmelte Julia. *Und er hat mir das Herz gebrochen.*

„Natürlich ... Also, ich bin jedenfalls froh, dass diese Phase der Vernarrtheit in ihn vorüber ist. Ich wollte nichts sagen, weil ich befürchtete, du würdest aus lauter Trotz darauf beharren, aber er hat wirklich nicht unser gesellschaftliches Niveau. Seine Familie besteht aus lauter Predigern – alles unbedeutende Personen – und er verdient kaum genug, um dich mit Ballkleidern auszustatten. Und dann all seine radikalen Ansichten. Er hat dir und deiner armen Cousine Caroline damit völlig den Kopf verdreht. Es geht einfach nicht an, dass eine Hoffman einen Fanatiker heiratet.“

Zum ersten Mal seit Monaten dachte Julia an ihre Cousine Caroline in Richmond. Seit der Krieg begonnen hatte, kamen keine Briefe mehr von ihr, aber vorher hatte in jeder Zeile, die Caroline geschrieben hatte, ihre Liebe zu Charles St. John mitgeklungen. Julia war sich sicher, dass Carolines Briefe in der Dunkelheit geleuchtet hätten, wenn sie das Licht gelöscht hätte. Julia hatte früher einmal dieselbe atemlose, leuchtende Freude verspürt, wann immer sie in Nathanaels Nähe gewesen war. Jetzt fragte sie sich, ob sie jemals wieder so empfinden würde.

„Deine Schwester Rosalie hat mit ihrem Mann wirklich eine gute Partie gemacht“, fuhr ihre Mutter fort. „Du könntest den gleichen Erfolg haben, wenn du dir nur ein bisschen Mühe geben würdest.“

Julia hätte beinahe laut aufgestöhnt. Sie wollte weder so ein Leben noch so einen Mann wie ihre Schwester. Das letzte Mal, als sie Rosalie besucht hatte, war Julia über die Leere dieses Lebens so entsetzt gewesen, dass sie den Theaterbesuch mit Ralph Woolsey an jenem Abend abgesagt hatte, weil er sie an den faden, leidenschaftslosen Mann ihrer Schwester erinnerte. Rosalie war Louis' Besitz, verschluckt von seinem Schatten und entschlossen, sich ihm unterzuordnen. Wie eine Schauspielerin auf der Bühne spielte sie die Rolle der Ehefrau und Mutter ganz penibel – und freudlos. Rosalie war keine glückliche Frau.

„Liebst du Louis?“, hatte Julia ihre Schwester gefragt.

„Natürlich liebe ich ihn“, hatte Rosalie schnippisch erwidert. Keine sehr überzeugende Darbietung. Außerdem schien ihr Leben nun auch nicht mehr Sinn zu haben als vor der Heirat.

„Ja, ein Mann und Kinder werden deinem Leben einen Sinn geben“, sagte ihre Mutter jetzt. „Deshalb heiraten Frauen. Und wo wir gerade von Louis sprechen – wie ich höre, hat sein Cousin Martin Interesse daran, dir den Hof zu machen.“

„Rosalies Mann ist ein eingebildeter Langweiler. Genau wie sein Cousin Martin.“

„Ich werde dein Betragen nicht länger tolerieren, Julia. Unsere Dienstboten haben bessere Manieren als du. Und jetzt hör mir genau zu: Heutzutage kannst du keine allzu hohen Ansprüche stellen, wenn du heiraten willst. Der Krieg verändert alles. Die Hälfte aller unverheirateten Männer geht zur Armee und die andere Hälfte will so schnell wie möglich eine Familie gründen. Wenn du zu lange zögerst, bist du am Ende die Dumme. Oder willst du als alte Jungfer enden wie deine Tante Eunice? Sie war zu wählerisch, so wie du, und dann war der Zug abgefahren.“

Der Gedanke, ihr Leben allein zu verbringen, beunruhigte Julia, aber die Aussicht auf eine freudlose Ehe mit einem Mann, der sterbenslangweilig war, fand sie mindestens ebenso beunruhigend. Als sie am Bull Run dem Tod ins Angesicht gesehen hatte, war sie entsetzt gewesen, aber zugleich hatte sie zum ersten Mal in ihrem Leben das Gefühl gehabt, wirklich lebendig zu sein. Diese Art von Leidenschaft wollte sie in ihrem Leben und bei ihren möglichen Verehrern erleben. Sie wollte Abenteuer, Aufregung, ein Feuerwerk in ihren Beziehungen. Nathanael hatte eine solche Leidenschaft, nach der sie sich sehnte – wenn auch nicht für sie, so doch wenigstens für seine Anliegen und in seinen Predigten. Deshalb hatte sie sich in ihn verliebt. Und deshalb hielt kein anderer Mann dem Vergleich mit ihm stand.

„Wenn du nicht bald wieder normal wirst", fuhr ihre Mutter fort, „werden wir ganz einfach eine angemessene Heirat für dich arrangieren … Julia! Hörst du mir überhaupt zu?"

„Ja, Mutter", sagte sie ausdruckslos. „Ich habe jedes Wort gehört."

Sie waren die Letzten, die zum Tee der Blairs erschienen. Als sie den Salon betraten, wurde es ganz plötzlich still, und Julia war sich sicher, dass man über sie gesprochen hatte. Merkwürdigerweise machte ihr das nichts aus, wie sie feststellte. Ihr ganzes Leben lang hatte sie anderen geschmeichelt und geflirtet, immer bemüht um die Bewunderung der anderen Mitglieder ihres gesellschaftlichen Kreises. Jetzt, nachdem sie sich selbst und ihre Standesgenossinnen mit Nathanaels Augen betrachtet hatte, war es ihr auf einmal nicht mehr wichtig, was die anderen über sie dachten. Sie fühlte sich so weit von ihnen entfernt, als sie ihnen zuhörte, dass sie genauso gut hätte draußen stehen und durchs Fenster hineinsehen können.

„Harriet trug eine dieser neuen Garibaldi-Blusen."

„Ja, die habe ich in *Godeys Handbuch für Damen* gesehen."

„Wie ich gehört habe, sind sie der letzte Schrei."

„Ich habe meiner Schneiderin gesagt, dass sie mir eine nähen soll."

Julia hatte sonst ebenfalls über solch nichtige Dinge geschwatzt. Jetzt nippte sie nur an ihrem Tee und saß wie betäubt da. Schließlich verlegte sich die Unterhaltung vom Thema Mode aufs Heiraten. Alle, so schien es, hatten es eilig, einen begehrten Junggesellen zu erwischen. Die Mädchen in ihrem Alter sprachen über die Jagd nach einem Mann, als sei sie ein zweiter kalifornischer Goldrausch, als ginge es darum, sich zu beeilen und den Claim abzustecken, bevor man leer ausging.

„Würdest du nicht auch sterben, wenn du nur die zweite Wahl abbekämst?", fragte Olivia Blair sie.

„Nein, Olivia", erwiderte Julia kühl. „Wenn ich einen Mann lieben würde, wäre es mir gleichgültig, ob er reich oder arm ist, attraktiv oder hässlich. Es wäre mir sogar egal, wenn … wenn er ein mittelloser Einwanderer wäre."

Einen endlosen, peinlichen Augenblick lang herrschte Schweigen im Raum.

Als die Unterhaltung wieder in Gang kam, mieden Olivia und die anderen Julia so gut es ging – was ihr ganz recht war. Sie sprach den ganzen Nachmittag über kaum noch ein Wort, bis eine der Frauen sagte: „Haben Sie vom Sohn der Fitzhughs gehört? Er ist nach London gegangen, um Medizin zu studieren, und hat dort geheiratet. Wie es scheint, hat er sich in eine Frau verliebt, die eine *Nightingale* war."

„Entschuldigen Sie", sagte Julia, als ihr wieder einfiel, was Nathanael gesagt hatte, „wissen Sie etwas über die *Nightingales*?"

„Ich habe in der *Illustrated News* einen Bericht über sie gelesen", erwiderte Mrs Blair. „Sie sind Krankenschwestern und nach Florence Nightingale benannt. Sie war während des Krimkrieges dort im Einsatz und hat die Krankenpflege organisiert. Wie es aussieht, gab es dort furchtbar viele verwundete und sterbende Soldaten. Nachdem sie und ihre kleine Truppe Krankenschwestern anfingen, sie zu waschen und zu pflegen, starben nicht mehr so viele wie zuvor. Florence Nightingale wurde dadurch regelrecht berühmt und wird allgemein für ihre Arbeit bewundert."

„Ich habe am Bull Run verwundete Soldaten gesehen", sagte Julia. „Einem von ihnen waren von einer Kanone beide Beine weggerissen worden."

Wieder legte sich betretenes Schweigen wie ein Bühnenvorhang über den Salon.

„Julia, Liebes", sagte ihre Mutter mit angespannter Stimme, „würdest du bitte das Thema wechseln?"

„Nein, Mutter, verstehst du denn nicht? Wenn ich so wäre wie Florence Nightingale, hätte ich diesen Soldaten helfen können."

Julias Aussage war so skandalös, dass die älteren Frauen der Diskussion nicht widerstehen konnten. „Wieso um alles in der Welt sollten Sie das wollen, meine Liebe?"

„Glauben Sie nicht, dass eine solche Arbeit unter der Würde einer Frau von Ihrem gesellschaftlichen Stand ist?"

„Wollen Sie etwa so enden wie die arme Dorothea Dix?"

„Wer ist das?", fragte Julia.

„Der Name von Miss Dix stand eine Zeit lang in allen Zeitungen, weil sie sich für eine bessere Gesundheitsfürsorge für Arme, Gefangene und Geistesgestörte einsetzte – solche Leute eben. Eine widerliche Arbeit!"

„Ja, aber sie hatte nichts zu verlieren", warf eine andere Frau ein. „Ihre Familie war gänzlich unbedeutend. Sie hatte nicht die Möglichkeit, Qualität zu heiraten, so wie Julia sie hat."

„Ist Dorothea Dix nicht diejenige, die mit der Gesundheitskommission zu tun hatte?", fragte jemand. „Ich meine, irgendwo gelesen zu haben, dass sie jetzt Krankenschwestern für den Krieg ausbildet."

„Genau das ist sie. Aber ihr werdet bemerkt haben, dass die Männer immer noch nicht Schlange stehen, um sie zu heiraten. Sie wird als alte Jungfer sterben."

„Vielleicht hat Miss Dix sich ja gegen eine Heirat entschieden", sagte Julia hartnäckig. „Vielleicht wollte sie lieber etwas Wichtiges mit ihrem Leben anfangen."

„Keine Frau auf der Welt *entscheidet* sich, nicht zu heiraten", sagte Mrs Blair. Die anderen Damen nickten zustimmend. „Außerdem ist es sehr wohl möglich, einen Mann zu haben und trotzdem wohltätige Arbeit zu leisten."

„Wohltätigkeit ist nicht genug", erwiderte Julia. „Ich möchte lieber Krankenschwester werden."

Während die Matronen schockiert waren, wirkten die Mädchen in Julias Alter eher schadenfroh. Bei der Jagd auf eine gute Partie schied durch diese unerhörte Idee eine der hübschesten und reichsten Konkurrentinnen aus dem Wettkampf aus.

Die Frauen wurden dieses Gesprächsthema bald leid und begannen andere Dinge zu diskutieren. Julia schien es, als wollte der Nachmittag gar nicht enden. Sie sehnte sich danach, sich zu entschuldigen und nach Hause zu fahren, aber sie wusste, dass die anderen sich wieder die Mäuler über sie zerreißen würden, sobald sie das tat.

„... Hast du bemerkt, wie merkwürdig Julia Hoffman sich seit ihrer Rückkehr aus Washington benimmt?"

„Ihre arme Mutter weiß nicht, was sie mit ihr machen soll ..."

Julia hätte weinen können, wenn sie daran dachte, dass sie ihr Leben lang solche Teenachmittage würde durchstehen müssen. Ihre Mutter und Rosalie waren mit diesem Leben zufrieden; warum war sie es nicht? Lag es nur an Nathanaels Worten? Julia schloss die Augen, um die tratschenden Frauen auszublenden, und wünschte von ganzem Herzen, sie hätte nie mit angehört, was er gesagt hatte.

Auf der Heimfahrt saß Julias Mutter beinahe die ganze Zeit über steif und schweigend neben ihr. Erst als die Kutsche sich den letzten Hügel hinaufquälte, ergriff sie endlich das Wort. „Wenn du vorhattest, mich heute zu blamieren, hast du ganze Arbeit geleistet, Julia. Gleich morgen früh lasse ich nach Dr. Hamilton schicken."

Julia antwortete nicht. Vielleicht stimmte wirklich etwas nicht.

„Und ich habe vor, dem Arzt zu erzählen – ach du meine Güte", sagte ihre Mutter plötzlich. „Das ist die Kutsche deines Vaters. Warum ist er nur so früh zu Hause? Fahrer, lassen Sie uns bitte vorne aussteigen." Noch bevor die Räder ganz zum Stillstand gekommen waren, öffnete Mrs Hoffman die Tür der Kutsche und stieg aus. Julia eilte hinter ihr her zur Haustür.

„Philip ...?", rief ihre Mutter von der Eingangshalle aus. „Philip, bist du zu Hause?"

Julias Vater erschien in der Tür zur Bibliothek. „Da bist du ja endlich. Ich wollte schon nach euch schicken."

„Nach uns schicken? Warum? Was ist denn los? Warum bist du so früh zu Hause?"

Normalerweise konnte nichts Richter Hoffmans gelassene Ruhe stören. Aber nun sah Julia zum ersten Mal in ihrem Leben, dass ihn etwas beunruhigte. Seine Jacke und Weste hatte er achtlos beiseitegeworfen und sein Haar war so durcheinander, als wäre er mit den Händen hindurchgefahren. „Komm herein und setz dich, Martha", sagte er, wobei er den Arm seiner Frau nahm.

„Ich will mich nicht setzen. Ich will wissen, was los ist."

Er führte sie trotz ihrer Proteste zu einem Sessel in der Bibliothek und Julia folgte ihnen. Beide Frauen trugen noch ihre Mäntel.

„Mein Bruder hat vor wenigen Stunden ein Telegramm aus Washington erhalten", begann der Richter.

Julias Mutter sog scharf die Luft ein. „O nein! Nicht Robert."

„Ich fürchte, doch. Es hat eine Schlacht gegeben … noch ein schreckliches Unglück für die Union. Robert wird vermisst."

Die Nachricht vom Verschwinden ihres Cousins war für Julia wie ein Schlag vor den Kopf. Sie sank auf die Armlehne des Sessels, in dem ihre Mutter saß, während sie versuchte, die Worte ihres Vaters zu begreifen. Sie war mit Robert zusammen aufgewachsen, hatte in derselben Straße gewohnt wie er und seine lästige Gegenwart war ein Teil ihres Lebens gewesen, so lange sie denken konnte. Sie hatte sich über seine Ungeschicklichkeit lustig gemacht und über seine dumme Vorliebe für Soldaten und Schlachten. Selbst als er dann tatsächlich eine Uniform angezogen hatte und in den Krieg marschiert war, hatte sie es als selbstverständlich erachtet, dass er immer irgendwie ein Teil ihres Lebens wäre und ihr lästig fiele. Aber das war ab sofort anders. Er wurde vermisst.

„Oh, Papa … nicht Robert", flehte sie.

Ihre Mutter stieß einen kleinen Schrei aus. „Aber … sie werden ihn doch finden, oder? Bestimmt geht es ihm gut."

„Das wissen wir nicht, wir können nur hoffen. Sie glauben, dass er gefangen genommen worden ist, und wenn das stimmt, dann werden wir es in einigen Tagen erfahren. In der Zwischenzeit sind seine Eltern natürlich sehr beunruhigt."

„Das kann ich mir vorstellen!"

„Roberts Mutter fiel in Ohnmacht, als man ihr die Nachricht überbrachte, und wir mussten Riechsalz holen, um sie wieder auf die Beine zu bringen. Sie haben nach dem Arzt geschickt, aber wenn du zu ihr gehen könntest, Martha … oder besser noch, ich finde, wir sollten alle hingehen."

„Natürlich", sagte Julias Mutter. „Sofort. Gib mir nur einen Augenblick, um mich zu sammeln."

Julia wusste, dass ihre Mutter durchaus in der Lage war, mit einer solchen Situation umzugehen. Wenn der erste Schock sich gelegt hatte, würde sie die Stütze sein, an die sich alle in den nächsten Tagen anlehnen konnten. Julia sah die Erleichterung im Blick ihres Vaters, und dass seine Ruhe zurückkehrte, jetzt, wo seine Frau nach Hause gekommen war, und es überraschte sie zu sehen, wie sehr ihr Vater von ihrer Mutter abhängig war. Vielleicht war sie doch mehr als nur eine Zierde an seinem Arm.

„Was für ein Tag", sagte er mit einem Seufzer. „Joseph hat das Telegramm gegen Mittag erhalten und seitdem versuche ich, mehr über die Schlacht in Erfahrung zu bringen."

„Was ist denn geschehen, Papa?", fragte Julia. „Du sagtest, es sei ein Unglück für die Union?"

„Das ist jetzt nicht der richtige Zeitpunkt, Julia", sagte ihre Mutter.

„Nein, ist schon gut", sagte ihr Vater. „Ich glaube, ich kann jetzt darüber sprechen … vielleicht sollte ich es sogar." Er schloss eine Weile die Augen und holte dann tief Luft. „Ich habe einen Freund im Redaktionsbüro des *Enquirer*. Er hat einige Einzelheiten für mich in Erfahrung gebracht. Es sollte ein einfacher Aufklärungseinsatz sein. Eine kleine Truppe der Union hat den Potomac an einer Stelle namens Ball's Bluff überquert, um die Verteidigung der Konföderierten auszukundschaften. Es gab ein Gemetzel. Die Rebellen holten Verstärkung, aber wir hatten nicht genügend Boote, um unsere Verstärkung rechtzeitig über den Fluss zu schaffen. Unsere einzige Option war der Rückzug – aber auch dafür gab es nicht genügend Boote. Die Männer waren am Ufer unterhalb der Steilküste gefangen und konnten nirgendwo in Deckung gehen. Es war der reine Schießstand. Als einige der Männer in Sicherheit zu schwimmen versuchten, knallten die Rebellen sie im Wasser ab. Zwei Boote mit Männern, die bei den anfänglichen Kämpfen verwundet worden waren, sind gesunken, weil verzweifelte Soldaten versuchten, an Bord zu klettern. Sie sind alle ertrunken."

Er machte eine lange Pause und holte dann erneut tief Luft. „Die Offiziere, darunter auch Robert, wollten den Fluss als Letzte überqueren, um erst ihre Männer in Sicherheit zu bringen. Offenbar kämpften sie tapfer, aber es gab zu viele Rebellen und keine Deckung. Sie standen mit dem Rücken zum Fluss. Deshalb ergaben sie sich, um zu verhindern, dass alle Männer geschlachtet wurden. Mehr als fünfhundert von ihnen wurden gefangen genommen, mehrere Hundert sind im Kampf gefallen oder ertrunken und an die zweihundert sind verwundet worden. Insgesamt haben wir ungefähr die Hälfte unserer Truppe verloren."

Nachdem sie die Schlacht am Bull Run gesehen hatte, konnte Julia sich die Szene leicht vorstellen – der panische Rückzug im Kugelhagel, die Wolke aus Schwefel und Rauch, die die Sicht behinderte, die Schreie der sterbenden Männer und die fliegenden Geschosse. Die Erde unter Roberts Füßen war von feindlichen Kugeln durchlöchert worden, während sie auf die Boote warteten, aber er hatte inmitten von Chaos und Tod ausgeharrt, um seine Männer zuerst den Fluss überqueren zu lassen. Sein Mut hatte ihm die Gefangenschaft gebracht. Julias Feigheit, die sie hatte in Panik geraten und fliehen lassen, hatte sie Nathanaels Achtung gekostet – und ihre eigene.

„Der arme Robert", murmelte ihre Mutter und erhob sich, bereit, Roberts Eltern zu trösten. Julia stand ebenfalls auf. Ihr Vater legte eine tröstende Hand auf ihre Schulter, während sie ihre Tränen trocknete.

„Er wird es schaffen, Julia. Der Junge ist stark. Er hat das Zeug dazu."

Aber Julias Tränen galten mehr ihr selbst als Robert. Er hatte immer gewusst, was er wollte – nämlich Offizier sein. Jetzt lebte er seinen Traum. Sie hatte keinen Traum, außer den, Nathanael Greene zu heiraten, und er hatte deutlich gemacht, dass er sie niemals so lieben konnte, wie sie war. Am heutigen Nachmittag hatte Julia sich selbst in den anderen jungen Mädchen wiedererkannt, die nur an Mode und Männern interessiert waren – und sie hasste, was sie gesehen hatte. Sie sehnte sich danach, anders zu werden, mutig und bereit, sich aufzuopfern, wie ihr Cousin, damit sie eine Frau wurde, die Nathanael lieben und respektieren konnte. Aber als sie an diesem kühlen Oktoberabend die Straße zum Haus ihres Cousins hinuntereilte, hatte sie keine Ahnung, wie sie diese Veränderung bewirken sollte.

Kapitel 4

Western Pennsylvania
Oktober 1861

Eine Woche nachdem sie Haggertys Geschäft in Bone Hollow verlassen hatte, stand Phoebe Bigelow in der Schlange vor dem Einberufungsbüro in Western Pennsylvania. Sie hatte sich Mitfahrgelegenheiten auf den Planwagen verschiedener Farmer erkämpft, ein paar Nächte in deren Heuschobern geschlafen und sogar kostenlose Mahlzeiten an deren Tischen erhalten, nachdem sie ihnen erzählt hatte, dass sie sich freiwillig zum Militär melden wollte. Sie hatten sie mit guten Wünschen ziehen lassen, die Taschen voller Äpfel und Buttermilchbrötchen. Aber jetzt befürchtete sie, in der Hitze ohnmächtig zu werden, die in dem überfüllten Ladenlokal herrschte, in das sie sich zusammen mit Dutzenden von jungen Männern drängte, um sich als Rekrut registrieren zu lassen.

Phoebe war so groß gewachsen, dass sie über den Kopf des Mannes vor ihr hinwegsehen konnte. Und sie hörte unweigerlich mit an, wie der Mann von der Einberufungsbehörde ihn anbrüllte: „Ich muss Sie als ‚4-S' registrieren! Das bedeutet, dass Ihnen vier Schneidezähne fehlen!"

„Was haben Sie gesagt?", schrie der Mann zurück. Offenbar war der arme Kerl nicht nur zahnlos, sondern auch noch taub.

„Sie können nicht kämpfen. Ich kann Sie nicht rekrutieren."

„Ich kann nicht kämpfen?"

„Nein."

„Zum Henker – warum nicht?"

„Keine Zähne", brüllte der Beamte und zeigte auf sein eigenes Gebiss. „Sie brauchen Zähne."

„Seit wann braucht ein Mann Zähne, um gegen die Rebellen zu kämpfen? Ich will sie doch nicht beißen! Gebt mir einfach ein Gewehr und lasst mich auf sie schießen."

„Sie können die Schießpulverpatronen nicht aufreißen, wenn Sie keine Zähne haben."

„Was?"

„Ich sagte, Sie brauchen Ihre Zähne, um ... Ach, was soll das. Corporal, schaffen Sie ihn fort."

Er gab einem uniformierten Mann ein Zeichen, und bevor Phoebe es sich versah, zog der Unteroffizier den Mann fort. Jetzt stand sie direkt vor dem Tisch des Beamten. Das breite Musselinband, das sie sich um die Brust gebunden hatte, war schweißgetränkt. Sie fragte sich, was geschehen würde, wenn die US-Armee herausfand, dass sie ein Mädchen war. Würden sie sie ins Gefängnis stecken, weil sie gelogen hatte? Sie beschloss, ihre Rolle gut zu spielen, damit es nicht dazu kam.

„Los, los. Wer ist der Nächste? Treten Sie vor und sagen Sie mir Ihren Namen."

„Äh ... Ike Bigelow." Phoebe hatte die letzten Tage damit zugebracht, ihre Lügen zu üben, damit sie sich nicht darin verstrickte. Aber ihr war schrecklich heiß, ihre Nerven lagen blank und ihre Stimme klang höher, als sie beabsichtigt hatte. Sie wiederholte ihren Namen mit tieferer Stimme. „Ike Bigelow."

Der Mann hörte auf zu schreiben und blickte auf, die Stirn in Falten gelegt. Skeptisch betrachte er sie. „Wie alt bist du, mein Junge?"

„Ich bin letzten Juni neunzehn geworden." Wenigstens das war die Wahrheit.

Das Stirnrunzeln nahm zu. „Wie kommt es dann, dass du nichts als Flaum im Gesicht hast?"

„Entschuldigen Sie, Sir, aber von uns Brüdern hat keiner einen richtigen Bart. Unser Vater auch nicht. Die Mutter meint, es sei das indianische Blut in unseren Adern."

„Indianisches Blut? Bei den blonden Haaren?"

„Das Blonde kommt von der Seite unserer Mutter. Vaters Familie –"

„Woher kommst du?“

„Kentucky, Sir. Auf der anderen Flussseite, gegenüber von Cincinnati.“ Sie hatte sich nicht getraut, Virginia zu sagen, weil sie befürchtete, für einen Spion der Rebellen gehalten zu werden. Das bisschen, was Phoebe über Geografie wusste, hatte sie in den wenigen Jahren gelernt, die sie in Bone Hollow zur Schule gegangen war, oder bei der Reiseplanung ihrer Brüder aufgeschnappt. Sie war letzte Woche absichtlich in die entgegengesetzte Richtung gezogen und so in Pennsylvania gelandet.

„Warum bist du denn dann hierhergekommen, um dich freiwillig zu melden?“

„Also, Sir, wir sind vier Brüder in unserer Familie und unsere Mutter wollte, dass wir uns in verschiedenen Bundesstaaten registrieren lassen, damit wir nicht alle in derselben Schlacht getötet werden. Ich habe mir Pennsylvania ausgesucht, weil Jack und Willard sich schon für Ohio und Indiana entschieden hatten. Junior hat sich zu Hause in Kentucky gemeldet.“

„Bist du dir sicher, dass es nicht daran liegt, dass du noch minderjährig bist?“

„O nein, Sir. Bringen Sie mir eine Bibel und ich schwöre, dass ich am elften Juni neunzehn geworden bin.“

„Das ist nicht nötig“, seufzte er. „Zeig mir mal deine Zähne. Noch alle Schneidezähne da?“

„Ja, Sir.“ Phoebe grinste breit und ließ ihre Zähne aufblitzen. „Und ich kann schneller schießen, als Sie gucken können. Besser als alle meine Brüder. Stellen Sie eine leere Flasche draußen auf und ich wette, ich kann sie mit einem einzigen Schuss von der anderen Straßenseite aus treffen.“

„Leere Flaschen schießen nicht zurück“, sagte der Beamte streng. „Und sie laufen auch nicht auf einen zu, während sie wie verrückt brüllen, so wie die Konföderierten es tun. Bist du darauf gefasst?“

„Ja, Sir. Ich bin bereit, meinen Beitrag zu leisten.“

„Also gut. Hier sind deine Rekrutierungspapiere. Wenn du sie unterschrieben hast, bist du verpflichtet, dem Militär der Vereinigten Staaten drei Jahre lang zu dienen. Du erhältst dreizehn Dollar Sold im Monat. Kannst du lesen und schreiben, mein Sohn?"

Phoebe nickte.

„Dann lies dir das hier sorgfältig durch und unterschreib dann da unten."

Schnell überflog sie die Worte, zu aufgeregt, um sie zu verstehen. Ihre schwitzende Hand ließ die Tinte verlaufen, als sie ihren Namen *Ike Bigelow* daruntersetzte.

„Gut. Der Nächste!", rief der Beamte. Phoebe rührte sich nicht.

„Warten Sie. Haben Sie nicht vergessen, mir ein Gewehr zu geben?"

„Du bekommst eins, wenn du in Washington bist. Der Nächste?"

„Washington! In Washington gibt es doch keine Rebellen. Ich habe mich gemeldet, um zu kämpfen – nicht, um Abe Lincoln zu besuchen."

„Zuerst musst du marschieren lernen. Danach bekommst du dein Gewehr – und noch genug Gelegenheit zum Kämpfen, glaub mir."

„Aber selbst der älteste Narr weiß doch, wie man einen Fuß vor den anderen setzt. Mein Vater sagt immer, ich sei auf der Farm herummarschiert, seit ich ein Jahr alt war. Und schießen kann ich auch. Geben Sie mir ein Gewehr und ich beweise es Ihnen."

„Du hast noch genug Zeit um zu beweisen, was du kannst, Junge. Und jetzt geh da hinten hin und lass dir vom Quartiermeister eine Uniform geben." Er deutete mit dem Daumen auf eine Tür hinter sich.

„Ich war mir sicher, sie würden mir wenigstens ein Gewehr geben", murmelte Phoebe, als sie durch die Tür trat. Sie stand jetzt in einem großen, vollgestopften Lagerraum, in dem es sogar noch heißer war als im Anmeldebüro. Es roch nach Leder und warmen Leibern und dem Kerosin in den Lampen, die den fensterlosen Raum erhellten. Ein Soldat stand an der Tür und verteilte Yankee-Uniformen. Jacken, Hemden und Hosen. Ungefähr ein Dutzend anderer Männer standen im Raum verteilt und lachten und scherzten, während sie ihre Latzhosen und Arbeitshemden auszogen und ihre neuen blauen Uniformen anlegten.

Phoebe zögerte und fragte sich, worauf sie sich da eingelassen hatte. Dann dachte sie daran, dass ihre einzige Alternative war, ein Kleid zu tragen und für die Haggertys zu arbeiten, und ihre Zweifel schwanden. Männer in Unterwäsche zu sehen, war ihr nicht neu. Schließlich war sie in einer Hütte aufgewachsen, die aus nur einem Raum bestand, und das mit drei Brüdern. Sie nahm den Stapel kratziger Wollkleidung entgegen, den der Quartiermeister ihr an der Tür reichte, und suchte sich ein Plätzchen in einer spärlich beleuchteten Ecke.

Die Hose ging ihr nur bis kurz über die Knöchel – denn Phoebe war mindestens zehn Zentimeter größer als die meisten anderen Soldaten. Das Hemd war so kurz, dass sie es nicht in die Hose stecken konnte, aber der Kragen hätte zwei Hälse umschließen können. „Vielleicht glauben sie, dass mir noch ein zweiter Kopf wächst", sagte sie zu sich selbst. Der Stoff war rau und kratzig, und wenn sie nicht bald aus diesem stickigen Raum herauskäme, würde sie an einem Hitzschlag sterben. Sie schob die Arme in die dunkelblaue Uniformjacke und versuchte die lange Reihe glänzender Messingknöpfe zu schließen, aber die Jacke saß über Schultern und Brust so eng, dass sie sich wie eine Schlange fühlte, die sich dringend häuten musste. Das Einzige, was einigermaßen passte, war die Feldmütze.

„Hallo", sagte eine Stimme neben ihr. „Sollen wir die Jacken tauschen?"

Phoebe blickte an ihrer Seite herunter und lächelte. Der kleine Kerl, der neben ihr stand, trug einen Mantel, der so riesig war, dass er wie eine winzige Erbse in einer großen blauen Schote wirkte.

„Klar", sagte sie. „Ein Versuch kann nicht schaden." Phoebe knöpfte ihre Jacke auf und tauschte mit ihm. Der Mantel des anderen Rekruten passte etwas besser, wenn auch nicht viel. „Wie es scheint, waren die Messingknöpfe im Angebot", sagte sie, als sie die lange Reihe Knöpfe schloss. „Ich wüsste sonst keinen Grund, warum wir so viele brauchen sollten."

„Und wir müssen auch immer dafür sorgen, dass sie schön glänzen", sagte der kleine Rekrut. „Mein Onkel ist vor ein paar

Monaten zum Militär gegangen und er hat mir erzählt, dass wir das Messing jeden Abend mit Schmirgelpapier polieren müssen, sonst kriegen wir Ärger."

„Das ist doch die reinste Zeitverschwendung, oder?", sagte Phoebe. „Ich habe mich gemeldet, um zu kämpfen, nicht um Knöpfe zu polieren."

„Du bist nicht von hier, oder?", fragte der Fremde. Er hatte eine eifrige, freundliche Stimme, die zwischen hoch und tief schwankte, wenn er sprach. Irgendwie erinnerte sie das an ein Wagenrad, das ständig in eine Spurrille hinein- und wieder hinausrutschte.

„Nein, ich bin von Kentucky hergekommen, um mich zu melden", erwiderte Phoebe.

„Wie heißt du?"

„Ike … Ike Bigelow."

„Nett, dich kennenzulernen, Ike", sagte er und streckte die Hand aus. Sie war weich, ohne Schwielen, die Hand eines Jungen aus der Stadt. „Ich heiße Theodore Wilson. Die Leute nennen mich Ted."

Teds brauner Lockenkopf reichte Phoebe gerade bis zum Kinn. Er hatte eine drahtige Figur, wodurch er so wirkte, als wäre er schnell wie ein Reh, wenn er zu rennen beschloss. Seine glatte, sonnengebräunte Haut und die großen braunen Augen verliehen ihm das unschuldige, vertrauensvolle Aussehen eines Kindes. Dann lächelte er und entblößte dabei zwei übergroße Schneidezähne, die Phoebe an ein Eichhörnchen denken ließen.

„Ich will dich ja nicht beleidigen", sagte sie, „aber du siehst nicht wirklich so aus, als wärest du alt genug, um zum Militär zu gehen."

„Ich bin neunzehn", erzählte Ted ihr. „Ich wohne hier in der Gegend, deshalb wissen die Leute, dass ich alt genug bin. Hey, hast du schon deine anderen Sachen bekommen?"

Phoebe schüttelte den Kopf. „Sie haben mir nur diese Uniform gegeben. Der Mann sagte, ich bekomme kein Gewehr, bevor ich in Washington bin. Wenn ich das gewusst hätte, hätte ich meine Flinte von zu Hause mitgebracht."

„Du hast eine eigene Flinte? Du kannst also schon schießen?" Ted sprang förmlich vor Aufregung in die Luft.

„Klar. Ich schieße, seit ich reden und laufen kann. Und ich schieße nur selten daneben."

„Bringst du es mir bei?" Seine Stimme klang vor lauter Begeisterung ganz piepsig.

„Warum nicht?", sagte sie und unterdrückte ein Lächeln.

„Super. Danke. Hey, unsere Tornister und das alles kriegen wir in der Schlange dort drüben. Komm mit."

Phoebe folgte ihrem neuen Kameraden zur Ausgabestelle und genoss die Tatsache, dass Ted schon jetzt in mehr als einer Hinsicht zu ihr aufblickte. Als jüngstes und kleinstes Geschwisterkind war Phoebe immer von ihren Brüdern aufgezogen worden und hatte um das Recht, all die Dinge zu tun, die sie taten, kämpfen müssen. Vor allem ihrem Bruder Jack hatte es stets großes Vergnügen bereitet, sie daran zu erinnern, dass sie ein Mädchen war.

„Hast du ein Mädchen, Ike?" Ted stellte diese Frage so unvermittelt, dass sie Phoebe völlig aus dem Gleichgewicht brachte. Es dauerte einen Augenblick, bis ihr klar wurde, dass er ihr nicht vorwarf, ein Mädchen zu sein, sondern sie fragte, ob sie eins habe.

„Was? Nein … nein, ich hab kein Mädchen."

„Ich auch nicht, aber ich hätte schon gerne eins, du nicht auch? Einige von den anderen Jungs haben Bilder von ihren Freundinnen bei sich. Sie haben sie vorhin herumgezeigt und darum gewetteifert, welche von ihnen die Hübscheste ist. Ich hätte auch gerne das Bild eines hübschen Mädchens bei mir … Aber wenigstens habe ich schon mal eins geküsst."

„Echt?" Phoebe sah Teds Lippen an – weich und voll, wie die eines Babys – und versuchte sich vorzustellen, wie er sie auf ihre eigenen Lippen presste. Sie konnte sich nicht daran erinnern, jemals geküsst worden zu sein, noch nicht einmal von ihrer Mutter oder ihrem Vater, geschweige denn von einem Verehrer.

„Ja, ich habe einmal Maggie Fisk auf dem Schulhof geküsst. Allerdings nur auf die Wange. Mensch, roch die gut. Wie etwas, was man zum Nachtisch isst."

Endlich waren sie an der Reihe. Der Versorgungsoffizier begann verschiedene Dinge auf Phoebes ausgestreckte Arme zu stapeln: einen Brotbeutel für ihre Verpflegung, eine Wolldecke und ein wasserdichtes Laken, einen Patronenbehälter mit Gurt, ein Bajonett, einen Trinkbecher aus Blech, eine Feldflasche und einen Tornister, in dem sie all ihr Hab und Gut verstauen konnte. Der Sergeant blickte auf ihre Füße hinunter und legte dann ein Paar halbhoher Schuhe mit eckiger Spitze oben auf den Stapel. Phoebe hatte noch nie in ihrem Leben nagelneue Schuhe besessen; entweder hatte sie die abgetragenen Schuhe ihrer Brüder geerbt oder sie war barfuß gelaufen, je nachdem, was ihr lieber gewesen war.

„Woher wissen Sie, dass die mir passen?", fragte sie den Sergeant.

Sein Blick gab ihr zu verstehen, dass es besser war, keine Fragen zu stellen. „Wir haben nur noch drei Größen übrig", sagte er schließlich. „Da deine Füße die größten sind, die ich den ganzen Vormittag gesehen habe, habe ich dir das größte Paar gegeben. Und jetzt beweg dich. Es muss weitergehen."

Phoebe seufzte resigniert und folgte ihrem neuen Freund durch den Hinterausgang auf einen freien Platz hinter dem Gebäude, wo die anderen Rekruten sich versammelten. Die frische Herbstluft fühlte sich gut an. Ted setzte sich in den Schatten, um seine neuen Schuhe anzuprobieren, und Phoebe tat es ihm gleich. Das Leder war sehr steif und sie hatte das Gefühl, als würden ihre Zehen zusammengequetscht, noch bevor sie die Schuhe zugebunden hatte. Sie beschloss ihre alten, ausgelatschten Schuhe erst einmal zu behalten, und stopfte sie zusammen mit der Decke, dem Gummilaken und den Dingen aus ihrem Leinensack in ihren neuen Tornister. Der war jetzt bis obenhin vollgestopft, dabei hatte sie das Durcheinander aus Riemen, Beuteln und all den anderen Vorrichtungen, die man ihr gerade gegeben hatte, noch gar nicht darin untergebracht.

„Was sollen wir bloß mit all dem Zeug machen?", fragte sie sich laut.

„Mein Onkel hat mir gezeigt, wie man das alles trägt", erklärte Ted ihr. „Sieh mal." Seinem Beispiel folgend, hatte sie bald den Patronengurt, das Bajonett und den Brotbeutel richtig befestigt, die Feldflasche und der Becher hingen dort, wo sie gut zu erreichen waren, und ihre Decke war aufgerollt und so am Tornister befestigt, dass man alles zusammen tragen konnte. Sie wuchtete ihr Gepäck auf ihre Schultern und stöhnte.

„Ich hoffe nur, dass sie von uns keine langen Wanderungen mit dem Zeug erwarten“, sagte sie. „Es fühlt sich an, als würde jemand an meinem Rucksack hängen und mich nach hinten ziehen.“

Sie blickte zu Ted hinunter und sah, dass der kleine Kerl unter seiner Last beinahe zusammenklappte. Sie hatte gesehen, dass er noch eine ganze Reihe zusätzlicher Sachen in seinen Tornister gepackt hatte – drei Bücher, vier Paar Socken, zwei Flanellhemden, zwei Mal saubere Unterwäsche, Nähzeug, einen Spiegel und Rasierzeug, ein Glas selbstgemachter Marmelade, Papier und Stifte und eine Flasche mit Dr. Barkers Blut-Tonikum.

„Ich … äh … ich hoffe, du nimmst das nicht persönlich, Ted, aber du solltest besser etwas von dem Kram loswerden, den du da trägst, oder du hast einen Buckel, wenn der Krieg zu Ende ist.“

„Mir geht's gut“, sagte er leicht keuchend. „Hey, ich glaube, wir sollen zum Bahnhof gehen, wenn wir uns fertig umgezogen haben. Weißt du, wo der ist?“

Phoebe schüttelte den Kopf.

„Komm, ich zeig ihn dir.“ Sie schloss sich Ted bereitwillig an. Beide waren sie beladen wie die Packesel und Phoebes Schuhe quietschten und knarrten. Als Ted und sie nebeneinander herliefen, klapperten und schepperten ihre Metallbecher, Feldflaschen und anderen Ausrüstungsgegenstände so laut, dass es sich anhörte, als holperte der Wagen eines Kesselflickers über eine unbefestigte Straße.

„Ich glaube, ich weiß, warum die Union so wenige Schlachten gewonnen hat“, sagte Phoebe.

„Und warum?“, fragte Ted, der nach Luft rang.

„Weil die Rebellen uns schon hören, wenn wir noch meilenweit entfernt sind.“

* * *

Die Armee versorgte sie im einzigen Hotel der Stadt mit Abendessen und brachte sie dann dort für die Nacht unter, wobei in jedes Zimmer so viele Rekruten wie möglich gesteckt wurden. Als der Zug am nächsten Morgen, noch vor dem Frühstück eintraf, schien es Phoebe, als wäre die ganze Stadt erschienen, um ihre Jungs zu verabschieden. Die Damen schrien, winkten mit ihren Taschentüchern und warfen mit Blumen. Mütter, Schwestern und Freundinnen sagten ihren Lieben unter Tränen Lebwohl. Weil sie niemanden hatte, der sie verabschiedete, war Phoebe die Erste, die in den Zug stieg, und sie setzte sich an eines der Fenster. Sie war noch nie zuvor mit dem Zug gefahren – war keinem dieser Gefährte überhaupt jemals so nahe gekommen – und sie wusste nicht, ob das Zittern, das sie durchfuhr, von der riesigen Dampflok kam oder von ihrer eigenen Aufregung und Angst.

Draußen auf dem Bahnsteig weinte eine Frau, die Teds Mutter sein musste, einen ganzen Wolkenbruch aus Tränen und umklammerte ihn, als beabsichtigte sie nicht, ihn je wieder loszulassen. Sie war ebenso klein und eichhörnchenhaft wie Ted und hatte die gleiche gebräunte Haut und das gleiche braungelockte Haar.

„Teddy! Oh, mein Teddy! Verlass mich nicht. Geh nicht“, weinte sie mit einer so herzzerreißenden Stimme, dass Phoebe Tränen in die Augen traten. Manchmal träumte sie davon, wie es wäre, wenn jemand sie so im Arm hielte, sie hin und her wiegte und ihr seine Liebe zeigte, aber soweit sie wusste, waren das nur Träume und keine Erinnerungen. Sie sank auf ihrer harten Sitzbank zusammen, zog sich die Feldmütze ins Gesicht und schloss die Augen, um den Anblick von Umarmungen und Küssen und anderen Bezeigungen einer Liebe, die sie nie erfahren würde, aus ihrem Blickfeld zu verbannen. Sie öffnete die Augen erst wieder, als das kreischende Zugsignal ertönte und sie zusammenfuhr.

„Hey“, sagte Ted einen Augenblick später. „Hast du was dagegen, wenn ich mich hierher setze?“

„Nur zu. Ist ja nicht mein Zug.“ Sie versuchte, gleichgültig und schroff zu klingen, aber insgeheim war sie froh, ihn zu sehen. Sie hatten sich erst am Tag zuvor kennengelernt, aber der kleine Kerl war ihr schon jetzt sympathisch. Sie rutschte zur Seite, damit er sich setzen konnte.

Ted hockte sich auf die Kante der Sitzbank und schob die Riemen seines ausgebeulten Tornisters von seinen Schultern, um ihn auf den Boden stellen zu können. Auf seinem Schoß balancierte er ein riesiges Paket, das in braunes Papier gewickelt war.

„Diese Frau. Sie hat mich ganz nass geheult“, murmelte er und wischte sich das Gesicht mit der Schulter ab. „Hat deine Mama auch so gejammert und geheult, als du von zu Hause weggegangen bist?“

Phoebe sah ihn an und wandte dann schnell den Blick ab. Die Tränen, die Ted aus seinem Gesicht wischte, waren seine eigenen. „Meine Mutter starb, als ich noch ziemlich klein war“, erklärte sie ihm.

„Oh. Tut mir leid.“

„Ist schon in Ordnung. Ich kann mich überhaupt nicht an sie erinnern, sodass ich sie eigentlich gar nicht vermisse.“

Das stimmte. Aber Phoebe vermisste, dass sie nie die Liebe einer Mutter kennengelernt hatte. Sie hatte Mütter wie Mrs Haggerty gesehen, die die ganze Zeit herumbrüllten und mit einer Walnussholzrute hinter den Kindern herliefen, wenn sie nicht gehorchten. Aber sie hatte in Bone Hollow auch Mütter gesehen, die ihre Kinder angesehen hatten, als wären sie aus Gold oder einer anderen Kostbarkeit. Diese Mütter berührten immerzu die Wangen ihrer Kinder und fuhren ihnen mit der Hand durchs Haar. Sie wäre jede Wette eingegangen, dass Teds Mutter zur zweiten Sorte gehörte – die Sorte, von der Phoebe träumte.

Wieder ertönte ein Pfiff. Er übertönte die letzten Abschiedsrufe auf dem Bahnsteig und dann setzte sich der Zug mit einem solchen Ruck in Bewegung, dass Phoebe beinahe von ihrem Sitz gefallen wäre. Er fuhr zischend und schnaufend los, wie ein müdes Pferd, das sich bergauf quält. Sie hielt sich an der Armlehne fest, zugleich aufgeregt und ängstlich.

„Deine Mutter wollte dich wohl nicht gehen lassen, was?“, fragte sie und versuchte ihre Angst zu verdrängen, als die Lokomotive an Geschwindigkeit gewann.

„Ja, ich bin alles, was sie jetzt noch hat, nachdem meine Schwestern alle verheiratet sind und mein Vater nicht mehr lebt." Teds Stimme klang noch zittriger als sonst. „Sie wollte überhaupt nicht, dass ich in den Krieg ziehe. Hat mich ständig angefleht, mich nicht freiwillig zu melden. Aber ich musste einfach fort, verstehst du? Neue Dinge sehen, neue Leute kennenlernen. Aber ich werde meinen Lohn jeden Monat nach Hause schicken, damit sie etwas hat, wovon sie leben kann."

Er wickelte das Paket auf seinem Schoß aus, während er sprach, und Phoebe sah, dass es Essen enthielt – gebratenes Hühnchen, ein Stück Maisfladen, mehrere Dillgurken, zwei Teigtaschen, ein Glas Pflaumenmarmelade. Außerdem enthielt es eine kleine Bratpfanne, ein Paar handgearbeiteter Fäustlinge, eine Taschenbibel und drei weitere Flaschen von Dr. Barkers Blut-Tonikum.

„Was willst du denn mit all dem Zeug machen?", fragte Phoebe. „Dein Tornister wird aus allen Nähten platzen, wenn du versuchst, noch mehr hineinzutun."

„Weißt du was, ich schlage dir ein Geschäft vor. Wenn du mir hilfst, etwas davon zu tragen, teile ich das Essen mit dir."

Phoebe streckte die Hand nach einer Teigtasche aus. „Abgemacht."

Vor dem Zugfenster flog die Landschaft Pennsylvanias schneller vorbei, als ein Pferdegespann sie hätte befördern können. Sie stand am Anfang eines aufregenden neuen Abenteuers, mit gutem Essen im Magen, neuen Schuhen an den Füßen und einem neuen Freund an ihrer Seite. Niemand wusste, dass sie ein Mädchen war. Noch nie in ihrem Leben war Phoebe Bigelow so glücklich gewesen.

* * *

Später an jenem Tag kamen sie in Harrisburg an und Phoebes Zufriedenheit begann schnell zu bröckeln. Sie und die übrigen Rekruten wurden mit Grünschnäbeln aus anderen Kleinstädten aus dem Süden Pennsylvanias zusammengewürfelt und der wahre

Militärdienst begann. Sie bekam eine erste Kostprobe der Armeeverpflegung der Vereinigten Staaten – zähes Rindfleisch, zerkochte Kartoffeln und bitteren Kaffee. Ihre erste Nacht verbrachte sie in einem Sibley-Zelt, einer runden, oben spitz zulaufenden Konstruktion, in der achtzehn Rekruten in Löffelstellung schliefen, während die Füße zur Zeltmitte zeigten. Und sie lernte ihren Ausbildungsunteroffizier kennen.

Phoebe war kaum aus dem Zug gestiegen, im Kopf noch ganz schwindelig und mit zitternden Knien, als Sergeant Anderson alle neuen Rekruten zusammengetrieben und begonnen hatte, sie anzubrüllen. Er war beinahe so klein wie Ted, hatte aber ein sehr breites Kreuz und einen Ausdruck im Gesicht, als wollte er jeden Augenblick Streit anfangen. Er wurde ganz rot, wenn er brüllte, sein Hals schwoll an und seine Augen traten hervor, bis er Phoebe an einen Ochsenfrosch erinnerte.

Sergeant Anderson tobte immer weiter und schrie, er werde aus dieser Zugladung voller Memmen und Muttersöhnchen echte Männer machen und er wolle kein Murren hören, sonst würden sie herausfinden, wie die Hölle auf Erden aussah. Er schrie so lange, dass Phoebe nicht nur Kopfschmerzen davon bekam, sondern sich auch Sorgen machte, der Mann würde sich seine Stimmbänder dauerhaft ruinieren. Als sie es nicht mehr ertragen konnte, trat Phoebe einen Schritt vor und hob höflich die Hand, so wie sie es in der Schule gelernt hatte.

„Entschuldigen Sie, Mister, aber ich glaube, Sie brauchen nicht so zu schreien. Ich kann natürlich nicht für die anderen sprechen, aber ich höre Sie sehr gut. Außerdem habe ich gesehen, wie ein Schwerhöriger sich freiwillig melden wollte und sie haben ihn nicht genommen."

Hinter ihr erklang nervöses Gelächter. Sergeant Anderson brüllte ein Wort, das vielleicht *„Ruhe!"* hieß, aber er war so wütend, dass Phoebe ihn nicht verstehen konnte. Sie hatte noch nie im Leben ein so gemeines Gesicht gesehen. Er hielt es direkt vor Phoebes Gesicht und schrie so laut und so lange, dass ihr die Ohren klingelten und sie Flecken zu sehen begann. Er machte ihr eine solche Angst, dass sie das meiste von dem, was er sagte, nicht verstand, aber sie begriff, dass sie sich in seinem Zelt melden sollte, sobald die anderen entlassen waren.

„Leb wohl, Ike. Schön, dich gekannt zu haben“, flüsterte Ted, als es so weit war. Sie merkte, dass er versuchte zu scherzen, aber sein jungenhaftes Gesicht war noch blasser als sonst.

„Mir passiert schon nichts“, erwiderte sie und versuchte sich damit selbst zu überzeugen. „Ich gehe davon aus, dass er mich nicht erschießen kann – dafür sind schließlich die Rebellen zuständig. Ich hoffe nur, er fängt nicht wieder an, mir ins Gesicht zu brüllen.“

Als sie in Sergeant Andersons Zelt eintraf, musste Phoebe tatsächlich eine Weile sein Geschrei ertragen. Er sprach von militärischer Disziplin, und dass sie lerne müsse, ihren Mund zu halten und den Offizieren Respekt zu erweisen, aber er hatte eindeutig an Schwung verloren, nachdem er sie und die übrigen Rekruten bereits zwei Stunden lang angeschrien hatte. Sie vermutete, selbst eine Klapperschlange musste davonkriechen und neues Gift produzieren, nachdem sie zwei oder drei Leute gebissen hatte, und Anderson tat ihr ein bisschen leid.

Ihre Strafe bestand darin, dass sie seine Sachen aufräumen musste – sein Zelt putzen, seine Kleider waschen, seine Lampen reinigen, den Schlamm und Dung von seinen Schuhen schrubben, all seine Uniformknöpfe polieren. Es war Frauenarbeit und sie hätte es wahrscheinlich als sehr erniedrigend empfunden, wäre da nicht die Tatsache gewesen, dass sie eine Frau war. Zugegeben, sie war zur Armee gegangen, um dem Putzen und Schrubben und all diesem Zeug zu entfliehen, aber ihre Brüder hatten mehr Durcheinander gemacht, das Phoebe aufräumen musste, als es bei Sergeant Anderson der Fall war.

„Kannst du ein Gewehr reinigen?“, fragte er, als sie mit allem anderen fertig war. Seine Stimme klang diesmal etwas weicher, und um ehrlich zu sein, war er etwas heiser.

„Ich hatte noch nie ein Gewehr“, erwiderte Phoebe, „aber mein Vater hat mir beigebracht, meine Flinte zu reinigen, sobald ich alt genug war, eine zu halten.“

„Dann wollen wir doch mal sehen, wie du mit dem hier klarkommst." Er reichte ihr ein nagelneues Springfield-Gewehr, die schönste Waffe, die sie je gesehen hatte, mit einem glatten Schaft aus Walnussholz und einem glänzenden Metalllauf. Sie hob das Gewehr an ihre Schulter und nahm Visier.

„Mann o Mann … Ich wette, damit könnte ich eine Fliege von einem Zaunpfahl holen", murmelte sie.

„Bist du ein guter Schütze, Bigelow?"

„Ich bin ein fantastischer Schütze! Die ganze Zeit schon versuche ich der Armee zu erklären, dass ich kaum jemals danebenschieße, aber keiner gibt mir die Chance zu zeigen, was ich kann."

Er betrachtete sie einen Augenblick lang mit zusammengekniffenen Augen. Sie sah, dass er gemein wirken wollte, aber sie hatte den Eindruck, dass er auch ein bisschen neugierig war. „Wie wäre es, wenn ich dich morgen Nachmittag mitnehme und du Nägel mit Köpfen machst."

Seine Worte überraschten Phoebe. „Nägel …? Nein, Sir, Nägel kann ich nicht herstellen, aber selbst wenn ich es könnte, was sollte ich denn damit?"

Sergeant Anderson begann zu lachen. Er lachte so sehr, dass er zu husten begann und sich kurz auf seinen Feldhocker setzen musste. „Du bist echt ein Typ, Bigelow", sagte er, als er wieder Luft bekam. „Nein, was ich meine, ist: Hast du Lust mir zu zeigen, was du mit einem Gewehr anstellen kannst?"

„Klar habe ich Lust dazu!"

Während Phoebe liebevoll Sergeant Andersons Gewehr reinigte, unterhielten sie sich über verschiedene Arten von Waffen und darüber, dass sie beide gerne Wild jagten. Als sie schließlich in ihr eigenes Zelt zurückkehrte, erschien ihr Sergeant Anderson gar nicht mehr so gemein.

* * *

Er ließ sie am nächsten Nachmittag zu sich kommen, wie er es versprochen hatte, und sie gingen mit seinem Springfield-Gewehr zum Rand des Lagers. In der nächsten Stunde traf Phoebe jedes Ziel, das er ihr setzte, egal ob groß oder klein, bis sie keine alten Dosen und Flaschen mehr hatten, auf die sie hätten schießen können.

„Ich habe noch nie jemanden gesehen, der so gut schießen kann wie du, Bigelow", sagte der Sergeant, als sie zum Lager zurückgingen. „Ich sollte deinen Namen auf die Liste der Scharfschützen setzen."

„Das wäre mir nur recht." Phoebe fuhr ein letztes Mal mit der Hand über das glatte Holz, bevor sie das Gewehr zurückgab. „Ich kann es kaum erwarten, selbst so eins zu bekommen", sagte sie. „Und bis dahin – kann ich Sie um einen Gefallen bitten?"

„Was denn?"

„Darf ich heute Abend kommen und sie wieder sauber machen?"

Anderson schnaubte. „Du bist echt ein komischer Vogel, Bigelow. Also gut, melde dich nach dem Essen bei mir, dann kannst du das Gewehr reinigen."

* * *

Phoebe war ausgesprochen enttäuscht darüber, dass sie keine weitere Gelegenheit bekam zu schießen. Ihre tägliche Routine wurde so eintönig, dass sie sich schrecklich langweilte. Im Morgengrauen wurden sie von schrägen Pfeiftönen und Trommelwirbeln geweckt und mussten in die Mitte des Zeltplatzes hasten, wo Sergeant Anderson sie zum Appell erwartete. Alle aßen schnell ihr Frühstück und dann lernten sie und die anderen Rekruten in den nächsten zwei Stunden, wie man marschierte – so, dass die Ellbogen sich berührten, die Reihen dreiunddreißig Zentimeter voneinander entfernt –, wobei sie kurze Zaunlatten anstelle von Gewehren trugen. Sie lernten, in Kolonnen zu marschieren, eine Front zu bilden, im doppelten Tempo zu marschieren und die Reihen zu schließen. Sie wurden bis zum Mittagessen gedrillt und danach noch einmal zwei Stunden lang. Am Nachmittag gab es eine kurze Pause, aber man erwartete, dass sie diese Zeit nutzten, um sich zu waschen und ihre

Knöpfe zu polieren – „Ich hab's dir doch gesagt", hatte Ted diese Dienstanweisung beim ersten Mal grinsend kommentiert –, und anschließend mussten sie zum nächsten Appell und zur Inspektion antreten. Sergeant Anderson ging dann die Reihen entlang und musterte sie sorgfältig vom Scheitel bis zur Sohle und Phoebe wusste, dass er nur einen Grund suchte, um zu brüllen.

Nach der Inspektion ging es mit dem Drill weiter bis zum Abendessen. Den Großteil des Tages waren sie und die anderen auf den Beinen. Phoebe überlegte sich manchmal, dass sie jeden Tag mit Sicherheit mehrere Kilometer marschierten und bestimmt schon einige Rebellen erwischt hätten, wenn man ihnen erlaubt hätte, weiterzulaufen, anstatt den ganzen Tag auf demselben Feld hin und her zu marschieren. Kurz nach Einbruch der Dunkelheit zogen sich alle in ihr Zelt zurück und schliefen erschöpft ein, nur um am nächsten Morgen aufzuwachen und mit allem von vorne zu beginnen.

Jeder Tag war gleich und bestand aus Drill, Drill und noch mehr Drill. Am Ende der ersten Woche hatte Phoebe schließlich genug. Anstatt sich wie die anderen nach dem Morgenappell aufs Frühstück zu stürzen, trat sie vor, um mit Sergeant Anderson zu sprechen.

„Entschuldigen Sie, Sir, aber ich verstehe nicht, was es bringen soll, den ganzen Tag im Kreis zu marschieren. Was hat das damit zu tun, Rebellen zu erschießen? Mir scheint, wir laufen uns nur unsere neuen Schuhe ab, und das für nichts und wieder nichts." Andersons Augen traten hervor. Sein Hals begann sich scharlachrot zu färben. „Bitte brüllen Sie mich nicht an", sagte sie schnell, „aber ich verstehe einfach nicht, wozu das gut sein soll."

„Es ist nicht deine Aufgabe, es zu verstehen", sagte er, wobei er sich nur mühsam beherrschte. „Tu einfach, was man dir sagt." Er wandte sich um und wollte mit der ganzen Würde eines Offiziers davonschreiten, aber Phoebe hielt problemlos mit ihm Schritt. Andersons Beine waren so kurz und ihre so lang, dass es wirkte, als wollte ein untersetzter Esel einem Vollblüter davonlaufen.

„Mir kommt es wie eine ungeheure Zeitverschwendung vor",

fuhr sie fort, „dass wir hierhin und dorthin laufen und hin und her marschieren, und am Ende des Tages sind wir genau da, wo wir angefangen haben. Ist es denn allen egal, dass Krieg ist?“

Sergeant Anderson blieb plötzlich stehen und blickte sich um, als wollte er sich vergewissern, dass niemand lauschte. „Hör zu, Bigelow. Du bringst dich in Schwierigkeiten, wenn du nicht lernst, den Mund zu halten. Ich sage dir, warum wir diesen Drill machen, weil ich dich leiden kann. Aber in Zukunft musst du aufhören, so viele Fragen zu stellen, und einfach tun, was ich sage, in Ordnung?“

Phoebe nickte.

„Meine Aufgabe ist es, alle für lange Märsche fit zu machen. Wenn ihr lernt, euch in ordentlichen Reihen fortzubewegen, werden alle mitkommen und es wird keine Nachzügler geben. Ihr lernt außerdem, aus einer Kolonne heraus schnell eine Front zu bilden. Und so hässlich das auch klingt, ich bringe euch bei, die Reihen schnell zu schließen, damit ihr zusammenrückt, die Ellbogen geschlossen, wenn der Kamerad neben euch fällt. Ihr schießt weiter und haltet die Front aufrecht, damit sie nicht auseinanderfällt. Unsere Truppen waren am Bull Run nicht vorbereitet und das führte zu einer Katastrophe. Aber jetzt haben wir einen neuen Kommandanten, General McClellan, und der ist fest entschlossen, unsere Truppen diesmal gut vorzubereiten.“ Anderson beendete seine Rede mit einem kurzen Nicken. Sein Kinn war so vorgestreckt, als wäre er bereit, es allein mit der gesamten konföderierten Armee aufzunehmen. Phoebe hätte sich ihm bereitwillig angeschlossen.

„Wann, glauben Sie, können wir kämpfen?“, fragte sie.

„Du bist nur ein Fußsoldat, Junge. Du bist der Letzte, der erfährt, was los ist und wann es passiert. Manchmal wird deine Kompanie zwei oder drei Tage lang marschieren und dann wieder kehrt machen, ohne dass ihr wisst, warum. Normalerweise wissen nur die Generäle, wohin es warum geht, wenn die ganze Armee marschiert. So ist es besser, verstehst du? Wenn du gefangen genommen wirst, kannst du dem Feind unsere Pläne nicht verraten. Verstanden, Bigelow?“

„Ich glaube schon … Sir." Sie dachte gerade noch rechtzeitig an den Salut und dann blickte sie dem Sergeant nach, der eilig davonschritt.

Ted trat neben sie, an einem Stück Frühstücksspeck kauend. „Mensch, du bist echt mutig, solche Fragen zu stellen. Was hat er gesagt?"

„Er sagt, wir werden weitermarschieren und weiterüben, bis wir gar nicht mehr darüber nachdenken müssen, sondern es im Schlaf können."

„Wenn du das nächste Mal mit ihm sprichst, kannst du ihm sagen, dass ich schon jetzt jede Nacht im Traum dieses dämliche Feld rauf und runter marschiere."

* * *

Nach einem Monat im Ausbildungslager verlud die US-Armee Phoebes Kompanie schließlich auf einen Zug, der von Harrisburg nach Baltimore fuhr. Dort verbrachten sie die Nacht in einer Herberge für Soldaten. Am nächsten Morgen stiegen sie in einen anderen Zug, der sie in Richtung Washington bringen sollte. Phoebe genoss diese Zugfahrten entschieden mehr als ihre erste. Jetzt, wo sie wusste, wie schnell ein Zug fahren konnte und wie viele Kilometer er an einem Tag zurücklegte, würden die x-beinigen Pferde zu Hause und der klapprige Farmwagen ihr vorkommen, als stünden sie still. Als draußen immer mehr Feldlager der Armee auftauchten, stieß sie Ted an, der auf dem Sitz neben ihr schlief.

„Du solltest lieber aufwachen. Ich glaube, wir sind gleich in Washington."

„Woher weißt du das?", fragte er, ohne die Augen zu öffnen. „Warst du schon mal dort?" Phoebe musste über Teds schläfrige Stimme lächeln. Vieles an Ted brachte Phoebe zum Lächeln.

„Nein, ich war noch nie da, aber wenn ich aus dem Fenster gucke, meine ich ein Baumwollfeld zu sehen, nur dass es jede Menge weißer Zelte sind, die in Reihen aufgeschlagen wurden. Und überall springen Soldaten herum. Wie ein Haufen blauer Grashüpfer."

Endlich rührte Ted sich und setzte sich auf. Er lehnte sich zu Phoebe hinüber, die am Fenster saß, und gemeinsam betrachteten sie die Szenerie. „Ich frage mich, welches von diesen Lagern unseres ist", sagte er.

„Ich hoffe, keins davon. Hast du gesehen, was all die Soldaten da machen?"

Ted sah eine Weile hinaus und zuckte dann mit den Schultern. „Was denn?"

„Ich sehe mir das jetzt schon ein paar Minuten an und die meisten, an denen wir vorbeifahren, sehen so aus, als würden sie genau das tun, was wir den letzten Monat über gemacht haben – militärischen Drill."

„Vielleicht sind die Soldaten, die du gesehen hast, Grünschnäbel, wie wir es in Harrisburg waren. Manche von diesen Männern sind aber doch bestimmt schon richtige Soldaten, oder?"

„Ich habe ein paar bewaffnete Männer gesehen, die eine Brücke bewachen, und welche, die hinter einer Kanone hervorgesehen haben – aber sieh dir nur den Rest an, Ted. Ich könnte schwören, dass sie immer nur hin und her marschieren, so wie wir es getan haben, völlig ziellos."

Ted ließ sich in seinem Sitz zurückfallen, als der Zug langsamer wurde. „Der Drill steht mir bis hier", sagte er und fuhr mit der Hand auf Stirnhöhe durch die Luft.

„Mir auch. Ich würde lieber nach Hause gehen, als noch mehr Zeit zu vergeuden. Ich hoffe, wir kommen endlich zum Kämpfen."

„Oh, das kommen wir schon", erwiderte Ted. „Ich habe neulich in der Zeitung gelesen, dass Präsident Lincoln einen konsolidierenden Angriff gegen die Rebellen angeordnet hat. Ich glaube, er macht Ernst."

Phoebe brauchte eine Minute, um Teds komplizierte Ausdrucksweise zu verstehen. Er war mit Sicherheit einer der schlausten Menschen, die ihr je begegnet waren – immerhin arbeitete er als Angestellter in der Fabrik seines Onkels, wo er Geld zählte und die Bücher führte. Sie entschied schließlich, dass das, was er gesagt hatte, wohl bedeutete, Mr Lincoln würde sie endlich kämpfen lassen.

„Als ich mich freiwillig gemeldet habe", sagte sie, „haben sie versprochen, dass wir echte Waffen bekommen, wenn wir erst einmal in Washington sind."

„Das hoffe ich doch. Hey, Ike, vergiss nicht – du hast versprochen, mir das Schießen beizubringen."

„Ich vergesse es schon nicht", sagte sie und lächelte angesichts seines Eifers. Ted hatte seine Mütze abgezogen und sie musste dem Drang widerstehen, ihm mit der Hand durch seine braunen Locken zu fahren, wie man es bei einem Kind tun würde.

Sie ließen die entlegenen Feldlager bald hinter sich und kamen in die Stadt selbst. Phoebes erster Blick auf die Hauptstadt ihres Landes war eine Enttäuschung. Es gab einige größere Gebäude, die ganz neu aussahen, aber die Stadt sah nicht annähernd so hübsch aus wie Baltimore oder sogar Harrisburg. Die meisten Straßen waren noch nicht einmal gepflastert. Sie hoffte, dass sie nicht zu lange hierbleiben mussten.

Als der Zug schließlich in den Bahnhof einfuhr, schulterten Phoebe und Ted ihre Tornister und schoben sich zusammen mit all den anderen in den Gang. Draußen auf dem Bahnsteig herrschte ein unheimliches Gedränge und Phoebe hatte Sorge, dass der kleine Ted in dem Meer blauer Uniformen verloren gehen könnte.

„Halt dich an meinem Gurt fest", sagte sie zu ihm. „Ich halte nach Sergeant Anderson Ausschau."

„Ein Glück für mich, dass du so groß bist", sagte er und klammerte sich mit einer Hand an den Riemen ihrer Feldflasche.

Zusammen folgten sie dem Sergeant durch den Bahnhof und auf die Straße hinaus. Die Luft war verräuchert von den Unmengen an Lagerfeuern und Phoebe glaubte außerdem, den feuchten, fischigen Geruch eines nahe gelegenen Flusses wahrzunehmen. Eine Militärkapelle spielte einen aufpeitschenden Marsch, um sie willkommen zu heißen, und der lebhafte Klang der Hörner und Trommeln schien dazu zu führen, dass ihr das Blut doppelt so schnell durch die Adern strömte. Sie könnte eine ganze Horde Rebellen erledigen, wenn weiter solche Musik gespielt würde. Dazu hatte sie sogar Lust zu marschieren – was ein Glück war, denn der Sergeant gab ihnen den Befehl, sich zu formieren. Er hielt einen Appell ab, und als alle an Ort und Stelle waren, begannen sie durch knöcheltiefen Schlamm die Straße hinunterzumarschieren. Wären Phoebes neue Schuhe nicht eine Nummer zu klein gewesen, wären sie ihr geradewegs von den Füßen gesaugt worden. Sie fragte sich, ob die Armee das so geplant hatte.

Abgesehen von den neueren Gebäuden fand Phoebe Washington auch aus der Nähe ziemlich hässlich. Die Straßen um die Regierungsgebäude herum waren schön und breit und das Capitol würde sicherlich sehr nobel wirken, wenn die Kuppel erst einmal fertig war. Auch der Palast von Mr Lincoln war sehr hübsch, obwohl vor seinem Garten eine Truppe Soldaten aufgereiht war. Aber die Straßen waren in so viel Schlamm versunken, dass die Leute besser mit Booten als mit Wagen vorangekommen wären. Die unzähligen marschierenden Soldaten und trabenden Pferde, dazu die Maultiere, die weiß bedachte Armeewagen voller Material zogen, sorgten dafür, dass der Schlamm immer wieder aufgewühlt wurde und morastig blieb.

Phoebe hatte noch nie so viele Schwarze an einem Ort gesehen wie hier. Wohin sie auch blickte, sah sie dunkle Gesichter – und alle diese Menschen trugen Lumpen. Die Leute daheim in Bone Hollow besaßen auch nicht viel und Phoebe hatte noch nie ganz neue Kleidung oder ein Paar neuer Schuhe getragen, bevor sie in die Armee eingetreten war. Aber diese Leute waren so jämmerlich arm, dass es ihr die Tränen in die Augen trieb, vor allem, als sie kleine Kinder betteln sah.

Der Marsch zu ihrem neuen Lager in der Nähe des Flusses war der längste, den Phoebes Kompanie bis jetzt in ein und dieselbe Richtung unternommen hatte. Sie hatte Ted geholfen, indem sie einige von seinen Vorräten in ihren eigenen Tornister gesteckt hatte, aber trotzdem war ihr Kamerad ziemlich am Ende, als sie ankamen.

„Du schmeißt besser etwas von dem zusätzlichen Zeug raus, das du mit dir herumschleppst“, sagte sie zu ihm, als sie beim Abendessen saßen, „oder das Gewicht lässt dich so tief im Schlamm versinken, dass wir ein Maultiergespann brauchen, um dich wieder rauszuziehen."

„Ich weiß, ich weiß", sagte er und gähnte. „Ich kümmere mich gleich morgen früh darum."

Ted kroch in das Sibley-Zelt, das sie sich mit einem Dutzend anderer Männer teilten, und schlief bereits tief und fest, bevor Phoebe ihren zweiten Schuh ausgezogen hatte.

* * *

Als der Himmel am nächsten Morgen hell zu werden begann, wurde Phoebe von den vielsagenden Krämpfen geweckt, die sie fürchten gelernt hatte. Sie konnte ihr Pech kaum glauben. *O nein. Bitte nicht die Tage. Nicht jetzt.* Sie hatte hier keine Privatsphäre, war Tag und Nacht mit Dutzenden von Männern zusammengepfercht. Jetzt würde ihr Geheimnis mit Sicherheit ans Tageslicht kommen.

Sie kroch unter der Decke hervor, so leise sie konnte, schnappte sich ihren Tornister und stieg vorsichtig über ihre schnarchenden Zeltgenossen hinweg. Während sie durch die feuchte, kalte Luft zum Toilettenbereich ging und sich nach der Wärme ihrer Decke sehnte, wünschte sie sich von ganzem Herzen, Gott hätte nicht beschlossen, sie als Mädchen zu erschaffen.

Phoebe suchte sich einen abgelegenen Platz hinter ein paar Büschen und kniete sich auf den Boden. Sie war noch dabei, in ihrer Tasche zu kramen, als eine Stimme sie aufschreckte.

„Was machst du denn da, Ike?"

Sie schrie vor Schreck auf. „Mensch, Ted! Du hast mich zu Tode erschreckt!" Sie legte eine Hand auf ihre Brust und fühlte ihr Herz rasen, als wollte es wegrennen. „Warum hast du dich denn so leise angeschlichen?"

„Ich habe gesehen, dass du aufgestanden und gegangen bist … und du hattest deinen Tornister dabei. Ich hatte Angst, du würdest nach Hause gehen oder so."

„Warum sollte ich so etwas Dämliches tun?"

„Ich weiß nicht. Du hast gesagt, du seist den Drill leid. Ich hatte Angst … Sie erschießen Deserteure, weißt du, und ich wollte nicht, dass dir irgendwas passiert."

Phoebe konnte nicht antworten. Sie war überrascht – und gerührt –, weil er sich Sorgen machte. „Nee, ich benutze nur die Latrine", sagte sie nach einer Weile. „Ich glaube … äh … ich habe Dünnpfiff. Du weißt schon …"

„Klar … das haben alle."

„Jedenfalls verspreche ich dir, dass Wegrennen das Letzte ist, was ich im Sinn habe. Es gibt schließlich einen Krieg zu gewinnen, erinnerst du dich? Geh wieder schlafen. Ich komme auch gleich."

Ted nickte und verschwand durch die Büsche.

Nachdem sie wieder allein war, stellte Phoebe erstaunt fest, dass ihr Tränen in die Augen traten. Sie fragte sich, warum. Wahrscheinlich lag es daran, entschied sie, dass es ein so gutes und neues Gefühl war, einen Freund wie Ted zu haben. Niemand hatte sich jemals etwas daraus gemacht, wohin sie ging oder was mit ihr geschah. Zu Hause hatte sie sich einmal im Wald verlaufen und ihr Vater hatte in den zwei Tagen, die sie fort gewesen war, noch nicht einmal daran gedacht, sie zu suchen. Ihre eigenen Brüder hatten sie wie eine Tonne Mais an Mrs Haggerty verkauft, als sie keine Verwendung mehr für sie gehabt hatten.

Ein weiterer Grund für Phoebes Tränen war Angst. Sie mochte ihr neues Leben als Soldat, trotz all des Drills. Und sie hatte schreckliche Angst, dass sie all das verlieren würde, wenn jemand erfuhr, dass sie ein Mädchen war. Die nächste Woche über würde sie jeden Morgen früh aufstehen müssen, um dafür zu sorgen, dass sie ungestört war. Aber wie Ted ihr gerade gezeigt hatte, war es durchaus riskant, in der Dunkelheit herumzuschleichen. Was, wenn jemand anders ihr folgte? Oder wenn sie einmal das Passwort vergaß und eine nervöse Wache sie erschoss, weil sie sie für einen Rebellenspion hielt?

Wenn sie doch nur endlich anfangen könnten zu kämpfen. Dann wären alle zu beschäftigt, um zu bemerken, dass sie ein Mädchen war. Wie sie gerade zu Ted gesagt hatte: Es gab einen Krieg zu gewinnen, und Phoebe Bigelow war fest entschlossen, dabei zu sein.

Kapitel 5

Philadelphia
Dezember 1861

„Willst du den ganzen Abend an diesem langweiligen Stand arbeiten, Julia? Kann ich denn keinen einzigen Augenblick mit dir zusammen verbringen?“

Julia blickte von dem Stapel handgerollter Verbände auf, die sie gerade gezählt hatte. Arthur Hoyt, ihre Begleitung an diesem Abend, lehnte sich gegen die Tischplatte, die auf zwei Böcken lag, und verschränkte die Arme, als wollte er ihr befehlen, über den Tisch zu springen und ihm Gesellschaft zu leisten. Seine Stimme hatte den fordernden Tonfall eines verwöhnten Kindes.

„Ich bin Vorsitzende des Organisationskomitees, Arthur. Bestimmt habe ich dir schon erklärt, dass ich heute Abend arbeiten muss.“

„Aber doch sicher nicht den ganzen Abend … und nicht dreimal so viel wie alle anderen.“

Es war Julias Idee gewesen, diesen Weihnachtsbasar zu organisieren, um Geld für den *Christlichen Hilfsverein der Vereinigten Staaten* zu sammeln. Sie hatte einige ihrer Freundinnen überredet, ihr zu helfen, und die letzten Wochen hatten sie damit zugebracht, Händler um Spenden zu bitten, sodass sie Preise für verschiedene Wettbewerbe hatten. Außerdem hatten sie Kirchen und Wohltätigkeitsorganisationen gebeten, etwas für die Carepakete für die Soldaten beizusteuern, und den Saal und die Stände geschmückt. Die unermüdliche Arbeit hatte Julias Gewissen ein wenig beruhigt und geholfen, die quälende Ruhelosigkeit etwas zu lindern, die sie seit Bull Run erfüllte. Sie hatte sich dadurch außerdem die Dankbarkeit von Pastor Nathanael Greene verdient, der einer der Gründer des *Christlichen Hilfsvereins* in Philadelphia war.

„Du könntest mir mit den Verbänden helfen, Arthur“, sagte Julia mit einem Lächeln, nach dem ihr nicht war. „Dann bin ich schneller fertig.“

Seine Miene zeigte deutlich, wie lächerlich ihm ihr Vorschlag erschien. Er packte ihre Hände, sodass sie nicht weiterarbeiten konnte. „Es reicht. Ich bin mit dir für den heutigen Abend verabredet und ich mache meinen Anspruch geltend. Jetzt.“

„Aber ich kann den Stand nicht verlassen.“

„Unsinn.“ Er ließ ihre Hände los und ging zu Nathanael, der an einem anderen, mit selbst gestrickten Dingen für die Soldaten beladenen Tisch beschäftigt war. „Entschuldigen Sie, Herr Pastor. Sie müssen jemand anders finden, der Julias Arbeit übernimmt. Ich beanspruche sie für mich.“ Arthur lächelte und sein Tonfall war jovial und gutmütig, aber etwas an der Art, wie er alle herumkommandierte, ärgerte Julia. Was bildete er sich eigentlich ein?

„Natürlich“, sagte der Pastor. „Miss Hoffman hat heute Abend eine Menge getan. Sie hat sich ein wenig Vergnügen verdient.“ Greene folgte Arthur zu Julias Stand und übernahm selbst ihre Arbeit.

„So, und jetzt lass uns etwas zu essen holen gehen“, sagte Arthur und nahm ihren Arm.

„Ich habe eigentlich gar keinen Hunger.“

„Ich aber.“ Er führte sie zu einem Essensstand und häufte sich eine Mischung aus Knabbereien und Gebäck auf einen Teller. Dann gab er eine großzügige Spende und setzte sich Julia gegenüber an einen kleinen Tisch für zwei Personen. Den Teller stellte er zwischen sie. „So ist es besser“, sagte er und stützte sein Kinn auf eine Hand, um sie besser ansehen zu können. „Ich war es leid, dich von der anderen Seite des Saales aus anzusehen. Und erst recht war ich es leid, dich mit allen anderen zu teilen.“

„Aber ich hatte dich doch gewarnt, dass ich heute Abend arbeiten würde, und du sagtest –“

„Ich weiß, ich weiß. Ich bin sehr egoistisch, weil ich die schönste Frau im ganzen Saal für mich haben will.“

Vor sechs Monaten hätte dieses Kompliment Julia sehr erfreut; jetzt wäre sie am liebsten aufgesprungen und an die Arbeit zurückgekehrt, um so zu beweisen, dass sie mehr zu bieten hatte als nur äußerliche Schönheit. Sie versuchte zu lächeln und nett zu Arthur zu sein, weil sie sich ihrem Vater zuliebe krampfhaft darum bemühte, ihn zu mögen. „*Wenn ich einer der Väter wäre, die eine Ehe für ihre Töchter arrangieren*", hatte Richter Hoffman zu ihr gesagt, „*dann würde ich eine Verbindung mit dem jungen Arthur Hoyt anstreben. Es gibt in ganz Philadelphia keinen besseren Mann. Gib ihm eine Chance, Julia, mir zuliebe. Mehr verlange ich ja gar nicht.*"

Sie hatte wirklich versucht, eine mustergültige Tochter zu sein, seit ihr Cousin Robert gefangen genommen worden war, weil ihr bewusst war, dass ihre Eltern auch so schon genug Sorgen hatten. Sie hatte ihre gesellschaftlichen Verpflichtungen wahrgenommen, ohne zu murren oder andere zu schockieren. Sie hatte ihren Mädchen gestattet, sie anzukleiden und ihr die Haare zu frisieren. Und sie hatte in den vergangenen zwei Monaten pflichtbewusst alle Einladungen von Arthur Hoyt angenommen. Arthur war attraktiv, aufmerksam und wohlhabend – alles, was sich eine Frau nur wünschen konnte. Julias Freundinnen sprachen über ihn, als wäre er der erste Preis im Wettkampf um den besten Bräutigam, und sagten ihr, wie glücklich sie sich schätzen könne, seine Aufmerksamkeit errungen zu haben. Sie hatte Arthur eine Chance gegeben, ihrem Vater zuliebe. Sie hatte wirklich versucht, ihn zu mögen. Aber nach all der Zeit fühlte sie immer noch nichts für ihn außer einer ständigen Verärgerung darüber, wie er sie herumkommandierte.

„Iss etwas, Julia", sagte er jetzt und schob den Teller mit dem Gebäck näher an sie heran. „Die habe ich gekauft, damit wir beide sie essen, und du hast noch nichts davon angerührt." Sie tat, was er verlangte, und nahm sich einen Keks, aber der Stachel der Verärgerung wuchs allmählich zu einem Dorn des Unmuts. Sie sprachen eine Weile über belanglose Dinge, bis Arthur einen Großteil des Tellers geleert hatte. „Lass uns gehen", sagte er plötzlich. „Wir können mit der Kutsche eine Fahrt durch den Fairmont Park unternehmen."

„Ich kann noch nicht gehen, Arthur. Pastor Greene hält gleich einen Vortrag über die Arbeit des Hilfsvereins."

Er verdrehte die Augen. „Fantastisch. Ich leide ohnehin an Schlafmangel und Greenes Predigten eignen sich immer gut für ein Nickerchen." Julia öffnete den Mund, um zu antworten, bereit, Arthur für seine unfreundliche Bemerkung abzukanzeln, aber er schob ihr eine Praline in den Mund und schnitt ihr damit das Wort ab. „Nun schau nicht so schockiert drein", sagte er lachend. „Das war ein Witz. Und wo wir gerade davon sprechen, ich glaube, der gute Herr Pastor will in diesem Augenblick mit seiner Rede beginnen."

Nathanael Greene stieg auf das Podium, während die kleine Kapelle die letzten Töne eines Walzers spielte. Er hob die Hände, um die Menge zum Schweigen zu bringen. „Ich möchte Ihnen allen dafür danken, dass Sie heute Abend gekommen sind", begann er, „und dafür, dass diese Benefizveranstaltung für den *Christlichen Hilfsverein* ein solcher Erfolg geworden ist. Besonders bedanken möchte ich mich bei der Organisatorin dieses Basars, Miss Julia Hoffman, für ihre unermüdliche Arbeit."

Julia hatte nicht erwartet, dass die Leute derart kräftig applaudieren würden, und der Rummel um ihre Person war ihr unangenehm. Aber sie sah den neuen Respekt in den Augen des Predigers, als sie bescheiden den Dank entgegennahm, und da wusste sie, dass sie sich einen Teil dessen, was sie am Bull Run verloren hatte, zurückerkämpft hatte. Seit er wieder da war, hatte sie nicht mit Nathanael geflirtet oder ihn verfolgt, sondern war auf Distanz geblieben und hatte nur mit ihm gesprochen, wenn es nötig war. Ihr Wunsch nach Rache war schon lange vergangen. Sie hasste ihn nicht mehr und wünschte sich auch nicht, er würde entlassen. Vielmehr machten seine einfachen Dankesworte sie glücklicher, als sie es in den letzten Monaten gewesen war.

„Siehst du", flüsterte Arthur, „du hast deine Anerkennung und dein Lob bekommen. Können wir jetzt gehen?"

Julias Freude löste sich in Scham auf. Ausgerechnet Arthur Hoyt hatte in ihrem Engagement das gesehen, was es war – das Verlangen, gelobt und anerkannt zu werden. Wenn sie jetzt ginge, würde Nathanael es auch sehen.

„Nein. Es wäre unhöflich zu gehen", flüsterte sie zurück. „Er ist noch nicht fertig."

„Für all jene von Ihnen, die es nicht wissen", fuhr Nathanael fort, „der *Christliche Hilfsverein der Vereinigten Staaten* wurde vor einigen Monaten in New York City gegründet und schon kurz darauf bildeten sich Ableger in anderen Städten, darunter auch Philadelphia. Eines unserer Ziele ist es, die Nahrungsversorgung und Kleiderzuteilungen unserer Soldaten zu ergänzen, und dabei werden die Spenden, die wir heute Abend gesammelt haben, eine große Hilfe sein. Ein zweites Ziel ist es, unsere Soldaten auf dem Schlachtfeld moralisch und geistlich zu unterstützen. Männer, die zum ersten Mal fern von ihren Familien und ihrer Heimat sind, stehen vor vielen neuen und schlimmen Versuchungen. Unsere Anwesenheit in ihrer Mitte und die Bibeln, die wir verteilen, können Kraft geben, um die List Satans zu besiegen. Aber unser grundlegendes Ziel ist es, Seelen für Christus zu gewinnen. Männer sind besonders empfänglich für das Evangelium, wenn sie auf dem Schlachtfeld ihrer eigenen Sterblichkeit ins Auge sehen. Das ist genau der richtige Zeitpunkt, um ihnen von der Liebe Christi zu erzählen und von dem ewigen Zuhause, das er für die Seinen vorbereitet.

Ich bin sehr dankbar, dass Sie uns bei der Erreichung dieser Ziele heute Abend so großzügig unterstützt haben. Aber ich möchte einige von Ihnen bitten, darüber hinaus zu überlegen, ob sie nicht die zusätzliche Meile gehen wollen, von der Christus gesprochen hat. Der *Christliche Hilfsverein* besteht aus ganz normalen Männern und Frauen, die ihre Zeit zur Verfügung stellen, um mit Soldaten zu sprechen, als Krankenschwestern oder Pfleger zu arbeiten, das Evangelium weiterzusagen und Bibeln zu verteilen. Wo es Schlachtfelder gibt, da gibt es auch viel Leid. Jesus hat uns den barmherzigen Samariter als Beispiel gegeben – den einen von drei Männern, der einem Verletzten nicht den Rücken kehrte, sondern es wagte, etwas zu tun."

Julia spürte, wie die Scham ihre Wangen brennen ließ. Sie konnte Nathanael nicht länger ansehen. Selbst wenn sie hundert Basare organisierte, würde sie nie wiedergutmachen können, was sie am Bull Run getan hatte. Sie wusste jetzt, dass sie zurückkehren musste. Sie musste zurück auf das Schlachtfeld, um den verwundeten Soldaten diesmal zu helfen, anstatt ihnen den Rücken zu kehren.

„Uns ist aufgetragen, unseren Nächsten zu lieben", fuhr Nathanael fort, „und unser Nächster ist der Mensch, der uns braucht. Im Frühjahr werde ich mich von der Kirche freistellen lassen, um dem Verein meine Dienste als Seelsorger anbieten zu können. Bitte überlegen Sie sich, ob Sie es mir nicht gleichtun wollen. Der Hilfsverein braucht Sie als Krankenschwestern und Helfer vor Ort. Können Sie ein paar Wochen, vielleicht einen Monat, für diese wichtige Arbeit opfern? Kehren Sie unseren leidenden Soldaten nicht den Rücken. Hören Sie auf Gottes Stimme. Vielleicht ruft er Sie heute Abend … Noch einmal herzlichen Dank, dass Sie diese Veranstaltung zu einem so großen Erfolg gemacht haben. Bitte genießen Sie den Rest des Abends."

Julia stand auf, so bewegt von Nathanaels Worten, dass sie bereit war, seine erste Freiwillige zu werden. Aber bevor sie sich durch die Menge, die sich sofort um den Pastor geschart hatte, hindurchdrängen konnte, versperrte ihre Begleitung ihr den Weg. Arthur war vom Tisch aufgestanden und verschwunden, während Nathanael gesprochen hatte; jetzt war er mit Julias Mantel zurückgekommen. Er hielt ihr den Mantel hin und wartete darauf, dass sie ihn anzog. Sein Lächeln verbarg seine Ungeduld nur unzureichend.

„Komm, Julia, meine Kutsche steht vor dem Eingang. Es wird Zeit, dass wir gehen."

„Aber der Abend ist noch nicht vorbei – und ich sollte bleiben und beim Aufräumen helfen."

„Ich schicke morgen früh ein Dutzend Dienstboten zum Helfen. Komm jetzt."

Ihr blieb nicht viel anderes übrig, als zu gehorchen. Arthur half ihr ungeduldig in den Mantel und führte sie hinaus. Die Nachtluft war so kalt, dass Julia ihren Atem sehen konnte. Frischer Schnee war gefallen, während sie drinnen gewesen waren, und bedeckte den schmutzigen Matsch, sodass die Stadt ganz hübsch aussah. Schneeflocken schwebten langsam hernieder, als sie zur Kutsche gingen, und legten sich wie Puderzucker auf ihre Schultern.

Arthur schwieg, während sie in der geschlossenen Kutsche Platz nahmen und losfuhren. Dann lehnte er sich zu ihr herüber. „Ich habe Pastor Greene einhundert Dollar für seinen *Christlichen Hilfsverein* gegeben. Meinst du nicht, ich habe dafür eine Belohnung verdient?"

„Eine Belohnung? Was meinst du damit?"

„Wie wäre es mit einem kleinen Kuss? Hierhin." Er deutete auf seine Wange.

Julia wusste, dass Arthur nur ihr zuliebe mit zu dem Basar gekommen war. Es war in der Tat eine sehr freundliche Geste seinerseits, ihre Sache derart großzügig zu unterstützen. Sie beschloss, ihm den Gefallen zu tun, und beugte sich vor, um seine Wange zu küssen. Aber sobald ihre Lippen sein Gesicht berührten, drehte er den Kopf und küsste sie mitten auf den Mund. Als sie versuchte, sich zu befreien, hielt er ihren Hinterkopf so fest, dass sie nicht entkommen konnte.

„Wie kannst du es wagen!", sagte sie, als er endlich fertig war. Sie hatte Angst, weinen zu müssen. Julia war noch nie zuvor geküsst worden, obwohl sie sich immer ausgemalt hatte, wie es wohl sein würde. Sie hatte nachts im Bett mit ihrem Kissen geübt, indem sie so tat, als wäre es der Mann, den sie liebte. Nie hätte sie gedacht, dass ihr erster Kuss ihr auf diese Weise geraubt würde, gegen ihren Willen. Sie fuhr sich über den Mund, um Arthurs Berührung fortzuwischen, und ihr war, als hätte man sie bestohlen. Er sah ihre Reaktion und runzelte die Stirn.

„Ich habe höflich gefragt, Julia. Außerdem ist ein kleiner Kuss doch wohl das Mindeste, was du mir schuldig bist, nachdem ich heute Abend so viel Geduld mit dir hatte. Von meiner Großzügigkeit ganz zu schweigen."

„Ein Kuss sollte keine Bezahlung für irgendetwas sein", sagte sie mit bebender Stimme. „Er ist ein Zeichen der Zuneigung zwischen zwei Menschen, die einander etwas bedeuten."

„Du bedeutest mir doch etwas“, sagte er und nahm ihre Hand in die seine. „Und ich bin davon ausgegangen, dass du auch etwas für mich empfindest, sonst hättest du doch nicht erlaubt, dass ich dir wochenlang den Hof mache.“

Sie zog ihre Hand weg. „Bring mich nach Hause, Arthur.“

„Ach, jetzt sei nicht kindisch! Es war doch nur ein Kuss. Hast du gedacht, ich würde ewig warten? Ich bin schließlich kein Mönch wie dein heiliger Freund Pastor Greene.“

Die Tränen, die sie bis jetzt zurückgehalten hatte, schossen Julia in die Augen, als Nathanaels Name fiel. „Ich möchte gerne nach Hause“, wiederholte sie.

„Gut!“ Er klopfte ans Fenster, um dem Kutscher die entsprechende Anweisung zu geben, dann ließ er sich mit verschränkten Armen auf den Sitz zurückfallen. Arthur sah überhaupt nicht attraktiv aus, wenn er wütend war. „Man hat mich ja gewarnt, dass es eine Herausforderung sein würde, dir den Hof zu machen, Julia – wie bei Shakespeare und *Der Widerspenstigen Zähmung*. Normalerweise genieße ich Herausforderungen, aber heute Abend finde ich dein Verhalten wirklich mehr als lächerlich.“

Julias Tränen verwandelten sich in Wut, als sie seine Worte hörte. „Da du mich für widerspenstig hältst, schlage ich vor, dass du mit jemand anderem zum Weihnachtsball gehst. Ich habe keine Lust mehr, dich zu begleiten.“

„O nein, so haben wir nicht gewettet“, sagte Arthur und drehte sich zu ihr um. „Der Ball ist nächste Woche und ich ändere meine Pläne jetzt auf keinen Fall. Ich habe eine Menge Zeit investiert, um dir den Hof zu machen, und ich werde nicht zusehen, wie das alles zunichte gemacht wird, nur weil ich dir einen albernen Kuss abgeluchst habe. Es gibt genügend andere Frauen, die sich in den vergangenen Wochen über meine Gesellschaft gefreut hätten – und die nicht halb so geizig mit ihrer Zuneigung gewesen wären.“

„Dann kannst du ja mit einer von ihnen zum Ball gehen.“

Arthur kochte vor Wut. „Du überlegst dir das besser noch einmal, bevor du eine Verabredung mit mir absagst“, sagte er und fuchtelte mit dem Zeigefinger vor ihrem Gesicht herum. „Ich werde in ganz Philadelphia erzählen, wie kalt du bist, und dann kannst du froh sein, wenn sich überhaupt noch irgendein Verehrer findet."

Julia wusste, dass Arthur seine Drohung in die Tat umsetzen könnte und wahrscheinlich auch würde, aber es war ihr egal. Sie packte seinen Finger und stieß ihn zur Seite. „Glaubst du wirklich, du könntest das Herz einer Frau mit Drohungen gewinnen?"

„Ich frage mich, ob du überhaupt ein Herz hast, Julia. Wenn, dann ist es so hart und kalt wie Stein. Ich schätze deinen Vater sehr und deshalb habe ich auch eingewilligt, dir den Hof zu machen. Aber ich werde wohl mit ihm über dein Betragen sprechen müssen."

Julia schloss die Augen und wieder begannen die Tränen zu fließen, als sie daran dachte, wie enttäuscht ihr Vater wäre. Stimmte es wirklich, dass sie ein kaltes Herz hatte? War das der Grund, warum sie den verwundeten Soldaten damals den Rücken gekehrt hatte?

Weder sie noch Arthur sagten etwas, bis die Kutsche endlich vor ihrem Haus zum Stehen kam. Julia hätte vielleicht nachgegeben und ihm noch eine Chance zugebilligt, wenn sie nicht gerade noch rechtzeitig die Augen geöffnet hätte, um seine selbstgefällige, zufriedene Miene zu sehen.

„Ich akzeptiere diese Tränen als Entschuldigung", sagte er und berührte ihr Kinn mit dem Daumen, „und hole dich wie geplant zum Ball ab."

Julias ganzer Körper begann vor Wut zu zittern. Zum zweiten Mal stieß sie seine Hand fort. „Es ist mir egal, was du meinem Vater erzählst", sagte sie. „Und es wäre mir auch egal, wenn du der letzte Junggeselle in ganz Philadelphia wärst. Ich würde lieber als alte Jungfer sterben, als mein Leben mit einem Mann zu verbringen, der glaubt, er könnte sich die Liebe einer Frau erkaufen – ganz zu schweigen von einem Mann, der eine Frau herumkommandiert und besticht und bedroht, um seinen Willen zu kriegen. Leb wohl, Arthur. Und bitte lass dich nie wieder bei mir blicken." Sie sprang aus der Kutsche und rannte bis zur Haustür, während sie betete, dass er ihr nicht folgen möge.

Julias Vater begegnete ihr im Foyer. Das Lächeln auf seinem Gesicht verwandelte sich in einen Ausdruck der Verblüffung, als sie die Tür hinter sich zuknallte. „Wo ist Arthur? Wir wollten doch noch etwas zusammen trinken."

„Ich weiß, dass du eine hohe Meinung von ihm hast …", begann sie, während sie versuchte, ihre Tränen zurückzudrängen.

„Was ist los? Habt ihr beiden euch gestritten?"

„Ich kann ihn nicht länger ertragen, Vater! Er ist arrogant und überheblich … und er tut so, als wäre ich sein Besitz!" Jetzt konnte sie die Tränen nicht länger zurückhalten. Sie schienen ihren Vater mehr zu verstören als ihre Worte.

„Ach du meine Güte. Wo ist deine Mutter? Martha …"

„Nein, bitte ruf Mutter nicht. Es geht schon wieder. Ich höre gleich auf." Julia riss sich schnell zusammen. Sie hatte versucht, ihrer Mutter ihre Gefühle zu erklären, aber das hatte nichts genützt. Ihr Vater war ihre letzte Hoffnung. „Ich will nicht mit Mutter sprechen. Ich möchte mit dir reden."

„Mit mir?", fragte er alarmiert. „Worüber denn?"

Julia war so verzweifelt darum bemüht, ihrem Vater zu erklären, wie unglücklich sie war, dass ihre Worte sich beinahe überschlugen. „Ich kann nicht mehr so leben. Ich will nicht hierbleiben und mit Arthur ausgehen – oder mit irgendeinem anderen Mann. Ich will zurück nach Washington oder wo auch immer der Krieg ist und Krankenschwester werden. Ich will Soldaten helfen –"

„Auf keinen Fall!"

„Bitte, Papa. Wenn du nur –"

„Eine solche Arbeit ist nicht standesgemäß. Du bist eine junge Frau aus besten Gesellschaftskreisen und keine gewöhnliche Arbeiterin oder Bedienstete. Außerdem ist es für eine unverheiratete Frau höchst unangemessen, in diesen Feldlagern mit all den Männern zu leben und zu arbeiten. Willst du als ‚unmoralisch' gebrandmarkt werden? Niemand wird dich dann noch heiraten wollen."

„Das ist mir egal. Ich will nicht heiraten, vor allem nicht einen Mann wie Arthur, der glaubt, ich wäre sein Besitz."

„Also, Julia –"

„Der Gedanke, an einen Mann gekettet zu sein, den ich nicht liebe, so wie es bei Rosalie der Fall ist, macht mir schreckliche Angst. Und ich glaube nicht, dass ich ein Leben wie das von Mutter aushalten könnte – tagein, tagaus, Jahr für Jahr, nur endlose Teepartys und langweilige Wohltätigkeitsveranstaltungen. Ich will, dass mein Leben einen Sinn hat!"

Ihr Vater packte sie an den Schultern und schüttelte sie ein wenig. „Wie kannst du es wagen, deine Mutter zu beleidigen! Ihr Leben ist nicht sinnlos –"

„Im Vergleich zu dem von Florence Nightingale schon."

„Woher kommen nur diese dummen Einfälle? Sag nicht, dass du dich der Bewegung angeschlossen hast, die das Wahlrecht für Frauen fordert!"

„Ich will nicht *wählen*, Papa", sagte Julia frustriert. „Ich will Krankenschwester werden. Pastor Greene hat heute Abend davon gesprochen, dass Freiwillige für den *Christlichen Hilfsverein* gebraucht werden. Das möchte ich tun. Ich möchte dem Verein beitreten und den Soldaten helfen."

„Eine Predigt, Julia, und du willst das Leben wegwerfen, das du bisher geführt hast?" Sein Griff wurde fester, als könnte er diese dummen Gedanken aus ihr herausquetschen wie Wasser aus einem Tuch. „Überleg dir das gut, denn beides kannst du nicht haben. Willst du Ansehen und eine Stellung in der Gesellschaft, einen anständigen Mann und ein zivilisiertes Leben – oder willst du umherziehen und etwas ‚verändern' wie irgendeine Suffragette? Das sind nämlich zwei Dinge, die einander ausschließen. Und jetzt will ich nichts mehr von solchen Dummheiten hören", sagte er, bevor er sie endlich losließ. „Und ich erlaube dir auf keinen Fall wegzulaufen, nur weil du dich mit deinem Verehrer gestritten hast."

„Du hörst mir nicht zu! Du bist Richter, Papa. Du sollst den Leuten zuhören und unparteiisch urteilen."

„Es ist mir unmöglich, unparteiisch zu sein, da ich für dich verantwortlich bin."

„Aber du bist nicht mehr für mich verantwortlich. Ich bin jetzt erwachsen. Ich kann mit meinem Leben tun, was ich will."

„Sei nicht albern. Du bist eine Frau, und Frauen müssen ihr ganzes Leben lang beschützt und behütet werden. Dafür ist ihr Vater verantwortlich, bis die Frau einen Ehemann gefunden hat, dann ist es seine Aufgabe. So funktionieren zivilisierte Gesellschaften."

Insgeheim hatte Julia immer gewusst, dass sie nahtlos von der Herrschaft und Obhut ihres Vaters in die ihres Ehemannes wechseln würde, aber jetzt, nachdem sie die Wahrheit so klar ausgesprochen gehört hatte, wollte sie mehr denn je fliehen. Sie fühlte sich gefangen. Am liebsten hätte sie vor Enttäuschung geschrien, aber sie wusste, dass sie ihren Vater nie würde umstimmen können, wenn sie hysterisch wurde. Sie würde ihn nur dazu bringen, seine Meinung zu ändern, wenn sie ruhige Vernunft und Logik anwandte.

„Ich bitte dich nur um eines, Papa", sagte sie und bemühte sich, ihre Tränen zurückzuhalten. „Komm mit und sprich selbst mit Pastor Greene. Lass ihn erklären, was der *Christliche Hilfsverein* tut, und ihn den Bedarf an Freiwilligen erläutern. Dann kannst du entscheiden, ob es für mich angemessen ist, mich ihm anzuschließen."

* * *

Drei Tage später saßen Julia und ihr Vater mit Nathanael Greene in dem winzigen Stadtbüro des *Christlichen Hilfsvereins*. Der Prediger erklärte mehrere Minuten lang begeistert die Ziele und Prinzipien der Gruppe, wahrscheinlich in Erwartung einer ansehnlichen Spende von Richter Hoffman, der schweigend zuhörte.

„Alle finanziellen Beiträge werden verwendet, um Bibeln zu kaufen", sagte Greene schließlich. „Wie Sie wissen, arbeiten wir mit Freiwilligen, die einige Wochen oder Monate ihrer Zeit opfern, um mit unseren Soldaten in den Krieg zu ziehen. Ich werde selbst im Frühling als Freiwilliger mitgehen, um die Dinge, die wir beim Basar gesammelt haben, zu verteilen. Übrigens, Miss Hoffman", sagte er, an Julia gewandt, „ich möchte Ihnen noch einmal persönlich für Ihren unermüdlichen Einsatz danken. Der Abend war ein ungeheurer Erfolg."

„Das freut mich." Sie sah Respekt in den graublauen Augen

und nahm all ihren Mut zusammen, ohne auf ihren Vater zu warten. „Der Grund, warum wir hier sind, Herr Pastor, ist der, dass Ihre Worte beim Basar mich sehr bewegt haben. Ich möchte gerne meine Zeit zur Verfügung stellen und für den Hilfsverein arbeiten."

„Wunderbar! Wir können jede Hilfe bei der Organisation weiterer Veranstaltungen gebrauchen. Jede Spende, die Sie beschaffen können, wird von den Männern dankbar –"

„Das meine ich nicht. Ich möchte als Freiwillige in die Kriegsgebiete gehen."

Sein herzliches Lächeln schwand. Sein Blick wanderte besorgt von Julia zu ihrem Vater und dann wieder zurück zu Julia. „Es tut mir sehr leid, wenn meine Worte neulich irreführend waren. Obwohl es natürlich stimmt, dass wir Freiwillige brauchen, so fürchte ich doch, dass wir unmöglich eine unverheiratete Frau als Abgesandte akzeptieren können."

„Aber … aber warum denn nicht?" Julias Enttäuschung war so groß, dass die Worte ihr entschlüpften, bevor sie sie aufhalten konnte. „Das ist nicht fair!"

„Es tut mir leid … aber Sie verstehen das doch sicherlich, Richter Hoffman. Unsere Freiwilligen wohnen in Zelten neben Tausenden von Soldaten. Es gibt ein paar weibliche Helfer, aber sie sind alle verheiratet."

„Ja, ich verstehe das", erwiderte Julias Vater. „Ich habe versucht, es meiner Tochter zu erklären, aber sie wollte nicht auf mich hören. Ich dachte mir, sie nimmt es vielleicht eher an, wenn sie es von Ihnen selbst hört. Vielen Dank für Ihre Zeit." Er erhob sich und wandte sich zum Gehen. Julia war unfähig sich zu rühren.

„Bitte – Sie haben doch gesagt, dass Sie Krankenschwestern brauchen", flehte sie. „Und ich möchte eine sein. Gibt es denn keine andere Möglichkeit?"

„Frauen in deiner gesellschaftlichen Position machen eine solche Arbeit einfach nicht", beharrte ihr Vater. „Und jetzt komm. Wir haben Pastor Greene lange genug aufgehalten."

„Entschuldigen Sie, Sir", sagte Greene, „aber ganz so ist es nicht.

Dorothea Dix wurde zur Oberinspektorin für Krankenschwestern in Washington ernannt und ich kann Ihnen versichern, dass die Frauen, die sie zu Krankenschwestern ausbildet, aus den gehobensten Kreisen stammen, genau wie Ihre Tochter."

„Wirklich? Nimmt sie denn auch unverheiratete Frauen?"

„Da bin ich mir nicht sicher, aber Miss Dix ist selbst alleinstehend. Und ich weiß, dass der Bedarf an Schwestern sehr groß ist. Wenn es Julia mit ihrem Wunsch wirklich ernst ist –"

„Es ist mir sehr ernst", sagte sie. „Ich habe lange darüber nachgedacht und ich möchte Krankenschwester werden."

„Dann schlage ich vor, dass Sie Miss Dix schreiben und um eine Liste der benötigten Qualifikationen bitten", sagte Nathanael. „In der Zwischenzeit könnten Sie einige Empfehlungsschreiben sammeln, um sie Ihrer Bewerbung beizufügen."

Angetrieben von neuer Hoffnung, schrieb Julia noch am selben Tag der Oberinspektorin in Washington. Die förmliche Antwort, die sie von Miss Dix' Büro erhielt und in der die Bedingungen für die Ausbildung zur Armeekrankenschwester genannt waren, entmutigten sie nicht im Geringsten:

> *Es sollten überhaupt keine jungen Damen geschickt werden, sondern nur reife Frauen, die besonnen, ernsthaft, aufopfernd und abgesichert sind; die Leid aushalten können und sich in Sprache und Wesen vollkommen beherrschen können; die gefasst, sanft, ruhig, tatkräftig und pflichtbewusst sind. Alle Krankenschwestern müssen schlicht aussehen. Ihre Kleider müssen braun oder schwarz sein und dürfen keine Schleifen, Rüschen, Verzierungen oder Reifröcke haben.*

Julia stattete dem Hausarzt ihrer Familie einen Besuch ab und erklärte ihm, dass sie Armeekrankenschwester werden und ihn um ein Empfehlungsschreiben bitten wolle.

„Es hat keinen Sinn, zu Miss Dix zu gehen", sagte Dr. Hamilton zu ihr. „Sie wird Sie gleich wieder nach Hause schicken. Sie sind viel zu jung."

„Schreiben Sie den Brief bitte trotzdem?“, bat sie. „Ich brauche jemanden, der mir einen guten Charakter, eine entsprechende Erziehung und Ernsthaftigkeit bescheinigt. Bitte, lassen Sie es mich versuchen.“

Als der Kongressabgeordnete Rhodes Urlaub nahm und nach Philadelphia zurückkehrte, bat sie ihn ebenfalls um ein solches Schreiben. Er starrte sie ungläubig an.

„Bull Run war für uns alle ein schreckliches Erlebnis. Wieso um alles in der Welt wollen Sie sich einem solchen Anblick noch einmal aussetzen?“

„Ich muss einfach zurückgehen. Ich schäme mich so für mein Verhalten an jenem Tag und ich weiß, ich könnte diesmal besser damit umgehen. Bitte, ich möchte helfen.“

„Die Szenen, die Sie mit angesehen haben, sind beim zweiten Mal keine anderen“, sagte er.

„Die Bomben haben mich damals erschreckt, weil sie so nah waren. Wenn ich in einem Krankenhaus arbeiten könnte, würde ich nicht die Nerven verlieren, das weiß ich. Ich könnte diesen armen verwundeten Männern helfen.“

„Haben Sie denn die Erlaubnis Ihres Vaters, Julia?“, fragte er leise.

„Um ehrlich zu sein, ist er keineswegs glücklich über meine Entscheidung. Aber er hat mir erlaubt, es zu versuchen. Er sagt, wenn Miss Dix mich nimmt, unterstützt er mich. Alles, was ich von Ihnen brauche, Herr Abgeordneter, ist ein Empfehlungsschreiben.“

Er seufzte und gab ihr, worum sie ihn gebeten hatte.

Bewaffnet mit Briefen von ihm, Dr. Hamilton und dem früheren Pastor ihrer Gemeinde ging Julia eines Abends in das Arbeitszimmer ihres Vaters und bat ihn, im neuen Jahr nach Washington fahren und sich persönlich bei Miss Dix bewerben zu dürfen. Er sah sie mit einem solchen Widerwillen an, dass man hätte meinen können, sie hätte um seine Erlaubnis gebeten, eine Bank überfallen zu dürfen.

„Ich werde dich noch einmal bitten, Julia – vergiss diesen Unsinn und akzeptiere ein anständiges Leben." Er saß steif hinter seinem Schreibtisch und appellierte an sie, wie er normalerweise vermutlich in seiner Funktion als Richter an einen Kriminellen appellierte, dem Verbrechen abzuschwören. „Warum willst du ein Leben, das sicher und angenehm und berechenbar ist, aufgeben, um ins Ungewisse aufzubrechen? Ist dir nicht klar, dass du dein altes Leben vielleicht nie wieder bekommst, wenn du ein solches Risiko eingehst?"

„Ich will dieses Leben nicht", sagte Julia. Aber sie sprach diese Worte ganz leise aus, unsicher, ob sie wirklich davon überzeugt war. Sie sagte sich, dass es nicht nur eine langweilige, eitle Existenz war, die sie ablegte, sondern auch der Mensch, der sie zu werden befürchtete, wenn sie zu Hause blieb, die Frau, die Nathanael oberflächlich und verwöhnt und unerträglich selbstbezogen genannt hatte.

„Du bist in vielerlei Hinsicht vor der Welt behütet worden", fuhr ihr Vater fort. „Und jetzt hast du aus irgendeinem seltsamen Grund deinen Lebensstil in Augenschein genommen, das Leben, das deine Mutter und ich dir mit viel Arbeit ermöglicht haben, und hast nur seine schlechten Seiten gesehen. Ich befürchte, dass du dieses Leben erst dann wirklich zu schätzen lernen wirst, wenn du die Hässlichkeit in der Welt gesehen hast – und dann ist es vielleicht zu spät. Dann könntest du jede Chance vertan haben, einen guten Ehemann zu finden und ein anständiges Leben zu führen."

Julia konnte nicht antworten. Tief in ihrem Innern hatte sie die gleiche Angst, befürchtete sie, dass sie einen Fehler beging, der nicht wiedergutzumachen war. Sollte sie das Risiko eingehen?

„Bestimmt gibt es irgendwo in Philadelphia einen jungen Mann", sagte ihr Vater, „der dir gefallen würde, wenn du ihm eine Chance gäbest?"

Sie war überrascht, dass sie an Nathanael denken musste. Obwohl sie seine schlechte Meinung von ihr kannte, träumte sie immer noch davon, dass er sie in einem anderen Licht sehen würde, wenn sie erst einmal Krankenschwester war, dass er entdecken würde, wie sehr sie sich verändert hatte, und sich doch noch in sie verlieben würde.

„Ich bin noch nicht so weit, eine Familie zu gründen", sagte sie zu ihrem Vater. „Wenn du mich zwingst zu heiraten, werde ich mit Sicherheit unglücklich."

„Warum reist du dann nicht ins Ausland – ein Besuch in London vielleicht oder Frankreich?"

„Ich mag das Meer nicht. Bitte, Papa, lass mich einige Monate lang versuchen, Krankenschwester zu sein. Wenn du mich nach Washington fahren lässt, verspreche ich, dass ich mir anschließend ernsthafte Gedanken um einen Mann machen werde."

Er lehnte sich vor, seine Augen voller Wärme, als hätte er plötzlich seine Richterrobe abgelegt und sich selbst erlaubt, ihr Vater zu sein. „Gibst du mir dein Wort, Julia? Du wirst dich nicht gegen eine Heirat sträuben, wenn ich dir diesen Versuch gestatte?"

Sie verspürte einen Schauer der Erregung. Er würde sie tatsächlich gehen lassen. „Ja, ich verspreche es."

„Dir ist doch klar, dass du nicht ohne Anstandsdame reisen kannst." Er lehnte sich in seinem Sessel zurück, wieder ganz der analytische Richter. Der zärtliche Augenblick war vorüber. „Und deine Mutter hat unter Umständen erst gegen Ende des Sommers Zeit, dich zu begleiten."

Julia erkannte, was diese Ausrede war – eine Verzögerungstaktik. Ihr Vater hoffte, sie würde vor dem nächsten Sommer ihre Meinung ändern. Sie wusste, dass sie es nicht tun würde. Die Verzögerung würde sie nur noch ruheloser und unglücklicher machen, als sie es ohnehin schon war.

„Vielleicht könnte Tante Eunice mitkommen", sagte sie nach kurzer Überlegung. Die unverheiratete Schwester ihres Vaters liebte Julia über alles. Julia würde sie zu allem überreden können.

„Du kannst sie fragen", sagte ihr Vater widerstrebend, „aber sie hat auch gesellschaftliche Verpflichtungen. Wenn sie einwilligt, dich zu begleiten, werde ich dir erlauben zu fahren. Wenn aber nicht …"

„Danke, Papa! Danke!" Sie rannte um seinen Schreibtisch herum und überraschte ihn mit einer Umarmung, dann eilte sie aus dem Zimmer, bevor er es sich anders überlegen konnte.

Kapitel 6

Washington City
Dezember 1861

Phoebe duckte sich, um dem Weckruf gehorchend aus dem Zelt zu kriechen, und fand eine kleine Überraschung vor: In der Nacht waren ein paar Zentimeter Neuschnee auf den gefrorenen Boden gefallen. Ein grauer, eisiger Dunst hing über dem Lager und der Kasino-Sergeant war gerade dabei, mit einer Axt die Eisschicht auf dem Wasserfass zu zerhacken. Phoebe schloss alle Knöpfe ihres neuen Wintermantels und zog angesichts der Kälte die Schultern hoch.

Um sie herum drängten sich die anderen Soldaten zusammen, während sie versuchten, ihre Müdigkeit abzuschütteln. Einige rauchten Zigaretten, während andere sich in die Hände bliesen, um ihre Finger zu wärmen. Einige wenige standen in der Nähe des Kochfeuers und warteten darauf, ihre Becher mit heißem Kaffee zu füllen. Der Schnee knirschte unter ihren Stiefeln und ihr Atem bildete Wölkchen, während sie alle auf den Morgenappell und das Frühstück warteten.

Phoebe fing allmählich an, sich im Lager zu Hause zu fühlen, und das blieb nicht ohne Auswirkungen. Sie und die anderen Soldaten hatten Tische und andere Möbelstücke aus allen möglichen Dingen gebaut, die sie finden konnten – Baumstämme, leere Lattenkisten, umgedrehte Fässer – um das Lager etwas bequemer zu machen. In der Nähe ihres Zelteingangs war ihr nagelneues 58-Kaliber Springfield-Gewehr tipiförmig mit den Gewehren von fünf Kameraden aufgebaut. Die Armee hatte endlich neue Waffen ausgegeben und an diesem kalten Dezembermorgen durften sie zum ersten Mal damit üben. Phoebe trennte ihre Waffe vorsichtig von den anderen und wischte den Schnee mit bloßen Händen fort. Anschließend trocknete sie das Gewehr mit dem Ärmel ihres Mantels. Sie hätte die Waffe gestern Abend mit ins Zelt genommen, wenn sie gewusst hätte, dass es schneien würde.

Als das Metall einigermaßen trocken war, klemmte sie sich das Gewehr unter den Arm und schob ihre Hände in die Manteltaschen, um sie zu wärmen. Ted war gerade zum Latrinenbereich gegangen und sie blickte in seine Richtung, bis sie ihn wiederkommen sah. Er war leicht zu erkennen; die Ärmel seines neuen Soldatenmantels hingen ihm bis über die Fingerspitzen und der Saum reichte ihm fast bis zu den Knöcheln.

„Hey, unsere Gewehre rosten doch hoffentlich nicht, wenn sie hier draußen sind, oder?“, fragte er und schob seine Ärmel hoch. „Vielleicht sollten wir sie bei uns im Zelt aufbewahren.“

„Das Gleiche dachte ich auch gerade.“ Phoebe zog die Hände aus den Taschen und half Ted, sein Gewehr aus dem Stapel zu ziehen. Er wischte den Schnee ab und warf sich den Riemen über die Schulter, sodass die Waffe ihm auf dem Rücken hing.

„Weißt du, das Ding ist ganz schön schwer“, sagte er. „Ich wünsche mir noch meine Zaunlatte zurück, wenn sie erwarten, dass wir den ganzen Tag damit marschieren.“

„Das wünschst du dir nicht wirklich“, sagte sie und stieß ihm spielerisch den Gewehrlauf in die Rippen. „Mit einer Zaunlatte kannst du keine Rebellen erschießen, oder?“ Sie hob das Gewehr an die Schulter und nahm Visier, wobei sie in den Wald zielte. Dann betätigte sie den Abzug. „Ich kann es gar nicht erwarten, das Ding auszuprobieren. Und du?“

„Es wäre echt eine Wohltat, damit zu schießen – vor allem auf die Rebellen. Aber so wie ich die Armee inzwischen kenne, müssen wir erst einmal im Kreis marschieren, bis wir zu müde sind, um aufrecht zu stehen. Ich wette, es dauert noch Monate, bis sie uns überhaupt Munition geben.“

„Mensch, ich hoffe, du irrst dich“, sagte Phoebe und ließ das Gewehr sinken.

Bis jetzt unterschied sich ihr Tagesablauf in dem neuen Lager nur wenig von dem, den sie in ihrem ersten Trainingslager in Pennsylvania gewohnt gewesen waren. Phoebe und Ted mussten endlosen Drill über sich ergehen lassen, manchmal acht Stunden am Tag. Aber jetzt war ihre Kompanie Teil eines neuen Regiments – und das bedeutete, dass Hunderte und Aberhunderte Männer gemeinsam marschierten, mit musizierenden Kapellen, schlagenden Trommeln und wehenden Regimentsstandarten. Phoebe begann den Klang marschierender Füße allmählich im Traum zu hören.

Hier in ihrem Winterquartier in Washington brachte General McClellan sie auf Vordermann. Phoebe sah oft, dass er ihre Paraden beobachtete, während er auf seinem großen schwarzen Pferd ritt oder durch das Lager stolzierte wie ein Gockel durch den Hühnerstall. Die Männer nannten ihn „Little Mac" oder den „jungen Napoleon", weil er nicht sehr groß gewachsen war. Aber sie liebten ihren Kommandanten und waren bereit, General McClellan bis ans Ende der Welt zu folgen.

Phoebe und die anderen hatten gelernt, eine vier Mann breite Marschkolonne zu bilden und ihre Aufstellung auf Befehl in zwei engmaschige Kampflinien zu verwandeln. Sie hatten auch gelernt, zweiundzwanzig verschiedene Trommelwirbel und vierunddreißig verschiedene Hornsignale zu unterscheiden.

„Wenn die Schlacht erst einmal beginnt", hatte ihr befehlshabender Offizier erklärt, „wird es so viel Lärm geben, dass ihr die Befehle, die ich rufe, nicht mehr hören könnt. Ihr müsst wissen, was jeder Trommelwirbel und jedes Hornsignal bedeutet, und in der Lage sein, richtig darauf zu reagieren."

Die neue Routine beinhaltete auch tägliche Krankmeldungen. Phoebe machte sich Sorgen, als Hunderte ihrer Mitrekruten an lächerlichen Kinderkrankheiten wie Masern oder Windpocken erkrankten. Eine ihrer größten Befürchtungen war, dass sie im Krankenhaus landen könnte und ihr Geheimnis herauskäme, deshalb hielt sie sich von den anderen fern, um eine Ansteckung zu verhindern. An diesem Morgen hatte es zwei weitere Verdachtsfälle auf Masern gegeben, darunter auch ein Mann aus ihrem eigenen

Zelt. Dutzende Soldaten husteten. Ein Rekrut, der sich wegen eines schmerzenden Zahnes ein Tuch um den Kopf gebunden hatte, stritt sich laut mit dem Sergeant, der wollte, dass er beim Regimentsarzt vorstellig wurde.

„Niemand zieht mir den Zahn!", beharrte er. „Wir fangen heute an, mit Gewehr und Bajonett zu trainieren, und das lasse ich mir nicht entgehen."

Ted war so begierig darauf anzufangen, dass er sein Frühstück hinunterschlang und daneben Phoebe drängte, schnell aufzuessen. Aber als sie schließlich in Formation standen und mit den Übungen begannen, erwies Teds Vorhersage sich als wahr. Zu Phoebes großer Enttäuschung bekamen sie keine Munition. Den ganzen Vormittag über, während die Sonne langsam den Dunst auflöste und die Schneedecke unter Hunderten von trampelnden Füßen schmolz, übten die Rekruten die neun Schritte, die nötig waren, um ihre neuen Waffen zu laden und abzufeuern – mit imaginärer Munition.

„Euer Ziel", erklärte Sergeant Anderson ihnen, „ist es, in einer Minute dreimal zu laden, zu zielen und zu schießen."

Als Phoebe zum Mittagessen ins Lager zurückmarschierte, waren ihre Füße nass und eiskalt. „Ich glaube, die Armee versucht uns umzubringen und den Rebellen die Mühe zu ersparen", sagte sie zu Ted.

„Weißt du was?", meinte er müde. „Ich wünschte, ich wäre zur Kavallerie oder Artillerie gegangen, anstatt zur Infanterie. Dieses verflixte Gewehr ist echt schwer!"

Sergeant Anderson hatte Phoebe gewarnt, sie solle keine Fragen mehr stellen, aber als sie ihn ganz allein auf einem Baumstumpf sitzen und zu Mittag essen sah, konnte sie sich nicht beherrschen. Sie ging zu ihm hinüber und stellte ihm noch eine Frage.

„Sergeant Anderson? Äh, ich frage mich … Bitte schreien Sie nicht, aber … wann können wir denn das Zielen üben?"

„Wenn ihr das Weiße im Auge des Feindes seht", sagte er, ohne aufzublicken.

Phoebe überlegte, ob das ein Scherz sein sollte, aber er lächelte nicht. „Ist das nicht zu spät, Sir?"

„Nö.“ Er blickte zu ihr hoch. „Dann werdet ihr nicht versucht sein, Munition zu verschwenden, oder?“

„Wahrscheinlich nicht. Aber, Sir …? Worauf warten wir?“

Seine Antwort bestand aus nur einem Wort: „Frühling.“

* * *

Als der Kalender das neue Jahr 1862 anzeigte, überquerte Phoebes Regiment den Potomac, marschierte in Virginia ein und schlug seine Zelte auf dem Territorium des Rebellengenerals Robert E. Lee in Arlington auf.

„Hey, wollen wir doch mal sehen, wie ihm das gefällt“, sagte Ted. „Wir zelten sozusagen in seinem Vorgarten.“

„Vielleicht gibt die Armee uns endlich Munition, wenn er kommt, um uns zu verscheuchen“, erwiderte Phoebe.

Trotz des Wartens und Übens und erneuten Wartens war sie sich sicher, dass das Leben in der Armee besser war, als hinter Kindern herzurennen und in einer heißen Küche zu schuften. Außerdem war der monatliche Sold, den die Regierung ihr gab, ein ganzes Stück besser als das, was Mrs Haggerty ihr bezahlt hätte. Es war manchmal etwas schwierig zu erklären, warum sie nicht zusammen mit allen anderen die öffentliche Toilette benutzte oder an warmen Tagen im Fluss badete, oder warum sie jeden Morgen vor allen anderen aufstand und alleine loszog. Doch mit der Zeit hatten sich Ted und ihre anderen Zeltgenossen daran gewöhnt, dass Ike Bigelow ein schüchterner junger Mann und gerne ungestört war.

Anfang Februar bekam Phoebes Kompanie vier Tagesrationen aus gesalzenem Rindfleisch, Hartkeksen, Kaffee und Zucker zugeteilt und erhielt den Befehl, einen Erkundungsvorstoß ins Rebellenterritorium zu unternehmen. Ihre Patronenschachteln wurden aus diesem Anlass tatsächlich mit echter Munition gefüllt. Phoebe war so aufgeregt, dass es sie kaum in der Formation hielt und sie am liebsten losgerannt wäre, um die Rebellen zu finden, anstatt in Reih und Glied zu marschieren. Aber je länger der Tag dauerte, desto schwerer wurde ihr Gewehr, ihr Mantel wurde immer heißer und hinderlicher, ihre Füße wurden nasser und kälter und ihr Tornister begann sich anzufühlen, als hätte jemand heimlich Kanonenkugeln hineingestopft. Was die Sache noch schlimmer machte, war die Tatsache, dass sie den ganzen Tag über nicht einmal den winzigsten Hinweis auf ihren Feind sahen.

Die Tage waren immer noch kurz, und so hielt die Kompanie bereits vor Sonnenuntergang an, um in einem kleinen Pinienwald ihr Lager aufzuschlagen. Sie schnitten Zweige ab, die als Matratze dienen sollten, und sammelten Holz, um ein Lagerfeuer in der Mitte der Lichtung zu machen. Als das Feuer angefacht und das Lager fertig war, waren alle halb verhungert. Phoebe setzte sich neben Ted und beobachtete, wie er versuchte, ein Stück von dem Hartkeks abzubeißen.

„Wie sollen wir all unsere Zähne behalten, wenn sie uns so etwas zu essen geben?“ Wie zum Beweis schlug er den steinharten Keks gegen seinen Metallbecher und nahm sich dann ein Stück zähes, getrocknetes Rindfleisch vor, auch dies vergeblich. „Mist! Ich glaube, sie haben uns Haut gegeben anstatt Fleisch!“

„Ich versuche meins zu kochen“, beschloss Phoebe. „Gut, dass ich deine Bratpfanne mitgenommen habe.“

Es hatte an diesem Tag Augenblicke gegeben, in denen sich ihr Gepäck so schwer angefühlt hatte, dass sie sich gewünscht hatte, sie könnte die Pfanne ins Gebüsch werfen. Jetzt war sie froh, dass sie es nicht getan hatte. Sie goss ein wenig Wasser aus ihrer Feldflasche in die Pfanne und setzte sie auf die Kohlen, um das Wasser zu erhitzen. Dann holte sie ihr Messer heraus und begann ihre Ration Rindfleisch in die Pfanne zu schneiden. Ted sah zu und leckte sich die Lippen.

„Hey, Ike … äh, meinst du …?“

„Ja, klar. Schmeiß deins mit rein, ist ja schließlich deine Pfanne.“ Sie reichte ihm das Messer, als sie damit fertig war. „Hier. Schneid das Fleisch in Stücke.“

Sie erkannte gleich, dass Ted keine Ahnung hatte, wie er vorgehen musste. Als es so aussah, als würde er gleich einen seiner Finger in Scheiben schneiden, nahm sie ihm das Messer wortlos wieder ab und schnitt das Fleisch selbst in die Pfanne.

„Danke“, sagte er kleinlaut. „Meine Mutter hat zu Hause immer gekocht. Ich habe einen großen Bogen um die Küche gemacht.“

Das Fleisch fing an, recht gut zu duften, während es kochte, und bald kamen andere Männer näher, um zuzusehen. Während Phoebe darauf wartete, dass das Rindfleisch zart wurde, zerkrümelte sie in ihrem Becher ein Stück Hartkeks und gab die Brösel dann in die Fleischbrühe, um sie zu einer Sauce anzudicken.

„Ich habe mir überlegt“, sagte sie zu Ted, „dass wir die Sauce über die Kekse gießen könnten, so wie bei einem Brötchen. Dann werden sie vielleicht weicher und schmecken gar nicht mal so schlecht.“

Die anderen Männer waren einer nach dem anderen verstummt. Irgendwann blickte Phoebe auf, um zu sehen, warum es so still geworden war. Alle beobachteten sie und leckten sich die Lippen. „Woher kannst du so gut kochen?“, fragte einer von ihnen.

„Na ja, nachdem meine Eltern gestorben waren, gab es nur noch meine drei Brüder und mich. Da hieß es kochen lernen oder hungern. Also habe ich es gelernt.“

„Meinst du, du könntest meine Ration auch so zubereiten?“, fragte ein anderer.

Den ganzen Abend für alle anderen zu kochen, war das Letzte, was Phoebe wollte. Deshalb war sie schließlich vor den Haggertys geflohen. „Warum sollte ich das tun?“, fragte sie.

„Ich gebe dir einen Achtel Dollar.“

„Ja, ich zahle auch einen Achtel Dollar, wenn du meins kochst“, fügte ein anderer Soldat hinzu.

Phoebe dachte an all die ausgefallenen Kuchen und anderen Süßigkeiten, die die Marketender verkauften, die in Washington durch die Lager fuhren.

„Also gut“, sagte sie. „Ein Achtel Dollar pro Nase. Und für denjenigen, der morgen die Bratpfanne trägt, koche ich umsonst.“

Alle lachten und einer der Männer schlug ihr kameradschaftlich auf die Schulter. Sie hatte ihr Misstrauen den anderen gegenüber ausnahmsweise aufgegeben und fühlte sich, als hätte jemand ein Fenster einen Spaltbreit geöffnet, um frische Luft hereinzulassen. Als alle mit dem Essen fertig waren, hatte sie sich den Respekt der anderen verdient – und neue Freunde gefunden.

Nach Einbruch der Dunkelheit saßen sie auf ihren Baumstämmen rund ums Lagerfeuer und redeten noch eine Weile, die Gesichter vom Feuerschein beleuchtet. Kiefernnadeln ließen Funken aufstieben, wann immer jemand einen neuen Ast aufs Feuer warf. Das frisch geschnittene Holz war feucht und nicht abgelagert und Phoebes Augen brannten von dem rauchigen Feuer. Einige der Männer schnitzten, andere rauchten Zigaretten; die meisten erzählten von ihren Frauen oder Freundinnen, die zu Hause auf sie warteten. Phoebe konnte nur schweigend zuhören, während sie sich fragte, wie es wohl wäre, einen Menschen zu haben, der sie liebte.

Die Männer waren alle müde von dem ersten langen Marschtag. Nachdem sie den Wachdienst aufgeteilt hatten, legten sich alle schlafen. Anstelle von Spitzzelten hatte jeder Soldat ein Stück Segeltuch erhalten, mit dem er machen konnte, was er wollte. Einige hatten beschlossen, es wie eine Decke zu benutzen, andere hatten sich einen Unterstand damit gebaut, die meisten Männer aber hatten sich zu zweit zusammengetan und zwei Planen so miteinander verbunden, dass ein Zelt daraus entstanden war.

„Hey, sollen wir unsere auch zusammenbinden und ein Zelt bauen?“, hatte Ted Phoebe gefragt, als sie am frühen Abend das Lager aufgeschlagen hatten. Nachdem sie eingewilligt hatte, hatten sie gemeinsam zwei gerade Äste gehauen, die ihnen nun als Zeltstangen dienten. Die Öffnung des kleinen Zeltes ging zum Lagerfeuer hinaus, sodass sie etwas von dessen Wärme abbekamen, und die Kiefernzweige, die sie geschnitten hatten, bildeten ein weiches, duftendes Bett unter ihnen.

Als sie jetzt in dem kleinen Unterschlupf lag, entdeckte Phoebe, dass der gemütliche Raum sich ganz anders anfühlte als das große Zelt mit den vielen Männern. Ted lag dicht neben ihr, fest in seine Decke und seinen Mantel gewickelt. Sie waren allein, nur sie beide, und Phoebe stellte entsetzt fest, dass ihr Herz raste wie das eines ängstlichen Kaninchens. Stimmte etwas nicht mit ihr? Was, wenn ihr Herz nicht mehr aufhörte, so zu hämmern, und man sie nach Washington zurückschickte, damit sie sich von einem Arzt untersuchen ließ? Was, wenn ihr Herz so schnell schlug, dass es sich übernahm und schließlich vor Erschöpfung stehen blieb?

Während Phoebes Fantasie mit ihr durchging und sie sich all diese schrecklichen Möglichkeiten ausmalte, seufzte Ted plötzlich zufrieden. Sie konnte den Kaffee in seinem Atem riechen, wann immer er sich bewegte. „Ist das nicht ein großartiges Leben, Ike? Hier draußen zu sein und den ganzen Tag Rebellen zu jagen? Als ich noch zu Hause im Büro gearbeitet habe, ist nie etwas Aufregendes passiert. Ich habe den ganzen Tag drinnen gesessen und Zahlen addiert." Er hielt inne. „Weißt du was? Ich glaube, ich gehe nie wieder nach Hause."

„Mhm … ich weiß, was du meinst." Ihr war so seltsam atemlos zumute, dass sie kaum antworten konnte. Etwas am Klang von Teds sanfter Stimme, die leise neben ihr in die Dunkelheit flüsterte, war wunderbar aufregend. Am liebsten hätte sie ihm die ganze Nacht zugehört.

„Wenn ich jetzt noch ein Mädchen hätte, das zu Hause auf mich wartete, wäre das Leben vollkommen." Er rollte sich auf die Seite und wandte ihr sein Gesicht zu. Sie waren nur wenige Zentimeter voneinander entfernt. „Manchmal muss ich einfach daran denken, wie es wohl wäre, ein hübsches Mädchen im Arm zu halten und sie vielleicht zu küssen. Denkst du auch manchmal über solche Sachen nach, Ike?"

Phoebe schluckte. „Es klingt schon gut, wenn du das so sagst."

Ihr Herz würde sich zu Tode hämmern. Zum ersten Mal in ihrem Leben wollte sie von einem Mann in den Arm genommen werden und seine Arme um sich spüren. Sie hatte sich noch nie als Mädchen gefühlt, sondern immer versucht, genauso zu sein wie ihre Brüder. Aber in Teds Nähe fühlte sie sich ganz anders – und war sich sehr deutlich der Tatsache bewusst, dass sie eine Frau war. Sie verstand das alles nicht.

„Hey, wenn wir wieder in Washington sind und Urlaub kriegen", sagte Ted, „dann könnten wir beide doch losziehen und uns ein paar hübsche Mädchen suchen, oder was meinst du?"

„Ich weiß nicht ..."

„Wieso?"

„Ich ... ich glaube nicht, dass sich überhaupt jemand in mich verlieben kann. So hässlich, wie ich bin."

„Das stimmt doch überhaupt nicht. Wer hat denn gesagt, du seist hässlich, Ike?"

„So ziemlich alle damals in der Schule."

„Hey, hör nicht auf sie." Ted drehte sich wieder auf den Rücken und starrte zu der Plane über ihnen hinauf. „Über mich haben sie sich auch lustig gemacht."

„Warum sollten sie dich denn hänseln? Du siehst doch gut aus."

„Nein, ich bin zu klein. Und ich habe Hasenzähne. Sei froh, dass du groß bist. Viele Mädchen finden nur Männer toll, die größer sind als sie."

„Aber es gibt jede Menge Mädchen, die nicht so groß sind. Eine von ihnen wird sich sicher in dich verlieben." Sie hörte, dass ihre Stimme zitterte, und fragte sich, was jetzt wieder mit ihr los war.

„Ich habe beschlossen, als Held aus diesem Krieg zurückzukehren", sagte Ted und gähnte. Seine Stimme klang schon ganz schläfrig. „Die Mädchen werden anders über mich denken, wenn ich ein Held bin. Du wirst schon sehen."

Ted schlief als Erster ein. Phoebe hörte, dass sein Atem langsamer und gleichmäßiger wurde. Milchig blaues Mondlicht schien durch die offene Seite in ihr Zelt und sie lag im Dunkeln und sah Ted an. Allmählich verlangsamte sich ihr Herzschlag wieder. Draußen im Wald war es still, abgesehen vom gelegentlichen Zischen und Knacken des verlöschenden Feuers und dem sanften Geflüster der Wachen, wenn sie einander ablösten. Sie lauschte dem raschelnden Flüstern des Waldes, dem Geräusch, mit dem sie aufgewachsen war und das sie liebte. Es erinnerte sie an zu Hause.

Aber Phoebe wollte nicht nach Hause. Zu Hause hatte sie keinen so guten Freund wie Ted.

* * *

Zwei Tage lang marschierten sie durch das Gebiet des Feindes. Nachts schlugen sie ihr Lager an geschützten Plätzen auf und tagsüber stocherten sie im Wald herum, als könnten sie dadurch ein paar Konföderierte aufstöbern. Dann kehrten sie um, ohne einen einzigen Rebellen gesehen zu haben, und machten sich auf den Weg zurück nach Washington. Wie Sergeant Anderson vorausgesagt hatte, erfuhr Phoebe nie, was es mit ihrem Ausflug auf sich hatte.

„Das ist schon in Ordnung“, sagte Ted. „Wir haben einen Vorgeschmack darauf bekommen, wie es ist, im Krieg zu sein – durch den Wald zu stapfen, unter dem Sternenhimmel zu schlafen – und ich bin froh, dass ich zur Armee gegangen bin. Du nicht auch?“

„Ja“, sagte Phoebe und dachte daran, wie sein Gesicht im Mondlicht ausgesehen hatte. „Tierisch froh.“

* * *

Im Frühling begannen Gerüchte zu kursieren, dass General McClellan plane, seine riesige Armee bald auf die konföderierte Hauptstadt Richmond marschieren zu lassen. Jeden Soldaten in Washington erfüllte diese Aussicht mit Aufregung. Als sie erfuhren, dass Truppen der Union Nashville erobert hatten, suchten die Männer in Phoebes Kompanie Streit, um Dampf abzulassen. Voller Frühlingsgefühle und ohne Rebellen, mit denen sie sich anlegen konnten, begannen die Männer sich untereinander zu prügeln.

Phoebe hatte eines Abends allein einen Spaziergang gemacht und kam gerade ins Lager zurück, als sie sah, wie einer der Bailey-Brüder in Teds offenen Tornister griff, als er nicht hinsah, und seine Flasche *Dr. Barkers Blut-Tonikum* herauszog.

„Hey, guck mal hier, Joe“, sagte Luke Bailey zu seinem Bruder. „Der kleine Mann hat Schnaps dabei, den er nicht mit uns teilen will.“

„Mensch, das ist mein Tonikum!“, sagte Ted und wollte es ihm wegnehmen. „Gib das her!“

Die Baileys waren stämmige Kerle mit kräftigem Nacken und dem Ruf, mit unfairen Mitteln zu kämpfen. Luke Bailey stieß Ted den Ellbogen in die Magengrube und zog dann den Korken aus der Flasche. „Ich finde, das riecht wie Alk." Er nahm einen tiefen Schluck und machte ein angewidertes Geräusch. „Schmeckt wie ein rostiger Nagel, den sie eingeschmolzen und in eine Flasche gesteckt haben."

„Haut es denn rein?", fragte sein Bruder.

„O ja! Und er hat noch mehr Flaschen davon in seinem Tornister."

„Wirf mir eine rüber", sagte Joe. „Ich glaube, ich könnte ein bisschen Medizin gebrauchen."

Luke verschloss die Flasche wieder mit dem Korken und warf sie Joe zu. Ted versuchte, sein Hab und Gut zu verteidigen, aber er rang wegen des schmerzhaften Schlags in die Magengrube noch immer nach Atem. Luke trat ihm auf den Fuß und entriss ihm den Tornister.

„Gib das zurück!", schrie Phoebe, während sie näher eilte. Die beiden Schläger hatten sich so schnell auf Ted gestürzt, dass es ihr vorkam, als würde sie durch hüfttiefen Schlamm waten, während sie auf die Gruppe zurannte.

„Halt du dich da raus", warnte Luke sie. „Das geht dich gar nichts an."

„Und diese Flasche und der Tornister gehen dich nichts an. Gib sie ihm zurück."

„Willst du mich dazu zwingen, Bohnenstange?" Luke trat drohend einen Schritt auf Phoebe zu, das Kinn in die Luft gereckt. Er war kleiner als sie, aber stämmig und muskulös. Es gefiel ihr nicht, dass sein bulliger Bruder hinter ihr stand, wo sie ihn nicht sehen konnte.

„Hey, ich will keinen Streit", sagte sie.

„Ach, er will keinen Streit", äffte Luke sie nach.

„Wir stehen in diesem Krieg auf derselben Seite, falls du es noch nicht bemerkt hast."

„Was für ein Krieg denn?", erwiderte Luke. „Hast du schon einen

Krieg gesehen, Joe?“ Die Brüder lachten, als hätte sie einen urkomischen Witz erzählt.

„Es gehört sich nicht, in den Sachen anderer Leute herumzuschnüffeln.“ Sie wünschte, ihre Stimme klänge nicht so hoch.

„Hast du Angst vor eine Prügelei, Bohnenstange?“

„Nein, aber ich –“

„Na gut, dann komm her und hol ihn dir.“ Luke ging langsam zurück und provozierte sie, indem er den Tornister an seinem Riemen vor ihr hin und her baumeln ließ.

Als sie einen Schritt nach vorne machte, hörte Phoebe Ted rufen: „Pass auf, Ike!“

Doch die Warnung kam zu spät. Joe Bailey griff sie von hinten an und riss sie zu Boden, sodass ihr die Luft wegblieb. Sie hörte die beiden Baileys lachen, als Joe von ihr herunterrollte und aufsprang.

„Du kennst doch die Redensart: ‚Je höher die Nase, desto tiefer der Sturz.‘“

Phoebe spuckte Erde aus. Jetzt war sie wütend. Sie rappelte sich auf und ging auf Luke los, wobei sie ihm wie ein Stier den Kopf in die Rippen stieß. Überrascht taumelte er zurück und fiel auf den Hosenboden. Der Tornister entglitt seiner Hand. Als Nächstes stürzte sich Phoebe mit beiden Fäusten auf Joe. Sie platzierte zwei gute Schläge, bevor ein Haken ihren Kiefer traf und sie das Gefühl hatte, als würden alle ihre Zähne wackeln. Das brachte sie erst recht auf. Wenn diese Schlägertypen ihr die Zähne ausschlugen, würde man sie als 4-S einstufen und sie durfte nie in den Krieg ziehen.

Phoebe holte immer wieder aus. Morgen würde ihr alles wehtun, aber sie hatte fest vor, es diesen Kerlen zu zeigen. Sie hatte schon gegen stärkere Rüpel gekämpft – ihre eigenen Brüder. Und sie hatte es auch mit allen Jungen in der Schule aufgenommen, die sie beschimpft und hässlich genannt hatten. Nachdem sie ihnen eine ordentliche Tracht Prügel verpasst hatte, hatten sie die Jungen in Ruhe gelassen, weil sie Angst vor ihr hatten.

Phoebe wehrte sich gegen die Bailey-Brüder, so gut sie konnte. Sie war äußerst überrascht, als Ted sich einschaltete und Luke, den jüngeren der beiden Brüder, angriff. Er schlug und boxte, was das Zeug hielt. Phoebe nahm am Rande wahr, dass sich ein Kreis von Männern um sie geschert hatte. Sie sahen zu und feuerten sie an, froh über die Ablenkung.

Phoebe hörte jemanden rufen: „Ich wette einen Dollar auf den großen blonden Kerl und seinen Freund."

„Du meinst Ike und den Zwerg?", fragte ein anderer ungläubig. „Nie im Leben. Ich setze auf die Baileys."

„Die Wette gilt."

„Ich setze zwei Dollar auf die Bailey-Brüder."

„Fünf auf Bigelow."

Langsam ging Phoebe die Kraft aus, aber auch Joe Bailey schwächelte. Sie ließen voneinander ab und umkreisten einander, während sie nach Atem rangen. Phoebe wartete, bis ihr Gegner zum Schlag ansetzte, dann duckte sie sich und preschte schnell vor. Sie platzierte zwei Hiebe so in seinem Bauch, dass er sich krümmte. Als er sich den Magen hielt und stöhnte, zeigte sie keine Gnade, sondern versetzte ihm mit aller Kraft einen Haken aufs Kinn.

Phoebes Fäuste schmerzten. Ihre Knöchel bluteten von der Begegnung mit Joes scharfkantigen Knöpfen. Sie ging erneut auf ihn los, aber er hatte genug. Er hielt die Hände hoch als Zeichen dafür, dass er aufgab.

Sie wirbelte herum, um zu sehen, was sein Bruder machte, und sah, dass er und Ted miteinander kämpften. Sie packte Luke am Hemd, riss ihn von Ted los und rang ihn zu Boden. Wenige Augenblicke später war alles vorbei. Phoebe hielt Luke fest, sein Gesicht im Dreck und ihr Knie auf seinem Rücken, während sie seinen Arm festhielt, wie ihr Bruder Junior es bei ihr immer gemacht hatte.

„Und, gehst du noch mal an anderer Leute Sachen?", fragte sie keuchend.

„Bestimmt nicht", stöhnte er.

Sie ließ ihn los. Ein Chor aus enttäuschten Seufzern und Jubelrufen war von den Zuschauern zu hören, als das Geld eingesammelt oder abgegeben wurde. Phoebe wandte sich an Ted.

„Sieh dich nur an", stöhnte sie. Sein Hemd war vorne zerrissen und aus einer Platzwunde an der Lippe lief ihm das Blut übers Kinn. Sein rechtes Auge schwoll allmählich zu und er würde morgen mit Sicherheit ein Veilchen haben, aber er grinste Phoebe an, als hätte er gerade eine ganze Zugladung Rebellen geschlagen. Sie stellte erleichtert fest, dass seine Zähne noch alle an Ort und Stelle waren.

„Hey, Ike, das hat Spaß gemacht, oder?", sagte er keuchend. „Ich habe noch nie im Leben einen Kampf gewonnen. Wir sind ein klasse Team, wir beide, nicht wahr?"

In Wahrheit hätten die Bailey-Brüder Hackfleisch aus Ted gemacht, wenn sie ihm nicht zu Hilfe gekommen wäre. Aber er hatte nicht gekniffen und sich davongemacht. Ted hatte sich mitten ins Geschehen gestürzt und sich mit erfahrenen Schlägern angelegt, die viel größer waren als er, deshalb konnte er mit Recht stolz sein.

„Ja", sagte sie mit einem Lächeln. Ihre eigene geschwollene Lippe schmerzte dadurch noch stärker. „Wir sind ein klasse Team." Ted sah aus, als würde er jeden Augenblick umfallen, also legte sie den Arm um ihn, um ihn zu stützen. Sie beglückwünschten sich immer noch gegenseitig, als Phoebe den Hauptmann ihrer Kompanie auf sich zukommen sah. Er blickte ihr geradewegs in die Augen.

„Kann ich mal mit dir sprechen, Bigelow?"

Plötzlich befiel Phoebe eine Angst, die weitaus größer war als die, die sie beim Kampf gegen die Bailey-Brüder gehabt hatte. Indem sie Ted verteidigt hatte, hatte sie Aufmerksamkeit erregt – etwas, das sie bislang so gut es ging vermieden hatte. Sie starrte den Hauptmann an, zu erschrocken, um einen Ton herauszubringen.

„Die Baileys haben angefangen", sagte Ted. „Dafür gibt es Zeugen."

Der Hauptmann antwortete nicht. Er bedeutete Phoebe, ihm zu folgen, drehte sich um und entfernte sich von den Zuschauern. Ihre Knie waren so weich und wackelig wie die eines neugeborenen Kälbchens, als sie ihm folgte. Nachdem sie ein Stück gegangen waren, blieb er stehen.

„Ich habe dich gerade beobachtet, Bigelow …"

Er weiß Bescheid! Er weiß, dass ich ein Mädchen bin!

„Du hast wirklich gut gekämpft. Hast du schon mal richtig geboxt?"

„Sie – Sie meinen, bei einem *Wettkampf*?"

Er nickte.

„Nein, Sir. Nur so mit meinen Brüdern und den Jungs in der Schule."

„Ich möchte, dass du darüber nachdenkst, der Boxchampion unserer Kompanie zu werden."

Phoebe war sprachlos. Sie hatte einige der Boxkämpfe gesehen, die das Regiment als Zeitvertreib für die Soldaten abhielt. Die Männer kämpften mit nacktem Oberkörper und trugen nur Hosen.

„Unsere Kompanie hatte noch nie einen anständigen Kandidaten, den wir hätten unterstützen können. Aber ich glaube, dass du das Zeug zum Champion hast. Es wäre gut für die Moral der Truppe … und du könntest dir sogar eine Beförderung dadurch verdienen."

„Ich laufe nicht vor einem Kampf weg, Sir. Aber es macht mir auch keinen Spaß."

„Ich kann dir ein paar Tipps geben, mit denen du noch besser wirst. Du bist schnell und stark. Du wiegst nicht so viel wie manche der anderen Boxer, aber du bist größer und du kämpfst intelligent."

„Um ehrlich zu sein, Sir, habe ich mich heute Abend nur geprügelt, weil die beiden einen anderen schikaniert haben. Sie hatten es auf jemanden abgesehen, der kleiner war als sie selbst."

„Das ist sehr löblich. Aber wäre es nicht noch befriedigender, wenn du Geld dafür bekämst? Du kannst doch sicher etwas zusätzliches Geld gebrauchen, oder?"

„Ich weiß nicht … Warum fragen Sie nicht die Bailey-Brüder? Die schlagen sich *gerne*."

„Die Baileys haben verloren. Gegen dich. Denkst du wenigstens darüber nach?"

Phoebe wusste nicht, wie sie ihrem befehlshabenden Offizier diesen Wunsch abschlagen sollte, ohne ihn gegen sich aufzubringen – aber sie wusste, dass sie ablehnen musste. „Es tut mir wirklich leid, Sir. Aber ich will nicht gegen Jungs kämpfen, die im Krieg auf derselben Seite stehen wie ich. Ich will mir meine Kampfkraft für die Rebellen aufheben."

„Na gut, Bigelow", seufzte er. „Aber ich finde, es ist eine Schande. Ich glaube, du könntest ein erstklassiger Champion werden."

Der Boden unter ihrer Matratze fühlte sich in dieser Nacht härter und unebener an als je zuvor. Phoebe lag mit einer ganzen Reihe neuer Schmerzen in ihrem Zelt. Aber immer wenn sie daran dachte, wie Luke Bailey Teds Sachen durchwühlt hatte, und an Teds hilflose Miene, wusste sie, dass sie es jederzeit wieder tun würde.

Nach diesem Abend blieb sie immer in Teds Nähe – nicht, dass die Bailey-Brüder dumm genug gewesen wären, sich noch einmal mit ihnen anzulegen. Sondern weil ... eigentlich wusste Phoebe gar nicht so recht, warum. Sie dachte den ganzen Tag über an Ted und auch abends, wenn sie in ihrem Zelt voller schnarchender Männer lag. Sie wollte alle ihre Mahlzeiten gemeinsam mit ihm einnehmen, während der Übungen neben ihm marschieren und abends am Lagerfeuer an seiner Seite sitzen und ihm zuhören, wenn er von seiner Familie zu Hause in Pennsylvania erzählte.

Aber als er sie an einem Frühlingsmorgen fragte, ob sie am Sonntag mit ihm zum Gottesdienst gehen wolle, blieb Phoebe wie angewurzelt stehen. Klar war sie nicht gerne lange von Ted getrennt, aber bei dem Gedanken, in die Kirche zu gehen, fühlte sie sich äußerst unwohl, selbst wenn der Gottesdienst unter freiem Himmel stattfand.

„Es gibt Leute, die behaupten, wir hätten am Bull Run verloren, weil wir am Sonntag gekämpft haben", erzählte Ted ihr. „Jetzt geben sie uns einen freien Tag, richten Kapellen ein und so. Komm mit, Ike. Alle gehen."

„Äh ... nein, danke." Sie nahm ihren Becher und trank schnell ihren Kaffee.

„Warum nicht? Du gehst doch zu Hause auch in die Kirche, oder?"

„Also … nicht sehr oft."

Ted ließ seinen Löffel auf den Blechteller fallen. „Du bist kein Christ? Hast du denn noch nie das Evangelium gehört?"

„Klar habe ich das. Wir hatten Weihnachtsfeiern in der Schule mit Jesus in der Krippe und den ganzen Tieren." Sie schob sich eine Gabel voll Essen in den Mund und hoffte, Ted würde das Gleiche tun und die Sache auf sich beruhen lassen. Doch das tat er nicht.

„Was ist mit Ostern? Das ist bald. Du weißt doch über Ostern Bescheid, oder?"

„Natürlich weiß ich über Ostern Bescheid. Ich bin schließlich kein Heide. Es ist nur … ich weiß nicht."

„Hey, du musst in die Kirche gehen, Ike. Das steht in der Bibel und so."

Phoebe starrte auf ihren Teller und riss geistesabwesend ein Stück Brot in Fetzen. Genauso zerrissen fühlte sie sich auch. Auf keinen Fall wollte sie, dass Ted sich über sie ärgerte. Aber sie hatte das dumme Gefühl, dass Gott ziemlich böse auf sie war, und sie wollte nicht riskieren, es herauszufinden, indem sie in einen seiner Gottesdienste ging. Phoebe wusste, dass sie nicht lügen sollte, und trotzdem log sie jeden Tag, weil sie so tat, als wäre sie ein Mann. Selbst wenn niemand anders ihr Geheimnis erriet, war sie überzeugt davon, dass Gott es kannte. Aber wie sollte sie das Ted erklären?

„Es war ein ziemlich weiter Weg von unserer Farm bis in die Stadt", sagte sie schließlich. „Und ich bin nie gern in die Kirche gegangen, weil ich dann immer –" Phoebe hätte beinahe gesagt: *Weil ich dann immer ein Kleid tragen musste*, aber sie beherrschte sich gerade noch rechtzeitig. „Äh … weil ich dann immer Schuhe tragen musste, weißt du. Man kann schließlich nicht barfuß in die Kirche gehen, oder? Zu Hause trugen immer alle gute Sonntagssachen und ich hatte keine."

„Aber jetzt hast du eine schöne Uniform und Schuhe. Komm mit, Ike. Bitte! Heute predigt einer vom *Christlichen Hilfsverein,* und ich habe gehört, dass sie anschließend Päckchen verteilen."

Ted bearbeitete sie das ganze Frühstück über und zermürbte ihren Widerstand, bis ihr keine Ausreden mehr einfielen. Und bevor sie es sich versah, durchquerte sie mit ihm das Lager in Richtung Freiluftkapelle. Ihr Unbehagen wuchs mit jedem Schritt.

„Kann ich dich mal was fragen, Ted?“, sagte sie schließlich. „Glaubst du, es stimmt, dass Gott die Gedanken der Menschen und alle ihre Geheimnisse kennt?“

„Klar. Und nicht nur ihre Gedanken. Er sieht sogar, was in ihrem Herzen ist.“

Phoebe erstarrte.

„Hey, komm schon. Warum bleibst du stehen?“ Ted zog an ihrem Ärmel und zerrte sie mit sich. „Du willst doch sicherlich auch einen guten Platz bekommen.“

„Der Pastor zu Hause hat immer gesagt: ‚Gott hat mir dies oder jenes gesagt.‘ Glaubst du, dass das stimmt? Würde Gott dem Pastor alle unsere Geheimnisse verraten?“

Ted boxte sie spielerisch in den Arm. „Warum? Hast du ein Geheimnis, das dich beunruhigt, Ike?“

Phoebe fühlte, wie ihr das Blut in die Wangen schoss. Wie hatte sie sich nur in diese Zwickmühle gebracht? Jetzt blieb ihr nichts anderes übrig, als noch mehr Lügen in die Welt zu setzen. Und das ausgerechnet am Sonntag.

„Nee, ich hab keine Geheimnisse. Zu Hause in Bone Hollow hat jeder alles von den anderen gewusst, so klein war der Ort. Da konnte man keine Geheimnisse haben. Aber manchmal habe ich mich gefragt, ob Gott etwas damit zu tun hatte. Vielleicht erzählt er dem Pastor Dinge über die Leute.“

Ted lachte. „Du hast wirklich komische Ideen. Komm schon.“ Er zog sie erneut ein paar Meter weiter.

Ein Stück entfernt erblickte Phoebe eine Laubhütte mit einem einfachen Holzkreuz und einer Reihe Bänke. Neben der Kapelle stand ein Zelt, an dem ein Schild hing – *Christlicher Hilfsverein der Vereinigten Staaten.* Drei Männer in Zivilkleidung halfen dem Prediger, aus Holzbalken eine Kanzel zu bauen. Der Frühlingstag war kühl und windig, aber Phoebe fühlte, wie ihr der Schweiß den Nacken hinunterrann. Sie blieb stehen.

„Was ist denn jetzt?“, fragte Ted seufzend.

„Ich bin zu groß für diese Bänke. Da weiß ich gar nicht, wohin mit meinen Beinen, und ich weiß jetzt schon, dass ich einen Krampf kriegen werde, bevor die Sache zu Ende ist. Geh du ruhig nach vorne. Ich höre von hier aus zu."

Ted musterte sie einen Augenblick lang. „Du willst dich zu unserem Zelt zurückschleichen, wenn ich nicht gucke, richtig?" Als sie nicht antwortete, sagte er: „Ich mache mir Sorgen um deine Seele, Ike. Du kommst nicht in den Himmel, wenn du Jesus nicht kennst. Willst du denn nicht in den Himmel kommen?"

„Nicht, bevor ich sterbe. Und ich habe vor, noch eine Weile am Leben zu bleiben."

Teds unschuldige, jungenhafte Miene verfinsterte sich und er runzelte die Stirn. Phoebe hätte gerne sein Gesicht in ihre Hände genommen, die Falten glatt gestrichen und ihn wieder zum Lächeln gebracht. Er hatte ein so schönes Lächeln.

„Ich verspreche dir, dass ich hier stehen bleibe und mir jedes einzelne Wort anhöre", sagte sie. Aber ihr Magen verkrampfte sich, während sie das sagte. Ted nickte widerstrebend und Phoebe beobachtete, wie er nach vorne schlenderte und sich setzte. Er blickte einmal in ihre Richtung, um zu sehen, ob sie noch da war, und sie winkte ihm zu.

Phoebe war mit ihren Gedanken Tausende Kilometer weit weg, als der Gottesdienst begann, und trotz ihres Versprechens hörte sie nicht ein einziges Wort von der Predigt. Sie bemerkte auch nicht, dass ein Mann in Zivil sich neben sie gestellt hatte, bis er sie ansprach.

„Wollen Sie sich nicht zu den anderen setzen, mein Sohn?" Phoebe wäre vor Schreck beinahe gestorben. „Tut mir leid", sagte der Mann schnell. „Ich wollte Sie nicht erschrecken."

„Ist schon in Ordnung. Nein, ich muss nicht sitzen. Ich fühle mich hier wohl."

„Ich heiße Nathanael Greene", sagte der Fremde und streckte die Hand aus. Sie war mit Sommersprossen übersät. Phoebe blickte in sein Gesicht und sah auch dort jede Menge Sommersprossen. Es war ein attraktives, jugendliches Gesicht – eines, das wahrscheinlich von jedem Mädchen daheim angehimmelt wurde. Dann bemerkte sie seinen Kragen.

„Sind Sie Prediger?"

„Ich bin ordinierter Pastor, ja."

Phoebe mochte keine Pastoren. Der in Bone Hollow hatte sie eines Tages nach der Schule beiseitegenommen und sie angebrüllt, weil sie sich mit den Jungen geprügelt hatte. Sie hatte versucht, ihm von all den schlimmen Sachen zu erzählen, die sie zu ihr sagten, um sie zu ärgern, aber er hatte ihr gar nicht zugehört. Er hatte ihr gesagt, dass Gott Regeln habe, an die sie sich halten müsse, wie die Regeln in der Schule. Irgendwann hatte er preisgegeben, dass er mit der Witwe Garlock unter einer Decke steckte, die Phoebe die Latzhosen austreiben und sie in ein Kleid stecken wollte.

Nathanael Greene musste gesehen haben, dass Phoebes Miene sich verändert hatte, denn er fügte schnell hinzu: „Aber ich bin nicht hier, um zu predigen. Ich bin hier als Freiwilliger des *Christlichen Hilfsvereins.* Wie heißen Sie?"

„Ike Bigelow."

„Ich rede einfach gerne mit Leuten, Ike. Und beantworte Fragen, die sie vielleicht in Bezug auf Gott haben."

„Also, ich habe eine Frage." Ihr Herz schlug ihr vor lauter Angst bis zum Hals, aber sie musste wissen, ob dieser Mann sie verraten würde. „Erzählt Gott den Predigern Dinge – geheime Dinge – über uns?"

„Ich bin mir nicht sicher, ob ich die Frage verstehe. Aber wenn Sie meinen, dass Gott so mit mir spricht, wie wir beide jetzt miteinander sprechen, dann nein. Ich erfahre die Geheimnisse von Menschen nur, wenn sie mir selbst davon erzählen."

Wahrscheinlich sah der Pastor ihr ihre Erleichterung an und konnte sich denken, dass sie ein wirklich großes Geheimnis hatte, aber das war Phoebe egal. Wenigstens konnte sie von jetzt an mit Ted zum Gottesdienst gehen, ohne sich allzu große Sorgen machen zu müssen.

„Ich nehme keine ‚Beichte' ab", fuhr er fort. „Ich bin kein Priester. Aber wenn Sie jemanden zum Reden brauchen, höre ich ihnen gerne zu und behalte es für mich." Als sie nicht antwortete, fragte er: „Sind Sie vielleicht katholisch? Es gibt nämlich einen Priester –"

„Ich gehöre zu keiner Kirche. Aber ich glaube an Gott", fügte sie schnell hinzu. „Ich komme mir in der Kirche bloß komisch vor, das ist alles. Ich gehöre nicht dorthin."

„Wo gehen Sie denn gerne hin, wenn Sie Zeit mit Gott verbringen wollen?"

Phoebe sah ihn erstaunt an. Seine Miene war freundlich und seine Stimme sanft. Woher wusste er, dass sie einen besonderen Ort hatte?

„Na ja … es gab zu Hause eine Stelle im Wald", sagte sie langsam. „Da bin ich immer hingegangen, wenn ich mich schlecht fühlte. Dort war es schön mit all den Bäumen und dem Bach und so. Und nach einer Weile habe ich mich dann irgendwie anders gefühlt … ich weiß nicht … nicht mehr so allein. Ich meine, da waren Tiere und Insekten und so, aber daran lag es nicht allein. Da war jemand, der größer war als sie. Es war beinahe so, als würde derjenige, der all das geschaffen hatte, es sich zusammen mit mir ansehen und all die schönen Dinge genießen, die er gemacht hatte."

Greene lächelte. „Das war Gott."

Phoebe schüttelte den Kopf. „Nee. Der Prediger hat immer gesagt, dass Gott in der Kirche wohnt. Das ist sein Haus. Er sagte, es gebe Regeln, die wir befolgen müssten, sonst werde Gott ganz böse. Aber ich gehöre nicht in eine Kirche. Und die Leute in der Stadt wollten mich dort eigentlich auch gar nicht haben."

„Jesus ist für alle Menschen auf die Erde gekommen, insbesondere auch für die, die das Gefühl haben, nirgendwo hinzugehören", sagte der Pastor. „Es gab zur Zeit Jesu viele Leute, die in die Kirche gingen, aber nicht an ihn glauben wollten. Doch Jesus kam vor allem, um den Ausgestoßenen zu helfen."

„Wie hat er ihnen geholfen?"

„Er hat sie geliebt. Und er ist für sie gestorben. Und sein Tod hat ihnen gezeigt, dass Gott sie auch liebt."

Phoebe wandte sich ab, damit er die Tränen nicht sah, die ihr plötzlich in die Augen traten. Die Vorstellung, von jemandem geliebt zu werden, war noch immer neu für sie und sie konnte nicht darüber reden, konnte noch nicht einmal daran denken. Nachdem sie sich so lange ungeliebt gefühlt hatte, drohten selbst die freundschaftlichen Gefühle, die ihr Ted entgegenbrachte, sie immer wieder zu überwältigen.

„Sie brauchen mir nicht zu glauben“, sagte der Prediger. Er zog eine Bibel im Taschenformat hervor und blätterte darin, während er sprach. „Hier ist eine Geschichte über einen Mann, der nirgendwo hingehörte. Und Jesus hat alle religiösen Leute schockiert, indem er im Haus dieses Mannes gegessen hat.“ Er knickte die Ecke der Seite um, damit sie die Stelle wiederfand, und reichte Phoebe das Buch. „Sie können es selbst nachlesen, wenn Sie Zeit haben.“

„Wann brauchen Sie das Buch zurück?“

„Das gehört Ihnen. Sie können es behalten.“

„Danke.“

„Keine Ursache. Es war schön, mit Ihnen zu reden, Ike. Das da drüben ist mein Zelt. Wenn Sie noch weitere Fragen haben, können Sie jederzeit zu mir kommen.“

Phoebe schaute Nathanael Greene nach, als er davonging, dann blickte sie auf die Bibel in ihrer Hand hinab. Sie konnte kaum glauben, dass er sie ihr geschenkt hatte. Noch nie zuvor hatte sie ein Buch besessen.

Kapitel 7

Washington City
Februar 1862

Am Morgen ihres Termins mit der Leiterin des Krankenpflegedienstes stand Julia in ihrem Hotelzimmer vor dem Spiegel und legte ihre Ohrringe, Ketten und anderen Schmuckstücke ab. Sie band sich das Haar zu einem Knoten zusammen, wobei sie sich weigerte, die Hilfe ihres Mädchens in Anspruch zu nehmen. Rigide steckte sie ihre wilden, federnden Locken, von denen jeder sagte, dass sie damit wie ein Engel aussehe, am Hinterkopf fest. Sie schrubbte ihr Gesicht, bis es glänzte, und widerstand der Versuchung, Farbe auf Lippen und Wangen aufzutragen. Nachdem sie das einfache braune Musselinkleid angezogen hatte, das genau Miss Dix' Richtlinien entsprach, erkannte Julia die Frau, die sie aus dem Spiegel anstarrte, kaum wieder. Alles an ihr, was sie als wohlhabende Dame der gehobenen Gesellschaft gekennzeichnet hatte, war verschwunden.

Einerseits fühlte sie sich nackt, plump und gewöhnlich. Nichts unterschied sie jetzt mehr von Inga, ihrer Bediensteten. Andererseits jedoch fühlte Julia sich auch frei. Es war, als hätte sie die verwöhnte, selbstsüchtige Julia Hoffman, die sie in letzter Zeit immer weniger hatte leiden können, abgelegt. Im Spiegel sah sie einen veränderten Menschen – zumindest äußerlich. Vielleicht würde sie mit der Zeit auch innerlich ein ganz neuer Mensch, ein Mensch, den Nathanael achten konnte.

„Ach, Julia! Was für ein scheußliches Kleid", sagte ihre Tante, als sie aus dem angrenzenden Zimmer hereingerauscht kam. „Du kannst unmöglich in einem solchen Ding aus dem Haus gehen. Das ist eine Schande!"

„Dieses Kleid ist ganz neu, Tante Eunice. Und es ist vollkommen anständig."

„Nicht für eine Frau mit deiner gesellschaftlichen Stellung. Wieso um alles in der Welt willst du so etwas tragen? Ganz ohne Spitze, ohne Besätze, ohne gescheite Falten. Das ganze Kleid besteht vielleicht gerade mal aus vier oder fünf Metern Stoff. Du meine Güte! Keine Reifröcke? Du siehst wie ein gewöhnliches Dienstmädchen aus. Die Leute werden einen ganz falschen Eindruck von dir bekommen."

„Du tust gerade so, als wäre ich splitternackt", sagte Julia gereizt. „Dabei ist das die Pflichtkleidung für Krankenschwestern."

„Dann verstehe ich nicht, warum du eine werden willst."

Julia fielen spontan mehrere Antwortmöglichkeiten darauf ein: weil *sie* ein Leben wie das ihrer Tante nicht verstehen konnte; weil das Leben einer Krankenschwester einen Sinn hatte; weil sie auch ohne Spitzen und Reifröcke ein wertvoller Mensch war. Stattdessen sagte sie: „Wir beeilen uns besser, sonst kommen wir zu spät zu unserer Verabredung."

Der Türsteher des Hotels winkte eine Droschke für sie herbei und sie fuhren durch die schlammigen Straßen quer durch die Stadt zum Haus von Miss Dorothea Dix. Die Leiterin des Krankenpflegedienstes erwartete sie bereits. Sie führte sie in einen dunklen, winzigen Salon und bat sie, sich zu setzen. Dann gab sie dem Mädchen die Anweisung, Tee zu bringen.

Miss Dix war Anfang sechzig und eine große schlanke Frau mit der Haltung eines Generals. Oberflächlich betrachtet wirkte sie streng und brüsk, aber Julia sah Mitgefühl in ihren grauen Augen, als sie sie fragte, warum sie gekommen sei.

„Ich möchte mich um eine Stelle als Militärkrankenschwester bewerben", erwiderte Julia.

„Wie alt sind Sie, Miss Hoffman?"

„Beinahe zwanzig. Aber ich habe Empfehlungsschreiben mitgebracht, die meine Reife und meinen Charakter bezeugen. Wenn Sie sie sehen möchten?" Sie zog die Briefe aus ihrer Handtasche und reichte sie der Oberinspektorin.

Julia und ihre Tante saßen schweigend da, während Miss Dix die Schreiben sorgfältig studierte. Genau in dem Moment, in dem sie den letzten Brief in seinen Umschlag zurückschob, kam das Mädchen mit dem Tee. Mehrere lange, qualvolle Minuten vergingen, in denen Miss Dix drei Teetassen füllte, sie weiterreichte, dafür sorgte, dass alle mit Sahne und Zucker versorgt waren, und sich dann wieder setzte. Julia stellte ihre Tasse auf ein kleines Tischchen, unfähig, noch länger zu warten.

„Ich weiß, dass Sie sagen werden, ich sei zu jung“, platzte sie heraus, „aber Krankenschwester zu werden ist mein sehnlichster Wunsch.“

„Darf ich fragen, warum, Miss Hoffman?“

„Ich war Zeugin der Schlacht am Bull Run, als Gast des Kongressabgeordneten Rhodes. Ich sah verletzte Männer, die Hilfe brauchten, und ich wusste nicht, was zu tun war.“

Miss Dix nickte ein wenig, als wollte sie Julia ermutigen fortzufahren.

„Mein Cousin Robert ist Leutnant bei den Unionstruppen. Im vergangenen Oktober haben wir erfahren, dass er gefangen genommen wurde. Er hat alles aufgegeben, um sein Land zu unterstützen, und das möchte ich auch. Ich möchte etwas für Robert und für alle anderen Soldaten wie ihn tun. Unser Pastor zu Hause hat in Philadelphia einen Ortsverband des *Christlichen Hilfsvereins* gegründet, und als er uns erzählte, dass Krankenschwestern gebraucht würden, verspürte ich sofort das Bedürfnis zu helfen … Es ist schwer zu erklären.“

Miss Dix nahm einen Schluck Tee und sagte dann: „Die meisten jungen Frauen in Ihrem Alter heiraten und gründen eine Familie. Haben Sie daran kein Interesse?“

Julia schüttelte den Kopf und unterdrückte ein Schaudern. Allein der Gedanke, mit einem Mann wie Arthur Hoyt eine Familie zu gründen, versetzte sie in Angst und Schrecken. „Ich würde gerne irgendwann heiraten“, sagte sie, „aber jetzt noch nicht. Ich will nicht gebunden sein, wenn es so viel Arbeit gibt. Ich will unseren Soldaten helfen.“

„Beinahe alle meine Krankenschwestern sind verheiratet", sagte Miss Dix und blickte Julia unverwandt an. „Sie melden sich freiwillig, weil ihre Männer im Krieg sind, und sie hoffen, so in ihrer Nähe sein zu können. Alleinstehende Frauen stelle ich auch ein, aber nur, wenn sie über dreißig sind. Ich habe die Erfahrung gemacht, dass sich fast alle jüngeren unverheirateten Frauen nur aus Neugier bewerben. Um es offen zu sagen, sie wollen als Krankenschwester arbeiten, um Männer kennenzulernen."

„Ich bin nicht hier, um einen Ehemann zu finden, Miss Dix. Meine Familie ist wohlhabend und gesellschaftlich sehr aktiv. Mir hat es nie an Verehrern gemangelt, wie meine Tante Ihnen bestätigen kann." Sie wandte sich ihrer Tante zu, damit diese ihr recht gab, und stellte fest, dass sie in ihrem Sessel eingeschlafen war. Julia hätte am liebsten geschrien: *„Hallo! Wach auf und hilf mir!"* Stattdessen stieß sie enttäuscht den Atem aus und wandte sich wieder an Miss Dix. „Ich habe davon gelesen, was Sie für die Benachteiligten geleistet haben. Sie haben eine Not erkannt und das Bedürfnis verspürt, etwas dagegen zu tun. Sie verstehen doch sicherlich, wie ich mich fühle?"

Miss Dix musterte sie lange. „Ich glaube, dass Sie es ernst meinen. Diese Briefe bezeugen Ihren hervorragenden Charakter. Aber eine Krankenschwester einzustellen, die so jung ist wie Sie und noch dazu hübsch und unverheiratet, würde gegen sämtliche Regeln verstoßen, die ich aufgestellt habe."

„Können Sie nicht eine Ausnahme machen? Bitte?"

Die ältere Dame schüttelte den Kopf. „Nein, das kann ich nicht."

„Bitte … ich flehe Sie an."

„Es tut mir sehr leid."

Julia wagte es nicht weiterzusprechen, weil sie befürchtete, dass sie sonst in Tränen ausbrechen würde. Stille legte sich über den Raum, unterbrochen nur vom sanften Schnarchen ihrer Tante und dem vornehmen Klappern von Miss Dix. Julia wusste, dass sie sich verabschieden sollte, aber ihre Enttäuschung lähmte sie so, dass sie nicht einmal die Kraft hatte, ihre Tasse hochzuheben und zu leeren, geschweige denn, aus ihrem Sessel aufzustehen.

Miss Dix blickte zu Tante Eunice hinüber und lächelte ein wenig. „Ich weiß, wie enttäuschend es ist, wenn die Dinge nicht so laufen, wie man es sich erhofft hat", sagte sie. „Ich habe lange dafür gearbeitet, eine Truppe von ausgebildeten Militärkrankenschwestern zusammenzustellen, die kompetent und effizient arbeiten … aber wussten Sie, dass es Krankenhausärzte gibt, die mein System immer wieder umgehen? Manche Ärzte scheinen den Gedanken nicht ertragen zu können, dass eine Frau das Sagen hat, und es bereitet ihnen großes Vergnügen, meine Anweisungen außer Kraft zu setzen."

Julia blickte auf. Miss Dix sah sie unverwandt an, und ihre grauen Augen funkelten. Julia hatte das Gefühl, dass die andere Frau ihr etwas mitteilen wollte, aber sie wusste nicht, was.

„Wie … wie setzen diese Ärzte denn Ihre Anweisungen außer Kraft?"

„Nun, wenn ein einzelner Arzt beschließt, meine Regeln zu ignorieren, kann er eine Frau auch direkt als ihm zugeteilte Krankenschwester einstellen – ohne dass ich etwas dagegen unternehmen kann."

„Und manche Ärzte tun das?"

„O ja. Das passiert immer wieder. Sie können meine Regeln und Entscheidungen missachten und als Militärkrankenschwester registrieren, wen sie wollen."

Julias Puls beschleunigte sich, als ihre Hoffnung wieder aufflackerte. Sie warf einen Blick auf ihre Tante, um sich zu vergewissern, dass sie noch schlief. „Es tut mir leid zu hören, dass diese Ärzte gegen Ihren Wunsch Krankenschwestern einstellen. Darf ich fragen, ob es einen bestimmten Arzt gibt, der sich Ihnen auf diese Weise widersetzt?"

Miss Dix lächelte. „Ich mag Sie, Julia. Sie erinnern mich an mich selbst in jungen Jahren – nur dass ich nicht halb so hübsch oder privilegiert war, wie Sie es sind. Wäre ich es gewesen, dann hätte ich lieber gut geheiratet und eine Familie gehabt, glaube ich."

„Das wäre sicher sehr schön für Sie gewesen, aber für unser Land wäre es ein großer Verlust gewesen."

„Danke, meine Liebe." Miss Dix stellte ihre Tasse zurück auf das Tablett. Dann nahm sie die Briefe von ihrem Schoß und reichte sie Julia. „Sie sind gänzlich ungeeignet, Miss Hoffman. Sie sind jung, hübsch und unverheiratet – alles, was wir bei einer Krankenschwester nicht schätzen." Sie machte eine Pause und fuhr dann fort: „Dr. James McGrath würde nichts lieber tun, als mich zu ärgern, indem er Sie engagiert. Er ist ungehobelt, unorthodox und unerträglich grob. Nur wenige der Krankenschwestern, die ich in sein Krankenhaus im ehemaligen Fairfield-Hotel schicke, halten es lange bei ihm aus – wahrscheinlich stellt er auch deshalb seine eigenen Pflegekräfte ein."

Julia wiederholte im Geiste den Namen des Arztes und den des Krankenhauses, um sie sich einzuprägen.

„Noch etwas Tee?", fragte Miss Dix und hob die Teekanne. Julias Löffel fiel geräuschvoll auf den Boden. Tante Eunice riss die Augen auf. Sie blinzelte die anderen beiden Frauen an, als wolle sie vorgeben, nicht geschlafen zu haben, während sie versuchte, den Gesprächsfaden wieder aufzunehmen.

„Für mich keinen Tee mehr, danke", sagte Julia und stellte ihre Tasse auf das Tablett. „Ich weiß, dass Sie sehr beschäftigt sind, Miss Dix, und ich fürchte, meine Tante und ich haben Ihre kostbare Zeit schon zu lange beansprucht."

„Sehr schmackhaft, der Tee", murmelte ihre Tante müde. „Sie waren sehr freundlich."

Als sie sich erhoben, hakte Miss Dix sich zu Julias Überraschung bei ihr unter und begleitete sie zur Haustür. Als sie Julias Haube und Mantel von der Garderobe nahm und ihr beides reichte, sagte sie: „Ich wünsche Ihnen Glück, meine Liebe. Ich hoffe, Sie finden, was Sie suchen. Und ich hoffe, Sie finden Erfüllung in Ihrer Arbeit."

„Haben Sie die denn gefunden, Miss Dix?"

„O ja. Über alle Maßen."

Julia wusste, dass ihre Tante verwirrt war. Als sie zu der wartenden Kutsche zurückkehrten, sah sie Julia immer wieder merkwürdig an, als warte sie auf eine Erklärung. Doch sie wollte wohl nicht zugeben, dass sie das Ergebnis der Unterredung nicht mitbekommen hatte. Julia wusste, dass es falsch war zu lügen. Aber sie wollte unbedingt Krankenschwester werden und bei dem Versuch, ihr Ziel auf ehrliche Weise zu erreichen, hatte man ihr die Tür vor der Nase zugeschlagen.

„War das nicht eine wunderbare Nachricht?“, fragte sie ihre Tante und wich dabei ihrem Blick ein wenig aus. „Ich kann es kaum erwarten, nach Hause zu telegrafieren und allen zu sagen, dass ich künftig als Krankenschwester arbeiten werde.“

Tante Eunice versuchte gar nicht erst, ihr Missfallen zu verbergen. „Dein Vater wird nicht begeistert sein. Er war sich ganz sicher, dass man dich abweisen würde und du unverrichteter Dinge nach Hause zurückkehren müsstest.“

„Dann hat er sich eben geirrt. Hör zu, wir sollten morgen ganz früh aufbrechen und nach einer Pension in der Nähe des Krankenhauses suchen.“

„Welches Krankenhaus war das noch, Liebes?“

„Es befindet sich im ehemaligen Fairfield-Hotel. Sie haben es in ein Krankenhaus umgewandelt.“ Die Lügen kamen ihr so schwer über die Lippen, dass sie Angst hatte, ihre Tante anzusehen. Julia war sich sicher, dass ihre Wangen sich vor Scham ganz rot färbten und sie verraten würden. Sie beschloss, ihre Tante so schnell wie möglich in den Zug nach Hause zu setzten. Denn je eher sie sie loswurde, desto früher würden hoffentlich ihre Schuldgefühle nachlassen.

Am nächsten Morgen stand Julia sehr früh auf und begann ihre Suche nach einer respektablen Pension in der Nähe des Fairfield-Krankenhauses. Diese Aufgabe erwies sich als unerwartet schwierig. Schon bald fand sie heraus, dass es beinahe unmöglich war, irgendwo in Washington ein freies Zimmer zu finden. Am Ende des zweiten Tages beschloss sie, sich darauf zu konzentrieren, ein Zimmer zu finden, das den Vorstellungen ihrer Tante entsprach – was bedeutete, dass es nur weibliche Pensionsgäste geben durfte –, unabhängig davon, wie das Zimmer aussah oder wie weit es vom Krankenhaus entfernt war.

Am dritten Nachmittag fanden sie ein freies Zimmer, aber es war klein und deprimierend. Die Möblierung bestand aus einem durchgelegenen Bett, einer Kommode mit Krug und Waschschüssel, die nicht zusammenpassten, einem kleinen Kamin mit einem blinden Spiegel darüber und einem schäbigen Flickenteppich auf dem nackten Holzfußboden. Das einzige Fenster ging auf die Backsteinmauer des nächsten Hauses hinaus. Es gab keinen Ankleideraum oder Schrank und der einzige Ort, an dem sie ihr einfaches braunes Kleid würde aufhängen können, war ein Haken an der Wand.

„Nein, nein, nein. Das ist doch furchtbar, Julia", sagte Tante Eunice und schnalzte mit der Zunge. „Das ist nicht besser als eine Dienstbotenkammer."

Julia dachte an ihr geräumiges Zimmer zu Hause, mit seinen dicken Teppichen, dem Himmelbett und dem Mahagonischrank, der bis zum Rand mit Kleidern und Schuhen gefüllt war, und hätte ihre Meinung fast geändert.

„Bitte, Liebes", flehte ihre Tante. „Vergiss diese fixe Idee und komm mit mir nach Hause, wo du hingehörst."

„Das Zimmer reicht völlig aus", sagte Julia. Sie verbarg ihre Zweifel hinter einem Lächeln, nach dem ihr nicht war. „Wozu brauche ich ein größeres Zimmer? Ich arbeite künftig den ganzen Tag im Krankenhaus und bin daher sowieso nur nachts zum Schlafen hier. Und dabei habe ich die Augen geschlossen."

„Aber wo willst du all deine Kleider aufbewahren? Und was ist mit deinem Mädchen? Wo soll es schlafen?"

„Inga fährt morgen mit dir nach Hause, Tante Eunice."

„Das kann nicht dein Ernst sein. Wer wird dir die Haare frisieren? Und dir mit deinen Reifröcken helfen?"

Julia seufzte. Genau das war einer von Nathanaels Kritikpunkten gewesen – dass sie unfähig oder nicht willens sei, die einfachsten Dinge selbst zu erledigen. Gerade deshalb hatte sie doch begonnen, diesen langen, steinigen Weg zu beschreiten. „Ich kann mir selbst die Haare machen", sagte sie. „Miss Dix' Krankenschwestern sollen schlicht aussehen. Und Reifröcke werde ich keine tragen, erinnerst du dich?"

Tante Eunice ließ erschöpft die Schultern hängen. „Das ist einfach zu viel. Ich muss mich setzen." Aber in dem düsteren Raum gab es keinen Stuhl und Julia wusste, dass ihre Tante niemals die Ungehörigkeit begehen und sich auf das Bett einer anderen Person setzen würde.

„Komm, wir sagen der Vermieterin, dass ich das Zimmer nehme", sagte Julia. „Dann können wir zum Hotel zurückfahren und uns ausruhen."

„Du kannst hier nicht wohnen, Julia. Es gibt nicht einmal einen Stuhl."

„Ich werde die Vermieterin darum bitten. Bitte, Tante Eunice. Du weißt, dass dies ein anständiges Haus ist. Es wurde uns empfohlen. Und außerdem gibt es keine anderen Zimmer. Lass es mich einige Monate lang ausprobieren. Wenn ich unglücklich bin, kann ich im April immer noch mit dem Kongressabgeordneten und seiner Frau nach Philadelphia zurückkehren."

Schließlich gab Tante Eunice nach. Glücklicherweise hatte sie nicht mehr die Kraft, länger mit ihr zu diskutieren. Julia bezahlte Kost und Logis für den ersten Monat und vereinbarte mit der Vermieterin, dass sie am nächsten Tag einziehen würde – gleich nachdem sie Tante Eunice zur Bahn gebracht hatte.

* * *

Ihre Tante weinte, als sie sich am nächsten Tag von ihr verabschiedete. Sie war felsenfest davon überzeugt, dass Julia einen Riesenfehler beging, der ihr noch schrecklich leidtun würde. „Mein einziger Trost ist", sagte Eunice, während sie ihre Abschiedstränen trocknete, „dass ich dich in Dorothea Dix' fähigen Händen zurücklasse."

Noch am selben Nachmittag fuhr Julia mit einer Droschke zum Krankenhaus im ehemaligen Fairfield-Hotel. Das verwitterte zweigeschossige Gebäude sah aus, als wäre es selbst in seiner Glanzzeit kaum mehr als eine Arbeiterherberge gewesen und als könnte eine kräftige Brise es jederzeit zum Einsturz bringen. Das Geländer wackelte unter ihrer Hand, als sie die Eingangstreppe hinaufstieg. Die

Tür ächzte so sehr, dass es Julia nicht überrascht hätte, wenn sie aus den Angeln gebrochen und zu Boden gefallen wäre.

Julia trat in einen dunklen, engen Durchgang mit nur wenig Licht. Als ihre Augen sich an das Dämmerlicht gewöhnt hatten, entdeckte Julia gleich hinter der Eingangstür ein improvisiertes Büro und ein handgeschriebenes Schild, auf dem stand: *Dr. James McGrath – stellvertretender Assistenzarzt, US-Armee.* Die Bürotür stand offen, sodass Julia einen ungehinderten Blick auf den Mann werfen konnte, der hinter einem übervollen Schreibtisch saß und in einem Stapel Unterlagen blätterte.

Der Mann wirkte ungehalten, war Anfang dreißig, hatte eine gefurchte Stirn und kastanienbraunes Haar. Sein kurzer rötlicher Bart und der Schnurrbart waren ordentlich gestutzt, aber das war auch das einzig Ordentliche an ihm. Seine Kleidung war zerknittert, sein Haar zerzaust und sein Büro machte einen heruntergekommenen Eindruck. Der Arzt blieb sitzen, als Julia eintrat. Er blickte noch nicht einmal von seiner Arbeit auf.

„Wenn Sie hier sind, um einen Patienten zu besuchen, dann belästigen Sie mich nicht", sagte er barsch. „Reden Sie mit der Oberschwester."

„Ich bin nicht hier, um einen Patienten zu besuchen, Dr. McGrath. Mein Name ist Julia Hoffman und ich bin von Philadelphia hierhergekommen, um Ihnen meine Dienste als Krankenschwester anzubieten."

„Wenden Sie sich an Dorothea Dix. Sie ist für die Krankenschwestern zuständig."

„Ich war bereits bei Miss Dix."

Er hörte auf zu schreiben und blickte endlich auf, um sie eingehend zu mustern. „Lassen Sie mich raten – Miss Dix hat Ihnen die Tür gewiesen, nicht wahr? Sie sind zu jung. Zu hübsch. Zu üppig ausgestattet." Als er eine entsprechende Bewegung mit den Händen machte, schnappte Julia nach Luft. Es schien ihm zu gefallen, dass er sie schockiert hatte. „Guten Tag." Er scheuchte sie mit einer Handbewegung fort und wandte sich wieder seinen Papieren zu.

Miss Dix hatte sie gewarnt, dass der Arzt ein ungehobelter Bursche war. Doch Julia war fest entschlossen, sich nicht von ihm einschüchtern zu lassen.

„Wenn Sie mir einen Augenblick Ihrer kostbaren Zeit widmen, Dr. McGrath, werden Sie feststellen, dass ich aus einer angesehenen, wohlhabenden Familie komme. Mein Vater ist Richter Philip Hoffman und ich habe diverse Empfehlungsschreiben –"

„Briefe. Na und?", unterbrach er sie und tunkte seine Feder ins Tintenfass. „Ihr Leute aus der feinen Gesellschaft, ihr seid ganz vernarrt in eure Empfehlungsschreiben, nicht wahr? Ich habe schon genug Papier auf meinem Schreibtisch liegen."

„Aber wenn Sie sie lesen, werden Sie sehen, dass ich –"

„Haben Sie denn schon mal echte Krankenpflege für jemanden geleistet?", fragte er und durchbohrte sie mit seinem Blick. „Sind Sie ausgebildet? Erfahren?"

„Ich … ich möchte es gerne lernen."

„Ich bin Arzt, kein Lehrer", sagte er und wandte erneut den Blick ab. „Kommen Sie wieder, wenn Sie ausgebildet sind. Guten Tag."

Julia setzte sich auf den Stuhl vor seinem Schreibtisch und legte Haube, Mantel und Handschuhe ab, als hätte er Sie aufgefordert zu bleiben. Dr. McGrath beachtete sie nicht, sondern tat so als wäre sie gegangen, tauchte wieder seine Schreibfeder ins Tintenfass und kratzte dann damit über das Papier.

Sie blickte sich in dem unordentlichen Büro um, während sie wartete, und entdeckte dabei auf seinem Schreibtisch eine Fotografie von einer hübschen, dunkelhaarigen Frau, die ein kleines Mädchen auf dem Schoß hielt. Julia warf einen Blick auf die rechte Hand des Arztes, mit der er das Papier festhielt, und entdeckte einen goldenen Ehering. Sie nahm das Bild in die Hand, um es näher zu betrachten. „Sind das Ihre Frau und Ihr Kind?"

„Was für eine alberne Frage. Warum sollte ich mir ein Foto von der Frau und dem Kind eines anderen auf den Schreibtisch stellen?"

Julia verkniff sich eine zornige Bemerkung. „Sie sind beide sehr hübsch. Wie heißt Ihre Tochter?"

„Versuchen Sie mich zu ärgern, Miss Hoffman? Dann haben Sie nämlich großen Erfolg."

„Nicht *Miss* Hoffman“, sagte sie, weil ihr plötzlich Miss Dix’ Worte wieder einfielen. „*Mrs* Hoffman. Ich bin verheiratet.“ Die Lüge kam ihr erstaunlich leicht über die Lippen.

„Tatsächlich?“, sagte er gelangweilt.

„Ja. Mein Mann ist Leutnant Robert Hoffman“, sagte sie und nannte damit den Namen und Rang ihres Cousins.

„Weiß der gute Leutnant, dass Sie von zu Hause weggelaufen sind, um vielbeschäftigte Ärzte zu belästigen, die zu arbeiten versuchen?“

„Ich habe nichts von Robert gehört, seit er bei der Schlacht am Ball’s Bluff im vergangenen Oktober gefangen genommen wurde. Er ist in Richmond im Gefängnis.“

Der Arzt hob den Kopf und sah sie an. Sie hoffte, seine Einstellung würde sich ändern, jetzt, wo er ihre tragische Geschichte gehört hatte. Stattdessen sagte er: „Und nun möchte die süße kleine Mrs Hoffman Krankenschwester werden.“

„Ja, Doktor. Das will ich unbedingt.“

Dr. McGrath beugte sich wieder über seine Arbeit und schrieb ganze fünf Minuten lang weiter. Julia wartete, bis er die Tinte gelöscht und das Blatt auf einen der Stapel gelegt hatte. Dann sagte sie: „Ich bitte Sie lediglich um eine Chance, Herr Doktor. Ich gestehe, dass ich nicht viel über Krankenpflege weiß, aber ich bin bereit, es zu lernen.“

Er betrachtete sie lange und stand dann abrupt auf. „Also gut. Kommen Sie mit, Mrs Hoffman.“

Julias Herz machte vor Glück einen Satz, als sie ihm auf die Krankenstation im ehemaligen Speisesaal des Hotels folgte. Alle Tische waren entfernt worden und der Raum war jetzt überfüllt mit Betten, in denen kranke Männer langen. Manche von ihnen unterhielten sich leise, viele husteten, die meisten lagen jedoch einfach nur da und taten nichts, vielleicht schliefen sie auch. Der Arzt blieb vor einem kleinen Schrank mit Verbandsmaterial stehen. Die Stationsschwester bemerkte ihn und eilte herüber. Sie war eine kleine, rundliche Frau mit grauen Strähnen in ihrem dunklen Haar. „Kann ich etwas für Sie tun, Dr. McGrath?“

„Nein, danke. Mrs Hoffman wird mir helfen, den Verband des Soldaten Jackson zu wechseln.“ Julia sah, wie der bemüht neutrale Gesichtsausdruck der Schwester von Sorge überschattet wurde. „Sind Sie mit ihm verwandt?“, fragte sie Julia.

Bevor sie antworten konnte, sagte Dr. McGrath: „Nein, Mrs Hoffman bewirbt sich um eine Stelle als Krankenschwester.“ Er lächelte, und Julia dachte bei sich, dass sie noch nie ein so hämisches Grinsen gesehen hatte wie das, das sich nun auf seinem Gesicht ausbreitete.

Die Miene der Stationsschwester erstarrte. Sie versuchte nicht, ihre Abneigung gegen den Doktor zu verbergen, und schritt schnell von dannen. Julias Freude begann sich zu verflüchtigen. Auch ihr wurde er Mann zunehmend unsympathisch. Er nahm eine Schere, eine braune Flasche mit Medizin und ein Päckchen Verbandmull aus dem Schrank und bedeutete Julia, sie solle ihm folgen.

Der Patient, an dessen Lager sie stehen blieben, war sehr blass und sein Körper bestand nur noch aus Haut und Knochen. Dr. McGrath begrüßte den Soldaten mit echter Wärme und lächelte, als er dem Blick des Mannes begegnete. „Wie geht es Ihnen heute, Jackson? Behandeln die Schwestern Sie gut? Ist das Essen in Ordnung?“

„Ich kann mich nicht beklagen.“

„Gut. Gut. Hören Sie, ich würde gerne einen Blick auf Ihr Bein werfen, wenn Sie nichts dagegen haben.“ Er legte die Materialien auf den Nachttisch und zog die Bettdecke zurück. Julia wappnete sich, denn sie war sich sicher, dass das Bein des Soldaten in einem Stumpf enden würde. Genau so war es.

„Das hier ist Schwester Hoffman“, fuhr der Doktor fort. „Sie wird mir helfen, den Verband abzunehmen, damit ich mir die Wunde ansehen kann.“

„Wie geht's, Ma'am?“, sagte Jackson.

„Äh … gut, danke.“

Dr. McGrath zog einen freien Stuhl neben das Bett und forderte Julia auf, sich zu setzen. Er reichte ihr die Schere. Sie zerschnitt den Knoten des Mullverbandes und begann vorsichtig eine Lage nach der anderen zu entfernen. Es war plötzlich ganz still im Raum. Zu still. Sie bemerkte den pfeifenden Atem des Patienten, der an das Rascheln vertrockneter Blätter denken ließ.

„Woher kommen Sie, Mr Jackson?“, fragte sie, um die gespannte Atmosphäre zu entschärfen.

„Buffalo, New York, Ma'am.“

„Ich war noch nie in Buffalo, aber ich habe gehört, dass es sehr schön sein soll. Was für einer Arbeit gehen Sie dort nach?“

„Ich bin Zimmermann … oder war es jedenfalls vor dem Krieg.“

„Und haben Sie Familie dort?“

„Eine Frau und drei Kinder. Sie –“

Das war das Letzte, was Julia hörte. Als sie die letzte Lage Mull entfernte, schlug ihr ein solcher Gestank entgegen, dass sie sich fühlte, als hätte man ihr einen Faustschlag versetzt. Sie versuchte aufzustehen und dem Gestank zu entfliehen, aber der Raum begann zu schwanken und plötzlich war alles schwarz.

„Mrs Hoffman … Mrs Hoffman.“ Julia öffnete die Augen und sah in Dr. McGraths grinsendes Gesicht. Sie lag auf dem Boden vor dem Bett und er hockte neben ihr und ohrfeigte sie.

„Ah, gut. Da sind Sie ja wieder. Setzen Sie sich auf.“ Julias Kopf drehte sich, als er ihr hochhalf. Der Gestank, der sie so überwältigt hatte, war inzwischen überall. Sie hielt sich schnell die Hand vor den Mund, wodurch es ihr zum Glück gerade noch gelang, ihr Mittagessen bei sich zu behalten.

„Ist sie in Ordnung, Doc?“, fragte der Soldat Jackson.

„Sie ist okay. Wenn Sie uns einen Augenblick entschuldigen, Jackson, dann sorge ich dafür, dass sie etwas frische Luft bekommt. Ich bin gleich zurück.“

Julia spürte die Stärke in Dr. McGraths Armen und Schultern, als er sie auf die Füße zog. Der Gestank, der unter Jacksons Verband hervorgeströmt war, umfing sie wie etwas Lebendiges, er verfolgte sie förmlich. Es gab kein Entrinnen. Julia wollte von der Station laufen, bevor sie sich übergab, aber ihre Beine waren viel zu wackelig. Während Dr. McGrath sie durch die Eingangstür schob, musste sie ihren bitteren Mageninhalt ein zweites Mal hinunterschlucken. Draußen angekommen, atmete Julia tief ein und sog die feuchte Februarluft in sich auf.

„Sehen Sie“, sagte der Arzt gut gelaunt. „Ein paarmal tief Luft holen, und schon sind Sie auf dem Heimweg. Die heutige Lektion hat sich mit dem Thema Wundbrand befasst – man kann ihn am Geruch erkennen. Ziemlich intensiv, nicht wahr?“ Sie hasste seinen spöttischen Tonfall. Kein Wunder, dass keine der Krankenschwestern ihn leiden konnte.

„Sie können mich jetzt loslassen“, sagte Julia und schob seine Hände so würdevoll wie möglich von ihrer Taille. „Mir geht es gut.“

„Natürlich.“ Er holte ihre Haube und ihren Mantel aus seinem Büro und drückte sie ihr in die Hand. „Bitte schön. Und jetzt schlage ich vor, Sie fahren zurück in Ihr schickes Haus in … Philadelphia, nicht wahr? Warten Sie dort auf Ihren inhaftierten Leutnant.“

Julia konnte vor Zorn kaum sprechen. „Wollen Sie damit sagen, dass ich nicht hier arbeiten darf?“

„Ich kann mir nicht vorstellen, dass Sie das immer noch wollen.“

Sie holte zitternd Luft und atmete langsam wieder aus, um sich zu beruhigen. „Doch. Das würde ich gerne. Jetzt, da ich weiß, wie Wundbrand riecht, werde ich beim nächsten Mal besser darauf vorbereitet sein.“

„Das bezweifle ich“, sagte Dr. McGrath. „Hören Sie, ich kann dieses Spielchen so lange spielen, wie Sie wollen, Mrs Hoffman.“

„Ich spiele kein Spiel.“

Er schüttelte den Kopf und setzte wieder sein hämisches Grinsen auf. „Ich glaube Ihnen nicht. Ich kann mir keinen einzigen Grund denken, warum eine wohlhabende Dame der angesehenen Gesellschaft von Philadelphia ihre Dienstboten und Diamanten und Ballkleider aufgeben sollte – und ein albernes mistfarbenes Kleid anziehen, könnte ich hinzufügen –, es sei denn, sie spielt *irgendein* Spiel. Meine Vermutung ist, dass Sie versuchen, jemanden zu beeindrucken.“

Julia widersprach ihm nicht, weil er recht hatte. Er versuchte sie so wütend zu machen, dass sie weglief und nicht wiederkam, aber sie weigerte sich, ihm diese Genugtuung zu bereiten. Außerdem wollte sie bleiben, trotz dessen, was er ihr gerade zugemutet hatte. Sie wollte ihm zeigen, dass sie es ernst meinte, dass ihr Mitgefühl echt war.

„Darf ich Sie etwas fragen?“, sagte sie.

„Was?“

„Wird der Soldat Jackson überleben?“

Einen schier endlosen, unangenehmen Moment lang blickte der Arzt sie an. Erst als sie sich unter seinem Blick innerlich bereits wand, schüttelte er den Kopf. „Nein. Wir haben nach seiner Frau geschickt. Sie sollte besser sofort kommen, wenn sie ihn noch einmal lebend sehen will.“

„Das tut mir leid“, sagte Julia ehrlich betroffen. „Er scheint ein netter Mann zu sein.“ Sie holte noch einmal tief Luft. „Wann soll ich morgen kommen?“

Dr. McGrath zögerte, dann sagte er: „Ich habe im Moment keine freie Stelle für eine Krankenschwester, aber wir brauchen jemanden, der sich um die Wäsche kümmert.“

Sie spürte, dass dies eine Beleidigung sein sollte, wieder eins seiner Spielchen. Doch auch diesmal war sie fest entschlossen, ihm den Triumph nicht zu gönnen. „Die Wäsche ist auch in Ordnung. Wann soll ich morgen hier sein?“

„Um sechs Uhr morgens.“

„Schön, Herr Doktor. Guten Tag.“ Julia wandte sich zum Gehen.

„Mrs Hoffman …“, rief er ihr nach, „bringen Sie morgen Ihr Riechsalz mit. Im Krankenhaus gibt es so etwas nicht und ich möchte Ihr hübsches kleines Gesicht nicht schon wieder ohrfeigen müssen.“

Kapitel 8

Fairfield-Krankenhaus
Februar 1862

Dr. McGraths Büro war dunkel und verlassen, der Garderobenständer hinter der Tür leer. Julia schnaubte frustriert. Sie war vor Sonnenaufgang aufgestanden, hatte das Frühstück ausfallen lassen und war zwei Häuserblocks weit durch gefrorenen Schlamm und den eisigen Wind gelaufen, bis sie eine Droschke gefunden hatte, damit sie pünktlich um sechs Uhr im Krankenhaus war – und jetzt war Dr. McGrath noch nicht einmal hier. Wenn sein ungehobeltes Benehmen von gestern auf seinen wahren Charakter schließen ließ, konnte sie sich allerdings durchaus vorstellen, dass er sie extra früh bestellt hatte und sie jetzt absichtlich warten ließ.

Sie blieb einen Augenblick lang auf dem Gang stehen und überlegte, was sie tun sollte. Abgesehen von den Hustengeräuschen der Männer auf den Stationen war es im Krankenhaus ruhig. Da Julia keine Ahnung hatte, wo sich die Wäschekammer befand oder was sie dort tun sollte, wenn sie sie gefunden hatte, beschloss sie, im Büro des Arztes Platz zu nehmen und auf ihn zu warten. Sie hatte gerade Mantel und Hut abgelegt und an Dr. McGraths Garderobenständer gehängt, als die Stationsschwester, die sie gestern bereits gesehen hatte, den Hausflur betrat. Sie war eine eher unattraktive Frau in den Vierzigern mit dicken, dunklen Augenbrauen und einem von Sorge gezeichneten Gesicht.

„Oh … hallo“, sagte die Frau. „Dachte ich es mir doch, dass jemand an der Tür war. Ich heiße Eleanor Fowle. Wie kann ich Ihnen helfen?“

„Ich … ich bin Mrs Robert Hoffman“, sagte Julia, nachdem sie sich entschieden hatte, die Lüge beizubehalten. „Aber nennen Sie mich bitte Julia. Ich warte auf Dr. McGrath."

„Sie waren gestern hier, nicht wahr?"

„Ja, ich habe mich um eine Stelle als Krankenschwester beworben. Der Doktor sagte, ich könne heute Morgen in der Wäschekammer anfangen."

„Der *Wäschekammer*? Sind Sie sich sicher?"

„Das hat er gesagt. Wann kommt Dr. McGrath denn normalerweise zur Visite?"

Eleanor Fowles dunkle Augenbrauen legten sich angewidert in Falten. „Das hängt davon ab, wie betrunken er gestern Abend war."

Julia war so überrascht von den Worten der Stationsschwester, dass sie nichts erwidern konnte.

„Ich habe Sie schockiert. Das tut mir leid", sagte Mrs Fowle. „Aber es ist wahr und Sie können es genauso gut wissen. Er hat Ihnen mit Mr Jackson einen gemeinen Streich gespielt und der Doktor ist noch gemeiner, wenn er einen Kater hat – was ziemlich oft der Fall ist, fürchte ich."

„Was ist mit der Arbeit, die er mir angeboten hat?", fragte Julia. Sie hörte das Zittern in ihrer eigenen Stimme. „War das auch nur ein gemeiner Trick?"

„Nein, wir brauchen wirklich dringend Hilfe mit der Wäsche, aber ich glaube nicht, dass Sie für diese Arbeit geeignet sind."

Julia hatte das Gefühl, als hätte man ihr den Boden unter den Füßen weggezogen. „Um ehrlich zu sein", fuhr Mrs Fowle fort, „glaube ich, dass der Doktor die Wäschekammer genauso benutzt wie den armen Mr Jackson gestern. Er versucht Sie zu vergraulen."

„Aber warum schickt er mich dann nicht einfach fort? Warum all diese Spielchen?"

Mrs Fowle stieß einen langen Seufzer aus und schüttelte den Kopf. „Weil Dr. James McGrath ein verbitterter, bösartiger Mann ist. Er braucht keinen anderen Grund. Wenn Sie schlau sind, gehen Sie, bevor er kommt."

Die Stationsschwester hatte recht – Julia sollte besser gehen. Sie sollte den Plan, Krankenschwester zu werden, aufgeben und nach

Hause zurückfahren. Genau das hatten alle von Anfang an versucht ihr klarzumachen. Aber die Vorstellung, klein beizugeben, machte sie wütend. „Darf ich fragen, Mrs Fowle … wenn Dr. McGrath so schrecklich ist, warum bleiben Sie dann hier und arbeiten mit ihm zusammen?"

„Weil unsere Soldaten mich brauchen", sagte sie ohne zu zögern. „Ich bin nach Washington gekommen, um mich um meinen Mann zu kümmern, nachdem er am Bull Run verwundet wurde. Er ist an seinen Verletzungen gestorben, aber es gab so viele andere, die meine Hilfe brauchten, dass ich sie einfach nicht im Stich lassen konnte."

Julia hatte das Gefühl, dass ihre Füße wieder festen Boden berührten. Die Soldaten brauchten sie. Sie war schon einmal vor ihnen davongelaufen und sie würde es nicht wieder tun. „Wenn ich mich entscheide zu bleiben", sagte sie, „wenn ich die Arbeit in der Wäschekammer gewissenhaft erledige, glauben Sie, dass der Doktor mir denn irgendwann erlauben würde, als Krankenschwester zu arbeiten? Denn das ist es, was ich tun will – den verwundeten Soldaten helfen, so wie Sie es tun. Ich habe mich bei Miss Dix beworben, aber sie sagte mir, ich sei zu jung. Und indirekt hat sie mir vorgeschlagen, mich hier um eine Stellung zu bemühen."

„Wenn Sie sich sicher sind, dass es das ist, was Sie wollen", sagte Mrs Fowle mit skeptischer Miene, „lege ich gerne ein gutes Wort für Sie ein, wenn eine Stelle frei wird. Bis dahin muss ich Sie warnen: Die Arbeit in der Wäschekammer ist nicht leicht."

„Ich weiß die Warnung zu schätzen, aber ich würde trotzdem gerne bleiben."

Zum ersten Mal lächelte Mrs Fowle. „Ich glaube, diese Runde haben Sie gewonnen, Julia. Dr. McGrath wird mit Sicherheit überrascht sein, von Ihrer Entscheidung zu hören. Haben Sie schon etwas gegessen?"

„Nein, ich hatte keine Zeit. Er sagte, ich solle um sechs Uhr hier sein."

„Der Mann ist verrückt. Kommen Sie", sagte die Schwester und wandte sich der Station zu. „Die Köche geben dem Pflegepersonal immer zuerst ihr Essen – und normalerweise müsste es jetzt fertig sein."

Die meisten Patienten schienen zu schlafen, als Mrs Fowle Julia durch die Station in die Küche des ehemaligen Hotels führte. Sie roch den Speck und den Kaffee und hörte das Klappern von Geschirr, noch bevor sie durch die Schwingtür trat. Zwei andere Krankenschwestern saßen bereits an einem kleinen hölzernen Tisch und Mrs Fowle stellte sie Julia vor. Es handelte sich um die Stationsschwestern der anderen Stationen, Annie Morris und Lucy Nichols. Die Frauen erzählten Julia, dass sie beide verwitwet seien, mit erwachsenen Söhnen oder Schwiegersöhnen, die in der Armee dienten. Mrs Fowle erklärte ihnen Julias Lage und so sprachen sie über Dr. McGrath, während sie dicke, geschmacklose Haferkekse und Speck aßen.

„Dieser Mann hat mehr als nur ein Geheimnis", sagte Mrs Morris. „Ich habe gehört, er habe früher einmal eine gut gehende Arztpraxis gehabt und sei sehr angesehen gewesen – bis er sich betrank und einen reichen Patienten umbrachte, den er behandelte. Es gibt sogar das Gerücht, er sei deswegen im Gefängnis gewesen."

„Bösartig genug, um ein ehemaliger Sträfling zu sein, ist er allemal", sagte Mrs Nichols. „Mir hat man erzählt, er sei zum Trinker geworden, *nachdem* sein Patient gestorben war. Und dass er wegen dieser Sache trinke."

„Wahrscheinlich ist es egal, was von beidem der Fall ist", sagte Mrs Fowle kopfschüttelnd. „Wie auch immer seine Vergangenheit aussah: Seine Trunksucht und sein rüpelhaftes Benehmen sind unentschuldbar."

Julia aß ein Stück Speck. Es war zäh wie Leder und viel zu salzig. „Wenn es allgemein bekannt ist, dass er zu viel trinkt", sagte sie, „warum erlaubt die Armee ihm dann, ein Krankenhaus zu leiten?"

„Oh, er ist ein sehr guter Mediziner, wenn er nüchtern ist", sagte Mrs Nichols. „Nach Bull Run brauchten sie jeden Arzt, den sie bekommen konnten, und hätten niemanden weggeschickt. Er hat eine Anstellung als Chirurg – das bedeutet, dass er nicht zur Armee gehört."

„Und auch wenn er anderen Leuten gegenüber ein ungeheuer ungehobeltes Verhalten an den Tag legt", fügte Mrs Morris hinzu, „muss ich sagen, dass er mit den Patienten ganz wunderbar umgeht. Er ist sehr mitfühlend, sehr freundlich zu ihnen."

„Ich bin beinahe genauso lange hier wie er", sagte Mrs Fowle, „und ich habe mehrere hervorragende Krankenschwestern gehen sehen, weil sie seine tyrannische Art nicht ertragen konnten. Aber gleichzeitig hat dieses Krankenhaus eine der niedrigsten Sterberaten in dieser Stadt."

Julias Neugier war geweckt. Sie fragte sich, ob sie irgendwie die Wahrheit über die Vergangenheit des Arztes herausfinden und zu ihrem Vorteil nutzen konnte. Sie betrachtete Dr. McGrath schon jetzt als ihren Feind und würde jede verfügbare Munition gegen ihn benutzen, um eine Stelle als Krankenschwester zu bekommen. „Woher stammt er?", fragte sie.

Mrs Fowle zuckte mit den Schultern. „Er redet überhaupt nicht über sich – und wenn Sie ihn fragen, wird er Ihnen den Kopf abreißen. Aber ich habe die Briefe gesehen, die er jede Woche von Mrs James McGrath bekommt, und der Absender ist New Haven, Connecticut."

„Ich habe gestern in seinem Büro ein Bild von seiner Frau und seiner Tochter gesehen", sagte Julia. „Sie sehen beide sehr nett aus."

„Ja, das habe ich auch gesehen", sagte Mrs Fowle. „Aber das ist auch so eine merkwürdige Sache. Seitdem er hier ist, hat er nicht ein einziges Mal über seine Familie gesprochen oder sie besucht. Die Briefe treffen jede Woche pünktlich ein, aber man sollte doch annehmen, dass seine Frau hierherziehen würde – oder ihn zumindest besuchen würde. Aus diesem Grund sind schließlich die meisten von uns hergekommen."

„Nein, überleg doch mal, Eleanor", sagte Mrs Morris. „Wenn ich einen so garstigen Ehemann hätte, würde ich auch Abstand halten. Und ich wäre froh über jede Meile, die zwischen uns läge."

„Sie scheinen eine nette junge Frau zu sein, Julia", sagte Mrs Nichols. „Beherzigen Sie meinen Rat und suchen Sie sich woanders eine Anstellung. Er hat Ihnen diese schreckliche Arbeit nur angeboten, weil er Sie loswerden will."

„Aber wenn Sie wirklich jemanden für die Wäschekammer brauchen", sagte Julia, „und die Armee so dringend Krankenschwestern sucht, warum verjagt sie Dr. McGrath dann alle absichtlich?"

Mrs Fowle hob ratlos die Hände. „Der Mann ist ein Rätsel, sage ich Ihnen. Ich glaube, die Antwort auf diese Frage kennt er nicht einmal selbst." Die anderen Frauen nickten zustimmend. „Wie auch immer", sagte Mrs Fowle und schob ihren Stuhl zurück. „Es wird Zeit, dass wir wieder an die Arbeit gehen. Ich zeige Ihnen die Wäschekammer, aber keine von uns würde es Ihnen verübeln, wenn Sie beschließen zu gehen. Es ist eine furchtbare Arbeit. Im Moment haben die meisten unserer Patienten Durchfall und Ruhr … na, Sie werden es ja sehen."

Julia sah es. Die Wäscherei des Hotels war ein vollgestopfter Raum im hinteren Teil des Gebäudes mit einem Tisch, vier großen hölzernen Bottichen, mehreren Bügeleisen und einem Ofen, um das Wasser zu erhitzen. Die Regale, in denen die saubere Bettwäsche aufbewahrt wurde, waren fast leer, und der Berg schmutziger Laken, der darauf wartete, gewaschen zu werden, wuchs Julia beinahe über den Kopf. Der Wäschehaufen roch so furchtbar nach Krankheit und menschlichen Exkrementen, dass Julia die Augen tränten. Beinahe hätte sie ihr Frühstück von sich gegeben. Hastig zog sie ein parfümiertes Taschentuch aus ihrer Tasche und hielt es sich vor die Nase.

„Soll ich all diese Laken allein waschen?", fragte sie.

„Ich weiß nicht, was ich Ihnen sagen soll", sagte Mrs Fowle. „Die Armee gibt uns Geld für vier Wäscherinnen, aber sie haben fast alle gekündigt, und niemand hat Zeit, Ersatz zu besorgen. In der Zwischenzeit stapelt sich die Wäsche. Lena ist die einzige Wäscherin, die wir außer Ihnen haben. Jetzt, wo so viele Patienten an Durchfall leiden, haben wir ein riesiges Problem. Es tut mir leid, aber ich muss jetzt auf meine Station zurückkehren. Ich werde Dr. McGrath sagen, dass Sie hier sind, sobald er auftaucht. Oh, und sprechen Sie leise mit ihm, er hat bestimmt einen Kater."

Als Erstes öffnete Julia das Fenster, um den Gestank zu verringern. Kalte Luft strömte herein, aber trotzdem musste sie immer wieder würgen. Dann sah sie sich voller Bestürzung um. Julia hatte noch nie im Leben Wäsche gewaschen und keine Ahnung, wie oder womit sie anfangen sollte. Nathanaels Vorwürfe, die sie ständig verfolgten, kamen ihr wieder in den Sinn – sie war eine verhätschelte, verwöhnte Frau.

Der Ofen, beschloss sie schließlich. Sie würde damit anfangen, Feuerholz zu suchen und den Ofen anzuzünden, um das Waschwasser zu erhitzen. Aber sie hatte auch noch nie einen Ofen angezündet, und als die andere Wäscherin eine Stunde später eintraf, war es Julia immer noch nicht gelungen, ein Feuer in Gang zu bringen.

„Sie tun zu viel Holz drauf", erklärte Lena in gebrochenem Englisch. „Sie müssen mit den kleinen Zweigen anfangen und dann große Stücke drauflegen." Kurz darauf loderten die Flammen im Ofen.

Lena war fünfzehn, erzählte sie Julia, und brauchte die Arbeit, um ihre Familie mitzuernähren, die gerade erst aus Europa eingetroffen war. Sie arbeitete seit zwei Monaten in der Wäscherei des Krankenhauses und wusste viel mehr übers Wäschewaschen als Julia, doch sie war ein dickes, lustloses Mädchen, das viel träumte. Sie würden den Wäscheberg nur dann besiegen, wenn Julia kräftig mit anfasste.

Zusammen pumpten sie eimerweise Wasser und schleppten es hinein, um die beiden Kupferkessel auf dem Herd zu füllen. „Das Wasser muss heiß sein", sagte Lena, „um die Läuse zu töten."

„Willst du damit sagen, dass in den Laken Läuse sitzen?", rief Julia und ließ die Wäsche fallen, die sie auf dem Arm hatte.

„Ja, die Soldatenmänner haben alle Läuse. Sie hüpfen in die Bettwäsche."

Julia fand einen Besenstil und benutzte ihn, um die Wäsche in die Kessel zu befördern. Lena zeigte ihr, wie man Seife in die dampfenden Töpfe schabte und mit dem Kolben eine Menge Wäsche bewegte. Im Prinzip kam es darauf an, die Wäsche zu schlagen, bis die Seife schäumte und ihre Schultern schmerzten. Alle Flecken – und davon gab es jede Menge – mussten per Hand auf einem Waschbrett herausgeschrubbt werden. Dann wurden die Laken ausgewrungen und in das Spülwasser getan, um dort wieder geschlagen zu werden. Julia und Lena nahmen schließlich je ein Ende und drehten die Laken, um das Wasser auszuwringen, dann hängten sie sie zum Trocknen draußen in die eiskalte Luft. Julias Hände waren nach kurzer Zeit ganz rau und rissig von der Mischung aus heißem Wasser, ätzender Seife und eisiger Luft. Sie hatte noch nie in ihrem Leben eine so niedere Knochenarbeit erledigt.

Die beiden Frauen schufteten den ganzen Vormittag über und schrubbten verschmutzte Laken, aber als sie das letzte zum Trocknen aufhängten, hatten die Krankenschwestern ihre Morgenrunde durch die Stationen beendet und einen neuen Berg dreckiger Wäsche in die Wäschekammer gebracht. Das Einzige, was Julia daran hinderte, in Tränen auszubrechen, war die Angst, Dr. McGrath könnte eintreffen und sie beim Weinen ertappen. Sie dachte an sein spöttisches Grinsen und die verächtlichen Worte: *„Ich kann dieses Spielchen so lange spielen, wie Sie wollen, Mrs Hoffman.“*

Die Küche schickte ein Tablett mit Essen in die Wäscherei, nachdem die Patienten ihre Mittagsmahlzeit erhalten hatten, aber der Anblick und der Geruch der stinkenden Laken hatte Julia den Appetit verdorben. Lena verschlang bereitwillig beide Portionen. Dann zeigte das Mädchen auf die Körbe mit trockener Wäsche vom Vortag. „Jetzt machen wir die.“

„Du meinst, wir falten sie zusammen?“, fragte Julia.

Lena schüttelte den Kopf. „Sie sind ganz steif vom Draußenhängen. Wir müssen sie bügeln. Weich machen.“

Sie nahmen die Kessel vom Herd und begannen die Bügeleisen aufzuwärmen, dann räumten sie die Holzbottiche vom Tisch, um ihn als Bügelbrett zu benutzen. Lena war sehr geschickt darin, mehrere Eisen gleichzeitig auf dem Herd stehen zu lassen, ohne dass sie zu heiß wurden und die Wäsche verbrannten. Aber Julias Arme und Schultern schmerzten so sehr von der bereits getanen Arbeit, dass sie die schweren Bügeleisen kaum hochheben konnte.

Zweimal fasste sie einen Griff an, der zu heiß war, und verbrannte sich die Handfläche. Als sie ein bügeleisenförmiges Loch in eines der Laken gebrannt hatte, war sie bereit aufzugeben. Ihre Füße schmerzten davon, dass sie den ganzen Tag gestanden hatte. Sie sehnte sich danach, ihre Schuhe auszuziehen, befürchtete aber, dass sie ihre geschwollenen Füße niemals wieder würde hineinzwängen können, wenn sie es tat.

Die Arbeit nahm kein Ende. Sobald die Laken gewaschen und gebügelt waren und in den Regalen lagen, kamen neue schmutzige Laken nach. Am späten Nachmittag waren die Regale genauso leer und der Berg Schmutzwäsche genauso hoch wie am Morgen. Es war unmöglich, mit dem Waschen nachzukommen. Als Lena schließlich verkündete, es sei Zeit, nach Hause zu gehen, war Julia sich sicher, dass dies der längste, schrecklichste Tag ihres gesamten Lebens gewesen war und sie nie wieder einen solchen erleben wollte.

Sie hätte nichts lieber getan als sich hinauszuschleichen und keinen dieser Menschen jemals wiederzusehen, aber ihr Mantel und ihre Haube waren immer noch in Dr. McGraths Büro. Und um sie zu holen, würde Julia über die Station gehen müssen. Sie holte tief Luft, öffnete die Tür zur Station und hielt nach Mrs Fowle Ausschau. Das Mindeste, was sie tun konnte, war, der Stationsschwester zu sagen, dass sie am nächsten Tag nicht wiederkommen würde. Aber als Julia Dr. McGrath sah, wie er sich über einen der Patienten beugte, überlegte sie es sich anders. Sicher würde er ein höhnisches Grinsen aufsetzen und eine sarkastische Bemerkung machen und sie war sich nicht sicher, ob sie dann nicht in Tränen ausbrechen würde. Außerdem wusste sie, dass sie furchtbar aussah. Ihr Haarknoten hatte sich Dutzende Male gelöst und ihre Naturlocken sich in der feuchten Luft unbändig gekräuselt, und sie hatte sie ohne Spiegel hastig wieder festgesteckt. Die Ärmel ihres Musselinkleides waren ganz zerknittert, weil sie sie den ganzen Tag über aufgerollt getragen hatte, und das Vorderteil ihres Kleides war voller Flecken und bis auf die Unterröcke durchnässt. Julia zog sich leise zurück und beschloss, die Wäscherei durch die Hoftür zu verlassen und um das Haus herumzugehen, um ihren Mantel zu holen.

Der Himmel wurde bereits dunkel, als sie an diesem Spätnachmittag auf den Hof hinaustrat, und sie fröstelte in der feuchten, eiskalten Luft. Es gelang Julia unbemerkt, durch den Haupteingang zu schlüpfen. Hastig schnappte sie sich ihre Sachen von der Garderobe in Dr. McGraths Büro. Aber kaum hatte sie sich den Mantel übergestreift und die Eingangstür erneut aufgerissen, hörte sie hinter sich seine barsche Stimme.

„Ah … Mrs Hoffman."

Julia zuckte zusammen. Sie blieb im Türrahmen stehen, drehte sich aber nicht um, sondern warf nur einen kurzen Blick über ihre Schulter. „Ja, Herr Doktor?"

„Die Stationsschwester hat mir erzählt, dass Sie heute hier waren. Ich wollte eigentlich kommen und sehen, wie Sie in der Wäschekammer zurechtkommen, aber es gab so viel zu tun, dass ich es nicht geschafft habe."

„Ihre Anwesenheit war auch nicht notwendig", sagte sie kalt. „Ich bin mir sicher, Sie hatten Besseres zu tun, als der Wäschekammer einen Besuch abzustatten."

„Ja. Das stimmt. Also … dürfen wir unsere neue Leiterin der Wäscherei morgen wieder erwarten?"

Julia wusste, dass er hämisch grinsen würde, wenn sie in sein Gesicht blickte und ihm sagte, dass sie aufgab. Den Triumph würde sie ihm *nicht* gönnen.

„Natürlich", sagte sie. Dann trat sie hinaus in den dunklen, windigen Spätnachmittag und ließ die Tür hinter sich zuknallen. Aber Julia hatte nicht vor, jemals wiederzukommen.

Ihr nasses Kleid klebte an ihrer Haut und umklammerte sie eisig. Sie fragte sich, ob sie wohl eine Lungenentzündung bekommen würde. In der Nähe des Krankenhauses war nirgends eine freie Mietkutsche zu bekommen und so war sie gezwungen, auf der Suche nach einer Droschke immer weiter durch die düsteren Straßen zu wandern. Eine halbe Stunde dauerte es, bis sie endlich Erfolg hatte. Sie wollte gerade in die Kutsche klettern und sich zum ersten

Mal seit dem Mittagessen hinsetzen, als ein abgerissener kleiner Negerjunge von höchstens fünf oder sechs Jahren zu ihrer Kutsche gerannt kam und an ihrem Mantel zupfte.

„Bitte, hübsche Lady, können Sie mir etwas Geld geben?"

Seine großen dunklen Augen schienen sein Gesicht ganz auszufüllen, als er so zu ihr aufblickte. Der Junge zitterte in seiner dünnen, zerlumpten Jacke, die ihm mehrere Nummern zu groß war. Er war barfuß – im Februar. Julia kramte schnell in ihrer Handtasche und gab ihm einige Münzen. Er grinste und rannte die Straße hinunter, um den nächsten Fußgänger abzufangen.

„Entweder Sie sind neu in der Stadt, Miss", sagte der Kutscher, „oder Sie kommen aus dem Norden."

„Beides", sagte sie und sank endlich auf den Sitz der Kutsche.

„Das dachte ich mir." Er ließ die Zügel knallen und sie setzten sich in Bewegung. „Wenn Sie eine Weile hier sind, werden Sie sich an die Kontrabanden gewöhnen."

„Gewöhnen …? An die ‚Kontrabanden'?", wiederholte sie das fremde Wort. „Was ist das?"

„Der Junge, der Sie gerade überlistet hat, ist einer. Sie sind ehemalige Sklaven aus Staaten wie Virginia, Nord- oder Süd-Carolina. Washington ist voll von ihnen. Die meisten von ihnen sind weggelaufen und unseren Unionssoldaten in die Freiheit gefolgt, aber jetzt, wo sie keine Herren mehr haben, die für sie sorgen, wissen sie nicht, wovon sie leben sollen. Also schicken sie ihre Kinder zum Betteln auf die Straße. Sie werden mit der Zeit lernen, sie zu ignorieren. Das tun alle."

„Aber was ist mit dem Gesetz bezüglich flüchtiger Sklaven?", fragte Julia, die sich noch gut an Nathanaels Vorträge über die Sklaverei und deren Abschaffung erinnerte. „Nach dem Gesetz müssen doch alle geflohenen Sklaven zu ihren Eigentümern zurückgeschickt werden, oder?"

„Nicht, seitdem der Krieg ausgebrochen ist. Deshalb werden sie ja auch als Kontrabanden bezeichnet. Sie sind Kriegsbeute, das Eigentum der Sieger, genau wie irgendwelche Ländereien oder Häuser, die im Krieg erobert wurden. Nur dass es für all diese Sklaven keine Arbeit gibt und keine Unterkünfte, in denen sie wohnen können, außer den Baracken, die sie sich bauen. Diese armen Menschen waren noch nie zuvor frei und sie wissen nicht, wie sie für sich selber sorgen sollen. Verstehen Sie mich nicht falsch, sie tun mir leid. Aber wenn gütige Menschen wie Sie ihnen jedes Mal Geld geben, wenn sie betteln, werden sie nie lernen, sich eine ehrliche Arbeit zu suchen."

„Er war doch noch ein Kind", sagte Julia. „Und er hat gefroren. Wie hätte ich ihn da ignorieren können?"

„Gibt es Schwarze dort, wo Sie herkommen?", fragte er. Die Erwähnung ihrer Heimat trieb Julia mit einem Mal die Tränen in die Augen. Sie konnte nicht antworten.

„Das dachte ich mir, dass Sie dort keine haben. Wie ich schon sagte, Sie werden sich daran gewöhnen. Sie lernen schon noch, sie zu ignorieren."

Als sie endlich bei der Pension ankamen, waren Julias Muskeln von der schweren Arbeit so steif und von den eisigen Temperaturen so kalt, dass sie kaum aus der Droschke klettern konnte. Sie befürchtete, dass ihr nie wieder warm werden würde. Zitternd zog sie die Haustür auf und betrat die Diele der Pension, dankbar für den Hauch Wärme, den sie bot. Ihre Vermieterin kam ihr entgegen.

„Sie sind zu spät zum Essen", sagte die Frau ohne ein Wort der Begrüßung. „Als Sie für den ersten Monat bezahlt haben, habe ich Ihnen doch sicher gesagt, dass wir pünktlich um halb sechs essen, oder?"

„Ja, Ma'am, das haben Sie. Aber heute war mein erster Arbeitstag im Krankenhaus und ich wusste nicht, dass ich erst so spät gehen konnte und dass es so schwierig sein würde, eine Droschke zu finden. Außerdem war so viel Verkehr mit all den Armeewagen auf den Straßen –"

„Ein leerer Magen ist ein hervorragender Lehrmeister", sagte ihre Vermieterin steif. „Ich gehe davon aus, dass Sie morgen rechtzeitig von der Arbeit zurückkommen." Sie drehte sich um und ging davon.

Julia stieg die Treppe zu ihrem trostlosen kleinen Zimmer hinauf und fand es so eisig vor, dass sie ihren Atem sehen konnte. Ihr fiel wieder ein, was die Vermieterin ihr am ersten Tag noch gesagt hatte – dass sie für ihr Feuer selbst verantwortlich war. Zitternd kniete sie sich vor den Kamin und fachte die Kohlen wieder an, so wie Lena es ihr gezeigt hatte. Erst „kleines" Holz, dann „großes" Holz. Ihr leerer Magen rumpelte und knurrte währenddessen. Heute würde sie zum ersten Mal in ihrem Leben hungrig schlafen gehen.

Als Julia aufstand, ihre Hände vollkommen verrußt, fiel ihr Blick auf den Spiegel. Die ungepflegt aussehende Frau, die ihr daraus entgegenstarrte, war eine erbarmungswürdige Person mit zerzaustem Haar und einem graubraunen, schmutzigen Kleid. Nun endlich flossen die Tränen, die Julia den ganzen Tag zurückgehalten hatte. Sie warf sich auf das durchhängende Bett und schluchzte. Was tat sie nur hier? Wie hatte sie so tief sinken können?

Wäre sie zu Hause geblieben, dann wäre sie heute Abend vielleicht zu einem Essen oder einem Ball gegangen, in einer Robe aus Seide und Spitze, mit raschelnden Taftunterröcken und einem sich wiegenden Reifrock. Ihre Haare wären perfekt gelockt und mit Bändern und edelsteinbesetzten Kämmen frisiert; die Topaskette ihrer Großmutter würde ihren eleganten Hals zieren und betörend funkeln. Sie dachte an das herrliche Gefühl, wenn sie einen Raum betrat und wusste, dass sie schön war, wenn sie die Bewunderung in den Augen eines jeden Mannes sah und den Neid in den Augen einer jeden Frau. Warum war sie hierhergekommen? Warum tat sie sich das an?

Das Leben, das Julia jetzt kennenlernte, war ganz anders, als sie es sich ausgemalt hatte. Sie hatte alles aufgegeben, um Krankenschwester zu werden, nicht, um Wäsche zu waschen. In ihrer Vorstellung hatte sie Leben gerettet, verwundete Soldaten getröstet und dafür ihren Dank und Segen erhalten – nicht für einen trunksüchtigen, beleidigenden Arzt gearbeitet und Kot von beschmutzten Laken geschrubbt. Sie wollte nach Hause.

Sie hatte ihr luxuriöses Leben geopfert und sich äußerlich vollkommen verändert. Aber an diesem Abend erkannte Julia, dass sie innerlich noch dieselbe war – ein verwöhntes, reiches Mädchen. Egal, wie fleißig sie arbeitete und wie viel sie aushielt, sie würde sich niemals ändern. Und Pastor Nathanael Greene würde sie niemals lieben. Morgen würde sie sich in Demut üben und zugeben, dass sie für die Arbeit als Krankenschwester ungeeignet war. Und dann würde sie nach Hause fahren.

* * *

Julia erwachte vom Klang der Wecksignale und Trommeln, die in einem der unzähligen Armeelager rund um Washington ertönten. Der Duft von Kaffee zog die Treppe herauf und sie kletterte aus dem Bett, schwach vor Hunger. Schnell spritzte sie sich etwas Wasser ins Gesicht, zog ihr zerknittertes Kleid an und eilte in den Speiseraum hinunter.

Vier andere junge Frauen saßen bereits am Tisch und aßen schweigend ihr Frühstück aus Haferbrei, trockenem Toast und Kaffee. Sie waren alle unattraktiv und trugen die Kleidung der Arbeiterklasse – genau wie sie. Niemand begrüßte sie, als sie ihren Platz am Tisch einnahm. Das Dienstmädchen stellte eine Schüssel mit klumpigem Haferbrei und einen Teller mit Toast vor ihr hin.

Zu Hause in Philadelphia frühstückten Julias Eltern bestimmt gerade in ihrem Esszimmer, an ihrem mit feinem Porzellan und Silber und weißem Damast gedeckten Tisch. Auf dem Büffet standen zweifelsohne auf Silberplatten heiße Gerichte angerichtet – weiche Rühreier, gebutterte Brötchen, zarte Schinkenscheiben, fein gewürzte Kartoffeln. Ihr Vater hatte wahrscheinlich die Zeitung aufgeschlagen und las gelegentlich einen Abschnitt daraus vor, wie es seine Gewohnheit war.

Julia nahm ihren Löffel und aß etwas von dem klebrigen Porridge. Wäre sie nicht halb verhungert gewesen, hätte sie den Brei nie herunterbekommen. Als sie den letzten Schluck bitteren Kaffee getrunken hatte, waren auch die letzten Zweifel verschwunden. Sie würde nach Hause fahren.

Julia rannte beinahe die Treppe hinauf. Sie zog ihr Reisekleid an, steckte sich die Haare zu einer schmeichelhaften Frisur auf und packte ihr einfaches braunes Kleid in ihren Koffer. Sie würde eine

Droschke rufen, den Fahrer anweisen, mit ihr zur Pension zu fahren und ihren Koffer zu holen, und dann würde sie zum Bahnhof fahren und sich eine Fahrkarte nach Philadelphia kaufen. Ihr Vater würde mit Entsetzten darauf reagieren, dass sie ohne Anstandsdame gereist war – aber andererseits freute er sich sicherlich, dass sie endlich zur Vernunft gekommen war.

Draußen war es bereits hell und klar und die Wintersonne war erstaunlich warm. Es war ein perfekter Tag zum Reisen. Julia stand mehrere Minuten vor der Pension und wartete auf eine Kutsche. Als keine vorbeikam, beschloss sie schließlich, ein paar Häuserblocks östlich eine der Hauptstraßen hinunterzulaufen. Dort herrschte ein geschäftiges Treiben. Verkäufer boten Brezeln und gebackene Kuchen feil. Uniformierte Soldaten marschierten in eng geschlossenen Reihen vorbei, ihre Gewehre und Bajonette in den Himmel gerichtet. Alle Arten von Fahrzeugen verstopften die aufgewühlte Straße, von Conestoga-Wagen und einfachen offenen Kutschen bis hin zu Landauern und kleinen Einspännern – nur eine freie Droschke war weit und breit nicht in Sicht. Julia hörte Musik und folgte dem Klang, bis sie an einer Straßenecke einen alten schwarzen Geiger entdeckte. Die Passanten warfen Münzen in seinen Hut. Er war vom Alter gebeugt und seine weißen Haare und sein weißer Bart bildeten einen deutlichen Kontrast zu seiner dunklen Haut. Die Melodie, die er spielte, rief in Julia einen unbändigen Kummer hervor. Er spielte, als wäre seine Fiedel ein Brunnen, der vor Erinnerungen an all das, was er erlitten hatte, überfloss.

Sie bückte sich, ließ ein paar Münzen in seinen Hut fallen und wandte sich dann schnell ab. In diesem Augenblick sah sie die beiden – zwei kleine, schwarze Mädchen, kaum älter als drei oder vier Jahre, die wortlos bettelten, mit ausgestreckten Ärmchen so dünn wie Anmachholz. Die Passanten eilten gleichgültig vorbei und Julia dachte an die Überzeugung des Droschkenfahrers, dass sie mit der Zeit lernen würde, die Kontrabanden zu ignorieren.

Julia ging langsam auf die Mädchen zu, von Mitgefühl getrieben. Das kleinere Kind blickte mit flehenden Augen zu ihr auf und sagte: „Ich habe Hunger." Etwas in Julias Seele schien zu zerspringen.

Sie konnte Washington heute verlassen und zu ihrem eleganten Leben in einem warmen Haus mit Essen im Überfluss zurückkehren, aber diese beiden Kinder und Dutzende andere wie sie würden immer noch hier sein – frierend, bettelnd, ihre Mägen an jedem Abend so leer, wie ihrer es nur eine Nacht lang gewesen war. Sie konnte sich in ihrem Himmelbett unter saubere Laken legen und leidende Soldaten wie der Infanterist Jackson würden auf nackten, dreckigen Matratzen sterben.

Julia kramte zwei Münzen aus ihrer Tasche und ging vor den Mädchen in die Hocke. „Wohnt ihr hier in der Nähe?“, fragte sie.

Das ältere Kind nickte und deutete die Straße hinunter.

„Ich gebe euch Geld, wenn ihr mir zeigt, wo ihr wohnt. Ich würde gerne mit eurer Mama sprechen. Bringt ihr mich zu eurem Haus?“

Das Kind nahm die Münzen von Julia entgegen und nickte wieder.

Sich fest an den Händen haltend, führten die beiden Mädchen Julia wortlos durch eine enge Seitengasse von der Hauptstraße fort bis in den Slum, wo die Kontrabanden offensichtlich lebten. Er befand sich unter einer Eisenbahnbrücke in der Nähe des Flusses und bestand aus einem Gewirr aus Baracken, die aus Lattenkisten, Abfallholz, alten Fässern, Lumpen und scharfkantigen Metallstücken zusammengezimmert waren. Während Julia sich ihren kleinen Fremdenführerinnen folgend einen Weg durch den Schutt bahnte, konnte sie kaum die Wohnhäuser und persönlichen Habseligkeiten von den überall verteilten Abfallhaufen unterscheiden.

Die Kinder führten sie zu einem mannshohen Müllberg, vor dem eine schwarze Frau mit einem Baby auf dem Schoß saß und in dem Feuer stocherte, das sie vor der Baracke gemacht hatte. Sie beobachtete ängstlich, wie Julia näher kam. Julia war ebenso nervös.

„Hallo … ich heiße Julia Hoffman“, sagte sie. Hinter der Frau bewegte sich beim Klang ihrer Stimme ein Lumpenbündel und eine zweite Frau setzte sich auf, einen weiteren Säugling im Arm. Die beiden Frauen sahen sich sehr ähnlich und Julia vermutete, dass sie Schwestern waren. Keine von beiden sah viel älter aus als sie selbst.

„Ich habe Arbeit, die getan werden muss“, sagte Julia, „und ich frage mich, ob Sie Interesse an einer Stelle hätten … um Geld zu verdienen.“

Die erste Frau sah sie skeptisch an. „Was für eine Arbeit ist das denn?“

„Ich arbeite in einem Militärkrankenhaus. Ich würde Sie gerne einstellen, um Wäsche zu waschen. Die Armee wird Sie dafür bezahlen. Haben Sie solche Arbeit schon mal gemacht?“

„Wir können Wäsche waschen, so viel steht fest. Wir haben gekocht, Unkraut gejätet und alle möglichen anderen Arbeiten erledigt.“

„Gut. Wollen Sie die Arbeit? Ich könnte Sie beide gebrauchen.“

Die Frauen sahen einander an und verständigten sich wortlos, dann sagte die Erste: „Loretta und ich sind immer bereit zu arbeiten. Wir wollen weiß Gott nicht, dass unsere Mädchen betteln gehen. Aber wer kümmert sich um die Kleinen, während wir arbeiten? Wie sollen die Babys essen? Unsere Männer arbeiten für die Armee und es gibt niemanden, der den ganzen Tag auf die Kinder aufpassen kann.“

Julia dachte einen Augenblick nach und entschied dann: „Bringen Sie die Kinder mit. Solange die Wäsche gemacht wird, habe ich nichts dagegen, wenn Sie die Kinder bei sich haben.“

Die Frau lächelte zaghaft, als sie aufstand. „Ist dieses Krankenhaus weit weg? Können wir jeden Tag hinlaufen?“

Darüber hatte Julia noch nicht nachgedacht. Das Fairfield-Krankenhaus war zu weit entfernt, als dass die Frauen hätten zu Fuß gehen können, und vom Lohn einer Wäscherin konnten sie sich nicht jeden Tag eine Droschke leisten – wenn sie überhaupt einen Kutscher fanden, der bereit war, Schwarze zu befördern. Aber Julia wusste, dass sie eine Lösung finden musste. Sie brauchte die Hilfe dieser Frauen, und die Frauen und die Kinder brauchten ihre Hilfe. Während sie näher ans Feuer trat, um sich zu wärmen, fiel Julia ein, dass das Krankenhaus früher ein Hotel gewesen war. Gewiss gab es in dem Gebäude Dienstbotenzimmer. Und selbst wenn nicht – die Wäschekammer war warm und trocken und eindeutig eine bessere

Alternative als ein Bett aus Lumpen unter einer Eisenbahnbrücke. Das einzige Hindernis, das sie sah, war Dr. McGrath. Doch Julia beschloss, sich darum zu kümmern, wenn es so weit war.

„Packen Sie alle Ihre Sachen und nehmen Sie sie mit“, sagte sie. „Ich lasse Sie im Krankenhaus wohnen.“

Die zweite Frau war inzwischen ebenfalls aufgestanden. Sie starrte Julia verblüfft an. „Ist das wahr? Wir träumen nicht? Sie geben uns Arbeit *und* ein Dach überm Kopf?“

„Es ist wahr“, versicherte Julia ihr. „Sie können die Arbeit haben, wenn Sie wollen.“

„Ich arbeite auf jeden Fall lieber, als meine Kinder hungern zu sehen“, sagte die erste Frau. Sie hatte Tränen in den Augen und drückte eines der kleinen Mädchen liebevoll an sich.

„Wie heißen Sie?“, fragte Julia.

„Ich heiße Belle und das hier ist meine Schwester Loretta.“

„Schön, dass wir uns kennenlernen. Hören Sie, ich gehe nach Hause, um mich für die Arbeit umzuziehen. In der Zwischenzeit können Sie Ihre Sachen packen. In etwa einer Stunde komme ich mit einer Kutsche wieder.“

Lena war bereits im Krankenhaus, als sie dort eintrafen, und war gerade damit fertig, das Feuer im Herd zu entfachen. Sie wirkte völlig überwältigt von dem Berg Arbeit, der sich vor ihr türmte, und war ausgesprochen erleichtert, als sie sah, dass Hilfe kam. Belle und Loretta verschwendeten keine Minute. Sie sahen sofort, was zu tun war, und schleppten Wasser, sortierten Wäsche und stellten die Holzbottiche zurecht. Im Handumdrehen hatten sie den Haufen schmutziger Wäsche in Angriff genommen. Sie arbeiteten so schnell und effizient, dass Lena im Vergleich dazu stillzustehen schien. Die beiden kleinen Mädchen, die Julia betteln gesehen hatte, halfen ihren Müttern, indem sie Holz holten, Seife in die Bottiche schabten und sich um die Babys kümmerten, wenn sie weinten.

Julia sah fasziniert zu, wie die Frauen hin und her eilten. Es war, als würden sie schon seit Jahren hier arbeiten. Julia wagte kaum, sich zu bewegen, da sie wusste, dass sie den anderen eher ein Hindernis als eine Hilfe war. Aber als die beiden Frauen auch noch zu singen begannen, während sie schufteten, verschlug es Julia vor Staunen die Sprache.

„Mein Gott rettete Daniel aus der Löwengrube und Jona aus dem Bauch des Walfisches …“

Der fröhliche Klang durchfuhr Julia und rührte sie zu Tränen. Sie hatte gestern den ganzen Tag die gleiche Arbeit gemacht wie die beiden, aber das Letzte, wonach ihr gewesen war, war Singen. Aber Belle und Loretta waren so dankbar für das, was sie hatten – einen warmen Ort, an dem sie bleiben konnten, eine Arbeit, die ihnen den Lebensunterhalt für sich und ihre Kinder sicherte –, dass sie gar nicht anders konnten, als zu singen.

„Er rettete die Kinder Israels vor dem Feuerofen, warum also nicht alle Menschen?“

Die Arbeit lief den ganzen Vormittag über wie am Schnürchen. Die kleinen Mädchen halfen und die Babys schliefen in leeren Wäschekörben neben dem Herd. Aber als die anderen drei Wäscherinnen draußen waren, um die Laken zum Trocknen aufzuhängen, wachte eines der Babys auf und begann laut nach seiner Mutter zu schreien. Julia hatte keine Erfahrung mit Säuglingen. Sie hob den Kleinen hoch, als wäre er aus Glas, und wiegte ihn in ihren Armen, um ihn zu beruhigen.

„Schhhh. Ist ja gut. Deine Mama kommt gleich wieder. Schhhh.“ Er heulte nur noch lauter.

Plötzlich wurde die Tür zur Wäschekammer aufgerissen und Dr. McGrath stand im Türrahmen. „Warum höre ich Babys schreien?“, donnerte er. „Was ist hier los?“ Sein Gesicht war so bleich und wutverzerrt, als hätte Julia einem Rebellensoldaten Trost und Hilfe gespendet und nicht einem hilflosen Baby.

„Er ist der Sohn einer meiner Wäscherinnen“, sagte sie und versuchte, dem Doktor nicht zu zeigen, dass sie Angst hatte. „Er weint, weil er Hunger hat.“

„Bringen Sie das Ding hier raus! Sofort!“ Er zeigte auf den Hinterausgang, als wäre das Baby eine brennende Dynamitstange, die sie loswerden musste, bevor sie explodierte. „Das hier ist ein Militärkrankenhaus, kein Wohltätigkeitsverein.“

„Nein, das tue ich nicht“, sagte Julia mutig. „Draußen ist es kalt. Außerdem kann er sonst nirgends bleiben, während seine Mutter arbeitet. Wollen Sie, dass das Krankenhaus saubere Laken hat, oder nicht?“

„Natürlich will ich saubere Laken. Und sprechen Sie gefälligst leiser. Es gibt keinen Grund, so zu schreien.“

„Ich bin nicht derjenige, der schreit.“ Sie gab dem Baby ihren Fingerknöchel zum Lutschen und der Kleine beruhigte sich ein wenig. Der Arzt massierte seine Schläfen und war offensichtlich erleichtert.

„Also“, fuhr Julia fort, „wenn ich es richtig verstanden habe, haben Sie mich zur Leiterin der Wäscherei ernannt, Dr. McGrath, und ich habe beschlossen, sie so zu führen. Wenn Sie meine Wäscherinnen zwingen zu kündigen, indem Sie ihnen verbieten, die Kinder mit zur Arbeit zu bringen, dann sehe auch ich mich gezwungen zu kündigen.“

„Führen Sie mich nicht in Versuchung …“, knurrte er. Aber Julia spürte, dass er nachgab. Sie nahm all ihren Mut zusammen um weiterzusprechen.

„Ich weiß, wie man mit Angestellten umgeht, Herr Doktor, und ich weiß aus Erfahrung, dass sie besonders viel leisten, wenn ihre eigenen Bedürfnisse angemessen berücksichtigt werden. Da es unmöglich ist, eine Familie von dem Gehalt zu ernähren, das die Armee ihnen bezahlt, habe ich meinen Wäscherinnen erlaubt, hier in den Dienstbotenkammern zu wohnen.“

„Sie haben *was*?“

„Sie haben gesagt, ich sei für die Wäschekammer verantwortlich, oder?“, fragte Julia, wobei sie mutiger klang, als ihr zumute war. „Sehen Sie, diese beiden Frauen sind wahrscheinlich die besten Wäscherinnen, die dieses Krankenhaus je hatte, und die Regale werden bald mit vielen sauberen Laken gefüllt sein. Sind Sie sich sicher, dass Sie diese fleißigen Frauen feuern und alles wieder so laufen lassen wollen wie bisher, nur weil ich Belle und Loretta erlaube, auf dem Dachboden zu wohnen?“

Dr. McGrath sah sie einen Augenblick lang zornig an, dann

drehte er sich um und stürmte davon. Julia lächelte hinter seinem Rücken. „Ich nehme an, das ist ein Nein", sagte sie.

* * *

Eine Woche später stellte Julia am Morgen bei ihrem Eintreffen überrascht fest, dass Dr. McGrath bereits an seinem Schreibtisch saß und arbeitete, so wie er es an dem Tag getan hatte, als sie ihm zum ersten Mal begegnet war. Er hatte die Vorhänge dicht zugezogen und saß im Halbdunkeln, während er mit einer Hand schrieb und mit der anderen seinen Kopf abstützte. Sein Gesicht war blass und eingefallen. Offensichtlich hatte er Schmerzen. Kater oder nicht, Julia verspürte nicht das Verlangen mit ihm zu sprechen, und so wollte sie gerade leise an seinem Arbeitszimmer vorbeihuschen, als er ihren Namen rief.

„Mrs Hoffman, kommen Sie bitte einmal her?"

Sie machte zögernd kehrt und blieb in der Tür zu seinem Büro stehen. Wenn er sich auch nur halb so elend fühlte, wie er aussah, musste er ziemlich leiden.

„Ja, Herr Doktor?"

„Haben Sie jemals die Masern gehabt?", fragte er, ohne aufzublicken.

Seine Frage kam so unerwartet, dass es ihr im ersten Moment die Sprache verschlug. Julia erinnerte sich daran, wie Rosalie und sie krank zusammen im Bett gelegen hatten, mit Flecken übersät. Dr. Hamilton war zweimal am Tag gekommen, um nach ihnen zu sehen, während ihre Mutter immer in ihrer Nähe geblieben war, die Hände gerungen und die Dienstboten angewiesen hatte, die Mädchen zu waschen und ihnen Wadenwickel zu machen. Julias Herz zog sich vor lauter Heimweh zusammen und plötzlich sehnte sie sich nach ihrer Mutter, nach ihrem Zimmer und sogar nach ihrer reizbaren Schwester.

„Ja", sagte sie, während sie sich bemühte, ihre Fassung wiederzuerlangen. „Ich hatte die Masern, als ich zehn Jahre alt war."

Dr. McGrath tauchte seine Feder ins Tintenfass und schrieb

weiter, während er sprach. Seine zittrige Hand hinterließ eine Spur von Tintenflecken auf dem Löschpapier. „Gut. Dann gehen Sie zur Stationsschwester im zweiten Stock. Wie heißt sie noch? Nicholson …"

„Nichols. Lucy Nichols."

„Wie auch immer. Melden Sie sich bei ihr. Sie werden als Krankenschwester gebraucht."

Julias Herz begann vor Aufregung zu rasen. Sie hoffte, dass dies nicht wieder nur ein gemeiner Trick des Arztes war. „Äh … und was ist mit der Wäschekammer?"

Er blickte auf und verdrehte die Augen. Dann sagte er in einem langsamen und herablassenden Ton, als würde er mit einem Einfaltspinsel reden: „Kommen sie dort nicht ein paar Tage ohne Sie aus, Mrs Hoffman? Sind Sie derart unabkömmlich?"

„Natürlich nicht. Meine neuen Wäscherinnen sind ausgezeichnete Arbeiterinnen."

„Na also. Ernennen Sie eine davon zur Aufseherin und bewegen Sie Ihren zierlichen Allerwertesten nach oben. Wir haben eine Masernepidemie."

Kapitel 9

Fort Monroe
März 1862

Phoebe stand neben Ted an der Schiffsreling und blickte zu den bewaldeten Ufern Virginias hinüber, während sie flussabwärts fuhren. Das Deck des Flussdampfers, das übervoll war mit Soldaten, Artilleriegeschossen und Versandkisten der US-Armee, hob und senkte sich unter ihren Füßen, als wäre es ein lebendes, atmendes Tier.

„Na, fühlst du dich schon besser?“, fragte sie Ted.

„Ja“, seufzte er. „Der Sergeant hatte recht. Die frische Luft hilft wirklich.“

Phoebe selbst fühlte sich noch ein wenig benebelt, vor allem, wenn sie auf das graue, aufgepeitschte Wasser hinunterblickte oder beobachtete, wie sich das Deck hob und senkte. Aber wenn sie den Blick auf das Ufer gerichtet hielte und daran dachte, in der kalten, belebenden Luft tief einzuatmen, würde sie es vielleicht bis zum Fort Monroe schaffen, ohne so grün im Gesicht zu werden wie die meisten anderen Soldaten an Bord.

Sie und Ted waren kaum in der Lage gewesen, ihre Aufregung im Zaum zu halten, als sie an Bord der *Lady Delaware* gegangen und aus dem Hafen von Alexandria, Virginia, ausgelaufen waren, den Potomac hinunter in Richtung Fort Monroe. Die Schiffe der Unionsflotte schienen alle nur vorstellbaren Größen und Formen zu haben: seetüchtige Schiffe mit hohen Masten, die wie Baumstämme in die Luft ragten; Flussdampfer wie das Boot, auf dem sie fuhren, mit hustenden Schornsteinen und klappernden Schaufelrädern; lange, flache Barkassen, die von keuchenden Schleppern mitgezogen wurden.

Und die Ausrüstung, die sie mit sich führten! Tausende und Abertausende Zelte, Pferde und Artilleriegegenstände. Kisten und Fässer mit Nahrung und Vorräten und Patronen. Wagen und Munitionskisten. Hilfsmittel, um Brücken zu bauen. Rollenweise Telegrafendraht. Im Hafen hatte es vor Kontrabanden, die für die Armee arbeiteten und Tonne um Tonne an Ausrüstung aufluden, nur so gewimmelt. Phoebe und Ted hatten den Trubel staunend beobachtet.

„Hey, sieh dir das mal an!", hatte Ted alle paar Sekunden gerufen. „Und da drüben!" Er hatte auf eine beinahe endlose Reihe Kanonen gezeigt, die Rad an Rad nebeneinander aufgestellt waren, auf eine Bootsladung Armeemaultiere, auf eine Pyramide aus Holzkisten. „Hast du so etwas schon mal gesehen?"

Phoebe war gleichermaßen fasziniert gewesen. „Nein, auf keinen Fall. Und schau dir all die Kanonenkugeln an, Ted. Ich wette, du kannst sie nicht einmal zählen."

Sergeant Anderson hatte ihnen erzählt, dass der Feldzug vor zwei Wochen begonnen hatte, mit mehr als vierhundert Schiffen, die zur Spitze der York-James-Halbinsel und zurück fuhren, um die 120 000 Mann starke Potomac-Armee und alles, was sie zum Kriegführen brauchten, hinüberzubefördern. An einem stürmischen Märztag war Phoebes und Teds Einheit endlich an der Reihe gewesen.

Jetzt näherten sie sich dem Ende ihrer mehr als dreihundert Kilometer langen Reise und kamen in die unruhigeren Gewässer der Chesapeakebucht. Geplant war, dass sie an diesem Nachmittag bei Fort Monroe an Land gingen – und Phoebe konnte es kaum erwarten. Sie war halb verhungert, weil sie beschlossen hatte, nichts mehr zu essen, nachdem sie gesehen hatte, wo die Rationen der anderen am Ende landeten.

„Meinst du, die Rebellen wissen, dass wir kommen?", fragte Ted.

„Klar wissen sie das. Es ist nicht so einfach, das alles hier geheim zu halten." Sie deutete auf die lange Reihe Boote auf dem Fluss und auf ihr eigenes Schiffsdeck, das einem Waffenarsenal glich. „Es ist eine ziemlich ungeschickte Art, sich anzuschleichen."

„Wie meinst du das?“

„Zu Hause habe ich eine Menge Zeit damit verbracht, Wild zu jagen und Kaninchen zu fangen, und ich habe gelernt, dass man sich seiner Beute am besten nähert, indem man sich von der dem Wind abgewandten Seite heranpirscht. Du willst schließlich nicht, dass es dich hört. Oder wittert.“

„Das hier ist keine Jagd, Ike“, sagte Ted pikiert. „Es ist ein Krieg. Und General McClellan weiß alles, was man über den Krieg wissen muss.“

Phoebe widersprach ihm nicht. Ted würde seinen befehlshabenden Offizier verteidigen, egal, was sie sagte.

Inzwischen konnte sie das Meer riechen, und die Wellen wurden stärker. Sie drehte sich um und blickte in östliche Richtung. Hinter der letzten Landzunge verdüsterten graue Wolken den Horizont, und man sah nichts als Wasser, so weit das Auge reichte. Schnell wandte sie sich wieder ab.

„Ich sage dir, ich würde das Meer nicht überqueren wollen“, sagte sie. „Ich wette, wenn man da draußen ist, kommt man sich als Mensch ganz klein vor.“

„Hey“, rief Ted ein paar Minuten später. „Vielleicht sehen die Rebellen uns ja mit all dem Zeug hier kommen und überlegen sich, dass sie ohnehin keine Chance haben. Ich weiß, dass ich aufgeben würde, wenn ich all die Kanonen und Soldaten und Gewehre sehen würde. Du nicht auch?“

Phoebe dachte einen Augenblick über die Frage nach, bevor sie antwortete. „Weißt du was? Wenn jemand mir mein Land wegnehmen wollte, würde ich kämpfen wie eine Löwin, die ihre Jungen beschützt. Ich meine, was wäre, wenn all diese Soldaten auf deine Heimatstadt zumarschieren und deine Mutter bedrohen würden? Würdest du dich dann ergeben?“

„So habe ich das noch nie betrachtet.“

„Geh lieber nicht davon aus, dass die Rebellen weiße Fahnen schwenken, Ted. Ich glaube, sie werden wie die Löwen kämpfen, um das zu beschützen, was ihnen gehört.“

Spät an diesem Nachmittag gingen sie im strömenden Regen bei

Fort Monroe an Land. Das Wasser war so aufgewühlt, dass Phoebe sich sicher war, sie würde im Meer landen, als sie die schmale Rampe zum Ufer hinunterwankte.

Phoebes Regiment marschierte eine kurze Strecke ins Landesinnere und schlug im Wald sein Lager auf. Das Flachland am Fluss war dicht bewaldet und der Boden, auf dem sie ihre Zelte aufschlugen, war feucht und wimmelte nur so vor Holzböcken und Mücken. Auf jeden warmen, sonnigen Tag folgten zwei kalte, feuchte Tage, bis Phoebe sich schließlich sicher war, dass sie sich nie wieder richtig trocken fühlen würde. Wie sie irgendwann erfahren hatten, warteten sie auf den Rest der Armee und auf die Ankunft von General McClellan selbst, der die Invasion anführen würde.

Jeden Morgen und jeden Abend saßen Ted und sie auf den feuchten Baumstämmen am schwelenden Lagerfeuer und entfernten Zecken, jeden Tag ungefähr ein Dutzend. Ted führte Buch darüber, wie viele sie fanden, so wie er in der Fabrik seines Onkels die Bücher geführt hatte. Er war kein Junge vom Land, deshalb waren Zecken etwas Neues für ihn. Phoebe zeigte ihm, wie man sie entfernte.

„Ich wette, die Konföderierten haben diese Zecken und Moskitos rekrutiert, damit sie auf ihrer Seite kämpfen", sagte Ted, als er einen der kleinen Blutsauger ins Feuer warf. „Wahrscheinlich züchten sie sie in Richmond so wie Pferde."

„Genau, und ich sage dir noch was", sagte Phoebe, als es wieder zu regnen begann. „Dieses Mistwetter ist auch auf ihrer Seite."

An dem Tag, an dem sie endlich ihre Zelte abbrachen und den dreißig Kilometer langen Marsch nach Yorktown in Angriff nahmen, schien die Sonne, das Gras war saftig grün und die Pfirsichbäume standen in voller Blüte. Phoebe fühlte sich, als könne sie Bäume ausreißen. Sie war noch nie im Leben so glücklich gewesen wie jetzt, wo Ted neben ihr marschierte und nachts neben ihr in ihrem Notzelt schnarchte.

Aber am Tag darauf fiel der Regen in Strömen. Tausende von trampelnden Füßen, Pferdehufen und Wagenrädern verwandelten die Straße schnell in ein morastiges, klebriges Schlammloch, in dem die schweren Wagen bis zu den Radachsen versanken. Phoebes und Teds Kompanie marschierte im hinteren Teil der langen Kolonne, und wenn sie nicht gerade selbst den Mannschaftsführern halfen, die Wagen aus dem Dreck zu ziehen, standen sie sinnlos herum und warteten. Sie erreichten Yorktown am frühen Nachmittag und hörten zum ersten Mal den Klang der Artillerie und des Gewehrfeuers der Konföderierten. Es war ziemlich ernüchternd. Nach einer nassen Nacht auf sumpfigem Boden erfuhr Phoebe, was sie erwartete.

Die Konföderierten hatten sich hinter Erdwällen verschanzt, die beinahe fünf Meter dick waren und vor denen drei Meter tiefe und ebenso breite Gräben gezogen worden waren. Phoebe wurde schlagartig bewusst, dass sie sich – wenn sie in Sichtweite ihrer Befestigungen war – sicherlich auch in Reichweite ihrer Kanonen befand.

„In den nächsten Tagen haben wir eine Schlacht vor uns, das steht fest", sagte sie zu Ted. „Aber ich bin bereit, sie anzugreifen, du nicht auch?"

„Ich bin schon bereit, seit ich im Oktober diese Uniform angezogen habe", erwiderte er. „Die ganze Zeit musste ich dieses schwere Gewehr durch die Gegend schleppen, da wird es allmählich Zeit, dass ich mal die Chance bekomme, damit zu schießen."

„Die Rebellen haben bestimmt nicht so viele Soldaten da drin wie wir hier draußen", vermutete Phoebe, „sonst würden sie dicht nebeneinander stehen. Ich nehme an, wir stürmen, meinst du nicht auch?"

„Little Mac weiß, was er tut. Er ist ein militärisches Genie."

Aber bald erfuhren sie, dass General McClellan beschlossen hatte, nicht anzugreifen. Stattdessen ließ er seine Soldaten ebenfalls Erdwälle bauen, parallel zu denen des Feindes, um Yorktown zu belagern. Die erste Arbeitstruppe zog im Schutz der Dunkelheit mit ihren Schaufeln los und begann zu graben. Schweigend arbeiteten sie die ganze Nacht hindurch und hoben einen Graben aus, der tief genug war, um sich kriechend darin fortzubewegen, während sie die Erde zu einem Wall aufhäuften, hinter dem sich die

Arbeitstruppe am Tage verbergen konnte. Phoebe und Ted waren am zweiten Tag Teil des Teams. Sie hockten hinter dem Erdwall und gruben wie verrückt, um den Graben tiefer zu machen und den Schutzwall höher. Während sie und die anderen Soldaten in der folgenden Woche immer weiterschaufelten, ließen die Konföderierten gelegentlich Artilleriegeschosse über ihre Köpfe pfeifen und zwangen die Arbeiter so, sich in ihre Gräben zu kauern, bis sie die Explosion hörten.

„Gut, dass sie nicht besonders gut zielen", sagte Ted, nachdem ein Geschoss hundert Meter vor ihnen eingeschlagen war und ein Schauer aus Erdbrocken auf sie herniederprasselte. „Sie haben nicht den geringsten Schaden angerichtet."

„Sie versuchen gar nicht, uns vom Graben abzuhalten", sagte Phoebe. „Ich nehme an, sie testen die Reichweite ihrer Kanonen. Wenn dann irgendwann unsere ganze Armee hier draußen in diesen Löchern steckt, sind sie in der Lage, gleich eine ganze Menge von uns auf einmal zu töten. Wenn du mich fragst, ist es dämlich, sie in Ruhe üben zu lassen. Wir sollten den Feind jetzt angreifen, bevor er alle Waffen in Position gebracht hat."

Aber sie und die anderen hoben weiter Gräben aus, Tag für Tag, während an zwei Dritteln der Tage Regen fiel. Die einzigen Feinde, die Phoebe angreifen konnte, waren Armeen von Insekten. Sie verlor allmählich die Geduld.

„Es ist jetzt fast acht Monate her, dass ich zur Armee gegangen bin", klagte sie, „und bisher sind wir nur im Kreis marschiert, haben Zecken eingesammelt und Löcher gebuddelt. Ich wusste nicht, dass man einen Krieg auf diese Weise gewinnen kann, oder was meinst du?"

Aber Teds Vertrauen in seinen Kommandanten war unerschütterlich. „Little Mac weiß, was er tut. Du wirst schon sehen."

Die Arbeit an den Schützengräben dauerte einen Monat. Phoebe half außerdem, Rampen und hölzerne Plattformen für Geschützstellungen zu bauen und Standorte für die Kanonen vorzubereiten, die von Armeeingenieuren durch den knietiefen Schlamm nach Yorktown gebracht wurden. Einige dieser Waffen waren so schwer, dass ein Gespann von hundert Pferden nötig war, um sie zu ziehen.

Als Phoebe und Ted sich gerade an das gelegentliche Kreischen der Artilleriegeschosse über ihren Köpfen gewöhnt hatten, erfanden die Konföderierten ein neues Spiel. Sie stellten einen Scharfschützen ab, der die Schützengräben im Auge behielt und auf die Arbeiter zielte, wann immer jemand versehentlich den Kopf zu weit herausstreckte. Phoebe musste besonders vorsichtig sein, weil sie ohnehin einige Zentimeter größer war als die anderen. Und das bevorzugte Zielgebiet des Scharfschützen war genau die Stelle, an der Ted und sie arbeiten sollten. Zwei Männer, mit denen Phoebe seit Harrisburg marschiert war und Übungen absolviert hatte, waren bereits getötet worden, weil sie vergessen hatten, den Kopf einzuziehen.

„Warum greifen wir nicht an und kämpfen wie Soldaten anstatt wie Maulwürfe", fragte sie, nachdem der zweite Mann gestorben war. „Wann hören wir endlich auf, Gräben auszuheben, und fangen an zu kämpfen?"

„Little Mac hat in Europa moderne Kriegsführung studiert", beharrte Ted. „Er hat sogar Bücher darüber geschrieben."

Phoebe stützte sich auf ihre Schaufel. „Ich sage dir was. Die Rebellen haben sich da drüben eingegraben wie Erdhörnchen, und ich brauche kein Buch, um zu wissen, dass man ein Erdhörnchen nicht fängt, indem man auf der anderen Straßenseite ein Loch buddelt und sich reinsetzt. Der Racker wird einfach sitzen bleiben, wo er ist – oder sich einen Hinterausgang buddeln und abhauen, wenn man nicht aufpasst. Wenn man ein Erdhörnchen fangen will, muss man in sein Loch kriechen, es hinaustreiben und dann jagen."

„Deshalb bauen wir diese Geschützstellungen", sagte Ted. „Sobald wir fertig sind, wird Little Mac die Rebellen *wegpusten*." Ohne nachzudenken trat er auf die Plattform, die sie bauten, und zeigte überschwänglich in Richtung Rebellen.

„Ted, runter da!"

Phoebe hechtete zu ihm hinüber, packte ihn an den Knien und riss ihn von der Plattform. Doch im gleichen Augenblick hörte sie das Knallen von Gewehrschüssen. Ted fiel in den Schlamm auf dem Grund des Grabens und Phoebe landete auf ihm.

„O Gott“, betete sie, während sie sich aufrappelte. „O Gott … o Gott!“ Sie hatte eine Todesangst, dass sie zu langsam reagiert und Ted ein Loch im Kopf hatte wie die anderen Opfer des Scharfschützen.

Ted lag auf dem Rücken im Dreck. Phoebe entdeckte nirgendwo Blut. Er war benommen und schnappte nach Luft, nachdem der Sturz ihm den Atem verschlagen hatte, aber er war am Leben.

„Bist du in Ordnung?“, fragte sie.

„Ja … ich glaube schon.“ Ted setzte sich langsam auf und griff dann nach seiner Mütze, die einen halben Meter entfernt lag. „Hey, sie haben ein Loch in meine Mütze geschossen!“

Phoebe wandte sich ab, als ihr Tränen der Erleichterung in die Augen schossen. Sie ärgerte sich über ihre mädchenhafte Reaktion und war wütend auf den Rebellen, der ihren Freund beinahe umgebracht hatte. Wäre Ted nur zwei Zentimeter größer, dann wäre er jetzt tot.

„Es reicht“, sagte sie und warf ihre eigene Mütze auf den Boden. „Ich werde mir einen Job als Scharfschütze besorgen und dann mache ich den Typen fertig!“

Sergeant Anderson, der herübergeeilt war, um nach Ted zu sehen, hörte ihre Worte. „Willst du dich wirklich mit ihm anlegen, Bigelow?“, fragte er. „Denn wenn irgendjemand ihn erwischen kann, dann du. Ich habe dich schießen sehen.“

„Das kann ich, Sir. Wenn Sie mir erlauben, auf einen der Bäume da drüben zu klettern und zu sehen, wo er ist, knalle ich ihn ab wie einen Waschbären.“

„Also gut. Ich bin es leid, Männer zu verlieren. Wenn du dich freiwillig meldest, hast du meine Erlaubnis, ihn dir vorzuknöpfen.“

Phoebe wusste, dass sie es wenn überhaupt dann sofort tun musste, solange der Zorn noch durch ihre Adern strömte und die Erinnerung daran, dass Ted nur knapp dem Tod entronnen war, frisch war. Sie nahm ihr Gewehr in die Hand und vergewisserte sich, dass die Waffe richtig geladen war. Dann überprüfte sie die

Patronenschachtel auf zusätzliche Munition – allerdings wäre sie für den Scharfschützen, wenn sie ihn nicht gleich mit dem ersten Schuss erwischte, ein leichtes Ziel, bis sie nachgeladen hatte.

„Tu es nicht, Ike“, flehte Ted sie an. „Es ist zu gefährlich. Du hast keine Deckung, während du auf den Baum kletterst, und wenn er dich bemerkt, knallt er dich ab, bevor du überhaupt zielen kannst. Wir wissen, dass er ein guter Schütze ist … *bitte* geh kein Risiko ein.“

Phoebe war so gerührt, dass sie es sich beinahe anders überlegt hätte. Aber dann dachte sie an all die Männer, die der Schütze getötet hatte, und daran, dass er beinahe auch Ted erwischt hätte, und bei dem Gedanken wurde sie wieder wütend.

„Ich muss es tun“, sagte sie. „Ich muss ihn erwischen, bevor er noch jemanden tötet. Ihr könnt mir helfen, indem ihr ihn ablenkt, bis ich oben bin, in Ordnung?“

„Wie sollen wir das machen, ohne selbst abgeschossen zu werden?“

„Gebt dem Kerl etwas, worauf er schießen kann. Steck eine Mütze auf dein Bajonett und halt es gerade eben so hoch, dass er es sieht. Während er damit beschäftigt ist zu schießen und nachzuladen, klettere ich auf den Baum da drüben.“

Ted klammerte sich an Phoebes Ärmel. „Geh nicht“, bat er. „Es ist zu riskant.“

Sie zog Ted die Mütze vom Kopf und steckte einen Finger durch das Einschussloch. „Ich kann ihn kriegen, Ted. Sieh zu, dass er beschäftigt ist.“

Phoebe kroch den Schützengraben entlang bis in die Nähe der Baumgruppe. Sie holte tief Luft, um sich Mut zu machen, und gab den anderen ein Zeichen, den Scharfschützen zum Schießen zu bringen. Sobald sie das Knallen seines Gewehrs hörte, kletterte sie aus dem Graben und kroch über den Boden auf die Bäume zu. Sie wusste, wie gefährlich dieser Teil war. Sie musste so langsam kriechen, dass der Scharfschütze ihre Bewegungen nicht bemerkte, aber schnell genug, um zu den Bäumen zu gelangen, bevor er mit dem Nachladen fertig war. *Beschäftigt ihn*, flehte sie stillschweigend – und dann betete sie, dass die Rebellen nicht mehr als einen Schützen abgestellt hatten.

Endlich erreichte sie die Baumgruppe. Phoebe fühlte sich deutlich sicherer, sobald sie hinter einem Busch kauerte. Allerdings standen die Bäume noch nicht im vollen Laub, und sie wusste, dass sie in der Baumkrone mit ihrer blauen Uniformjacke auffallen würde wie ein Prediger im Rotlichtviertel. Sie wartete darauf, dass Ted und die anderen dem Scharfschützen ein neues Ziel boten, lauschte dem Schuss und begann dann, auf den nächsten Baum zu klettern. Ihr eigenes Gewehr hatte sie sich über die Schulter gehängt.

Phoebe war nie besonders gut darin gewesen, auf Bäume zu klettern, und es schien eine Ewigkeit zu dauern, bis sie hoch genug war. Die ganze Zeit knarzten und ächzten die Äste und machten einen furchtbaren Lärm. Ein Ast brach mit einem lauten Krachen ab und stürzte zu Boden, aber zu ihrem Glück feuerte der Scharfschütze im selben Augenblick auf eine von Teds Zielscheiben. Der Schütze lud sehr schnell nach und konnte mehr als die üblichen drei Schüsse pro Minute abgeben. Phoebe wusste, dass sie ein guter Schütze war, aber sie hatte das Nachladen der Waffe nicht oft genug geübt, um so schnell zu sein wie ihr Gegner. Und sie hatte noch nie nachgeladen, während sie auf einem Baum saß. Sie sollte beim ersten Mal besser nicht danebenschießen.

Endlich gelang es ihr, so hoch zu klettern, dass sie alles überblicken konnte. Phoebe erspähte ihre Beute auf dem Dach eines Hauses, halb versteckt hinter dem Schornstein. Sie hob das Gewehr an ihre Schulter und zielte. Dann erstarrte sie.

Der Rebellensoldat sah überhaupt nicht bedrohlich aus, sondern ganz normal, wie jemand, dem sie an einem sonnigen Tag auf der Straße hätte begegnen können. Er war jung und blond, und er hatte Eltern, Geschwister, eine Freundin. Sie konnte nicht abdrücken.

Das war ihr schon einmal passiert, zu Hause im Wald. Für sie war Wild immer etwas gewesen, das man tötete, um etwas zu essen zu haben. Aber dann hatte sie eines Tages auf eine Hirschkuh gezielt, die den Kopf gedreht und Phoebe angesehen hatte. Phoebe hatte das schöne gelbbraune Fell und die dunklen Augen wahrgenommen. Und in diesen Augen war keine Angst zu sehen gewesen, sondern Verwunderung. Phoebe hatte gezögert, als sie einander Auge in Auge gegenübergestanden hatten, und nicht abdrücken können. Dann hatte die Hirschkuh sich umgedreht und war fortgelaufen, und ihr weißer Schwanz war noch einmal aufgeblitzt, als sie im Wald verschwand. Noch lange danach hatte Phoebe sich nicht überwinden können, auf die Jagd zu gehen.

Jetzt hatte sie ein menschliches Ziel vor Augen – einen Jungen, kaum älter als sie oder Ted. Er blickte auf sein Gewehr hinunter und lud nach, und er hatte keine Ahnung, dass sie ihn im Visier hatte, dass sein Leben gleich ausgelöscht würde. Die Zeit schien stillzustehen.

Dann wurde Phoebe klar, dass der Junge ein Killer war – ihr Feind. Wenn er sie bemerkte, bevor sie schoss, oder wenn sie ihn mit dem ersten Schuss nicht traf, würde er nicht zögern, sie zu töten. Und wenn Ted nur ein wenig größer gewesen wäre, läge er in diesem Augenblick mit einer Kugel in der Stirn in dem Schützengraben da unten. Trotzdem sah Phoebe wieder in das Gesicht des Scharfschützen und beschloss auf sein Bein zu zielen, anstatt auf seine Brust. Dann drückte sie ab.

Für den Bruchteil einer Sekunde sah Phoebe seine Miene, bevor er die Waffe fallen ließ und vom Dach auf den Boden stürzte. Es stand kein Schmerz darin, sondern Verwunderung.

Sie schulterte ihr Gewehr ohne nachzuladen und kletterte langsam vom Baum. Die letzten Meter rutschte sie am Stamm hinunter, bis sie wieder Boden unter den Füßen hatte. Diesmal musste sie sich nicht langsam bewegen, aber ihre bleiernen Glieder wollten ihr einfach nicht gehorchen und schneller laufen. Phoebe hörte den Jubel ihrer Kameraden, lief geduckt über die Ebene und sprang dann in den Schützengraben hinunter. Sergeant Anderson und die anderen begrüßten sie wie einen Helden. Ted überraschte sie, indem er sie umarmte und ihr einen Klaps auf den Rücken gab.

„Du hast ihn erwischt, Ike! Du hast deinen ersten Rebellen getötet!“

„Ja, ich habe ihn erwischt.“

„Ich kann es nicht fassen, dass du ein solches Risiko eingegangen bist. Du bist der mutigste Mann, der mir je begegnet ist." Er ließ sie los und sah zu ihr auf. „Mensch, bin ich froh, dass dir nichts passiert ist!"

„Ja, ich auch." Jemand reichte Phoebe einen mit Schnaps gefüllten Flachmann. Sie tat so, als nähme sie einen Schluck, und gab die Flasche dann weiter.

„Warte, bis Little Mac hört, was du getan hast", sagte Ted.

„Jungs, wir haben hier einen erstklassigen Scharfschützen", sagte Sergeant Anderson und schüttelte ihr begeistert die Hand.

Ted starrte sie immer noch an. „Hey, warum ziehst du denn so ein Gesicht? Komm schon, Ike, du solltest feiern. Du hast ihn abgeknallt."

„Nützen wird das überhaupt nichts", sagte Phoebe kopfschüttelnd. „Morgen stellen sie einfach jemand anders da hin."

„Sollen sie es doch versuchen", sagte der Sergeant. „Dann schicken wir dich wieder auf den Baum, damit du den Kerl auch erschießt."

Phoebe brauchte an diesem Tag nicht mehr zu graben und durfte stattdessen in ihr Zelt zurückkehren. Aber als sie auf dem durchweichten Boden lag und dem Regen lauschte, der auf die Zeltplane über ihrem Kopf prasselte, gingen ihr zwei Gedanken einfach nicht aus dem Kopf. Der erste war, dass Ted jederzeit etwas Schreckliches zustoßen könnte. Heute wäre es fast so weit gewesen. Er wäre beinahe getötet worden. Zum ersten Mal, seit sie sich beim Militär gemeldet hatte, verspürte Phoebe eine herzzerreißende Angst bei dem Gedanken, in den Kampf zu ziehen – nicht um ihrer selbst, sondern um seinetwillen. Plötzlich stand mehr auf dem Spiel als ihr eigenes Leben. Wie war es nur dazu gekommen? Was bedeutete es?

Der zweite Gedanke, der sie nicht zur Ruhe kommen ließ, war der, wie wundervoll es sich angefühlt hatte, als Ted seine Arme um sie geschlungen und sie an sich gedrückt hatte. Sie konnte genauso gut marschieren und graben und mit einem Gewehr umgehen wie jeder andere Mann, vielleicht sogar besser, aber als Ted sie im Arm gehalten hatte, hatte sie sich mit einem Mal gewünscht, er wüsste, dass sie eine Frau war. In diesem Augenblick hatte sie sich danach gesehnt, ihren Kopf an Teds Brust zu legen und vor Kummer und Erleichterung zu weinen. Und sich von ihm trösten zu lassen.

Während sie derart gedankenversunken auf dem Rücken in ihrem undichten Zelt lag, wusste Phoebe nicht, was sie mit diesen ungewohnten Gefühlen anfangen sollte. Denn Ted erwiderte sie nicht. Ted dachte, sie wäre ein Mann.

* * *

Die Belagerung von Yorktown und das endlose Graben zogen sich nun schon einen ganzen Monat lang hin. Am 3. Mai wurden die Geschützstellungen endlich fertig und General McClellans riesige Kanonen aufgestellt. In Phoebes Lager kursierten Gerüchte, dass die Union in zwei Tagen, am 5. Mai, damit beginnen würde, Yorktown unter Beschuss zu nehmen. Aber am späten Nachmittag des 3. Mai eröffnete die konföderierte Artillerie plötzlich das Feuer auf das Lager der Unionstruppen. Es gab nichts, was Phoebe tun konnte, außer sich neben Ted in einen der Schützengräben zu kauern und darauf zu warten, dass der Angriff zu Ende ging. Es schien, als würde das nie geschehen.

Während es Abend und der Himmel dunkler wurde, beschossen die feindlichen Kanonen weiter das Feldlager. Phoebe und die anderen wagten stundenlang nicht, sich zu rühren, nicht einmal, um sich etwas zu essen oder Wasser zu holen oder die Latrine zu benutzen. Phoebe konnte das Aufflammen der Schüsse sehen, wann immer die schweren Kanonen abgefeuert wurden, und sie beobachtete, wie die Geschosse in einem Bogen durch die dunkle Nacht flogen fast wie Feuerwerk. Der donnernde Lärm war ohrenbetäubend. Immer wenn ein Geschoss in der Nähe einschlug, klang es in Phoebes Ohren so, als fiele eine Dampflok vom Himmel, und sie spürte, wie ihr das Blut bis in die Zehen schoss, während sie auf die Explosion wartete. Der Beschuss hielt lange an und schien kein Ende nehmen zu wollen. Phoebe hatte längst aufgehört zu beten, dass er endlich enden möge. Dann, wie bei einem heftigen Unwetter, das langsam abzieht, ließ das Sperrfeuer allmählich nach und verstummte schließlich ganz.

Bei Tagesanbruch hing eine unnatürlich Stille über Yorktown.

„Ich wünschte, sie würden mit dem Beschuss anfangen, wenn sie weitermachen wollen, damit wir es hinter uns haben."

„Weißt du was?", sagte Phoebe. „Ich finde, es ist zu still da drüben. Ich glaube, sie sind weg, Ted. Ich glaube, die Rebellen haben uns mit der ganzen Artillerie gestern Nacht nur ablenken wollen, damit sie abhauen konnten."

Als auch im Verlauf des Vormittags nichts von den Rebellen in Yorktown zu sehen oder zu hören war, sah es so aus, als behielte Phoebe recht. Ihr Regiment und mehrere andere Truppenteile erhielten den Befehl, sich in Formation zu begeben und gegen die feindlichen Linien vorzurücken, Gewehre geladen, Bajonette befestigt und bereit. Nachdem sie einen Monat lang im Schützengraben gelegen hatte, fühlte Phoebe sich wie auf dem Präsentierteller, als sie ohne jegliche Deckung losmarschierte. Ihre Hände, mit denen sie versuchte, ihr Gewehr festzuhalten, waren richtig zittrig und ihr Mund fühlte sich an, als hätte sie einen Becher Mehl hinuntergewürgt.

„Sie können jeden Augenblick anfangen, auf uns zu schießen", hörte sie Ted murmeln. „Und wenn sie das tun, werden sie uns niedermähen wie Weizen."

„Sie warten nur darauf, dass wir nahe genug herankommen", stimmte ihm jemand anders zu.

Plötzlich gab es in den vorderen Reihen eine Explosion. Phoebe widerstand dem Drang, sich zu Boden zu werfen, obwohl sie fest damit rechnete, jeden Augenblick feindliche Kugeln auf sich niederregnen zu sehen. Der Oberstleutnant gab den Befehl, stehen zu bleiben.

Schließlich sprach sich herum, dass die Explosion von einer Tretmine der feindlichen Artillerie ausgelöst worden war. Wütend über den Verlust mehrerer seiner Männer, schickte General McClellan gefangene Rebellen los, um nach weiteren vergrabenen Minen zu suchen. Als der Weg frei war, setzte das Regiment sich wieder in

Bewegung und erreichte schließlich die Befestigungen, die sie einen Monat lang aus der Ferne gesehen hatten.

„Weg!", sagte Ted angewidert. „Sieh dir das an, sie haben ihren Grillspieß und halb gebackene Brötchen zurückgelassen."

Der einzige Hinweis auf die Rebellenarmee war der Müll, den sie zurückgelassen hatten – ein Haufen aus Tierknochen und Austernschalen, verlassene Lagerfeuer, leere Flaschen und Blechdosen.

„General McClellan hat die Rebellen offenbar für dämlich gehalten", sagte Phoebe. „Hat er wirklich erwartet, dass sie still sitzen und warten, bis er alle seine Waffen aufgebaut hat? Diese Jungs vom Land wissen, wann man kämpft und wann man sich besser aus dem Staub macht, und wie mir scheint, haben sie genau das getan. Sie sind mitten in der Nacht abgehauen – während wir alle so laut schnarchten, dass wir sie nicht einmal gehört haben."

„Aber Little Mac –"

„Little Mac hat keine Ahnung von Rebellen." Sie konnte an Teds düsterer Miene erkennen, dass sein Glaube an den General zu schwinden begann.

„Ich kann nicht glauben, dass wir einen ganzen Monat damit verschwendet haben, Löcher zu buddeln – für nichts und wieder nichts", sagte er.

Phoebe trat in die Überreste eines erkalteten Lagerfeuers. „Ich kann nicht glauben, dass wir hier herumstehen und uns eine verlassene Stadt angucken, wenn wir sie jagen könnten."

Als General McClellan endlich den Befehl gab, den Feind zu verfolgen, hatte es zu regnen begonnen. Phoebe und die anderen marschierten im strömenden Regen gen Norden und holten die Rebellen später am selben Nachmittag vor Williamsburg ein. Das Wetter schien wieder einmal auf der Seite des Feindes zu sein. Es schüttete wie aus Kübeln, als der befehlshabende Offizier Phoebe zum ersten Mal den Befehl gab, in die Schlacht zu ziehen.

Und es war eine wilde Schlacht. Die Rebellen kämpften wie in die Enge getriebene Dachse und hielten die Unionstruppen auf, sodass der Großteil der Konföderierten den Rückzug nach Richmond antreten konnte. Phoebe feuerte und lud nach und feuerte wieder, während sie sich durch den Schlamm vorwärtskämpfte. Die erste verstümmelte Leiche, die sie sah, war kaum noch als Mensch erkennbar und versetzte sie in einen Schockzustand. Das Einzige, was sie weiterschießen und durch den Kugelhagel laufen ließ, war die Angst, selbst getötet zu werden, wenn sie es nicht tat.

Blut und Regen vermischten sich zu Sturzbächen, die in die Straßen von Williamsburg strömten. Während Männer aus ihrem Regiment verwundet neben ihr zu Boden sanken und vor Schmerzen schrien, betete Phoebe, dass sie vom Lärm des Gewehrfeuers taub würde, damit sie ihre Qualen nicht mehr hören musste. Sie wollte, dass der Schrecken des Krieges aufhörte. Sie wollte leben, mehr als alles in der Welt. Sie wollte nach Hause und nie mehr kämpfen. Aber die Schlacht wütete immer weiter … heftig, endlos.

Dann war sie mit einem Schlag vorbei. Phoebe war zu benommen, um zu verstehen, wie oder warum. Die Schüsse verstummten einfach, die Rebellen traten den Rückzug an, und sie stellte überrascht fest, dass sie immer noch am Leben und unverletzt war. Tote und verwundete Soldaten lagen überall verstreut. Sie entdeckte Ted in ihrer Nähe, stumm vor Entsetzen, aber unbeschadet.

Er reichte ihr sein Gewehr, als wollte er es nie wieder anfassen, und als sie die Waffe für ihn untersuchte, drehte sich ihr der Magen um. Im Eifer des Gefechts hatte Ted die Papierpatronen aufgerissen, das Schießpulver in den Gewehrlauf gefüllt und die Kugeln hineingerammt, wie er es gelernt hatte. Aber offenbar hatte er bei den letzten Schüssen vergessen, das Zündhütchen auf das Piston zu setzen. Bei dem ohrenbetäubenden Lärm des Nahkampfs hatte er wahrscheinlich nicht gemerkt, dass seine Waffe nicht losging. Wäre ihm das Zündhütchen plötzlich wieder eingefallen, hätte das ganze Schießpulver Ted mit Sicherheit das Gesicht weggepustet.

Sie würde ihm morgen von seinem Fehler erzählen. Sie hatten beide für diesen Tag genug Schreckliches erlebt. Ted und Phoebe machten sich auf die Suche nach den übrigen Überlebenden ihres Regiments und schlugen dann ihr Nachtlager auf, zu erschüttert, um über das zu sprechen, was sie durchgemacht hatten.

Phoebe konnte nirgendwo ein trockenes Fleckchen Erde finden, auf das sie sich legen konnte, geschweige denn Platz für ein Zelt. Also kauerten Ted und sie sich in einen Hain, in ihre Zeltplanen gewickelt, und versuchten im Sitzen zu schlafen. Trotz des nur schummrigen Lichts des Lagerfeuers sah Phoebe, dass die Augen ihres Freundes weit geöffnet waren.

„Alles in Ordnung?", fragte sie leise.

„Ich glaube nicht, dass ich noch mehr Menschen töten kann, Ike", sagte Ted nach einer Weile. „Hast du heute einige der in Stücke zerfetzten Leichen gesehen? Ich glaube nicht, dass ich noch einmal mein Gewehr auf einen anderen Menschen richten und ihm so etwas antun kann."

„Den Rebellen beschert der Gedanke daran, dich zu töten, keine schlaflosen Nächte", sagte Phoebe. „Sie würden dich kaltblütig erschießen und es würde ihnen nicht das Geringste ausmachen. Daran musst du immer denken. Du musst sie abknallen, bevor sie dich abknallen."

Ted saß dicht neben Phoebe und sie spürte das Zittern, das seinen Körper durchfuhr. „Ich bewundere dich, weil du heute keine Angst hattest, Ike."

„Was redest du denn da? Ich war außer mir vor Angst. Sieh dir meine Hände an, Ted. Sie zittern immer noch."

„Es sah nicht so aus, als hättest du Angst. Ich habe dich beobachtet. Du hast immer weitergeschossen. Und als sie den Befehl zum Angriff gegeben haben, bist du vorwärtsmarschiert, als hättest du überhaupt keine Angst."

„Die hatte ich aber. Ich habe mir nur überlegt, dass ich besser so viele Rebellen töte, wie ich kann, bevor sie eine Chance haben, mich umzulegen."

Wieder durchfuhr ihn ein Schauer. „Ich glaube, ich bin nicht für den Krieg gemacht. Vielleicht sollte ich besser nach Hause gehen."

„Wie stellst du dir das denn vor? Du hast dich für drei Jahre verpflichtet, weißt du noch? Sie erschießen dich als Deserteur, wenn du gehst. Willst du vor einem Exekutionskommando enden?"

„Genau so hat es sich heute angefühlt", sagte Ted, die Arme um sich geschlungen. „Gott im Himmel, ich konnte die Kugeln über meinen Kopf fliegen hören. Ich sah, wie Parker gleich neben mir getroffen wurde. Sein Blut hat so gespritzt, dass ich es abbekommen habe. Und die Knochen an seinem Bein waren –"

„Hör auf, Ted. Es nützt nichts, daran zu denken."

Er schwieg lange. „Was machen wir eigentlich hier?", fragte er dann. „Warum kämpfen wir?"

„Die Rebellen haben den Krieg mit dem Angriff auf Fort Sumter begonnen und –"

„Ich habe mich freiwillig gemeldet, weil ich dachte, es wäre aufregend und würde Spaß machen, von zu Hause wegzugehen und etwas von der Welt zu sehen. Alle sagten, der Krieg wäre in neunzig Tagen vorbei, und ich wollte ihn nicht verpassen. Aber bei Gott, ich habe schreckliche Angst", flüsterte er. „Ich habe Angst, dass ich sterbe – aber ich will nicht sterben, Ike. Und ich will auch nicht wie einer von den armen Kerlen enden, denen die Beine abgeschossen wurden –"

„Ted, hör endlich auf! Ich habe auch Angst zu sterben, aber wir müssen aufhören, darüber nachzudenken."

„Das kann ich nicht", sagte er leise. „Jedes Mal, wenn ich die Augen schließe, sehe ich die Leichen dort im Schlamm liegen."

„Ich weiß."

Und jedes Mal, wenn sie aufhörten zu reden, konnte Phoebe die Schreie und das Stöhnen der Verwundeten in der Ferne hören. Sie wusste genau, wie Ted sich fühlte, weil sie sich dieselben Gedanken gemacht hatte. Aber im Gegensatz zu Ted könnte sie dem Krieg jederzeit den Rücken kehren, ohne Angst vor einem Exekutionskommando haben zu müssen. Sie müsste ihnen nur sagen, dass sie eine Frau war.

„Ich habe in meinem Leben noch nichts erreicht", sagte Ted. „Ich will herausfinden, wie es ist, ein Mädchen zu küssen. Ich will heiraten und eine Familie gründen. Was ist, wenn ich sterbe und nie die Gelegenheit bekomme, das alles zu tun?"

Sie spürte, wie er zitterte und sich vor und zurück wiegte.

„Alle diese Männer waren heute Morgen noch am Leben", sagte

er. „Parker und all die anderen … Sie sind herumgelaufen, haben gelacht, und jetzt … O Gott! Ich will nicht sterben, Ike! Herr Jesus, ich will nicht sterben!“ Er fing an zu weinen.

Ohne nachzudenken zog Phoebe Ted in ihre Arme. Zusammen weinten sie um alle, die sie verloren hatten, um alles, was sie an diesem entsetzlichen Tag gesehen hatten, und um alles, was sie in den kommenden Tagen sehen würden.

Sie hatte keine Ahnung, wie lange sie so dagesessen hatten, als Ted sich plötzlich losriss und aufstand. Einen Augenblick später hörte sie, wie er sich im Gebüsch übergab. Phoebe presste ihre Handballen auf ihre Augen, um ihre eigenen Tränen zurückzudrängen, und wartete darauf, dass er zurückkam. Es klang, als würde er seine Eingeweide von sich geben.

Jedes Jahr im Herbst hatte sie ihren Brüdern geholfen, Schweine zu schlachten, und Blut war ihr nicht fremd. Wild zu häuten und Fische auszunehmen hatte ihr nie etwas ausgemacht. Aber die blutigen, verstümmelten Leichen, die sie heute gesehen hatte, waren kurz zuvor noch quicklebendige, atmende Menschen gewesen. Das Blut, das vergossen worden war, war wie ihr eigenes gewesen – und sie hatte viel zu viel davon gesehen. Mehr noch, sie hatte Teile des menschlichen Körpers gesehen, die niemand je sehen sollte. Kein Mensch sollte auf so schreckliche Weise sterben müssen. Auch ihre Feinde nicht.

In diesem Augenblick wurde Phoebe bewusst, dass ihr Bruder Junior recht gehabt hatte – Mädchen waren nicht dazu geschaffen, im Krieg zu kämpfen. Aber ihr war auch klar, dass sie es niemals übers Herz bringen würde zu gehen. Ted Wilson brauchte sie. Und deshalb würde sie in diesem Krieg bleiben und an seiner Seite kämpfen.

Kapitel 10

Washington City
April 1862

Julia tauchte ihren Schwamm in die Schüssel mit Wasser und wrang ihn aus, um damit das Gesicht und den Hals des Gefreiten Ellis Miller zu waschen. Sein Körper zitterte und bebte vom Schüttelfrost.

„Das Wasser ist k-kalt, Ma'am."

„Es tut mir leid, Ellis, aber wir müssen etwas gegen Ihr Fieber tun. Und das geht nur auf diese Weise." Sie öffnete sein Nachthemd und wusch seine Brust, so wie Mrs Nichols es ihr gezeigt hatte. Zuerst war es ihr unangenehm gewesen und sie hatte endlich verstanden, warum alle dagegen waren, junge, unverheiratete Frauen als Krankenschwestern zu beschäftigen. Aber in den Wochen, die die Masernepidemie nun schon anhielt, hatte sie sich an solche Arbeiten gewöhnt.

„Sind Sie sich sicher, dass mir das hilft?", fragte Ellis.

„Der Doktor hat es angeordnet." Julia wich seinem Blick aus. Ellis' Haut war so heiß, dass es ihr schien, als verdampfe das Wasser darauf. Seine Brust hob sich schwer unter ihrer Hand, während er nach Luft rang. Ein nasser Schwamm würde ihm nicht helfen.

Ellis Miller war neunzehn Jahre alt, ein Bauernjunge aus Ohio, der noch nie von zu Hause fort gewesen war – und er war auch nie den Masern ausgesetzt gewesen, bevor die Armee ihn in ein Lager mit Massen von Männern aus dem ganzen Land gesteckt hatte. Er war ein höflicher, zurückhaltender Junge, und Julia hätte so gerne etwas dafür getan, dass er gesund wurde. Aber stattdessen ging es ihm von Tag zu Tag schlechter. Sein Fieber stieg ständig und seine Lungen hatten sich mit Wasser gefüllt. Zwischendurch fiel er immer wieder ins Delirium, während er hustete und um jeden Atemzug rang.

„W-was für eine Verschwendung, so zu sterben, oder?“, sagte er mit klappernden Zähnen. „Ich habe nicht gegen einen einzigen Rebellen gekämpft. Mein Tod w-wird ganz umsonst sein.“

Julia hatte mit derselben Frage zu kämpfen gehabt, als andere unschuldige junge Männer in den vergangenen Wochen an Masern oder Windpocken gestorben waren. Aber es war ihre Aufgabe, ihre Patienten zu ermutigen und aufzumuntern, nicht, sie mit ihren eigenen Zweifeln und Ängsten zu belasten.

„Sie dürfen nicht ans Sterben denken, Ellis. Denken Sie an etwas Schönes. Ich wette, ein netter junger Mann wie Sie hat ein Mädchen daheim, nicht wahr?“

„Nein, ich habe keins.“ Er legte seine Hand auf Julias, während sie seine Brust mit Wasser benetzte, und drückte sie an sein Herz. „Wollen Sie mein Mädchen sein, Julia? Sie sind die hübscheste Dame, die ich je gesehen habe.“

„Sie sind süß, Ellis. Wenn ich Sie nur eher kennengelernt hätte … aber ich fürchte, Sie kommen zu spät. Ich bin schon verheiratet.“ Sie drückte seine Hand und ließ sie dann los.

„Sagen Sie, Julia“, rief der Soldat im nächsten Bett. „Sie haben doch versprochen, dass Sie Ihren Mann verlassen und mich heiraten, wissen Sie noch?“

„Ich habe nichts dergleichen getan“, erwiderte sie lächelnd.

„Sie hat recht“, rief jemand anders. „Sie verlässt ihren Mann nämlich für mich, nicht für dich. Ich war zuerst hier.“

„Erzählen Sie mir von Ihrem Mann“, sagte ein dritter. „Ich wette, ich bin zehnmal männlicher als er.“

„Da bin ich mir nicht sicher“, sagte sie und lachte. „Sie sind nur Gefreiter, aber er ist Leutnant.“ Julia war froh, dass sie auch dem jungen Ellis Miller ein Lächeln entlockt hatte. Die gutmütigen Neckereien machten ihr Spaß, doch dann hörte sie hinter sich die strenge Stimme von Dr. McGrath.

„Mrs Hoffman, kann ich Sie einen Augenblick sprechen?“

Julia knöpfte Ellis' Hemd wieder zu und zog die Decke bis zu seinem Kinn hoch. Dann stand sie auf, folgte dem Arzt hinaus auf den Gang und schloss die Tür zur Station hinter sich.

Der Doktor fuhr sich geistesabwesend mit den Fingern durch sein braunes Haar, während er auf sie wartete. Auf seinem Gesicht lag der übliche, angespannte Ausdruck. Julia konnte nicht verstehen, warum jemand immer wieder Alkohol trank, wenn er sich anschließend so elend fühlte. Sie fand, Dr. McGrath würde ein gutes, abschreckendes Beispiel für die Abstinenzlerbewegung abgeben.

„Der Gefreite Miller hat eine Lungenentzündung", sagte er abrupt. Er funkelte Julia an, als wäre das ihre Schuld.

„Das habe ich befürchtet. Was kann ich tun?"

„Nichts. Er wird sterben. Bald, würde ich sagen." Er starrte Julia immer noch an. Sie wartete. „Werden Sie professionell damit umgehen können, wenn er stirbt, Mrs Hoffman?"

„Was meinen Sie damit?"

„Ich habe gehört, wie Sie gerade mit ihm geflirtet haben. Sie flirten mit allen Männern. Die Patienten verlieben sich in Sie, und Sie ermutigen sie auch noch."

„Ich flirte nicht! Ich habe kein persönliches Interesse an meinen Patienten, nur daran, dass sie gesund werden. Außerdem scherzen sie doch nur. Sie denken sich nichts dabei. Ich dachte, ein bisschen harmloser Spaß würde ihrer seelischen Verfassung guttun."

Er antwortete nicht sofort, sondern musterte sie, als wäre sie eine schwer zu diagnostizierende Krankheit. Sein prüfender Blick gefiel ihr gar nicht.

„Für eine verheiratete Frau sind Sie sehr naiv", sagte er schließlich. „Wie lange währte denn Ihr Eheglück, bevor Ihr Offiziersbräutigam Sie allein gelassen hat? Ich vermute, nicht lange. Sie haben keine Ahnung davon, wie Männer auf Frauen reagieren."

Im ersten Moment war Julia sprachlos – und sicher, dass ihr Gesicht sich leuchtendrot verfärbt hatte. „Fangen wir jetzt an, uns gegenseitig Einblicke in unsere Ehen zu gewähren?", brachte sie heraus. „Sie haben mir nämlich einmal gesagt, Ihre Frau und Ihre

Tochter gingen mich nichts an." Ihre Worte schienen an ihm abzuperlen.

„Vielleicht muss ich Ihnen ganz offen sagen, wie Männer auf jemanden wie Sie reagieren – sie sehen Sie nur an und fangen an, sich unsittliche Gedanken zu machen."

„Das ist unverschämt! Ich bin genau so gekleidet, wie Miss Dix es verlangt. Ganz schlicht und züchtig!"

„Selbst wenn Sie eine Nonnentracht trügen, würde das ihre Gedanken nicht unterbinden." Dr. McGrath machte eine unanständige Handbewegung, um zu verdeutlichen, dass er auf ihre Kurven anspielte, und Julia riss die Hand in die Höhe, um ihn zu ohrfeigen. Bevor sie etwas ausrichten konnte, packte er sie am Handgelenk. „Ich glaube, Sie müssen gehen, Mrs Hoffman."

„Warum? Wegen meines Aussehens?" Sie riss sich los. Durch die abrupte Bewegung lockerten sich mehrere Haarnadeln und ihre Haare fingen an, sich um ihr Gesicht zu locken. „Dafür können Sie mich nicht wegschicken! Fragen Sie die Stationsschwestern nach meiner Arbeit. Fragen Sie die anderen Krankenschwestern, ob sie der Meinung sind, dass ich gute Arbeit leiste."

„Es wäre zu Ihrem eigenen Besten. Um zu vermeiden, dass Sie in Verruf kommen. Einige dieser Männer werden in ihr Lager zurückkehren und von der hübschen jungen Krankenschwester schwärmen, in die sie sich verliebt haben. Nehmen wir an, Ihr geliebter Leutnant hört in der Gefangenschaft davon? Hätte er Verständnis für Ihr Verhalten?"

Julia war so wütend, dass sie kaum sprechen konnte. „Wenn ich keine gute Arbeit mache, wenn ich eine schlechte Krankenschwester bin, dann feuern Sie mich. Nur zu! Aber erzählen Sie mir nicht diesen Unsinn, dass es Ihnen um meinen Ruf ginge. Der geht Sie gar nichts an und mein ‚geliebter Leutnant' auch nicht."

„Wenn Sie nicht so stur wären, würden Sie zugeben, dass diese Arbeit nicht das ist, was Sie sich vorgestellt haben. Ich durchschaue Sie, Mrs Hoffman, und was ich sehe, ist ein verwöhntes kleines Mädchen, das irgendeinen lächerlichen Beweis erbringen will. Sie haben sich aus Ihrer Arbeit in der Waschküche geschlichen, indem

Sie irgendwelche Dienstboten eingestellt haben, die sie an Ihrer Stelle erledigen, und ich frage mich, wie lange Sie noch Laken wechseln und Patienten waschen, bevor Sie das ebenfalls aufgeben. Ich weiß nicht, was Sie zu beweisen versuchen, aber es wird Zeit, dass Sie damit aufhören. Gehen Sie nach Hause. Sie gehören nicht hierher."

„Ich werde nicht gehen!" Inzwischen bebte Julias ganzer Körper vor Wut. „Sie haben nicht den geringsten Grund, mich zu feuern, und deshalb bedienen Sie sich der feigen Methode, mich einzuschüchtern und herumzuschubsen. Sie wollen, dass ich zusammenbreche und von selbst gehe. Aber das wird nicht geschehen. Es ist mir egal, wie erbärmlich Sie mich behandeln – die einzige Methode, mich loszuwerden, ist eine klare Kündigung."

„Und wenn Julia geht, gehen wir auch."

Julia wandte sich um, als sie Mrs Fowles Stimme hörte. Die Stationsschwester stand mit Mrs Morris und Mrs Nichols hinter ihr auf dem Flur. Die drei hätten nicht furchterregender wirken können, wenn sie mit einer Kanone bewaffnet gewesen wären.

„Wir sind es leid, wegen Ihrer schlechten Launen gute Krankenschwestern zu verlieren, Dr. McGrath", sagte Mrs Fowle. „Wir brauchen Julias Hilfe. Sie ist eine hervorragende Krankenschwester."

Dr. McGrath verschränkte die Arme vor der Brust. „Ich verstehe. So soll das also laufen, ja? Meuterei im Fairfield-Krankenhaus?"

Julia sah zu ihrem Erstaunen einen schmerzlichen Ausdruck über sein Gesicht huschen, als wäre er verletzt, weil er plötzlich allein dastand und sich alle gegen ihn wandten. Dann verlor sich dieser Ausdruck und er war wieder ganz der eingebildete Doktor. „Wie viel bezahlt sie Ihnen, damit Sie sie unterstützen?"

Diese Anschuldigung war so absurd, dass die Frauen ihn nur ungläubig anstarren konnten. In der fassungslosen Stille hörte Julia das verräterische Knarren der Eingangstür. Dann, einen Augenblick später, rief eine Männerstimme: „Hallo …? Ist hier jemand?"

Julia kannte diese Stimme. Sie gehörte dem Kongressabgeordneten Rhodes. Angst durchfuhr sie. Bevor die anderen reagieren konnten, eilte sie die Treppe hinunter, um ihn zu begrüßen. Denn sie wusste, wenn er mit irgendjemandem sprach und nach „Miss“ Hoffman fragte, würde ihre Lüge auffliegen und Dr. McGrath sie auf der Stelle entlassen.

„Hallo, Herr Kongressabgeordneter, Sie sind es“, sagte sie und zwang sich zu lächeln. „Ich habe Ihre Stimme gleich erkannt.“

„Julia, meine Liebe. Sie sehen … recht … gut aus.“ Seine Lüge war offensichtlich. Er hatte sein Entsetzen nicht schnell genug verbergen können. Und Julia wusste, dass sie schrecklich aussah. Ihr Kleid hatte Wasserflecken, ihre Frisur löste sich auf und sie war sich sicher, dass ihr die untrüglichen Anzeichen der Wut noch ins Gesicht geschrieben standen.

„Wie schön, Sie zu sehen“, sagte sie, während sie ihre Ärmel herunterrollte und ihr Haar glättete. „Was führt Sie her?“ Julia stellte diese Frage, obwohl sie recht genau zu wissen glaubte, was ihn herführte – ihr Vater.

„Nun, ich wollte Sie sehen. Sie sind schließlich ganz allein in Washington und haben uns noch kein einziges Mal besucht. Sie hatten es zwar versprochen, aber nicht getan. Deshalb bin ich zu Ihnen gekommen.“

Er zog ein Taschentuch aus seiner Tasche, als wollte er sich die Nase schnäuzen, aber Julia roch das Rasierwasser, mit dem das Tuch getränkt war, und wusste, dass er es benutzte, um den Krankheitsgestank zu überdecken. Sie bemerkte, wie er sich verstohlen im Foyer umblickte, und sah es so, wie er es wahrnehmen musste. Er würde ihrem Vater in Philadelphia jede schäbige Einzelheit berichten. Julia hätte den Abgeordneten gerne woanders hingebracht, um mit ihm zu reden, weil sie befürchtete, Dr. McGrath könnte jeden Augenblick die Treppe hinunterstürmen. Aber es gab keinen Raum, in den sie hätten gehen können. Das Büro des Arztes war wie üblich in einem extrem unordentlichen Zustand. Heute waren sogar die Stühle mit Akten überhäuft.

„Das ist ein interessanter Ort. Ich war noch nie in einem Militärkrankenhaus. Ich muss sagen, von außen sieht es nicht gerade vielversprechend aus. Vielleicht können Sie es mir ja von innen zeigen, wenn Sie Zeit haben?“

Julia blickte wieder zur Treppe hinüber. Noch immer war von Dr. McGrath nichts zu sehen. „Das würde ich gerne, Herr Abgeordneter, aber zuerst muss ich wissen, ob Sie jemals die Masern hatten."

„Sie meinen die Kinderkrankheit? Ich habe nicht die geringste Ahnung."

„Wir haben nämlich im Augenblick eine Epidemie. Die Armee hat alle erkrankten Soldaten aus ihren Lagern in die Krankenhäuser geschickt, um eine weitere Ausbreitung zu verhindern. Ich kann nicht verantworten, dass Sie sich anstecken. Vielleicht können Sie nächsten Monat wiederkommen und sich alles ansehen?"

„Nächsten Monat? Wie lange haben Sie denn vor, hier zu arbeiten, Julia?"

„So lange, wie ich gebraucht werde."

Der Kongressabgeordnete wirkte bestürzt, versteckte diese Reaktion aber schnell hinter einem breiten Lächeln. „Hören Sie zu, meine Liebe. Ich fahre in zwei Wochen nach Hause. Ich habe Ihrem Vater versprochen, dass ich nachsehe, wie es Ihnen geht, und Sie vielleicht zu einem kurzen Besuch nach Hause mitnehme. Was sagen Sie dazu?"

Bei dem Gedanken an zu Hause überrollte Julia eine Welle von Heimweh. Dr. McGraths Anschuldigungen von vorhin hatten sie schwer getroffen, enthielten sie doch ein Fünkchen Wahrheit. Julia war entmutigt und enttäuscht, was für eine Plackerei die Krankenpflege war. Leute zu waschen und Patienten Luft zuzufächeln, um ihr Fieber zu senken, erschien ihr als keine große Herausforderung. Sie fand wenig Befriedigung darin, Arbeiten zu erledigen, die zu Hause die Bediensteten verrichtet hatten, wie zum Beispiel Betten zu machen. Das bisschen Freude, das sie bei ihrer Arbeit empfand, kam von den Gesprächen mit ihren Patienten – und genau diese hatten ihr gerade einen Tadel von Dr. McGrath eingebracht.

Julia sehnte sich danach, mit dem Abgeordneten Rhodes zurück nach Philadelphia zu fahren. Aber das Wissen, dass der Arzt ihre Abreise feiern würde, festigte ihren Entschluss zu bleiben. Außerdem konnte sie jetzt, nachdem die anderen Krankenschwestern ihre eigene Stellung aufs Spiel gesetzt hatten, um ihr den Rücken zu stärken, unmöglich aufgeben.

„Soll ich für Sie mit dem diensthabenden Chirurgen sprechen?“, beharrte Rhodes. „Und sehen, ob ich einen Urlaub für Sie erwirken kann?“

„Nein, nein“, sagte Julia schnell. „Frei zu bekommen, wird kein Problem sein.“ Zurückzukommen dagegen schon. Wenn sie jetzt ginge, würde der Doktor sie niemals wieder durch die Tür lassen. „Geben Sie mir Zeit, darüber nachzudenken. Ich sage Ihnen Bescheid.“

Rhodes öffnete den Mund, als wolle er ihr widersprechen, doch dann überlegte er es sich scheinbar anders. „Wie Sie wollen, meine Liebe. Jedenfalls besteht Mrs Rhodes darauf, dass Sie am Samstag zum Abendessen zu uns kommen, und ich fürchte, sie wird keine Ausrede gelten lassen. Sie möchte Sie wirklich gerne wiedersehen.“

„Ich komme gerne.“

„Wunderbar. Ich schicke Ihnen um sechs Uhr eine Kutsche. Ihr Vater hat mir gesagt, wo Sie wohnen.“

Ihr Vater. Julias Vermutung war richtig gewesen. Er steckte hinter diesem Besuch.

„Sagen Sie Mrs Rhodes, dass ich mich darauf freue, sie zu sehen.“

* * *

Am Samstagabend kramte Julia tief in ihrem Koffer und zog das einzige Abendkleid hervor, das sie mit nach Washington genommen hatte – und stellte fest, dass es hoffnungslos zerknittert war. Zu Hause hätte sie es den Dienstmädchen gegeben, damit sie es aufbügelten, aber hier hatte Julia keine Bediensteten. Wieder einmal erinnerte sie sich an Nathanael Greenes Vorwurf, sie könne nichts selbst tun, und eilte hinunter, um sich von ihrer Vermieterin ein Bügeleisen zu leihen.

Die Köchin war dabei, auf dem Herd das Essen zu kochen, also arbeitete Julia sehr vorsichtig, weil sie sich zu gut daran erinnerte, wie sie mit einem zu heißen Eisen ein Loch in eines der Bettlaken gebrannt hatte. Loretta und Belle hatten ihr gezeigt, wie man die Bügeleisen testete, indem man auf seinen Finger spuckte und damit das Metall berührte, und Julia achtete sorgfältig darauf, es diesmal richtig zu machen. Aber der Vorgang dauerte lange und war lästig. Der Rock ihres Kleides bestand aus vielen Metern Stoff, und der Platz, den man ihr in der heißen Küche zugewiesen hatte, war begrenzt.

Als das Kleid endlich annehmbar aussah, rannte Julia wieder nach oben und bat das Mädchen, das in dem Zimmer neben ihr wohnte, ihr mit dem Korsett und den Reifröcken zu helfen. Das Bügeln hatte so lange gedauert, dass Julia sich beim Frisieren beeilen musste – dabei hatte der Dampf in der Küche ihr Haar so gekräuselt, dass es beinahe unmöglich zu bändigen war. Jedes Mal, wenn sie es glattgebürstet hatte, um es festzustecken, sprangen wieder einige Locken heraus und umrahmten ihr Gesicht. Doch Julia blieb keine Zeit, daran etwas zu ändern. Sie hörte, wie die Kutsche des Kongressabgeordneten vor dem Haus vorfuhr.

Julia warf einen Blick in den Spiegel und sah, dass sie kein Rouge benötigte. Ihre Wangen waren noch immer rosig von der Arbeit in der heißen Küche. Sie schob ihre Füße in die zierlichen Abendschuhe und stellte fest, dass sie kaum hineinpassten, weil sie bei der Arbeit so viel gestanden hatte. Julia holte tief Luft und atmete dann langsam aus, um sich zu beruhigen. Dann nahm sie ihren Mantel und ihre Handtasche.

Die Vermieterin und Julias Mitbewohnerinnen wollten sich gerade zu Tisch begeben, als Julia die Treppe herunterkam. Sie starrten sie mit offenem Mund an.

„Du siehst wunderschön aus“, sagte eines der Mädchen ehrfürchtig. „Wie eine Prinzessin aus einem Märchen.“

„Danke.“ Als der Kutscher Julia in ihren Mantel half, sah sie im Flurspiegel, dass es stimmte. In ihrem Kleid aus blassgrüner Seide, das ihre Schultern und ihr Dekolleté umschmeichelte, war sie eine ganz andere Frau als die spröde Krankenschwester in ihrem schlammbraunen, hochgeschlossenen Kleid.

Als sie im Haus des Abgeordneten eintraf, war es, als beträte sie ein anderes Universum, Lichtjahre entfernt von dem düsteren Krankenhaus und der Pension. Rhodes' Haus wurde durchflutet von schimmerndem Kerzenlicht und dem süßen Duft von feinem Essen und Wein. Leise Klaviermusik mischte sich mit dem Klang von Gelächter in der Ferne und dem Klingeln feinen Kristalls und Silbers.

„Sie sehen zauberhaft aus, meine Liebe. Einfach zauberhaft", sagte der Kongressabgeordnete zur Begrüßung.

Mrs Rhodes umarmte sie und küsste sie auf die Wange. „Julia, wie schön, Sie wiederzusehen." Ein Butler in Livree nahm ihr ihren Mantel ab.

Julia fragte sich, ob Forscher sich wohl genauso fühlten, wenn sie nach Monaten in der Wildnis wieder in die Zivilisation zurückkehrten. Sie wurde sofort wieder in die ihr vertraute Welt hineingezogen, tauchte ein in die Wärme, die Musik und das Lachen, das sie umwaberte. Es war ihr gleichgültig, aus welchen Beweggründen Mrs Rhodes sie eingeladen hatte – sie war einfach froh, zurück zu sein. Warum nur hatte sie diese Welt jemals verlassen?

Der Abgeordnete hakte Julia unter und führte sie zu den anderen Gästen. „Kommen Sie, meine Liebe. Ich möchte Ihnen jemanden vorstellen."

Sie ging mit ihm in den Salon und genoss dabei das Schwingen ihrer sich bauschenden Reifröcke und das Rascheln ihrer Unterröcke. Mehrere andere Gäste waren in dem eleganten Raum, die meisten von ihnen reifere Ehepaare im Alter ihrer Eltern. Aber Mr Rhodes führte sie zu einem jungen Mann Mitte zwanzig, der am Kamin lehnte. Er starrte Julia an, als sie näher kam, und sein Gesicht zeigte eine Überraschung, die sicherlich der ihren glich. Es war ihr nie in den Sinn gekommen, dass der Abgeordnete versuchen könnte, sich als Ehestifter zu betätigen. Sie war so erstaunt, dass sie beinahe laut aufgelacht hätte.

„Julia Hoffman, darf ich Ihnen Hiram Stone vorstellen?"

„Ich bin entzückt", sagte Hiram strahlend.

„Das Vergnügen ist ganz meinerseits."

Er war ein sehr attraktiver Mann mit hellbraunem Haar und

einem adrett gestutzten Schnurrbart. Julia beobachtete, wie er sich niederbeugte, um sein Glas auf einem Beistelltischchen abzustellen, und bemerkte die Anmut und Kraft in seinem groß gewachsenen Körper. Breite Schultern füllten den teuren, handgearbeiteten Anzug. Aber was Julia unwiderstehlich anzog, war sein ungezwungenes Lächeln. Lachfältchen umrahmten seine blauen Augen so natürlich, als gehöre die Fröhlichkeit zu seinem Wesen. Nachdem sie die letzten Wochen mit dem mürrischen, immer zerzaust aussehenden Doktor und todkranken Patienten verbracht hatte, war die Gesellschaft eines Mannes, der allem Anschein nach gesund und glücklich war, eine erfrischende Abwechslung.

„Hiram ist ein Absolvent von Yale, meiner Alma Mater", sagte Rhodes. „Er war ein erstklassiger Ruderer und hat mit der Universitätsmannschaft die Meisterschaft gewonnen."

„Herzlichen Glückwunsch", sagte Julia. Das erklärte seine sportliche Figur.

„Julia ist die Tochter eines guten Freundes von mir aus Philadelphia – Richter Philip Hoffman. Da Sie beide neu in Washington City sind, dachte ich, Sie hätten vielleicht einiges zu bereden."

Hiram hatte den Blick nicht ein einziges Mal von Julia abgewandt, seit sie den Raum betreten hatte. Sie erinnerte sich an Dr. McGraths unverschämte Worte über ihre Wirkung auf Männer und konnte nicht verhindern, dass ihr die Röte in die Wangen stieg. Aber Hiram war ein Gentleman, im Gegensatz zu dem ungehobelten Arzt, und in seinen Augen sah sie nur Bewunderung. Und Überraschung. Als er zu dieser Abendeinladung gekommen war, hatte er wahrscheinlich nicht erwartet, dass er einer so hübschen jungen Frau vorgestellt würde.

„Wenn Sie mich jetzt entschuldigen wollen", sagte der Kongressabgeordnete, „ich muss jemanden begrüßen." Er tätschelte Julias Hand und eilte fort, um einen anderen Gast willkommen zu heißen.

„Er spielt seine Rolle als Amor recht gut, meinen Sie nicht auch?", fragte Hiram grinsend.

Julia erwiderte sein Lächeln unwillkürlich. „Alles, was ihm fehlt, ist ein Bogen und ein Köcher mit Pfeilen."

„Dort drüben gibt es Punsch. Sollen wir uns ein Glas holen?" Hiram nahm Julias Ellbogen, als sie zu einem Tisch hinübergingen, auf dem eine Bowleschüssel und Horsd'œuvres standen. In dem überfüllten Raum konnten sie eine Berührung nicht vermeiden, und das Kribbeln, das Julia verspürte, war neu und ganz und gar spannend – so sehr, dass sie Mühe hatte, höfliche Konversation zu betreiben.

„Was führt Sie nach Washington, Mr Stone?"

„Bitte nennen Sie mich Hiram. Und darf ich Julia zu Ihnen sagen?"

„Gern."

„Ich bin geschäftlich hier. Meiner Familie gehört eine Fabrik in Bridgeport, Connecticut, und ich bin hergekommen, um einen Auftrag mit der Armee auszuhandeln."

Julia wusste, dass sie Interesse an seiner Arbeit zeigen und sich nach der Art der Fabrik erkundigen sollte, aber, als sie hörte, aus welchem Bundesstaat Hiram kam, war die Neugier stärker als ihre guten Manieren. Dr. McGrath kam ebenfalls aus Connecticut. Wenn sie die Wahrheit über seine geheimnisvolle Vergangenheit in Erfahrung bringen könnte, konnte sie dieses Wissen vielleicht als Waffe gegen ihn einsetzen. Dann würde der Doktor es sich vielleicht zweimal überlegen, bevor er sie das nächste Mal einschüchterte oder herumkommandierte.

„Ich arbeite für einen Arzt aus Connecticut", sagte sie. „Er kommt aus New Haven, um genau zu sein. Ist dort nicht auch die Yale-Universität? Ich frage mich, ob Sie vielleicht zufälligerweise von ihm gehört haben – Dr. James McGrath?"

„Tut mir leid, ich glaube nicht. Aber New Haven ist auch eine Stadt von beträchtlicher Größe", sagte er mit einem Lächeln, „und bislang war ich gesund genug, um Ärzten aus dem Weg zu gehen. Der Kongressabgeordnete Rhodes hat mir erzählt, dass Sie als Krankenschwester in einem Militärkrankenhaus arbeiten. Wie sind Sie denn zu einer so ungewöhnlichen Tätigkeit gekommen?"

Julia brauchte einen langen Augenblick, bis ihr der Grund wieder einfiel. Dann dachte sie an Nathanael Greene und seine wenig schmeichelhaften Äußerungen zu ihrer Person, die sie in diesem Haus belauscht hatte. „Ich würde sagen, es hat alles am Bull Run begonnen“, antwortete sie schließlich. „Mein Onkel und ich sind mit dem Abgeordneten hinausgefahren, um der Schlacht beizuwohnen. Die Vorkehrungen, die die Armee für all die verwundeten Soldaten getroffen hatte, erwiesen sich als hoffnungslos unzulänglich … und ich wollte helfen.“

„Dann sind Sie nicht nur reizend, sondern haben auch noch ein gutes Herz. Das gefällt mir.“

„Erzählen Sie mir von Ihrer Arbeit.“

Die nächsten Minuten verbrachte Hiram damit zu erklären, wie das Unternehmen seiner Familie beabsichtigte, sich auf die Kriegsproduktion umzustellen, wenn es erst einmal den Vertrag in der Tasche hatte, den er mit der Armee aushandeln wollte. Aber Julia sah nichts Arrogantes oder Angeberisches in seinem Wesen. Sie genoss seine Gesellschaft und die Unterhaltung mit ihm sehr, und als schließlich zum Essen gerufen wurde, stellte sie voller Freude fest, dass man sie am Esstisch nebeneinander platziert hatte. Hiram geleitete sie an ihren Platz und rückte den Stuhl für sie zurecht.

Julia kam es vor, als wären Jahre vergangen, seitdem sie ein solches Fest erlebt hatte, und sie musste sich beherrschen, ihr Essen nicht hinunterzuschlingen, wie es alle in der Pension taten. Nach ihren ersten Mahlzeiten dort hatte sie gelernt, dass sie hungrig vom Tisch aufstehen würde, wenn sie die mickrigen Portionen nicht ebenso hinunterschlang wie die anderen Mädchen.

Während sie aßen, erwies sich Hiram als geschickter Unterhalter. Er war angenehm höflich und immer darauf bedacht, die anderen Gäste in seiner Nähe ins Gespräch mit einzubeziehen, aber Julia widmete er den größten Teil seiner Aufmerksamkeit. Der Großteil der Unterhaltungen bei Tisch drehten sich um den Krieg – um die Seeschlacht, die sich im vergangenen Monat zwischen der *U.S.S. Monitor* und dem konföderierten Panzerschiff *Virginia* zugetragen hatte, und um die schreckliche Schlacht bei Shiloh, Tennessee. Dann kam die Sprache auf General McClellan und seinen aktuellen Feldzug auf die Virginia-Halbinsel und den Angriff auf die konföderierte Hauptstadt Richmond. Hiram war ein so aufmerksamer Gesprächspartner, dass Julia ihn ins Vertrauen zog.

„Um ehrlich zu sein, mache ich mir Sorgen darüber, was geschieht, wenn die Armee Richmond erreicht. Meine Mutter ist dort geboren und aufgewachsen und ich habe noch immer Verwandte in der Stadt. Meine Cousine Caroline ist so alt wie ich."

Er drückte kurz ihre Hand, seine Stirn in Sorgenfalten gelegt. „Wie unsensibel von mir, mich über Richmonds bevorstehende Eroberung zu freuen. Wie schnell vergisst man, dass unsere Feinde in diesem verfluchten Krieg unsere eigenen Landsleute sind. Was meinen Sie, wird Ihre Familie in der Lage sein, sich in Sicherheit zu bringen?"

„Ich weiß es nicht. Es gibt keine Postverbindung mehr nach Richmond. Ein anderer Cousin von mir ist ebenfalls dort. Aber Robert ist Leutnant der Union und sitzt als Kriegsgefangener im Gefängnis."

„Das tut mir leid."

„Wir beten, dass McClellan Erfolg hat und Robert bald freigelassen wird. Aber wir beten auch, dass bei der Schlacht keine unschuldigen Zivilisten zu Schaden kommen."

„Kein Wunder, dass Sie sich so für diesen Krieg interessieren. Aber jetzt müssen Sie mir von Ihrer Arbeit als Krankenschwester erzählen."

Julia versuchte, die Krankenpflege als etwas Glorreiches zu schildern, als sie Hiram ihre Arbeit beschrieb, aber sie war sich ihrer eigenen Enttäuschung und der Tatsache, dass Dr. McGrath sie nicht in seinem Krankenhaus haben wollte, nur zu bewusst. Die Wahrheit war, dass sie diesen Abend so sehr genoss, dass es ihr gleichgültig war, ob sie jemals wieder einen Fuß in das Krankenhaus setzte oder nicht.

„Meine Arbeit in der Krankenpflege gibt mir das Gefühl, etwas Sinnvolles für mein Land und für all unsere tapferen Soldaten zu tun", schloss sie. „Obwohl ich nicht sagen kann, dass ich es genieße, mit unserem Krankenhausarzt zusammenzuarbeiten. Er trinkt zu viel und macht allen das Leben schwer."

„Sagten Sie nicht, dass dieser Arzt aus Connecticut stammte?"

„Ja. Der Grund, warum ich Sie nach ihm gefragt habe, ist der, dass im Krankenhaus alle möglichen Gerüchte darüber kursieren, dass er vor seiner dunklen Vergangenheit davonlaufe. Einer Version zufolge war er betrunken und hat den Tod eines reichen Patienten verursacht. Manche sagen, er habe deswegen sogar im Gefängnis gesessen."

„Warten Sie … wie hieß er noch gleich?"

„McGrath. Dr. James McGrath."

„Ich bin mir nicht sicher, ob er derjenige ist, aber vor ungefähr zwei Jahren wurde in den Zeitungen von New Haven über einen großen Skandal berichtet – das war in dem Jahr, in dem ich mein Studium beendet habe. Wenn ich mich recht entsinne, ging es dabei um einen betrunkenen Arzt und seinen sehr wohlhabenden Patienten. Ich frage mich, ob das derselbe Zwischenfall war."

Julia ließ ihre Gabel sinken. Sie wäre vor Neugier beinahe geplatzt. „Was ist damals passiert?"

„Ein reicher Bankier wurde erschossen, glaube ich. Sein Arzt hatte an diesem Abend zusammen mit ihm getrunken und wurde am Tatort vorgefunden, die Waffe in der Hand. Es gab Zeugen, die von einem Streit zwischen den beiden berichteten. Die Behörden verhafteten den Arzt wegen Mordes."

„Dann war er also tatsächlich im Gefängnis."

„Ein Freund von mir, der damals in Yale Jura studierte, interessierte sich sehr für den Fall. Den anfänglichen Zeitungsberichten nach zu urteilen schien es ein sensationeller Prozess zu werden. Aber mehr weiß ich nicht darüber, weil ich meine Prüfungen machte und nach Bridgeport zurückkehrte, bevor es zum Prozess kam. Es tut mir leid, ich habe keine Ahnung, wie die Sache ausging."

Julia fiel es nicht schwer sich vorzustellen, dass der übellaunige James McGrath einen Mord begangen haben könnte. Aber da er jetzt hier in Washington war, fragte sie sich, wie er davongekommen war. „Wenn es sich um denselben Arzt handelt", sagte sie, „dann ist es kein Wunder, dass er die Stadt verlassen hat und nie wieder zurückgegangen ist. Schade, dass wir ihn jetzt ertragen müssen."

„Ja, ich nehme an, er hätte nach einem solchen Skandal in seiner Heimat nie wieder als Mediziner arbeiten können. Selbst wenn er nicht verurteilt wurde, war sein Ruf sicherlich ruiniert. Die Leute hätten immer mit dem Finger auf ihn gezeigt und sich gefragt: ‚War er nicht vielleicht doch schuldig?' Und sie hätten womöglich Angst gehabt, ihn zu konsultieren. Ja, es leuchtet ein, dass er die Stadt verlassen hätte."

„Sie erinnern sich nicht an seinen Namen?"

„Nein, tut mir leid. Es ist mindestens zwei Jahre her. Aber ich kann meinen Freund, den Juristen, fragen, wenn Sie wollen. Er erinnert sich vielleicht an den Namen."

„Ja, danke. Das wäre sehr freundlich."

Nach dem Essen zogen sich die Männer in das Arbeitszimmer des Abgeordneten zurück, um dort ihren Brandy und ihre Zigarren zu genießen. Julia gesellte sich zu den Frauen im Empfangszimmer, wo der Kaffee serviert wurde. Als die ganze Gesellschaft schließlich wieder im Salon zusammenkam, bat Mr Rhodes Julia, etwas auf dem Klavier zu spielen. Sie konnte sich schlecht weigern, nachdem sie die Gastfreundschaft der Rhodes' genossen hatte, auch wenn sie seit Monaten nicht mehr gespielt hatte. Der jahrelange Unterricht und die vielen Übungsstunden machten sich jedoch bezahlt und sie spielte ein einfaches Stück aus dem Gedächtnis.

Hiram war an ihrer Seite, sobald der letzte Ton verklungen war. „Sie sind sehr talentiert, Julia. Das war reizend."

„Danke, aber es war nichts Besonderes."

Als ein anderer Gast einen Walzer spielte, bat Hiram Julia, mit ihm zu tanzen. „Ich bin ganz und gar fasziniert von Ihnen", sagte er, als er sie im Arm hielt. „Um ehrlich zu sein, hatte ich zunächst eine andere Meinung von Ihnen, nach allem, was ich über Sie gehört hatte. Aber ich stelle erfreut fest, dass Sie ganz anders sind, als ich erwartet hatte."

Die Tatsache, dass überhaupt über sie gesprochen wurde, ärgerte Julia. Aber Hiram war ein so heiterer und charmanter Gesprächspartner, dass sie ihre Verärgerung abschüttelte. „Was hatten Sie denn erwartet?"

Er lachte. „Bitte seien Sie nicht böse, aber ich dachte, Sie müssten eine radikale Suffragette sein, die die Gesellschaft verändern will … oder aber eine unscheinbare alte Jungfer, die keinen Mann findet und zu beweisen versucht, dass sie keinen braucht."

„In diesem Fall war es sehr mutig von Ihnen, einem gemeinsamen Essen mit mir zuzustimmen."

„Ich bin froh, dass ich es getan habe. Sie sind eine schöne, faszinierende Frau, Julia. Darf ich Sie etwas fragen … machen Sie das – Ihre Arbeit als Krankenschwester –, um Ihre Familie zu schockieren? Oder vielleicht, um einer unerträglichen Situation daheim zu entfliehen? Oder aus Liebeskummer?"

Wieder dachte sie an Nathanael. „Keineswegs", sagte sie. „Ich bin hier, um meinem Land zu dienen, so wie Tausende anderer Amerikaner."

„Aber gewiss sollte man eine so niedere Tätigkeit den Frauen aus anderen Gesellschaftsschichten überlassen, meinen Sie nicht? Sie sollten einem Haus wie diesem hier vorstehen und Ihrem Land durch achtbare Wohltätigkeitsarbeit dienen. Das ist das Leben, für das Sie in Philadelphia erzogen wurden, nicht wahr?"

„Ja … aber …"

„Warum sind Sie dann nicht dort?"

Hiram hielt sie eng an sich gezogen, während sie tanzten, und seine warmen, lächelnden Augen blickten in ihre. Julia war so verwirrt, dass sie nicht antworten konnte. Dann war die Musik verklungen und er ließ sie los. Rhodes kam auf sie zu, um mit ihnen zu sprechen.

„Es ist schön zu sehen, dass ihr jungen Leute euch so gut versteht. Sagen Sie, Hiram, würden Sie Julia vielleicht nach Hause bringen? Und wäre Ihnen das recht, meine Liebe?"

Sie nickten. Julia fühlte sich zu Hiram hingezogen, trotz ihrer wachsenden Unsicherheit und Verwirrung. Während sie ihr Dessert aßen, unterhielten sie sich noch ein wenig, und als die Abendgesellschaft sich ihrem Ende zuneigte, geleitete er sie nach draußen zu seinem Einspänner. Es hatte zu regnen begonnen und das Geräusch der Tropfen auf dem Dach der Kutsche und der Räder in den Pfützen schaffte eine behagliche Atmosphäre. Julia fühlte sich geborgen, als sie es sich neben Hiram bequem machte. Er nahm ihre Hand.

„Ich möchte Ihnen gerne den Hof machen, Julia, wenn Sie es mir erlauben. Ich muss zugeben, dass ich von Ihnen ganz und gar hingerissen bin. Wären Sie vielleicht bereit, Ihre Arbeit im Krankenhaus und Ihren unangenehmen Doktor aufzugeben und mich wiederzusehen?"

„Warum kann ich Sie denn nur wiedersehen, wenn ich meine Arbeit aufgebe?"

„Nun, es wäre sonst sehr peinlich, verstehen Sie das nicht? Ich muss an den guten Namen und die gesellschaftliche Position meiner Familie denken. Trotz Ihrer eigenen makellosen Herkunft kann ich keine ernsthafte Beziehung mit einer Frau eingehen, die einer solch niederen, gewöhnlichen Tätigkeit nachgeht."

Julia zog ihre Hand aus seiner, sich ihrer rissigen Haut und der unmanikürten Fingernägel mit einem Mal überaus bewusst.

„Und dann ist da noch die wichtige Frage nach Ihrem guten Ruf", fuhr Hiram fort. „Sicher ist Ihnen bewusst, dass es sich für eine schöne junge, unverheiratete Frau wie Sie nicht ziemt, Tag für Tag der Gesellschaft ungehobelter Männer ausgesetzt zu sein."

„Ich hoffe doch, dass ein ernsthafter Verehrer mir vertrauen und meinen Ruf verteidigen würde. Weil er weiß, dass meine moralischen Grundsätze unzweifelhaft und meine Beweggründe ehrenhaft sind."

Zum dritten Mal dachte sie an Nathanael und an seine Bewunderung für die *Nightingales*. Gab es denn keine anderen Männer, die so fühlten wir er? War es dumm von ihr, sich in der Krankenpflege zu engagieren, um Nathanael zu beeindrucken und sich deshalb einen Mann wie Hiram Stone entgehen zu lassen?

„Liebste Julia. Ich bewundere Ihr weites Herz und Ihren Wunsch, anderen zu helfen. Nicht zuletzt deshalb fühle ich mich ja zu Ihnen hingezogen. Und weil Sie sich hartnäckig gegen das behaupten, was die Gesellschaft vorschreibt. Aber versetzen Sie sich bitte einmal in die Lage Ihres Verehrers. Kein Gentleman würde wollen, dass seine Liebste eine so niedere Arbeit verrichtet, vor allem nicht unter so vielen zwielichtigen Männern. Sie haben Glück, dass Ihr Vater so viel Verständnis hat."

„Hätten Sie das denn nicht?"

Selbst im Dunkeln konnte sie sein entwaffnendes Lächeln sehen. „Wenn ich das Glück hätte, eine so schöne und charmante Frau wie Sie heiraten zu dürfen, würde ich dafür sorgen, dass sie in ihrem Leben nie wieder auch nur einen einzigen Tag arbeiten muss. Ich würde sie verwöhnen, verhätscheln und mit Geschmeide überhäufen. Und ich würde ihr auf keinen Fall erlauben, auch nur für einen Augenblick von meiner Seite zu weichen, vor allem nicht, um sich alleine in der Gesellschaft anderer Männer aufzuhalten."

Julia wusste, dass er sie mit seinen Worten umwerben wollte, aber er gab ihr das Gefühl, eine Porzellanpuppe zu sein, die er hinter Glas in Gewahrsam halten und nur herausholen wollte, um mit ihr anzugeben. Die meisten Mädchen in Julias Alter wären begeistert gewesen von einer derartigen Erklärung eines so attraktiven Mannes wie Hiram. Was war nur mit ihr los? Warum hatte sie bei Hirams Worten das Gefühl, in der Falle zu sitzen?

Es regnete noch immer, als sie bei der Pension eintrafen. Hiram holte einen Regenschirm hervor und begleitete sie galant bis ins Haus. „Sie haben meine Frage noch nicht beantwortet, Julia. Können Sie sich vorstellen, mit mir auszugehen? Wollen Sie mir nicht die Chance geben, Sie von all dem hier fortzulocken?" Er deutete auf die düstere Diele. Sie erschien Julia im dämmrigen Lampenschein kalt und trostlos, erst recht nach dem Funkeln und der Heiterkeit im Haus des Abgeordneten.

Doch bevor sie antworten konnte, kam ihre Vermieterin aus dem Wohnzimmer geeilt und schwenkte einen Zettel. „Diese Nachricht ist vor ein paar Stunden für Sie abgegeben worden, Miss Hoffman. Sie haben gesagt, es sei dringend und ich solle Ihnen das hier gleich geben."

Schnell faltete Julia das Blatt Papier auseinander und sah, dass es eine Nachricht von Mrs Nichols aus dem Krankenhaus war. „Einer meiner Patienten liegt im Sterben“, sagte sie zu Hiram. „Er ruft nach mir und lässt sich nicht trösten. Die Stationsschwester hat mich gebeten zu kommen.“

Er runzelte die Stirn. „Jetzt? So spät nachts? Was meint sie, wie sie dorthin kommen sollen?“

„Ich bin durchaus in der Lage, mich selbstständig in Washington City fortzubewegen“, sagte Julia. „Das habe ich die letzten drei Monate auch getan.“

„Das kann ich nicht zulassen. Der Kongressabgeordnete Rhodes würde mir das nie verzeihen. Mein Fahrer und ich werden Sie hinbringen.“

Keiner von ihnen beiden sprach ein Wort, während sie durch die matschigen, regendurchnässten Straßen zum Krankenhaus fuhren. Julias Gedanken waren bei Ellis Miller, der im Alter von neunzehn Jahren im Sterben lag. Was sollte sie zu ihm sagen? Wie konnte sie ihn trösten angesichts eines so sinnlosen, tragischen Todes? Sie hatte noch nie am Sterbebett eines Menschen gesessen und der Gedanke machte ihr Angst.

Und was war mit ihren widersprüchlichen Gefühlen für Hiram Stone? Er hatte alles, was eine Frau sich bei einem Verehrer nur wünschen konnte, und das ohne die Arroganz, die sie an Arthur Hoyt so gehasst hatte. Aber der Gedanke, Hirams Eigentum zu werden, ihm alle Entscheidungsgewalt über ihr Leben zu überlassen – unter anderem auch darüber, ob sie als Krankenschwester arbeiten sollte oder nicht –, versetzte sie ebenso sehr in Panik wie der Gedanke an das, was sie im Krankenhaus erwartete. Ihr war klar, dass sie seine Frage nicht beantwortet hatte. Würde sie ihre Arbeit als Krankenschwester aufgeben und ihm erlauben, ihr den Hof zu machen?

Er spannte den Regenschirm wieder auf, als sie am Krankenhaus angekommen waren, und begleitete sie zur Tür. „Danke. Ich –“, begann sie.

„Darf ich mit hineinkommen? Ich würde Ihnen gerne bei der Arbeit zusehen, wenn ich darf.“

„Hatten Sie je die Masern? Wir hatten eine Epidemie und Sie sollten wirklich nicht hineingehen, wenn Sie sie noch nicht hatten."

„Ich hatte sie." Er sah sie wieder mit seinem unwiderstehlichen Lächeln an. „Ich erinnere mich noch daran, dass es mir Spaß gemacht hat, so gefleckt wie ein Dalmatiner zu sein."

Sie führte ihn nach oben auf die Station und blieb dann wie angewurzelt stehen. Dr. McGrath saß auf Ellis Millers Bett, das eine Ende seines Stethoskops an sein Ohr gepresst, das andere auf Ellis' Brust. Die Kleidung des Arztes war so zerknittert, dass er womöglich darin geschlafen hatte, sein braunes Haar war ungekämmt und seine Ärmel hatte er bis zu den Ellbogen aufgerollt. Julia konnte Ellis' gequälte Atmung quer durch den Raum hören. Der Arzt legte eine Hand auf die Stirn des Jungen, aber die Art, wie er es tat, wirkte eher zärtlich als medizinisch. Dann stand er auf.

Als Dr. McGrath sich umdrehte und Julia sah, erstarrte er. Der Ausdruck auf seinem Gesicht war einer, den sie noch nie zuvor dort gesehen hatte – er wirkte verletzlich und ganz und gar hilflos. „Sehen Sie sich nur an", sagte er leise.

Julia wurde bewusst, dass sie noch immer ihr seidenes Abendkleid trug. „E-es tut mir leid, Herr Doktor. Ich hatte keine Zeit, mich umzuziehen. Ich habe eine Nachricht erhalten, dass der Gefreite Miller nach mir gefragt hat, und bin sofort hergekommen. Das ist übrigens Hiram Stone", sagte sie und deutete hinter sich. „Er und ich waren heute Abend zu Gast beim Kongressabgeordneten Rhodes, und Mr Stone war so freundlich, mich herzufahren."

Dr. McGrath durchquerte den Raum, während Julia sprach. Er blieb stehen, als er zu der Tür kam, in der sie stand. „Miller stirbt", sagte er in einem zornigen Flüsterton. „Machen Sie ihm keine falschen Hoffnungen." Dann drängte er sich an ihnen vorbei und ging die knarrende Treppe hinunter.

Hiram blieb an der Tür stehen, während Julia zum Bett des Jungen ging. Sie blickte in sein hageres, bleiches Gesicht und kämpfte gegen die aufsteigenden Tränen an. Dann setzte sie sich auf seine Matratze, wie der Arzt es getan hatte. „Gefreiter Miller? Ellis, können Sie mich hören?", fragte sie leise.

Seine Augen öffneten sich flatternd, und sie sah, dass er versuchte, seinen Blick zu fokussieren. „Bist du … ein Engel?“, flüsterte er.

„Nein, Ellis, ich bin es … Schwester Hoffman … Julia. Ich habe gehört, dass Sie nach mir gefragt haben – und da bin ich gekommen.“ Sie nahm seine Hände in die ihren. Seine Haut war glühend heiß.

„Willst du jetzt mein Mädchen sein?“ Er klammerte sich an ihre Hand, als hätte sie die Macht, ihn von der Schwelle des Todes zurückzureißen.

„Ich … ich wäre gerne Ihr Mädchen.“ Sie strich ihm mit einer zärtlichen Geste die Haare aus der Stirn, so wie der Doktor es getan hatte.

„Ich habe furchtbare Angst“, flüsterte er. „Ich wollte tapfer sterben … aber …“

„Sie sind tapfer“, sagte sie. „Ich habe gesehen, wie Sie in den letzten Tagen gekämpft haben, als es Ihnen so schwerfiel zu atmen. Und Sie haben sich nie beklagt, Ellis. Sie haben nie den Mut verloren. Sie sind der tapferste Mann, der mir je begegnet ist.“

„Würden Sie meiner Mutter schreiben? Sie würde eine Locke von mir haben wollen. Würden Sie …?“

„Natürlich.“ Julia streckte instinktiv die Hand aus, um ihm wieder übers Haar zu streichen, obwohl sie schon in diesem Augenblick wusste, dass jemand anders es würde tun müssen. Sie würde es niemals übers Herz bringen, eine Locke von Ellis Millers seidigem Haar abzuschneiden, wenn er tot war.

Die nächsten Stunden verbrachte Julia am Bett des Gefreiten und murmelte tröstende Worte, während er immer wieder zwischen Bewusstsein und Ohnmacht schwankte. Sie flehte Gott an, ihr die richtigen Worte einzugeben, und versuchte krampfhaft, sich an alles zu erinnern, was sie in den unzähligen Gottesdiensten, die sie in ihrem Leben besucht hatte, gehört hatte. Sie sagte ihm den dreiundzwanzigsten Psalm auf und das Vaterunser.

„Kennen Sie Jesus Christus?“, fragte sie, als er kurz erwachte.

„Ja …“

„Dann vertrauen Sie ihm, Ellis. Halten Sie seine Hand, so wie

Sie meine halten. Jesus hat gesagt: ‚In meines Vaters Haus sind viele Wohnungen … Ich gehe hin, euch die Stätte zu bereiten … damit ihr seid, wo ich bin.'"

Stunden vergingen. Dann schloss Ellis Miller ein letztes Mal die Augen. Er stieß einen Seufzer aus – und war für immer eingeschlafen.

Julia hielt die Luft an, als eine heilige Stille das Zimmer erfüllte, das noch vor wenigen Augenblicken von seinem schmerzhaften Ringen nach Luft gefüllt gewesen war. Sie neigte den Kopf, überwältigt – nicht nur von dem vollkommenen Frieden, der sich in den letzten Augenblicken seines Lebens über Ellis gelegt hatte, sondern auch von dem Frieden, der *sie* umfing. Zum ersten Mal in ihrem Leben spürte Julia, wie Gottes liebevolle Gegenwart sie umgab. Er war mit ihr zufrieden.

„… *Was ihr getan habt einem von diesen meinen geringsten Brüdern*", schien er zu sagen, „*das habt ihr mir getan …*"

Schließlich ließ Julia Ellis' Hand los. Sie zog vorsichtig das Laken über sein Gesicht und floh dann aus dem Zimmer.

Hiram stand wartend auf dem dunklen Gang, eine schattenhafte Gestalt, die ihre Arme öffnete und ihr Trost bot. Sie ging zu ihm und vergrub ihr Gesicht an seiner Brust, während sie ihren Tränen freien Lauf ließ. Sie fühlte, wie seine Arme sie umfingen. Zärtlich hielt er sie im Arm und sagte kein Wort, seine Hände warm auf ihrem Rücken.

Als all ihre Tränen vergossen waren, wurde Julia langsam bewusst, dass Hirams teures Hemd sich unter ihrer Wange merkwürdig rau anfühlte. Auch seine Umarmung fühlte sich anders an; seine Größe und sein Geruch waren nicht so, wie sie sie von ihrem gemeinsamen Tanz an diesem Abend in Erinnerung hatte. Sie löste sich und blickte auf. Er war Dr. McGrath, der sie umfangen hielt.

Er ließ die Arme fallen und gab sie frei. Dann ging er ohne ein Wort an ihr vorbei, zurück auf die Station.

Julia fand Hiram Stone draußen vor dem Haus. Er wartete auf der Eingangstreppe, wo er eine Zigarette rauchte. Der Regen hatte inzwischen aufgehört. „Es tut mir leid", sagte sie. „Sie hätten nicht zu warten brauchen."

Er warf die Zigarette auf den Boden und trat sie aus. „Ich bringe Sie nach Hause."

Erneut rannen Tränen über Julias Wangen, während sie zurück zur Pension fuhren, und sie wischte sie verstohlen mit den Fingern fort. Hiram zog ein frisches Taschentuch aus seiner Tasche und drückte es ihr in die Hand.

„Es ist nicht richtig, dass Sie sich eine solch grauenvolle Tortur zumuten, Julia. Sie sind für diese Arbeit viel zu mitfühlend. Ich wünschte, ich könnte Ihnen das ersparen … Sie beschützen. Bitte versprechen Sie mir, dass Sie mit dem Abgeordneten nach Philadelphia zurückkehren. Ich werde Sie von Bridgeport aus mit dem Dampfschiff besuchen."

Es klang so verlockend – all das Leid hinter sich zu lassen, nach Hause zu fahren und wieder das Leben zu führen, mit dem sie aufgewachsen war. Sie hatte ihrem Vater versprochen, dass sie die Suche nach einem Ehemann ernst nehmen würde, wenn sie wiederkam, und Hiram Stone war ein sehr reizvoller Verehrer.

Aber die Erinnerung an Gottes Frieden und Gegenwart wärmte sie noch immer, wie die warmen Kohlen eines verglimmenden Feuers, und sie sehnte sich mehr danach, dieses Feuer wieder zu entfachen, erneut Gottes Segen zu spüren, als sie sich nach zu Hause sehnte.

„Ich kann nicht heimfahren, Hiram."

„Aber was Sie heute Nacht durchgemacht haben – Sie sollten vor so etwas Hässlichem behütet werden."

„Es war überhaupt nicht hässlich." Ja, es war schwierig und herzzerreißend gewesen, aber Gottes Gegenwart hatte den Augenblick des Todes in etwas Heiliges verwandelt. Er war bei ihr und Ellis Miller gewesen.

Ihr ganzes Leben lang hatte Julia versucht, Menschen zu gefallen – ihren Eltern, ihren Freundinnen, gut aussehenden jungen Männern wie Nathanael Greene und Hiram Stone. Aber jetzt verstand sie zum ersten Mal, dass nichts so wichtig war, wie Gott zu gefallen und seinen Segen in ihrem Leben zu spüren.

„Ich möchte nicht nach Hause", sagte sie. „Ich will nicht behütet werden, und ich will meine Arbeit als Krankenschwester nicht aufgeben. Verstehen Sie nicht, Hiram? Heute Nacht habe ich zum ersten Mal in meinem Leben etwas getan, das wirklich wichtig war."

* * *

Als Julia am nächsten Nachmittag im Krankenhaus eintraf, war Ellis Millers Bett leer. Sein Tornister und seine wenigen anderen Habseligkeiten lagen auf der abgezogenen Matratze. Mrs Nichols kam auf Julia zu und legte einen Arm um ihre Schulter.

„Das war wirklich sehr lieb von Ihnen, dass Sie hergekommen sind und bei ihm gesessen haben, bis er gestorben ist. Könnten Sie seiner Mutter eine kurze Nachricht schreiben, mit der wir ihr seine Sachen schicken können?"

„Natürlich. Allerdings … ich habe Ellis versprochen, dass ich ihr eine Locke von seinem Haar schicken würde."

„Darum habe ich mich schon gekümmert", sagte Mrs Nichols und zog einen Umschlag aus ihrer Tasche. Als sie Julias Tränen sah, sagte sie: „Sie werden sich nie daran gewöhnen, einen Ihrer Jungs sterben zu sehen, meine Liebe … aber es wird mit der Zeit leichter."

Sie setzten sich gemeinsam auf das Bett und hatten gerade angefangen, Ellis' Sachen durchzugehen, als Mrs Fowle an die Tür kam und sie auf den Gang hinauswinkte. „Ich habe wundervolle Nachrichten, meine Damen", flüsterte sie. „Wir bekommen einen neuen Doktor."

„Das wird aber auch Zeit", sagte Mrs Nichols mit einem Seufzer der Erleichterung. „Werfen sie den alten Trinker wieder ins Gefängnis?"

„Nein, jemand aus dem Büro der Ärztekammer war heute Morgen da und hat Dr. McGrath erklärt, er werde als Feldarzt auf der Halbinsel gebraucht. Er ist jetzt unten und packt seine Sachen."

„Gut, dass wir ihn los sind."

„Der neue Arzt soll im Laufe des Tages eintreffen."

Julia hörte kaum zu. Erinnerungen an die Schlacht am Bull Run tauchten vor ihrem geistigen Auge auf und mit ihnen überfiel sie die feste Überzeugung, dass auch sie im Feldlazarett gebraucht wurde. Es ging ihr nicht mehr darum, Nathanael Greene zu gefallen oder der Langeweile ihres gesellschaftlichen Lebens zu entfliehen. Es ging ihr darum, das zu tun, was Gott in seinem Wort aufgetragen hatte: „...Was ihr getan habt einem meiner geringsten Brüder ..."

„Ich muss mit Dr. McGrath sprechen, bevor er geht", sagte sie und entschuldigte sich. Sie eilte in sein Büro hinunter, wo er damit beschäftigt war, all seine medizinischen Instrumente in einen edlen hölzernen Koffer zu packen, der offen auf seinem Schreibtisch stand. Jedes Teil – Messer, Pinzetten, Scheren, Sonden, Skalpelle – wanderten an den extra dafür vorgesehenen Platz.

„Dr. McGrath, darf ich mit Ihnen ins Feldlazarett gehen?", fragte Julia.

„Was für eine lächerliche Frage", sagte er, ohne aufzublicken. Er packte ein Messer ein, das er als Brieföffner benutzt hatte, dann nahm er ein merkwürdig trompetenförmiges Instrument in die Hand, von dem Julia gelernt hatte, dass es ein Stethoskop war. „Die Antwort ist *Nein*."

„Warum nicht?"

„Die Armee hat keine Verwendung für Krankenschwestern, die beim Anblick von Blut ohnmächtig werden."

„Ich bin jetzt darauf vorbereitet."

„Nein, Sie sind *nicht* darauf vorbereitet, meine naive Mrs Hoffman. Selbst ich bin nicht auf das vorbereitet, was mich erwartet. Patienten mit Masern zu pflegen, ist eine Sache. Ein Schlachtfeld ist die Hölle auf Erden. Sie hatten Ihren Spaß damit, Krankenschwester zu spielen. Und wir werden dafür sorgen, dass der tapfere Leutnant Hoffman erfährt, was für eine gute kleine Krankenschwester seine Frau war. Aber jetzt wird das Spiel ungemütlich. Damit würden Sie nicht fertig."

„Woher wollen Sie das wissen? Warum sind Sie sich da so sicher?" Kaum hatte Julia die Worte ausgesprochen, erinnerte sie sich daran, wie sie in der vergangenen Nacht in den Armen des Arztes zusammengebrochen war. Sie bot ihm die perfekte Gelegenheit, sie zu demütigen. Aber zu ihrer Überraschung und Erleichterung erwähnte der Doktor den Zwischenfall mit keiner Silbe.

„Haben Sie bei Ihren gesellschaftlichen Verpflichtungen in Philadelphia viele Erfahrungen mit abgerissenen Gliedmaßen und heraushängenden Eingeweiden gesammelt?“, fragte er. „Haben Sie ein paar Amputationen mit angesehen, während Sie Ihren Nachmittagstee tranken?“ Er öffnete eine der Schubladen in dem Holzkoffer, während er sprach, und nahm eine Säge aus rostfreiem Stahl heraus. Dann prüfte er die Zähne des Sägeblatts mit dem Daumen, bevor er das Instrument wieder verstaute.

Julia schluckte. „Ich war bei der Schlacht am Bull Run.“

„Sie haben dort Kranke versorgt?“

Sie antwortete nicht.

„Das dachte ich mir. Fahren Sie nach Hause. Sie hatten Ihren Spaß. Auf die echten Ärzte und Krankenschwestern wartet viel Arbeit und wir haben keine Zeit, Sie jedes Mal aufzusammeln, wenn Sie in Ohnmacht fallen, oder Ihnen das Erbrochene aus dem Gesicht zu wischen, damit Sie weiterarbeiten können.“

Er schloss die Gurte an seinem Koffer und stellte ihn auf seinen Stuhl. Dann begann er seinen Schreibtisch aufzuräumen. Als er die Entlassungspapiere und Bestellformulare zu ordentlichen Haufen aufschichtete, konnte Julia zum ersten Mal die Platte des Schreibtisches sehen. Dr. McGrath öffnete einen Lederbeutel und packte die Fotografie von seiner Frau und seiner Tochter ein, ohne auch nur einen Blick darauf zu werfen. Er zog einen mit einer Schnur zusammengebundenen Stapel Briefe aus der Schublade und warf ihn hinein, dann fügte er einen weiteren Brief hinzu, der auf dem gleichen Briefpapier geschrieben war und der am Morgen aus New Haven eingetroffen war. Er hatte ihn nicht einmal geöffnet.

Julia wünschte, sie wüsste, ob er der Arzt war, den Hiram Stone beschrieben hatte. Wenn sie sich sicher gewesen wäre, hätte sie gesagt: „Ich weiß, was in New Haven vorgefallen ist. Ich weiß, warum Sie fortgelaufen sind“, und dann wäre er gezwungen, sie mitzunehmen. Aber dieses Risiko konnte Julia nicht eingehen.

Wenn er nicht dieser gewisse Arzt war, würde sie sich zum Narren machen.

„Wenn Sie glauben, dass ich für die Arbeit im Lazarett nicht bereit bin", sagte sie schließlich, „dann lassen Sie mich auf andere Weise helfen."

„Frauen gehören überhaupt nicht in die Nähe eines Schlachtfelds, vor allem nicht Frauen Ihrer Gesellschaftsschicht. Die Armee lässt es nicht zu, und ich auch nicht." Er hielt in seiner Arbeit inne und starrte lange auf die Schreibtischplatte hinunter. Dann sah er Julia an. „Was ich nicht verstehe, ist, warum Sie überhaupt dorthin wollen."

Julia wusste es selbst nicht genau. Sie wusste nur, dass sie sich nach dem sehnte, was sie in der letzten Nacht erlebt hatte – der Freude, von Gott gebraucht zu werden, etwas zu tun, was wirklich wichtig war. Stattdessen nannte sie die erste Lüge, die ihr in den Sinn kam.

„Robert … mein M-mann ... ist in Richmond. Wenn unsere Truppen die Stadt befreien, will ich da sein, damit ich ihm und den anderen Gefangenen helfen kann."

Dr. McGrath trat hinter seinem Schreibtisch hervor. Als er auf sie zukam, zog Julia sich instinktiv zurück, bis sie, ohne es zu merken, auf dem Gang vor seinem Büro stand.

„Netter Versuch", sagte er zu ihr. „Aber die Antwort ist immer noch *Nein*."

Er schlug ihr die Tür vor der Nase zu.

Kapitel 11

Die Halbinsel
Mai 1862

„Ist das nicht das Komischste, was du je gesehen hast?“, fragte Phoebe. Sie stand neben Ted und beobachtete fasziniert, wie Professor Thaddeus Lowes Beobachtungsballon, die *Intrepid*, mit Gas gefüllt wurde.

„Haltet die Leinen gut fest, Jungs!“, rief der Professor. „Lasst auf keinen Fall los!“

Phoebe und die anderen Freiwilligen packten die Führungsseile fester, während zwei von Pferden gezogene Generatoren Wasserstoff in den Ballon pumpten. Die riesige Ballonhülle schwoll zu einer Kugel an und hob dann ab, als würde sie vor Phoebes Augen lebendig.

„Glaubst du wirklich, dass das Ding fliegen kann?“, fragte sie Ted skeptisch.

„Sicher. Ich habe gehört, dass sie diese Beobachtungsballons schon seit einer ganzen Weile einsetzen. Sie können über die Lager der Rebellen hinwegfahren und sogar zählen, wie viele Soldaten und Kanonen sie haben.“

„Steigen Sie ein, Herr General. Schnell!“, rief Professor Lowe und gab General Fitz-John Porter ein Zeichen. „Er ist abfahrbereit.“ Der General kletterte in einen großen Korb, der mit Seilen an dem Ballon befestigt war, und klammerte sich an seinem Rand fest, als der Korb über den Boden zu hüpfen begann und schließlich abhob. Die Führungsleinen zerrten an Phoebes Händen.

„Würdest du mit so einem Ding in die Luft steigen?“, fragte sie Ted, als sie zusahen, wie die riesige Stoffkugel den General langsam in die Lüfte hob.

„Nun, das würde bestimmt Spaß machen – solange ich am Boden verankert wäre wie er. Selbst wenn er so hoch aufsteigt, dass diese Leinen nicht mehr lang genug sind, hängt er immer noch an dem langen Seil da drüben. Er kann nicht weit fliegen und sie können ihn immer zurückholen."

Der Professor gab Phoebe und den anderen den Befehl, ihre Leinen loszulassen. Der Ballon kletterte bis zu den Baumwipfeln hoch und wurde dann vom Wind nach Norden getragen.

„Hat er keine Angst, dass die Rebellen ihn abschießen?", wollte Phoebe wissen.

„Ich nehme schon an, dass sie das versucht haben. Glücklicherweise haben sie bisher immer danebengeschossen."

Phoebe versuchte sich vorzustellen, wie es wohl wäre, hoch oben in der Luft zu schweben und auf die Welt hinunterzublicken. Der Gedanke verursachte ein unangenehmes Gefühl in ihrem Magen. Trotzdem würde sie es gerne versuchen, sollte sie jemals die Gelegenheit dazu bekommen.

Die merkwürdige Konstruktion stieg weiter in den Himmel auf und die Ankerseile entrollten sich wie die Schnur an einem Drachen. Aber als der Ballon ungefähr dreißig Meter über dem Boden war, riss plötzlich das Halteseil. Phoebe hörte, wie alle um sie herum scharf einatmeten. Professor Lowe und die anderen sahen entsetzt zu, wie General Porter ungehindert auf Richmond zusegelte.

Eine Weile schienen alle zu fassungslos, um etwas zu sagen. Dann packte Ted Phoebe am Arm und zerrte sie zu Professor Lowe. „Hey, mein Freund Ike hier ist ein erstklassiger Scharfschütze. Wollen Sie, dass er das Ding für Sie runterholt?"

„Nein!" Einer der Adjutanten des Generals versperrte ihnen den Weg, als hätte Ted vorgeschlagen, Phoebe solle General Porter selbst abschießen, nicht den Ballon. „Wir können nicht riskieren, dass der General getroffen wird."

„Aber Ike schießt nie daneben", sagte Ted.

„Ich fürchte, dafür ist es schon zu spät", konstatierte Lowe und blickte kummervoll in den Himmel hinauf. „Sicher ist der General längst außer Schussweite."

Phoebe war froh, dass sie ihre Fähigkeiten nicht unter Beweis stellen musste. Es war eine Sache, auf einen Scharfschützen zu schießen, wenn sie wütend war, aber auf einen Ballon mit einem General der Union an Bord zu zielen, war etwas ganz anderes. „Kann man das Ding nicht irgendwie lenken?", fragte sie, als der Ballon sich immer weiter in Richtung Norden entfernte.

„Ich fürchte nein", sagte Lowe. „Ich hoffe nur, dass der General daran denkt, am Ventilseil zu ziehen und das Gas aus dem Ballon zu lassen."

Gespannt behielten sie den Ballon im Auge und tatsächlich schien er leicht an Form zu verlieren; mit jeder Sekunde sah er etwas weniger wie eine Kugel aus. Dann sank er allmählich in der Ferne zu Boden.

„Hey, es sieht so aus, als käme er herunter", sagte Ted und zeigte auf den Ballon.

„Gott sei Dank! General Porter muss das Ventil geöffnet haben." Lowe sank auf eine Holzkiste. Er sah aus, als hätte man ihm einen Schlag in die Magengrube versetzt. Der Adjutant des Generals schickte eilig einen Suchtrupp los, um Porter einzusammeln, und alle atmeten erleichtert auf.

„Das war's für heute, Jungs", sagte Lowe. „Die Freiwilligen können ins Lager zurückgehen."

„Vielleicht hatte General Porter keine Lust mehr, durch den ganzen Schlamm zu marschieren, um nach Richmond zu kommen", sagte Phoebe auf dem Rückweg zu Ted. Ihre Schuhe gaben schmatzende Geräusche von sich. „Wir kriechen seit Wochen im Schneckentempo voran. Vielleicht hat er beschlossen, lieber nach Richmond zu fliegen."

„Ich wünschte, wir könnten alle dorthin fliegen", murrte Ted.

Als sie das Lager erreichten, war die Feuchtigkeit bereits durch Phoebes Schuhe gedrungen und hatte ihr letztes Paar trockener Socken durchnässt. Sie kamen gerade rechtzeitig an, um zu erfahren, dass General McClellan zum Aufbruch geblasen hatte.

Als hätte das Wetter auf das Stichwort des Generals gewartet, zogen vom Westen her dicke, schwarze Unwetterwolken auf. Die

Morgensonne verschwand, der Himmel verdunkelte sich, und als Phoebes Regiment schließlich alle Sachen zusammengepackt hatte und zum Aufbruch bereit war, regnete es wieder.

Phoebe schlug den Kragen ihrer Jacke hoch, damit der Regen nicht hineinlief. „Wenn Gott nicht auf der Seite der Rebellen ist – das Wetter ist es allemal“, sagte sie zum wohl hundertsten Mal. Sie trat von dem Feld, auf dem sie gelagert hatten, auf die Straße, die nach Norden führte, und versank knöcheltief im dicken Schlamm von Virginia.

„Ich bin schon so lange durchnässt“, sagte Ted, „dass ich gar nicht mehr weiß, wie es sich anfühlt, trocken zu sein. Meine Zehen sind so runzelig wie die eines alten Mannes.“

Die heftigen Frühjahrsregen hatten jeden Bach, Fluss und Strom über seine Ufer treten lassen und die Rebellen hatten bei ihrem Rückzug nach Richmond alle Brücken zerstört. Somit musste die gesamte Armee immer wieder anhalten und warten, während Arbeitstruppen und Ingenieure fieberhaft daran arbeiteten, neue Brücken zu bauen. Viele von diesen Konstruktionen sahen so aus, als würden sie fortgespült, bevor alle auf der anderen Seite waren.

An einem besonders nassen, trostlosen Nachmittag wartete Phoebe wieder einmal darauf, über eine solche Brücke marschieren zu können. Als der Trupp vor ihr sich in Bewegung setzte, konnte sie sehen, wie die wackelige Konstruktion unter den Hunderten marschierender Füße schwankte. Das aufgewühlte Wasser rauschte tosend vorüber und schleuderte Trümmer gegen die nachgebenden Balken.

„Glaubst du, die Brücke hält?“, fragte Ted. „Ich kann nicht schwimmen.“

„Wenn du in diesen Fluss fällst, brauchst du dir keine Gedanken über deine Schwimmkünste zu machen“, erklärte sie ihm. „Du wirst so schnell mitgerissen, dass du wieder am Fort Monroe bist, bevor du um Hilfe rufen kannst.“

„Vielen Dank. Jetzt fühle ich mich schon viel besser.“

Der Himmel öffnete sich wolkenbruchartig, als Phoebe an der Reihe war. Sie konnte spüren, wie der Fluss an den rutschigen

Baumstämmen unter ihren Füßen zerrte, als sie mit der Überquerung begann. Ihr war bewusst, dass sie darauf achten musste, wohin sie trat, aber von den schwankenden Bewegungen und dem tosenden Wasser wurde ihr schwindelig, wann immer sie hinuntersah. Also hielt sie den Blick fest auf Ted gerichtet, der gleich vor ihr ging.

Als sie keine zwei Meter mehr vom gegenüberliegenden Ufer entfernt waren, hörte Phoebe einen Schrei, und plötzlich merkte sie, wie die Brücke unter ihr wie ein Teppich fortgerissen wurde. Sie hechtete zum Ufer und riss Ted mit sich. Beide versuchten sie krampfhaft, sich an irgendetwas festzuhalten, das sie daran hinderte, fortgespült zu werden, aber ihre Hände fanden keinen Halt. Phoebe spürte entsetzt, wie der wütende Fluss an ihr zerrte und sie unter Wasser zog.

Der Schock über das eiskalte Wasser presste alle Luft aus ihren Lungenflügeln; und einen schrecklichen Augenblick lang wusste Phoebe nicht, was sie tun sollte. Der Fluss dröhnte in ihren Ohren, als sie unter die Wasseroberfläche sank. Das Gewicht von Tornister und Gewehr zog sie nach hinten und hielt sie unter Wasser. Phoebe trat und kämpfte mit aller Kraft, die sie aufbringen konnte, gegen das zusätzliche Gewicht und die Strömung des Flusses an, um sich zu retten.

Gott, hilf mir!, betete sie.

Irgendwann durchbrach sie mit dem Kopf die Wasseroberfläche und schnappte nach Luft. Sie sah Hände, die sich nach ihr ausstreckten, und warf sich ihnen entgegen. Einen Augenblick später spürte Phoebe, wie starke Arme sie packten, sie der Umklammerung des Wassers entrissen und ans schlammige Flussufer zerrten. Ted wurde ungefähr zeitgleich an Land gezogen. Er hustete schmutziges Wasser. Fröstelnd sahen sie zu, wie weitere Kameraden gerettet wurden – und wie andere, die weniger Glück hatten, mit den Überresten der Brücke flussabwärts trieben.

Irgendwann machte jemand ein Feuer. Sowohl die Überlebenden als auch ihre Retter drängten sich darum, tranken Kaffee, der mit Whisky versetzt war, und versuchten sich zu wärmen. Phoebe wrang mit zitternden Händen ihre Decke und die Ersatzkleidung aus ihrem Tornister aus. Sie hoffte, dass die anderen die Tränen in ihren Augen nicht bemerkten, oder dass sie sie, wenn doch, auf das qualmende Feuer zurückführten.

Sie wäre beinahe gestorben. Und Ted auch. Sie wünschte sich jetzt, sie hätte keine Witze darüber gemacht, dass er nicht schwimmen konnte. Er saß zusammengekauert neben ihr und zitterte vor Kälte. Phoebe wollte etwas sagen, sich entschuldigen, aber sie brachte vor lauter Zähneklappern und Kälte kein Wort heraus.

Als alle sich so weit aufgewärmt hatten, dass sie nicht mehr zitterten, schulterten sie ihre durchnässten Sachen und marschierten weiter, durch Wälder, die nass und so düster und dicht wie ein Dschungel waren. Aber Phoebe musste immerzu an den kalten, dunklen Fluss denken, der sie gepackt und festgehalten und versucht hatte, sie bei lebendigem Leibe zu verschlingen. Sie hatte zu Gott um Hilfe geschrien und er hatte sie gerettet. Noch nie zuvor hatte sie Gott um etwas gebeten, aber in den vergangenen Wochen hatte sie viel in ihrer kleinen Bibel gelesen und dieser Hilfeschrei war irgendwie wie ein Reflex gewesen. Gott hatte sie gerettet. Sie war am Leben. Und Ted war es auch.

Am späten Nachmittag hörte der Regen endlich auf. Phoebes Regiment trat aus dem Wald heraus und kam an Äckern, Weiden und den sorgfältig gepflegten Ländereien einer Plantage vorbei. Als sie einen schmalen, von Bäumen gesäumten Weg erreichten, der zum Herrenhaus führte, befahl Oberstleutnant Drake ihnen, die Hauptstraße zu verlassen, sich zu zerstreuen und dann auf das Anwesen zuzugehen, die Waffen geladen und im Anschlag.

Das weiße, zweigeschossige Haus stand auf einer kleinen Anhöhe, im Schatten von Eichen und Kastanien und umgeben von saftigen, eingezäunten Feldern und Obstgärten. Eine stille Würde und Ruhe lag über der Plantage, sodass die Soldaten unwillkürlich die Stimme senkten, als sie sich näherten, beinahe so, als träten sie vor eine Königin.

„Das ist die schönste Farm, die ich je gesehen habe", murmelte Phoebe.

Die Eingangstür des Wohnhauses öffnete sich und ein Mann mittleren Alters erschien, unbewaffnet. Er blieb zwischen den stattlichen Säulen stehen. Phoebe dachte bei sich, dass selbst Präsident Lincoln auf den Stufen des Weißen Hauses nicht edler und stolzer aussehen konnte als dieser Mann. Er beobachtete ruhig, wie Drake und seine Adjutanten näher kamen.

„Ich wäre Ihnen dankbar, wenn Sie dort stehen bleiben würden", sagte der Mann schließlich, als sie nur noch wenige Meter entfernt waren. „Ich bin William Fletcher, der Eigentümer der Hilltop-Plantage, und Sie, Sir, betreten unbefugt Privatbesitz."

Oberstleutnant Drake blieb am Fuße der Treppe stehen. „Wenn Sie bereit sind, den Vereinigten Staaten von Amerika Treue zu schwören, Mr Fletcher, lassen wir Sie und Ihren Besitz in Ruhe."

„Ich schulde nur Gott und dem unabhängigen Staat Virginia Treue", erwiderte Fletcher.

Daraufhin handelten Drakes Männer schnell. Sie nahmen den Plantagenbesitzer gefangen und konfiszierten sein Haus, um darin das Hauptquartier für die Offiziere einzurichten. Phoebe und das restliche Regiment erhielten den Befehl, sich zu verteilen und das Gelände nach bewaffneten Widerständlern abzusuchen, bevor sie sich einen Platz für ihr Nachtlager suchten.

Phoebe machte sich bereitwillig daran, die Plantage zu erkunden. Sie war von der heiteren Schönheit Hilltops zu sehr fasziniert, um sich von irgendwelchen verbliebenen Rebellen bedroht zu fühlen. Ted und sie folgten einem Weg zur Rückseite des Hauses, wo sie einen ordentlich gefegten Hof und mehrere Nebengebäude vorfanden. In einem davon, der Küche, saß ein Dutzend Sklaven auf dem Dachboden, zu verängstigt, um herunterzukommen. Sie ließen sie in Ruhe.

Phoebe ging über das gepflegte Grundstück und entdeckte einen Weberschuppen, ein Räucherhaus, eine Gruppe mit Birn- und Apfelbäumen, einen eingezäunten Gemüsegarten. Unwillkürlich musste sie an das mühselige Wirtschaften auf dem Hof ihrer Familie denken. Wie viele Jahre, wie viel zermürbende Arbeit waren nötig gewesen, um eine so schöne Plantage zu erschaffen, um hundert Morgen Ackerland so nutzbar zu machen, es vom Unkraut zu befreien und solch schöne Zäune zu errichten? Sie konnte es sich nicht einmal vorstellen.

Hinter den bewirtschafteten Flächen begann dichter, grüner Wald. Er erinnerte Phoebe an die Wälder zu Hause. Am liebsten hätte sie ihren Tornister, ihr Gewehr und ihre Schuhe abgestreift, um alleine eine Erkundungstour zu unternehmen.

Doch stattdessen gingen Ted und sie zum Fuß des Hügels zurück, wo eine verwitterte hölzerne Scheune, ein fensterloser Tabakschuppen, ein Getreidesilo und eine Schmiede standen. Phoebe wusste, dass das restliche Futter, das noch in diesem Silo war, bald dazu benutzt würde, die Pferde ihrer Armee zu mästen. Auf der anderen Straßenseite, auf einem nahe gelegenen Feld, schlugen die anderen Mitglieder ihres Regiments bereits ihre Zelte auf. Dabei trampelten sie auf dem frisch eingesäten Weizen herum und rissen Zäune nieder, um mit den Latten ein Feuer zu machen. Entsetzt rannte Phoebe über die Straße und schrie ihre Kameraden an, sie sollten aufhören.

„Was ist los, Bigelow?“, fragte Sergeant Anderson, als er den Aufruhr mitbekam.

„Bitte sagen Sie ihnen, dass sie ein bisschen Respekt vor diesem Anwesen haben sollen, Sir. Es dauert Jahre, solche Zäune zu bauen, und wenn wir sie alle zerstören, läuft das Vieh frei herum und –“

„Beruhige dich, Junge. Die Armeeleitung hat klare Anweisungen gegeben, dass die Männer nur die oberste Latte nehmen sollen.“

Phoebe dachte einen Augenblick darüber nach, schüttelte aber dann den Kopf. „Aber jede Latte ist die oberste, wenn die darüber weggenommen wurde. Dann dauert es nicht lange, bis der ganze Zaun weg ist.“

Anderson lachte. „Du bist wirklich nicht auf den Kopf gefallen, Bigelow.“

Phoebe konnte nicht länger zusehen, wie die Zerstörung ihren Lauf nahm. Sie drehte sich um und ging in die andere Richtung davon. Ted beeilte sich, sie einzuholen.

„Hey, komm schon, Ike. Nimm dir das nicht so zu Herzen. Der Eigentümer ist ein Konföderierter. Er hat es verdient, weil er gegen sein Land rebelliert. Lass uns –“

Phoebe und Ted blieben wie angewurzelt stehen, als sie auf eine Doppelreihe baufälliger Baracken stießen, die hinter einer Baumgruppe versteckt lagen. Phoebe wäre felsenfest davon überzeugt gewesen, dass man in diesen Bruchbuden unmöglich leben konnte, hätte sie nicht mit ihren eigenen Augen gesehen, dass die Sklaven der Plantage darin wohnten. Eine Handvoll ihrer Kameraden, die die Baracken vor ihnen entdeckt hatten, versuchten die armen Wesen aus ihren Hütten zu locken.

„Es ist in Ordnung. Ihr könnt rauskommen. Ich weiß nicht, was euer Herr euch über uns Yankees erzählt hat, aber wir werden euch nichts tun. Wir sind eure Freunde. Wir sind gekommen, um euch zu befreien.“

Einer nach dem anderen trauten sich mehr als fünfzig Sklaven heraus und begrüßten die Yankees misstrauisch.

„Stimmt das, was ihr sagt?“, fragte ein abgerissen aussehender Schwarzer. „Sind wir jetzt frei?“

„Ja, ihr seid Kriegsopfer. Ihr gehört den Siegern – das sind wir – und wir schenken euch die Freiheit.“

„Sie meinen, wir können Hilltop verlassen“, fragte ein Frau, „und Massa Fletcher kann uns nicht zurückholen und auspeitschen, weil wir weggelaufen sind?“

„Ja, ihr seid frei und könnt gehen.“

„Aber wo sollen sie denn hin?“, flüsterte Phoebe Ted zu. „Du weißt doch noch, wie viele von ihnen wir in Washington gesehen haben. Wovon sollen diese Leute leben? Wo sollen sie etwas zu essen finden?“

„Jedes Leben ist besser als das hier“, erwiderte Ted.

Phoebe spähte in eine der leeren Baracken. Im Vergleich zu dem, was sie sah, erschien ihr ihr Holzhaus daheim wie ein Palast. Auf dem Lehmboden standen fast keine Möbel, Fliegen umschwirrten die paar Brocken Essen auf dem Herd und die Dachlatten, die nicht abgedichtet waren, hielten weder Wind noch Regen ab.

Phoebe wollte einfach nicht glauben, dass Menschen gezwungen gewesen waren, so zu leben.

Als die Sklaven erst einmal ihre Angst überwunden hatten, begannen sie zu lachen und zu jubeln. Sie tanzten vor Freude auf der mit Müll übersäten Straße und hießen ihre Retter willkommen. Eine alte Sklavin, an deren Rock sich mehrere kleine Kinder klammerten, humpelte von einem Soldaten zum nächsten, umarmte jeden von ihnen und sagte: „Gott segne dich. Gott segne dich, mein Junge."

Sie nahm auch Ted in den Arm, und als sie ihn wieder losließ und zu ihm aufblickte, lächelte sie breit, als würde sie ihn erkennen. „Du bist ein Mulatte, nicht wahr, Junge?"

„Nein. Lass mich in Ruhe." Er stieß ihre Hände weg, drehte sich abrupt um und stapfte in die Richtung davon, aus der sie gekommen waren.

„Wie hat sie dich genannt?", fragte Phoebe, als sie ihn eingeholt hatte. „Eine *Ratte*?"

„Keine Ahnung, was sie da gefaselt hat."

Phoebe beschloss, nicht weiter nachzufragen. Sie war selbst vollkommen verwirrt und erschüttert. Jetzt, nachdem sie gesehen hatte, wie die Sklaven lebten, taten ihr der Plantagenbesitzer und die Zerstörung seines schönen Guts nicht mehr leid. All das hatte er sich auf Kosten der Sklaven aufgebaut. Und wie es aussah, hatten sie nie die Früchte ihrer schweren Arbeit ernten dürfen.

„Zu Hause behandele ich sogar meine Tiere besser", sagte Phoebe laut. Sie blieb stehen und hielt Ted fest, damit auch er stehen blieb. „Weißt du was? Deshalb kämpfen wir – für diese armen, bemitleidenswerten Menschen. Nicht für General McClellan oder all die anderen hohen Tiere in Washington. Wir tun es für die Sklaven. Damit sie nicht mehr so leben müssen."

Ted nickte nur und starrte in die Ferne.

Während sie ihr Notzelt auf einem der Felder aufschlugen, war Ted stiller, als Phoebe ihn je erlebt hatte. Sie befürchtete, dass sie etwas Falsches gesagt haben könnte und er wütend auf sie war. Sie machten ein Feuer aus Pinienzweigen, um ihre Kleidung zu trocknen und ein paar der Mücken zu vertreiben, und dann fingen sie an, ihr Essen zuzubereiten. Phoebe wartete darauf, dass Ted sich neben sie setzte und sie gemeinsam aßen, so wie sie es immer taten, aber als sie sich umblickte, war er weit und breit nicht zu sehen.

Nach Einbruch der Dunkelheit tauchte er schließlich mit leeren Händen auf. Er verlor kein Wort darüber, wo er gewesen war oder warum er nicht mit ihr zusammen gegessen hatte, und Phoebe hatte Angst zu fragen. Wenn er wütend auf sie war, würde sie ihn dadurch vielleicht nur noch mehr verärgern.

„Ich hoffe, es regnet morgen nicht“, sagte sie stattdessen. „Dann können wir vielleicht endlich mal wieder trockene Sachen tragen.“

Ted nickte nur und kroch in ihr Zelt. Phoebe gesellte sich einige Minuten später zu ihm, aber sie lag noch lange wach, lauschte dem Chor der Frösche, die in einem nahe gelegenen Teich in den Frühling feierten, und dachte an zu Hause. Ted wälzte sich rastlos neben ihr hin und her.

„Alles in Ordnung?“, fragte sie schließlich.

Er atmete lautstark aus. „Nein. Es gibt etwas, das ich dir sagen muss.“ Er stützte sich auf einen Ellbogen und sah Phoebe an. Seine Stimme war kaum lauter als ein Flüstern. „Ich habe es noch nie jemandem erzählt, aber du bist mein Freund und ich will es dir erzählen. Versprichst du mir, dass du es nicht weitersagst?“

„Klar. Ich kann ein Geheimnis für mich behalten.“ Phoebe wartete und überlegte währenddessen, was er ihr bloß sagen wollte. Der Mond schien hell, und als sie sich auf die Seite drehte und ihn ansah, konnte sie seine jungenhaften Züge deutlich erkennen. Er hatte die Stirn in Falten gelegt und seine braunen Augen wirkten sehr dunkel.

„Ich habe eine Großmutter, die irgendwo hier im Süden lebt“, sagte er. „Sie ist eine Sklavin.“

Phoebe starrte ihn mit offenem Mund an. „Du meinst, sie … sie ist …“

„Eine Schwarze. Ja.“

Phoebe hatte keine Ahnung, was sie sagen sollte. Sie hatte immer angenommen, dass Teds dunkler Teint von der Sonne kam, aber plötzlich wurde ihr bewusst, dass Ted kein Bauernjunge war. Er arbeitete normalerweise den ganzen Tag in der Fabrik seines Onkels. Und in all den Wintermonaten, die sie in Washington verbracht hatten, war Teds Bräune nie verblichen. Er hatte ebenso die vollen Lippen, wie viele der schwarzen Kontrabanden, und dickes, lockiges braunes Haar. Trotzdem hätte sie nie erraten, dass er schwarze Vorfahren hatte.

„Der weiße Aufseher der Plantage hat sich meiner Großmutter aufgezwungen", fuhr Ted fort. „Sie bekam ein kleines Mädchen – meine Mutter. Sie ist zur Hälfte schwarz, sieht allerdings ziemlich weiß aus. Meine Großmutter kannte einige Quäker, die gegen Sklaverei waren, und die boten ihr an, meine Mutter in den Norden, nach Pennsylvania zu schmuggeln. Meine Mutter ging von zu Hause fort, als sie fünf Jahre alt war, und tat so, als wäre sie die weiße Tochter dieser Leute. Sie erinnert sich noch daran, wie es ist, versklavt zu sein und an einem Ort wie diesem zu leben. Aber sie wuchs als weiße Frau auf und heiratete meinen Vater."

„Wusste dein Vater, dass sie –"

„Ja, er wusste es. Und es war ihm egal." Ted rollte sich wieder auf den Rücken und starrte zum Zeltdach hinauf. „Wie die alte Sklavin mich heute genannt hat … einen Mulatten … das stimmt, Ike. Es bedeutet, dass ich weiße und schwarze Vorfahren habe."

Phoebe rollte sich ebenfalls auf den Rücken, immer noch unsicher, was sie sagen sollte. „Warum erzählst du mir das?", fragte sie schließlich.

„Ich habe mich immer zu sehr geschämt, um es jemandem zu sagen. Meine Mutter hat uns früher stets gewarnt, niemandem ein Sterbenswörtchen zu verraten, weil eine Menge Leute dir nicht einmal die Uhrzeit sagen, wenn sie wissen, dass du nicht reinrassig bist. Sie sagte immer: Niemand darf wissen, dass afrikanisches Blut in euren Adern fließt."

„Mir ist es egal, ob du Afrikaner oder Indianer oder Ire bist."

„Danke, Ike", sagte Ted leise. „Das bedeutet mir viel … Weißt du, meine Mutter hat uns Geschichten darüber erzählt, wie schrecklich ihr Leben als Sklavin war, und heute habe ich die Wahrheit mit meinen eigenen Augen gesehen. So darf man Menschen nicht behandeln. Hast du das schicke große Haus gesehen? Hast du gesehen, wie die reichen Weißen dort leben, während diese armen Sklaven …? Der Kuhstall ist schöner als ihre Hütten. Sie sollten nicht wie Tiere behandelt werden!" Er hielt inne und atmete zornig aus. „Diese alte Frau könnte meine Großmutter sein, Ike. Ich wette, ich habe Tanten und Onkel und Cousinen und Cousins, die gezwungen sind, so zu leben … Sklaven sind auch Menschen! Wir haben alle das gleiche Blut."

Obwohl sie nun die Wahrheit kannte, fiel es Phoebe noch immer schwer, sich Ted als Verwandten dieser armen Sklaven hier auf der Plantage oder der abgerissenen Hafenarbeiter vorzustellen, die sie gesehen hatte. Er war so klug und gut aussehend und gebildet. Sie hatte die Stadt gesehen, in der er aufgewachsen war und normalerweise lebte, und sie hatte keinerlei Ähnlichkeiten mit diesem Ort hier aufgewiesen.

Genau das musste der Traum von Teds Großmutter gewesen sein, wurde Phoebe plötzlich bewusst – dass ihre Tochter und ihre Enkel frei waren; frei, in einem Gutshaus wie dem ihres Herrn zu leben. Aber was für eine schwere Entscheidung es für sie gewesen sein musste, ihr Kind Fremden anzuvertrauen und zu wissen, dass sie es niemals wiedersehen würde. Phoebe fragte sich, wie es wohl wäre, von jemandem so geliebt zu werden, dass er ein solches Opfer für sie brachte. Sie war sich sicher, dass sie es nie erfahren würde.

„Sag etwas, Ike. Was denkst du?", fragte Ted.

„Deine Großmutter muss deine Mutter sehr geliebt haben; sonst hätte sie sie nicht weggehen lassen, damit sie ein besseres Leben führen konnte."

„Wahrscheinlich. So habe ich es noch nie betrachtet." Ted holte tief Luft und atmete dann langsam aus. „Wenn wir diesen Krieg gewinnen, suche ich diese Plantage. Ich will versuchen meine Großmutter zu finden und sie davon zu überzeugen, mit zu uns nach Hause zu kommen."

„Das ist eine gute Idee. Weißt du, wo sie herkommt?"

Ted antwortete nicht. Stattdessen sagte er mit tiefer, ruhiger

Stimme: „Wir wären heute fast ertrunken und völlig umsonst gestorben. Jetzt habe ich keine Angst mehr, in die Schlacht zu ziehen, Ike, oder zu sterben, wenn es sein muss. Du hattest recht mit dem, was du heute Nachmittag gesagt hast – ich weiß jetzt, warum ich in diesem Krieg kämpfe. Für Sklaven wie meine Großmutter. Für ihre Freiheit."

Phoebe bekam Angst, als sie Teds Worte hörte. Was, wenn sein Mitgefühl ihn waghalsig werden ließ und er unnötige Risiken einging? Was, wenn er sein Leben allzu bereitwillig aufs Spiel setzte?

„Hör zu, Ted –"

„Erinnerst du dich an den Gottesdienst, bei dem wir in Washington waren?", unterbrach er sie. „Weißt du noch, wovon der Prediger gesprochen hat?"

Phoebe war damals zu nervös gewesen, um auch nur ein einziges Wort mitzubekommen. Das Einzige, woran sie sich erinnerte, war das Gespräch mit dem jungen Pastor, der ihr eine Bibel geschenkt hatte. „Hm … nicht so genau", sagte sie. „Das ist schon eine ganze Weile her."

„Er hat einen Bibelvers vorgelesen, in dem stand, dass es keinen Unterschied zwischen Sklaven und Freien gebe, dass wir in Gottes Augen alle gleich seien. Und in unseren eigenen Augen sollten wir auch alle gleich sein. So etwas wie Sklaverei sollte es nicht geben. Du hattest recht – wir kämpfen diesen Krieg nicht für General McClellan. Wir kämpfen dafür, dass alle Menschen in Freiheit leben können. Und wenn ich alles aufgeben muss, was ich mir in diesem Leben wünsche, dann bin ich froh, dass ich es dafür tue."

Phoebe lag noch lange wach und dachte über Teds Worte nach. Am nächsten Morgen beobachtete sie, wie er einen Großteil seiner Essensration an die alte Frau und die kleinen Kinder weitergab, die sie hütete. „Wir werden die Freiheit für alle Sklaven erreichen", versprach er ihr. „Verlassen Sie sich darauf."

Phoebe ließ Ted allein dort zurück und unternahm einen Streifzug durch den Wald. Sie folgte einem ausgetretenen Pfad, der mit Kiefernnadeln übersät war. Der saftig grüne Wald, in dem es nach Mulch und Pinien duftete und in dem unzählige Insekten raschelten, erinnerte sie an zu Hause. Sie überquerte einen schmalen Bach und kam an einen Teich, an dem sich Schildkröten am grasbewachsenen Ufer sonnten. Selbst die Bäume waren die gleichen wie daheim – Sassafras, Eichen, rote Zedern.

Sie folgte dem Pfad bis zu einer kleinen Lichtung inmitten eines Pinienhains. Die Bäume ragten wie Pfeiler um sie herum in die Höhe; es herrschte eine Atmosphäre der Stille und Ehrfurcht. Aber trotz der tiefen Stille, die Phoebe umgab, spürte sie plötzlich, dass sie nicht allein war. Es war, als würde ihr jemand im Wind etwas zuflüstern. Sie setzte sich auf einen Baumstamm, zog ihre kleine Bibel aus ihrer Hosentasche und blätterte durch die vom Wasser gewellten Seiten zu der Geschichte vor, die der Prediger für sie markiert hatte. Phoebe hatte sie immer wieder gelesen, unzählige Male, und inzwischen kannte sie die Geschichte des kleinen Mannes, dessen Namen sie nicht aussprechen konnte, des Außenseiters, der auf einen Baum geklettert war, um Jesus zu sehen, auswendig. Aber sie las sie sich trotzdem noch einmal durch.

Dann dachte Phoebe daran, wie die Brücke unter ihren Füßen weggebrochen und sie in das eiskalte, reißende Wasser gestürzt war. Beinahe wäre sie getötet worden. Und in dem Moment, in dem sie gedacht hatte, sie wäre verloren, hatte sie zu Gott gerufen, und eine Hand hatte sich nach ihr ausgestreckt und sie gerettet.

Phoebe las noch einmal den letzten Satz der Geschichte von dem Außenseiter und wünschte, sie könnte verstehen, was sie bedeutete: *„Denn der Menschensohn ist gekommen, zu suchen und selig zu machen, was verloren ist.“*

Kapitel 12

White House Landing, Virginia
Juni 1862

Julia lag in ihrer Koje an Bord des Passagierdampfers *Potomac Queen* und lauschte dem gleichmäßigen Rattern des Schaufelrads, während das Schiff gen Süden tuckerte und sich dabei mit der Dünung hob und senkte. Sie versuchte sich auf das vorzubereiten, was sie erwartete. Dr. McGrath hatte darauf beharrt, dass sie nicht in der Lage wäre, mit den Folgen einer Schlacht fertig zu werden, aber sie war entschlossen zu beweisen, dass er unrecht hatte.

Vor drei Tagen hatte sie in der Morgenzeitung einen Bericht über die Schlacht gelesen, die auf der Virginia-Halbinsel nahe Fair Oaks stattgefunden hatte, unweit der Hauptstadt der Konföderierten, Richmond. Ein anderer Artikel hatte von den Bemühungen der Gesundheitskommission der Vereinigten Staaten berichtet, vier Passagierdampfer in Krankenhausschiffe umzuwandeln. An Bord wurden freiwillige Pflegekräfte gebraucht, die die verwundeten Soldaten während des Transports zurück nach Washington betreuten. Julia war sofort zum Büro der Gesundheitskommission geeilt, um sich zu melden.

„Ich bin Krankenschwester im Fairfield-Krankenhaus", erklärte sie dort, „und habe unter Dr. James McGrath gearbeitet. Ich habe gelesen, dass auf Ihren Lazarettschiffen Krankenschwestern benötigt werden, und möchte mich freiwillig melden."

„Kann Dr. McGrath Sie denn entbehren?", fragte der Beamte.

„Er ist bereits auf der Halbinsel und arbeitet als Feldarzt. Fairfield ist im Augenblick fast leer. Wenn ich auf einem Ihrer Schiffe arbeite, kann ich die verwundeten Männer auf dem Weg zu meinem Krankenhaus betreuen."

„Entschuldigen Sie meine Offenheit, aber Sie sehen sehr jung aus, Miss –"

„*Mrs* Hoffman. Ich bin verheiratet." Die Lüge ging Julia inzwischen so leicht über die Lippen, dass sie sie fast selbst glaubte. „Ich weiß, dass ich jung aussehe, aber die Stationsschwestern im Fairfield werden sich bestimmt für mich verbürgen, wenn Sie das wünschen."

„Das wird nicht nötig sein, Mrs Hoffman. Die Armee hat bei White House Landing ein Evakuierungskrankenhaus eingerichtet. Sie können uns dabei helfen, die Verletzten von dort an Bord zu bringen, und sie auf der Rückfahrt nach Washington pflegen."

Julia fühlte sich, als hätte sie gerade eine wichtige Schlacht gewonnen. Endlich könnte sie dorthin, wo sie gebraucht wurde – in die Nähe eines Schlachtfeldes wie Bull Run. Keine Wäschekammer mehr, keine Masernpatienten, kein Dr. McGrath. „Vielen Dank", sagte sie.

„Nein, Mrs Hoffman – ich danke Ihnen."

Die *Potomac Queen* war ein kleiner Passagierdampfer mit hohen schwarzen Schornsteinen und einem spritzenden Schaufelrad. Lebensmittel und medizinische Verbrauchsgüter, die verschiedene wohltätige Organisationen gespendet hatten, waren in Washington an Bord gebracht worden. Wäre Julia in Philadelphia geblieben, hätte sie wahrscheinlich Geld für dieses Projekt gespendet, Verbandsmull gesammelt, zusammen mit ihren Freundinnen Verbände gerollt und viele andere Gegenstände für das Schiff besorgt. Doch obwohl sie in der Vergangenheit das alles getan hatte, hatte es ihr nicht die tiefe Befriedigung verschafft, die sie empfunden hatte, als sie Ellis Miller an seinem Sterbebett getröstet hatte. In diesem kurzen Augenblick hatte sie das Gefühl gehabt, dass ihr Leben endlich einen Sinn hatte.

Julia hatte bereits einige der anderen Krankenschwestern an Bord der *Potomac Queen* kennengelernt, meist ältere Frauen, deren Kinder so alt waren wie Julia. Sie hatte keine Freundin gefunden. Unter den Freiwilligen waren auch vier Schwestern der Barmherzigkeit, Nonnen aus dem Mutterhaus in Emmitsburg. Sie erschienen

Julia geheimnisvoll und exotisch mit ihrer gestärkten Kleidung und den flügelartigen Hauben. Die Nonnen und die anderen Krankenschwestern waren während der Reise meist für sich geblieben. Julia fragte sich, ob sie sich auch für das wappneten, was vor ihnen lag.

Als sie sich White House Landing näherten, kam Julia aus ihrer Kabine und stellte sich an die Reling neben eine der Ordensschwestern. Am Ufer konnte sie unzählige dunkelblaue Uniformen ausmachen. Sie bedeckten den Boden wie ein Teppich. Außerdem ragte eine Unmenge weißer Zelte in den Himmel auf, fast wie bei den Militärlagern, die sie in und um Washington gesehen hatte, bevor der Halbinselfeldzug begonnen hatte. Doch noch bevor das Schiff angelegt hatte, wurde Julia klar, dass die Atmosphäre in diesem Lager eine ganz andere war als die in Washington. Hier spielten keine Militärkapellen mitreißende Melodien; es flatterten keine Fahnen im Wind und auch die üblichen ausgelassenen Rufe der Soldaten waren nicht zu hören – nur ein vages, wimmerndes Geräusch, das Julia nicht richtig einordnen konnte.

Dann bemerkte sie den Gestank. In den vergangenen Tagen hatte sie sich an den nasskalten, fischigen Geruch des schlammigen Flusses und an die salzige Luft gewöhnt, aber das hier war der grauenhafte Gestank von Fäulnis und Zerfall. Es war derselbe Geruch, mit dem Dr. McGrath sie an ihrem ersten Tag im Krankenhaus konfrontiert hatte, und sie dachte an sein Gelächter, als sie gesagt hatte, beim nächsten Mal darauf vorbereitet zu sein. Sie war alles andere als das. Julia zog ein parfümiertes Taschentuch aus ihrem Ärmel und hielt es sich vor die Nase, aber das half nur minimal. Der Gestank kroch in sie hinein, bis sie ihn sogar schmecken konnte.

Die Szene an Land war ganz und gar chaotisch und niemand schien sich verantwortlich zu fühlen. Der Boden um die Anlegestelle war mit blau uniformierten Männern bedeckt, die zu Tausenden in der gleißenden Junisonne lagen. Julia sah einen Zug, der auf einem Abstellgleis zum Stehen kam, und erkannte, dass er eine weitere Ladung verwundeter Soldaten brachte. Das Kreischen der Möwen und der Lärm der Schiffsmotoren wurde von dem seltsamen Geräusch, das sie bereits aus der Ferne vernommen hatte, inzwischen fast übertönt – es war ein herzzerreißender Chor aus Stöhnen und Schreien. Die Verwundeten weinten, riefen, flehten um Hilfe. Julia lief ein kalter Schauer den Rücken hinunter. Keiner der Männer erhielt eine wie auch immer geartete Hilfe, während sie auf die Lazarettschiffe warteten.

„Großer Gott, erbarme dich ihrer", sagte die Ordensschwester, die neben Julia an der Reling stand. „Die Schlacht bei Fair Oaks war vor vier Tagen. Diese armen Geschöpfe haben die ganze Zeit über hier gelegen und auf Hilfe gewartet."

Julia war so entsetzt über die Masse an Verwundeten, dass sie nichts erwidern konnte. Und bewegen konnte sie sich auch nicht. Das Schaufelrad hatte aufgehört sich zu drehen und die Matrosen ließen die Landungsbrücke herunter, sodass die Passagiere von Bord gehen konnten, aber Julia konnte sich nicht vorstellen, das Schiff zu verlassen und sich in den Albtraum an Land zu begeben.

„Dann wollen wir mal", sagte die Nonne seufzend. „Wir machen uns wohl besser an die Arbeit." Sie nahm Julias Arm, als wären sie gute Freundinnen, und schob sie die Landungsbrücke hinunter, den anderen Nonnen und Krankenschwestern folgend.

Julia trat in die Flut verwundeter Männer, als würde sie durch eisiges Wasser waten. Die Rufe der Soldaten schwollen zu Geschrei an, als sie merkten, dass endlich Hilfe nahte. Einige streckten die Hände nach den Frauen aus, hielten ihre Rocksäume fest, flehten um Hilfe und schrien vor Schmerz und Durst. Dr. McGrath hatte recht gehabt – das hier war etwas ganz anderes, als Masern zu behandeln. Julia wusste nicht, wo sie mit der Arbeit anfangen sollte. Die anderen freiwilligen Helferinnen wirkten ebenso überwältigt.

Julia blickte auf den Soldaten hinunter, der ihr direkt zu Füßen lag. Seine schmutzige Kleidung war steif von all dem Blut, das aus einer klaffenden, nie behandelten Bauchwunde ausgetreten war. Fliegen umschwärmten ihn. Seine Augen starrten blicklos in den Himmel. Schnell wandte sie den Blick von ihm ab und entdeckte dabei, dass der Soldat auf ihrer anderen Seite mit dem Tode rang. Seine letzten Atemzüge rasselten in seiner Kehle. Überall um sie herum lagen Männer mit bleichen Gesichtern, eingehüllt in Blut und Schlamm, Männer mit zertrümmerten Armen und Beinen.

Julias ganzer Körper begann zu zittern, so sehr stand sie unter Schock. Sie hatte Trost spenden wollen, wie sie es bei Ellis Miller getan hatte, aber diese Bilder waren unfassbar. Wie sollte sie dreitausend Männer trösten? Sie hatte nicht genügend Worte, nicht genug Kraft, um eine solch ungeheure Not zu lindern. Julia kehrte den leidenden Männern den Rücken, genau so, wie sie es am Bull Run getan hatte, und rannte zurück zum Schiff. Nichts hatte sich verändert. Sie hatte sich nicht geändert.

Sie blieb erst stehen, als sie wieder an Deck des Dampfers war. Während sie keuchend die unreine Luft einatmete, kämpfte sie mit aller Macht gegen den Drang, sich zu übergeben. Sie hatte das Gefühl, ihre Arme und Beine nicht mehr unter Kontrolle zu haben. Die Welt schien sich zu drehen.

Gerade in dem Augenblick, in dem sie glaubte ohnmächtig zu werden, schlang eine der Schwestern der Barmherzigkeit Julia den Arm um die Schulter und zwang sie, sich auf einen Liegestuhl zu setzen. Dann drückte sie Julias Kopf hinunter, bis er zwischen ihren Knien hing. „Behalten Sie den Kopf unten, bis Ihnen nicht mehr schwindelig ist“, befahl sie.

„Ich habe einen schrecklichen Fehler gemacht“, weinte Julia. Ihr Rock dämpfte ihre Stimme. „Ich hätte niemals herkommen dürfen.“

„Das ist ganz offensichtlich. Aber hören Sie mir zu. Diese armen Menschen brauchen Hilfe, und es dauert zu lange, nach Washington zurückzufahren und eine Krankenschwester zu finden, die Sie ersetzt. Ihnen bleibt nichts anderes übrig, als sich zusammenzureißen und sich dennoch um die Männer zu kümmern.“

„Ich kann nicht! Der Anblick ist zu schrecklich … und die Geräusche.“ Julia hielt sich die Ohren zu, um die mitleiderregenden Schreie auszublenden, aber gegen den widerlichen Gestank gab es kein Mittel. „Ich kann das nicht! Ich kann nicht!“

„Keine von uns kann das aus sich selbst heraus. Aber unser himmlischer Vater kann uns die Kraft und den Mut geben, sogar der Hölle entgegenzutreten, wenn wir ihn darum bitten – und genau das ist dieser Ort."

„Ich weiß nicht, wie ich … Ich habe noch nie so ein …"

„Natürlich haben Sie so etwas noch nie gesehen. Glauben Sie etwa, mein Leben im Konvent hätte mich auf das hier vorbereitet? Es ist entsetzlich, solches Leid mitzuerleben. Aber ich habe Gott den ganzen Weg über um Kraft gebeten. Und jetzt bete ich, dass diese Männer in meinem Blick Mitgefühl sehen und nicht Entsetzen. Allein könnte ich das hier keine Minute aushalten. Aber ich weiß, dass Gott mich dazu berufen hat, hier zu sein. Hat er Sie auch berufen?"

Julia erinnerte sich an Gottes Gegenwart in der Nacht, in der Ellis gestorben war, an die Gewissheit, die sie plötzlich verspürt hatte, dass er sie in seinen Dienst rief. „Ja … ich dachte jedenfalls, dass er das hätte, aber ich …"

„Gut. Dann können Sie es auch. Wie der Apostel Paulus sagte, können wir alles durch Christus vollbringen, der uns die Kraft gibt."

Die Nonne hatte recht. So hatte Julia auch die Nacht an Ellis' Seite überstanden. Sie hatte Gott um Hilfe gebeten und er hatte sie ihr gewährt. Nur ihr dummer Stolz hatte sie glauben lassen, sie könne hiermit allein fertig werden. Es ärgerte Julia, dass Dr. McGrath sie besser kannte, als sie sich selbst kannte.

„Ich bin Schwester Irene", sagte die Nonne. „Wie heißen Sie?"

„Julia Hoffman."

„Kennen Sie Jesus Christus, Julia? Wissen Sie, wie man betet?"

„J-ja, Schwester."

„Gut. Und jetzt richten Sie sich auf. Stehen Sie auf, ganz langsam. Fangen Sie an, um Kraft zu beten, und hören Sie nicht auf, bis das hier vorbei ist. Denken Sie nicht daran, wie viele Tausend Männer hier liegen. Sehen Sie jeden Einzelnen von ihnen als eine individuell leidende Seele. Helfen Sie ihm. Und dann helfen Sie dem Nächsten und dann wieder dem Nächsten. Einem nach dem anderen."

„Ich weiß nicht, was ich zu ihnen sagen soll."

„Viele von diesen Männern werden sterben. Sie brauchen keine schönen Worte zu hören. Sie müssen Jesus Christus in Ihnen sehen, wenn Sie ihnen in seinem Namen einen Becher kaltes Wasser geben. Zeigen sie ihnen seine Liebe und sein Mitgefühl."

Die Nonne legte Julia einen Arm um die Taille und führte sie wieder die Landungsbrücke hinunter. „Denken Sie an Jesajas Worte: ‚Die aber auf den Herrn harren, kriegen neue Kraft, … dass sie wandeln und nicht müde werden.'"

„Danke", flüsterte Julia mit zitternder Stimme.

Sie blickte sich erneut auf dem schrecklichen Schauplatz um und fragte sich, wo sie anfangen sollte. Doch inzwischen hatte einer der Ärzte von der Gesundheitskommission die Sache in die Hand genommen. Er teilte die Arbeit auf, die getan werden musste, und gab Anweisungen. Als er Julias Gesicht sah, runzelte er die Stirn und ihr war klar, dass sie leichenblass sein musste.

„Füllen Sie einen Eimer mit Wasser", sagte er zu ihr. „Draußen vor dem Bahnhof ist eine Pumpe. Diese Männer brauchen dringend etwas zu trinken."

Die Kontrabanden waren bereits damit beschäftigt, die Kisten mit dem Verbandsmaterial, dem Essen und den leeren Eimern aus den Frachträumen des Lazarettschiffes auszuladen. Julia nahm sich einen Becher und einen der Eimer und lief durch das Meer uniformierter Leiber zur Pumpe. Während sie ging, sprach sie im Stillen das Vaterunser. Sie versuchte, sich die zermalmten Körper nicht zu genau anzusehen und bei dem elenden Geruch des Todes nicht zu würgen. An der Pumpe stand eine schwarze Frau, die Julia half, ihren Eimer mit Wasser zu füllen.

O Gott, hilf mir. Bitte!, betete Julia, als sie den schwappenden Eimer anhob, um mit der Arbeit zu beginnen.

Der erste Mann, zu dem sie kam, hatte einen blutigen Verband am Bein, das bereits oberhalb des Knies endete. Schweiß rann ihm über das schmerzverzerrte Gesicht, seine Lippen waren aufgeplatzt und sein Blick trübe. Vorsichtig hob sie seinen Kopf an und gab ihm etwas Wasser aus dem Becher.

„Danke. Oh, danke", murmelte er. „Gott segne Sie."

Julia ging zu dem nächsten Mann und versuchte dabei eine bestimmte Reihenfolge einzuhalten, damit sie niemanden übersah, aber die Männer lagen kreuz und quer auf dem Boden verstreut. Viele von ihnen waren bereits tot, ihre Leichen wegen der heißen Sonne ganz aufgebläht. Es gab nicht genügend Helfer, um den Lebenden zu helfen, geschweige denn all die toten Soldaten fortzutragen und zu begraben.

Immer wieder ging Julia zur Wasserpumpe zurück, um ihren Eimer neu zu füllen. Während sie die schwere Last hin und her schleppte, war sie froh darüber, dass sie sich in der Wäscherei ans Wassertragen gewöhnt hatte. Die ganze Zeit über betete sie weiter um Mut und Kraft, damit sie nicht ohnmächtig wurde. Ihr eigener Mund war völlig ausgetrocknet.

„I-ich glaube, ich sterbe", flüsterte ein Junge, als sie seinen Kopf anhob. „Ich will nicht sterben …"

„Geben Sie nicht auf", drängte sie ihn. „Halten Sie durch. Jetzt ist ja Hilfe da."

Schließlich stieß Julia auf den Arzt, der die Arbeit organisiert hatte. Er kniete neben einem der unbehandelten Soldaten auf dem Boden, aber er blickte auf, als er Julia wahrnahm. „Schwester? Haben Sie eine Minute Zeit?"

Sie ging zu ihm. Seine Arzttasche war geöffnet und er hielt eine chirurgische Sonde in der Hand. Julia hoffte inständig, dass er sie nicht auffordern würde, ihm beim Behandeln der Wunden zu helfen.

„Diese Männer haben seit Tagen nichts mehr gegessen", sagte er und beugte sich über den Soldaten. „Sagen Sie den Frauen, dass sie etwas Maismehlbrei anrühren sollen. Fügen Sie Wein hinzu oder jedes andere Aufputschmittel, das Sie finden können. Wir müssen anfangen, ihnen neben dem Wasser auch Nahrung zu geben.

„Ja, Herr Doktor."

Julia hatte noch nie Brei oder überhaupt irgendetwas gekocht, aber an diesem Tag tat sie es. Die anderen Krankenschwestern und sie arbeiteten ohne Pause, bis es zu dunkel war, um noch etwas zu sehen. Als Julia wieder einmal auf dem Weg zurück zum Schiff war, um weitere Nahrungsmittel zu holen, hielt Schwester Irene sie auf und nötigte sie, sich zu setzen und etwas Speck mit Hartkeks zu essen. Es war Julias erste Begegnung mit der Truppenverpflegung, und sie hatte Sorge, dass alle ihre Zähne abbrechen würden, als sie versuchte, das steinharte Gebäck zu essen. Anschließend fuhr sie mit ihrer Arbeit bei Kerzenlicht fort, obwohl ihre Beine so erschöpft waren, dass sie kaum noch stehen konnte. Irgendwann wankte sie zu ihrer Kabine zurück, um sich einige Stunden auszuruhen.

Am nächsten Morgen war sie bei Sonnenaufgang wieder auf den Beinen und gab den Männern ihr Frühstück. Die Gesundheitskommission hatte inzwischen eine Arbeitstruppe Schwarzer organisiert, die sich als Krankenträger betätigten und begannen, die Verletzten an Bord des Schiffes zu schaffen. Da sie kaum Anweisungen bekamen und gänzlich unorganisiert waren, luden die Arbeiter ihre bemitleidenswerte Last ab, wo immer sie Platz fanden – in den Kabinen, auf den Decks, in den Fluren und sogar auf den Treppen. Die verletzten Soldaten schrien vor Schmerzen, sooft ihre Tragen gegen Wände stießen oder jemand auf den überfüllten Decks über sie stolperte. Am späten Nachmittag war jeder verfügbare Zentimeter auf der *Potomac Queen* bevölkert von leidenden Männern, von denen einige auf Matratzen, die meisten aber auf Stroh lagen. Das Lazarettschiff war für die Beförderung von zweihundertfünfzig Männern ausgelegt, aber es waren deutlich mehr an Bord.

Julia ging mit warmem Wasser und Seife von einem Verwundeten zum nächsten, um die Mischung aus Schlamm, Schweiß und Blut von ihren Gesichtern und Händen zu waschen. Sie sagte ihnen einige ermutigende Worte und gab ihnen etwas zu essen oder eine Decke oder einen Schluck Brandy, um ihre Schmerzen zu lindern. Der gemurmelte Dank der Männer trieb ihr die Tränen in die Augen. Malaria und Ruhr hatten viele der Soldaten, die in den sumpfigen Niederungen gelagert hatten, bereits geschwächt, bevor sie verwundet worden waren. Einige waren dem Tode nahe und wussten es auch. Julia bedachte sie mit Gebeten und erinnerte sie an die Verheißungen Christi.

Auch Julias eigene Haut war inzwischen über und über mit Staub und Schweiß bedeckt und der Rock ihres Kleides war schmutzig und blutbefleckt. Aber sie arbeitete weiter und bat Gott beständig um Kraft, während sie half, wo sie konnte. Freiwillige vom *Christlichen Hilfsverein* waren auf dem Weg, hatte man ihr gesagt. Sie würden bei der überwältigenden Masse an Arbeit helfen, die noch zu tun war.

* * *

Am späten Nachmittag des zweiten Tages kniete Julia an Deck und versuchte einem fiebernden Soldaten mit einem Löffel Wasser einzuflößen, als sie plötzlich ihren Namen hörte.

„Miss Hoffman? Julia Hoffman?"

Sie blickte auf und stellte zu ihrer Überraschung fest, dass Pastor Nathanael Greene neben ihr stand. Sein attraktives, sommersprossiges Gesicht sah müde und staubig aus und sein blondes Haar leuchtete in der Sonne. Sein Anblick trieb ihr die Tränen in die Augen.

„Sie sind es wirklich", sagte er und hockte sich neben sie. „Ich traue meinen Augen kaum. Nie hätte ich erwartet, Sie hier zu sehen."

„Es tut gut, Sie zu sehen", brachte Julia heraus.

„Ich hörte, dass Sie in Washington in einem Militärkrankenhaus arbeiten. Aber ich muss sagen, dass es mich überrascht, Sie hier zu sehen … Wie sind Sie hierhergekommen?"

„Ich habe in der Zeitung gelesen, dass die Gesundheitskommission Krankenschwestern für ihre Lazarettschiffe brauchte, und wollte helfen."

Er blickte sich auf dem überfüllten Deck um und deutete dann auf die Hunderte von Männern, die noch an Land warteten. „Ich bin mir sicher, das hier ist schlimmer als alles, was Sie sich vorgestellt haben. Es muss sehr schwer für Sie sein, mit all dem Leid fertig zu werden. Für mich ist es das jedenfalls." Sein Blick begegnete dem ihren und sie sah seine Sorge, nicht nur um die verwundeten

Soldaten, sondern auch um ihr Wohlergehen. Sie konnte es kaum glauben.

„Ich habe mich am Bull Run schändlich betragen, Herr Pastor. Seit jenem Tag mache ich mir Vorwürfe –"

„Sie brauchen sich nicht zu entschuldigen, Miss Hoffman."

„Bitte nennen Sie mich Julia." Sie hoffte, dass niemand, auch nicht der halb bewusstlose Soldat, um den sie sich gerade kümmerte, gehört hatte, dass Nathanael sie mit „Miss" angeredet hatte.

„Sie brauchen sich nicht zu entschuldigen, Julia. Wir alle waren auf die Ereignisse jenes Tages nicht vorbereitet. Aber jetzt ... wie es scheint, haben Sie die Sache mehr als wiedergutgemacht."

Seine Stimme klang ganz weich. Er starrte Julia noch immer an, fast, als könnte er den Blick nicht von ihr abwenden. Zuerst fragte sie sich, ob es daran lag, dass sie in ihrem schmutzigen, unordentlichen Zustand kaum zu erkennen war. Aber als er sie weiterhin unverwandt ansah, stellte Julia überrascht fest, dass sein Blick voller Bewunderung war.

„Ich bin gerade erst angekommen", sagte er schließlich. „Sagen Sie mir, wie ich helfen kann. Was soll ich tun?"

„Sie können uns helfen, indem Sie Essen verteilen. Und ich weiß, dass viele der Männer sich über Trost oder Gebete freuen würden, Herr Pastor."

„Sie brauchen mich nicht so zu nennen." Er berührte schüchtern seinen weißen Kragen. „Ich heiße Nathanael. Und wenn Sie mir sagen, wo ich das Essen finde, helfe ich gerne."

„Ich zeige es Ihnen." Behutsam legte Julia den Kopf des verwundeten Mannes ab. Dann wollte sie aufstehen, doch ihre Beine waren vor Erschöpfung so schwach, dass sie plötzlich umknickte und seitlings gegen den verletzten Soldaten stieß. Er schrie vor Schmerzen auf und schlug um sich, wobei er mit dem Arm Julias Gesicht traf und sie zu Boden streckte. Nathanael eilte an ihre Seite, um ihr aufzuhelfen.

„Julia! Geht es Ihnen gut?"

Sie war wie betäubt. Ihre Wange pochte an der Stelle, wo der Schlag sie getroffen hatte. Aber sie machte sich mehr Sorgen um den Soldaten, dem sie wehgetan hatte. „Es tut mir leid! Gütiger Gott, wir müssen ihm helfen, Nathanael. Der arme Mann. Er braucht etwas gegen die Schmerzen."

„Was soll ich tun?"

„Halten Sie ihn für mich fest." Julia hatte noch nie Chloroform verabreicht, aber sie hatte in den vergangenen zwei Tagen Dutzende Male zugesehen, wie die anderen Krankenschwestern es getan hatten. Sie eilte zum Medikamentenkasten und holte die Flasche mit dem Betäubungsmittel. Während Nathanael den stöhnenden Mann festhielt, goss Julia ein wenig Chloroform auf einen Lappen und hielt ihn dem Soldaten vors Gesicht. Als er das Bewusstsein verlor, fühlte Julia sich selbst ganz schlapp.

Nathanael ließ den Mann los und legte dann sanft eine Hand auf Julias Schulter. „Sind Sie in Ordnung? Jemand sollte sich Ihr Auge ansehen. Ich fürchte, es wird zuschwellen. Sie sind ziemlich hart getroffen worden."

Julia lächelte schwach und rieb sich die Wange. „Es gibt hier weitaus wichtigere medizinische Bedürfnisse als meine. Mir geht es gut." Sie sah zu, wie die Brust des Soldaten sich im Schlaf hob und senkte, und betete im Stillen, dass es ihm bald besser gehen möge.

„Julia …"

Als Nathanael nicht weitersprach, blickte sie zu ihm auf. Der Pastor starrte sie an, offensichtlich sprachlos. Als er seine Stimme endlich wiedergefunden hatte, stammelte er: „S-Sie sind fantastisch. Das war … Sie waren so fürsorglich … und … und kompetent."

Julia wusste, dass sie stolz sein sollte. Sie hatte erreicht, was sie sich vor beinahe einem Jahr vorgenommen hatte. Endlich hatte sie die Anerkennung und Bewunderung des Geistlichen errungen. Er blickte sie so an, wie sie es sich immer erträumt hatte. Aber seine lobenden Worte gaben ihr nicht die Befriedigung, die sie erwartet hatte. Gestern war sie zum zweiten Mal vor den leidenden Männern davongelaufen und sie wusste nur zu gut, dass die fürsorgliche, kompetente Krankenschwester, die er in ihr sah, eine Täuschung war.

„Sie irren sich", sagte sie. „Ich könnte dies niemals aus eigener

Kraft tun. Seit ich hier eingetroffen bin, muss ich Gott unentwegt um Kraft bitten."

Ihre Worte schienen ihn nur noch mehr anzuziehen. „Und ich sehe, dass er diese Gebete erhört hat. Wir dienen einem wundervollen Gott, nicht wahr?"

In diesem Augenblick wurde Julia bewusst, dass es Gottes Anerkennung war, die sie wollte, nicht Nathanaels. Der Gedanke verblüffte sie so, dass sie ihm nicht antwortete – und seine nächste Frage kaum hörte.

„Wann fahren Sie nach Washington zurück?"

„Was …? Oh … ich glaube, das Schiff fährt morgen früh ab."

„Ich komme in ein paar Wochen auch nach Washington. Ich würde Sie gerne sehen, wenn ich darf."

Seine Worte überraschten sie beinahe so sehr, wie der Schlag ins Gesicht es getan hatte. „Natürlich."

„Wo finde ich Sie denn?", fragte er. „Wie heißt Ihr Krankenhaus?"

Das plötzliche Interesse des Pastors verwirrte Julia, aber sie war geistesgegenwärtig genug, ihm die Adresse der Pension zu geben anstatt die des Krankenhauses. Dass Nathanael Greene von der Lüge erfuhr, die sie eingesetzt hatte, um Krankenschwester werden zu können, war das Letzte, was sie wollte.

„Es wäre schön, Sie zu sehen, wenn Sie nach Washington kommen", sagte sie wie in einem Traum. „Außer dem Kongressabgeordneten Rhodes kenne ich dort nicht viele Leute."

Während sie sich unterhielten, führte Julia den Geistlichen durch das Labyrinth der Verwundeten und zeigte ihm, wo er das Essen für die Patienten fand. Doch sobald sie sich wieder in die Arbeit stürzte, wurden alle Gedanken an den Pastor zweitrangig. Eine Weile arbeiteten sie Seite an Seite, bis Nathanael zu einem sterbenden Mann gerufen wurde. Danach sah sie ihn nicht mehr.

Lange nach Einbruch der Dunkelheit kam Schwester Irene zu ihr und half Julia, die neben einem Patienten kniete, auf die Füße. „Kommen Sie, meine Liebe. Sie haben genug getan. Es ist Zeit, dass Sie ein paar Stunden schlafen."

„Ich habe kein Bett mehr, Schwester. Es wurde mehr Platz gebraucht, also habe ich mein Quartier den verwundeten Männern zur Verfügung gestellt."

„Ich glaube, in unserem Zimmer gibt es noch ein freies Eckchen."

Julias Knie fühlten sich so wackelig an, dass sie kaum laufen konnte. Sie und Schwester Irene stützten sich gegenseitig, als sie zu dem winzigen Schlafraum der Nonnen gingen. Die anderen drei Schwestern waren bereits dort und schliefen tief und fest. Ohne ihre Haube sah Schwester Irene viel weniger Furcht einflößend aus – und erstaunlich jung.

Da sie so erschöpft war, dass sie es kaum in Worte fassen konnte, hatte Julia eigentlich erwartet, dass das sanfte Schaukeln des Schiffes und das Murmeln der Wellen sie schnell in den Schlaf lullen würden. Aber stattdessen war sie hellwach und starrte zur holzverkleideten Decke hinauf, während jeder Muskel und Knochen in ihrem Körper schmerzte.

„Warum sind Sie hier, Julia?"

Schwester Irenes gedämpfte Stimme durchdrang die Dunkelheit und ihre Frage durchbohrte Julias Herz, als hätte Gott selbst oder einer seiner Engel sie gestellt. Sie schloss die Augen und war einen Augenblick lang wieder zu Hause in ihrem Salon, in Satin und Spitze und Reifröcke gekleidet, und trank Tee mit dem Nachmittagsbesuch.

„Ich will, dass mein Leben einen Sinn hat", sagte sie leise.

„Ich backe im Konvent das Brot", sagte Schwester Irene nach einer Weile. „Zuerst erschien mir diese Tätigkeit bedeutungslos, vor allem für eine Frau, die ihr Leben der Arbeit für Gott widmen wollte. Jeder kann mit ein wenig Anleitung Brot backen. Und außerdem wird es immer genauso schnell gegessen, wie ich es backe, und so muss ich jeden Tag wieder von vorne anfangen. Aber ich habe gelernt, dass jede Aufgabe wichtig ist, wenn sie für Gott getan wird und nach seinem Willen. Wenn Sie das tun, hat Ihr Leben in seinen Augen auf jeden Fall einen Sinn."

„Aber selbst Brotbacken scheint mir wichtiger zu sein, als feine Kleider anzuziehen und Teepartys und Gesellschaften zu besuchen, so wie es bei mir zu Hause üblich ist."

Die Nonne drehte sich zu Julia um. „Gott stellt jeden von uns an einen anderen Ort, er gibt allen unterschiedliche Aufgaben. Aber unabhängig davon, wo wir sind, ist es Gottes größtest Gebot, dass wir andere lieben – unsere Feinde ebenso wie unsere Freunde. Wenn wir das tun, hat unser Leben schon dadurch einen Sinn, egal, ob wir bei einer Teeparty oder auf einem Lazarettschiff sind.

„Ich bin aus selbstsüchtigen Motiven hierhergekommen", bekannte Julia. „Jemand hat mir vorgeworfen, oberflächlich und verwöhnt zu sein – und er hatte recht. Ich bin hergekommen, um ihm zu beweisen, dass er sich irrt. Ich wollte beweisen, dass ich mitfühlend und fürsorglich bin." Und heute hatte sie genau das getan. Sie hatte endlich Nathanaels Bewunderung errungen. Trotzdem erschien ihr dieser Sieg nun hohl. „Ich wollte mich ändern, Schwester Irene. Aber das Einzige, was sich ändert, ist der Ort, an dem ich bin, und das, was ich tue. Ich bin immer noch egoistisch. Ich tue all dies immer noch aus selbstsüchtigen Motiven heraus, nicht aus Liebe."

Die Nonne schwieg lange. Wieder einmal wurde Julia das nie enden wollende Geschrei und Gestöhne vor ihrer Kajüte bewusst. Dann sagte die Ordensschwester: „Wir können einen Entschluss fassen und uns selbst dazu bringen, jede Arbeit zu tun – Brotteig zu kneten, uns um Verwundete zu kümmern, Verbände zu wechseln. Aber wir können nicht einfach beschließen, andere zu lieben. Wir können nur dann so lieben, wie Gott es sich wünscht, wenn der Heilige Geist durch uns liebt, wenn wir ihm die Kontrolle über unser Leben überlassen. Wir haben in den vergangenen Tagen um Kraft gebetet, Julia, und Gott hat unsere Gebete erhört. Jetzt müssen wir ihn um Liebe bitten."

„Manche Menschen sind schwer zu lieben", sagte Julia und dachte an James McGrath. „Sie stoßen jeden von sich und scheinen nicht einmal Wert auf die einfachste Freundschaft zu legen."

„Ich weiß. Solchen Menschen bin ich auch schon begegnet und wissen Sie was? Sie sind diejenigen, für die wir am meisten beten müssen. Weil sie unsere Liebe am meisten brauchen."

Kapitel 13

Mechanicsville, Virginia
Juli 1862

Phoebe krempelte ihre Hose bis über die Knie hoch und watete in den Beaver Dam Creek. Sie hatte gehofft, sie hätte ein paar ruhige Minuten, um ihre Socken und ihr zweites Hemd in dem trüben Wasser zu waschen, aber sie hörte hinter sich bereits das Lachen und die Stimmen ihrer Kameraden, und ihr war klar, dass sie nicht viel länger ungestört bleiben würde. Als eine Handvoll Männer aus ihrer Kompanie auf der Lichtung erschien, hörte sie Teds jungenhafte Stimme aus dem Stimmengewirr heraus.

„Hey, Leute. Seid mal still! Hört euch das an …“

Das Rascheln der Äste und die Schritte verstummten. Phoebe lauschte mit ihnen. Durch das Summen der Insekten und das Gurgeln des Baches hörte sie Glocken, die leise in der Ferne läuteten.

„Hört ihr das?“, fragte Ted. „Das sind die Glocken von Richmond. So nah sind wir.“

„Na, worauf warten wir dann noch?“, fragte einer der Männer. „Lasst uns die Stadt niederbrennen und Jeff Davis an einem Fahnenmast aufhängen!“ Die anderen jubelten und setzten ihre gut gelaunte Unterhaltung fort.

Phoebe wusch schnell ihre Kleider aus und kletterte ans Ufer. Hastig griff sie nach ihren Schuhen. Die Männer waren gekommen, um im Bach zu baden, und sie fingen schon an, ihre Kleidung abzulegen. Am besten verdrückte sie sich schleunigst.

Phoebe beneidete ihre Kameraden um ihre Freiheit. Ihre wollene Uniform war in der glühenden Julihitze so heiß und kratzig, dass sie sich fühlte, als würde sie auf dem Scheiterhaufen verbrannt. Der

Schweiß lief ihr übers Gesicht und durchtränkte die Achseln ihres Hemdes, obwohl sie gerade noch im kühlen Wasser gestanden hatte. Ted sah schon jetzt, nachdem er das Hemd ausgezogen hatte, erfrischter aus als sie. Sie hoffte, dass er sich zu sehr amüsierte, um zu bemerken, dass sie ging, aber sie hatte kein Glück.

„Hey, wo willst du hin? Willst du dich nicht abkühlen?“, fragte er sie.

„Ich bin schon fertig.“

„Besonders sauber bist du aber nicht. Ich will ja nichts sagen, Ike, aber du stinkst immer noch. Und warum hast du so viel an? Du meine Güte, jetzt zieh doch wenigstens mal das verflixte Hemd aus!“

Phoebe zog das Hemd aus ihrer Hose und öffnete einen Knopf, um Zeit zu gewinnen. „Wie kommt es eigentlich, dass wir Richmond noch nicht angegriffen haben, Ted? Wir sind so dicht dran und haben all die Männer und Waffen … Was meinst du, worauf wir warten?“

Er wirkte ein wenig verblüfft angesichts des plötzlichen Themenwechsels. Aber dann schluckte er den Köder – so wie sie es gehofft hatte. „Wir warten auf Verstärkung. Es gibt zu viele Rebellen und sie haben sich rund um Richmond eingegraben, so wie damals in York-town. Wir müssen erst unsere großen Geschütze aufbauen und sie so richtig mürbe machen. Dann gehen unsere Truppen rein.“

„Hat General McClellan beim letzten Mal seine Lektion nicht gelernt?“, fragte Phoebe, während sie langsam den Weg hinaufging. Ted knöpfte seine Hose auf und sie wäre am liebsten davongerannt. „Die Rebellen werden kaum still sitzen und warten, bis wir sie ins Visier genommen haben.“

„Warum erzählst du das nicht Little Mac, Ike? Er ist für deinen Rat sicherlich dankbar.“ Ted grinste merkwürdig, als führe er etwas im Schilde. Phoebe wollte nicht bleiben und herausfinden, was er vorhatte.

„Ich glaube, das tue ich“, sagte sie und schritt in den Wald hinein, als wäre sie fest entschlossen, auf direktem Wege zum Zelt des

Generals zu marschieren. Sie hörte hinter sich unterdrücktes Gelächter und wusste, dass es besser wäre zu rennen, aber sie war barfuß. Als Phoebe stehen blieb, um ihre Schuhe anzuziehen, stürzten die Männer sich aus dem Hinterhalt auf sie.

Ted führte den Angriff an. Er lachte und imitierte den markerschütternden Schrei der Rebellen. Sie versuchte sich zu wehren, aber sie waren zu viele und außerdem wollte sie niemandem wehtun, weil alle den Übergriff für einen Spaß hielten. Sie schleppten sie zum Flussufer und zogen ihr auf dem Weg die Hose aus. Aber sie würden sie bewusstlos schlagen müssen, bevor sie ihr das Hemd und die einteilige Unterwäsche ausziehen konnten. Phoebe hielt ihr Hemd mit beiden Händen fest.

„Ich werde ertrinken", schrie sie, während sie versuchte, sich den Griffen der anderen zu entwinden. „Ich kann nicht schwimmen!"

„Das Wasser reicht dir doch nicht mal bis zum Hals." Ted lachte und johlte, als sie sie ins Wasser warfen. Einen Augenblick später sprangen die anderen hinterher.

„Hey, du bist uns doch nicht böse, oder?", fragte er und watete zu ihr hinüber.

„Nee, ist ein gutes Gefühl." Und das war es auch. Ohne ihre Wolluniform war Phoebe zum ersten Mal, seit sie im Frühling in den Fluss gefallen war, nicht mehr heiß.

„Du bist der seltsamste Kerl, den ich kenne", sagte Ted. „Mensch, dass du unter deinen Klamotten die ganze Zeit diese lange Unterwäsche trägst – selbst im Hochsommer."

Anstatt zu antworten packte Phoebe Ted an den Schultern und drückte ihn unter Wasser.

An jenem Nachmittag bewachten sie gerade die Schützengräben, die sie hinter dem Fluss gegraben hatten, als ein Spähtrupp im Laufschritt aus Mechanicsville kam und schlechte Nachrichten mitbrachte. „Mindestens fünf konföderierte Brigaden haben den Chickahominy überquert", berichteten sie. „Die Rebellen sind auf dem Weg hierher. Uns steht ein Kampf bevor."

Eine angespannte Stille legte sich über die Männer. Phoebe und die anderen überprüften schnell ihre Munitionsvorräte und vergewisserten sich, dass ihre Waffen richtig geladen und ihre Bajonette befestigt waren. Dann warteten sie mit klopfendem Herzen auf das erste Anzeichen, dass der Feind im Anmarsch war. Es war seit Williamsburg die erste Schlacht, die Phoebe bevorstand, und sie hatte Angst.

„Ich habe dir doch gesagt, dass die Rebellen nicht einfach gelangweilt herumsitzen und darauf warten, dass wir unser schweres Geschütz auffahren", flüsterte sie Ted zu.

„Little Mac hat deinen Rat wohl nicht befolgt, wie es aussieht." Ihr Freund grinste nervös. Phoebe sah die Anspannung in seinem drahtigen Körper und seinen unruhigen Händen und wusste, dass auch er Angst hatte. Sie versetzte ihm einen spielerischen Stoß in die Rippen.

„Ich hatte ja auch keine Chance, ihn zu warnen, weißt du noch? Irgendso ein Idiot hat mir aufgelauert."

Eine Zikade begann plötzlich ganz in der Nähe zu summen und Ted zuckte zusammen. „Fünf Brigaden", hauchte er. „Heiliger Strohsack!"

Der Angriff der Konföderierten kam wie ein Sommergewitter, mit dunklen Rauchwolken und Kugelhagel. Phoebe vernahm von einer Sekunde zur anderen das eigentümliche Geräusch der Geschosse, die wie Bienen über ihren Kopf hinwegsummten. Sie zwang sich, Ruhe zu bewahren und auf die Hornsignale zu achten, während sie den ganzen Nachmittag über lud, zielte, feuerte und wieder lud. Die Artillerie ließ den Erdboden erbeben, und manchmal wurde der Qualm so dicht, dass sie den angreifenden Feind erst sehen konnte, wenn er fast vor ihr stand. Der Gestank von Schwefel erfüllte die Luft wie der Atem der Hölle.

Phoebe behielt Ted permanent im Auge, weil sie sich Sorgen machte, dass er die Zündhütchen wieder vergessen und sein Gewehr überladen könnte. Sein Gesicht war schwarz vom Schießpulver und seine Hände zitterten, wenn er in seiner Patronenschachtel nach Munition kramte, aber er kämpfte tapfer an ihrer Seite, ohne zurückzuweichen.

Einige Meter entfernt erblickte Phoebe einen Soldaten ihrer

Kompanie, der getroffen zu Boden sank – es war einer der Männer, die sie an diesem Morgen in den Fluss geworfen hatten. Sein Gewehr fiel ihm aus der Hand, als der Aufprall der Kugel ihn nach hinten riss, und an der Art, wie er in einer Lache seines eigenen Blutes liegen blieb, erkannte sie, dass er tot war. Der wogende Kriegsschrei der Rebellen vermischte sich mit den Schreien der Verwundeten und Sterbenden. Dann übertönte der ohrenbetäubende Lärm der Artillerie wieder alle anderen Geräusche. Den ganzen langen Nachmittag über verteidigte Phoebe das kleine Stück Land, das ihr zugeteilt worden war, und widerstand dem beinahe übermächtigen Instinkt zu fliehen, während die Rebellen in Wellenbewegungen angriffen.

Bei Einbruch der Dunkelheit endete die Schlacht. Das Mondlicht zeigte den benommenen Ausdruck in den Augen aller Beteiligten. Kaum jemand sprach. Phoebes Muskeln schmerzten vor Anstrengung und Anspannung. Sie fühlte sich, als hätte sie einen ganzen Tag lang auf dem Feld geschuftet. Noch nie hatte sie einen so heftigen Durst gehabt. Als sie und Ted sich vorsichtig zum Bach hinunterbegaben, um ihre Feldflaschen aufzufüllen, lagen die Leichen von Rebellensoldaten genau dort am Ufer verstreut, wo sie und die anderen am Morgen noch schwimmen gewesen waren. Es kam ihr vor, als wäre das eine Ewigkeit her.

„Wir haben die Schlacht gewonnen, Ted“, sagte sie, um die schreckliche Stille zu durchbrechen.

„Ja, wir haben es ihnen wirklich gezeigt.“ In seiner zitternden Stimme lag keinerlei Begeisterung.

Der Befehl kam wenige Minuten später – bereitmachen zum Rückzug. Die erschöpften Soldaten starrten einander verwirrt an. Niemand konnte glauben, dass das ernst gemeint war. „Warum sollen wir das Territorium aufgeben, für dessen Verteidigung wir den ganzen Nachmittag lang unser Leben riskiert haben?“, fragte Ted.

„Das muss ein Irrtum sein“, sagte Phoebe.

Aber es war kein Irrtum. Innerhalb einer Stunde hatte Oberstleutnant Drake ihr Regiment in Formation gebracht, und sie zogen sich gute sechs Kilometer bis zur Boatswainbucht zurück.

* * *

Der nächste Tag war wie die Wiederkehr eines schrecklichen Albtraums. Die Rebellen holten sie ein und griffen sie nahe Gaines' Mill an. Wieder einmal sah Phoebe dem Tod ins Auge und war sich sicher, dass es sie diesmal erwischen würde. Sie hockte den ganzen Tag in Schlamm und Qualm, lud und feuerte und lud nach, bis sie nur noch zwei Patronen in ihrer Schachtel hatte. Als die Sonne zu sinken begann, gelang es den Rebellen, die Linien der Yankees an einigen Stellen zu durchbrechen, und es sah so aus, als würden sie alle sterben. Aber dann hörte Phoebe die Trompete, die zum Rückzug blies. Erleichtert stieß sie Ted an und floh im Dunkeln mit den anderen Unionssoldaten über den Chickahominy auf sicheres Gebiet.

Die Schlacht war so heftig gewesen und die Verluste auf beiden Seiten so groß, dass Phoebe sich sicher war, der Krieg müsse beendet werden, weil es nicht mehr genügend Soldaten gab. Beinahe ein Drittel der Männer aus ihrer eigenen Kompanie waren verwundet oder getötet worden, doch Ted und sie waren auch an diesem zweiten Tag unverletzt geblieben. Zwar hatte eine Kugel den Ärmel von Teds Uniform durchlöchert, aber sie hatte seinen Arm zum Glück nicht getroffen. Diese heftigen Gefechte zwei Tage überlebt zu haben, erschien ihnen wie ein Wunder.

Dann kam der nächste unbegreifliche Befehl. Wieder zogen sie sich zurück, diesmal nach Harrison's Landing. Ein befestigtes Lager am James River, mehr als vierzig Kilometer südlich von Richmond. Phoebe konnte es kaum fassen.

„Nachdem es uns so viel Zeit und Mühe gekostet hat, bis hierherzukommen?", fragte sie erschüttert. „Und wir sind noch nicht mal besiegt! Warum treten wir den Rückzug an?"

Ted schüttelte ungläubig den Kopf. „Wir waren so nah an Richmond, dass wir ihre Kirchenglocken hören konnten."

Doch Befehl war Befehl und so ging der Rückzug weiter. Phoebes Regiment durchquerte den White-Oak-Sumpf während der Nacht. Aber die Rebellen folgten ihnen immer noch. Bei Glendale griffen sie wieder an, und es kam erneut zu erbitterten Gefechten, in deren Verlauf noch mehr Männer starben, die Phoebe seit dem Ausbildungslager kannte. Das tagelange Kämpfen hatte Ted und sie schwer erschüttert. Inzwischen hatte sie sich beinahe damit abgefunden, dass sie vielleicht bald sterben würden. Obwohl die Union bei Glendale die Stellung hielt, kam wieder der Befehl zum nächtlichen Rückzug.

„Warum lassen wir uns von Bobby Lee wie ein Haufen Angsthasen in die Flucht schlagen?", fragte Phoebe sich laut. Ted schüttelte ratlos den Kopf.

Phoebe war völlig erschöpft. Sie hatte schon den ganzen Tag schreckliche Kopfschmerzen gehabt, die sie auf den ständigen Lärm während der Schlacht zurückgeführte hatte. Aber während sie den Malvern Hill erklommen, wo sie das Nachtlager aufschlagen wollten, überfiel sie mit einem Mal eine Welle der Übelkeit. Plötzlich war ihr so schwindelig und schlecht, dass sie auf die Knie sank und den Kopf auf den Boden legte, unfähig, auch nur einen weiteren Schritt zu gehen. Ted eilte an ihre Seite.

„Hey, du darfst jetzt nicht stehen bleiben. Wir sind noch nicht oben."

Sie hob den Kopf und sah ihn an. Ihr war so schwindelig, dass sie sich beinahe übergeben hätte. „Ich ... ich kann mich … nicht bewegen …"

„Was ist los?", fragte er und hockte sich neben sie.

„Ich weiß nicht … mir geht es schon den ganzen Tag nicht gut."

„Komm, wir bringen dich nach oben. Dort kannst du dich ausruhen." Ted half ihr auf. Das Schwindelgefühl war so überwältigend, dass sie die Augen schließen musste, damit sich nicht alles drehte. Den restlichen Weg zum Gipfel des Malvern Hill stolperte sie wie eine blinde Frau hinauf, immer auf ihren Freund gestützt. Sie wusste, dass sie ohnmächtig werden würde, wenn sie die Augen aufschlug.

„Du brennst ja wie ein Schwein am Spieß", sagte Ted zu ihr.

„Ich weiß …" Der Schweiß durchnässte Phoebes Kleider, als hätte sie ein Bad im Fluss genommen.

Der Schüttelfrost begann, als sie endlich saß und zusah, wie Ted ihr Zelt aufschlug. Er entrollte ihre Matte und schlang eine Decke um sie, aber das schreckliche Zittern hörte nicht auf. Sobald das Zelt stand, kroch sie hinein und verlor das Bewusstsein.

„Ich wette, du hast dir in einem dieser verfluchten Sümpfe, durch die wir gelaufen sind, Malaria geholt", sagte Ted am nächsten Morgen. Er half ihr zum Zelt des Feldarztes, vor dem ein ganzer Schwarm Patienten stand und wartete. Der Arzt gab ihnen allen Chinin und schickte sie zu ihren Kompanien zurück. Er konnte es sich nicht leisten, Betten mit Malariapatienten zu belegen; schließlich würde es bald wieder Schussverletzungen zu verarzten geben.

Der Angriff der Rebellen erfolgte später an diesem Vormittag. Er begann mit einem Bombardement. Es gab nichts, was Phoebe und Ted tun konnten, außer sich zu ducken, darauf zu warten, dass der Beschuss aufhörte, und zu beten, dass sie nicht getroffen würden. Dann kam der Angriff. Als die Infanterie der Rebellen den ungeschützten Hügel hinaufstürmte, eröffneten die Kanonen der Union das Feuer. Die Rebellensoldaten fielen wie Dominosteine um.

„Man muss echt mutig sein, um so den Hügel hinaufzurennen", rief Phoebe Ted über den Lärm hinweg zu. Sie wollte, dass das Blutbad endlich ein Ende nahm. Sie war sich nicht sicher, ob sie den Tod auch nur eines einzigen weiteren Menschen ertragen könnte. Außerdem musste sie sich hinlegen. Der Schweiß lief ihr übers Gesicht und brannte in ihren Augen, aber sie konnte nicht sagen, ob die glühende Hitze oder ihr steigendes Fieber die Ursache war.

„Du siehst nicht gut aus", sagte Ted. „Du gehst besser zu unserem Zelt zurück und nimmst noch eine Dosis Chinin."

Phoebe wollte nicht krank werden. Sie durfte nicht krank werden. Wenn sie im Krankenhaus landete, würde der Arzt entdecken, dass sie ein Mädchen war. „Mir geht es gut", behauptete sie steif und fest, aber ihre Zähne klapperten, während sie sprach.

Ted nahm ihr kurzerhand das Gewehr aus ihren zitternden Händen. „Komm schon. Leg deinen Arm um meinen Hals. Ich bringe dich zurück."

Phoebe verschlief den Großteil der Schlacht am Malvern Hill.

Das Donnern der Kanonen und das Stöhnen der Verwundeten fügten sich in ihre wilden Fieberträume ein, bis sie nicht mehr wusste, was Wirklichkeit war und was nicht. Phoebe wurde erst wieder wach, als Ted ihren Kopf anhob, damit sie noch mehr Chinin schlucken konnte. Im Zelt war es gerade so hell, dass sie seine besorgte Miene sehen konnte.

„Sind die Kämpfe schon vorüber?", fragte sie.

„Es ist Nacht, Ike. Du hast den ganzen Tag geschlafen. Fühlst du dich jetzt besser?"

„Was ist mit der Schlacht?" Sie warf die Decke zurück und versuchte aufzustehen, überzeugt davon, dass sie hinausgehen und kämpfen musste, damit sie keine Schwierigkeiten bekam. Ted drückte sie zurück auf ihr Lager.

„Es ist alles vorbei. Die Konföderierten haben endlich aufgegeben. Aber mein Gott, was für einen Preis haben sie dafür bezahlt. Du solltest sie da draußen auf dem Hügel liegen sehen. Einige von ihnen sind noch am Leben, und es sieht aus, als würde sich der Erdboden bewegen." Ein Schauer durchfuhr ihn. „Hey, hast du Hunger? Soll ich dir Kaffee machen?"

„Nein, danke. Ich kenne deinen Kaffee."

Er lächelte, aber seine Augen erreichte das Lächeln nicht.

„Was ist los, Ted?"

„Fühlst du dich gut genug um aufzustehen? Wir haben den Befehl bekommen, das Lager abzubrechen."

„Sollen wir sie jagen und fertigmachen?"

Er schüttelte den Kopf. „Wir ziehen uns weiter zurück. In Richtung Süden."

„Heute Nacht? Aber wenn die Rebellen schon halb besiegt sind, warum bleiben wir dann nicht und kämpfen? Wir haben doch die Oberhand."

„Ich weiß nicht, warum", sagte Ted wütend. „Ich weiß überhaupt nicht mehr, was diese verflixten Generäle sich denken. Aber ich weiß, dass eine Menge guter Männer diese Woche gestorben sind, und wenn wir gehen, war all das umsonst."

Phoebe setzte sich langsam auf und blickte sich im Zelt um.

Wenn sie sich vorsichtig bewegte, war das Schwindelgefühl nicht so schlimm. Sie würde Ted helfen, alles zusammenzupacken, und sich zum Abmarsch bereit machen. Sie hoffte nur, dass ihre Kraft ausreichen würde, um den nächtlichen Marsch durchzuhalten.

„Weißt du, was mich besonders wütend macht?“, fragte Ted. „Wir haben den Schwarzen gesagt, dass sie bleiben sollen, wo sie sind. Wir haben die meisten von ihnen davon überzeugt, dass es unnötig ist, unserer Armee zu folgen. Wir haben ihnen versichert, dass wir Richmond einnehmen und sie dauerhaft befreien würden.“

Sein Gesicht wirkte im Dämmerlicht dunkler als sonst. Phoebe erinnerte sich daran, wie tapfer er in der vergangenen Woche gekämpft hatte, und ihr wurde klar, dass er die ganze Zeit über an die Sklaven gedacht hatte – an solche wie die, die sie in Hilltop zurückgelassen hatten. Wie seine Großmutter.

„Sie sind dort geblieben, Ike“, sagte er leise. „Alle diese Frauen und Kinder sind geblieben. Und jetzt sind sie wieder Sklaven.“

Kapitel 14

Washington City
Juli 1862

Julia stolperte die Treppe zur Pension hinauf und hielt sich dabei am Geländer fest, zu müde, um ihre Füße weiter anzuheben. Als sie ihre Tasche in die andere Hand nahm, um nach dem Türknauf zu greifen, öffnete sich die Tür plötzlich von innen.

„Miss Hoffman, willkommen zu Hause", sagte ihre Vermieterin.

Julia hätte es nie für möglich gehalten, dass die schäbige Pension oder ihre spröde Eigentümerin ihr jemals einladend erscheinen würden, aber nachdem sie die vergangene Woche auf dem Lazarettschiff verbracht hatte, erschienen ihr beide in der Tat einladend. Julia hatte die ganze Zeit über, Tag und Nacht dieselbe Kleidung getragen. Sie hatte kaum geschlafen oder gegessen und konnte sich nicht erinnern, wann sie das letzte Mal eine freie Minute gehabt hatte, um sich ihr Gesicht zu waschen oder ihre Haare zu kämmen.

„Ich habe die Kutsche vorfahren hören und gesehen, dass Sie es sind", sagte die Frau. „Sie Arme, Sie sehen ja ganz fertig aus. Kommen Sie rein, kommen Sie rein."

„Danke. Um ehrlich zu sein, bin ich ziemlich am Ende."

„Abendessen gibt es erst in einer Stunde … aber kann ich Ihnen in der Zwischenzeit etwas anderes anbieten? Etwas Kaltes zu trinken, vielleicht?"

Das ungewohnte Verhalten ihrer Vermieterin überraschte Julia. Sie war dankbar für die Veränderung, aber sie fragte sich unwillkürlich, was sie bewirkt hatte. „Könnte ich vielleicht ein heißes Bad nehmen?", fragte Julia, obwohl sie kaum zu hoffen wagte, dass dieser Traum Wirklichkeit werden könnte.

„Natürlich, meine Liebe. Ich sage der Küchenhilfe, dass sie sofort damit anfangen soll, es einzulassen."

Zu Hause hatte Julia ein heißes Bad in Auftrag geben können, wann immer sie wollte, und sie hatte diesen Luxus immer für selbstverständlich gehalten. Aber nun trieb ihr die Aussicht auf ein Bad in dampfend heißem Wasser Tränen der Dankbarkeit in die Augen. „Vielen Dank, Ma'am", sagte sie.

„Gern geschehen. Ich habe in der Zeitung einen Bericht über die wunderbare Arbeit gelesen, die Sie Krankenschwestern machen, um unseren armen, leidenden Jungs zu helfen. Ein warmes Bad ist das Mindeste, was ich Ihnen als Dankeschön dafür anbieten kann. Oh, bevor ich es vergesse: Ich habe etwas für Sie." Sie wühlte in einer der Schubladen ihres Dielentischchens und zog einen Brief heraus. „Der kam, während Sie fort waren."

Julia überprüfte schnell den Absender und sah, dass der Brief von Hiram Stone kam. Ihr Herz machte einen kleinen Satz. Ohne es zu merken, lächelte sie.

„Von einem Verehrer, meine Liebe?", fragte ihre Vermieterin und musterte sie neugierig.

„Ja, so könnte man ihn wohl nennen." Julia dankte der Frau noch einmal und ging dann hinauf in ihr Zimmer.

Die Fenster waren die ganze letzte Woche über geschlossen gewesen und so war es in dem kleinen Zimmer heißer als zur Mittagszeit in der Küche. Die Luft war abgestanden und es roch nach den schmutzigen Füßen vorheriger Mieter. Julia versuchte, eines der schweren Schiebefenster hochzuschieben, aber sie war so erschöpft, dass es ihr nicht gelang. Also sank sie auf ihr Bett, um Hirams Brief zu lesen, während sie sich mit dem Umschlag Luft zufächelte.

Meine liebe Miss Hoffman,
ich hoffe, dieser Brief trifft Sie bei bester Gesundheit an. Wie Sie an dem Absender erkennen können, bin ich wieder in meine Heimat Bridgeport zurückgekehrt. Ich konnte den Vertrag mit der Armee, der mich nach Washington geführt hatte, erfolgreich

abschließen, und so hatte ich in den vergangenen Wochen viel zu tun.
Ich konnte jedoch nicht aufhören, an Sie zu denken und an den wundervollen Abend, den wir im Haus des Kongressabgeordneten Rhodes verbracht haben. Ich kann nur hoffen, dass Ihre Erinnerung an unsere Zeit zusammen ebenso angenehm ist wie die meine und dass Sie auch gelegentlich an mich denken.
Wie versprochen habe ich wegen des seltsamen Mordfalls in New Haven Erkundigungen für Sie angestellt. Der Name des Mannes, der erschossen wurde, war Eldon Matthews Tyler, 61 Jahre alt, ein reicher Bankier und Finanzier. Der betreffende Arzt war ein gewisser Dr. James McGrath, 30, in dessen erfolgreicher Arztpraxis New Havens wohlhabendste Bürger ein und aus gingen, bevor die Tragödie sich ereignete. Berichten zufolge war der Arzt am Abend des Mordes betrunken und Zeugen hatten gehört, wie er sich mit Mr Tyler gestritten hatte, aber es wurde keine offizielle Anklage gegen ihn erhoben. Niemand scheint zu wissen, warum nicht, und er ist im Moment gegen Kaution auf freiem Fuß. Ich kann mich nicht mehr an den Namen des unangenehmen Arztes erinnern, für den Sie arbeiten, aber ich hoffe, dass es nicht dieser mörderische Kerl ist.
Bitte lassen Sie es mich wissen, falls Sie jemals beschließen sollten, nach Philadelphia zurückzukehren. Ich würde Sie sehr gerne wiedersehen.

Herzlichst,
Hiram Stone

Bei dem Gedanken, dass sie tatsächlich für „diesen mörderischen Kerl" gearbeitet hatte, lief es Julia kalt den Rücken hinunter. Es musste sich einfach um denselben Mann handeln – der Name war identisch, das Alter war ungefähr richtig, und er kam ebenfalls aus New Haven. Nicht, dass es noch von Bedeutung war. James McGrath war schließlich nicht mehr im Fairfield-Krankenhaus beschäftigt.

Bevor sie sich als Freiwillige für das Lazarettschiff gemeldet hatte, hatte Julia für kurze Zeit mit dem Arzt zusammengearbeitet, der für ihn eingesprungen war. Dr. John Baker hatte weißes Haar, war vergesslich und so unglaublich altmodisch, dass es Julia nicht überrascht hätte, wenn er noch immer Blutegel verschrieben hätte. Dr. Baker zog es vor, wiederhergestellte Soldaten aus dem Invalidenkorps als Pflegekräfte einzusetzen, und war ganz eindeutig der Meinung, dass eine Frau zu Hause sitzen sollte, seine Krankenschwestern eingeschlossen. Aber er war wenigstens kein Trinker. Und kein Mörder.

Julia schob Hirams Brief zurück in den Umschlag und fragte sich, was sie mit dieser Information anfangen sollte – und wie sie aus Hiram Stone schlau werden sollte. Doch dann beschloss sie, dass sie viel zu erschöpft war, um über irgendetwas nachzudenken. Sie würde ihr heißes Bad nehmen, den Schweiß, den Dreck und die Müdigkeit der ganzen letzte Woche abwaschen, in ihr Bett kriechen und so lange schlafen, bis sie sich wieder wie ein Mensch fühlte.

Aber früh am nächsten Morgen weckte die Vermieterin Julia mit einer dringenden Nachricht von Mrs Fowle. Das Fairfield-Krankenhaus kam mit der Versorgung der Opfer, die mit den Lazarettschiffen angekommen waren, nicht hinterher. Sie flehte Julia an, sofort zu kommen und zu helfen. Obwohl sie müde und erschöpft war, war Julia diesmal weise genug, während der Kutschfahrt zum Krankenhaus um Kraft zu beten.

„Sind wir froh, Sie zu sehen!“, sagte Mrs Fowle, als sie Julia erblickte. „Ich wusste, dass die ersten Schiffe zurück waren. Schließlich haben sie uns Hunderte von Patienten gebracht. Aber ich konnte nur hoffen, dass Sie auch wieder da sind – und dass Sie immer noch bereit wären, hier zu arbeiten.“

„Ich arbeite so lange, wie ich gebraucht werde – vorausgesetzt, Dr. Baker ist damit einverstanden.“

„Oh, er ist ein harmloser alter Mann. Ignorieren Sie ihn einfach, wenn er anfängt, knurrende Kommentare über die ‚angemessene Arbeit für Frauen‘ von sich zu geben. Wir haben alle gelernt, uns nichts daraus zu machen. Sein Invalidenkorps ist für viele Dinge praktisch, aber den Männern fehlt es einfach an weiblichem Einfühlungsvermögen, wenn es darum geht, Kranke zu pflegen."

Die Stationsschwester schickte Julia zu einer Station im zweiten Stock, um die gleiche Arbeit zu tun, die sie bei White House Landing getan hatte – Patienten füttern, Trost spenden, Gesichter waschen, um das Fieber zu senken. Die Männer hatten alle möglichen Verletzungen erlitten und litten außerdem an blutiger Ruhr, Malaria und anderen Fiebern. Während die Temperatur auf über dreißig Grad Celsius stieg, stank es im stickigen Krankenhaus immer stärker nach Exkrementen und Tod.

Dann, gerade als die Lage etwas besser wurde, kamen weitere Opfer von der Siebentageschlacht, die auf der Virginia-Halbinsel wütete. Diese neuen Patienten wurden von einer sehr unwillkommenen Überraschung begleitet – Dr. McGrath kehrte zurück. Julia versuchte gerade, einen fiebernden Soldaten davon zu überzeugen, dass er das in Milch eingeweichte Toastbrot essen solle, das Dr. Baker verordnet hatte, als sie hinter sich James McGraths mürrische Stimme hörte.

„Sieh mal einer an. Mrs Hoffman. Sie sind also tatsächlich noch hier?"

Julia hätte beinahe laut aufgestöhnt, als sie ihn sah. Er wirkte so streitlustig und unordentlich wie eh und je – Hände in die Hüften gestemmt, die Ärmel hochgekrempelt, das braune Haar zerzaust. Nach dem, was Hiram Stone ihr über ihn geschrieben hatte, fürchtete sie sich ein wenig vor ihm.

„Ja, ich bin immer noch hier, Herr Doktor. Sie wirken überrascht."

„Offen gesagt, ja. Jetzt, wo wir echte Kriegswunden behandeln, anstatt Masern und Windpocken, bin ich einigermaßen erstaunt, Sie noch hier zu sehen. Ich hätte nicht gedacht, dass Sie das Zeug dazu haben, mit so grausigen Dingen umzugehen."

Seine Worte provozierten sie. Julia wusste, dass sie ihn ignorieren sollte, aber sie konnte sich nicht beherrschen. „Da haben Sie sich geirrt. Nachdem Sie fort waren, habe ich mich freiwillig als

Krankenschwester bei der Gesundheitskommission gemeldet. Ich war auf der Halbinsel und habe auf einem Lazarettschiff gearbeitet."

„Bravo!" Er lächelte süffisant und applaudierte spöttisch. „Ich hoffe, Sie haben bewiesen, was Sie beweisen wollten."

„Ich habe nicht versucht, irgendetwas zu beweisen."

„Natürlich haben Sie das." Er sorgte dafür, dass er das letzte Wort hatte, indem er sich umdrehte und ging. Sie hätte ihm am liebsten etwas hinterhergeworfen.

„Wer war denn das?", fragte ihr Patient.

Sie atmete frustriert aus. „Dr. McGrath. Er leitet dieses Krankenhaus." *Leider*, fügte sie in Gedanken hinzu.

„Glauben Sie, er würde mich auch zwingen, diesen furchtbaren Milchtoast zu essen?"

Julia gab es auf, ihn überreden zu wollen. Sie ließ den Löffel in die breiige Masse fallen und stellte den Teller auf den Nachttisch. „Nein, zu seinen Patienten ist er eigentlich ganz nett." *Jedenfalls zu denen, die er nicht umbringt.* „Wahrscheinlich würde er Ihnen sogar Steak und Whisky geben."

Später an diesem Abend, bestürzt über das Erscheinen des Doktors und über ihre eigene Reaktion auf ihn, dachte Julia an das, was Schwester Irene an Bord des Lazarettschiffes zu ihr gesagt hatte. Gottes größtes Gebot war es, andere zu lieben. Und schwierige Menschen wie James McGrath brauchten diese Liebe am dringendsten. Widerwillig betete Julia für genügend Geduld, um freundlich zu ihm zu sein. Ihre erste Gelegenheit erhielt sie am nächsten Tag. Der Arzt kam auf ihre Station spaziert, als sie gerade dabei war, einem Mann sein Frühstück einzuflößen.

„Stellen Sie die Schüssel weg, Mrs Hoffman", sagte er ohne ein Wort der Begrüßung. „Jemand vom Invalidenkorps kann Ihre Patienten füttern und all diese niederen Tätigkeiten verrichten. Da Sie jetzt eine erfahrene Krankenschwester sind, sollten Sie Verbände wechseln und bei chirurgischen Eingriffen assistieren."

„Ja, natürlich." Sie fuhr fort, dem Patienten die letzten Löffel zu geben, sorgsam darauf bedacht, den Arzt nicht anzusehen. Denn sonst würde er zweifellos sehen, wie sehr sie der Gedanke, Wunden zu versorgen, aus der Fassung brachte.

Julia war sich keineswegs sicher, ob sie solche Dinge tun konnte. Sie hatte immer weggesehen, wenn die anderen Krankenschwestern die Verbände eines Patienten gewechselt hatten, weil sie den Anblick nicht hatte ertragen können. Aber sie war zu stolz, um das vor Dr. McGrath zuzugeben. Er hatte mit Sicherheit eine sarkastische Bemerkung parat und würde sich auf ihre Kosten amüsieren. Vielleicht schickte er sie sogar nach Hause, wenn sie sich weigerte. Das größere Problem war jedoch, dass sie ihm gegenüber den Eindruck vermittelt hatte, als hätte sie bei ihrer Arbeit auf dem Lazarettschiff Erfahrung in der Krankenpflege gesammelt. Jetzt würde er merken, dass Julia keine Ahnung hatte, wie man einen Verband wechselte und amputierte Gliedmaßen versorgte.

Als ihr Patient den letzten Bissen hinuntergeschluckt hatte, war Julias Entscheidung gefallen. Sie hatte gelernt, Wäsche zu waschen, Feuer zu machen, Brei zu kochen und ein gutes Dutzend anderer unappetitlicher Arbeiten zu erledigen, von denen sie vorher keine Ahnung gehabt hatte. Jetzt musste sie eben so tun, als könnte sie auch diese neuen Aufgaben problemlos bewältigen.

„Ich warte, Mrs Hoffman", sagte der Arzt. Wie sie an seiner düsteren Miene erkennen konnte, wurde er allmählich ungeduldig. Er stand mit verschränkten Armen auf der anderen Seite des Raumes neben dem Bett eines Patienten.

„Tut mir leid, Herr Doktor." Widerstrebend begab sie sich zu ihm.

„Also, ich habe meine eigene Methode, wie ich etwas mache", erklärte er ihr. „Wenn Sie nichts dagegen haben, möchte ich deshalb, dass Sie alles vergessen, was Sie von anderen Ärzten gelernt haben. Ich zeige Ihnen, wie Sie es genau machen sollen."

„Das ist kein Problem für mich." Beinahe hätte sie einen Seufzer der Erleichterung ausgestoßen. Sie hatte Gott nicht um Hilfe gebeten, aber er hatte ihr trotzdem ein wenig davon geschickt.

In den nächsten Stunden gingen sie von Bett zu Bett und Dr. McGrath brachte ihr bei, wie man Wunden versorgte. Er zeigte ihr, wie man sie reinigte, sie mit Jod oder Karbolsäure behandelte, wie man Kompressen und Verbände anlegte und auf welche Gefahrensignale sie achten sollte.

„Haben Sie gesehen, wie geschwollen und gerötet die Haut dieses Mannes war?“, fragte er, nachdem er einen Patienten behandelt und sie anschließend zur Seite gezogen hatte. „Wenn Sie eine solche Entzündung sehen, könnte das ein Hinweis auf eine Sepsis sein – eine Blutvergiftung. Die Gefahr ist, dass sie sich im ganzen Körper ausbreitet bis zu seinen Herzklappen oder seinen Lungenflügeln. Unsere Aufgabe ist es, dafür zu sorgen, dass er seine Wunden nicht nur überlebt, um an Komplikationen zu sterben.“

Sie gingen zu einem anderen Patienten, der frisch aus dem Kriegsgebiet eingetroffen war, und der Arzt schüttelte angewidert den Kopf, als er den Zustand der Schusswunde im Bein des Mannes sah.

„Mir ist Reinlichkeit sehr wichtig, Mrs Hoffman, deshalb will ich, dass Sie auch besonders darauf achten. Ich glaube, dass alles Fremdmaterial – Stofffasern, Gras, Schmutz – das nicht aus den Wunden entfernt wird, Komplikationen verursachen kann. Und Komplikationen wollen wir nicht, wissen Sie noch?“

„Ja, die Sepsis. Ich weiß.“

„Ah, und das hier ist Fäulnis“, erklärte er ihr, nachdem er den Verband eines anderen Patienten entfernt hatte. „Gesundes Gewebe stirbt ab, wenn es nicht ausreichend durchblutet wird. Die Behandlung, die ich Ihnen jetzt zeige, das Entfernen des toten Gewebes, wird Wundausschneidung genannt.“

Julia zwang sich zuzusehen und sagte sich immer wieder, dass das auch nichts anderes war, als schrittweise eine beliebige andere Aufgabe zu erlernen, zum Beispiel eine komplizierte Sticktechnik oder ein Klavierstück.

„Alles in Ordnung?“, fragte Dr. McGrath, nachdem er mit der Behandlung der schrecklichen Wunde fertig war.

„Mir geht es gut“, log sie. Sie hatte gebetet, dass sie nicht ohnmächtig werden möge. Es war bald Mittag, und wenn ihr Magen nicht leer gewesen wäre, hätte sie sich bestimmt übergeben müssen.

„Wir müssen diesen letzten Patienten gut beobachten", sagte der Arzt. „Es ist vielleicht nötig, eine weitere Amputation vorzunehmen." Er zeigte ihr, wie man die Anzeichen von Wundbrand und Wundrose erkannte, und bestand darauf, dass solche Patienten auf eine gesonderte Station gebracht wurden. „Andere Ärzte denken, das sei eine unsinnige Vorsichtsmaßnahme, aber ich habe die Erfahrung gemacht, dass es manchmal Leben retten kann."

Trotz ihrer Übelkeit stellte Julia zu ihrer Verwunderung fest, dass die Dinge, die Dr. McGrath ihr in Bezug auf die Heilungsprozesse des menschlichen Körpers erklärte, sie faszinierten. Wenn sie sich von dem Gedanken frei machte, dass sie Blut und Knochen und ausgefranste Wunden sah, und ihre Tätigkeit als ganz normale Aufgabe betrachtete, die erledigt werden musste, fand sie die Arbeit interessant und erstaunlich befriedigend. Vielleicht würde sie sich irgendwann daran gewöhnen.

Ebenso überrascht war sie davon, eine andere Seite von James McGrath kennenzulernen. Er kannte alle seine Patienten mit Namen, nahm sich immer einen Augenblick Zeit, um mit ihnen zu reden, und hörte aufmerksam zu, wenn sie von ihren Mädchen oder ihren Familien zu Hause sprachen. Wie ein Soldat an der Front kämpfte er tapfer gegen die Krankheiten, die seine Patienten angriffen, und weigerte sich, die Hoffnung aufzugeben, indem er alle Mittel nutzte, die ihm zur Verfügung standen. Und während des Vormittags, den Julia an seiner Seite arbeitete, entdeckte sie, dass er auch zu ihr erstaunlich freundlich und höflich war.

Als sie beim letzten Patienten auf der Station ankamen, trat Dr. McGrath beiseite und überließ Julia den Vortritt. „Und jetzt, Mrs Hoffman, werden Sie mir zeigen, was Sie gelernt haben."

Julia zog sich einen Stuhl ans Bett und begann den alten Verband zu entfernen, während Dr. McGrath hinter ihr stand und zusah. Dem Soldaten, der ungefähr so alt war wie sie, war der rechte Arm über dem Ellbogen amputiert worden. Sie hatte sich in den vergangenen Tagen um ihn gekümmert, hatte ihn gefüttert, für ihn einen Brief an seine Familie geschrieben und versucht ihn davon zu überzeugen, dass seine Freundin ihn trotz seiner Verletzung attraktiv finden würde. Julia wusste, dass sie nicht wagen würde, in dieser Situation auch nur den kleinsten Hauch von Ekel zu zeigen.

Zuerst zitterten ihre Hände, während sie arbeitete, aber sie stellte fest, dass ihre Nervosität sich legte, wenn sie mit dem Soldaten sprach und an ihn dachte, anstatt an sich selbst. Sie musste sich so sehr konzentrieren, um keinen der wichtigen Schritte zu vergessen, dass sie irgendwann den frischen Verband angelegt hatte, ohne dass ihr ein einziges Mal übel geworden war.

„Hervorragend", sagte Dr. McGrath, als sie fertig war. „Sie haben ein gutes Gespür."

Julia blickte überrascht zu ihm auf. Es war das erste Mal, dass er ihr ein Kompliment gemacht hatte.

„Aber Sie müssen lernen, schneller zu arbeiten", fügte er stirnrunzelnd hinzu. „Unsere Stationen sind voll mit Patienten, also erwarte ich, dass Sie effizient vorgehen."

Julias neue Fertigkeiten wurden nach der zweiten Schlacht am Bull Run Ende August bis zum Abwinken auf die Probe gestellt. Die Union hatte wiederum eine schreckliche Niederlage einstecken müssen, aber im Vergleich zur ersten Schlacht war die Versorgung der verwundeten Soldaten nun viel besser. Die Armee hatte nicht nur bessere Krankenhäuser, sondern außerdem ein Ambulanzkorps eingerichtet, das die Opfer schnell nach Washington brachte. Hunderte von ihnen wurden ins Fairfield-Krankenhaus eingewiesen.

Julia lernte Dr. McGraths beträchtliche Fähigkeiten als Arzt allmählich zu schätzen, während sie gemeinsam arbeiteten. Er tat alles, um das Leben aller Patienten zu retten, selbst derer, die der alte Dr. Baker und sogar die Ärzte an Bord der Lazarettschiffe bereits aufgegeben hatten. Sie lernte, reibungslos mit ihm zusammenzuarbeiten, und manchmal hatte sie während der langen Stunden an seiner Seite auf der Station fast den Eindruck, dass sie Freunde geworden waren.

Aber wenn er nicht bei seinen Patienten war, zeigte James McGrath sich auch weiterhin von seiner schlimmsten Seite. Er war unhöflich und schlecht gelaunt und fuhr jeden an, der seine Stimme über ein Flüstern erhob. Julia lernte, auf Zehenspitzen an seinem verdunkelten Büro vorbeizuschleichen, wenn er darin seine Berichte schrieb. Sie wünschte, sie könnte Schwester Irene fragen, wie sie einem so komplizierten, widersprüchlichen Mann gegenüber Nächstenliebe walten lassen konnte.

* * *

Als sie eines Abends im September das Krankenhaus verließ, sah Julia, dass James noch an seinem Schreibtisch saß, vergraben hinter Bergen von Papier, die Stirn auf eine Faust gestützt. Ein Glas mit bernsteinfarbener Flüssigkeit stand vor ihm neben dem Foto von seiner Frau und seiner Tochter. Normalerweise versuchte Julia, an ihm vorbeizuhuschen, ohne gesehen zu werden, aber an diesem Abend wirkte er schrecklich einsam, wie ein Mann, dessen einziger Freund ein Glas Whisky war. Sie beschloss, sich Mühe zu geben und nett zu ihm zu sein, anstatt ihm aus dem Weg zu gehen. Schließlich war er derselbe Mann, an dessen Seite sie auf der Station gerne arbeitete. Sie blieb einen Augenblick im Türrahmen stehen.

„Gute Nacht, Dr. McGrath. Bis morgen."

Er schob seinen Stuhl mit einem lauten scharrenden Geräusch zurück, als wollte er aufstehen. „Was für ein Spiel spielen Sie denn jetzt?", fragte er und funkelte sie an. Es tat ihr sofort leid, dass sie ihn angesprochen hatte.

„Ich habe nur Gute Nacht gesagt – eine übliche gesellschaftliche Geste übrigens – aber Sie fassen das als Beleidigung auf. Warum tun Sie das? Warum wollen Sie unbedingt alle gegen sich aufbringen? Und warum zweifeln Sie immerzu an meinen Beweggründen?"

Dr. McGrath stand auf und verschränkte die Arme vor der Brust. „Weil Sie mir immer noch nicht den wahren Grund genannt haben, aus dem Sie hier sind und diese Arbeit verrichten. Tun Sie es, weil Sie hier sein wollen oder weil jemand anders es von Ihnen erwartet?"

Ihr war klar, was er tat – er versuchte, von sich und seinem unhöflichen Verhalten abzulenken, indem er sie in die Defensive drängte. Trotzdem machte seine Frage sie wütend und sie wollte sie beantworten. „Ich bin hier, weil ich es will."

„Und was sagt Ihr Mann dazu?"

„Mein Mann geht Sie nichts an", sagte sie müde. „Und würde es wirklich etwas ändern, wenn ich mit Ihnen über ihn reden würde? Würden Sie mich dann freundlicher behandeln?"

„Versuchen Sie's. Hat Ihr Mann einen Namen?"

Sie wusste, dass sie sich mit ihren Lügen eine immer tiefere Grube schaufelte, aber sie war die Schikanen des Arztes leid. „Er heißt Robert. Und weder er noch sonst jemand erwartet von mir, dass ich als Krankenschwester arbeite. Es ist meine eigene Entscheidung."

„Aha. Das bedeutet also, dass der gute Leutnant entweder äußerst liberal ist, wenn es um die ungewöhnliche Beschäftigung seiner Frau geht, *oder* dass er gar nichts davon weiß. Da die meisten Offiziere, die ich kenne, ziemlich konservative Männer sind, gehe ich davon aus, dass Letzteres der Fall ist. Der arme Robert weiß nicht, dass Sie hier sind. Was meinen Sie, was er sagen wird, wenn er erfährt, was Sie während seiner Abwesenheit angestellt haben?"

Julia dachte an den echten Robert Hoffman – ihren Cousin. Er würde ihre Entschlossenheit, Krankenschwester zu sein, ebenso wenig verstehen wie der Rest ihrer Familie. Er wäre entsetzt, wenn er wüsste, wo sie war, was sie erlebt hatte und welch erniedrigende Arbeiten sie verrichtete. Er wäre regelrecht empört. So wie Hiram Stone es gewesen war. Der einzige Mann, der ihr Verhalten zu verstehen und gut zu finden schien, war Nathanael Greene. Julia beschloss, sich den Pastor vorzustellen, während sie die Fragen des Arztes beantwortete.

„Er wird sehr stolz auf mich sein."

Der Doktor grunzte. Ob aus Verachtung oder Hohn oder Ungläubigkeit, konnte Julia nicht sagen. Er ging um den Schreibtisch herum auf sie zu und drehte abwesend an dem Ehering an seinem Finger, während er sprach. „Jedenfalls gibt es Gerüchte, die besagen, dass die Rebellen wieder auf dem Vormarsch sind. Es sieht so aus, als müssten unsere Jungs sie aufhalten. Das bedeutet, dass wir bald neue Arbeit bekommen. Haben Sie inzwischen genug, Mrs

Hoffman? Wenn ja, wäre jetzt ein guter Zeitpunkt, sich in eine brave kleine Ehefrau zu verwandeln und nach Hause zu fahren."

Allmählich hatte Julia wirklich genug von dem Mann. Es war unmöglich, nett zu ihm zu sein. „Ich tue, was ich will", sagte sie kalt. „Gute Nacht." Sie wandte sich zum Gehen und stieß beinahe mit einem Mann zusammen, der in diesem Moment zur Eingangstür hereinkam. „Oh ... Entschuldigung."

Dann blickte sie auf und sah, wer es war – Pastor Nathanael Greene. Es war, als hätte sie ihn durch ihre Gedanken aus dem Nichts herbeigerufen. Wie war er plötzlich in die Eingangshalle des Krankenhauses gekommen?

„Julia", sagte er und lächelte breit. „Wie ich sehe, bin ich tatsächlich an die richtige Adresse geraten. Von außen sieht das Gebäude aus, als sollte es abgerissen werden."

„Was machen Sie denn hier?" Ihre Worte kamen als entsetztes Flüstern heraus, doch Nathanael schien das nicht zu bemerken.

„Ich bin heute Vormittag in Washington eingetroffen und fahre morgen schon wieder ab, aber ich musste Sie sehen. Ich bin zu Ihrer Pension gefahren und Ihre Vermieterin hat mich hierher geschickt."

Die Katastrophe war vorprogrammiert. Nathanael würde ihre Lügen vor Dr. McGrath aufdecken, der inzwischen aus seinem Büro gekommen war und nun direkt hinter ihr stand. Sie musste höflich sein und die beiden einander vorstellen, wie es sich gehörte – aber sie sah eine schreckliche Kollision voraus und versuchte mit allen Mitteln, sie zu vermeiden. Sie musste die beiden Männer voneinander trennen, und zwar schnell.

„Dr. McGrath, darf ich Ihnen einen alten Freund unserer Familie vorstellen, Pastor Nathanael Greene, aus unserer Gemeinde in Philadelphia. Er hat in den vergangenen Monaten für den *Christlichen Hilfsverein der Vereinigten Staaten* gearbeitet und befindet sich nun auf der Heimreise."

Der Arzt nickte nur und machte keinerlei Anstalten, „Wie geht es Ihnen?" zu sagen oder Nathanael die Hand zu reichen.

„Ich wollte gerade zurück in die Pension", erklärte sie Nathanael.

„Schnell! Glauben Sie, wir können Ihre Kutsche noch aufhalten? Um diese Tageszeit ist es furchtbar schwierig, eine zu bekommen." Sie versuchte, ihn zur Tür zu ziehen, aber er rührte sich nicht vom Fleck.

„Keine Sorge, ich habe den Fahrer gebeten zu warten, für den Fall, dass ich Sie hier nicht finde. Sie haben großes Glück, Dr. McGrath, dass eine so gute Krankenschwester wie Julia für Sie arbeitet. Ich bin ihr im Juni bei White House Landing über den Weg gelaufen und dabei habe ich selbst gesehen, wie wunderbar sie ihre Arbeit macht. Alle, mit denen sie zusammengearbeitet hat, waren voll des Lobes."

Der Doktor stieß einen seiner zweideutigen Grunzer aus.

„Ich kann es kaum erwarten, ihre Familie in Philadelphia zu besuchen und ihren Verwandten zu erzählen, was für eine erstaunliche Arbeit sie hier leistet. Ich will ja nichts Falsches sagen, Julia, aber ich hatte den Eindruck, dass Ihr Vater von Ihrer Idee, Krankenschwester werden zu wollen, nicht gerade begeistert war."

„Am Anfang vielleicht nicht", sagte sie schnell, „aber er befürwortet meine Entscheidung jetzt." Sie hoffte, dass keiner der beiden Männer bemerkte, wie nervös diese Unterhaltung sie machte.

„Und wo wir gerade von Ihrer Familie sprechen", fuhr Nathanael fort, „wollte ich mich noch entschuldigen, weil ich beim letzten Mal, als wir uns sahen, gar nicht nach Robert gefragt habe. Gibt es irgendwelche Neuigkeiten von Ihrem –"

„Nein! Gar nichts. Kein Wort." Julia bekam kaum noch Luft. „Er ist immer noch in Richmond im Gefängnis, soweit wir wissen. Gute Nacht, Herr Doktor." Sie winkte ihm eilig zu und wandte sich dann an Nathanael. Während sie ihn praktisch rückwärts durch die Tür schob, sagte sie: „Sie haben mich gerettet, indem Sie gerade jetzt mit einer Kutsche erscheinen. Es ist unglaublich schwierig, um diese Zeit eine Droschke zu finden."

Sie atmete erleichtert auf, als die Tür hinter ihnen ins Schloss fiel.

„Ihr Dr. McGrath ist ein ziemlich ungehobelter Kerl, nicht wahr?", sagte Nathanael, als sie in der Kutsche saßen.

„Ja, deshalb wollte ich auch so schnell fort. Er ist ein sehr guter Arzt, aber ein unglaublicher Rüpel, wenn es um gesellschaftliche

Gepflogenheiten geht. Es hätte keinen Sinn gehabt, wenn Sie noch mehr Zeit darauf verschwendet hätten, ihn in ein höfliches Gespräch zu verwickeln."

Sie überlegte kurz, ob sie dem Geistlichen erzählen sollte, was sie von Hiram Stone über den Arzt erfahren hatte, beschloss dann aber, es nicht zu tun. Sie konnte nicht riskierten, dass Nathanael ihrem Vater davon erzählte. Denn Richter Hoffman würde sie mit dem ersten Zug nach Hause schleppen, wenn er erfuhr, dass sie für einen Mörder arbeitete.

„Kann ich Sie irgendwohin zum Essen ausführen?", fragte Nathanael.

Julia war von seiner Einladung so überrascht, dass sie einen Moment brauchte, bis sie antwortete. „Das ist sehr freundlich von Ihnen, aber ich kann in dieser Aufmachung unmöglich in ein Restaurant gehen. Ich habe den ganzen Tag gearbeitet und sollte mich erst umziehen und frisch machen."

Nathanael sah sie an, als wäre es ihm sogar gleichgültig gewesen, wenn sie Lumpen getragen hätte. „In meinen Augen sehen Sie ganz reizend aus. Außerdem fürchte ich, Ihnen bleibt keine Zeit fürs Umziehen, wenn wir essen gehen wollen. Ich habe nachher noch einen Termin, den ich nicht absagen kann. Es tut mir leid. Das ist alles sehr knapp, aber ich wollte Sie unbedingt wiedersehen."

„Ich freue mich auch, Sie zu sehen, Nathanael." Es stimmte. Er sah wunderbar aus, dieser Mann, von dem sie so lange geträumt hatte. Julia wünschte, sie könnte ihrer Cousine Caroline einen Brief schreiben. *Endlich! Endlich ist mein Wunsch in Erfüllung gegangen!*, würde sie schreiben.

„Ich habe eigentlich gar keinen Hunger", sagte sie. „Können wir nicht einfach mit der Kutsche durch Washington fahren, bis Sie zu Ihrem Termin müssen?" Sie war zufrieden damit, neben ihm zu sitzen und endlich Bewunderung in seinen Augen zu sehen.

„Das ist eine gute Idee." Nathanael gab dem Fahrer die entsprechende Anweisung und wandte seine Aufmerksamkeit dann wieder Julia zu. „Seit ich Sie in Virginia gesehen habe, bekomme ich Sie nicht mehr aus dem Kopf. Ich weiß, dass es egoistisch von mir ist, aber ich wünschte, Sie würden auch nach Philadelphia zurückkehren. Ich wünschte, ich könnte mehr Zeit mit Ihnen verbringen. Was glauben Sie, wann Sie nach Hause fahren?“

Julia hätte am liebsten gesagt: *Ich fahre morgen mit Ihnen heim.* Schließlich hatte Dr. McGrath sie extra wissen lassen, dass die nächste Schlacht bevorstand und der Zeitpunkt günstig war, um zu gehen. Aber dann dachte sie an die Krankenhausstationen voller verwundeter Männer und wusste, dass ein kleiner Teil von ihr nicht nach Hause fahren wollte, nicht einmal mit Nathanael Greene. Ihre Patienten brauchten sie. Sie freuten sich auf ihr Lächeln und ein paar einfache Worte des Trostes, die ihre Schmerzen linderten.

„Das Krankenhaus ist voll“, sagte sie. „Da kann ich momentan schlecht fort –“

„Natürlich. Ich bin mir sicher, Sie werden nach Hause kommen, sobald Sie können.“

Wie sehr Nathanael sich doch von Hiram Stone unterschied – und von den meisten anderen Männern ihrer Gesellschaftsschicht.

„Darf ich fragen … eine Frau, die so reizend ist wie Sie … gibt es irgendeine Hoffnung, dass Sie noch keinen Verehrer gefunden haben?“

Konnte er das wirklich ernst meinen? Was für ein Wunder hatte bloß bewirkt, dass sie endlich sein Herz erobert hatte? Sie sah ihn an, weil sie sich nicht sicher war, ob er sich über sie lustig machte – oder ob sie träumte. Doch in seinen graublauen Augen stand der gleiche verliebte Ausdruck, den sie in Hiram Stones Blick gesehen hatte.

„Ich war viel zu beschäftigt, um mit Männern auszugehen“, brachte sie heraus.

„Gut. Dann vertraue ich darauf, dass Gott uns zum richtigen Zeitpunkt wieder zusammenführt, wenn er es will. Ich habe lange darauf gewartet, die richtige Frau zu finden, Julia. Beinahe wäre ich verzweifelt, weil ich keine Frau finden konnte, die so ist wie Sie – selbstlos, opferbereit, mitfühlend. Wenn ich an all den Luxus denke, den Sie aufgegeben haben, um als Krankenschwester zu arbeiten … also … dann ist es das Mindeste, was ich tun kann, ebenso selbstlos zu sein wie Sie und noch ein wenig zu warten."

Etwas an dem, was er sagte, kam Julia nicht richtig vor. Sie musste ihm sagen, dass das Bild, das er von ihr hatte, falsch war. Sie war nicht selbstlos und opferbereit; sie war eine Schwindlerin, die nur Krankenschwester geworden war, um ihm zu imponieren und sein Herz zu gewinnen. Seine erste Einschätzung ihres Charakters am Morgen nach der Schlacht am Bull Run war zutreffender gewesen – sie war oberflächlich, verwöhnt und unerträglich selbstbezogen. Doch jetzt, wo sie neben ihm in der Kutsche saß und endlich seine Hand hielt, wusste Julia nicht, wie sie das Theater, das sie in Gang gesetzt hatte, beenden sollte, ohne ihn wieder zu verlieren.

Kapitel 15

Sharpsburg, Maryland
September 1862

Phoebe kroch kurz vor Tagesanbruch aus ihrem Zelt und begab sich allein durch den Wald zum Fluss. Ihr Fieber, das die ganze Nacht gewütet hatte, war endlich abgeklungen. Sie fühlte sich noch immer geschwächt von diesem jüngsten Malariaschub, aber wenigstens zitterte sie nicht mehr. Der arme Ted konnte nicht viel geschlafen haben, da sie die ganze Nacht neben ihm gestöhnt und um sich geschlagen hatte. Irgendwann hatte er vom Regimentsarzt eine Dosis Chinin besorgt, und die hatte geholfen. Sie wusste nicht mehr, ob sie sich dafür bei ihm bedankt hatte.

Ihre Symptome waren seit dem Marsch durch den White-Oak-Sumpf im Juli beständig wiedergekehrt – zuerst alle paar Tage, aber inzwischen lagen mehrere Wochen zwischen den Anfällen. Anfang September war ihr Regiment bei Harrison's Landing an Bord eines Dampfschiffes gegangen und den Potomac hinauf bis nach Washington gefahren. Sie waren also an den Ort zurückgekehrt, von dem sie sieben Monate zuvor aufgebrochen waren, ohne etwas erreicht zu haben. Die Union war noch immer gespalten. Richmond war noch immer die Hauptstadt der Rebellen. Die Schwarzen waren noch immer Sklaven. Die vielen Waffen, die lange Zeit, all die toten und verwundeten Soldaten – für nichts. Bei dem Gedanken an diese ungeheure Verschwendung wurde Phoebe ganz schlecht.

Das Regiment hatte noch nicht einmal ein richtiges Lager in Washington errichtet, als bekannt geworden war, dass die Rebellen auf dem Weg in Richtung Norden, nach Maryland, waren. Weil er einen Angriff auf Washington oder Baltimore fürchtete, hatte General McClellan seiner Armee den Befehl gegeben, ihnen entgegenzumarschieren. Phoebe und Ted hatten ihre Rucksäcke wieder gepackt und waren mit einer fünfundachtzigtausend Mann starken Armee und einem Zug aus dreitausend Wagen nach Maryland einmarschiert. Diesmal gab es keinen Schlamm, sondern nur riesige Staubwolken, die von den Tausenden Pferdehufen und trampelnden Füßen aufgewirbelt wurden.

Jetzt, nach mehreren Tagen Marsch und einer langen Fiebernacht, fühlte Phoebe sich schrecklich schmutzig. Sie war extra früh aufgestanden, um sich im Antietam abzukühlen, bevor die anderen aufwachten. Sie ließ ihre Uniform am Ufer liegen und watete in ihrer einteiligen Unterwäsche, die sie niemals ablegte, in das kühle Wasser. Aber es war beinahe ein Jahr vergangen, seitdem sie den Musselinstreifen um ihren Busen gebunden hatte, um ihn flacher zu machen, und der dreckige Stoff begann sich durch den Schmutz und Schweiß allmählich aufzulösen. Sie konnte ihn mit dem Finger durchbohren, als wäre er aus Papier. Phoebe knöpfte ihre Unterwäsche schnell auf, entfernte den zerschlissenen Stoff und ließ ihn flussabwärts treiben. Dann nahm sie das Stück Seife, das sie in ihren Ärmel gesteckt hatte, und wusch ihre verschwitzte Haut, bevor sie ihre Unterwäsche wieder zuknöpfte.

Es war ein gutes Gefühl, sauber zu sein, auch wenn das Wasser so kalt war, dass sie fröstelte. Phoebe legte sich rücklings in das flache Wasser und machte ihr Haar nass. Nachdem sie es mit der Seife sauber gerieben hatte, hielt sie die Luft an, um den Kopf unterzutauchen und die Haare auszuspülen. Als sie fertig war, erhob Phoebe sich aus dem Wasser. Die nasse Unterwäsche klebte wie eine zweite Haut an ihrem Körper.

Ted stand am Ufer.

Einen schier endlosen schrecklichen Augenblick lang starrten sie einander an, bevor Phoebe aufschrie und hinter den Busch sprang, wo ihre Uniform lag. Aber noch während sie eilig ihre Kleider anzog, wusste sie, dass es zu spät war. Sie hatte Teds benommenen Blick gesehen, die ungläubig aufgerissenen Augen, den geöffneten Mund. Er war zu Boden gesackt, als hätte ihm jemand den Stuhl unter dem Hintern weggezogen.

Phoebe überlegte krampfhaft, was sie tun sollte, während sie ihre Hose anzog und die Arme in die Ärmel ihrer Jacke schob. Sie nahm sich nicht die Zeit, das Hemd anzuziehen, sondern knöpfte ihre Jacke einfach zu. Hastig sammelte sie ihre Schuhe und die restlichen Kleidungsstücke auf und lief zu der Stelle, an der sie Ted zurückgelassen hatte. Er war fort. Doch sie hörte ihn durch die Büsche stolpern. Phoebe rannte ihm nach und knöpfte sich im Laufen die Jacke zu.

„Ted! Ted, warte!"

Sie holte ihn ohne Mühe ein, obwohl sie barfuß war. Ted war so geschockt, dass er den Weg aus den Augen verloren hatte und sich blindlings durchs Gebüsch schlug. Er wankte, als würde er gleich ohnmächtig. Als sie ihn hinten an der Jacke packte, um ihn aufzuhalten, brach er zusammen und sackte zu Boden.

„Lass mich in Ruhe! Geh weg!" Er streckte die Arme aus, um sie auf Distanz zu halten.

„Hör auf, Ted. Ich bin es."

„Nein … nein … es ist dein Gesicht, aber auf dem falschen Körper!"

Phoebe atmete langsam aus und fuhr sich mit der Hand über die Augen, während sie gegen die Tränen ankämpfte. „Warum musstest du mir auch folgen? Du weißt doch, dass ich gerne ungestört bin."

„Du hattest die ganze Nacht Fieber. Ich wollte mich vergewissern, dass es dir gut geht." Aber jetzt war Ted derjenige, der elend aussah.

Phoebe wandte sich ab und wünschte, sie könnte den angewiderten Ausdruck von seinem Gesicht wischen und durch sein vertrautes, freundliches Grinsen ersetzen. Ihr bester Freund – ihr einziger Freund – hatte sie so gesehen, wie sie wirklich war, und er war entsetzt.

„Bitte sag es niemandem, Ted. Du darfst es keinem sagen."

Er rappelte sich auf, als wolle er fortlaufen. „Es niemandem *sagen*? Bist du *verrückt*? Nein, bleib mir vom Leib", sagte er, als sie versuchte, seinen Ärmel zu packen und ihn aufzuhalten. Wieder lief er blindlings durch die Büsche. Phoebe folgte ihm und hüpfte dabei auf einem Bein, während sie sich ihre Schuhe anzog.

„Was ist mit dir los, Ted? Sind wir denn keine Freunde mehr?"

Er wirbelte herum und sah sie an. „Wie konntest du mir das antun? Ich war Tag und Nacht mit dir zusammen … habe neben dir geschlafen … mich ausgezogen … und … und alles! Ich wusste nicht, dass du ein –"

„Sag es nicht! Ich will nicht, dass irgendjemand es erfährt."

Er sank wieder zu Boden und vergrub das Gesicht in seinen Händen. „Es kann einfach nicht wahr sein. Ich glaube das nicht."

„Dann vergiss es. Vergiss, was du gesehen hast, und wir machen einfach so weiter wie immer. Nichts hat sich geändert."

„Nichts hat sich geändert? Du bist … du bist kein Mann! Zum Kuckuck noch mal, du hast die Bailey-Brüder zusammengeschlagen! Du hast den Scharfschützen erledigt! Du machst alles wie ein Mann – schießen, kämpfen … Wie konntest du all das tun? Mädchen sollen keine Menschen töten, Ike. Sie –" Er hielt plötzlich inne und stöhnte auf. „Das ist noch nicht einmal dein richtiger Name, oder?"

„Doch. Meine Brüder haben mich immer Ike genannt. Ted, bitte hör mir zu."

Aber das tat er nicht. Stattdessen bedeckte er sein Gesicht wieder mit den Händen und stöhnte: „Wie konntest du mir das nur antun?"

Phoebe kniete sich vor ihn, packte seine Schultern und schüttelte ihn. „Sieh mich an, Ted. Ich sehe aus wie ein Mann. Ich bin breit und groß und hässlich. Glaubst du, irgendjemand würde mich heiraten? Als Mädchen habe ich kein Leben. Aber wie du gesagt hast: Ich kann marschieren und kämpfen und mit einem Gewehr umgehen. Ich war ein verdammt guter Soldat – und ein guter Freund. Wir sind doch beste Freunde, oder, Ted? Das ändert sich doch nicht."

Er riss sich los und stand wieder auf. „Freunde spielen einander keine üblen Streiche. Sie verheimlichen nicht, wer sie sind. Ich habe dir die Wahrheit über meine Großmutter erzählt und du hast mich die ganze Zeit angelogen."

Sie hielt mit ihm Schritt, als er von Neuem begann, durch den Wald zu stapfen. „Nehmen wir einmal an, ich hätte dir die Wahrheit gesagt. Was hättest du dann getan?"

„Ich weiß es nicht ... Wahrscheinlich hätte ich dich gemeldet – so wie ich es jetzt tun werde. Du kannst uns nicht weiter etwas vorheucheln."

„Siehst du? Deshalb habe ich dir nicht erzählt –"

„Du hast mich angelogen! Ich komme mir wie ein Idiot vor!" Ted ballte die Hände zu Fäusten und ging schneller. „Weißt du, am liebsten würde ich dich dafür so richtig verprügeln, aber ich schlage keine Mädchen!"

„Außerdem würdest du verlieren", sagte Phoebe in der Hoffnung, ihm dadurch ein Lächeln entlocken zu können. Doch er lächelte nicht. „Hör zu, ich bin derselbe Mensch, der ich gestern war, oder etwa nicht? Ich bin immer noch *ich*."

Ted blieb erneut stehen und schüttelte ungläubig den Kopf, als könne er die Wahrheit nicht begreifen. „Nein, das bist du nicht ... Du bist ein Mädchen. Zum Kuckuck noch mal, ich habe meine Geheimnisse einem Mädchen anvertraut! Du weißt, wie viel Angst ich in Williamsburg hatte ... und ich habe sogar an deiner Schulter geheult!"

„Na und?" In ihrer Verzweiflung versuchte Phoebe, die ganze Sache auf die leichte Schulter zu nehmen, weil sie hoffte, Ted würde dadurch seinen Schock überwinden und darüber lachen. „Was ist schon so schlimm daran, dass ich ein Mädchen bin und behauptet habe, ich sei ein Mann? Das ist doch besser, als wenn ich ein Mann wäre und dir erzählt hätte, ich wäre ein Mädchen, oder?"

Ihr Versuch, witzig zu sein, ging nach hinten los. Ted wurde von Minute zu Minute zorniger. „Du musst es ihnen sagen, Ike. Du kannst nicht so weiterlügen."

„Warum nicht?"

„Es ist nicht richtig, dass ein Mädchen im Krieg kämpft. Und es ist nicht richtig, dass wir zusammen sind ... dass ich neben dir schlafe ... O mein Gott! Hast du eine Ahnung, was die anderen sagen werden, wenn sie herausfinden, dass du ein Mädchen bist? Was für eine Schande das für mich ist!"

Phoebe kamen die Tränen. Die anderen würden ihn nicht darum beneiden, dass er sich die ganze Zeit über ein Zelt mit ihr geteilt hatte – sie würden sich über ihn lustig machen, weil er mit einer so hässlichen Frau zusammen gewesen war. „Du brauchst dir nicht mehr das Zelt mit mir zu teilen. Aber bitte sag keinem was, ja?"

„Jemand muss es ihnen sagen. Wenn du es nicht tust, tu ich es."

„Nein! Bitte nicht. Ich weiß doch nicht, was ich machen soll, wenn ich die Armee verlasse. Ich kann nirgends hin."

„Geh nach Hause zu deiner Familie."

„Ich habe nur noch drei Brüder und die sind im Krieg. Unsere Farm ist verpachtet, während sie weg sind. Ich habe kein Zuhause, Ted."

„Ich kann jedenfalls nicht mehr mit dir in einem Zelt schlafen – und ich kann auch nicht so tun, als würde ich die Wahrheit nicht kennen. Ich kann nicht den Mund halten über das, was ich weiß. Frauen gehören nicht in den Krieg."

„Gibst du mir wenigstens etwas Zeit, damit ich mir überlegen kann, wo ich hin soll? Dann verspreche ich dir, dass ich gehe. Aber bitte sag es bis dahin niemandem."

„Ich überlege es mir." Er begann wieder ziellos durch den Wald zu stapfen. Die Äste schlugen ihm ins Gesicht.

„Ted, bleib stehen!"

„Warum sollte ich?"

„Weil du in die falsche Richtung läufst. Das Lager ist da drüben", sagte Phoebe und deutete hinter sich. „Wenn du nicht bald umdrehst, knallen die Wachposten der Rebellen dich ab."

„Super!", sagte er und hob frustriert die Arme. „Danke, dass du auch noch den letzten Rest meines Stolzes zerstörst, Ike."

„Ich wollte nicht, dass du erschossen wirst", erwiderte Phoebe schüchtern.

„Die ganze Zeit über habe ich versucht, mit dir mitzuhalten", sagte er, während er auf sie zuging. „So mutig zu sein wie du, so gut zu schießen wie du, mich im Wald zurechtzufinden wie du. Du hast sogar dein Leben riskiert, um mich zu retten, als ich so blöd war, meinen Kopf aus dem Schützengraben zu strecken. Ich habe in jeder Hinsicht zu dir aufgesehen. Ich wollte beweisen, dass ich ein *Mann* bin – so wie du! Und jetzt erfahre ich, dass ich nicht einmal mit einem *Mädchen* mithalten kann? Dass ein Scharfschütze mich abgeknallt hätte oder ich den Rebellen in die Arme gelaufen wäre, wenn mich nicht ein *Mädchen* gerettet hätte? Warum jagst du mir nicht gleich eine Kugel in den Kopf, Ike – oder wer auch immer du bist – und erlöst mich von meiner Schmach?"

Er stapfte an ihr vorbei, diesmal in der richtigen Richtung. Phoebe folgte ihm nicht. Stattdessen sank sie allein zu Boden und schluchzte.

* * *

Die anderen Männer in ihrer Kompanie brauchten nicht länger als ein oder zwei Tage, um zu bemerken, dass Ted und sie nicht mehr miteinander sprachen.

„Habt ihr zwei euch gestritten?", fragte Sergeant Anderson, als Phoebe ihr Abendessen allein vertilgte.

„Ja, Ted ist ziemlich sauer auf mich", sagte sie und schob ihr Essen auf dem Teller von links nach rechts.

„Ihr beide seid doch schon seit Harrisburg befreundet. Irgendwie ist es nicht richtig, wenn ihr nicht zusammen seid."

Phoebe nickte, aus Angst, in Tränen auszubrechen, wenn sie etwas zu sagen versuchte. Es war schrecklich, dass Ted sie ansah, als hasse er sie – oder noch schlimmer, einfach durch sie hindurchsah. Es gab niemanden, mit dem sie ihre Zeltplane hätte teilen können, für den sie Rindfleisch mit Hartkeks kochen konnte oder mit dem sie bei einer Tasse bitteren Kaffees lachen konnte. Sie vermisste Ted. Ihr ganzes Leben lang hatte sie sich ungeliebt gefühlt; sie hatte keinen engen Freund gehabt, bevor sie ihn getroffen hatte, aber sie hatte sich nie einsam gefühlt. Jetzt aber, wo sie ihren besten Freund verloren hatte, war ihr, als würde sie vor Einsamkeit sterben.

„Willst du mir erzählen, was los ist?", fragte der Sergeant und hockte sich neben sie. „Vielleicht kann ich helfen, die Sache wieder hinzubiegen."

„Ach, so schlimm ist es nicht", log Phoebe. „Ted ist sauer auf mich, weil ich nicht zum Arzt gegangen bin, als ich Fieber hatte. Er wird drüber hinwegkommen."

„Hör zu, es kann hier jeden Tag Gefechte geben und wir müssen alle zusammenhalten. Wir können uns keine Streitereien untereinander leisten, wenn der Feind da draußen ist." Er deutete mit dem Daumen in Richtung Wald.

„Ich weiß. Ted ist immer noch mein bester Freund, Sir."

„Ich finde es nicht richtig, dass ihr beide nicht in einem Zelt schlaft." Er schüttelte traurig den Kopf. „Soll ich mal mit ihm reden?"

„Bitte nicht", sagte sie schnell. „In ein, zwei Tagen hat er sich bestimmt wieder beruhigt."

Phoebe hatte Angst, dass Ted ihr Geheimnis verraten würde, wenn Sergeant Anderson mit ihm sprach. Sie hatte Ted gebeten, ein paar Tage zu warten, damit sie entscheiden konnte, wohin sie gehen sollte, aber sie hatte noch immer keine Lösung gefunden. In Wirklichkeit wollte sie bleiben. Sie hoffte immer noch, dass Ted ihr vergeben und sagen würde, es sei nicht so schlimm, dass sie ihn angelogen habe, und alles könne wieder so werden wie vorher. Aber es sah nicht so aus, als würde das passieren.

Der Sergeant erhob sich. „Sag mir, wenn du meine Hilfe brauchst, mein Sohn", sagte er, bevor er davonging.

* * *

Früh am nächsten Tag begann die Schlacht. Phoebes Regiment, das unter General Hookers Kommando stand, erhielt den Befehl, am Angriff teilzunehmen. Sie sollten über ein Getreidefeld auf eine kleine, weiße Kirche ohne Turm zumarschieren. Die Konföderierten warteten da draußen, aber sie hatten den Potomac im Rücken und konnten nicht entkommen.

Die Trommeln der Union ertönten und peitschten das Blut der

Männer auf, während sie auf das Zeichen zum Abmarsch warteten. Als Phoebe ihr Gewehr lud und ihre Munitionsvorräte überprüfte, kam Ted zum ersten Mal seit zwei Tagen auf sie zu und zog sie beiseite. Doch sie erkannte an seiner Miene, dass er immer noch wütend war.

„Du hast gesagt, dass du weggehst", sagte er mit verbissener Miene.

„Ich weiß nicht, wo ich hin soll, Ted."

„Das ist mir egal! Sag ihnen, dass du wieder krank bist. Sag ihnen, dass du hierbleiben musst. Es wird heute jede Menge Gefechte geben und du hast da draußen nichts verloren!" Er eilte wieder davon, als hätte sie eine ansteckende Krankheit.

Phoebe ließ sich zurückfallen, als sie sich in Formation aufstellten, sodass Ted den Eindruck bekam, sie würde nicht mitgehen. Aber als die Truppen sich in Bewegung setzten, schob sie sich auf einen Platz gleich hinter ihm, wo sie ihn im Auge behalten konnte. Falls Ted Wilson im Kampf verwundet wurde, würde Phoebe Bigelow sich um ihn kümmern und ihn zum Feldlazarett tragen. Er würde es zwar als Demütigung empfinden, von einem Mädchen gerettet zu werden, aber das interessierte sie nicht die Bohne.

Der Frühnebel hatte gerade erst begonnen sich zu heben, als sie aus dem Wald traten und in ein Kornfeld eintauchten, auf dem das Getreide fast so hoch wuchs wie sie. Sie kamen nicht sehr weit, bevor das Rattern der Artillerie um sie herum ertönte. Phoebe erinnerte sich an Malvern Hill und daran, wie mutig ihnen die konföderierten Truppen erschienen waren, als sie geradewegs ins feindliche Kanonenfeuer gelaufen waren. Während nun der Boden unter ihren Füßen bebte, fühlte Phoebe sich alles andere als mutig.

Sie hatte in den vergangenen Monaten genügend Artilleriebombardements miterlebt, um das Geräusch von Kartätschen zu erkennen. Die Geschosse, die mit Tausenden kleiner Metallstückchen gefüllt waren, glichen einer gigantischen Ladung aus einer Schrotflinte, wenn sie explodierten. Sie schlugen eine blutige Schneise durch die Reihen und töteten Dutzende Männer auf einen Schlag. Überall um Phoebe herum explodierten Granaten, aber sie marschierte weiter in Formation mit den anderen durch das Kornfeld, so wie sie es geübt hatten.

Plötzlich erstarrten alle wie auf Kommando. Eines der Geschosse, das kreischend über ihren Köpfen zu hören war, klang anders als sonst. Phoebe brauchte nur eine Sekunde, um zu wissen warum – es kam genau auf sie zu. Sie hechtete zu Ted hinüber und riss ihn um, wie sie es an dem Tag getan hatte, als der Scharfschütze auf ihn geschossen hatte. Sie landete auf ihm und schirmte ihn mit ihrem Körper ab. Im selben Augenblick hörte sie eine ohrenbetäubende Explosion. Die Erschütterung durchfuhr ihren Körper, als wollten ihre Eingeweide durch ihre Haut nach außen dringen und ihr Kopf explodieren. Ein heftiger Schlag traf sie an der Schulter. Sie lag wie betäubt da.

Dann begannen die Brocken auf sie niederzuregnen, trommelten auf sie herab und begruben sie unter Erdklumpen und zerfetzten Getreidehalmen und Kornähren. Eine Weile verstummte der Kriegslärm, als hätten die Kämpfe mit einem Mal aufgehört. Phoebe konnte nichts hören und sah wegen der beißenden Wolke aus Staub und Qualm auch nichts. Sie lag auf dem Bauch, unter sich Ted. Ihre Augen brannten und ihre Ohren klingelten. Die Stelle an ihrem Rücken, wo sie geschlagen worden war, fühlte sich warm und feucht an.

Phoebe versuchte sich zu bewegen, aber die Hand, die sie geschlagen hatte, hielt sie am Boden. Sie sah ihr Gewehr nur wenige Zentimeter entfernt liegen und versuchte danach zu greifen, aber ihr Arm ließ sich nicht bewegen. Als das Stechen von einer Million Nadeln allmählich nachließ, begannen die Schmerzen – ein glühend heißes Feuer, das sich von ihrer Schulter aus auf ihrem Rücken ausbreitete. Es war so schmerzhaft, dass Phoebe glaubte, sie würde bewusstlos. Jemand bewegte sie und versuchte, sie umzudrehen. Phoebe schrie auf, um die Person davon abzuhalten.

Es war Ted, der unter ihr hervorkroch. Seine Haare waren vom Staub ganz grau und er starrte sie mit weit aufgerissenen Augen an. Sie sah, dass seine Lippen sich bewegten, während er immer wieder „Ike! Ike!“ rief, aber seine Stimme klang merkwürdig gedämpft.

Die Sonne schien ihr sehr hell ins Gesicht und sie erkannte, dass das Getreide fort war, weggemäht, als wäre es geerntet worden. Die Soldaten, die gerade noch neben ihr marschiert waren, lagen der Länge nach in ordentlichen Reihen in den Furchen, als hätten sie plötzlich beschlossen, sich hinzulegen und ein Nickerchen zu machen. Keiner von ihnen bewegte sich. Aber Ted ging es gut. Er lebte. Alles andere war unwichtig.

„Es tut mir leid", sagte Phoebe, aber sie war sich nicht sicher, ob Ted sie über die ohrenbetäubenden Explosionen hinweg hören konnte. Sie war sich nicht einmal sicher, ob sie die Worte wirklich laut ausgesprochen hatte.

Er beugte sich über sie. Tränen liefen über sein staubiges Gesicht. Er packte sie unter den leblosen Armen und fing an, sie zu bewegen, indem er sie auf dem Bauch über den unebenen Boden zog. Die unsichtbare Hand drehte das Messer in ihrem Rücken um. Der Schmerz war unerträglich, anders als alles, was sie bisher erlebt hatte.

Phoebe schrie auf, dann wurde es schwarz um sie.

* * *

Die Explosionen, die den Erdboden erzittern ließen, rissen Julia aus dem Schlaf. Es dauerte eine Weile, bis sie sich daran erinnerte, wo sie war – in einem Stoffzelt, das die Gesundheitskommission zur Verfügung gestellt hatte und das auf dem Feld eines Bauern vor Sharpsburg, Maryland, aufgeschlagen war. Doch die Geräusche der Schlacht erkannte sie sogleich wieder. Es waren die gleichen, die sie am Bull Run vernommen hatte – das Donnern der Artillerie, das Kreischen der Geschosse. Die Sonne war gerade erst aufgegangen, aber die Kämpfe hatten bereits begonnen. Julia rieb sich den Schlaf aus den Augen und eilte hinaus zu den anderen Krankenschwestern, Ärzten und Krankenwagenfahrern, die alle grimmig darauf warteten, dass ihr Tagwerk begann.

Als die Armee der Union begonnen hatte, nach Maryland vorzudringen, war das neu gebildete Ambulanzkorps mitgezogen. Wieder einmal war Dr. McGrath zum Felddienst einberufen worden. Julia war in sein Büro gegangen, während er seine chirurgischen Instrumente einpackte, und hatte angeboten, ihn zu begleiten. Doch noch bevor sie ihren Satz beendet hatte, war er ihr ins Wort gefallen und hatte sie wie eine lästige Fliege mit einer Handbewegung zu verscheuchen versucht.

„Ich will es gar nicht hören, Mrs Hoffman. Die Antwort lautet Nein."

„Warum nicht?", hatte sie von der Tür aus gefragt. „Sie wissen, dass ich eine gute Krankenschwester bin. Sie haben mich selbst ausgebildet."

„Frauen gehören nicht aufs Schlachtfeld – vor allem Frauen, die so jung und naiv sind wie Sie."

„Das haben Sie letztes Mal auch gesagt, erinnern Sie sich? Und ich habe mich trotzdem freiwillig für den Dienst auf einem Lazarettschiff gemeldet."

Er hatte beide Hände auf den Schreibtisch gestützt und sich vorgelehnt. „Und wissen Sie noch, was für ein hässlicher Anblick das dort war? Doch im Vergleich zu einem Feldlazarett war es das reinste Picknick. Bleiben Sie hier."

Natürlich hatte sie seine Anweisung missachtet. Die Tatsache, dass er sie aufgefordert hatte zu bleiben, hatte sie nur in ihrer Entschlossenheit zu gehen bestärkt. Was bildete er sich eigentlich ein, dass er sie so herumkommandierte? Sie war noch am selben Tag zum Büro der Gesundheitskommission gegangen und hatte sich freiwillig gemeldet.

Der Zug aus all den Krankenwagen, die medizinische Gegenstände und Ärzte und Krankenschwestern transportierten, war der Armee nach Maryland gefolgt. Julia hatte Dr. McGrath am gestrigen Abend, als sie ihr Lager aufschlugen, am Feuer stehen und aus einem Metallbecher trinken sehen. Er hatte sie ebenfalls gesehen, doch er hatte ihr den Rücken gekehrt und war weggegangen.

An diesem Morgen, während Julia im kühlen Nebel stand und auf Anweisungen wartete, war jedoch von dem Arzt weit und breit nichts zu sehen. Als sie mehrere Ladungen Verbrauchsmaterial auf dem Hof abgeladen und das Farmhaus als Operationssaal eingerichtet hatten, wurden bereits die ersten Opfer gebracht. Das Feldlazarett lag so dicht am Schlachtfeld, dass Julia das Brüllen der Gewehrsalven und die Schreie der sterbenden Männer hören konnte. Auf einem Hügel in der Nähe konnte sie Artilleriesoldaten der Union sehen, die sich bereit machten, ihre Kanonen abzufeuern.

Was zunächst ein stetiger Fluss von Opfern gewesen war, wurde bald zu einer Schwemme. In den nächsten Stunden sah Julia sich mit einer Welle verheerender Verletzungen nach der anderen konfrontiert, die allesamt zu schrecklich waren, als dass man sie hätte begreifen können – abgetrennte oder von Miniégeschossen zermalmte Arme und Beine; aufgerissene Brustkörbe und Bäuche; Gesichter, die bis zur Unkenntlichkeit verstümmelt waren. Blutende, verstümmelte Soldaten überfluteten den Hof hinter dem Farmhaus und viele von ihnen flehten Gott um Erlösung an, während sie warteten.

Während sie sich bemühte, mit der Zerstörung um sie herum fertig zu werden, wurde Julia bewusst, dass Dr. McGrath wieder einmal recht gehabt hatte. Verwundete Männer in der Sicherheit von White House Landing zu pflegen, war etwas ganz anderes, als die Nerven zu behalten, wenn in nächster Nähe Geschosse explodierten. Sie murmelte endlose Gebete, während sie Abschnürbinden anlegte und Wunden verband und weinenden, sterbenden Soldaten zu medizinischen Zwecken Brandy verabreichte. Einige der Männer wurden hysterisch, als sie erfuhren, dass ihnen eine Amputation bevorstand, und Julia weinte mit ihnen, während sie versuchte sie zu beruhigen und ihnen versicherte, dass alles gut werden würde – obwohl sie sich nicht vorstellen konnte, wie schrecklich es sein musste, wenn einem ein Arm oder ein Bein abgesägt wurde. Sie gab den Männern Nahrung und Wasser, hörte ihre Beichten auf dem Sterbebett und unzählige letzte, liebevolle Worte, die für Ehefrauen, Freundinnen und Kinder geflüstert wurden.

Die ganze Zeit über explodierten die Geschosse der Rebellen ganz in der Nähe. Sie schlugen in das Kornfeld ein und erschütterten den Boden, auf dem Julia stand. Lange vor Mittag hatte eine

Dreckwolke aus Staub und Rauch die Sonne verdunkelt. Dann verlagerte sich die Schlacht sich in eine andere Richtung und sie waren für kurze Zeit vom Lärm der Gefechte befreit. Doch die Schreie und das Weinen der Verwundeten füllten die Stille schnell.

Gegen vier Uhr eröffnete die Artillerie plötzlich ganz in ihrer Nähe ein Trommelfeuer. Lärm und Rauch waren so heftig, dass Julia dachte, das Ende der Welt sei gekommen. Während der Erdboden bebte und Trümmer wie Hagel vom Himmel fielen, flohen alle Krankenschwestern und so viele Männer wie möglich in die Scheune, um der Gefahr zu entkommen. Aber vor der Angst gab es kein Entrinnen. Julia kauerte zitternd im Stroh und wünschte sich von ganzem Herzen, sie hätte auf Dr. McGrath gehört. Sie war sich sicher, dass sie jeden Augenblick sterben würde.

Eine lange Stunde später war schließlich alles vorbei. Die Welt wirkte seltsam ruhig. Als Julia sich in den Hof hinauswagte, stank es dort nach Schwefel und Qualm. Einige Fenster des Farmhauses waren zersprungen, aber in der Küche, wo die Ärzte weiteroperierten, brannte Licht. Die Fahrer der Krankenwagen beruhigten ihre verängstigten Pferde und wandten sich dann schnell wieder ihren Pflichten zu.

Julia hatte den ganzen Tag über pausenlos gearbeitet, ohne groß nachzudenken. Jetzt ging die Sonne im Westen unter und färbte den Himmel blutrot. Sie lehnte sich an den Türrahmen der Scheune und sah sich zum ersten Mal richtig um. Allmählich begriff sie das ungeheuerliche Ausmaß dessen, was sie gerade erlebte. Es war nicht der schauderhafte Anblick der Opfer, der sie betäubte, so schlimm dieser auch war, sondern der unbegreifliche Verlust von Menschenleben – unzählige der jungen Männer, die an diesem Morgen noch am Leben gewesen waren, gelacht und ihren Kaffee getrunken hatte, lagen jetzt zermalmt und tot auf dem Schlachtfeld. Was für eine Verschwendung – was für eine entsetzliche Verschwendung. Langsam glitt Julia am Türrahmen hinunter zu Boden, legte das Gesicht auf ihre verschränkten Arme und weinte.

* * *

„Ike! Ike, wo bist du?" Ted schlängelte sich durch die verwundeten Männer und suchte nach seiner Retterin, während er immer wieder ihren Namen rief. Hunderte und Aberhunderte blau uniformierter Männer bedeckten den Boden rund um die Scheune und das Farmhaus, und er blickte verzweifelt in jedes Gesicht. Einige der Männer sahen ihn an; andere starrten mit leerem Blick in die Ferne, ihre Leichen bereits steif.

Ted bahnte sich einen Weg in die Scheune, wo weitere Verwundete lagen, und suchte nach einem blonden Haarschopf und einem Paar riesiger Füße. Er sah Krankenschwestern, die sich über ihre Patienten beugten und sie versorgten, doch keiner von ihnen war so groß wie Ike.

Er trat wieder ins Freie und fragte sich, ob er sie vielleicht übersehen hatte. Ein Soldat streckte die Hand aus und packte Ted am Hosenbein.

„Bitte, ich brauche Wasser", flehte der Mann. In seiner Seite klaffte ein riesiges Loch und seine andere Hand hing kaum noch an seinem Arm. Ted hockte sich neben ihn und gab ihm einen Schluck aus seiner Feldflasche.

„Ich versuche, meinen Freund zu finden", erzählte Ted ihm. „Er wurde heute ziemlich früh am Morgen verwundet. Hast du einen großen Kerl mit blonden Haaren gesehen? Ike hat mir das Leben gerettet. Und ich habe mich nicht bei ihm bedankt."

Der Mann seufzte dankbar, als er genug getrunken hatte, dann fuhr er sich mit der Zunge über die Lippen. „Vielleicht hat einer der Krankenwagen ihn mitgenommen."

Ted eilte zu den beiden Krankenträgern hinüber, die einen verstümmelten Mann auf die Ladefläche eines Planwagens hoben. „Kann einer von euch sich an einen großen, stämmigen Kerl mit blonden Haaren erinnern? Er wurde heute Morgen verwundet. An der Schulter."

Einer der Helfer schüttelte den Kopf und wandte sich ab. Der andere murmelte: „Du suchst die Nadel im Heuhaufen, Kumpel."

Ted lief von Wagen zu Wagen und stellte die gleiche Frage, und immer bekam er die gleiche Antwort. Keiner der Männer blickte

Ted in die Augen und ihm wurde klar, dass sie sich auch ihre grausige Fracht nicht allzu genau ansahen.

„Kommt schon, irgendjemand muss sich doch an ihn erinnern", flehte er. „Ike ist riesig groß. Seine Füße hätten über die Trage gehangen."

Ted erinnerte sich an diesen Morgen, als er sich gewünscht hatte, er selbst wäre größer, damit er Ike vom Feld hätte tragen können, anstatt sie zu ziehen. Er war überrascht gewesen, wie dünn sie sich unter ihrer Wolluniform angefühlt hatte. Sie hatte während ihrer Malariaerkrankung ziemlich abgenommen.

Er hatte solche Angst gehabt, ihr wehzutun, als er sie gezogen hatte. Aber dann waren die Krankenträger wie aus dem Nichts erschienen und auf ihn zugeeilt und er hatte zugesehen, wie sie Ike auf eine Trage gelegt und fortgebracht hatten. Er hatte mit ihnen fahren wollen, um sich zu vergewissern, dass sie ordentlich versorgt wurde. Aber noch mehr hatte er Rache üben wollen. Nachdem die Sanitäter ihm versichert hatten, dass man sich gut um seinen Freund kümmern würde, war Ted zu der Stelle zurückgelaufen, an der er sein Gewehr fallen gelassen hatte, und war in die Schlacht gestürmt.

„Wohin bringen die Krankenwagen die Verletzten?", fragte er jetzt einen der Kutscher. „Vielleicht ist mein Freund schon dort."

„Es gibt einen Bahnhof, nicht weit von hier", sagte der Mann und stieg auf den Kutschbock. „Sie werden mit dem Zug in ein Krankenhaus in Washington oder Baltimore gebracht."

„Haben die Züge schon Leute abtransportiert? Kann ich mit euch mitfahren und ihn auf dem Bahnsteig suchen?"

„Tut mir leid. Wir brauchen jeden Zentimeter Platz, um Verletzte zu transportieren. Warum sprichst du nicht mit den Ärzten? Vielleicht erinnert sich einer von ihnen." Er ließ die Zügel knallen und fuhr in einer Staubwolke davon.

Im Farmhaus fand Ted drei Ärzte, die bis zu den Ellbogen mit Blut bedeckt waren. Sie stritten sich, während einer von ihnen dem Mann, der auf dem Küchentisch lag, Chloroform verabreichte. „Ich kann seinen Arm retten", rief einer der Ärzte. „Fühlen Sie seine Hand! Ich sage Ihnen, die ist noch durchblutet."

„Für solche Operationen haben wir keine Zeit, James. Da draußen sind bestimmt noch zweihundert andere in der gleichen Situation. Der Arm kommt ab."

Überall war Blut, selbst der Fußboden war glitschig. Ted musste zur Decke hinaufsehen, damit ihm nicht übel wurde.

„Was machen Sie hier?", schrie einer der Chirurgen, als er Ted sah. „Raus!"

„Ich suche meinen Freund Ike – ein großer Kerl mit blonden Haaren. Haben Sie –"

„Wir schauen uns die Wunden an, nicht die Gesichter. Und wir fragen nicht nach Namen."

„Er wurde an der Schulter getroffen –"

„So wie hundert andere. Raus!" Der Doktor zeigte mit einem blutigen Finger auf die Tür.

Schließlich lief Ted zur Rückseite der Scheune, wo die Leichen aufgetürmt waren. Einige von ihnen waren so zermalmt oder aufgebläht, dass sie kaum noch wie Menschen aussahen. Er konnte den Anblick nicht mehr ertragen, es war zu entsetzlich. Wenn Ike unter diesen erbarmungswürdigen Seelen war, wollte er es nicht wissen. So sollte seine letzte Erinnerung an seine Freundin nicht aussehen.

Ted wünschte, er könnte Ike sagen, wie sehr er sie mochte, wie einsam er sich in den vergangenen Tagen ohne sie gefühlt hatte, wie leid es ihm tat, dass er so wütend geworden war. Als er heute das Geschoss gehört hatte, war ihm klar gewesen, dass es ihn treffen würde. Er erinnerte sich daran, wie er gedacht hatte, er werde sterben. Dann war Ike von hinten angeflogen gekommen und hatte ihn umgerissen, wie er es – wie *sie* es – an dem Tag getan hatte, als der Scharfschütze auf ihn gezielt hatte. Sie hatte seinen Körper mit dem ihren abgeschirmt. Ted wäre jetzt einer dieser Verwundeten oder sogar Toten, wenn Ike ihm nicht das Leben gerettet hätte.

Warum hatte sie das getan? Warum hatte Ike sich in die Flugbahn des Geschosses geworfen, das für ihn bestimmt gewesen war? Ike – sein lustiger, eigenartiger, treuer Freund. Die ganze Zeit über war Ike ein Mädchen gewesen. Und Ted kannte nicht einmal ihren richtigen Namen. Er setzte sich hinter einen Holzstoß, wo niemand ihn sehen konnte, und weinte.

* * *

„Mrs Hoffman …“ Julia blickte auf. Die Oberschwester stand vor ihr. „Gehen Sie zu Ihrem Zelt zurück und legen Sie sich eine Stunde hin.“

Julia stand auf und stützte sich am Scheunentor ab. „Es tut mir leid. Es tut mir so leid –“

„Sie haben den ganzen Tag gearbeitet. Sie nützen uns nichts, wenn Sie erschöpft sind. Menschen machen Fehler, wenn sie übermüdet sind. Gehen Sie, ruhen Sie sich ein wenig aus und essen Sie etwas. Kommen Sie in einer Stunde wieder.“

„Aber es geht mir gut …“

„Ruhen Sie sich aus, Mrs Hoffman. Das ist ein Befehl.“

Es erschien Julia falsch, sich auszuruhen, während es so viel Arbeit gab, aber sie wusste, dass die Oberschwester recht hatte. Sie erinnerte sich daran, wie sie damals an Bord des Schiffes so müde gewesen war, dass sie auf einen verletzten Soldaten gefallen war.

Julia ging die staubige Straße hinunter, am Farmhaus vorbei, wobei sie darauf achtete, eng am Straßenrand zu gehen, um die Krankenwagen nicht zu behindern. Die Zelte der Krankenschwestern waren auf einem der Felder ein Stück hinter dem Haus aufgeschlagen worden.

Julia hob den Eingang zu ihrem Zelt an, um hineinzukriechen, blieb aber dann wie erstarrt stehen. Ein Unionssoldat lag schlafend auf ihrem Bett. Zuerst dachte sie, sie hätte versehentlich das falsche Zelt betreten, doch dann bemerkte sie, dass ihr Kamm und ihre Bürste neben dem Bett lagen, genauso wie ihre Tasche und ihr Tuch. Hatte der Mann sich vertan?

Sie kroch zum Bett, um ihn sich genauer anzusehen. Der Soldat schlief fest. Der frische Verband verriet ihr, dass er schwer verwundet worden war und die Chirurgen ihn bereits operiert hatten. Verwirrt verließ sie das Zelt wieder und ging zurück zur Straße, wo die Krankenträger ihre Wagen beluden.

„Ich glaube, jemand hat einen Fehler gemacht", sagte sie. „In meinem Zelt liegt ein verwundeter Soldat."

Ein stämmiger, rotgesichtiger Helfer kam zu ihr und wischte sich mit einem Taschentuch den Schweiß von der Stirn. „Nein, Ma'am. Einer der Ärzte hat gesagt, dass wir ihn dorthin bringen sollen."

„Aber warum? Wissen Sie noch, welcher Arzt das war?"

Er schnitt eine Grimasse und dachte nach. „Einer der Vertragsärzte, glaube ich. Er hatte keine Uniform an. Und er hatte einen rötlichen Bart."

James McGrath.

„Er hat gesagt, Sie sollen ihn in *mein* Zelt bringen?"

„Ja, Ma'am. Ich weiß nicht, warum, aber ich erinnere mich, dass er Ihren Namen genannt hat. Er hat gesagt: ‚Mrs Hoffman muss sich um diesen hier kümmern', und dass wir ihn in Ihr Zelt bringen sollen."

Sie spürte Wut in sich aufsteigen wie kochendes Wasser in einem Kessel. „Wo ist der Doktor jetzt?"

„Oben im Farmhaus."

„Danke." Julia drehte sich um und stapfte zum Haus hinüber.

„Warten Sie, Mrs Hoffman", rief der Sanitäter und eilte hinter ihr her. „Sie gehen besser nicht da hin. Die Ärzte operieren noch."

„Es ist mir egal, ob Dr. McGrath operiert oder ein Nickerchen macht oder sich in seiner Unterwäsche sonnt. Er hat kein Recht, einen verwundeten Soldaten in mein Zelt zu legen, und ich habe vor, ihm das zu sagen. Das sieht ihm ähnlich, auf so gemeine Weise zu versuchen, mich loszuwerden. Ich bin diese Spielchen endgültig leid." Aufgebracht stürmte sie weiter.

Als sie den Hof betrat, bemerkte sie ein offenes Fenster im Erdgeschoss des Hauses und darunter einen rötlichen Haufen, der von Fliegen umschwirrt wurde. Zuerst registrierte Julia nicht, was sie da sah, doch dann nahm der grausige Berg allmählich Konturen an. Sie erkannte eine menschliche Hand, die mit der Handfläche nach oben auf dem Haufen lag. Dann einen blutigen Fuß.

Julia fuhr herum und rannte davon, ohne auf den Weg zu achten. Sie kam nicht weit, bevor ihr die Knie wegsackten und sie sich am Straßenrand übergab. Sie blieb knien, weil sie zu schwach war, um aufzustehen, während sie vor Schock und Wut zitterte. Wie konnte Dr. McGrath das den ganzen Tag tun? Wie konnte er so gefühllos Körperteile von lebenden, atmenden Menschen absägen und aus dem Fenster werfen?

„Alles in Ordnung, Ma'am?"

Julia wandte sich um, als sie die Stimme des Helfers hörte. „Ja. Danke." Er half ihr auf die Füße und sie wischte sich den Mund mit ihrem Taschentuch ab. Es war ihr peinlich, dass er sie so gesehen hatte. Schließlich hatte er versucht sie zu warnen. „I-ich muss trotzdem mit Dr. McGrath sprechen", sagte sie zu ihm. „Können Sie mir Bescheid sagen, wenn er fertig ist?"

„Natürlich, Ma'am."

„Ich bin in meinem Zelt."

Mit weichen Knien ging sie dorthin zurück und sehnte sich mehr denn je danach sich hinzulegen und eine Stunde lang auszuruhen. Aber der verletzte Soldat lag noch immer in ihrem Bett. Julia kniete sich neben ihn. Er war am Oberkörper verwundet worden, was nicht gut war. Wenn die Lunge oder andere innere Organe eines Patienten beschädigt waren, bedeutete das einen langsamen, unausweichlichen Tod. Der Soldat hatte schon jetzt Mühe zu atmen. Außerdem war er mit verkrustetem Blut und Dreck und Blättern beschmutzt, aber Julia wollte ihn nicht wecken. Sie vergewisserte sich, dass die Wunde nicht blutete, dann ging sie hinaus und setzte sich auf die Erde. Sie zog die Knie bis zum Kinn hoch, schlang die Arme darum, ließ den Kopf darauf sinken und schloss die Augen.

* * *

„Mrs Hoffman?"

Julias Kopf fuhr hoch. Vor ihr stand der Krankenträger, mit dem sie zuvor gesprochen hatte. Die Sonne war inzwischen untergegangen und ein Stern durchleuchtete den Dunst im Osten. Sie hatte nicht vorgehabt, so lange zu schlafen.

„Tut mir leid, Ma'am … Ich wusste nicht, dass Sie schlafen."

„Ist schon gut. Brauchen Sie meine Hilfe?"

„Der Arzt, mit dem Sie sprechen wollten, macht gerade eine Pause. Sie hatten doch gesagt, ich soll Ihnen Bescheid sagen."

„Danke." Julia erhob sich langsam. Sie reckte sich einen Moment, rieb sich den Schlaf aus den Augen und kämmte ihre Haare mit den Händen zurück. Die Luft hatte sich abgekühlt, jetzt, wo die Sonne untergegangen war. Sie ging in ihr Zelt, um ihr Tuch zu holen, und lauschte kurz dem rasselnden Atem des Verwundeten. Er war immer noch bewusstlos. Julia schlang sich das Tuch um die Schultern und machte sich erneut auf den Weg zum Farmhaus.

Dr. McGrath saß allein auf der Treppe vor dem Haus, die Ellbogen auf die Oberschenkel gestützt, das Gesicht in den Händen vergraben. Sein weißes Hemd und die Vorderseite seiner Hose waren mit Blut getränkt – das meiste davon bereits getrocknet, manches jedoch noch so nass, dass das Hemd an seiner Haut klebte. Er sah niedergeschlagen und erschöpft aus und von seiner üblichen Großspurigkeit war nichts zu sehen. Julia fühlte, wie sie eine Welle des Mitleids für ihn überrollte. Das war der freundliche, engagierte Arzt, mit dem sie im Fairfield-Krankenhaus viele Stunden zusammengearbeitet hatte. Jetzt brauchte er ein wenig Fürsorge. Sie beschloss, ihm etwas zu essen zu besorgen, Kleidung zum Wechseln und eine Schüssel mit warmem Wasser, damit er sich waschen konnte.

Aber als sie auf ihn zuging, ließ er die Hände sinken und zog eine silberne Flasche aus seiner Tasche. Ihr ganzes Mitgefühl schwand, als er die Flasche ansetzte und einen tiefen Schluck daraus nahm. Sie beschleunigte ihre Schritte, weil sie wusste, dass sie besser mit ihm sprechen sollte, bevor er völlig betrunken war.

„Entschuldigen Sie, Herr Doktor, aber in meinem Zelt liegt ein verwundeter Soldat. Der Helfer sagte mir, Sie hätten ihm die Anweisung gegeben, ihn dorthin zu bringen."

„Stimmt, Mrs Hoffman, das habe ich." Er sprach langsam, als wäre aller Lebensgeist aus ihm gewichen.

„Wenn Sie das für witzig halten, kann ich Ihnen sagen, dass ich nicht lache. Ich möchte, dass der Mann sofort aus meinem Zelt entfernt wird."

„Es ist kein Mann."

„Was meinen Sie damit: kein Mann? Ich habe ihn selbst gesehen, mit meinen eigenen Augen ..."

„Dann sehen Sie ihn sich noch einmal an. Gründlich. Es ist eine Frau."

„In meinem Zelt liegt ein *Mann* in einer *Uniform* … und er ist verwundet."

Der Arzt schüttelte den Kopf. Sie bemerkte die Erschöpfung in seinem Blick. Blutspritzer zierten seine Stirn wie Sommersprossen. „Es ist eine Frau."

„Sind … sind Sie sich *sicher*?", stammelte sie.

„Sie stellen wirklich die unsinnigsten Fragen", erwiderte er und rieb sich die Augen mit Daumen und Zeigefinger. „Ich bin Arzt, Mrs Hoffman. Ich habe Anatomie studiert. Soll ich Ihnen in allen Einzelheiten erklären, wie ich festgestellt habe, dass der Soldat eine Frau ist?"

Julia spürte, wie sie errötete. „Nein, danke. Das ist nicht nötig. Ich verstehe nur nicht, was sie hier … wie … warum sie eine Uniform trägt und in der Armee kämpft, wenn –"

„Ich hatte keine Zeit, sie zu befragen. Ich war beschäftigt." Er deutete auf seine blutige Kleidung. „Wenn Sie nichts dagegen haben, würde ich mich gerne ein paar Minuten ausruhen, bevor das Gemetzel wieder losgeht." Er hob die Flasche an die Lippen und nahm erneut einen tiefen Schluck daraus.

„Finden Sie es klug, sich zu betrinken", fragte Julia kalt, „wenn Sie weitere Opfer erwarten?"

„Verschwinden Sie."

„Unsere Soldaten verdienen die beste Versorgung, die wir ihnen geben können, und dazu gehört auch ein nüchterner Arzt."

„Meine Nüchternheit geht Sie nichts an."

„Aber diese Patienten gehen mich etwas an."

„Ich warne Sie, Mrs Hoffman. Gehen Sie, bevor ich –"

„Bevor Sie was? Bevor Sie sich betrinken und noch jemanden umbringen?“

Noch im selben Augenblick, in dem sie die Worte aussprach, bereute Julia sie. James McGraths Kopf flog zurück, als hätte sie ihn mit der Faust getroffen, anstatt mit ihren Worten. Sie hatte oft genug in die Augen verwundeter Männer gesehen, um den Ausdruck in seinen Augen wiederzuerkennen. Sie hatte ihn tief verletzt.

„Gehen Sie mir aus den Augen“, sagte er mit heiserer Stimme.

„Dr. McGrath, es tut mir leid … so habe ich das nicht gemeint.“

„Doch, das haben Sie. Und jetzt lassen Sie mich in Ruhe.“

Julia wandte sich um und floh die Straße hinunter zu ihrem Zelt.

Als sie näher kam, hörte sie den Soldaten stöhnen. Eine ganze Zeit lang stand Julia draußen vor dem Zelt und versuchte sich zu beruhigen, während sie sich wünschte, sie hätte den Mund gehalten. Ihre Hände zitterten. Sie zwang sich, ihre Konzentration auf den Soldaten zu richten. Er würde etwas zu essen brauchen. Und Wasser. Sie dachte daran, wie schmutzig er – nein, *sie* – war. Schnell packte Julia zusammen, was sie brauchte, und betrat das Zelt.

Die Soldatin war groß gewachsen, so groß, dass ihre Füße über Julias Feldbett hingen. Ihre blonden Haare waren so kurz geschnitten wie die eines Mannes, und obwohl ihr Gesicht glatt und bartlos war, hatten ihre Züge nichts Weibliches. Sie wirkte auf Julia wie ein Mann – ein sehr großer Mann. Trotzdem hatte sie nicht vor nachzusehen. Es würde sie nicht überraschen, wenn das Ganze sich als einer von Dr. McGraths grausamen Scherzen erweisen würde.

Julia kniete nieder und wusch das Gesicht der Soldatin, deren Augen sich daraufhin langsam öffneten und sie ansahen. Als die Frau sich zu bewegen versuchte, stöhnte sie vor Schmerzen.

„Bleiben Sie ruhig liegen“, sagte Julia sanft. „Sie sind verwundet worden. Das hier ist ein Feldlazarett. Ich bin Krankenschwester.“

„Ted …? W-wo ist –“

„Sie sind verletzt.“

„Nein … nein … Ted …“

„Schhhh … ich wasche noch etwas von dem Dreck und Blut ab, in Ordnung?“ Die Soldatin zitterte am ganzen Körper, aber Julia konnte nicht sagen, ob sie einen Schock erlitten hatte oder verängstigt war. Sie gab ihr einen Schluck Wasser, damit sie sich beruhigte. „Hier … bleiben Sie ruhig liegen, ja? Ich heiße Julia. Können Sie mir Ihren Namen nennen?"

Die Soldatin fuhr sich mit der Zunge über die ausgetrockneten Lippen und schloss die Augen. „Ike Bigelow."

„I-ich meine Ihren richtigen Namen. Der Arzt sagte, Sie seien … Ich meine, er hat herausgefunden, dass Sie –"

Ikes Gesicht verzog sich und sie fing an zu weinen – lautlose, heftige Schluchzer, die ihren ganzen Körper erschütterten.

Julia sah hilflos zu, unsicher, was sie tun sollte. „Haben Sie Schmerzen? Kann ich irgendetwas für Sie tun?"

„Gehen Sie und lassen Sie mich allein", sagte sie unter Tränen.

„Das kann ich nicht. Das hier ist mein Zelt. Ich schlafe hier. Man hat Sie hierhergebracht, weil … na ja, wahrscheinlich fand der Doktor, dass Sie nicht da draußen bei all den Männern liegen sollten."

Ike sah mit tränenverschmiertem Gesicht zu Julia auf. „Aber ich habe doch die ganzen Monate über bei den Jungs geschlafen."

Julia war schockiert.

„Nicht, was Sie meinen, Lady. Haben Sie mich angesehen? Wer würde schon eine Frau wollen, die so aussieht wie ich?"

„Hören Sie … Ike … Wie heißen Sie wirklich?", fragte Julia sanft.

Ihre Patientin zögerte lange, bevor sie antwortete. „Phoebe."

„Glauben Sie, dass Sie etwas essen können, Phoebe? Haben Sie Hunger?"

„Nein."

„Was kann ich dann für Sie tun?"

„Sie können verschwinden und mich sterben lassen."

Kapitel 16

Sharpsburg, Maryland
September 1862

Ted beobachtete, wie der Wagen näher kam, der ihm hoffentlich gute Nachrichten bringen würde. Nervös knetete er seine Feldmütze in den Händen – die Mütze mit dem Einschussloch –, als der Wagen zum Stehen kam. „Neuigkeiten von Ike?“, fragte er, noch bevor Sergeant Anderson die Gelegenheit hatte auszusteigen. Er bekam seine Antwort in Form eines Kopfschüttelns.

„Tut mir leid, mein Junge. Wir werden ihn als vermisst melden müssen.“

„Er war noch am Leben, als die Träger ihn weggebracht haben“, sagte Ted, der zum wohl hundertsten Mal versuchte, das alles zu begreifen. „Ich habe im Feldlazarett überall gesucht und konnte ihn nicht finden. Das bedeutet, dass sie ihn weggebracht haben müssen, bevor ich kam.“ Er folgte Anderson um den Wagen herum und sah zu, wie sein Vorgesetzter nach dem Postsack griff.

„Ikes Name stand in keinem Krankenhaus auf der Liste der Verwundeten“, sagte Anderson. „Aber auf der Liste der Gefallenen war sein Name auch nicht zu finden. Das ist ein gutes Zeichen.“ Anderson sah wirklich betrübt aus. Ted wusste, dass der Sergeant viel von Ike hielt. Alle Männer ihrer Kompanie taten das. Als der Sergeant wieder sprach, klang seine Stimme gedämpft. „Hör zu … sie sagen, dass es diesmal nicht nur mehrere Tausend Opfer gibt, sondern mehrere Zehntausend. Das sind mehr Menschen, als in meiner Heimatstadt leben.“ Er atmete lautstark aus, dann hievte er den Postsack vom Wagen herunter und stellte ihn auf den Boden. „Vielleicht schreibt er irgendwann und teilt uns mit, dass es ihm gut geht. Ike weiß, wo er uns findet.“

„Ich muss mit ihm reden", sagte Ted. „Ich war wütend auf ihn. Ich muss ihm sagen, dass es mir leidtut."

Anderson legte eine Hand auf Teds Schulter. „Ich habe am Abend vor der Schlacht mit ihm gesprochen. Er sagte, du seist immer noch sein bester Freund."

Ted nickte und räusperte sich. Er würde nicht weinen. Fünf Tage waren seit der Schlacht vergangen, fünf Tage, seit er all seine Tränen hinter dem Holzstoß vergossen hatte. „Was ist mit Ikes Zeug?", fragte er mit heiserer Stimme.

Ted hatte Ikes Tornister bereits durchsucht, auch wenn er zuerst Angst gehabt hatte, was er wohl darin finden würde. Was er gefunden hatte, hatte ihn überrascht: zusätzliche Socken und ein Hemd, das übliche Essgeschirr und Seife, etwas Geld – mehr war da nicht. Alles andere, was Ike das ganze letzte Jahr durch die Gegend geschleppt hatte, wie die Bratpfanne und die Flaschen mit dem Bluttonikum, gehörte Ted. Sie hatte nicht nur sein Leben gerettet, sie hatte auch seine Last getragen.

„Weißt du, wo ich seine Familie finden kann?", fragte Sergeant Anderson.

„Er hat keine. Er sagte, seine Eltern seien tot und seine Brüder alle im Krieg." Wenn er an Ikes Geheimnis dachte, musste Ted sich allerdings fragen, ob das wirklich die Wahrheit war.

„Sieh dir trotzdem mal seine Briefe an. Vielleicht kannst du einen Absender ausfindig machen."

„Ike hat nie Briefe bekommen und er hat auch keine geschrieben." Ted wusste, warum.

Sollte er Sergeant Anderson die Wahrheit sagen und ihm erzählen, dass der Mann, den sie Ike Bigelow nannten, in Wirklichkeit eine verkleidete Frau war? Ted war über ein Jahr lang immer in Ikes Nähe gewesen. Was, wenn keiner ihm glaubte, dass er die ganze Zeit über zum Narren gehalten worden war? Würde er Schwierigkeiten bekommen, weil er mit ihr befreundet war? Weil er nichts gesagt hatte, nachdem er die Wahrheit herausgefunden hatte?

Aber Ike hatte Ted angefleht, nichts zu sagen. Und sie hatte ihm das Leben gerettet. Ihr Geheimnis für sich zu behalten, war das Mindeste, was er jetzt für seine Freundin tun konnte.

„Du hast ihm am nächsten gestanden, mein Junge. Mach mit seinen Sachen, was du für richtig hältst." Der Sergeant drehte sich um und rief in schroffem Ton seine Männer zusammen, so als wäre es ihm peinlich, dass er vor Ted Gefühle gezeigt hatte. „Also los, wir müssen abladen. Es gibt Post."

Der Sergeant griff wieder in den Wagen und zog eine zusammengefaltete Zeitung heraus. Er reichte sie Ted. „Hier. Vielleicht muntert dich das ein bisschen auf."

Ted faltete die Zeitung auseinander und las die Überschrift: *Lincoln will Sklaven befreien*. Verwundert starrte er auf die Worte. Der Ansturm der Männer, die ihn umringten und zur Seite stießen, um zum Wagen zu gelangen, ging völlig unbemerkt an ihm vorbei und auch seine eigene Post war vergessen. Ted schob sich durch die Menschenmenge und kehrte lesend in sein Zelt zurück. Während er die Proklamation des Präsidenten las, stieg zum ersten Mal, seit Ike verschwunden war, ein Hauch von Freude in ihm auf.

Ab dem ersten Januartag im Jahr des Herrn 1863 werden alle Personen, die Sklaven waren in einem Staat oder Teil eines Staates, dessen Bewohner sich in Rebellion gegen die Vereinigten Staaten befinden, für immer frei sein.

Es sei der teuer erkaufte Sieg der Union bei Sharpsburg gewesen, der zu Lincolns Entscheidung geführt habe, las Ted. Das Opfer, das Ike und all die anderen gebracht hatten, würde den Sklaven jetzt die Freiheit bringen. Ted dachte an seine Großmutter und an die Sklaven, die er auf der Hilltop-Plantage kennengelernt hatte. Er erinnerte sich daran, wie Ike ihn damals, als sie die Baracken der Schwarzen gesehen hatten, zur Seite gezogen und gesagt hatte: „Weißt du was? Deshalb kämpfen wir – für die Sklaven. Damit sie nicht mehr so leben müssen."

Ike hatte durch sein Opfer das Leben unzähliger anderer gerettet, nicht nur das von Ted. Mehr als je zuvor wurde Ted bewusst, dass er einen Grund hatte zu kämpfen. Und einen Grund zu siegen.

* * *

Julia tat alles weh, als sie die Straße zum Farmhaus hinaufging. Ihre Glieder waren ganz steif, weil sie in den vergangenen fünf Nächten neben ihrem Patienten auf dem Boden geschlafen hatte, und sie fragte sich, wie die Soldaten es aushielten, monatelang auf der kalten, harten Erde zu schlafen. Der Herbstmorgen war klar und kühl und die Luft duftete nach reifenden Äpfeln. Sie wünschte, sie hätte Zeit, die schöne Landschaft von Maryland zu genießen, aber das Leid und die Zerstörung um sie herum – auch das Leid, das ihre Zeltgenossin ertragen musste – hatten alles Schöne überschattet.

Mindestens zwei andere Ärzte hatten zusammen mit Dr. McGrath im Farmhaus operiert und Julia hoffte, einen von ihnen zu finden. Wenn sie Glück hatte, war James noch im Bett und schlief seinen üblichen Rausch aus, sodass sie ihm nicht begegnen musste. Als sie einen der Armeeärzte auf der Treppe vor dem Eingang erspähte, wo er saß und in einen Becher Kaffee pustete, war sie erleichtert. Aber sie hatte kaum die Veranda erreicht, als Dr. McGrath durch die Tür kam. Er sah ausnahmsweise einmal nicht krank aus, sondern erholt und gekämmt und beinahe sympathisch. Trotzdem ignorierte sie ihn und sprach den Mann mit dem Kaffee an.

„Es tut mir leid, wenn ich Sie störe, Herr Doktor, aber falls Sie heute Vormittag einen Augenblick Zeit haben, wäre es sehr schön, wenn Sie sich einen meiner Patienten ansehen könnten."

„Was ist denn mit ihm?"

„Die Wunde heilt nicht gut, und als ich heute Morgen den Verband gewechselt habe, dachte ich, ich hätte etwas … Glänzendes gesehen."

„Es könnten Schrapnelle sein, aber sind Sie sich sicher, dass Sie nicht den Knochen gesehen haben?"

„Ich weiß es nicht. Ich hatte gehofft, Sie könnten es sich einmal ansehen."

„Es handelt sich dabei nicht zufällig um den Patienten in Ihrem Zelt, oder?", fragte Dr. McGrath.

Der andere Arzt fuhr herum und sah zu ihm auf. „In ihrem Zelt? Wovon reden Sie, James?"

„Es ist eine Frau, als Mann verkleidet", sagte er und kam die Treppe herunter. „Ich habe neulich Schrapnelle aus ihrer Schulter geholt. Und unter den gegebenen Umständen dachte ich, sie sollte besser nicht bei den Männern liegen."

„Gütiger Himmel!", rief der Doktor aus. „Haben diese Armeeanwerber denn keine Augen im Kopf? Wie kann es sein, dass sich eine Frau an ihnen vorbeigeschlichen hat? Und warum wollte sie bloß zum Militär gehen?"

„Ist sie der betreffende Patient, Mrs Hoffman?", fragte James.

Die beiden Ärzte blickten Julia an. Sie nickte.

„Ich gehe", sagte James McGrath. „Wenn es ein Schrapnell ist, bin ich derjenige, der es übersehen hat. Ich hole nur schnell meine Tasche." Er krempelte bereits seine Ärmel hoch, während er ins Haus ging, um die Tasche zu holen.

Julia wartete nicht. Sie machte sich ohne ihn auf den Weg zu ihrem Zelt. Die nächsten Minuten bereiteten ihr Sorge und sie beschloss, dass sie nicht versuchen würde, sich für ihre Bemerkungen von vor ein paar Tagen zu entschuldigen. Sie würde den Zwischenfall einfach mit keiner Silbe erwähnen – und darauf hoffen, dass er es auch nicht tat. Weil sie nicht auf zu engem Raum mit ihm zusammen sein wollte, wartete Julia vor ihrem Zelt auf ihn.

„Ich brauche viel Licht", sagte Dr. McGrath, als er am Zelt ankam. „Ich will sie nicht bewegen, deshalb müssen wir ein paar Zeltstangen entfernen und die Plane zurückschlagen."

Julia folgte seinen Anweisungen und trat dann zur Seite, um aus einer gewissen Entfernung zuzusehen, während er sich neben die Patientin kniete. Phoebe war ohnmächtig geworden, als Julia ihre Wunde mit Jod gereinigt hatte. Sie war noch immer bewusstlos. Nach einer Weile blickte Dr. McGrath zu Julia auf, diesmal mit dem üblichen Stirnrunzeln.

„Wollen Sie mir nicht assistieren, Mrs Hoffman? Ich brauche Ihre Hilfe."

Sie holte tief Luft. „Was soll ich tun?"

„Kommen Sie her und zeigen Sie mir, was Sie gesehen haben."

Julia wollte sich die zerklüftete Wunde in Phoebes Schulter nicht noch einmal ansehen, aber sie kniete sich dennoch neben den Arzt und hob vorsichtig den Verband an, den sie locker aufgelegt hatte. „Ich habe versucht, einige Fremdkörper zu entfernen. Und dann glaubte ich etwas zu sehen … genau hier."

„In Ordnung. Ich muss die Wunde untersuchen." Er öffnete seine Arzttasche und reichte Julia eine Flasche mit Chloroform. „Narkotisieren Sie sie", sagte er. „Und passen Sie auf, dass Sie selbst nichts davon einatmen."

Julia benetzte ein Tuch damit.

„Ich will nicht mehr in der Wunde herumstochern als unbedingt nötig", sagte Dr. McGrath, während er darauf wartete, dass Julia das Tuch über Phoebes Gesicht hielt. „Wenn eine Wunde von einem Miniégeschoss oder einer Kugel herrührt, weiß ich, dass ich nur nach einem Projektil suchen muss – die Rebellen verschwenden keine Munition. Aber das hier war eine Kartätsche – Hunderte von kleinen Metallteilen, die aus dem Geschoss abgefeuert werden. Verheerendes Zeug."

Der Arzt zog eine schlanke, gebogene Sonde aus seiner Tasche und Julia wandte schnell den Blick ab. Mehrere Minuten vergingen, während er schweigend arbeitete. „Da", sagte er schließlich. „Ich glaube, ich fühle etwas. Reichen Sie mir bitte die Zange." Sie holte das Instrument aus seiner Tasche und legte es in seine ausgestreckte Hand. „Schwamm bitte." Sie reichte ihm einen. Wenige Augenblicke später war er fertig. „Sie haben gute Augen, Mrs Hoffman. Möchten Sie den kleinen Gauner als Andenken behalten?" Er hielt die Zange hoch, mit der er ein zackiges Metallstück von der Größe eines Zehncentstücks gepackt hatte.

„Nein, danke."

Er versorgte die Wunde selbst, trug Jod auf und legte einen frischen Verband an. Dann untersuchte er Phoebe, fühlte ihren Puls und hörte ihre Brust mit dem Stethoskop ab. Als er fertig war, seufzte er. „Hm, das gefällt mir gar nicht. Ihr Schulterblatt ist beschädigt und wer weiß, was sonst noch. Aber machen Sie weiter wie bisher. Sie tun alles, was Sie tun können."

James McGrath war freundlich und professionell. Er hatte ihre letzte Begegnung nicht erwähnt. Julia war so erleichtert, dass sie all ihren Mut zusammennahm und ihm eine Frage stellte. „Ich kann sie nicht dazu bringen, etwas zu essen, Herr Doktor. Schon seit Tagen nicht. Sie sagt immer wieder, dass sie sterben will."

Er schloss seine Tasche und erhob sich. „Selbst wenn sie etwas isst, könnte dieser Wunsch in Erfüllung gehen. Aber wenn sie nichts isst, wird er das garantiert."

„Wie kann ich sie dazu bewegen, etwas zu essen?"

„Hm. Ich sehe, dass Sie ein Problem haben, Mrs Hoffman. Normalerweise flirten Sie ja mit Ihren Patienten, um sie zur Mitarbeit zu bewegen, nicht wahr?"

Julia starrte ihn an und wagte es nicht, ihm zu antworten. Sie war grausam zu ihm gewesen und wusste, dass sie seine Grausamkeit verdient hatte. Aber seine nächsten Worte schienen von nirgendwoher zu kommen.

„Woher wissen Sie, dass ich einen Mann getötet habe?"

Seine Stimme war so leise, so eindringlich, dass Julia ein Schauer über den Rücken fuhr. Sie erkannte, dass er nicht gehen würde, bevor sie ihm geantwortet hatte.

„Ich bin einem Mann aus Connecticut begegnet", brachte sie heraus. „Er hatte in der Zeitung davon gelesen."

„Ich verstehe." Er starrte sie eine ganze Weile lang an. „Haben Sie keine Angst, mit einem Mörder zusammenzuarbeiten?", fragte er mit derselben gedämpften Stimme.

Diesmal konnte sie nicht antworten. Sie hatte Angst sich zu bewegen oder auch nur zu atmen, so als würde ein Raubtier sie beobachten und nur darauf warten, dass sie eine falsche Bewegung machte.

„Tja", sagte er nach einigen Augenblicken. „Ich glaube, Sie haben meine Frage beantwortet." Traurig lächelte er und ging davon.

* * *

Phoebe schlug die Augen auf und sah sich um. Sie lag in ihrem Zelt. Draußen war es hell. Jemand kniete neben ihr. „Ted?“, flüsterte sie. Aber sie konnte den Namen nicht richtig aussprechen. Ihr Mund war trocken und ihre Kehle brannte.

„Guten Morgen, Phoebe. Wie geht es Ihnen?“ Es war die Stimme einer Frau, die zu ihr sprach, nicht die von Ted.

Phoebe fiel wieder ein, wo sie war. Der Schmerz in ihrer Schulter war eine qualvolle Erinnerung. Er hörte nicht auf. Sie schloss die Augen und hoffte, die Dunkelheit würde sie wieder verschlingen und ihr Erlösung bringen.

„Nein, schlafen Sie nicht wieder ein. Ich habe Ihnen etwas zu essen gebracht.“ Die Frau stellte etwas neben Phoebe ab, das gut roch. „Bitte, Sie müssen etwas essen.“

„Warum?“ Phoebe wusste, dass sie sterben würde. Warum es in die Länge ziehen? Warum nicht einfach die Augen schließen und es hinter sich bringen?

„Weil … Tun Sie es für … für Ted.“

„Was?“ Phoebe schlug die Augen auf. Überrascht starrte sie die Frau an.

„Sie haben immer wieder nach Ted gerufen. Ich dachte, vielleicht ist er jemand, der Ihnen wichtig ist. Ich hatte gehofft, dass Sie um seinetwillen gesund werden wollen.“

„Ich weiß nicht, wovon Sie reden“, log Phoebe.

„Gibt es dann jemand anderen, dem wir einen Brief schreiben können? Jemanden, den Sie gerne hier hätten und der sich um Sie kümmern kann? Der Ihnen vielleicht etwas von zu Hause mitbringt?“

Sie schüttelte den Kopf. „Lassen Sie mich sterben. Es ist egal. Niemand wird mich vermissen.“

„Das glaube ich Ihnen nicht, Phoebe. Es muss jemanden geben.“

Die Krankenschwester war jung und hübsch. Neben ihr fühlte Phoebe sich hässlicher als je zuvor. Selbst der Name der Frau, Julia, war hübsch. Phoebe wünschte, sie würde fortgehen.

„Es gibt niemanden, der sich für mich interessiert, und das ist die Wahrheit.“ Sie schloss die Augen und sehnte sich danach zu sterben, damit der schreckliche Schmerz aufhörte.

„Gott interessiert sich für Sie“, sagte Julia leise. Sie berührte Phoebes Stirn und strich ihr das Haar aus dem Gesicht. „Gott liebt Sie.“

Phoebe glaubte ihr nicht. Wenn Gott sich auch nur im Geringsten für sie interessieren würde, hätte er sie nicht so hässlich gemacht. Und er hätte ihr wenigstens einen Menschen auf der Welt gegeben, der sie liebte.

„Gott bin ich auch egal“, sagte sie zu Julia.

Die Krankenschwester schloss kurz die Augen und biss sich auf die Unterlippe. Als sie die Augen wieder aufschlug, sagte sie: „Ich möchte Sie etwas fragen. Nehmen wir einmal an, jemand wäre bereit, für Sie zu sterben. Nehmen wir an, er würde sich zwischen Sie und dieses Artilleriegeschoss werfen und diese Wunde an Ihrer statt auf sich nehmen, damit Sie leben können – selbst wenn das bedeutet, dass er stirbt. Das würde doch beweisen, dass diese Person Sie liebt, oder nicht?“

Das war genau das, was Phoebe getan hatte. Sie hatte sich auf Ted geworfen, damit er am Leben blieb, und war an seiner Stelle verwundet worden. Das musste bedeuten, dass sie ihn liebte. Phoebe Bigelow war in Ted Wilson verliebt. Zum ersten Mal gestand sie sich die Wahrheit ein. Aber schließlich hatte sie noch nie zuvor jemanden geliebt und keine Ahnung gehabt, wie sich das anfühlte. War es Liebe, wenn man die ganze Zeit mit einem Menschen zusammen sein wollte und sich verloren und leer vorkam, wenn dieser Mensch nicht da war? War es Liebe, wenn man es genoss, wie der andere sich bewegte und lachte und die Stirn runzelte – und wenn man wach blieb, nur um das Gesicht dieses Menschen zu betrachten, während er schlief? War das Liebe? Wenn der Wunsch, dass der andere lebte, so stark war, dass man dafür gerne an seiner Stelle litt und starb?

Tränen rannen über Phoebes Gesicht. Sie konnte sie nicht fortwischen. Ihr verletzter Arm ließ sich nicht bewegen und auf dem anderen lag sie. Julia trocknete die Tränen an ihrer Stelle.

„Das hat Jesus getan", sagte Julia. „Er hat sein Leben geopfert und ist an Ihrer Stelle gestorben, damit Sie leben können."

Phoebe kannte die Ostergeschichte – wusste, dass der Sohn Gottes gekreuzigt worden war. Aber bislang hatte sie damit nie etwas anfangen können. Sie hatte nicht gewusst, was es bedeutete, jemanden so sehr zu lieben, dass man bereit war, für ihn zu sterben. Vielleicht war das die Erklärung für den Satz, den sie nie verstanden hatte: *„Denn der Menschensohn ist gekommen, zu suchen und selig zu machen, was verloren ist."*

„Jesus ist nicht der Einzige, der Sie liebt", sagte Julia. „Gott hat zugelassen, dass sein Sohn den Himmel verlässt und auf die Erde kommt. Er hat seinen Sohn aufgegeben, damit wir leben können. So sehr liebt Gott uns."

Phoebe dachte an Teds Großmutter, die ihre Tochter so sehr geliebt hatte, dass sie sie hatte gehen lassen, damit sie und ihre Nachkommen frei sein konnten. Phoebe hatte sich so sehr gewünscht, dass es jemanden gäbe, der sie so sehr liebte.

„Wenn Sie für jemanden sterben würden, Phoebe, würden Sie dann nicht auch wollen, dass diese Person lebt? Würden Sie nicht wollen, dass Ihr Opfer einen Sinn hat?"

Phoebe schloss die Augen und sah Teds Gesicht vor sich. Er war mit dem Leben davongekommen. Sie hatte ihn gerettet, weil sie wollte, dass er lebte.

„Gott ist es nicht egal, ob Sie sterben", sagte Julia. Sie hob Phoebes Kopf ein wenig an und hielt den Löffel an ihre Lippen. „Bitte, wollen Sie nicht doch versuchen, etwas zu essen?"

Endlich öffnete Phoebe den Mund und aß.

Kapitel 17

Washington City
Dezember 1862

Julia versuchte den Brief auf ihrer Kommode zu ignorieren, während sie sich in aller Eile die Haare für die Arbeit hochsteckte, aber sie bekam ihn einfach nicht aus dem Kopf. Er war vor zwei Tagen eingetroffen, und obwohl sie normalerweise sofort zurückschrieb, hatte sie diesen Brief noch nicht beantwortet. Ihre Mutter hatte einen Großteil davon geschrieben, aber sie hatte flehende Nachrichten von Julias Vater, ihrer Schwester Rosalie, ihrer Tante Eunice und sogar von Roberts Eltern hinzugefügt. Alle baten sie inständig, über Weihnachten nach Hause zu kommen.

Wenn sie ehrlich war, hatte Julia schreckliches Heimweh. Zumindest wenn sie nicht im Krankenhaus arbeitete. Sie konnte den Gedanken, Weihachten allein in der düsteren Pension zu verbringen und fern von ihrer Familie zähen Rinderbraten zu essen, kaum ertragen. Aber sie hatte aus zwei Gründen Angst, nach Hause zu fahren. Erstens würde ihr Vater ihr sicherlich niemals erlauben, nach den Feiertagen nach Washington zurückzukehren, und Julia wusste, dass sie sofort wieder in ihr altes Leben hineingezogen würde, wenn sie erst einmal zu Hause war, so als würde sie in eine starke Strömung waten. Sie würde sich dem Sog nicht entziehen können – und wollen. Vor allem, wenn Nathanael Greene immer noch daran interessiert war, ihr den Hof zu machen. Obwohl sie seinetwegen nach wie vor Bauchschmerzen hatte. Nathanael war in dem Glauben, sie habe die Stelle als Krankenschwester aus vollkommen selbstlosen Gründen angenommen. Er kannte ihre wahren Motive nicht.

Der andere Grund, aus dem sie zögerte, war ihre Patientin Phoebe Bigelow. Julia hatte sie zur Genesung mit ins Fairfield-Krankenhaus genommen und es war noch immer nicht klar, ob sie überleben würde. Abgesehen davon, dass sie versuchte, sich von ihrer Verletzung zu erholen, hatte sie mit einer Blutvergiftung und einer Lungenentzündung zu kämpfen, wie so viele andere Soldaten, die im Kampf verwundet worden waren. Dr. McGrath hatte veranlasst, dass Phoebes Bett in eine Ecke im Erdgeschoss, neben dem Medikamentenschrank gestellt und mit Vorhängen von den anderen abgetrennt wurde. So war sie vor den Blicken der anderen sicher, aber trotzdem von Menschen umgeben. Der Arzt hoffte, dass sie das aufmuntern würde. Aber Phoebe sprach kaum ein Wort mit jemandem. Die einzige Person, die sie dazu bringen konnte, etwas zu essen, war Julia. Was würde mit Phoebe passieren, wenn Julia nach Philadelphia fuhr?

„Ich beantworte dich heute Abend", sagte Julia laut und tätschelte den Brief, als wollte sie ein Baby beruhigen. Sie würde schauen, ob es Phoebe heute besser ging – und sie vielleicht dazu überreden, sich auch von Mrs Fowle pflegen zu lassen.

Julia zog Mantel und Haube an und eilte die Treppe hinunter, mit dem gleichen Gedanken, den sie jeden Tag um diese Uhrzeit hegte – wie lange würde sie im kalten Wind stehen müssen, bis sie eine Kutsche ergatterte? Der Winter war ungewöhnlich kalt und es hatte bereits geschneit. Aber als sie die Tür öffnete, sah sie, dass die Kutsche des Abgeordneten Rhodes am Straßenrand wartete.

„Guten Morgen, Miss Hoffman. Darf ich Sie mitnehmen?" Der Kongressabgeordnete streckte den Kopf aus dem Fenster der Kutsche und lächelte breit.

„Sie sind meine Rettung", sagte Julia und stieg zu ihm in das Gefährt. Noch bevor er auch nur ein einziges Wort gesagt hatte, wusste sie, warum er gekommen war. „Sie bringen mich doch zum Krankenhaus, oder?", fragte sie.

„Ich bringe Sie, wohin Sie wollen … aber ich hoffe sehr, dass ich Sie am Ende der Woche heim nach Philadelphia bringen kann. Dann fahren Mrs Rhodes und ich nämlich ab."

„Lassen Sie mich raten – meine Eltern haben Ihnen geschrieben und Sie gebeten, mich zu überzeugen, nicht wahr?"

„Mein liebes Mädchen, sie haben mich mit Briefen bombardiert. Ich werde dem Richter nicht unter die Augen treten können, wenn ich ohne Sie erscheine. Deshalb habe ich beschlossen, Sie heute Morgen ins Krankenhaus zu begleiten und höchstselbst Ihren diensthabenden Arzt anzuflehen, dass er Ihnen Urlaub gibt."

„Danke, aber das wird nicht nötig sein. Ich weiß, dass er mir Urlaub geben wird, wenn ich ihn darum bitte."

„Daraus schließe ich, dass Sie ihn nicht gefragt haben", sagte Rhodes leise.

„Noch nicht. Wir sind in den letzten Monaten mit Verletzten geradezu überschwemmt worden."

„Eine furchtbare Verschwendung", sagte Rhodes seufzend. „Sie schätzen, dass die Zahl der Opfer die Zwanzigtausender-Marke überschreiten wird. Können Sie sich das vorstellen? Aber wir haben die Rebellen in die Knie gezwungen. Warum General McClellan nach seinem Sieg nicht weitergemacht und Lee den Garaus gemacht hat, verstehe ich nicht. Keiner versteht das! Hoffen wir, dass Ambrose Burnside die Sache erledigt. Er sieht zwar mit diesem merkwürdigen Bart ziemlich albern aus, aber er ist ein besserer General, als McClellan es je war. Wenigstens lässt Burnside die Armee wieder auf Richmond zu marschieren. Hoffentlich ist das dann die letzte Schlacht, die wir schlagen müssen. Ich glaube, der Krieg ist noch vor Jahresende vorbei. Gott weiß, wie leid ich ihn bin."

„Wie weit sind unsere Truppen denn von Richmond entfernt?", fragte Julia, die an ihre Cousine Caroline dachte.

„Sie sind in Fredericksburg. Das liegt ungefähr auf halbem Weg zwischen Washington und Richmond. Und es sieht so aus, als könnte es dort bald Gefechte geben. Die Konföderierten haben ihre Truppen antreten lassen – aber wir müssen erst den Rappahannock überqueren. Die verflixten Rebellen haben natürlich alle Brücken zerstört. Wir werden Behelfsbrücken bauen müssen. Sehr lästig."

Julia ließ den Abgeordneten weiter über den Krieg schwadronieren, froh über den Themenwechsel. Aber als sie schließlich am Krankenhaus ankamen, kam er schnell wieder auf sein Anliegen zu sprechen.

„Meine Liebe", sagte er und nahm ihre Hände in die seinen, „wollen Sie nicht –" Er brach ab und blickte auf ihre Finger hinunter. „Was haben Sie denn mit Ihren Händen gemacht, Julia? Meine Waschfrau hat weichere Hände als Sie!"

„Ich weiß." Sie versuchte sich loszumachen, aber er gab ihre Hände nicht frei. Sein Blick suchte den ihren.

„Wenn Sie Abbitte für Bull Run leisten, dann haben Sie das längst wiedergutgemacht –"

„Das ist es nicht", sagte Julia schnell. „Ich mache meine Arbeit gerne, obwohl meine Hände so aussehen."

„Versprechen Sie mir, dass Sie am Freitag mit uns fahren", flehte er. „Ich kaufe heute die Fahrkarten."

Julia wusste keinen Ausweg. Sie fürchtete, er würde mit ins Krankenhaus kommen und eine Szene machen, wenn sie sich weigerte. „Also gut", sagte sie, „ich verspreche es." Augenblicklich fühlte sie sich unendlich erleichtert. Sie würde nach Hause fahren.

„Ach, und Julia", fügte Rhodes hinzu, als sie aus der Kutsche stieg. „Wenn Sie Ihre Eltern begrüßen, sollten Sie Handschuhe tragen."

Julia eilte ins Krankenhaus und fiel beinahe über einen Stapel Briefe, den der Postbote hinter der Haustür deponiert hatte. Sie hob die Umschläge auf und legte sie auf Dr. McGraths Schreibtisch, während sie ihren Mantel und ihre Haube aufhängte. Sein Arbeitszimmer war leer. Die meisten Briefe waren für die Soldaten und Julia nahm sich die Zeit, sie nach Stationen zu ordnen. Inmitten des Stapels entdeckte sie einen Brief für den Doktor.

Der Umschlag war aus cremefarbenem Pergamentpapier. Eine weibliche Hand hatte in dunkler Tinte *Dr. James McGrath* daraufgeschrieben. Der Absender lautete: *Mrs James McGrath, Whitney Avenue, New Haven, Connecticut.* Julia legte den Brief auf seinen Schreibtisch.

Die restliche Post trug sie auf die Station im Erdgeschoss, wo sie den Arzt neben dem Bett eines Patienten stehen sah. Als sie eintrat, warf James gerade den Kopf zurück und lachte. Dann ließ er seine Hand kurz auf der Schulter des Mannes ruhen.

„Nein, den kannte ich noch nicht, Lewis. Der ist gut." Sein Lachen war ein Geräusch, das in diesem Krankenhaus nur sehr selten erklang. Sie hatte es nur dann gehört, wenn er mit seinen Patienten scherzte. In diesen Momenten war sie gerne in seiner Nähe, machte mit ihm die Visite, arbeitete mit ihm zusammen.

Julia trug die Briefe zu einer der freiwilligen Helferinnen hinüber. „Guten Morgen, Mrs Gardner. Die Post ist gerade gekommen. Würden Sie mir vielleicht helfen, sie zu verteilen?"

„Gerne." Mrs Gardner war eine von mehreren Frauen, die nach Washington gekommen waren, nachdem sie gehört hatten, dass einer ihrer Lieben dort verwundet im Krankenhaus lag. Aber wie alle anderen Mütter und Ehefrauen und Schwestern half sie auch, die anderen Männer zu versorgen, nicht nur ihren eigenen Angehörigen. Julia gab Mrs Gardner die Hälfte der Briefe zum Verteilen und wollte mit dem Rest gerade nach oben gehen, als der Arzt sie zu sich rief. Phoebe war seine nächste Patientin.

„Gibt es Post für Miss Bigelow?", fragte er.

„Nein. Ich habe sie mehrmals gefragt, ob ich für sie an jemanden schreiben solle, aber sie sagte, es gebe niemanden, dem ich schreiben könne. Sie hat drei Brüder in der Armee, aber sie weiß nicht, wo die sind."

„Finden Sie ihre Namen heraus. Ich sehe, was ich tun kann."

Er bedeutete Julia, ihm hinter den Vorhang zu folgen. Phoebe war über der kleinen, völlig gewellten Bibel, die Julia in ihrer Uniformjacke gefunden hatte, eingeschlafen. Sie hatte der Patientin mehrfach angeboten, ihr eine andere zu besorgen, aber Phoebe hatte entschlossen abgelehnt. Sie las jeden Tag in dem Buch, als wäre es ein Brief aus der Heimat.

Der Doktor beugte sich übers Bett und ließ seine Hand einen Moment lang auf Phoebes Stirn ruhen. Julia hatte tausendfach gesehen, wie er das bei seinen Patienten getan hatte, und jedes Mal war sie aufs Neue beeindruckt von der Zärtlichkeit dieser Geste. Es war, als wolle er durch seine Berührung heilen. Diesen Mann mochte sie sehr und vor ihm hatte sie überhaupt keine Angst. Aber immer wenn James McGrath die Station verließ und in sein Büro zurückging, verwandelte er sich wieder in diesen anderen, unangenehmen Mann.

Er lauschte mit dem Stethoskop und atmete dann aus. „Ich möchte, dass Sie ihr Chinin geben. Vielleicht hat ihr Fieber mehr als einen Grund."

„Ja, Doktor. Soll ich sie gleich wecken und es ihr geben?"

„Lassen Sie sie schlafen."

Als er sich seinem nächsten Patienten zuwandte, eilte Julia die Treppe hinauf. Die Männer waren immer überglücklich, wenn sie Post bekamen, und Julia achtete darauf, dass sie ein paar Minuten mit denjenigen redete, die leer ausgingen.

Den ganzen Vormittag über träumte sie von zu Hause, während sie arbeitete. Sie plante, was sie auf der Fahrt anziehen würde und in welchen Geschäften sie in Philadelphia ihre Weihnachtsgeschenke einkaufen würde. Sie musste auch an Nathanael denken und fragte sich, ob er sie womöglich zum Weihnachtsball der Musikgesellschaft einladen würde und wie es wohl wäre, mit ihm zu tanzen. Sie malte sich aus, wie sie in ihrem neuen Ballkleid in seinen Armen über die Tanzfläche wirbeln würde, während sie in sein attraktives Gesicht aufblickte. Vielleicht würde Nathanael sich auf dem Heimweg in der Kutsche zu ihr herüberbeugen und sie küssen, und es wäre so wundervoll, wie sie sich einen Kuss immer vorgestellt hatte.

„Sie sehen heute aber glücklich aus, Mrs Hoffman", bemerkte einer ihrer Patienten.

„Ja, Gefreiter Carter, das bin ich auch."

Gegen Mittags ging sie wieder hinunter, um dafür zu sorgen, dass Phoebe etwas aß. Sie fand ihre Patientin aufrecht sitzend im Bett vor, wie sie mit der Linken umständlich einen Teller Suppe löffelte. Dr. McGrath hatte ihren rechten Arm mit einer Schlinge stillgelegt, damit ihre Schulter heilen konnte.

„Geht es Ihnen gut, Phoebe?", fragte sie.

„Ich dachte, dann brauche ich Ihnen nicht zur Last zu fallen."

„Sie fallen mir nicht zur Last." Aber zumindest wusste Julia nun, dass Phoebe nicht verhungern würde, wenn sie nach Philadelphia fuhr. Und Phoebe schien heute generell ein wenig kräftiger zu sein. Als sie die Suppe aufgegessen hatte, gab Julia ihr etwas Chinin und brachte sie dann dazu, über ihre Brüder zu reden.

„Junior ist der Älteste", begann Phoebe.

„Ist das sein richtiger Name oder ein Spitzname?"

„Ich glaube, er heißt Curtis, nach unserem Vater. Die anderen beiden heißen Willard und Jack."

„Wissen Sie denn, wo sie sich freiwillig gemeldet haben?"

„Sie sagten, sie würden nach Cincinnati gehen, aber sicher weiß ich das nicht. Warum fragen Sie danach?"

„Würden Sie ihnen nicht gerne schreiben und hören, wie es ihnen geht?"

Phoebes Gesicht erstarrte. „Junior würde ausrasten, wenn er erfährt, dass ich von zu Hause weggelaufen bin."

„Wo ist denn dieses Zuhause, Phoebe?"

Ihre Patientin rutschte im Bett nach unten, bis sie auf der Seite lag, und schloss die Augen. „Das geht Sie nichts an."

Das Gespräch beunruhigte Julia. Phoebe hatte offensichtlich Geheimnisse, aber die hatte sie selbst auch. Den ganzen Nachmittag über, während Julia versuchte, sich selbst an der Seite von Nathanael Greene vorzustellen, war ihr unbehaglich zumute. Sollte sie ihn in dem Glauben lassen, dass sie selbstlos und mitfühlend war? Oder sollte sie ihm die Wahrheit über ihre ursprünglichen Beweggründe sagen und über die Lügen, die sie verbreitet hatte, um als Krankenschwester arbeiten zu können? Am Ende des Tages war Julia noch immer unentschlossen.

Aber sie hatte sich entschieden, Dr. McGrath zu sagen, dass sie noch diese Woche nach Philadelphia zurückkehren würde. Sie ging in sein Arbeitszimmer, um mit ihm zu reden, und traf dabei auf einen uniformierten Offizier, der gerade gehen wollte.

„Gut, James", sagte der Mann und schüttelte dem Doktor die Hand. „Wir sehen uns dann in Fredericksburg." Als er an Julia vorbei hinausging, tippte er sich an seine Mütze. „Ma'am …"

Dr. McGrath wurde wieder auf dem Schlachtfeld gebraucht. Das bedeutete, dass auch Krankenschwestern benötigt wurden. Julia beschloss plötzlich, dass sie ebenfalls nach Fredericksburg gehen würde. Der Kongressabgeordnete hatte gesagt, dass das die letzte Schlacht des Krieges sein würde. Dies war wahrscheinlich die letzte Gelegenheit für sie, im Kriegsgebiet Dienst zu tun, bevor sie in ihr früheres Leben in Philadelphia zurückkehrte. Sie würde gehen, und diesmal nicht, weil sie jemanden beeindrucken wollte, sondern aus Mitgefühl. Sie würde Gott ein letztes Mal dienen.

Entschlossen betrat Julia Dr. McGraths Büro. „Ich gehe auch nach Fredericksburg“, sagte sie zu ihm.

„Was geht es mich an, was Sie tun?“ Er blieb hinter seinem Schreibtisch sitzen, kramte in einem Stapel Unterlagen und blickte nicht auf. „Ich weiß inzwischen, dass ich Sie nicht aufhalten kann“, fügte er hinzu.

„Die Gesundheitskommission braucht immer Freiwillige“, sagte sie. „Sie werden mich gerne nehmen. Aber ich dachte, da wir daran gewöhnt sind zusammenzuarbeiten, könnte ich Ihnen die Mühe ersparen, eine neue Krankenschwester anzulernen. Ich weiß, dass Sie die Dinge auf Ihre Weise machen. Und Sie wissen, dass wir ein gutes Team sind.“

Der Arzt seufzte und lehnte sich auf seinem Stuhl zurück. „Ich nehme an, Sie wollen mir nicht sagen, warum Sie gehen wollen?“

„Aus demselben Grund wie Sie. Ich will helfen.“

Er lehnte sich wieder nach vorne und musterte sie sorgfältig. „Und haben Sie keine Angst?“, fragte er leise.

Julia wusste nicht, was er meinte – Angst vor den Gefechten oder Angst vor ihm.

„Nein“, sagte sie. Aber sie hatte doch ein wenig Angst ... vor beidem.

Er zog seine Taschenuhr heraus und warf einen Blick darauf. „Sie haben nicht viel Zeit zum Packen, Mrs Hoffman. Das Schiff, mit dem ich nach Aquia Landing reise, verlässt Alexandria morgen früh um fünf.“

„Ich werde dort sein“, erwiderte sie.

* * *

Fredericksburg, Virginia
Dezember 1862

Julia und James McGrath waren unter den Dutzenden von Ärzten und Krankenschwestern, die am nächsten Morgen an Bord der *Mary Jane* gingen, um den Potomac die sechzig Kilometer bis Aquia Landing hinunterzufahren. Die Weiterfahrt mit dem Zug nach Falmouth war dann vergleichsweise kurz. Falmouth lag am Nordurfer des Rappahannock, direkt gegenüber von Fredericksburg. Julia sah die Stadt an diesem ersten Abend im Dämmerlicht, eine verschlafene Ansammlung von Häusern und Steingebäuden mit eleganten Kirchtürmen, die in den Himmel ragten. Steinerne Pfeiler an beiden Ufern und einer in der Mitte markierten den Ort, an dem einmal eine Eisenbahnbrücke gestanden hatte. Noch vor Tagesanbruch, so erfuhr Julia, würden Ingenieure der Armee damit beginnen, Behelfsbrücken über das Wasser zu spannen, damit der Angriff erfolgen konnte.

Julia und die anderen Krankenschwestern verbrachten eine kalte Nacht auf nackten Bänken schlafend in einer der Kirchen von Falmouth. Morgen würde sie in ein Krankenhaus verwandelt. Julia hatte an diesem Tag mehrere Stunden damit verbracht, James zu helfen, alles so zu arrangieren, wie er es haben wollte.

Das entfernte Donnern einer Kanone weckte sie am nächsten Morgen. Als die Sonne den Frühnebel auflöste, der über dem Fluss hing, konnte sie die teilweise fertiggestellten Pontonbrücken sehen. Außerdem sah sie auch Rauchwolken von der konföderierten Seite aufsteigen und hörte das Krachen der Gewehre, als Scharfschützen der Rebellen das Feuer auf die Arbeiter und Ingenieure eröffneten. Kurz darauf wurden die ersten verletzten Brückenbauarbeiter gebracht. Julias Arbeitstag hatte begonnen.

Sie assistierte James bis zum frühen Nachmittag bei der Versorgung der Verletzten, und dann beschloss die Armee, dass zu viele ihrer Arbeiter verletzt wurden. Sie unterbrachen die Bauarbeiten, stellten einhundert Artilleriegeschütze auf und richteten sie auf Fredericksburg. Das Bombardement der Stadt würde den Widerstand der Rebellen so weit brechen, dass die Brücken sicher zu Ende gebaut werden konnten.

Das schreckliche Kanonenfeuer hielt zwei Stunden an. Selbst mit Baumwolle in den Ohren hatte Julia das Gefühl, dass der Lärm sie taub machte. Sie saß auf einer der Kirchenbänke und betete für die Bewohner der Stadt – vor allem für die unschuldigen Frauen und Kinder, die in der Falle saßen. Noch lange nachdem der Beschuss aufgehört hatte, waren Julias Knie weich wie Pudding.

Als der Rauch sich verzog, lag die Stadt in Trümmern. Julia konnte sich nicht vorstellen, dass irgendjemand einen solchen Angriff überlebt haben könnte. Aber kaum wurde die Arbeit an der Brücke wieder aufgenommen, sorgten die Scharfschützen der Rebellen dafür, dass das Krankenhaus etwas zu tun bekam.

„Damit haben wir den Konföderierten lediglich einen hübschen Trümmerhaufen beschert, hinter dem sie sich verstecken können", hörte sie James sagen, als er sich zur Untersuchung über eines der jüngsten Opfer beugte.

„Wir haben Kanonenkugeln verschwendet", keuchte der Soldat.

„Wir haben eine ganze Stadt verschwendet", erwiderte James.

Immer mehr verletzte Männer strömten ins Lazarett, da die Armee schließlich einige Geschwader Soldaten in Pontonbooten über den Fluss geschickt hatte, um die Rebellen zu verjagen. Die Gefechte dauerten den ganzen Nachmittag an. Bei Einbruch der Dunkelheit waren die Brücken fertig und die meisten Männer, die an jenem Tag verwundet worden waren, befanden sich auf dem Weg zu den Evakuierungsschiffen. Die Ärzte mussten in den Lazaretten Platz für die neuen Opfer schaffen, die der nächste Tag hervorbringen würde.

Nachdem ihre Arbeit erledigt war, zog Julia ihren Mantel an und ging nach draußen. Sie blieb einen Moment lang in der verräucherten Luft stehen und schaute sich die Zerstörung am gegenüberliegenden Ufer an. Die immer noch in Flammen stehende Stadt erleuchtete den Nachthimmel. Es war eine Szene wie aus einem Albtraum, und doch konnte sie den Blick einfach nicht abwenden.

Wenige Minuten später ging die Kirchentür auf und James McGrath kam heraus. Er stellte sich neben sie. Mehrere Minuten lang lauschten sie schweigend dem Grummeln entfernter Kanonen und sahen zu, wie die Flammen in den Nachthimmel züngelten.

„Was meinen Sie, warum ist etwas so Schreckliches so faszinierend?“, fragte er schließlich.

„Ich weiß es nicht“, sagte Julia und fröstelte. „Ich habe mich gefragt, wie ich mich wohl fühlen würde, wenn das meine Stadt wäre – wenn die Kanonen der Konföderierten Philadelphia in Schutt und Asche legen würden.“

Auf ihrer Seite des Ufers erhellten die Lagerfeuer der Soldaten die Dunkelheit. Der Abendwind trug Rufe und Gelächter und das Wiehern von Pferden zu ihnen herüber.

„Glauben Sie, dass jemand, der so etwas miterlebt hat, jemals wieder derselbe Mensch sein kann wie vorher?“, fragte James McGrath. Seine Stimme klang sanft. „Werden Sie wieder so sein wie früher, Julia? Können Sie zu Ihren Abendgesellschaften und Wohltätigkeitsbällen zurückkehren und all das hier vergessen?“

Sie versuchte sich vorzustellen, wie sie in einem Ballkleid in Nathanael Greenes Armen über die Tanzfläche schwebte – aber es gelang ihr nicht. „Im Moment kann ich mir nicht vorstellen, dass der Krieg jemals endet. Oder dass dann noch irgendjemand am Leben ist“, sagte sie.

Sie schwiegen wieder. Irgendwo in der Ferne spielte eine Militärkapelle „*Hail Columbia*“. James griff in die Brusttasche seiner Jacke und zog eine silberne Flasche heraus. Die Flammen spiegelten sich in der glänzenden Oberfläche, als er den Deckel abschraubte und die Flasche an die Lippen setzte.

„Tun Sie es nicht“, flüsterte Julia.

„Wie bitte?“

Sie hatte ihn oft genug krank gesehen, um zu wissen, dass er sich morgen elend fühlen würde, wenn er sich jetzt betrank. Abgesehen davon, dass er unhöflich und schlecht gelaunt wäre, würde er sich nicht konzentrieren können und seine Hände würden zittern – und dann wäre er als Arzt nicht zu gebrauchen. Sie hatte so viel Achtung vor ihm gewonnen, als sie ihn mit seinen Patienten gesehen und den ganzen Tag im Feldlazarett mit ihm zusammengearbeitet hatte, und sie konnte es einfach nicht ertragen, dass er sich herabsetzte, indem er sich betrank. Sie wünschte sich von ganzem Herzen, er würde aufhören, seine bessere Seite zu zerstören.

„Ich glaube nicht, dass es eine Lösung ist, sich zu betrinken", sagte sie.

„Ach ja?", entgegnete er mit beißendem Ton. „Ich nehme an, Sie wissen, warum ich das hier bei mir trage?"

Sie wollte sagen: *Ja, wegen der Sache, die in New Haven geschehen ist.* Aber sie dachte an seine Reaktion vor dem Farmhaus in Sharpsburg, an den tiefen Schmerz, den sie in seinen Augen gesehen hatte. Sie würde den Mord nicht noch einmal erwähnen.

„Sie sind ein begabter Arzt", sagte sie. „Uns allen im Fairfield-Krankenhaus ist es ein Rätsel, warum Sie sich selbst so quälen, indem Sie so viel trinken."

„Haben Sie es schon mal versucht, Mrs Hoffman? Möchten Sie einen Schluck probieren?" Er hielt ihr die Flasche hin.

„Nein, danke."

„Nun machen Sie schon, trinken Sie. Ich bestehe darauf. Vielleicht sind Sie ja die Erste, die das Rätsel löst, warum ich trinke." Er hielt ihr die Flasche direkt vors Gesicht. „Trinken Sie."

Das Metall fühlte sich kalt an, als er es grob an ihre Lippen drückte. Dann kippte er die Flasche. Sie öffnete den Mund, damit der Schnaps ihr nicht übers Kinn lief – und weil sie Angst hatte, ihn wütend zu machen. Sie schluckte und erwartete einen bitteren Geschmack, das brennende Feuer eines hochprozentigen Getränks. Stattdessen schmeckte sie überhaupt nichts.

„Das ist Wasser", sagte sie überrascht.

„Ah! Sehr gut. Jetzt haben Sie das Geheimnis gelüftet, warum James McGrath trinkt."

Sie blickte zu ihm auf.

„Weil ich Durst habe, Mrs Hoffman."

„Aber … es ist nicht immer Wasser. Ich habe Sie an vielen Tagen verkatert gesehen. Sie kommen ganz zerzaust zur Arbeit, als hätten Sie in Ihren Kleidern geschlafen, und dann sitzen Sie mit zugezogenen Vorhängen in Ihrem Büro und sagen allen, dass sie nicht so schreien sollen. Jeder weiß, dass Sie das tun, weil Sie sich am Abend zuvor betrunken haben."

„Sie dürfen nicht alles glauben, was Sie hören."

„Aber ich habe Sie selbst schon mit einem Kater gesehen."

„Nein, das haben Sie nicht. Sie haben mich mit Migräne gesehen."

„Sie haben auf Ihrem Schreibtisch ein Glas mit –"

„Weidenrindentee. Der hilft etwas bei Migräne."

Sie starrte ihn ungläubig an, während sie versuchte, das, was er sagte, mit dem in Einklang zu bringen, was sie gesehen hatte.

„Hatten Sie jemals Migräne, Mrs Hoffman?", fragte er. „Der Schmerz ist lähmend. Er beginnt hinter Ihren Augen und es fühlt sich an, als würde ein grelles Licht in Ihr Gesicht scheinen, auch wenn Ihre Augen geschlossen sind. Manchmal fängt das Licht an zu funkeln, dann wird der Schmerz noch schlimmer. Das geringste Geräusch, die leiseste Bewegung intensiviert den Schmerz um ein Vielfaches, bis Ihnen ganz übel ist. Sie können nicht anders, als sich zu übergeben. Am liebsten würden Sie sich nur noch an einem dunklen, stillen Ort zusammenrollen und Gott anflehen, die Schmerzen zu beenden. Aber natürlich können Sie das nicht machen, weil Arbeit auf Sie wartet. Laudanum hilft, den Schmerz zu betäuben, aber mit Medikamenten vollgepumpt bin ich schließlich zu nichts zu gebrauchen, nicht wahr?"

„Wollen Sie damit sagen, dass Sie nicht trinken?"

„Früher habe ich getrunken. Vielleicht manchmal zu viel."

Seine Augen sahen müde und traurig aus, als er in die Ferne blickte. Sie fragte sich, woran er wohl dachte. Hiram Stone zufolge hatte James einen Mann getötet, als er betrunken gewesen war.

„Aber jetzt trinke ich nicht mehr", sagte er und hob die Flasche an. „Nur Wasser."

„Sie kennen doch bestimmt all die Gerüchte", sagte Julia. „Alle im Krankenhaus glauben, Sie seien Alkoholiker."

Er zuckte mit den Schultern. „Na und?“

„Warum lassen Sie sie in dem Glauben? Warum sagen Sie ihnen nicht die Wahrheit?“

„Weil es mir wirklich gleichgültig ist, was alle anderen denken.“ Er nahm einen tiefen Zug aus der Flasche und fuhr sich mit der Faust über den Mund. „Wenn man bedenkt, wie Sie die Ansichten und Erwartungen Ihrer eigenen Gesellschaftsschicht missachtet haben, sollte man meinen, dass gerade Sie das verstehen.“

„Das tue ich aber nicht“, sagte sie. „Ich verstehe es überhaupt nicht.“ Julia schüttelte den Kopf, als wollte sie ihr bisheriges Bild von ihm abschütteln und durch dieses neue ersetzen. Das blasse, vom Schmerz gezeichnete Gesicht und die zitternden Hände, die sie an so vielen Vormittagen gesehen hatte, waren nicht das Ergebnis seiner Trinkerei, sondern einer Krankheit, über die er keinerlei Kontrolle hatte. Sie starrte ihn an, während sein Gesicht von den Flammen der brennenden Stadt erleuchtet wurde, und sah einen völlig anderen Mann.

„Wie auch immer“, sagte er abrupt, „ich gehe schlafen. Der morgige Tag wird für uns alle sehr anstrengend.“

Julia sah ihm nach, als er ins Haus ging, und kam sich unendlich dumm vor.

* * *

Am nächsten Tag überquerten die Unionstruppen den Fluss und marschierten in Fredericksburg ein. Als sie entdeckten, dass die Rebellen sich in die Hügel jenseits der Stadt zurückgezogen hatten, randalierten sie, brachen in verlassene Häuser und Geschäfte ein, zerschlugen Schaufenster und plünderten.

Später an diesem Nachmittag fuhr Julia mit einem Krankenwagen in die Stadt, um dabei zu helfen, dort ein Feldlazarett einzurichten. Beim Anblick der verwüsteten Stadt wurde ihr ganz übel. Haushaltsgegenstände wie Federbetten, Schaukelstühle und zerbrochene Teetassen lagen weggeworfen und zertrampelt auf den Straßen, während die Soldaten weiterhin ungehindert durch die zerstörten Häuser liefen und Wertsachen in ihre Taschen und Rucksäcke stopften. Die befehlshabenden Offiziere taten nicht das Geringste, um die Plünderei zu beenden. Julia wandte sich angewidert ab und machte sich an die Arbeit.

Die Ärzte wählten ein großes Backsteinlagerhaus nahe einer der Behelfsbrücken aus, um dort ein provisorisches Krankenhaus mit Operationssälen einzurichten. Julia half James McGrath, medizinische Verbrauchsgüter, Essen und Wasser hineinzutragen, damit sie für die Schlacht vorbereitet waren, die am nächsten Tag beginnen würde. Abends fuhr sie über die Brücke wieder zurück nach Falmouth, um in der Kirche dort zu schlafen.

Um halb neun am nächsten Morgen begannen die Unionstruppen im Schutz des Nebels mit dem Vormarsch. Als der Nebel sich hob, begann der Angriff. Julia begab sich in das umfunktionierte Lagerhaus, von wo aus sie deutlich hören konnte, wie die Schlacht über den Hügeln hinter der Stadt wütete. Den ganzen Tag über brach der Kampflärm nicht ab. Von den verwundeten Männern, die zu Tausenden ins Krankenhaus strömten, erfuhr sie, was geschah.

„Die Rebellen haben sich auf den Höhen verschanzt“, erzählte ein erschöpfter Patient ihr, „aber unsere Generäle werfen ihnen immer wieder neue Männer zum Fraß vor, eine Welle nach der anderen.“

„Wir stehen auf freiem Feld“, fügte ein anderer Soldat hinzu, „und die Rebellen sind durch eine Steinmauer geschützt. Sie mähen uns nieder wie Weizen, wenn wir den Hügel hinaufkommen.“

Das alles erschien Julia wie der helle Wahnsinn. Das schreckliche Gemetzel setzte sich den ganzen Tag über fort, und am Ende hatten sie nichts außer vielen Opfern. Als die Nacht hereinbrach und die Temperaturen fielen, erzählten die Männer, die immer noch ins Krankenhaus strömten, dass Tausende weiterer Verletzter in der eisigen Kälte auf den Hängen lagen. Sie waren gezwungen, sich zum Schutz unter den Leichen ihrer Freunde zu verstecken, und wagten es nicht, sich zu bewegen – sonst würde man auf sie schießen.

Julia hatte den ganzen Tag über konzentriert gearbeitet, voller Hoffnung, dass sie siegen und dies die letzte Schlacht sein würde, die sie alle ertragen mussten. Doch während ihre Kräfte nachließen, schien ihr ein Sieg in immer weitere Ferne zu rücken. Sie war erschöpft, sowohl körperlich als auch emotional. Unwillkürlich fragte sie sich, wie James McGrath das alles aushielt – ob der Stress dazu geführt hatte, dass seine Migräne zum denkbar ungünstigsten Zeitpunkt zuschlug. Als sie eine freie Minute hatte, beschloss sie nach ihm zu sehen.

Die Ärzte hatten ihre Operationsräume in den Büros des Lagers eingerichtet. Als sie sich diesem Bereich näherte, hörte Julia, wie James seine Kollegen anbrüllte.

„Hören Sie, die Operationen gehen auf diese Weise zu langsam vonstatten. Wenn wir uns aufteilen und die Krankenschwestern dazu bringen, uns zu assistieren, können wir dreimal so viel schaffen."

„Es ist gegen die Regeln, James. Der Oberarzt hat ausdrücklich die Anweisung gegeben, dass wir zu dritt arbeiten sollen."

„Na, dann gehen Sie nach draußen und erklären Sie das den sterbenden Männern!", erwiderte James. „Sagen Sie einem Soldaten, der den ganzen Nachmittag voller Schmerzen gewartet hat: ‚Tut mir leid, dass Sie sterben müssen, aber es verstößt gegen die Regeln, wenn wir Ihr Leben nicht mit drei Feldärzten retten.'"

„Wir befolgen nur Befehle."

„Ach ja? Wissen Sie was? Ich nicht."

Julia sah zu, wie James begann, die Büromöbel und Lampen zu verrücken, damit er einen weiteren Operationstisch aufstellen konnte. „Die armen Kerle, die da draußen auf den Hängen abgeschlachtet werden, befolgen auch nur Befehle", sagte er, während er arbeitete. „Jemand sollte dem Ganzen ein Ende bereiten. In der Zwischenzeit müssen wir die Verantwortung für das übernehmen, was im Operationssaal geschieht. Nicht der Oberarzt ist hier, sondern wir." Er stellte den Koffer mit seinen chirurgischen Instrumenten in die Nähe des Tisches. Als er aufblickte, um den Krankenträgern zu sagen, dass sie ihm den nächsten Patienten bringen sollten, sah er Julia in der Tür stehen.

„Mrs Hoffman, kommen Sie bitte und assistieren Sie mir?"

Einer der Ärzte hob die Hände. „Das kann ich nicht zulassen, James. Sie ist kein Arzt."

„Sie ist eine ausgebildete Krankenschwester. Ich habe sie selbst angelernt. Wenn sie hilft, schaffen wir doppelt so viele, können doppelt so viele Menschenleben retten."

„Die Vorschriften besagen, dass mindestens zwei Chirurgen eine Amputation genehmigen müssen."

„Gut! Sie beide können ja die Amputationen machen und ich übernehme alle anderen Operationen. In Ordnung? Können wir anfangen?" Er wartete, während die beiden anderen Ärzte die Köpfe zusammensteckten und hin und her überlegten, ob sie James gestatten sollten, weiterzumachen. Minuten verstrichen, bis er schließlich entnervt die Hände hob.

„Ich habe keine Zeit für so etwas. Männer sterben, während Sie beide über Formalitäten diskutieren. Mrs Hoffman ... wenn Sie so freundlich sein wollen?"

Julia betrat den Raum, zu benommen von der überraschenden Entwicklung, um irgendetwas anderes zu tun. Sie hatte noch nie bei einer Operation zugesehen und sie war sich sicher, dass sie bei dem Anblick in Ohnmacht fallen würde. Aber als James sie an den Schultern packte, mit seinem Blick den ihren suchte und dann fragte: „Halten Sie das hier aus, Mrs Hoffman? Helfen Sie mir?", konnte sie nur nicken.

Die Helfer trugen den ersten Patienten herein, einen Jungen mit einer Schusswunde unter dem Schlüsselbein. Er konnte unmöglich älter als achtzehn Jahre sein. James drehte ihn behutsam auf die Seite, um nach möglichen Austrittsstellen des Projektils zu suchen, und fing dann an, die Kleidung des Soldaten aufzuknöpfen.

„Werde ich es schaffen, Doc?", keuchte der junge Mann.

James legte die Hand auf den Kopf des Jungen. „Wir tun, was wir können."

Furcht kroch in Julia hoch, als ihr klar wurde, dass dieses „Wir" sie selbst mit einschloss. Sie trug jetzt einen Teil der Verantwortung dafür, sein Leben zu retten. In diesem Augenblick wurde ihr bewusst, dass sie Gott um all die Kraft und den Mut bitten musste, die er ihr geben konnte. Um dieses Jungen willen durfte sie einfach nicht in Ohnmacht fallen oder weglaufen.

James zeigte ihr, wie viel Äther sie in die kupferne Gesichtsmaske füllen musste. „Halten Sie das Zeug von den Lampen fern", warnte er sie. „Äther ist hoch entzündlich. Halten Sie den Kegel fest über Nase und Mund, so … Gut. Das reicht." Er wandte sich seinem hölzernen Instrumentenkoffer zu und wählte eine Sonde aus. „Behalten Sie ihn im Auge. Wenn er aufzuwachen beginnt, bevor ich fertig bin, geben Sie ihm noch etwas."

Julia nickte, zu nervös, um etwas zu sagen. Sie wandte den Blick ab, als James die Sonde in die Schusswunde einführte. Ihr war nicht bewusst, wie still es war oder dass sie die Luft anhielt, bis sie das leise Klicken hörte, als das Metall der Sonde auf das Metall der Kugel traf. James lächelte ein wenig.

„Reichen Sie mir die Zange … Danke. Und jetzt nehmen Sie einen Schwamm und wischen Sie etwas von dem Blut weg, damit ich besser sehen kann … Gut."

Julia sah James an und bemerkte, dass ihm Schweiß über die Stirn und in die Augen rann. Sie nahm ein sauberes Handtuch und wischte ihm die Stirn.

„Danke. Das ist besser." Wenige Augenblicke später zog er die Zange heraus, mit der er ein blutiges Stück Metall umklammert hielt. Er ließ das Projektil in eine Blechdose fallen, die bereits halb mit Kugeln gefüllt war. „Gleich muss ich die Wunde nähen", sagte er, während er die Wunde mit Karbolsäure reinigte. „Die Nadeln … mit dem Seidengarn … Ja." Dann war es vorbei. Es schien, als wären nur wenige Augenblicke vergangen. Die Krankenträger holten den Jungen ab und brachten den nächsten Patienten, während James sich die Hände wusch.

Mit der Zeit fing Julia an, sich zu entspannen. Sie zog Mut aus James' professionellen Fähigkeiten und ruhigen Befehlen. Nach und nach stellte sie sogar fest, dass sie ihm bei der Arbeit zusehen konnte. Sie vergaß, dass sie Blut und zertrümmerte Knochen und gerissene Muskeln vor Augen hatte, als sie seine Hände beobachtete, die so kräftig und geschickt waren – wie sie flickten, reparierten, heilten. Sie fing an vorherzusehen, was er brauchte, und hielt es bereit, bevor er danach fragte.

Während die Stunden vergingen, wurden ihre Beine immer müder und ihr Rücken schmerzte, weil sie die ganze Zeit auf der Stelle stand. Sie sehnte sich danach, aufzuhören und sich hinzulegen, aber James arbeitete unermüdlich weiter, noch lange, nachdem die beiden anderen Ärzte sich gesetzt hatten, um sich auszuruhen.

Als die Helfer schließlich aufhörten, Patienten hereinzubringen, lehnte James sich gegen den Operationstisch und zog seine Taschenuhr heraus. „Zwanzig Minuten nach Mitternacht", seufzte er. „Wenn die Generäle auch nur einen Tag lang an unserer Stelle wären, würden sie diesen Krieg vielleicht schneller beenden." Er schüttelte den Kopf und steckte die Uhr wieder weg. Dann hob er die Arme und streckte Rücken und Nacken. „Ich brauche frische Luft."

Ein Stoß kalter Luft schlug Julia entgegen, als er die Tür des Büros öffnete und hinaustrat, um die Tür dann wieder hinter sich zu schließen. Ihre Haare hatten sich im Lauf der letzten Stunde aus den Nadeln gelöst und so zog sie die übrigen heraus, schüttelte den Kopf und ließ die Locken lose über ihre Schultern fallen. Sie wollte das Büro gerade verlassen und sich einen Platz zum Schlafen suchen, als James die Tür plötzlich wieder aufriss. Er griff nach einer Uniformjacke, die über einem Stuhl hing, und reichte sie ihr. „Mrs Hoffman … Julia. Ziehen Sie die an und kommen Sie einen Augenblick mit nach draußen."

Sie hatte keine Ahnung, warum er sie brauchte, aber weil sie glaubte, es handele sich um einen Notfall, folgte sie ihm sofort. Gleich vor der Tür blieb James stehen.

„Sehen Sie", sagte er und zeigte in den Himmel hinauf. „Die Nordlichter."

Über dem Fluss tanzten, von einem Ende des Horizonts bis zum anderen, glänzende Lichtwellen über den Nachthimmel. Rot- und Grüntöne und blendendes Weiß bildeten über ihren Köpfen einen leuchtenden Vorhang. Julia vergaß die Kälte und ihre Müdigkeit und verlor sich in der Schönheit des himmlischen Nordlichts. Noch nie hatte sie etwas so unbeschreiblich Schönes gesehen und sie glaubte auch nicht, dass sie in Zukunft noch so etwas sehen würde. Sie lehnte sich neben James an die Mauer und genoss schweigend die Vorstellung.

„Gott gab den Israeliten in der Nacht eine Feuersäule“, sagte er leise, „um sie vor der Verzweiflung zu bewahren. Uns hat er heute das hier gegeben.“

Julia blickte zu ihm auf und betrachtete sein Gesicht, während er dem flackernden Tanz der Lichter zusah. Und plötzlich glaubte sie nicht mehr, dass er tatsächlich einen Mann getötet hatte. James arbeitete viel zu engagiert dafür, Leben zu erhalten. Sie konnte einfach nicht glauben, dass er eines beenden würde. Er hasste den Tod. In dieser Nacht hatte sie mit eigenen Augen gesehen, wie er ihn bekämpft hatte, als wäre er sein Feind. Der echte James McGrath war dieser Mann – der Arzt, der liebevoll und fürsorglich mit seinen Patienten umging und gegen jede ihrer Krankheiten so ankämpfte, als richte sie sich gegen ihn persönlich. Der schroffe Zorn und die Unhöflichkeit, hinter der er sich so oft versteckte, waren eine Fassade, die andere Menschen aus irgendeinem Grund auf Distanz halten sollte. Wenn er wirklich einen Mann erschossen hatte, dann gab es dafür eine andere Erklärung – so wie es auch eine andere Erklärung für seinen „Kater“ gegeben hatte.

„Sie haben heute bemerkenswerte Arbeit geleistet, Julia“, sagte er, den Blick immer noch gen Himmel gerichtet. „Sobald Sie den Ablauf verstanden hatten, haben Sie vorhergesehen, was ich brauchte. Ich habe noch nie so harmonisch mit jemandem zusammengearbeitet, nicht einmal mit einem anderen Arzt.“

„So hätte es schon die ganze Zeit über sein können“, sagte sie. „Auch in Washington. Aber von dem Tag an, an dem ich das Krankenhaus zum ersten Mal betreten hatte, schienen Sie fest entschlossen, mich loszuwerden – und alle anderen übrigens auch. Wahrscheinlich werden Sie mich morgen wieder von sich stoßen. Ich verstehe nur nicht, warum. Warum geben Sie sich solche Mühe, mich auf Distanz zu halten?“

Er wandte sich ihr zu und seine Miene war ernst. Ihre Blicke begegneten sich. „Aus dem gleichen Grund, aus dem man Funken von einem Pulverfass fernhält."

„I-ich verstehe nicht." Aber ihr Herz hatte begonnen, schneller zu schlagen.

„Ich glaube doch, Julia."

Er streckte die Hand aus und fuhr mit dem Finger zärtlich über ihre Wange. Sie erstarrte. Ihr Herz raste so sehr, dass sie das Gefühl hatte, es würde zerspringen. Dann beugte James sich langsam zu ihr herüber und legte seine Lippen auf die ihren. Julias Körper fühlte sich ganz schwach und zittrig an, so als wäre sie plötzlich krank geworden. Der Kuss dauerte nur einen Augenblick, dann löste James sich von ihr und sah sie wieder an. Sein Atem ging jetzt schneller und er stand so dicht vor ihr, dass sie spüren konnte, wie sein Atem über ihr Gesicht strich. Sie atmete seinen Duft ein und konnte seine Lippen noch immer schmecken. Der Kuss war wie ein Schluck von einer süßen Flüssigkeit gewesen und sie sehnte sich nach mehr.

Als hätte er ihre Gedanken gelesen, nahm James plötzlich ihr Gesicht in seine beiden Hände und presste seinen Mund auf den ihren. Er küsste sie, als wäre er am Verdursten und sie das lang herbeigesehnte frische Wasser. Sie war erst einmal geküsst worden – und es war ein geraubter Kuss gewesen, nach dem sie sich wütend und betrogen gefühlt hatte. Aber wie James sie jetzt küsste, war genauso wundervoll, wie sie es sich immer erträumt hatte. Er vergrub seine Finger in ihren Haaren und küsste ihren Hals, ihre Schläfen, ihre Stirn. Sein Bart ließ sie erzittern, als er ihre Haut streifte. Dann suchten seine Lippen wieder ihren Mund und er küsste sie heftig und lange.

Julia schlang die Arme um ihn und zog ihn näher. Ihre Körper berührten sich, als James sie gegen die Wand drückte. Die Gefühle, die sie durchfluteten, als sie ihre Hände über seine Schultern gleiten ließ, waren so stark, so überwältigend, dass sie glaubte, sie nicht aushalten zu können. Sie wollte nicht, dass James jemals wieder aufhörte, sie zu küssen.

Aber genau das tat er. Er ließ sie so plötzlich los, als hätte ihn jemand am Hemd gepackt und von ihr fortgerissen.

„Nein …“, flüsterte er. „Nein!“ Sie sah das Entsetzen in seinen Augen, bevor er sie schloss. Er beugte sich vor, die Hände auf die Oberschenkel gestützt, und rang nach Atem. „Es tut mir leid“, sagte er mit heiserer Stimme. „Das hätte nicht geschehen dürfen. Bitte vergeben Sie mir.“ Dann wandte er sich um und floh in die Nacht, bevor Julia etwas erwidern konnte.

Ihre Knie waren weich und zittrig und sie konnte seine Lippen noch immer fest auf den ihren spüren, die zärtliche Berührung seiner Hände in ihren Haaren. Sie überfiel ein Gefühl der Unvollständigkeit, als hätte ein Orchester plötzlich aufgehört zu spielen, bevor das Stück zu Ende war; als hätte man ihr einen Teller mit köstlichem Essen entrissen, während sie nach mehr hungerte.

„Nein“, flüsterte sie, so wie James es getan hatte. Aber sie meinte es nicht so wie er. Sie meinte: „Geh nicht … komm zurück.“

Sie wollte, dass seine Hände sie wieder streichelten, diese starken, fähigen Hände, die sie dabei beobachtet hatte, wie sie umsichtig und geschickt arbeiteten, während der goldene Ring an seiner rechten Hand im Lampenlicht glänzte. Und plötzlich wurde ihr mit dem gleichen Entsetzen, das James empfunden hatte, bewusst, was sie getan hatten. Er war verheiratet. Sie hatte bereitwillig einen verheirateten Mann geküsst, den Ehemann einer anderen Frau im Arm gehalten, den Vater eines kleinen Mädchens umarmt.

„O Gott“, murmelte sie. Ihre Knie gaben unter ihr nach und sie sank langsam zu Boden. „O Gott, vergib mir.“

* * *

Als die Sonne wenige Stunden später aufging, hatte Julia nicht eine Sekunde geschlafen. Sie war in das Lagerhaus zurückgegangen, hatte sich in eine Decke gewickelt und in die stille Ecke gelegt, in der die anderen Krankenschwestern schliefen. Aber der Schlaf war ausgeblieben, trotz ihrer Erschöpfung. Jetzt waren die übrigen Krankenschwestern und Helfer am Aufstehen. Julia hörte die verwundeten Männer stöhnen, aber sie konnte sich nicht aufraffen.

Einer der Sanitäter kam auf sie zu. „Mrs Hoffman?"

Sie setzte sich auf. „Ja?"

„Wir machen bereits die Krankenwagen fertig, die die Verletzten zum Zug und dann nach Aquia Landing bringen. Dr. McGrath sagte, Sie hätten sich bereit erklärt, mit ihnen zu fahren und sie auf einem der Evakuierungsschiffe zu betreuen."

Es dauerte eine Weile, bis sie begriff, was geschah. James schickte sie zurück nach Washington und trennte damit die Funken vom Pulverfass. „J-ja. Ja, das stimmt", stammelte sie schließlich.

„Wir sind draußen, wenn Sie so weit sind."

Julia sammelte schnell ihre wenigen Habseligkeiten zusammen. Sie war froh, dass sie abreisen konnte, froh, dass sie James nicht gegenübertreten musste. Sie konnte einfach nicht vergessen, wie sie auf ihn reagiert hatte, wie sie ihn an sich gezogen hatte, statt ihn wegzustoßen. Wie sollte sie sich selbst jemals vergeben, dass sie den Mann einer anderen Frau begehrt hatte? Und James glaubte, dass auch sie verheiratet war und gestern Nacht ihr Treueversprechen gebrochen hatte.

Im Krankenwagen, im Zug, an Bord des Evakuierungsschiffes verbrachte Julia jede Minute, jeden Kilometer des Weges damit, die verwundeten Soldaten zu versorgen. Das war ihre Strafe, die ihre Schuldgefühle beschwichtigen sollte. Doch es funktionierte nicht.

Als sie in Washington ankam, war der Abgeordnete Rhodes längst nach Philadelphia abgereist. Aber Julia hätte sich ohnehin nicht gestattet, über Weihnachten nach Hause zu fahren. Nathanael Greene war zu Hause. Sie konnte ihm nicht in die Augen sehen, und ihrer Familie auch nicht, bevor sie ganz und gar Buße getan hatte.

Die nächste Woche verbrachte Julia fast vollständig im Krankenhaus. Sie half, die Stationen mit Tannengrün zu schmücken, feierte Weihnachten mit den Soldaten und pflegte die Opfer von Fredericksburg, bis sie vor Erschöpfung beinahe zusammenbrach. Die ganze Zeit über fürchtete sie James' Rückkehr. Jedes Mal, wenn eine Kutsche vor dem Haus hielt oder die Tür aufging, hielt sie den Atem an.

Im Januar bekam Julia mit, wie Mrs Fowle einem der Soldaten erzählte, Dr. McGrath sei nach Connecticut zurückgekehrt. „Woher wissen Sie das?", fragte Julia die Stationsschwester.

„Dr. Baker hat es mir erzählt. Außerdem sind zwei Wochen vergangen, seit ein Brief von Mrs McGrath gekommen ist. Der verlorene Ehemann ist also endlich nach Hause gefahren."

Julia wandte sich ab, da ihr plötzlich die Tränen kamen. Sie hatte keine Ahnung, warum sie weinte.

Kapitel 18

Washington City
April 1863

Phoebe stand hinter dem Vorhang in ihrer kleinen Ecke der Krankenhausstation und blickte auf das neue Unterhemd und die Unterhose hinunter, die sie gerade angezogen hatte. Im Gegensatz zu den abgelegten Kleidungsstücken der Witwe Garlock waren diese Sachen aus feiner weißer Baumwolle genäht und mit Lochstickerei versehen. „Du hättest mir nicht so aufwendige Sachen besorgen müssen“, sagte sie zu Julia. „Außer mir bekommt sie sowieso niemand zu sehen.“

„Aber es ist doch ein gutes Gefühl, schöne Sachen zu tragen, oder etwa nicht?“, fragte Julia. „Ich weiß jedenfalls, dass es mir immer guttut.“

Phoebe setzte sich aufs Bett und zog ein Paar neuer Wollstrümpfe an. Sie fühlten sich weich und glatt an und hatten ein hübsches Muster. Sie blickte zu Julia auf. „Ich weiß nicht, wie ich dir das alles jemals zurückzahlen soll.“

„Ich habe dir doch schon gesagt, dass ich kein Geld dafür will“, sagte Julia etwas ungehalten. „Die Sachen sind Geschenke, Phoebe. Es macht mich glücklich, sie dir zu kaufen. Wir müssen feiern, dass es dir endlich gut genug geht, dass du das Krankenhaus verlassen und nach Hause fahren kannst. Eine Zeit lang wussten wir nicht, ob du überleben würdest oder nicht.“

„Aber es muss doch schrecklich viel Geld gekostet haben –“

„Eigentlich nicht. Außerdem habe ich viel Geld. Und jetzt steh auf, damit ich dein Korsett zuschnüren kann.“

„Muss ich das Ding tragen? Als ich das letzte Mal eins anprobiert habe, hat es sich angefühlt, als wäre ich von einem Baum gefallen, so hat es mir den Atem verschlagen."

Julia lächelte. „Ich muss es ja nicht so eng schnüren. Du bist durch deine Krankheit ohnehin ganz dünn geworden und hast jetzt eine schöne, schlanke Figur. Viele Frauen werden dich beneiden."

Phoebe ließ sie das Korsett schnüren. Dann zog Julia einen neuen Unterrock über Phoebes Kopf. Sie musste sich dazu auf die Zehenspitzen stellen, weil Phoebe so groß war.

„Die Leute in Bone Hollow werden mich für eingebildet halten, wenn ich in so schicken Kleidern auftauche. Sie sagen bestimmt: ‚Aus einem Kiesel kann man keinen Diamanten schleifen.'" Sie wünschte, Julia hätte ihr ein einfaches Hemd und eine Latzhose gekauft.

„Wenn sie das sagen, ist das nur ein Zeichen dafür, dass sie neidisch sind", sagte Julia und hob den Rock über Phoebes Kopf. „Ich hoffe, ich habe die Maße für den Rock und das Oberteil richtig genommen. Wenn nicht, kannst du jederzeit zur Schneiderin kommen, hat sie gesagt, dann ändert sie es."

„Ich bin mir sicher, es ist alles prima." Phoebe hatte einen einfachen, dunkelblauen Baumwollstoff für den Rock und ein passendes langärmeliges Oberteil ausgesucht. Es hatte schlichte Manschetten und vorne eine einfache Knopfreihe, aber Julia hatte die Ärmel modisch gebauscht arbeiten und drei Reihen hübscher Biesen am Saum des Rockes hinzufügen lassen.

„Ich habe noch eine Überraschung für dich", sagte Julia und packte ein in Seidenpapier gewickeltes Päckchen aus. „Ich habe einen weißen Spitzenkragen und eine Brosche gekauft, falls du dich mal ein bisschen schick machen willst. Sieh mal!"

„Aber … ich kann dir gar nicht genug danken." Phoebe biss sich auf die Lippe, fest entschlossen, nicht zu weinen. Julia zog sie in ihre Arme und drückte sie. Als Phoebe ihre Umarmung erwiderte, kam Julia sich ganz klein und zerbrechlich vor.

„Bitte versuch es erst gar nicht", sagte Julia. „Es zählt im Himmel nicht als gute Tat, wenn ich eine Gegenleistung erhalte – und ich kann alle Bonuspunkte brauchen, die ich kriegen kann." Julias Stimme klang plötzlich ganz traurig, aber bevor Phoebe fragen konnte, was sie meinte, sagte Julia: „Und jetzt setz dich aufs Bett und lass mich deine Haare frisieren."

Phoebes Haar war beinahe fünf Zentimeter gewachsen, seit sie im September verwundet worden war. Es berührte zwar noch nicht ihre Schultern, aber Julia bestand darauf, dass es lang genug war, um es zurückzustecken und mit einem Haarband zu schmücken. Sie reichte Phoebe einen Spiegel, damit sie zusehen konnte, aber die junge Frau traute sich kaum, einen Blick hineinzuwerfen.

„Ich wünschte, wir hätten einen großen Spiegel, dann könntest du sehen, wie hübsch du in deinem neuen Kleid aussiehst", sagte Julia, während sie Phoebes Haar bürstete.

Phoebe fühlte sich nicht hübsch, noch nicht einmal in den feinen Kleidern und mit frisiertem Haar. Sie betrachtete ihr Spiegelbild und wusste, dass Ted Wilson sie nie würde küssen oder ihr Bild mit sich herumtragen wollen. Julia war die Sorte Mädchen, die alle Männer als Freundin haben wollten.

„Kann ich dich etwas fragen?", sagte Julia, als sie mit Phoebes Haaren fertig war. „Ich rätsele schon lange … Warum hast du das gemacht? Warum hast du so getan, als wärst du ein Mann?"

Phoebe blickte auf ihren Schoß hinunter. „Weil ich als Frau nichts tauge. Niemand würde mich jemals heiraten. Ich bin zu stämmig und groß und hässlich." Ihr wurde klar, dass das immer noch der Fall war. Wenn sie in ein paar Tagen nach Hause kam, bliebe ihr nichts anderes übrig, als wieder für Mrs Haggerty oder jemand anders zu arbeiten. „Ich habe mir überlegt, dass ich, wenn ich schon aussehe wie ein Mann und schießen kann wie ein Mann, doch auch so tun kann, als wäre ich einer."

„Phoebe, sieh in den Spiegel", sagte Julia sanft. „Du bist groß, aber du bist nicht wie ein Mann gebaut. Du hast eine sehr gute Figur." Sie deutete auf die Schultern ihres eigenen Kleides. „Frauen lassen sich solche Schulterpolster auf ihre Kleider nähen, damit sie so schön breit aussehen wie deine."

„Aber ich habe kein hübsches Gesicht."

Julia schüttelte den Kopf. „Ich weiß, dass du mir nicht glaubst, aber du hast ein sehr nettes Gesicht. Und außerdem gibt es außer zu heiraten auch andere Dinge, die eine Frau tun kann. Du kannst auch ohne Mann ein ausgefülltes Leben haben. Nimm zum Beispiel Dorothea Dix –"

„Ja, klar", sagte Phoebe zornig. „Du kannst das sagen, weil du hübsch bist und verheiratet. Wahrscheinlich haben dir viele Männer einen Antrag gemacht, oder?"

Julia antwortete nicht, sondern wich Phoebes Blick aus.

„Du antwortest nicht, weil du weißt, dass ich recht habe, nicht wahr? Du musstest dir nie Sorgen machen, du könntest keinen Mann finden."

„Phoebe, ich bin hierhergekommen und Krankenschwester geworden, weil ich mehr aus meinem Leben machen wollte, als nur einen Mann zu finden und zu heiraten. Ich wollte mehr sein als nur ein hübsches Ding. Das hier ist nur äußerlich", sagte sie und berührte ihre eigene Wange. „Ich wollte innerlich schön werden. Das ist es, was wirklich zählt."

„Aber du bist doch schon ein guter Mensch."

„Nein", sagte Julia kopfschüttelnd. „Das bin ich nicht. Du kennst mich nicht." Sie setzte sich neben Phoebe aufs Bett und spielte mit der Haarbürste. „Ich habe einmal mit angehört, wie ein Mann sagte, es sei ihm gleichgültig, dass ich hübsch sei. Er hatte mein Herz angesehen, und was er da sah, war hässlich. Er hatte recht – ich habe es auch gesehen. Und obwohl ich wirklich versucht habe, mich zu ändern, habe ich seitdem sogar noch hässlichere Dinge in mein Herz gelassen." Sie holte tief Luft und atmete dann hörbar aus, bevor sie fortfuhr. „Es gab einen anderen Mann, der mich mochte, weil ich hübsch war, aber er wollte nicht, dass ich als Krankenschwester arbeitete. Er wollte mich ganz für sich, um mit mir anzugeben, damit jeder bewunderte, was für eine schöne Frau er hatte. Aber das war alles, was er an mir liebte. Er kannte mich nicht und hatte auch kein Interesse daran, was für ein Mensch ich innerlich war."

Phoebe dachte daran, wie die Soldaten mit den Bildern ihrer Mädchen angegeben und damit geprahlt hatten, wie schön ihre

Liebsten seien. „Welchen von den beiden Männern hast du geheiratet?“, fragte sie Julia.

„Keinen. Ich verrate dir ein Geheimnis, Phoebe. Ich glaube, dass du es verstehen kannst, weil du selbst so lange ein Geheimnis hattest.“ Julia zögerte, dann holte sie wieder tief Luft. „Ich bin nicht verheiratet. Ich habe gelogen. Ich habe nur gesagt, ich wäre es, weil niemand eine unverheiratete junge Frau als Krankenschwester eingestellt hätte.“

Phoebe starrte sie an. „Aber … du hast uns allen von deinem Mann erzählt. Du hast gesagt, dass er von den Rebellen gefangen genommen worden sei.“

„Es gibt einen echten Robert Hoffman und er *ist* im Gefängnis. Aber er ist mein Cousin und nicht mein Mann.“

Phoebe wusste nicht, was sie sagen sollte. Sie hatte das Gefühl, wenigstens etwas von Teds Entsetzen und Überraschung zu verstehen, als er von ihrem Geheimnis erfahren hatte. Es war nicht schön zu entdecken, dass man von jemandem, den man bewunderte, angelogen worden war. Und Phoebes Lüge war schlimmer gewesen als Julias.

„Ich habe schreckliche Gewissensbisse wegen der Lügerei“, sagte Julia. „Ich weiß, dass es unrecht ist zu lügen, und ich bete, dass Gott mir das vergibt – das und all meine anderen Sünden. Du bist meine Freundin, Phoebe, und ich … ich wollte, dass du die Wahrheit kennst.“

„Glaubst du, dass du jemals heiraten wirst?“, fragte Phoebe schließlich.

„Ich hoffe, dass ich eines Tages heiraten werde. Aber ich will einen Mann finden, der mein wahres Ich liebt. Willst du das nicht auch? Wäre das nicht viel besser, als einen Mann zu heiraten, der dich nur will, weil du hübsch aussiehst?“

„Ich war verliebt“, sagte Phoebe leise. „Und wenn ich so aussähe wie du, hätte er mich auch geliebt. Weißt du was? Selbst wenn er nur mein Äußeres lieben würde, wäre das besser, als wenn er mich gar nicht liebt.“

Julia starrte auf ihre Hände und sah trauriger aus, als Phoebe sie jemals gesehen hatte. „Ich werde dich vermissen, Phoebe Bigelow."

„Ja … ich dich auch", sagte sie mit heiserer Stimme. Sie stand auf und wünschte sich plötzlich, all das Abschiednehmen wäre schon vorbei und sie könnte gehen, bevor sie anfing zu weinen. „Ich hoffe, du findest jemanden, Julia. Du hast ein gutes Leben verdient, weil du so viel für mich getan hast. Und keine Sorge – ich werde nicht mehr versuchen, mich bei dir zu bedanken. Ich will schließlich, dass du deinen Lohn kriegst." Sie war froh, als Julia zaghaft lächelte. „Hör zu, ich gehe jetzt, um mich von den anderen Krankenschwestern zu verabschieden und ihnen zu zeigen, dass du versucht hast, mich schick zu machen."

„Sie werden das Gleiche sagen wie ich – dass du reizend aussiehst."

Phoebe nickte. „Da ich Abschiede und all das nicht mag, gehe ich schon mal zur Pension vor, in Ordnung? Wir können uns morgen verabschieden, wenn du mich zum Bahnhof bringst."

„Gut. Bis später, Phoebe."

Die Stationsschwestern und die anderen Krankenschwestern waren immer freundlich zu Phoebe gewesen, aber sie brachte die Verabschiedungen im Eiltempo hinter sich, weil ihr die ganze Aufmerksamkeit unangenehm war. Als es ihr schließlich gelang, sich loszureißen, und sie auf die Eingangstür zuschritt, sah sie, dass Dr. McGrath in seinem Büro arbeitete. Phoebe zögerte, weil sie wusste, dass er sich immer von allen fernhielt – und das noch mehr, seitdem er vor einem Monat aus seinem Urlaub zurückgekehrt war. Aber er hatte ihr das Leben gerettet und sie musste sich bei ihm bedanken.

„Dr. McGrath, Sie wissen ja sicherlich, dass ich heute nach Hause gehe", sagte sie schüchtern. „Ich wollte nur Auf Wiedersehen sagen. Und Danke für Ihre Hilfe beim Gesundwerden."

Er lehnte sich auf seinem Stuhl zurück und lächelte sie an. „Sie sehen als Frau sehr gut aus, Miss Bigelow."

„Oh. Danke." Sie spürte, dass sie rot wurde. „Aber die Lorbeeren für das Kleid und das alles gebühren Julia."

Der Arzt nickte geistesabwesend und sein Lächeln war verschwunden. „Ich … äh … ich nehme an, Sie gehen nicht so schnell wieder zur Armee?"

„Nein, Sir. Ich fahre einfach nur nach Hause."

„Hören Sie, ich schreibe Ihnen die Entlassungspapiere gerne unter Ihrem anderen Namen. Sie haben in wichtigen Schlachten gekämpft. Sie haben es verdient, dass Sie bei den ehrenhaften Entlassungen erwähnt werden."

„Nein, danke. Ich habe gelogen und lügen ist nicht ehrenhaft."

„Na gut, aber falls Sie Ihre Meinung ändern, wissen Sie ja, wo Sie mich finden."

„Danke für alles, Dr. McGrath. Leben Sie wohl."

„Auf Wiedersehen, Miss Bigelow. Und viel Glück."

Als sie das Fairfield-Krankenhaus an diesem schönen Frühlingsmorgen verließ, fragte Phoebe sich, was sie mit „viel Glück" anfangen sollte. Ihrer Meinung nach war es Pech, dass sie wieder eine Frau war, ein Unglück, dass sie nach Bone Hollow zurückkehren musste, und eine Katastrophe, dass es niemanden auf der Welt gab, den es interessierte, ob sie lebte oder starb. Wenn Gott sie so sehr liebte, wie Julia behauptete, dann wäre dies, so fand Phoebe, ein guter Zeitpunkt, es ihr zu zeigen.

* * *

James McGrath beobachtete, wie Phoebe das Krankenhaus verließ, und fragte sich, was wohl aus ihr würde. Sie schien sich in ihrem neuen Kleid so unbehaglich zu fühlen, dass es ihn nicht wundern würde, wenn sie wieder Hosen trüge, noch bevor die Sonne unterging. Er seufzte. Phoebe hatte ihm dafür gedankt, dass er ihr das Leben gerettet hatte, aber wenn er ehrlich war, schuldete sie Julia weitaus mehr Dank als ihm. Sie war es gewesen, die das Stück Schrapnell entdeckt hatte, die tagein, tagaus für Phoebe gesorgt hatte, die sie überzeugt hatte weiterzuleben, als Phoebe selbst hatte aufgeben und sterben wollen.

Er seufzte wieder und rieb sich den Schlaf aus den Augen, während er sich wünschte, er könnte Julia ebenso aus seinen Gedanken forttreiben. Er wandte sich wieder seiner Post zu. Sein wöchentlicher Brief aus New Haven war an diesem Morgen angekommen und er schlitzte den Umschlag vorsichtig mit einem Messer auf. James spürte, wie seine Brust sich zusammenzog, als er eine Kinderzeichnung auseinanderfaltete, auf der Wasser und Schiffe zu sehen waren, deren Masten in eine leuchtend orange Sonne ragten. Oben hatte seine Tochter eine Nachricht für ihn geschrieben:

Lieber Papa,
wir haben heute Schiffe gesehen. Ich habe sie für dich gemalt.
Deine Kathy

James ließ den zweiseitigen Brief, der auf cremefarbenes Pergamentbriefpapier geschrieben war, ungelesen im Umschlag stecken. Er war so in Gedanken, dass er nur am Rande registrierte, dass sich die Eingangstür öffnete und dann mit einem Knall wieder schloss. Einen Augenblick später hörte er die Stimme eines Mannes, die ihn ansprach. „Entschuldigen Sie, Herr Doktor …"

James blickte auf und sah, dass ihn ein groß gewachsener, dunkelhaariger Mann in Offiziersuniform musterte. Der Soldat war sehr dünn, als wäre er gerade erst von einer schweren Krankheit oder Verletzung genesen. Aber in seinem Blick lag eine unheimliche Intensität und in seiner Haltung die Wachsamkeit eines Raubtiers, was James beunruhigte. Schnell faltete er die Zeichnung seiner Tochter zusammen und steckte sie wieder in den Umschlag.

„Es tut mir leid, wenn ich Sie störe", sagte der Fremde. „Ich bin Leutnant Robert Hoffman. Ich suche meine –"

„Julia."

James sprach den Namen laut aus und beendete damit den Satz des Leutnants. Er hörte die Sehnsucht in seiner eigenen Stimme und hoffte, dass ihr Mann sie nicht bemerkt hatte.

„Ja, Julia Hoffman. Man sagte mir, ich würde sie hier finden." Der Leutnant stand stramm, als warte er auf eine Militärinspektion. James erhob sich und streckte die Hand aus.

„James McGrath. Julia hat uns erzählt, dass Sie gefangen waren in … Richmond, nicht wahr?“

„Ja.“

„Dann nehme ich an, dass es einen Gefangenenaustausch gegeben hat. Was für ein Glück für Sie.“

„Es gab keinen Austausch“, sagte Julias Mann emotionslos. „Ich bin geflohen.“

„Ah. Und Julia weiß nichts davon. Sie … na ja, ich vermute, sie wird überglücklich sein, Sie zu sehen.“ James blickte auf seinen Schreibtisch hinunter und schob ein paar Unterlagen hin und her, weil er sich nicht überwinden konnte, den Mann länger anzusehen. Es war absurd, aber es freute ihn, dass Robert Hoffman nicht besonders gut aussah. Erstaunt stellte er fest, dass er eifersüchtig auf diesen Mann war – auf Julias Ehemann. James fragte sich, wie Leutnant Hoffman wohl reagieren würde, wenn er wüsste, dass James seine Frau geküsst hatte. Und dass sie seinen Kuss erwidert hatte.

„Ist sie hier?“, fragte Hoffman. „Ich bin gekommen, um sie nach Philadelphia zurückzuholen.“

In seinem Verhalten lag eine Unnahbarkeit, die James beunruhigend fand. Hoffmans Blick war ernst, freudlos. Ein Mann, der kurz davor war, seine schöne Frau zum ersten Mal seit anderthalb Jahren wieder in die Arme zu schließen, sollte nicht so kalt und gleichgültig wirken. James wusste, dass Gefangenschaft einen Mann von Grund auf ändern konnte, und er spürte Angst um Julia in sich aufsteigen.

„Sie ist oben“, sagte James. „Wenn Sie hier warten wollen, hole ich sie.“

„Ja, danke.“

James hatte größte Mühe, seine Füße in Bewegung zu setzen. Es war, als hätte sie jemand auf dem Boden festgenagelt. Die Treppe erschien ihm steiler, als er sie in Erinnerung hatte, und er musste sich am Geländer festhalten, während er hinaufging. Als er vor der Tür zur Station ankam, blieb er eine ganze Zeit lang dort stehen und beobachtete Julia. Sie saß auf einem Stuhl neben dem Bett eines Patienten und schrieb einen Brief an seine Familie, den er ihr diktierte. Der Soldat sah James zuerst und verstummte mitten im Satz.

„Was ist los, Doc?"

James fragte sich, ob der entsetzliche Schmerz, den er fühlte, in seiner Miene sichtbar war. Julia blickte ebenfalls auf und erhob sich dann schnell.

„Was ist passiert?", fragte sie.

James zwang sich zu lächeln, als er auf sie zuging. „Nichts ... das heißt ... ich habe wundervolle Neuigkeiten, Mrs Hoffman. Ihr Mann ist hier."

„Was ...?"

Julia schwankte. Das Papier und der Stift glitten ihr aus der Hand und fielen zu Boden. Die Farbe wich aus ihrem Gesicht, als hätte jemand eine Arterie durchtrennt. James packte ihre Arme, um sie zu stützen.

„Alles in Ordnung, ich halte Sie." Er räusperte sich, um den Frosch in seinem Hals loszuwerden. „Es stimmt ... Ihr Mann wartet unten. Und es geht ihm gut – ihm fehlt nichts, wie es aussieht."

„Robert ist ... hier?"

„Ja. Er ist gekommen, um Sie nach Hause zu holen." James konnte fühlen, wie ihr Körper unter seinen Händen zitterte, und er zögerte, sie loszulassen, aus Angst, sie könnte stürzen. „Meinen Sie, Sie können laufen, oder soll ich Ihnen helfen?"

„Sie können mich loslassen", sagte sie. „Ich kann laufen." Ihr Gesicht war nach wie vor sehr blass.

James ließ sie los und beobachtete, wie Julia langsam das Zimmer durchquerte, als wäre sie in einem Traum. Er war erleichtert, dass er ihr nicht helfen musste, denn er wollte auf keinen Fall mit ansehen, wie sie in die Arme ihres Gatten lief.

Als sie die Tür erreicht hatte, wurde James plötzlich bewusst, dass Julia gerade dabei war, für immer aus seinem Leben zu entschwinden. Er würde sie niemals wiedersehen. „Leben Sie wohl, Mrs Hoffman", rief er ihr nach. „Ich ... ich glaube, ich spreche für alle hier, wenn ich sage ... dass es ein Vergnügen war, mit Ihnen zusammenzuarbeiten."

Sie blieb stehen, nickte und ging dann auf ihrem traumwandlerischen Weg weiter, ohne zu antworten. Seine Worte hatten kalt geklungen. Sie waren nicht das, was er hatte sagen wollen, waren nicht das, von dem er sich wünschte, er könnte es sagen. Er hörte eine Treppenstufe nach der anderen knarren, als sie hinunterging. Dann wurde ihm klar, dass er die Luft anhielt. Schnell durchquerte er den Raum und schloss die Tür hinter ihr, in der Hoffnung, damit den Klang ihrer freudigen Wiedervereinigung zu dämpfen. Als er sich wieder umdrehte, sah er, dass alle Soldaten ihn beobachteten.

„Das ist doch mal ein Happy-End, was, Doc?“, sagte einer von ihnen leise.

„Ja. Ja, das ist es. Mrs Hoffmans Mann war in einem Gefängnis der Rebellen inhaftiert … Er hat mir gerade erzählt, dass er geflohen ist … Bemerkenswert, wirklich … geflohen.“ James bückte sich, um das Papier und den Stift aufzuheben, die Julia hatte fallen lassen, und stellte dabei fest, dass seine Hände zitterten. Er brauchte einen Drink.

„Sie sehen nicht gut aus, Doc“, sagte der Mann im Bett neben ihm.

James sank auf den Stuhl, auf dem Julia gesessen hatte. Er war noch warm. „Ich habe nur gerade an meine Frau gedacht“, murmelte er.

„Ja“, sagte der Soldat. „Ich weiß, was Sie meinen. Es ist lange her, dass ich meine Frau im Arm gehalten habe.“

James wartete, bis er sich sicher sein konnte, dass die Hoffmans gegangen waren, bevor er in sein Arbeitszimmer im Erdgeschoss zurückkehrte. Er kramte lautstark in seinem Schreibtisch, öffnete Schubladen und Schränke und schloss sie mit einem Knall, verzweifelt auf der Suche nach einem Schluck Whisky. Dann fiel ihm der Brandy ein, den er zu medizinischen Zwecken in seiner Tasche mit sich führte.

Das erste Glas brannte wie Feuer, den ganzen Weg bis zu seinem Magen hinunter. Er konnte sich nicht vorstellen, dass er diesen Geschmack jemals genossen hatte. Er sank auf seinen Stuhl und schnitt eine Grimasse, während er das zweite Glas trank und dann ein drittes. Er erinnerte sich noch genau an das letzte Mal, als er so viel getrunken hatte, aber das war ihm egal.

Seine Frau Ellen starrte ihn vom Schreibtisch aus an. Er nahm das Foto in die Hand und studierte ihr Gesicht. Dann wanderte sein Blick zum Gesicht der kleinen Kathy neben ihr. Schuldgefühle überfielen ihn wie ein Schlag in die Magengrube. Seine Gefühle für Julia Hoffman waren unrecht, und es war unrecht, an die Macht ihres Kusses damals in Fredericksburg zu denken, wenn er sich nicht daran erinnern konnte, wie Ellens Küsse sich anfühlten. Er legte den Rahmen mit dem Bild nach unten auf den Schreibtisch.

„*Du sollst nicht begehren deines Nächsten Weib.*“ Nun hatte Gott noch einen Grund mehr, ihn zu verdammen – als gäbe es nicht schon genügend Gründe, ihn in die Hölle zu schicken.

Leutnant Hoffman war zurückgekehrt, um seine Frau einzufordern. Sie würde mit ihm nach Philadelphia zurückfahren. James würde sie von nun an nicht mehr jeden Tag sehen und jede Nacht an sie denken müssen oder sich daran erinnern, wie wundervoll ihr Haar sich unter seinen Händen angefühlt hatte.

Er trank noch ein Glas und stellte die Flasche dann auf seinen Schreibtisch. Er begann, den Ehering an seinem Finger zu drehen, zuerst vorsichtig, dann immer heftiger, bis es ihm gelang, ihn mit einem Ruck abzuziehen. Ohne ihn fühlte seine Hand sich nackt an. Aber warum sollte er ein Symbol tragen, das nichts mehr bedeutete – *immerwährende Liebe … bis dass der Tod uns scheidet*?

Jetzt, wo der Ring nicht mehr an seiner Hand steckte, wusste James nicht, was er mit ihm anfangen sollte. Schließlich ließ er ihn in den Umschlag mit dem ungelesenen Brief und der Zeichnung seiner Tochter fallen und stopfte alles in die Schublade zu den anderen Briefen und schob sie zu. Er starrte gerade mit leerem Blick auf die Brandyflasche, als zwei der Stationsschwestern in der Tür zu seinem Büro erschienen.

„Stimmt es, was einige der Soldaten sagen?“, fragte Mrs Fowle. „Ist Mrs Hoffmans Mann wirklich gekommen, um sie heimzuholen?“

„Es stimmt."

Mrs Fowle klatschte in die Hände. „Wie wundervoll!"

„Ich frage mich, warum sie ihn uns nicht vorgestellt hat", sagte Mrs Nichols.

„Der Mann hat seit mehr als einem Jahr nicht mehr mit ihr geschlafen", sagte James unwirsch. „Ich bin mir sicher, er hat für diesen Abend Pläne, bei denen keine Vorstellung nötig ist."

Die beiden Frauen starrten ihn entsetzt an. Mrs Fowles Wangen glühten leuchtend rot. „Ich sehe, dass Sie getrunken haben", sagte sie kalt. „Aber trotzdem ist Ihr anstößiges Gerede im Beisein von Damen unverzeihlich."

„Dann gehen Sie und lassen Sie mich in Ruhe trinken."

„‚Wie ein Hund zu seinem Erbrochenen zurückkehrt'", zitierte Mrs Nichols, „‚so kehrt ein Narr zu seiner Dummheit zurück.'"

Als sie gegangen waren, nahm James noch einen tiefen Schluck von dem Brandy und wischte sich dann den Mund ab. Er legte den Kopf zurück und starrte zur rissigen Decke hinauf, während er darauf wartete, dass die ehemals vertraute Benommenheit seinen Körper erfasste, seine Gedanken betäubte und seinen Schmerz auslöschte.

* * *

Julias elegantes Reisekleid fühlte sich zu ausladend und unbequem an, nachdem sie so lange schlichte Kleider getragen hatte. Sie betrachtete sich im Spiegel in der Pension, während Phoebe die lange Knopfreihe auf ihrem Rücken schloss. Es schien ihr kaum möglich, dass es erst heute Morgen gewesen war, dass sie ihrer Freundin beim Ankleiden geholfen hatte. Julia hatte gedacht, sie würde Phoebe bei deren Heimreise verabschieden; jetzt waren ihre Rollen vertauscht – und zwar so plötzlich, dass Julia noch immer nicht wusste, wo ihr der Kopf stand. Bei den wenigen Dingen, die in dem spärlich möblierten Zimmer ihr gehörten, hatte sie nicht lange gebraucht, um zu packen.

„Komisch, dass wir jetzt beide nach Hause fahren, oder?", fragte Phoebe.

„Ich bin genauso überrascht wie du, das kannst du mir glauben. Aber Robert will schnell abreisen und unsere Familien wollen nicht, dass wir auch nur einen weiteren Tag verschwenden."

Phoebe schloss den letzten Knopf und setzte sich auf das durchhängende Bett. Julia trat vor den Spiegel, um ihr Haar zu ordnen. „Ich wette, du bist ganz aufgeregt", sagte Phoebe.

„Ja … und nein." Julias Spiegelbild sah wellig und unscharf aus. Sie konnte nicht sagen, ob es am Spiegel lag oder an den Tränen in ihren Augen. In ihrem Inneren herrschte das reinste Chaos. Glückliche und traurige Gefühle wirbelten durcheinander, als spielten zwei Orchester entgegengesetzte Melodien. Ihr Cousin Robert war am Leben und in Sicherheit und sie war überglücklich, ihn zu sehen. Aber ein Kapitel in ihrem Leben ging dadurch für immer zu Ende und sie spürte einen entsetzlichen Verlust.

„Ich hatte noch nicht einmal die Gelegenheit, mich von allen im Krankenhaus zu verabschieden", sagte Julia. „Ich musste sofort gehen, damit sie nicht herausfinden, dass … du weißt schon …"

„Dass er dein Cousin ist und nicht dein Mann."

„Ja. Und damit Robert nicht herausfindet, dass ich seinen Namen die ganze Zeit über benutzt habe. Ich habe ein furchtbar schlechtes Gewissen wegen der Lügen. Bitte sag es niemandem."

„Keine Angst. Ich glaube nicht, dass ich einen von ihnen jemals wiedersehen werde. Außerdem weiß ich, wie es ist, wenn die eigenen Lügen entlarvt werden. Die Leute sehen dich anders an und sie kommen sich wie Narren vor, weil sie dir geglaubt haben."

„Wenigstens haben meine Lügen niemandem geschadet, soweit ich weiß. Und ich konnte eine Zeit lang Krankenschwester sein." Julia wischte die Tränen fort, die ihr über die Wange liefen.

„Was willst du machen, wenn du wieder zu Hause bist?"

„Ich weiß es nicht." Und das war das Schlimmste, erkannte Julia. Die Zukunft war wie ein großer, leerer Raum, den sie mit nichts zu füllen wusste. Nachdem sie so lange so schwer gearbeitet hatte, wusste sie nicht, wie sie diese plötzliche Leere ertragen sollte. Der einzige Hoffnungsschimmer, den sie sah, lag in ihrer Beziehung zu Nathanael Greene.

Julia stopfte ihre Haarbürste in den Reisekoffer und schloss den Deckel. Sie hatte den Großteil ihrer Kleidung hineingeworfen, ohne sie ordentlich zusammenzufalten, und jetzt hatte sie Mühe, die Schnallen zu schließen.

„Soll ich dir helfen, indem ich mich draufsetze?", fragte Phoebe.

„Ja, das wäre gut." Als sie den Koffer schließlich erfolgreich verschlossen hatten, sagte Julia: „Es tut mir leid, dass ich dich morgen nicht zum Zug bringen kann."

„Das ist schon in Ordnung. Weißt du, ich habe überlegt … vielleicht bleibe ich noch ein paar Tage hier und sehe mir Washington an, wenn du nichts dagegen hast. Als ich in der Armee war, habe ich nicht viel davon gesehen."

„Das ist bestimmt kein Problem. Ich habe das Zimmer für den ganzen April bezahlt. Ich dachte nur … hast du es denn nicht eilig, nach Hause zu fahren?"

„Anders als bei dir wartet auf mich niemand."

„Wie lange warst du nicht mehr zu Hause, Phoebe?"

„Mehr als anderthalb Jahre. Und du?"

„Etwas mehr als ein Jahr."

„Komisch, oder?", sagte Phoebe. „Nach alledem, was wir durchgemacht haben, sind wir beide wieder genau da, wo wir angefangen haben. Nichts hat sich geändert. Selbst der Krieg geht weiter."

Julia hatte das Krankenhaus genauso verlassen, wie sie es vor einem Jahr vorgefunden hatte. Mrs Fowle und die anderen Stationsschwestern befanden sich noch immer im Krieg mit Dr. McGrath und James saß allein in seinem Arbeitszimmer und sagte kaum ein höfliches Wort zu den Krankenschwestern. Die anderen Schwestern dachten immer noch, er sei Alkoholiker. Julia hatte sich nicht getraut, ihnen die Wahrheit zu sagen, weil sie befürchtete, sie könnten fragen, wie sie sein Geheimnis hatte lüften können. Ihr Gesicht hätte sie bestimmt verraten, wenn sie über James gesprochen hätte. Die Frauen hätten ihre Gefühle für ihn mit Sicherheit gesehen – und ihre Scham darüber. Diese Gefühle waren immer noch sehr stark. Sie waren mit aller Macht aufgeflammt, als James sie heute auf der Station gehalten hatte. Und obwohl sie wusste, dass es unrecht war, war sie traurig, weil sie ihn niemals wiedersehen würde.

„Ich gehe jetzt, Phoebe“, sagte sie leise.

„Brauchst du Hilfe mit dem Koffer?“

„Robert und der Kutscher kommen gleich und holen ihn.“ Julias Augen füllten sich erneut mit Tränen, als sie Phoebe in die Arme nahm und ein letztes Mal drückte. „Auf Wiedersehen.“

„Auf Wiedersehen.“

Julia versuchte, ihre Gedanken auf zu Hause und auf ihre Familie zu richten, als sie aus dem Zimmer eilte. Aber das schreckliche Gefühl des Verlustes folgte ihr wie ein Schatten die Treppe hinunter und nahm in der Kutsche direkt neben ihr Platz.

Teil 2

Der Gerechten Pfad glänzt wie das Licht am Morgen,
das immer heller leuchtet bis zum vollen Tag.

Sprüche 4,18

Kapitel 19

Washington City
April 1863

Phoebe hastete durch die überfüllten Straßen und wünschte, sie wüsste, wie spät es war. Hoffentlich käme sie nicht zu spät zum Abendessen in der Pension. Eine Woche nachdem Julia abgereist war, hielt Phoebe sich noch immer in Washington auf und wohnte in ihrem Zimmer. Tagsüber lief sie durch die schlammigen Straßen und musterte die Gesichter aller Soldaten, an denen sie vorüberkam. Sie war nicht dageblieben, um die Sehenswürdigkeiten zu besichtigen, wie sie Julia erzählt hatte, sondern vielmehr, um etwas über ihr altes Regiment herauszufinden und in Erfahrung zu bringen, wo Ted war und wie es ihm ging. Da Phoebe nicht wusste, an wen sie sich wenden musste, um solche Informationen zu erhalten, verbrachte sie jeden Tag damit, durch die Straßen zu laufen oder den neuen Rekruten bei ihren Übungen zuzusehen und an das Jahr zu denken, das sie gemeinsam mit Ted in der Armee verbracht hatte.

Während sie einige der Orte wieder aufsuchte, an denen sie zusammen gewesen waren, hoffte Phoebe immer, plötzlich sein jungenhaftes Grinsen zu sehen oder ihn rufen zu hören: „Hey, Ike!" Selbst wenn sie ihn nur aus der Ferne sehen könnte und nur ein einziges Mal, würde sie glücklich nach Hause fahren.

Auch heute war ihre Suche erfolglos gewesen, wie an den vergangenen Tagen. Sie hatte Tausende Soldaten gesehen und war inzwischen recht geschickt darin, in Sekundenschnelle ihre Gesichter zu mustern, aber keines von ihnen hatte Ted gehört. Dann, als sie die Hauptstraße erreicht hatte, die zur Pension führte, erspähte Phoebe plötzlich doch ein bekanntes Gesicht. Dr. McGrath war mit seinem dunkelbraunen Haar und dem roten Bart in der Menge gut zu erkennen. Er trug eine Ledertasche und ging mit hängenden Schultern, den Kopf gesenkt, als würde er gegen eine steife Brise ankämpfen, obwohl der Aprilabend mild war. Phoebe beobachtete ihn von der gegenüberliegenden Straßenseite aus, und als sie sah, wie er von der Hauptstraße in eine schmale Gasse einbog, wusste sie, dass er sich verlaufen hatte. Sie hatte selbst schon einmal diesen falschen Weg eingeschlagen und festgestellt, dass er in einen trostlosen Teil der Stadt führte, in dem die früheren Sklaven lebten.

Phoebe überquerte eilig die Straße, indem sie sich zwischen Kutschen und Pferdegespannen hindurchschlängelte. Ihre Röcke hob sie an, damit sie nicht in den Schlamm auf der Straße hingen. Auf der anderen Straßenseite schob sie sich durch die Menschenmenge und bog in die Gasse ein, in der Dr. McGrath verschwunden war. Er war ihr einen Häuserblock voraus, beinahe schon in den Slums unter der Eisenbahnbrücke. Sie beschleunigte ihre Schritte, um ihn einzuholen.

Als er das Ende der Straße erreicht hatte, kam plötzlich eine Gruppe Schwarzer auf den Arzt zugestürmt – alte Menschen und Kinder und Frauen mit Babys auf dem Arm. Sie umringten ihn und nahmen ihn in Empfang wie einen Helden, der aus der Schlacht nach Hause zurückkehrte. Er hatte sich keineswegs verlaufen. Phoebe folgte der Menschentraube mit einem gewissen Abstand, während sie überlegte, was hier wohl vor sich ging.

Vor einer der Baracken blieb Dr. McGrath schließlich stehen, zog seinen Mantel aus und krempelte die Ärmel hoch. Dann bückte er sich und betrat die Hütte mit seiner Tasche. Er blieb zehn lange Minuten in der Baracke, aber Phoebe konnte einfach nicht gehen. Aus irgendeinem Grund, den sie nicht verstand, hielt es sie dort, und sie schob sich langsam vorwärts, um etwas mitzubekommen.

Als der Arzt schließlich wieder zum Vorschein kam, drängten sich die Menschen um ihn und baten ihn um Hilfe. „Keine Angst", sagte er und hielt die Hände hoch. „Ich bleibe, bis ich jeden untersucht habe." Er blickte sich in der Menschenmenge um – und entdeckte plötzlich Phoebe. Sie wusste, dass sie hier völlig deplatziert wirken musste, eine riesige weiße Frau in einem Meer schwarzer Gesichter. „Miss Bigelow?“, fragte Dr. McGrath überrascht. „Was machen Sie denn hier?“

Die Frage war nicht leicht zu beantworten, da sie das selbst nicht so recht wusste. „I-ich habe Sie auf der Straße gesehen … und … ich wohne in einer Pension in der Nähe.“

„Ich dachte, Sie wären nach Hause gefahren.“

„Noch nicht. Hören Sie, glauben Sie …? Ich meine … Ich könnte helfen, wenn Sie wollen.“

Er wollte schon den Kopf schütteln, und sie spürte, dass ihm das Nein bereits auf der Zunge lag, aber dann hielt er inne. Er betrachtete sie lange und sagte dann: „Also gut. Ich könnte Hilfe gebrauchen.“

In den nächsten Stunden arbeitete Phoebe als Assistentin des Arztes – sie hielt eine Kerze, damit er eine Schnittwunde nähen konnte, reichte ihm das Material und die Instrumente, die er brauchte, und hielt einen fiebernden Patienten fest, damit er nicht um sich schlug. Sie kümmerte sich um Kinder, die Masern und Krupphusten hatten, renkte den ausgekugelten Arm eines Hafenarbeiters wieder ein und holte ein Baby auf die Welt, das falsch herum lag. Phoebe war noch nie bei einer Geburt dabei gewesen und ihr liefen Tränen über die Wangen, als der Arzt das schreiende Kind in die Arme seiner Mutter legte. Phoebe glaubte zu verstehen, warum Dr. McGrath diese Arbeit tun wollte – warum er sie tun musste, nachdem er auf dem Schlachtfeld so viele Menschen hatte sterben sehen.

Kurz vor Tagesanbruch, als der Himmel gerade begann heller zu werden, waren sie mit ihrer Arbeit fertig. Phoebe hatte eine Nacht nicht geschlafen, aber sie war überhaupt nicht müde. Dr. McGrath hingegen sah erschöpft aus. Seine Hose war vom Knien auf dem Boden ganz ausgebeult, das Hemd hatte Schweiß- und Rußflecken und seine Ärmel waren zerknittert, weil er sie die ganze Nacht aufgekrempelt getragen hatte. Er war morgens oft unordentlich im Krankenhaus erschienen – und jetzt wusste Phoebe, warum. Sie brauchte ihn nicht zu fragen, warum er diese Arbeit allein tat und im Geheimen. Die Medikamente in der Tasche des Arztes trugen die Aufschrift *US-Armee.*

„Ich bringe Sie nach Hause", sagte er, nachdem er seine Tasche geschlossen hatte. Es gelang ihnen, sich von dem dankbaren Ehepaar loszueisen, dessen Kind sie geholt hatten, und sie machten sich auf den Weg zurück zur Hauptstraße.

„Wie oft machen Sie das?", fragte Phoebe nach einer Weile.

Er zuckte mit den Schultern. „Wann immer es geht."

„Warum?"

„Das ist immer die große Frage, nicht wahr? Die nach den Beweggründen." Er seufzte. „Ich könnte sagen, weil ich die Fähigkeiten habe und es deshalb meine Pflicht ist, sie zu gebrauchen – wem viel gegeben ist, von dem wird auch viel erwartet und so weiter. Aber die schlichte, hässliche Wahrheit ist wahrscheinlich ein schlechtes Gewissen. Das ist wohl meine Methode, Buße zu tun."

Phoebe war sich nicht sicher, was das bedeutete, aber sie wusste, dass ihm zu helfen eine der befriedigendsten Erfahrungen war, die sie je gemacht hatte. „Wenn Sie das nächste Mal herkommen … kann ich Ihnen dann wieder helfen?", fragte sie.

„Jetzt bin ich an der Reihe zu fragen, warum."

„Erstens habe ich Menschen getötet, als ich Soldat war. Es wäre schön … Sie wissen schon … es wiedergutzumachen. Außerdem weiß ich nicht, was ich sonst tun oder wohin ich gehen soll."

„Ich dachte, Sie wären auf dem Weg nach Hause?"

„Ich will nicht nach Hause", gab sie zu. „Deshalb habe ich ja damals auch so getan, als wäre ich ein Mann, und bin zur Armee gegangen – um von zu Hause wegzukommen."

Er lachte freudlos. „Wie es aussieht, haben wir eine Menge gemeinsam. Wir wollen beide Abbitte tun und wir versuchen beide, von zu Hause wegzulaufen. Aber ich sollte Sie warnen: Ich habe die Erfahrung gemacht, dass man vor der Vergangenheit nicht davonlaufen kann."

„Warten Sie. Darf ich Sie was fragen?" Sie waren jetzt an der Hauptstraße angekommen. Phoebe blieb unter einer Gaslaterne stehen und zog ihre kleine Bibel aus der Tasche ihres Rockes. Sie blätterte darin, bis sie die Stelle fand, die sie markiert hatte. „Hier steht: ‚Darum: Ist jemand in Christus, so ist er eine neue Kreatur; das Alte ist vergangen, siehe, Neues ist geworden.' Was bedeutet das?"

„Für solche Fragen bin ich nicht der Richtige." Dr. McGrath setzte sich wieder in Bewegung. Phoebe eilte ihm nach.

„Kennen Sie denn eine gute Kirche, zu der ich gehen und fragen könnte? Weil es eine Menge unterstrichener Stellen hier drin gibt, die ich nicht verstehe. Glauben Sie, ein Pastor wüsste das?"

„Ich fürchte, ich kann Ihnen nicht helfen." Seine Schritte wurden schneller.

„Warten Sie! Sie haben meine andere Frage noch nicht beantwortet. Die, ob ich Ihnen noch einmal helfen kann. Darf ich wieder mit Ihnen in die Slums gehen?"

Der Arzt blieb stehen und drehte sich zu ihr um, dann legte er eine Hand auf ihre Schulter. Er sah ihr forschend in die Augen. „Phoebe … wie wurden Sie verwundet?" Seine Stimme war sanft, nicht anklagend, aber sie hatte trotzdem Angst zu antworten, weil sie fürchtete, er könnte ihr nicht glauben.

„Ich weiß, was alle denken", sagte sie schließlich. „Ich wurde am Rücken verwundet und das muss bedeuten, dass ich weggerannt bin. Ich habe gehört, wie all die anderen Ärzte über mich geredet haben, als ich auf der Trage lag. Einer von ihnen sagte, man solle mich einfach sterben lassen, weil ich ein Feigling, ein Deserteur sein müsse. Aber ich habe auch gehört, wie Sie ihm widersprochen haben. Und dann haben Sie mich trotzdem operiert. Dafür habe ich mich nie bei Ihnen bedankt."

„Das ist auch nicht nötig. Ich bin der Meinung, es sollte Richtern und Geschworenen überlassen bleiben, über Schuld oder Unschuld zu urteilen, nicht den Ärzten. Es war also nicht an mir, Sie ohne gerechtes Verfahren zu verdammen oder Gott zu spielen und Sie sterben zu lassen. Aber als ich entdeckte, dass Sie eine Frau sind, wusste ich, dass Sie kein Feigling waren. Sie wurden am Rücken getroffen, weil Sie jemanden abgeschirmt haben, nicht wahr?"

Sie nickte und fragte sich, woher er das wusste.

„Das dachte ich mir. Männer sind dafür bekannt, dass sie im Kampf viel Mut beweisen. Aber ich habe Frauen gesehen, die denselben Mut an den Tag legen, um die Menschen zu beschützen, die sie lieben." Der Arzt schwieg einen Moment, dann fragte er: „Hat er überlebt? Ihr Freund?"

„Ja. Er hat es geschafft."

„Weiß er, dass Sie durchgekommen sind?"

Phoebe schüttelte den Kopf.

„Sie sollten ihm vielleicht schreiben und es ihm sagen."

„Ich kann nicht. Er weiß nicht ..." Sie ließ den Satz unvollendet in der Luft hängen, unfähig, die Worte laut auszusprechen. Hastig legte sie den Kopf in den Nacken und blickte zum Morgenhimmel hinauf, um ihre Tränen aufzuhalten.

„Er weiß nicht, dass Sie eine Frau sind?"

„Doch, das weiß er. Er hat es zufällig herausgefunden, zwei Tage bevor ich verwundet wurde. Wir waren ein ganzes Jahr zusammen und ich glaube er wird mir nie vergeben, dass ich ihn die ganze Zeit lang Tag und Nacht angelogen habe. Was ich meinte, war, dass er nicht weiß, was ich fühle ... für ihn."

„Sie haben ihm das Leben gerettet, Phoebe. Ich glaube, Sie haben ihm deutlich gezeigt, was Sie für ihn empfinden."

„Ja, wahrscheinlich schon." Aber sie fragte sich, ob Ted das als Liebesbeweis ansah oder ob er wütend war, weil ein Mädchen ihn gerettet hatte – schon wieder.

„Hören Sie, vielen Dank für Ihre Hilfe heute Nacht", sagte Dr. McGrath. „Ich hätte nichts dagegen, wenn Sie mir beim nächsten Mal wieder helfen würden, aber ich werde erst einmal keine Gelegenheit dazu haben herzukommen. Ich muss wieder in einem der Feldlazarette aushelfen –" Er hielt inne und sein Gesicht begann zu leuchten, als hätte er plötzlich eine Eingebung gehabt. „Phoebe ... wollen Sie mitkommen und als Krankenschwester arbeiten?"

„Sie würden mich mitnehmen?"

„Ich glaube, dass Sie eine wunderbare Krankenschwester wären. Sie waren auf dem Schlachtfeld und sind wahrscheinlich nicht empfindlich, was den Anblick von Verletzten betrifft. Und ich gehe davon aus, dass Sie genau wissen, wie diese verwundeten Soldaten sich fühlen. Sie sind das Armeeleben gewöhnt und daran, unter primitiven Bedingungen zu leben … Ich würde gerne mit Ihnen zusammenarbeiten."

„Wirklich? Wann? Wo fahren wir hin?"

Er lächelte müde. „Zurück nach Fredericksburg. Die Union will Lees Armee wieder verfolgen, jetzt, wo die Straßen abgetrocknet sind. Ich breche morgen auf."

Phoebe war sich ziemlich sicher, dass Ted und der Rest ihres Regiments sich bereits in dem Gebiet aufhielten – wahrscheinlich in General Hookers Winterlager in Falmouth. Vielleicht würde ihr Wunsch, ihn noch einmal zu sehen, ja doch noch in Erfüllung gehen. Und das Beste war, dass sie nicht nach Hause fahren und für Mrs Haggerty arbeiten musste.

„Ich komme mit", sagte sie.

„Gut. Zeigen Sie mir, wo Sie wohnen, dann komme ich morgen früh mit der Kutsche vorbei und hole Sie ab."

„Wie … wie kann ich Ihnen jemals dafür danken?"

„Das ist nicht nötig. Aber der Vers, den Sie vorhin gelesen haben … den über den neuen Menschen? Falls Sie jemals herausfinden sollten, was er bedeutet, lassen Sie es mich wissen."

* * *

Philadelphia
April 1863

Julia saß an dem Frisiertisch in ihrem Zimmer und starrte ihr Spiegelbild an. Ihre Mutter schlich um sie herum und gab ihr Anweisungen, als wäre Julia ein kleines Kind und keine zwanzigjährige Frau. „Versuch, ein bisschen mehr Rouge aufzulegen, Liebes. Du siehst furchtbar blass aus."

Julia tat, was ihre Mutter sagte, aber sie bezweifelte, dass es helfen würde. Das Problem war nicht, dass sie furchtbar dünn und blass aussah, weil sie im vergangenen Jahr bis zur Erschöpfung gearbeitet hatte. Das Problem hatte etwas mit ihren Augen zu tun. Es war als wären sie Sammelbecken, gefüllt mit allem, was sie gesehen und erlebt hatte. Ihr Cousin Robert hatte den gleichen Ausdruck in seinen Augen. Sie hatten beide Leid und Tod mit angesehen und konnten es nicht vergessen.

„Hier, nimm dieses Band für ihr Haar, Inga", befahl Julias Mutter. „Vielleicht wirkt ihr Gesicht dadurch etwas freundlicher."

Julias Kopfhaut kribbelte, als ihr Mädchen mit der Bürste durch ihre dicken Haare fuhr. Die Berührung erinnerte sie daran, wie James' Finger ihr Haar gestreichelt hatten. Tränen traten ihr in die Augen.

Ihre Mutter sah sie im Spiegel. „Was ist los? Ist Inga zu energisch mit der Bürste?"

„Ein bisschen", log Julia. Sie fragte sich, was ihre Mutter wohl sagen würde, wenn sie ihr die Wahrheit sagte – dass sie daran dachte, wie ein verheirateter Mann sie geküsst hatte. Dass es Tränen der Schuld und Reue waren. Und des Verlusts.

„Das glaube ich dir nicht", sagte ihre Mutter sanft. „Aber keine Sorge. Wenn du lächelst, werden die Leute denken, es wären Freudentränen. Weil du so froh bist, wieder zu Hause zu sein."

„Ich bin froh, zu Hause zu sein, Mutter."

Am Anfang war es wundervoll gewesen, in einem heißen Bad zu liegen, in einem weichen Bett zu schlafen, köstliche Speisen zu essen und von allen verwöhnt zu werden. Ihre schönen Kleider waren immer gebügelt und sie brauchte nur hineinzuschlüpfen, eine Kutsche wartete, wann immer sie eine benötigte, das Feuer in ihrem Zimmer brannte immer und ihre Wäsche war stets frisch und sauber. Aber jedes Mal, wenn sie von einer weiteren Schlacht hörte, musste sie an die Arbeit denken, die getan werden musste, und die Menschenleben, die es zu retten galt.

Mrs Hoffman strich Julia liebevoll über die Schulter. „Ich wünschte, ich wüsste, was dich so traurig macht."

„Das wüsste ich auch gerne." Eine Träne entwischte aus ihrem Augenwinkel und kullerte über ihr Gesicht.

„Ach, du liebe Güte. Bitte fang jetzt nicht an zu weinen. Deine Augen sind sonst ganz geschwollen und wir sind ohnehin schon spät dran."

Julia tupfte sich die Augen trocken und stand auf. „Lass uns gehen." Ihr Vater wartete unten in seinem Arbeitszimmer auf sie, damit sie an diesem schönen Aprilabend gemeinsam die Straße hinunter zu dem Empfang gehen konnten, den Roberts Eltern zu seinen Ehren gaben. Aber Julias Mutter scheuchte das Mädchen aus dem Zimmer und hielt Julia dann zurück.

„Warte, Liebes. Es gibt etwas, das ich dir sagen muss – unter vier Augen." Mrs Hoffman strich ihren Rock glatt und zupfte nervös an einem Ärmel, als wüsste sie nicht so recht, wie sie das Gespräch beginnen sollte. „Im vergangenen Jahr gab es viele Leute, die deinem Vater und mir keinen rechten Glauben schenken wollten, als wir ihnen erzählten, wo du warst und was du gemacht hast. Es fiel ihnen schwer zu verstehen, warum eine schöne junge Frau mit den besten Heiratsaussichten sich auf diese Weise würde erniedrigen wollen. Es gab Gerüchte, du hättest einen Nervenzusammenbruch erlitten und wärst an einem abgeschiedenen Ort untergebracht. Und ich kann Gott nur dafür danken, dass du nicht mit irgendjemandem verlobt warst, sonst hätte es wahrscheinlich Gerüchte über ein Kind gegeben."

„Es tut mir leid. I-ich wusste nicht …"

„Natürlich haben der Kongressabgeordnete und seine Frau für deinen Ruf gebürgt und Pastor Greene hat dich in den höchsten Tönen gelobt, als er zurückkam. Aber bitte, um deines guten Rufes willen – um deiner Familie willen – versuch, dich heute Abend angemessen zu benehmen."

„Was meinst du damit?"

„Du weißt schon, Liebes … Erzähl keine blutigen Einzelheiten über deine Erfahrungen und versuch nicht, alle zu schockieren. Die Tatsache, dass du dich überhaupt dazu herabgelassen hast, eine solche Arbeit zu verrichten, ist schockierend genug."

„Aber was ist, wenn mich jemand fragt, was ich die ganze Zeit getan habe?"

„Dann versuch, es auf … auf *nette* Art zu beschreiben."

Julia wusste, dass es keine nette Art gab, um ihre Arbeit zu beschreiben. Sie würde es trotzdem versuchen, ihren Eltern zuliebe. Sie würde die abgerissenen Gliedmaßen und klaffenden Bauchwunden weglassen und über das Mitgefühl sprechen, das sie den Patienten zu zeigen versucht hatte, den Trost und Mut, den sie versucht hatte zu geben.

„Der erste Patient, den ich verloren habe, war Ellis Miller", sagte sie leise. „Er war neunzehn, weit weg von zu Hause, und hatte weder Mutter noch Schwester, die ins Krankenhaus kommen konnten, um ihn in den Arm zu nehmen und ihn zu trösten oder ihm in seinem Fieber die Stirn zu kühlen. Also habe ich ihren Platz eingenommen, indem ich seine Hand hielt und mit ihm betete, bis er starb."

„Nein, nein, nein", sagte ihre Mutter und wedelte mit den Händen. „Verstehst du denn nicht? Genau diese *Intimität* ist so schockierend für ein lediges Mädchen – waschen und Hände halten. Die Leute werden das nicht verstehen."

„Dann verspreche ich dir, dass ich gar nichts erzähle."

„Aber du darfst auch nicht zu geheimniskrämerisch sein. Wenn du zu verschlossen bist, sieht es so aus, als hättest du etwas zu verbergen."

„Ich weiß nicht, was du von mir erwartest", sagte Julia irritiert. „Vielleicht sollte ich lieber zu Hause bleiben."

„Dann kursieren die Gerüchte erst recht! Sei einfach du selbst, Julia – so, wie du früher warst, die fröhliche, gutmütige Julia, die wir alle vor dem Krieg kannten. Erinnerst du dich noch an die Zeit, als Caroline bei uns gewohnt hat? An die schöne Zeit, die ihr hattet?"

Julia dachte daran, wie James sich in der Nacht in Fredericksburg zu ihr umgedreht und sie gefragt hatte: *„Glauben Sie, dass jemand, der so etwas erlebt hat, jemals wieder derselbe Mensch sein kann wie vorher?"* Sie war nicht derselbe Mensch, der sie vor dem Krieg gewesen war. Und sie würde auch nie wieder dieser Mensch sein.

„Es ist schlimm genug, dass Robert so griesgrämig ist", fuhr ihre

Mutter fort. „Aber wenigstens können die Leute das nachvollziehen, weil er im Gefängnis war. Er hat einen Grund. Wenn dir dein Cousin am Herzen liegt, dann solltest du versuchen, um seinetwillen fröhlich zu sein, wenn schon nicht uns zuliebe."

Julia verdrängte die Erinnerung an James aus ihren Gedanken und ersetzte sie durch eine andere. Sie war an Bord des Schiffes bei White House Landing und lauschte Schwester Irenes leiser Stimme in der Dunkelheit. „*Wenn wir seinem Gebot gehorchen, andere zu lieben, dann hat unser Leben einen Sinn, egal, ob wir bei einer Teeparty oder auf einem Lazarettschiff sind.*"

„Du hast recht, Mutter", sagte Julia und zwang sich zu lächeln. „Dies ist ein wundervoller Anlass zu feiern und ich verspreche dir, dass ich eine vollkommene Tochter sein werde."

Als sie in Roberts Haus ankamen, schob Julia alle verstörenden Gedanken beiseite und mischte sich unter die anderen Gäste. Sie flirtete und schmeichelte und spielte die Rolle der schönen Gesellschaftsdame perfekt, so als hätte sie nie ein Schlachtfeld gesehen oder miterlebt, wie Männer unter Qualen starben. Robert war zu Hause. Sie würde diesen Augenblick feiern, die Vergangenheit vergessen und sich keine Sorgen um ihre Zukunft machen. Sie bewegte sich durch die Menge und achtete darauf, mit niemandem zu lange zu reden, um die unausweichliche Frage nach ihrem Jahr in Washington zu vermeiden.

Dann erspähte Julia Nathanael Greene auf der anderen Seite des Raumes, wo er lässig an einem Stuhl lehnte. Eine zufriedene Miene erhellte sein attraktives Gesicht. Der Schatten des Verlustes, der ihr von Washington nach Philadelphia gefolgt war, verschwand, als ihre lang gehegten Gefühle für Nathanael wieder aufflackerten. Als hätte er gespürt, dass Julia ihn beobachtete, blickte Nathanael jetzt auf. Und zu ihrem größten Erstaunen beendete er die Unterhaltung, die er gerade geführt hatte, und eilte zu ihr herüber.

„Julia! Ich habe gehört, dass Sie zurück sind. Willkommen daheim."

„Danke. Es ist gut, wieder zu Hause zu sein."

„Es kommt mir wie eine Ewigkeit vor, seit ich Sie zuletzt gesehen habe", sagte er und sah ihr tief in die Augen. „Ich bin immer noch ganz geknickt, weil wir bei meinem Besuch in Washington nicht zusammen essen konnten. Ich hatte so wenig Zeit."

„Ich habe unsere Kutschfahrt genossen, Nathanael. Und ich kann mich nicht erinnern, dass ich das Essen vermisst hätte."

„Sie sind zu freundlich. Ich hoffe, Sie gestatten mir, es wiedergutzumachen. Bleiben Sie länger in Philadelphia?"

„Ich ... ja. Ich werde nicht nach Washington zurückkehren." Sie spürte, wie ihr Lächeln zum ersten Mal versagte. Ihr Vater hatte sie vor zwei Tagen abends in sein Studierzimmer gebeten und ihr deutlich zu verstehen gegeben, dass ihre Karriere als Krankenschwester beendet war. Sie habe ein Jahr lang ihren Willen gehabt, er sei nachsichtig gewesen, aber jetzt erwarte er von Julia, dass sie ernsthafte Heiratsgedanken anstelle, wie sie es versprochen habe. Im Alter von zwanzig Jahren sei es höchste Zeit, dass sie heirate und eine Familie gründe. Sie fragte sich, wie Nathanael auf diese Neuigkeit reagieren würde. Ob es wohl seine Meinung von ihr schmälerte, dass sie ihre pflegerischen Pflichten vernachlässigte, bevor der Krieg zu Ende war?

„Das ist eine wundervolle Nachricht", sagte er. „Ich bin froh, dass Sie nicht wieder dorthin zurückkehren." Als er glücklich lächelte, war sie erstaunt. „Ich bin bekannt dafür, dass ich kein Blatt vor den Mund nehme, Julia. Ich muss Ihnen sagen, was ich auf dem Herzen habe. Jetzt, wo Sie wieder da sind, fürchte ich, dass eine ganze Reihe Gentlemen nur darauf wartet, Ihnen den Hof machen zu dürfen. Darf ich mich an den anderen vorbei ganz nach vorne schieben?"

Sie erwiderte seine Frage mit ihrem ersten echten Lächeln an diesem Abend. „Nichts wäre mir lieber, Nathanael."

* * *

Chancellorsville, Virginia
Mai 1863

Der Donner der schweren Geschütze erschütterte den Boden. Phoebe kniete neben einem Soldaten und fühlte seinen Herzschlag, so wie Dr. McGrath es ihr gezeigt hatte. Der Puls ging schwach unter ihren Fingern. Sie hatten keine Abschnürbinden mehr, also riss sie einen Streifen Stoff von einem Bettlaken ab und band ihn so fest sie konnte um das Bein des Mannes, um die Blutung zu stoppen. Sie gab ihm etwas Wasser zu trinken und ein wenig Morphin gegen die Schmerzen.

„Es tut mir wirklich leid, aber Sie müssen sich wegen der Operation etwas gedulden", erklärte sie ihm. „Es kann noch eine Weile dauern. Halten Sie das aus?" Er konnte als Antwort nur stöhnen.

Phoebe blickte auf. Die Krankenträger eilten auf sie zu und brachten neue Opfer. „Halten Sie durch", sagte sie zu ihrem Patienten. „Geben Sie die Hoffnung nicht auf."

Es war etwas anderes, den Krieg von dieser Warte aus zu erleben. Er klang genauso – das Donnern der Kanonen, das Rattern von Gewehrsalven, der markerschütternde Schrei der Rebellen. Und auch der Rauch und das Stöhnen und das vor Angst rasende Herz waren dasselbe. Aber jetzt hielt sie das Blut auf, anstatt es zu vergießen. Sie wollte niemals wieder einen Menschen töten.

Phoebe und die anderen Krankenschwestern und Ärzte waren den Truppen von General Hooker gefolgt, als diese von ihrem Winterquartier in Falmouth aus in westliche Richtung aufgebrochen waren. Sie hatten den Fluss einige Kilometer flussaufwärts überquert und dann einen Bogen zurück geschlagen, um die Rebellen auf ihrer Seite des Flusses anzugreifen. Die Gefechte der vergangenen Tage waren heftig gewesen und ihre Arbeit endlos. Aber nach all den blutigen Kämpfen hatte sie gerade die beunruhigende Nachricht gehört, dass die Unionstruppen sich zurückzogen und sich ergaben. Genau das hatten sie auch getan, als sie zusammen mit Ted auf der Halbinsel gekämpft hatte.

Phoebe wappnete sich, als die Helfer mit der nächsten Trage auf sie zugerannt kamen. Ihr altes Regiment kämpfte da draußen und einige dieser Soldaten könnten Männer sein, die sie kannte. Sie blickte immer in die Gesichter der Verwundeten, aber schon bevor die Krankenträger näher kamen, wusste sie, dass der Mann, den sie brachten, nicht Ted war. Er war zu groß – seine Füße hingen über die Trage.

„Legt ihn hier ab", sagte sie. „Ich kümmere mich um ihn." Sie hockte sich neben den Mann und tauchte ihr Tuch in den Eimer mit Wasser, um seine Wunden zu reinigen. Aber als sie das vertraute Gesicht und das drahtige, blonde Haar sah, erlitt sie einen solchen Schock, dass sie den Halt verlor und dabei beinahe den Eimer umgestoßen hätte.

„Willard!"

Panik und Angst durchfuhren Phoebe, als sie das fahle Gesicht ihres Bruders sah. Sie richtete sich schnell wieder auf und beugte sich über ihn. Dann ohrfeigte sie ihn vorsichtig und rief seinen Namen. „Willard … Willard, kannst du mich hören? Komm schon, sag was!"

Er stöhnte und begann zu husten. Aus seinem Mund rann Blut. Mit zitternder Hand fühlte sie seinen Puls und untersuchte ihn dann. Er hatte eine Brustwunde. Seine Uniformjacke war blutdurchtränkt. *Gott! O Gott!*

„Halt durch, Willard", sagte sie und stand mühsam auf. „Ich komme gleich wieder."

Die Ärzte operierten draußen an einem Tisch, den sie aus einem Brett und vier Mehlfässern gebaut hatten. Phoebe blieb ein wenig abseits stehen und wartete nervös, bis sie den Arm eines Mannes zu Ende amputiert hatten. Dann eilte sie hinüber, bevor sie die Gelegenheit hatten, einen anderen Patienten aufzurufen.

„Dr. McGrath, bitte kommen Sie!", flehte sie und zog an seinem Ärmel. „Es ist mein Bruder Willard!"

„Er muss warten, bis er dran ist", sagte einer der Militärärzte. „Keine Vorzugsbehandlung."

James ignorierte den Mann. „Wo ist er, Phoebe? Bringen Sie mich hin."

Er folgte ihr zurück zu der Stelle, wo Willard lag, und kniete sich neben ihn, um seinen Puls zu fühlen. Als Dr. McGrath vorsichtig Willards Jacke und Hemd aufknöpfte und den Stoff zurückschlug, sah Phoebe mit eigenen Augen, wie schrecklich seine Verletzung war. Das Loch unter seinem Brustbein hatte die Größe einer Faust. Sein Unterleib wirkte vergrößert und geschwollen. James drückte leicht darauf und ließ dann los, woraufhin Willard vor Schmerzen zusammenzuckte.

„Helfen Sie mir, ihn etwas auf die Seite zu drehen“, sagte der Arzt. Willard schrie auf, als sie ihn bewegten. James hob Willards Jacke an, um sich den Rücken anzusehen, dann legte er ihn wieder ab. „Haben Sie Morphium?“, fragte er Phoebe.

Sie reichte ihm den Behälter mit dem Pulver und James sprenkelte es auf die Wunde. Dann stand er auf und bedeutete Phoebe, ihm zu folgen.

„Es tut mir leid, Phoebe. Was immer ihn da getroffen hat, ist geradewegs durch ihn hindurchgegangen. Seine Leber ist beschädigt und es gibt Anzeichen für eine Bauchfellentzündung. Ich bin überrascht, dass er noch am Leben ist.“ Er blieb stehen, drehte sich zu ihr um und legte ihr die Hände auf die Schultern. „Ich weiß, wie schwierig es ist, wenn es jemanden aus der eigenen Familie trifft und man nichts tun kann …“ Er wandte kurz den Blick ab und sah ihr dann wieder in die Augen. „Kommen Sie damit klar?“

Sie nickte. „Ich wusste, dass es nicht gut aussieht. Er hat Blut gehustet. Aber ich musste auf Nummer sicher gehen.“ Sie klang viel tapferer, als ihr zumute war.

„Geben Sie ihm so viel Morphium, wie er braucht.“ Der Arzt drückte ihre Schultern und eilte dann an den Operationstisch zurück.

Phoebe setzte sich wieder neben ihren Bruder und bettete vorsichtig seinen Kopf in ihren Schoß. Er schwitzte und war furchtbar blass. Sie wusch ihm das Gesicht und seinen Hals mit Wasser und sagte immer wieder seinen Namen. „Komm schon, Willard, jetzt sei nicht so stur. Ich bin's … deine Schwester Ike.“

Langsam öffnete er die Augen. „Ike?"

„Ja, du erinnerst dich doch noch an mich, oder? Die Schwester, die ihr zu Hause gelassen habt?" Sie versuchte zu lächeln.

„Natürlich erinnere ich mich. Aber du solltest doch gar nicht hier sein … ich dachte schon, ich hätte Halluzinationen."

„Nein, ich bin's wirklich. Ich bin Krankenschwester, Will. Ich arbeite für die Armee, genau wie du."

Er schüttelte heftig den Kopf und sah verärgert aus. „Du solltest nicht hier sein. Solltest zu Hause bei Mrs Haggerty sein. Kannst du denn nicht ein einziges Mal tun, was man dir sagt?"

„Nur, wenn du oder Junior auf mir sitzt und mich zwingt. Außerdem bezahlt die Armee mir mehr, als Mrs Haggerty es je getan hätte. Und dazu geben sie mir genug zu essen und einen Platz zum Schlafen."

Ihr Bruder schloss die Augen. Sein Ärger war verflogen. „Na, ich nehme an, dann ist es in Ordnung. Du verdienst dir deinen Lebensunterhalt."

„Willst du etwas Wasser?" Sie hielt den Becher an seine Lippen und gab ihm noch etwas zu trinken. Das meiste davon hustete er wieder aus, gemischt mit Blut. Sie wischte ihm das Gesicht ab. Es war kalkweiß. „Hast du was von Junior und Jack gehört?", fragte sie.

„Jack wurde letztes Jahr am Bein getroffen. Hab ihn in irgendein Krankenhaus gebracht. Junior geht es gut."

„Ich freue mich schon darauf, wenn dieser Krieg aufhört und wir unsere Farm von Jeb zurückbekommen, du nicht auch? Ich hoffe, er hat sie nicht völlig heruntergewirtschaftet und unsere armen Pferde zu Tode geknechtet. Das wird gut, wenn wir wieder alle zusammen sind, meinst du nicht auch?"

Willard nickte. „Du siehst anders aus … hast ein Kleid an. Erinnerst mich an Mutter …" Das Atmen fiel ihm immer schwerer. Er musste alle paar Wörter nach Luft schnappen. Phoebe wusste, dass er im Sterben lag, aber sie wollte, dass er weiterredete, wollte ihn noch ein bisschen länger bei sich behalten.

„Ich kann mich überhaupt nicht an Mutter erinnern. Du denn, Will?"

„Sie war hübsch … so wie du … Saß immer … auf meinem Bett … hat mir übers … Haar gestrichen … so wie du … bis ich eingeschlafen bin. Du heißt wie sie."

„Sie hieß Phoebe?"

„Ja. Wusstest du das nicht?"

„Niemand hat es mir erzählt. Du hast nicht viel über sie gesprochen."

„Vater hat dich Ike genannt … nachdem sie tot war."

Als er die Augen schließen wollte, sagte Phoebe: „Hey, hast du die Neuigkeiten gehört? Sie gründen nächsten Monat zu Hause einen ganz neuen Staat. Sie sagen, dass der ganze westliche Teil von Virginia beschlossen hat, sich nicht von der Union abzuspalten, also machen sie einen neuen Staat daraus. Ist das nicht eine gute Nachricht, Will? Vielleicht kannst du bei der Wahl zum Gouverneur kandidieren."

„Ich schaff es nicht, oder? Deshalb operieren sie nicht."

„Natürlich schaffst du es. Du musst nur warten, bis du dran bist."

„Du lügst, Ike. Ich wusste immer … wann du lügst."

„Tu ich nicht."

Er suchte nach ihrer Hand und umklammerte sie. „Wer kümmert sich um dich … wenn keiner von uns … es schafft?"

„Ich kann ganz gut auf mich selbst aufpassen", sagte sie und biss sich auf die Unterlippe.

Er lächelte schwach. „Das konntest du schon immer, was? Weißt du nicht … dass ein Mann gerne … für eine Frau sorgt?"

Die Tränen, die sie bisher zurückgehalten hatte, kullerten nun doch, als sie an Ted dachte. „Nein, Willard, das wusste ich nicht. Niemand hat es mir gesagt."

„Phoebe …?", sagte er mit schwacher Stimme. „Tut mir leid, dass wir abgehauen sind … und dich allein gelassen haben."

„Das ist schon in Ordnung. Ich verzeihe euch."

Aber als ihre Tränen auf sein bleiches, lebloses Gesicht fielen, wusste Phoebe nicht, ob ihr Bruder ihre Worte noch gehört hatte oder nicht.

Kapitel 20

Philadelphia
Juni 1863

Julia stand allein in der riesigen Ausstellungshalle und ließ ihre Blicke über die zerfledderten Überreste des Marktes schweifen, den der *Christliche Hilfsverein* veranstaltet hatte. Die Menschenmengen, die in den vergangenen drei Tagen das Gebäude gefüllt hatten, waren nach Hause gegangen, die patriotischen Flaggen hingen schlaff von den Dachbalken und ein einsamer Arbeiter fegte den Müll auf dem Boden zusammen. Es war spät. Der Markt war vorüber. Julia hätte schon längst nach Hause gehen können. Sie hatten tonnenweise Essen und Kleider für die Soldaten gesammelt und mehrere Tausend Dollar Spenden, um Bibeln, christliche Bücher und medizinische Verbrauchsgüter zu kaufen, die der Hilfsverein verteilen konnte. Sie hatte viel dafür getan, dass der Markt ein Erfolg wurde, und das hatte im vergangenen Monat die Leere in ihrem Leben gefüllt. Aber was sollte sie jetzt tun, wo der Markt vorbei war?

„Julia?" Nathanaels Stimme hallte in der menschenleeren Halle wider. „Du bist doch nicht etwa immer noch hier! Soll ich dich nach Hause bringen?" Er lief den Gang entlang auf sie zu und wirkte dabei so frisch und lebhaft, als wäre es Vormittag und nicht spätabends am letzten Tag des Marktes. Sie staunte immer wieder, wie sehr Nathanaels Projekte ihm Antrieb verliehen, anstatt ihn auszulaugen.

„Nein, meine Kutsche wartet draußen", sagte sie. „Ich wollte gerade gehen. Warum bist du noch hier?"

„Wir haben die Spenden gezählt. Du wirst es nicht glauben – bis jetzt sind es schon mehr als zwölftausend Dollar! Was für ein gigantischer Erfolg!“ Nathanael strahlte. „Und das verdanken wir alles dir, Julia.“

„Ich glaube kaum. Hunderte von Menschen waren daran beteiligt.“

„Aber du hast das alles organisiert. Und du bist diejenige, die einige sehr wohlhabende Spender dazu gebracht hat, etwas zu geben. Keiner der anderen Märkte des *Christlichen Hilfsvereins* war bisher so erfolgreich.“

„Das freut mich. Ich bin froh, dass es so gut gelaufen ist.“

„Und ich bin froh, dass wir in den letzten Wochen die Gelegenheit hatten, zusammenzuarbeiten.“ Seine Stimme wurde weicher. Er stand jetzt ganz dicht vor ihr. „So habe ich es mir immer vorgestellt, Julia – eine Partnerin und Helferin zu haben, die mich bei meiner Arbeit unterstützt.“

Sie spürte eine leichte Verärgerung, wie ein Steinchen im Schuh. „Ich betrachte es auch als *meine* Arbeit.“

„Ich weiß“, sagte er mit einem Lächeln. „Das ist ja das Schöne. Du bist bereit, dir meine Anliegen zu eigen zu machen.“

Er begriff es immer noch nicht. Julia öffnete den Mund, um zu erklären, dass sie genauso viel für den *Christlichen Hilfsverein* getan hätte, wenn er nichts damit zu tun gehabt hätte, aber bevor sie etwas sagen konnte, sprach er weiter.

„Du hast bei diesem Markt so unermüdlich für mich gearbeitet. Und du warst immer bereit, jede Aufgabe zu erledigen, die ich dir zugeteilt habe. Du bist wirklich die zusätzliche Meile gegangen – selbst jetzt bleibst du und hilfst bis ganz zum Schluss. Du bist so fleißig und großzügig und selbstlos –“

„Bitte hör auf. Ich bin nichts davon.“

„Hatte ich bescheiden erwähnt?“, fragte er grinsend. Nathanaels Charme und seine natürliche Ausstrahlung machten ihn ungeheuer attraktiv. Er war ein gottesfürchtiger Mann, ein leidenschaftlicher Prediger. Julia hatte das Gefühl, seiner Schmeicheleien nicht würdig zu sein.

„Ich bin ein Mensch, Nathanael. Ich mache Fehler wie jeder andere auch. Auch ich brauche manchmal Vergebung."

„Natürlich. Die brauchen wir doch alle." Er freute sich sichtlich über den Erfolg des Marktes und tat alles, um ihr diese Freude zu vermitteln. Aber der Verlust, der so lange einen Schatten auf ihr Leben geworfen hatte, schien sich um ihre Schultern zu legen und sie niederzudrücken. „Julia, was ist los?", fragte er.

„Es ist schwer, deiner Meinung von mir gerecht zu werden. Ich kann mein Leben nicht auf einem Podest verbringen. Eine falsche Bewegung und ich falle herunter und dann siehst du mich, wie ich wirklich bin."

„Ich habe dich gesehen, wie du wirklich bist, damals auf dem Lazarettschiff. Und ich habe noch nie eine gütigere, großartigere Frau gesehen. Du bist ganz anders als all die anderen jungen Damen in der Kirche. Keine von ihnen wäre jemals bereit, all die Opfer zu bringen, die du gebracht hast, um Krankenschwester zu werden – um selbstlos inmitten all dieses Schreckens und Leidens zu arbeiten. Du bist ein wundervoller Mensch, Julia. Ich verstehe nicht, warum du das nicht hören willst."

„Ich vermisse die Arbeit im Krankenhaus." Die schlichte Wahrheit überraschte Julia selbst. „Wohltätigkeitsarbeit ist einfach nicht dasselbe." Sie dachte an die Nacht, in der sie James bei den Operationen geholfen hatte, an die vielen Stunden, die sie zusammen auf der Station verbracht und um jedes Menschenleben gekämpft hatten. Tränen stiegen ihr in die Augen.

Nathanael betrachtete sie eine ganze Weile lang. In dem dämmrigen Licht waren seine Augen mehr grau als blau. „Willst du mich heiraten, Julia?", fragte er plötzlich. „Wir könnten unser Leben lang so zusammenarbeiten. Ich weiß, dass wir noch nicht lange miteinander ausgehen, aber ich habe die Frau gefunden, die ich heiraten möchte, und ich will dich nicht verlieren. Bitte sag ja."

Julia stellte sich vor, dass sie künftig mit Nathanael Seite an Seite arbeiten würde, wie sie mit James zusammengearbeitet hatte, und sagte: „Ja, ich will dich heiraten."

Vor zwei Jahren, nach ihrem grauenhaften Betragen am Bull

Run, hätte sie niemals geglaubt, dass Nathanael sie je um ihre Hand bitten würde. Und jetzt hatte er es getan. Ihr Leben mit ihm würde einen Sinn, eine Bedeutung haben. Sie würde mehr sein als die Porzellanpuppe auf dem Regal, die Hiram Stone beschrieben hatte. Sie würde James vergessen können und alle Erinnerungen an ihn in die Vergangenheit zurückdrängen.

Nathanael lächelte glücklich, als er ihre Antwort hörte, dann wurde er plötzlich ernst. Er würde sie küssen. Julia hielt die Luft an und ihr Herz raste, als sie in sein attraktives Gesicht hinaufblickte. Er legte die Hände auf ihre Arme und schloss die Augen, als er sich zu ihr hinunterbeugte. Dann drückte er seine Lippen für ein paar Sekunden auf die ihren und löste sich dann wieder von ihr, um sie anzusehen.

Der Kuss war spröde und steif gewesen, so als würde Nathanael ein Messingsiegel in weiches Wachs drücken, um dann damit einen Brief zu verschließen. Er wirkte eher wie eine Inbesitznahme, und nicht wie ein Zeichen der Leidenschaft. Julia dachte an James' Kuss und fühlte sich beraubt. Sie sehnte sich danach, mit ihren Händen durch Nathanaels blondes Haar zu fahren, ihn an sich zu ziehen, die Wärme seines Gesichts auf dem ihren zu spüren und den Druck seiner Arme um ihre Taille, während er sie festhielt. Doch er trat einen Schritt zurück.

„Ich muss deinen Vater um seine Erlaubnis bitten, bevor wir es offiziell verkünden können", sagte Nathanael. „Und ich möchte dir einen Ring kaufen."

Er nahm ihre Hand und hielt sie so steif, als hielte er eine Teetasse aus Porzellan. Seine Finger waren kühl. Wieder dachte sie an James, an die zärtliche Geste, die sie so oft gesehen hatte, wenn er seine Hand auf die Stirn eines Patienten gelegt hatte. Mit der gleichen Zärtlichkeit hatte James an dem Abend, an dem er sie geküsst hatte, ihr Gesicht in beide Hände genommen. Seine Hände waren warm gewesen.

„Und ich möchte gerne, dass du meinen Vater kennenlernst", fuhr Nathanael fort.

Julia riss sich zusammen. Sie hatte gerade eingewilligt, Nathanael zu heiraten – den Mann, den sie seit Jahren liebte. Wie um alles in der Welt konnte sie da an den Kuss eines anderen denken, an die Berührung eines anderen Mannes? Eines verheirateten Mannes.

„Ich kann mir von meinem Gehalt als Pastor nur zwei oder drei Dienstboten leisten“, sagte Nathanael. „Ich fürchte, unser Leben wird viel einfacher als das, was du gewohnt bist. Aber ich glaube, ich kenne dich gut genug, um zu wissen, dass dir ein extravaganter Lebensstil nicht wichtig ist.“

„Das ist er auch nicht“, erwiderte Julia ganz benommen.

„Ich werde so bald wie möglich einen Termin mit deinem Vater vereinbaren … wenn dir das recht ist?“

„Natürlich.“

„Ich hoffe, du bist nicht für eine lange Verlobungszeit, Julia. Ich glaube, wenn man erst einmal den richtigen Menschen gefunden hat, gibt es keinen Grund zu warten. Und ich glaube, dass unsere Verbindung im Himmel geschlossen wurde, meinst du nicht auch?“

Sie öffnete den Mund, um zu sprechen, aber es kam kein Ton heraus. Sie konnte immer noch nicht begreifen, dass der Mann, von dem sie so lange geträumt hatte, ihr gerade einen Heiratsantrag gemacht hatte.

„Julia, du bist sprachlos. Ich hoffe, vor Glück?“

„Ja“, flüsterte sie. „Vor Glück.“

Sie wollte, dass er sie noch einmal küsste und die Erinnerung an James' Kuss ein für alle Mal mit seinem eigenen ausradierte. Doch stattdessen nahm Nathanael ihren Arm und geleitete sie zur Tür.

„Du musst erschöpft sein, nachdem du in den vergangenen drei Tagen so viel gearbeitet hast. Ich bin es jedenfalls. Ich möchte, dass du jetzt nach Hause fährst, meine Liebe, und dich ausruhst. Komm, wir suchen deinen Fahrer.“

Erst als sie allein in ihrer Kutsche saß, wurde Julia bewusst, dass Nathanael nicht ein einziges Mal „Ich liebe dich“ gesagt hatte.

* * *

„General Lee und seine Rebellen haben die Grenze nach Pennsylvania überschritten", erzählte Julias Vater ihr am nächsten Morgen.

„Pennsylvania! Sie sind *hier*?"

„Ich fürchte, ja." Er saß mit gerunzelter Stirn am Frühstückstisch und las die Morgenzeitung. Sein Essen stand unangerührt vor ihm. Julia hatte sich einen leeren Teller genommen, um sich etwas von den Gerichten zu nehmen, die am Büffet auf silbernen Platten angerichtet waren, aber jetzt stellte sie ihn wieder weg.

„Wie nah sind sie?"

„In der Zeitung heißt es, in der Nähe von Chambersburg. Das ist knapp zweihundertfünfzig Kilometer von hier entfernt. Offenbar plündern die Rebellen Dörfer und stehlen Lebensmittel. Ein schändliches Benehmen!"

„Unsere Soldaten sind auch nicht besser, Papa. Ich habe mit eigenen Augen gesehen, was sie in Fredericksburg angerichtet haben. Und da ging es noch nicht einmal um Lebensmittel. Sie haben einfach zum Vergnügen geplündert und zerstört." Julia erinnerte sich auch an die furchtbare Beschießung der Stadt und daran, wie sie sich ihre eigene Heimatstadt unter einem solchen Bombardement vorgestellt hatte. „Glaubst du, die Rebellen kommen bis Philadelphia?"

„Keiner weiß, wohin sie unterwegs sind, aber wie es aussieht, gibt es bald auch auf Unionsterritorium Kämpfe. Sie sind nicht mehr sehr weit von Harrisburg entfernt." Ihr Vater faltete die Zeitung zusammen und legte sie neben seinen Teller. Dann erhob er sich. „Gott stehe uns bei. General Meade muss Lee besser die Stirn bieten, als Hooker oder Burnside oder McClellan es getan haben."

In den nächsten Tagen wurden alle Gedanken an ihre Verlobung mit Nathanael in den Hintergrund gedrängt. Die Bürger von Philadelphia hielten den Atem an und warteten auf Nachrichten von der konföderierten Invasion. Nathanael fand nicht einmal die Zeit, mit Julias Vater zu sprechen und offiziell um ihre Hand anzuhalten, weil die Freiwilligen vom Hilfsverein und er damit beschäftigt waren, die Güter, die sie gesammelt hatten, an bedürftige Unionssoldaten zu schicken.

Am Morgen des dritten Juli lasen Julia und ihr Vater die Berichte über eine ganze Reihe entsetzlicher Schlachten, die bei Gettysburg, einer ihnen unbekannten Stadt in Pennsylvania, stattgefunden hatten. Neben den Berichten hatte die Zeitung auch einen eindringlichen Appell an alle Ärzte und Krankenschwestern abgedruckt, sich freiwillig zu melden, da man befürchtete, der ungeheuren Menge an Opfern sonst nicht Herr werden zu können. Man schätzte, dass Zehntausende Menschen versorgt werden mussten.

Julia bat ihren Vater nicht um Erlaubnis, gehen zu dürfen. Sobald er zur Arbeit gegangen war, eilte sie zum Büro des *Christlichen Hilfsvereins*, wo sie Nathanael vermutete. Er würde sicherlich auf die Suche nach Freiwilligen reagieren und die dringend benötigten Materialien höchstpersönlich nach Gettysburg bringen. Sie fand ihn bei der Arbeit. Er hatte die Ärmel aufgekrempelt wie ein Arbeiter und lud Kisten, Fässer und die Zelte des Hilfsvereins auf einen gemieteten Karren, um sie dann zum Bahnhof zu bringen.

„Gut, dass du kommst", sagte Nathanael, als er sie sah. Er stellte die Kiste, die er gerade trug, auf die Ladefläche des Wagens und klopfte sich die staubigen Hände an der Hose ab. „Ich hatte schon gefürchtet, ich müsste dir schreiben. Ich breche in Kürze nach Gettysburg auf."

„Das dachte ich mir. Ich fahre auch."

Nathanael blickte sich um, als befürchtete er, jemand könnte ihre Worte gehört haben, dann zog er Julia in sein Büro. „Das geht nicht. Es gehört sich nicht. Wenn wir schon verheiratet wären, spräche nichts dagegen, dass du mitkommst und mir hilfst, aber wir sind noch nicht einmal offiziell verlobt."

„Ich fahre nicht mit, um *dir* zu helfen", sagte sie ungeduldig. „Ich bin ausgebildete Krankenschwester. Sie brauchen Freiwillige. Ich will helfen, die Verletzten zu versorgen."

„Nein. Das kann ich nicht erlauben."

Julia starrte ihn sprachlos an. Warum verbot er ihr, das zu tun, von dem er einst behauptet hatte, er bewundere sie dafür? Und welches Recht hatte er überhaupt, ihr etwas zu verbieten?

„Du bist noch nicht mein Ehemann", sagte sie. Es gelang ihr nur mit Mühe und Not, ihre Wut zu beherrschen. „Ich bin nicht auf deine Erlaubnis angewiesen. Ich fahre nach Gettysburg, Nathanael. Meine Frage ist, ob ich mit den weiblichen Freiwilligen des Hilfsvereins fahren kann oder ob ich mir eine andere Reisemöglichkeit suchen muss."

Es dauerte lange, bis er antwortete, und sie wusste, dass auch er seinen Ärger unterdrückte. „Die weiblichen Freiwilligen des Hilfsvereins sind alle entweder verheiratet oder verwitwet. Du bist ledig."

Seit Nathanael ihr den Heiratsantrag gemacht hatte, war Julia sich unsicher gewesen, ob sie ihm ihre ursprünglichen Beweggründe beichten und zugeben sollte, dass sie in Bezug auf ihren Familienstand gelogen hatte, um Krankenschwester zu werden. Doch als sie jetzt seine Reaktion und seinen merkwürdigen Widerstand sah, wusste sie, dass es ein Fehler wäre, ihm davon zu erzählen. Sie wollte den Verletzten helfen und konnte nicht riskieren, dass er sie aufhielt.

„Ich weiß, dass ich ledig bin", erwiderte sie. „Ich war auch ledig, als ich auf den Schlachtfeldern von Antietam und Fredericksburg gearbeitet habe, und ich war ledig, als du und ich gemeinsam auf dem Lazarettschiff geholfen haben. Warum sollte es jetzt etwas anderes sein?"

„Weil du meine Frau wirst. Ich glaube, dass ich deinen guten Ruf beschützen muss."

„Bist du dir sicher, dass du nicht *deinen* guten Ruf meinst?"

Julia sah an Nathanaels Reaktion, dass ihre Offenheit ihn aus der Fassung gebracht hatte. Sie fragte sich, ob er sich das mit der Heirat noch einmal überlegen würde. Es lag schon eine gewisse Ironie darin, dass sie Krankenschwester geworden war, um seine Bewunderung zu erlangen, und ihr Engagement für dieselbe Arbeit jetzt vielleicht dazu führte, dass sie ihn verlor. Sie schob ihre Verärgerung beiseite, um an seine Vernunft zu appellieren.

„Sieh mal, ich fühle mich dazu berufen. Meine Arbeit ist mir wichtig, so wie deine Arbeit dir wichtig ist. Die Tatsache, dass ich unverheiratet bin, ohne Mann und Kinder, gibt mir die Freiheit, denen zu dienen, die in Not sind. Bitte lass uns nicht streiten, Nathanael. Kann ich mit dem Hilfsverein fahren oder muss ich mir eine andere Reisemöglichkeit suchen?"

Er wandte sich mit eisiger Miene ab. „Da du mich daran erinnert hast, dass ich mich noch nicht in der Position befinde, dir Vorschriften machen zu können, muss ich dich fragen, ob du die Erlaubnis deines Vaters hast."

„Er weiß, dass du ein vertrauenswürdiger Mann bist. Und der Ruf des *Christlichen Hilfsvereins* ist bekannt. Niemand würde auf den Gedanken kommen, dass es ungehörig ist."

„Dann habe ich wohl keine Wahl", sagte Nathanael steif. „Unser Zug nach Hanover fährt in etwa drei Stunden ab. Und jetzt entschuldige mich bitte, ich habe noch eine Menge Arbeit." Er wandte sich zum Gehen, aber sie hielt ihn am Arm zurück.

„Bist du mir böse?"

„Ein bisschen", sagte er und wich ihrem Blick aus. „Aber ich werde darüber hinwegkommen."

* * *

Gettysburg
Juli 1863

Phoebe hob den Kopf ihres Patienten und hielt den Zinnbecher mit Wein an seine Lippen. „Hier, versuchen Sie mal, ob Sie ein bisschen hiervon trinken können. Ich weiß, dass Sie Schmerzen haben, und ich wünschte, ich hätte etwas Stärkeres, aber mehr haben wir im Moment nicht."

„Danke", flüsterte er.

„Möchten Sie noch etwas? Kann ich sonst noch etwas für Sie tun?" Als er den Kopf schüttelte, legte Phoebe ihn wieder hin und ging zu ihrem nächsten Patienten. „Wie geht es Ihnen? Können Sie ein bisschen Wein herunterbekommen? Ich weiß, dass Sie nicht viel zum Frühstück hatten, aber vielleicht lindert es den Schmerz etwas."

„Frühstück? Ist es Morgen?", fragte der Soldat.

„Aber ja. Die Sonne kommt gleich über den Hügel da drüben. Sehen Sie, wie schön der Himmel aussieht?" Es war der dritte Sonnenaufgang, den Phoebe beobachtete, ohne zwischendurch viel geschlafen zu haben. Sie wusste nicht, wie lange sie noch durchhalten würde, aber da Pflegekräfte knapp waren, musste sie es darauf ankommen lassen.

„Heben Sie mich hoch, damit ich es sehen kann."

„Sind Sie sich sicher?", fragte Phoebe. „Ich will Ihnen nicht wehtun."

„Keine Angst", sagte er und verzog vor Schmerzen das Gesicht. „Ich weiß, dass ich sterbe. Wahrscheinlich ist das der letzte Sonnenaufgang, den ich zu sehen bekomme."

„Sie dürfen die Hoffnung nicht aufgeben", sagte sie, während sie ihm half, sich aufzusetzen. „Wir tun, was wir können, damit Sie es schaffen."

Aber ihm und Tausenden anderen zu helfen, war eine nicht zu bewältigende Aufgabe. Phoebe und die anderen Krankenschwestern und Ärzte waren erst auf dem Schlachtfeld vor Gettysburg angekommen, als die Kämpfe bereits begonnen hatten. Sie hatten keine Zeit gehabt, ein richtiges Feldlazarett oder Operationsmöglichkeiten einzurichten, und es gab auch nicht genügend Vorräte für die ungeheuerliche Menge an Opfern. Als General Meade seine Armee nach Norden hatte marschieren lassen, um Lees Truppen zu verfolgen, hatte er die Anweisung gegeben, dass die Planwagenzüge Munition und militärische Ausrüstung transportieren sollten anstatt medizinischer Versorgungsmaterialien. Die ersten verwundeten Soldaten waren eingetroffen, bevor Phoebe und die anderen Krankenschwestern Zeit gehabt hatten, das bisschen, was sie dabeihatten, überhaupt auszupacken. Und ohne Zelte für ein Feldlazarett waren sie gezwungen, die Verwundeten im Freien zu versorgen, rund um das Farmhaus, in dem Dr. McGrath und die anderen Chirurgen operierten.

Phoebe ließ den Soldaten allein, damit er den Sonnenaufgang genießen konnte, der höchstwahrscheinlich sein letzter sein würde, und ging zum nächsten Mann. Als sie sah, dass es sich um einen Rebellen handelte, zögerte sie. Alle Verwundeten waren zusammen eingeliefert worden und so lagen Rebellen und Yankees bunt durcheinander, aber sie waren allesamt zu schwer verletzt, um einander zu bekämpfen. Phoebe konnte nicht vergessen, dass die Kugel eines Rebellen ihren Bruder getötet und ein anderes Geschoss sie selbst getroffen hatte. Sie konnte immer noch das Ziehen in der Schulter spüren, als sie sich trotzdem hinkniete und den Kopf des Rebellen anhob.

„Möchten Sie ein bisschen Wein?"

Er nickte und trank ein paar Schlucke. „Wir haben die Schlacht gestern verloren, nicht wahr?", fragte er, als sie seinen Kopf wieder ablegte. „Ich bin Gefangener."

Man hatte ihr gesagt, dass die Rebellen sich in der Nacht über den Potomac zurückgezogen hatten. Nach drei Tagen schrecklicher Gefechte waren Tausende von Männern auf beiden Seiten verwundet oder getötet. Die konföderierten Soldaten, die zu schwer verletzt waren, um zu reisen, hatte man zurückgelassen. Viele konföderierte Chirurgen waren bei ihnen geblieben, um für sie zu sorgen.

„Das hier ist ein Feldlazarett", erklärte sie ihm. „Ich bin Krankenschwester und keine Gefängniswärterin. Und fragen Sie mich nicht nach irgendwelchen Schlachten. Ich bin zu sehr damit beschäftigt, mich um die Verletzten zu kümmern, als dass ich mich darüber auf dem Laufenden halten könnte."

Phoebe ging zu ihrem nächsten Patienten, der auch ein Rebell war. Während sie arbeitete, bemerkte sie, dass einer der konföderierten Ärzte sie beobachtete. Er war ein ungewöhnlich großer, schlaksiger junger Mann mit Schnurrbart und Bartstoppeln von mehreren Tagen am Kinn. Sie hatte gesehen, wie er Tag und Nacht gearbeitet hatte, ohne darauf zu achten, welche Uniform die Soldaten trugen. Jetzt saß er unter einem Baum nur wenige Meter von ihr entfernt.

Als sie zu ihm hinübersah, begegneten sich ihre Blicke. Phoebes Augen verengten sich. „Kontrollieren Sie mich etwa?", fragte sie. „Sie wollen wohl sicherstellen, dass ich Ihre Männer nicht vergifte, was?"

Er lachte und sein Lachen klang so gelöst und frei wie sein schlaksiger Körper. „Nein, Ma'am. Sie sehen nicht aus wie jemand, der so etwas tun würde. Aber ich *habe* Sie beobachtet, das gebe ich zu. Und ich schulde Ihnen wohl eine Erklärung."

„Sie schulden mir gar nichts", sagte Phoebe und wandte den Blick ab. Als sie zum nächsten Patienten weitergehen wollte, hielt er seinen Becher hoch.

„Dürfte ich vielleicht ein Schlückchen davon haben? Um diese Tageszeit hätte ich zwar lieber Kaffee, aber ich nehme, was ich kriegen kann."

Phoebe ging zu ihm und schenkte ihm etwas aus der Flasche ein, die sie bei sich trug. Man hatte ihr gesagt, es handele sich um Messwein aus einer nahe gelegenen Kirche.

„Stopp! Das ist mehr als genug. Ich sollte mich doch schließlich nicht betrinken, oder? …Warten Sie", sagte er, als sie sich umwandte. „Ich habe gehört, wie Sie mit den Männern geredet haben. Sie klingen genauso wie die Leute bei mir zu Hause. Ich gebe zu, dass ich ein bisschen Heimweh habe, und deshalb habe ich Sie beobachtet. Ich wollte einfach ein bisschen an die Heimat denken."

„Ich gehöre nicht zu den Konföderierten, so wie Sie", sagte Phoebe kalt. Aber auch sie hatte den vertrauten Akzent bemerkt. Nachdem sie beinahe zwei Jahre lang unter Nordstaatlern gelebt hatte, hatte sie sich an deren merkwürdige Aussprache gewöhnt. Aber die Stimme des Arztes erinnerte sie an zu Hause.

„Nein, Ma'am. Ich weiß, dass Sie keine Konföderierte sind", sagte er. „Woher kommen Sie denn, wenn ich fragen darf?"

„Dürfen Sie nicht."

Er lachte wieder. „In Ordnung, ich nehme es Ihnen nicht übel, dass Sie mir nicht trauen. Dieser Krieg hat uns alle misstrauisch gemacht. Ich komme aus Berkeley County, Virginia – das ist gar nicht so weit von hier, wenn ich ehrlich bin. Gleich hinter der Grenze von Pennsylvania. Wahrscheinlich haben Sie noch nie von meinem kleinen Dorf gehört, aber die nächste größere Stadt ist Martinsburg."

Er stammte aus Phoebes Nachbarbezirk, unweit von Bone Hollow. „Berkeley County gehört nicht mehr zu Virginia", klärte sie ihn auf. „Sie haben gerade ein ganzes Stück von Virginia zu einem neuen Staat gemacht."

„Das habe ich auch gehört. Aber ich war nicht mehr zu Hause, seit der Krieg begonnen hat."

„Sie sind zu den Konföderierten gegangen", sagte sie unverblümt.

„Ja, Ma'am, das bin ich wohl. Allerdings bin ich weniger gegangen als gezogen worden. Ich hatte gerade mein Medizinstudium in Charlottesville beendet und als Assistenzarzt zu arbeiten begonnen, als der Krieg anfing und sie dringend Ärzte brauchten. Also haben sie mich eingezogen. Wie ist es mit Ihnen? Wie sind Sie hierhergekommen? Sicher Ihrem Mann gefolgt, oder?"

„Ich bin nicht verheiratet."

„Also, das kann ich ja kaum glauben, Ma'am. Ein so hübsches Mädchen wie Sie?"

„Wollen Sie sich über mich lustig machen?"

Er wirkte ehrlich überrascht. „Nein, Ma'am! Ich mag strohblonde Haare, und Ihres hat die schönste strohblonde Färbung, die ich je gesehen habe. Erinnert mich an Getreidebündel. Sie sind eine starke Lady und eine gute Krankenschwester. Ich habe Sie bei der Arbeit beobachtet. Diese Südstaatendamen, die beim kleinsten bisschen ohnmächtig werden, lassen mich kalt … Ma'am?", sagte er, als sie sich wieder abwenden wollte. „Wollen Sie mir nicht Ihren Namen verraten, damit ich Sie nicht immer Ma'am nennen muss?"

Sie zögerte. „Ich heiße Phoebe."

„Und ich Daniel … Daniel Morrison." Er streckte die Hand aus, um die ihre zu schütteln. Phoebe merkte, dass sie sich gegen ihren Willen zu ihm hingezogen fühlte.

„Und, haben Sie Frau und Kinder, die zu Hause auf Sie warten, Dr. Morrison?"

„Nein, die Mädels daheim konnten an mir nichts finden", sagte er lachend. „Sie sagten, ich sehe aus wie ein Knochengerippe. Und besonders gute gesellschaftliche Umgangsformen habe ich auch nicht, weil ich meine Nase immer in Bücher gesteckt habe. Außerdem kann ein Landarzt aus Berkeley County einem Mädchen nicht viel bieten."

„Haben Sie vor, wieder nach Hause zurückzukehren, wenn der Krieg vorbei ist?", fragte sie.

Er seufzte. „Manchmal kann man sich kaum vorstellen, dass der Krieg jemals enden wird, nicht wahr? Aber ja, ich würde gerne wieder nach Berkeley County zurückgehen und dort als Arzt arbeiten. Mehr wollte ich nie. Und Sie?"

„Ich hatte noch nicht viel Zeit, darüber nachzudenken", sagte sie achselzuckend. „Wahrscheinlich wird mir nichts anderes übrig bleiben, als wieder nach Hause zu gehen."

Er lächelte. „Wenn Sie dort ankommen, wette ich, dass irgendein Glückspilz Sie sich ganz schnell schnappt und heiratet."

Phoebe sah ihn durchdringend an, um zu ergründen, ob er sich über sie lustig machte, aber in seinen Augen sah sie nur Bewunderung. Er sah sie so an, wie ein Mann eine Frau ansah – etwas, das sie noch nie zuvor erlebt hatte. Als sie ihn weiter musterte, lächelte er schüchtern und stand dann langsam auf.

„Danke für den Wein. Es war mir ein Vergnügen, mich mit Ihnen zu unterhalten, Phoebe. Passen Sie auf sich auf."

* * *

Das Erste, was Julia bemerkte, als der *Christliche Hilfsverein* in Gettysburg ankam, war der Gestank. Die Toten konnten nicht schnell genug begraben werden und auch die Leichen der gefallenen Armeepferde lagen überall herum und blähten sich in der Sonne. Die Freiwilligen verstreuten Chlorkalk, aber das war bei dieser Sommerhitze nur eine gut gemeinte Geste. Der Geruch von Tod und Zerfall durchdrang jeden Atemzug, den Julia tat.

Improvisierte Feldlazarette waren errichtet worden, wo immer es genügend Platz gab – in Häusern, Scheunen und Kirchen, selbst unter Brücken. Julias Aufgabe war es, zusammen mit den anderen Helferinnen mit dem Karren herumzufahren und Essen und medizinische Gegenstände dort zu verteilen, wo sie gebraucht wurden.

Aber sie hatte für sich selbst einen Beutel mit sauberen Verbänden und Jod und Brandy vorbereitet und sich fest vorgenommen, die Gruppe zu verlassen und zu bleiben, wo auch immer zusätzliche Krankenschwestern benötigt wurden.

Einer der ersten Höfe, auf den sie am Rand von Gettysburg stießen, bot einen inzwischen vertrauten Anblick. Hunderte schwer verletzter Männer lagen in den Schuppen, Farmgebäuden und unter den Bäumen im Hof verstreut. Als ihr Wagen hielt, kam die Bäuerin zu ihnen heraus und sagte, dass sie vor allem Essen brauchten und Hilfe dabei, all die Männer zu füttern. Julia machte sich gemeinsam mit den anderen an die Arbeit und schickte sich an, die Suppe und das Brot, die sie mitgebracht hatten, zu verteilen.

Sie hatte noch nicht lange gearbeitet, als plötzlich ein Militärarzt aus dem Haus gestürzt kam und rief: „Ich brauche eine Krankenschwester! Schnell!"

„Ich bin ausgebildete Krankenschwester", sagte Julia. „Ich bin gerade angekommen. Wie kann ich helfen?"

„Kommen Sie rein. Bringen Sie Ihre Sachen und etwas zu essen mit, wenn Sie was haben."

Julia schnappte sich ihren Beutel und folgte ihm ins Haus, während ihr Herz vor Aufregung raste.

„Einer unserer Chirurgen ist zusammengebrochen", erklärte der Arzt ihr, als sie über die hintere Veranda in die Küche gingen. „Wir haben ihn in den Salon gebracht, aber es muss sich jemand um ihn kümmern, während wir weiterarbeiten."

Er zeigte auf eine offene Tür, die von der Küche abging. Dahinter befand sich ein kleines Wohnzimmer. Aber Julia musste zuerst die Küche durchqueren, die als Operationssaal fungierte. Die Helfer hatten gerade einen verletzten Soldaten hereingebracht und der Mann schrie vor Schmerzen auf, als sie ihn auf den improvisierten Operationstisch legten. Julia wandte den Blick ab, damit sie sein verstümmeltes Bein nicht länger sehen musste. Kleidungsreste und abgetrennte Gliedmaßen lagen in einer Ecke der Küche auf einem Haufen. Überall war Blut. Der Holzfußboden war dadurch ganz rutschig. Julia schloss die Augen und hielt einen Moment lang inne.

„Alles in Ordnung?", fragte sie der Arzt.

„Ja … Wissen Sie, was Ihrem Kollegen fehlt? Warum er zusammengebrochen ist?"

„Vor Erschöpfung. Er hat drei Tage lang ohne Unterbrechung gearbeitet. Ich glaube nicht, dass er auch nur eine Minute geschlafen oder irgendetwas gegessen hat. Er ist vor ein paar Minuten kollabiert, wahrscheinlich vor Ermüdung und Hunger."

Julia erreichte die Tür zum Salon und erstarrte. Der Arzt lag bewusstlos auf dem Sofa. Er hatte sich einen Arm über die Augen gelegt, als wollte er sie abschirmen, aber obwohl ein Großteil seines Gesichts bedeckt war, erkannte sie ihn sofort – James McGrath. Sie wäre am liebsten umgedreht und aus dem Farmhaus gerannt.

„Sollten Sie ihn nicht einfach schlafen lassen?", fragte sie.

„Natürlich. Aber Sie müssen ihm erst etwas zu essen geben. Er ist einer unserer besten Chirurgen. Er muss so schnell wie möglich wieder auf die Beine kommen, sonst sterben unzählige Männer." Der Arzt ließ Julia stehen und kehrte zu seiner Arbeit zurück.

Sie starrte James an, unfähig, sich zu rühren. Es gab Tausende verwundeter Soldaten, die in Häusern und Kirchen und Scheunen rund um Gettysburg lagen. Und außerdem musste es Hunderte Ärzte und Krankenschwestern geben. Welche merkwürdige Schicksalswendung hatte James McGrath und sie wieder zusammengeführt?

Julia wusste, dass sie nicht mit ihm allein bleiben sollte. Eine der verheirateten Freiwilligen konnte ihm genauso gut etwas zu essen geben. Sie sollte hinausgehen und eine der anderen Frauen bitten, sich um ihn zu kümmern. Aber bevor sie gehen konnte, herrschte plötzlich Aufregung in der Küche. Der verletzte Soldat begann zu schreien. Etwas fiel krachend zu Boden. James stöhnte bei dem Geräusch laut auf und versuchte, sein Gesicht in den Sofakissen zu vergraben. Sie wusste von seinen Kopfschmerzen und davon, dass Licht und Lärm seine Schmerzen verschlimmerten – und mit einem Mal wurde ihr klar, dass es ihre Bestimmung war, hier zu sein.

Julia schloss schnell die Tür zur Küche, dann durchquerte sie den Raum, um alle Vorhänge zu schließen. Als das Zimmer so dunkel war, wie es ging, zog sie ein Bündel Wundkompressen aus ihrem Beutel, befeuchtete eine davon mit kaltem Wasser aus ihrer Feldflasche und hob dann James' Arm von seinem Gesicht, damit sie seine Augen mit dem Stoff bedecken konnte. Einen zweiten feuchten Verband legte sie auf seine Stirn. Anschließend benutzte sie Baumwollmull, um seine Ohren zu verstopfen. Dann kniete sie sich neben das Sofa und überlegte, was als Nächstes zu tun war.

Er war schmutzig, weil er auf dem Küchenfußboden gelegen hatte. Sie tränkte ein weiteres Tuch mit Wasser, rieb etwas von der Seife darauf, die sie mitgebracht hatte, und wischte ihm Blut und Dreck aus dem Gesicht und den Haaren. Dabei entdeckte sie eine frische Wunde, die er sich allem Anschein nach bei seinem Sturz zugezogen hatte, und reinigte den Schnitt mit Jod. Als sein Gesicht sauber war, band sie ihm einen Stoffstreifen um den Kopf, damit die dicke Kompresse auf seinen Augen liegen blieb, falls er sich umdrehte.

Als Nächstes musste sein Hemd entfernt werden. Es war ekelhaft – an einigen Stellen steif, an anderen klebrig vom Blut der letzten drei Tage. James wachte nicht auf, als sie ihn vorsichtig auf die Seite rollte und ihm das Hemd auszog. Es überraschte sie, dass sich unter seiner unordentlichen, schlecht sitzenden Kleidung ein gut gebauter, kräftiger Oberkörper und muskulöse Arme verbargen. Die Haare auf seiner Brust waren ebenso rötlich wie sein Bart.

Julia hatte unzählige Male das Blut von Verwundeten abgewaschen, aber während sie James McGrath versorgte, wurde ihr allmählich die Anstößigkeit dessen bewusst, was sie da tat. Eine ledige Frau sollte solche Arbeiten einfach nicht verrichten. Ihr Vater, Dorothea Dix und Nathanael hatten die ganze Zeit über recht gehabt. Sie hatte sich keine besonderen Gedanken um ihren Ruf gemacht, als sie in Washington gewesen war und so getan hatte, als sei sie mit Robert verheiratet, aber jetzt verstellte sie sich nicht mehr. Die anderen Freiwilligen des Hilfsvereins wussten, dass sie unverheiratet war. Wenn eine von ihnen jetzt in das verdunkelte Zimmer käme und sie hier allein mit einem halb nackten Mann sähe, wäre Julias Ruf ruiniert. Und ihre Zukunft als Frau eines Pastors ebenso.

Und da war noch etwas. Sie konnte nicht länger leugnen, dass James McGrath eine starke Anziehung auf sie ausübte, ein Gefühl, das ganz und gar unrecht war.

Plötzlich hatte Julia es eilig, fertig zu werden. Schnell wusch sie seine bloßen, blutverschmierten Hände, und es dauerte einen Augenblick, bis sie es bemerkte – James trug seinen Ehering nicht mehr. Erschrocken ließ sie seine Hand fallen.

Was hatte das zu bedeuten? Hatte er den Ring abgelegt, damit er besser operieren konnte? Aber Julia hatte ihm in Fredericksburg bei den Operationen geholfen und damals hatte er ihn getragen. Eilig stand sie auf. Sie fühlte Panik in sich aufsteigen, ohne genau zu wissen warum. Sie musste gehen. Aber sie hatte ihm noch nichts zu essen gegeben und genau darum hatte der andere Arzt sie ausdrücklich gebeten.

Da sie nicht wieder durch die Küche gehen wollte, machte Julia sich auf die Suche nach der Eingangstür des Hauses und eilte zu der Stelle, wo ihre Kolleginnen Suppe austeilten. Wortlos nahm sie einen Blechnapf und einen Löffel in die Hand. Sie wollte gerade wieder hineingehen, als eine der anderen Damen sie ansprach.

„Sie sehen ja ganz blass aus, Julia. Geht es Ihnen gut? Ist es schrecklich da drin?"

Julia ergriff diese Ausflucht wie einen Rettungsring. „Ja, sie operieren im Haus. Bitte warnen Sie die anderen, nicht hineinzugehen."

„Aber was ist mit Ihnen? Können Sie es ertragen?"

„Ich bin gleich fertig."

Julia ging zurück ins Haus und verriegelte die Haustür von innen. Sie stellte die Schüssel auf einen Tisch in der Nähe des Sofas und hob dann James' Kopf an, um ihn mithilfe eines Kissens ein wenig höher zu lagern. „Dr. McGrath …", murmelte sie und rüttelte an seiner Schulter, um ihn zu wecken. „Herr Doktor, Sie müssen etwas essen."

Es dauerte mehrere Minuten, bis James aus seiner Bewusstlosigkeit erwachte. Er stöhnte und tastete mit einer Hand nach der Kompresse über seinen Augen.

„Lassen Sie das dort", sagte sie und zog seine Hand fort. „Ihre Hände zittern. Ich werde Sie füttern." Sie atmete erleichtert aus, als er nicht widersprach. Keiner von ihnen sprach, während sie ihm die Suppe einflößte. „Möchten Sie noch etwas?", fragte sie, als er alles aufgegessen hatte.

„Nein", sagte er mit einem müden Stöhnen. „Ich muss wieder an die Arbeit. Bringen Sie mir einen starken Kaffee."

„Ist gut", sagte sie und entfernte das Kissen hinter seinem Kopf. „Ich bringe Ihnen welchen. Ruhen Sie sich solange aus."

Aber James schlief vor lauter Erschöpfung schnell wieder ein, so wie sie es vermutet hatte. Julia zog ihm Schuhe und Socken aus und strich ihm dann zärtlich das Haar aus der Stirn.

„Wenn du Buße tun willst, James McGrath, dann hast du genug bezahlt", murmelte sie. „Du warst in der Hölle."

In den nächsten zwei Stunden half Julia den anderen Frauen, draußen Suppe an die verwundeten Männer auszuteilen. Als alle gegessen hatten, beluden sie den Karren wieder, um zum nächsten Feldlazarett zu fahren. Zwar wurden auch hier zusätzliche Krankenschwestern gebraucht, aber Julia wusste, dass dies nicht der richtige Ort für sie war.

Als sie an dem Farmhaus vorbeifuhren, erhaschte sie einen kurzen Blick auf Dr. McGrath, der auf der Veranda stand und nach dem nächsten Patienten rief. Sein sauberes Hemd war schon wieder mit Blut befleckt.

* * *

Phoebe stand vor dem Farmhaus und aß eine Scheibe von dem Brot, das die freiwilligen Helferinnen für die Ärzte und Krankenschwestern dagelassen hatten. Die Sonne ging gerade unter und sie konnte sich nicht daran erinnern, dass sie an diesem Tag schon etwas gegessen hätte. Das Brot schmeckte wie ein Stück Himmel.

„Phoebe?"

Sie drehte sich um und sah Dr. McGrath im Türrahmen des Hauses lehnen.

„Ist noch etwas von dem Brot da?", fragte er.

„Hier", sagte sie und reichte ihm einen frischen Laib. „Sie haben eine ganze Menge dagelassen. Bedienen Sie sich ruhig."

„Danke." Er riss sich ein Stück von dem Laib ab und kaute langsam, während er den Blick über das zertrampelte Weizenfeld des Farmers und die dahinterliegenden Hügel schweifen ließ. Phoebe überlegte, dass sie noch nie einen Mann gesehen hatte, der so erschöpft wirkte und trotzdem noch aufrecht stehen konnte.

„Wir reisen morgen ab", sagte der Arzt, nachdem er den ersten Bissen hinuntergeschluckt hatte. „Gerade kam unser Befehl. General Meade will Lees Armee verfolgen, und da er Kämpfe erwartet, hat er beschlossen, dass er die meisten Chirurgen mitnimmt. Nur ungefähr einhundert von uns bleiben hier."

„Das sind nicht sehr viele Ärzte für all diese Männer."

„Nein, das stimmt. Sie sagen, es gebe hier bis zu zwanzigtausend Opfer."

Phoebe schüttelte den Kopf, so unbegreiflich erschien ihr diese Zahl. Sie wusste, dass ihr altes Regiment an den Kämpfen bei Gettysburg beteiligt gewesen war, und sie hätte gerne die Toten und Verwundeten nach Ted abgesucht. Aber bei so vielen Tausend Menschen wäre das so, als wollte man eine Nadel im Heuhaufen finden. Es war beinahe ein Jahr vergangen, seit sie Ted zum letzten Mal gesehen hatte. Langsam fragte sie sich, ob sie ihn jemals wiedersehen würde.

„Ich überlasse Ihnen die Entscheidung, ob Sie morgen mitkommen oder lieber hierbleiben", sagte Dr. McGrath. „Sobald die Bahnlinie repariert ist, werden die Verwundeten nach Baltimore und Washington evakuiert. Sie können im Fairfield-Krankenhaus arbeiten, wenn Sie wollen."

Phoebe dachte einen Augenblick darüber nach. Doch sie hatte Angst, die anderen Ärzte würden eine ungebildete Hinterwäldlerin wie sie nicht als Krankenschwester arbeiten lassen. „Nein, ich gehe mit Ihnen, Dr. McGrath."

Er nickte geistesabwesend und brach sich noch ein Stück Brot ab.

„Ein paar der konföderierten Ärzte sind mit ihren Männern zusammen hiergeblieben“, sagte Phoebe nach einer Weile. „Was passiert mit ihnen? Sind sie jetzt Gefangene?“

„Ich weiß es nicht.“ Dr. McGrath zuckte mit den Schultern und ging hinein.

Der Sommerhimmel schien selbst nach Sonnenuntergang noch lange hell zu bleiben; Phoebe stand auf dem Hof und dachte an Dr. Morrison aus Berkeley County. Es gab eine Menge Dinge in ihrer kleinen Bibel, die sie immer noch nicht verstand, aber sie hatte keinen Zweifel an Gottes Befehl, dass man seine Feinde lieben solle. Sie seufzte und nahm einen Laib Brot, wohl wissend, wo sie den Rebellenarzt am ehesten finden würde.

„Dr. Morrison?“

Er kniete neben einem Patienten, aber als er ihre Stimme hörte, stand er schnell auf und zog sich den Hut vom Kopf. „Guten Abend, Ma'am.“

Sie musste aufblicken, um in sein Gesicht zu sehen. „Ich dachte, vielleicht hätten Sie gerne etwas Brot, bevor alles weg ist.“

„Vielen Dank. Kann ich Ihnen etwas davon abgeben?“

„Nein, essen Sie ruhig. Ich hatte meins schon.“ Phoebe trat nervös auf der Stelle und starrte auf ihre Schuhe hinunter. „Ich fahre morgen“, sagte sie schließlich. „Deshalb bin ich hier. Ich wollte mich verabschieden … und Ihnen sagen, dass es mir sehr leidtut, weil ich gestern so unfreundlich war. Es ist nur … die Rebellen haben meinen Bruder Willard getötet. Ich weiß ja, dass Sie nichts dafür können. Es war einfach unrecht von mir, Sie deswegen zu hassen.“

„Ist schon in Ordnung, Phoebe. Ich verstehe das.“

Sie atmete erleichtert auf. „Ich habe mich gefragt, was wohl mit Ihnen passieren wird. Lassen die Yankees Sie gehen, wenn Sie hier fertig sind, oder müssen Sie dann ins Gefängnis?“

Er zuckte mit den Schultern. „Das haben sie mir noch nicht gesagt. Ich habe gehört, dass es abgesehen von den Verletzten aus meiner Kompanie noch mehrere Tausend andere verwundete, gefangen genommene Rebellen hier in Gettysburg gibt. Wenn ich die Wahl habe, bleibe ich vermutlich hier bei ihnen."

„Ich wünsche Ihnen jedenfalls viel Glück, Herr Doktor."

„Danke. Es war schön, Sie kennenzulernen." Er streckte die Hand aus. „Sollten Sie mal nach Berkeley County kommen, wenn dieser Krieg vorbei ist, kommen Sie mich besuchen, ja?"

Sie nickte und blickte dann noch einmal zu ihm auf. „Mein Nachname ist übrigens Bigelow. Ich komme aus Bone Hollow. Das ist gleich nebenan in Morgan County."

Er lächelte breit. „Das ist es. Vielleicht kreuzen sich unsere Wege ja irgendwann noch einmal, Phoebe Bigelow – so Gott will."

* * *

Julia ging den langen Weg zwischen den Zeltreihen hindurch, während sie nach Nathanael Ausschau hielt. Der Julinachmittag war glühend heiß und sie löste den obersten Knopf ihres Kleides und krempelte ihre langen Ärmel auf. Ihre Mutter würde sie tadeln, weil sie ihre helle Haut der Sonne aussetzte, aber es war unmöglich, einen Sonnenschirm zu tragen, während man kranke Patienten pflegte. Besser, ihre Haut wurde dunkler, als dass sie vor Hitze ohnmächtig würde.

Sie fand Nathanael schließlich neben einem der letzten Zelte, wo er einen Holzpflock einschlug. Sie blieb stehen, um ihn zu beobachten. Seine nackten Unterarme waren von der Sommersonne gebräunt und mit Sommersprossen übersät; sein blondes Haar war von der Sonne ausgebleicht und einen Hauch heller als sonst. Er stand auf, packte die Zeltstange und rüttelte leicht daran, um ihre Festigkeit zu überprüfen. Er war ein gut aussehender Mann.

„Nathanael!", rief sie.

Er blickte auf und lächelte, als er sie sah. Sie hatten in den drei Wochen, die sie jetzt in Gettysburg waren, kaum ein Wort miteinander gewechselt. Die männlichen und weiblichen Freiwilligen des *Christlichen Hilfsvereins* waren auf verschiedenen Zeltplätzen untergebracht und tagsüber hatten sie und Nathanael unterschiedliche Aufgaben zu erledigen gehabt. Als die dringend benötigten Krankenzelte endlich eingetroffen waren, hatten er und die anderen Männer eine Woche lang geschuftet, um sie aufzustellen. Das neue Feldlazarett bestand aus sechs Zeltreihen mit vierhundert Zelten in jeder Reihe. Jedes Zelt konnte zwölf Patienten beherbergen.

Die Verwundeten waren inzwischen aus all den provisorischen Krankenhäusern in Gettysburg, darunter auch die Kirche, in der Julia Kranke gepflegt hatte, hergebracht worden.

„Ich habe deine Nachricht bekommen", sagte sie. „Du wolltest mich sehen?"

„Wir sind hier fertig", sagte er und zeigte auf die Zelte. „Unsere Gruppe fährt morgen nach Philadelphia zurück. Kannst du mir helfen, den Damen Bescheid zu sagen, damit alle rechtzeitig zur Abfahrt bereit sind?"

Julia hatte eine Aufgabe in dem neuen Krankenhaus übernommen, wo sie für zwei Dutzend Schwerverletzte zuständig war. Sie hatte den Tag gefürchtet, an dem sie das Nathanael würde sagen müssen, weil sie sich nicht sicher war, wie er reagieren würde. „Ich fahre nicht mit euch zurück", sagte sie leise.

Er verschränkte die Arme und seine Miene erstarrte. „Tu mir das nicht an, Julia."

„Ich muss bleiben. Es gibt viel zu wenige Ärzte und Krankenschwestern und ich kann helfen, Menschenleben zu retten. Ich weiß, wie man Wunden verarztet und auf welche Warnzeichen man achten muss."

„Du bist mit dem Hilfsverein gekommen. Ich bin dafür verantwortlich, dass du sicher nach Hause kommst."

„Und was soll ich tun, wenn ich dort bin? Hast du einmal darüber nachgedacht? Wie kann ich herumsitzen und Tee trinken, wenn hier Menschen sterben?"

„Dein Vater hat dich meiner Obhut anvertraut. Was soll ich ihm sagen?"

„Die Wahrheit – dass ich mich sowohl ihm als auch dir widersetzt habe und geblieben bin. Ich schreibe ihm einen Brief, wenn du willst."

Nathanael fuhr sich mit den Fingern durch sein dichtes Haar und atmete ärgerlich aus. „Du machst einen Fehler. In der Bibel steht ganz eindeutig, dass wir Vater und Mutter ehren sollen –"

„Hör doch auf, Nathanael. Du weißt genauso gut wie ich, dass es das wichtigste Gebot des Herrn ist, Gott und unseren Nächsten zu lieben. Ich würde eine weitaus größere Sünde begehen, wenn ich Menschen in Not den Rücken kehren würde, um in Philadelphia auf einer bequemen Kirchenbank zu sitzen."

Nathanael schritt wütend vor dem leeren Zelt auf und ab. Er sah aus, als würde er am liebsten irgendetwas zertrümmern. „Du rufst in mir ganz widersprüchliche Gefühle wach, Julia. Ich bewundere dich so sehr. Ich weiß nicht, wie du diese Arbeit schaffst. Ich kann den Anblick dieser armen Seelen kaum ertragen. Und der Geruch … Was du tust, ist bemerkenswert." Er hörte auf hin und her zu gehen und bat sie inständig: „Aber du wirst meine Frau. Kannst du verstehen, dass ich dich beschützen will? Dass ich dich in Sicherheit und behütet wissen möchte?"

„Ja, natürlich verstehe ich das." Sie legte eine Hand auf seinen Arm, um ihn zu besänftigen. „Aber ich bin hier doch sicher. Andere Mitglieder von *Christlichen Hilfsvereinen* aus anderen Städten bleiben auch länger hier –"

„Darum geht es nicht", sagte Nathanael und schüttelte ihre Hand ab. „Ich weiß, dass unsere Verlobung noch nicht offiziell ist. Ich habe kein Recht, von dir zu verlangen, dass du mit mir nach Philadelphia zurückkehrst. Ich verstehe, warum du bleiben willst …"

„Warum bist du dann so wütend auf mich?"

Er begann wieder auf und ab zu schreiten. „Das ist nicht so einfach zu sagen … ohne dabei zu klingen, als ob ich …" Er atmete frustriert aus.

Vor zwei Jahren, nach der Schlacht am Bull Run, hatte Julia seine ehrliche Meinung über sie gehört. Nichts, was er jetzt zu sagen hatte, konnte so vernichtend sein wie sein damaliges Urteil. „Sag es einfach", bat sie.

Er zögerte. „Du bist eine sehr selbstbewusste Frau, Julia."

Sie lächelte beinahe. Das klang wie ein Kompliment. „In Zeiten wie diesen muss man stark sein", sagte sie leise. „Ich habe mit einigen Frauen aus dem Ort hier gesprochen und dabei erfahren, dass der Krieg sie gezwungen hat, alle möglichen Arbeiten zu erledigen, während ihre Männer fort sind – Felder zu pflügen, ihre Geschäfte und Firmen zu leiten …"

„Ja, und seit Beginn des Krieges hattest du außerordentlich viele Freiheiten für eine Frau deiner Gesellschaftsschicht. Aber wenn wir verheiratet sind … Die Bibel gebietet, dass der Mann dem Haushalt vorsteht. Die Frau muss sich ihm unterordnen. Ich muss wissen, ob du das auch glaubst. Oder ob du vorhast, dich mir genauso zu widersetzen, wie du dich deinem Vater widersetzt. Denn meine Familie wird nach Gottes Geboten geführt."

„*Unsere* Familie", flüsterte sie.

„Wie bitte?"

„Nichts." So war die Ehe bei allen Paaren, die Julia kannte. Ihre Erziehung hatte sie gelehrt, nichts anderes zu erwarten. Sie liebte Nathanael. Er war ein gottesfürchtiger Mann und kein Tyrann. Der Krieg würde enden und dann würden keine Krankenschwestern mehr gebraucht. Die Dinge würden wieder so, wie sie seit Adam und Eva waren. Nathanael würde sich von ihrer Entschlossenheit nicht länger bedroht fühlen müssen.

„Natürlich wird unsere Familie nach Gottes Geboten geführt", sagte sie. „Ich werde mich dir nicht widersetzen. Verspreche ich bei unserem Ehegelübde nicht vor Gott, dass ich dir gehorchen werde?"

„Und ein Mann gelobt, seine Frau zu beschützen", sagte er. „Mehr versuche ich doch gar nicht."

„Ich weiß. Aber keiner von uns beiden hat dieses Gelöbnis bisher abgelegt. Ich diene hier Gott. Wir können doch darauf vertrauen, dass er auf mich achtgibt, oder?"

Nathanael nickte widerstrebend. Julia sah, dass sich etwas von der Anspannung in seinem Körper löste. Lange schwiegen sie beide. Dann sagte Julia: „Bitte sei mir nicht böse. Wir sehen einander vielleicht eine ganze Zeit lang nicht."

Er seufzte. „Ich bin dir nicht böse." Jetzt lag wieder etwas von der Wärme in seinem Blick, aber seine Miene blieb ernst.

Julia wünschte, er würde sie in den Arm nehmen, sie beruhigen. Sie sehnte sich danach zu wissen, wie es sich anfühlte, seine starken Arme um sich zu spüren und den Kopf an seine Schulter zu legen. Sie waren beinahe allein; das letzte Zelt der Reihe schirmte sie vor Blicken ab. Sie trat einen Schritt näher.

„Sehen wir uns noch, bevor du fährst?“, fragte sie und blickte zu ihm auf.

„Wahrscheinlich nicht.“

Sie wollte, dass er sie küsste. Aber stattdessen nahm er ihre Hand und drückte sie.

„Auf Wiedersehen, Julia.“

Kapitel 21

Philadelphia
September 1863

Julia starrte aus dem Fenster, während der Zug langsamer wurde. Die vertrauten Ansichten von Philadelphia glitten an ihr vorbei, aber sie empfand keine Freude über ihre Heimkehr. Nachdem ihre Arbeit in Gettysburg beendet gewesen war, hatte sich die schwere Traurigkeit, die sie nach ihrer Rückkehr aus Washington empfunden hatte, erneut über sie gelegt. Ihre sich entwickelnde Beziehung zu Nathanael hatte damals geholfen, den Schatten für eine Weile zu heben, aber jetzt war sie sich ziemlich sicher, dass sie ihn verloren hatte.

Nathanael hatte keinen der Briefe, die sie ihm aus Gettysburg geschrieben hatte, beantwortet. Sie wusste, dass er wütend auf sie war, weil sie überhaupt nach Gettysburg gegangen war, und noch einmal wütend, weil sie sich entschlossen hatte, dort zu bleiben. Gewiss hatte er seine Meinung über eine Ehe mit ihr geändert, nachdem ihm klar geworden war, wie geradeheraus und eigenwillig sie war. Und er hatte ihr ganz offensichtlich nicht geglaubt, als sie ihm versprochen hatte, eine gehorsame Ehefrau zu sein. Überzeugt davon, dass sie ihn verloren hatte, hatte sie sich die ganze Zugfahrt über gefragt, was sie mit sich anfangen sollte, wenn sie erst einmal zu Hause war.

Aber als ihr Zug nun in den Bahnhof einfuhr, sah Julia Nathanael auf dem Bahnsteig stehen. Ihr Herz zog sich bei seinem Anblick zusammen. Der düstere Bahnhof war voller Menschen, aber er stach aus der lärmenden, rempelnden Menge hervor, als sei ein Sonnenstrahl nur auf ihn gerichtet. Schnell hielt Julia nach ihren

Eltern Ausschau, weil sie dachte, dass Nathanael vielleicht auf jemand anderen wartete, aber ihre Eltern waren nirgends zu sehen. Als der Schaffner Julia beim Aussteigen half, entdeckte Nathanael sie und ein breites Lächeln trat auf sein attraktives Gesicht. Er schob sich zu ihr vor und gab ihr zur Begrüßung einen Kuss auf die Wange. Sie befürchtete in Tränen auszubrechen.

„Hast du Gepäck?", rief er gegen den Lärm der zischenden Dampflok und der aufgeregten Stimmen an.

„Nein, ich habe nur diese hier." Sie zeigte ihm die zwei Taschen, die sie trug, eine in jeder Hand. Er nahm sie ihr ab.

„Hak dich bei mir unter, damit wir uns nicht verlieren", sagte er. Sie schob ihren Arm unter seinem hindurch, während sie sich durch die Menge einen Weg auf die Straße hinausbahnten. Sie war überrascht, den Fahrer ihres Vaters am Bordstein warten zu sehen. Nathanael war mit Vaters Kutsche gekommen.

„Es gibt so viel, was ich dir erzählen muss", sagte Nathanael, als sie in der Kutsche saßen. „Ich weiß gar nicht, wo ich anfangen soll."

„Ich habe dich vermisst", sagte sie. „Hast du meine Briefe bekommen?"

„Ja, ich habe sie bekommen." Aber er erklärte mit keinem Wort, warum er sie nicht beantwortet hatte. Stattdessen überschlugen seine Worte sich vor lauter Begeisterung. „Ich habe mit deinem Vater gesprochen, Julia. Er hat mir die Erlaubnis gegeben, dich zu heiraten. Wir haben seinen Segen." Plötzlich schien er nervös zu sein. Julia hatte ihn noch nie zuvor so durcheinander gesehen. Er kramte in einer Tasche, dann in der anderen, und wirkte erleichtert, als er das, was er suchte, schließlich in der Innentasche seiner Jacke fand. Seine Finger zitterten ein wenig, als er das kleine Kästchen öffnete und einen Ring hervorholte. Er nahm ihre Hand. „Willst du meine Frau werden, Julia?"

„Ja, ja, ja!"

Sie konnte ihre Freude kaum beherrschen. Glückselig beobachtete sie sein Gesicht, während er auf ihre Hand blickte, um ihr den Ring an den Finger zu stecken, und sie stellte fest, dass er rot geworden war. Sie hätte ihm für ihr Leben gerne die Arme um den Hals geschlungen und ihn geküsst, aber sie wartete. Endlich blickte er wieder zu ihr auf. Sie waren allein in einer geschlossenen Kutsche. Sie würden Mann und Frau. Nathanael lehnte sich zu Julia hinüber und drückte ihr einen kurzen Kuss auf die Lippen. Dann lehnte er sich wieder auf seinem Sitz zurück.

War das alles? Julia bemühte sich, ihre Enttäuschung zu verbergen. Sie waren zwei Monate lang voneinander getrennt gewesen, er hatte sie gerade gebeten, seine Frau zu werden, und alles, was Nathanael zu bieten hatte, war ein schneller, keuscher Kuss? Sie wollte sich nicht an die Leidenschaft erinnern, mit der James sie geküsst hatte, wollte nie wieder an ihn denken, aber Nathanael machte es ihr sehr schwer, ihn zu vergessen.

„Deine Eltern möchten unsere Verlobung bei einer formellen Feier verkünden, die bei euch zu Hause stattfindet", sagte er. „Ich glaube, deine Mutter hat schon die ersten Vorbereitungen getroffen. Ich habe meine Eltern gebeten, zu diesem Ereignis aus New York herzukommen, damit sich alle kennenlernen. Meiner Gemeinde teilen wir unsere Verlobung bei einem kleinen Empfang mit." Nathanael listete diese Pläne auf, als würde er irgendeine alltägliche Veranstaltung organisieren und nicht ihre Verlobung. Julia konnte sich vor Erregung kaum beherrschen.

„Wie schnell können wir heiraten?", fragte sie.

Nathanael runzelte die Stirn. „Also, darüber müssen wir sprechen. Ich nehme an, du hast von den Einberufungsbefehlen gehört, die in diesem Sommer ergangen sind?"

„Ja, natürlich. Als ich in Gettysburg war, habe ich in der Zeitung einen Artikel über die schrecklichen Unruhen in New York gelesen." Alle Männer zwischen zwanzig und fünfundvierzig Jahren konnten einberufen werden, und als man in New York City die ersten Namen hatte verlauten lassen, war es zu blutigen Unruhen gekommen. Rosalies Mann hatte die erforderlichen dreihundert Dollar gezahlt, um sich vom Militärdienst freizukaufen, aber der normale Bürger konnte sich eine solche Summe nicht leisten. Julia spürte, wie Angst in ihr aufstieg. „Was hat die Einberufung mit uns zu tun?"

„Ich habe beschlossen, dass ich nicht warte, bis ich einberufen werde. Ich melde mich freiwillig."

„*Nein!*", schrie sie. „Nathanael, das *darfst* du nicht!" All die Schrecken, die Julia auf dem Schlachtfeld mit angesehen hatte, all die blutüberströmten, leidenden, sterbenden Männer tauchten sofort wieder vor ihrem geistigen Auge auf. Die verstümmelten Leiber hatten auf einmal alle Nathanaels Gesicht. Sie konnte nicht atmen. Die Kutsche schien sich im Kreis zu drehen und sie war sich sicher, dass sie sich würde übergeben müssen.

„Warte, Julia ... hör zu. Es tut mir leid, ich hätte es besser erklären sollen. Ich werde Militärgeistlicher, kein Soldat. Hör zu ..." Er packte sie an den Schultern und schüttelte sie sachte. „Jetzt fall nicht in Ohnmacht. Du bist ja ganz blass. Ist alles in Ordnung?"

„Du wirst nicht kämpfen?"

„Ich werde einem Regiment zugeteilt und zusammen mit den Männern marschieren und lagern, aber nicht kämpfen."

Julia hatte genügend Schlachtfelder gesehen, um zu wissen, dass Artilleriegeschosse genauso gut die Männer im Lager treffen konnten wie die an der Front. „Bitte mach das nicht", flehte sie. „Ich bin sicher: Mein Vater zahlt für einen Ersatz, wenn du eingezogen wirst. Bitte ..."

„Es ist zu spät. Ich habe schon alles arrangiert und muss mich nur noch melden. Ich will gehen, Julia."

Sie schloss die Augen und rang um Fassung. „Wann musst du los?"

„Erst in ein paar Monaten. Geht es wieder?"

Sie nickte schwach. „Wir heiraten doch, bevor du fährst, oder?"

Nathanael zögerte lange. „Nein. Das wäre dir gegenüber nicht fair. Wie kann ich ein richtiger Ehemann sein, wenn ich Hunderte von Kilometern entfernt bin? Und mein Armeesold ist noch niedriger als mein Pastorengehalt."

„Das ist mir egal. Andere verheiratete Männer haben ihre Frauen auch verlassen, um in den Krieg zu ziehen. Außerdem bin ich mir sicher, dass mein Vater für mich sorgen wird –"

„Nein. Ich werde dich erst heiraten, wenn ich selbst für dich sorgen kann." Die Schärfe in seiner Stimme ließ sie verstummen. Sie hätte ihn gerne angefleht, sie nicht warten zu lassen. Geld war ihr gleichgültig. Sie wollte doch nur, dass ihr neues gemeinsames Leben jetzt anfing. Aber Nathanael hatte bereits deutlich gemacht, dass er alle Entscheidungen treffen würde. Mit ihm zu streiten, würde ihn nur wütend machen.

„Dann müssen wir also warten, bis deine Militärzeit vorbei ist?“, fragte sie.

„Ja, drei Jahre. Es sei denn, der Krieg endet vorher.“

Sie holte tief Luft. „Ich komme mir so unnütz vor, wenn ich allein hier sitze, während du fort bist. Wärst du damit einverstanden, wenn ich nach Washington zurückginge und in der Zwischenzeit dort im Krankenhaus arbeitete?“

Nathanael schüttelte den Kopf. „Darüber habe ich mit deinem Vater gesprochen, als ich um deine Hand anhielt. Er und ich sind uns einig, dass du mehr als deine patriotische Pflicht getan hast. Keiner von uns beiden will, dass du wieder als Krankenschwester tätig bist.“

Eine Träne kullerte über ihre Wange. Schnell wischte Julia sie fort. „Es geht hier doch nicht um meine ‚patriotische Pflicht‘. An dem Abend, an dem mein erster Patient starb, habe ich gespürt, dass Gottes Segen auf meiner Arbeit liegt. Ich habe gefühlt, wie er zu mir sagte, was ich für einen seiner geringsten Brüder tue, das tue ich für ihn.“

„Und Jesus hat auch gesagt, dass selbst ein Becher mit kaltem Wasser, der in seinem Namen gereicht wird, genug ist. Er freut sich über die Wohltätigkeitsarbeit, die du hier tust, ebenso.“

„Es gibt ein Militärkrankenhaus hier in Philadelphia“, sagte Julia hoffnungsvoll. „Ich könnte mich freiwillig melden –“

„Nein. Unsere Verlobung wird bald verkündet. Es kommt nicht infrage, dass du so viel Zeit in der Gesellschaft so vieler Männer verbringst. Gerade hier in Philadelphia, wo du von Leuten gesehen werden kannst, die wir kennen.“

„Aber du hast doch gesagt, dass du mich bewunderst, weil ich als Krankenschwester arbeite und weil ich fürsorglich und mitfühlend bin. Wenn es das ist, was du an mir liebst, warum verbietest du mir dann genau diese Dinge?“

„Weil meine Gemeindemitglieder ganz klare Erwartungen an die Frau ihres Pastors haben. Du hast dein ganzes Leben lang zu dieser Gemeinde gehört, Julia. Du bewegst dich in denselben gesellschaftlichen Kreisen wie diese Männer und Frauen. Und ich möchte nach dem Krieg hierher zurückkehren. Deshalb ist es sehr wichtig, dass meine Gemeinde dich akzeptiert. Außerdem gibt es Möglichkeiten, die mitfühlende, fürsorgliche Frau zu sein, die ich bewundere, und trotzdem in den Grenzen deiner Rolle als meine Frau zu bleiben."

„Die Leute in der Kirche verstehen nicht, was Krankenschwestern tun –"

„Ich weiß und wir werden ihre Ansichten nicht ändern können. Es gibt andere Pflichten für Frauen, die unsere Gesellschaft seit Langem akzeptiert. Im Haus und in der Familie, bei angesehenen Wohltätigkeitsorganisationen, der Armenfürsorge – du kannst Gott dienen, indem du diese Dinge tust."

Julia blickte auf ihre Hand hinunter, die noch immer in der seinen lag, und auf den neuen Ring, den er ihr gerade erst an den Finger gesteckt hatte. Als sie nicht antwortete, hob Nathanael ihr Kinn an und zwang sie, ihn anzusehen.

„Es tut mir leid, dass es so viele Einschränkungen gibt. Das Leben eines Pastors wird mit kritischem Blick beäugt. Ich muss über jeden Vorwurf erhaben sein und es darf nicht einmal ein Hauch Anstößigkeit in dem liegen, was ich sage oder tue. Du gibst nicht nur einen großen Teil deines Wohlstands auf, sondern auch einen Großteil deiner Privatsphäre, wenn du mich heiratest. Und noch dazu bitte ich dich, drei Jahre zu warten. Ich nehme es dir nicht übel, wenn du deine Meinung änderst und mich doch nicht heiraten willst. Ich wäre zwar sehr enttäuscht, aber ich würde es verstehen. Willst du meinen Antrag immer noch annehmen?"

„Ich habe meine Meinung nicht geändert. Ich will dich immer noch heiraten." Aber durch das, was er gerade über die kritischen Blicke gesagt hatte, wusste sie nun auch, dass sie noch drei Jahre würde warten müssen, bis er sie in den Arm nahm oder so küsste, wie sie es sich sehnlichst wünschte. Nathanael war tugendhafter und beherrschter als sie und bereit, „die Funken vom Pulverfass fernzuhalten“. Dieses Wissen verursachte ihr nur noch mehr Schuldgefühle wegen dessen, was sie immer noch für James empfand.

Nathanael lächelte. Sie sah Erleichterung und Liebe in seinen Augen. „Es ist ein großes Geschenk für mich, eine Frau gefunden zu haben, die Gott dienen will“, sagte er. „Wir haben unser restliches Leben, um gemeinsam diesen Dienst zu tun, wenn der Krieg erst einmal vorbei ist. Das verspreche ich dir.“

* * *

Philadelphia
Januar 1864

Es war kalt in der Kirche und noch kälter draußen in der schneebedeckten Stadt. Der graue, trostlose Tag passte zu dem wunden, trostlosen Gefühl in Julias Herz, als sie zwischen ihren Eltern in der Familienbank der Hoffmans saß. Die Orgel spielte die Einzugsmelodie und der Hauptpastor kam mit Nathanael und dem jungen Pfarrvikar herein, der Nathanael ersetzen sollte. Nathanael trug nicht seinen Talar, sondern seine neue Armeeuniform. Ein Abzeichen wies ihn als Geistlichen aus. An diesem Morgen würde er seine letzte Predigt halten, bevor er zum Militär ging. Er musste morgen früh abreisen.

Während des ganzen ersten Teils des Gottesdienstes fühlte Julias Verstand sich ebenso taub an wie ihre kalten Hände und Füße. Wenn sie in den nächsten drei Jahren Tag und Nacht betete, würde das ausreichen, um Nathanael vor den Gefahren zu beschützen, die auf ihn warteten? Sie dachte an die Tausenden von Soldaten, die sie gepflegt hatte, an die Tausenden von Angehörigen, die sie verlassen hatten, und zum ersten Mal verstand sie die Sorge, die diese Familien verspürten. Ihre Finger zupften an dem zusammengeknüllten Taschentuch in ihrer Hand und sie versuchte, sich an all die beruhigenden Worte zu erinnern, die Nathanael ihr in den vergangenen Wochen gesagt hatte. „Der sicherste Ort, den es gibt", hatte er gesagt, „ist im Willen Gottes."

Als es für Nathanael an der Zeit war, die Kanzel zu betreten, durchfuhr sie ein Schauer der Erregung – ein gewisser Besitzerstolz. Seit sie ihn vor mehr als fünf Jahren zum ersten Mal hatte predigen hören, fühlte sie sich zu diesem dynamischen Mann hingezogen. Und nun würde er ihr Ehemann. Ihre Eltern hatten eine offizielle Verlobungsfeier mit mehr als einhundert Gästen ausgerichtet und Julia hatte Nathanaels Mutter und seinen Vater kennengelernt, der ebenfalls Prediger war. Sie waren ihr mürrisch, humorlos und farblos erschienen – und sie hatte sich unweigerlich gefragt, ob das daran lag, dass sie ihr ganzes Leben unter den kritischen Blicken anderer verbracht hatten.

Die Gemeinde hatte es positiv aufgenommen, als Nathanael seine Heiratsabsichten verkündet hatte. Seither war Julias Mutter ganz aufgeregt. Sie hatte sofort mit den Hochzeitsvorbereitungen beginnen wollen und sprach ständig über Julias Aussteuer und den Hochzeitsempfang, aber Julia konnte sich nicht so recht begeistern für ein Ereignis, das noch drei Jahre auf sich warten lassen würde. Die letzten Monate, seit sie aus Gettysburg zurückgekehrt war, waren zu schnell vergangen. Zwischen Nathanaels gemeindlichen Verpflichtungen und seiner Arbeit für den Hilfsverein hatte er kaum Zeit gehabt, Julia zu sehen.

Jetzt verstummte die Gemeinde, weil Nathanael zum vorerst letzten Mal auf der Kanzel stand. Er war für seine unverblümten, leidenschaftlichen Predigten bekannt und sie erwarteten nichts Geringeres an diesem letzten Morgen.

„Seit beinahe drei Jahren", begann er, „ist unser Land jetzt in einen grausamen Krieg verwickelt, der kein Ende zu nehmen scheint. Es fällt uns schwer, das Ausmaß der Zerstörung zu begreifen, das Städte und Gemeinden in Schutt und Asche zurückgelassen hat, oder den entsetzlichen Verlust von so vielen Tausend jungen Menschen. Der Architekt dieses Hasses und dieser Zerstörung hat seine untrügliche Handschrift auf seiner Arbeit hinterlassen. Von jeher war es Satans Ziel, Gottes Welt zu vernichten, den

Tod seiner höchsten Geschöpfe, der Menschheit, zu bewirken – des Menschen, der nach Gottes Ebenbild geschaffen wurde und seinen Atem eingehaucht bekam. Wir sehen das Böse in unserer Welt und fragen: ‚Warum tut Gott nichts? Wo ist das Reich, das Christus verheißen hat?'

Im vergangenen Sommer hat der Krieg unsere Heimat erreicht. Junge Männer aus dieser Gemeinde sind verwundet worden, andere wurden gefangen genommen, wieder andere sind gestorben. Es ist nicht schwer, am Glauben festzuhalten, wenn die Kämpfe weit entfernt wüten, und mit unserem Alltag fortzufahren, wenn die Menschen, die wir lieben, in Sicherheit sind. Aber wenn der Krieg uns betrifft, wenn er unsere Familien trifft, dann wird klar, aus welchem Holz wir geschnitzt sind. Dann wird die Wahrheit über unseren Glauben sichtbar. Wir können uns an einen Ort der Angst und Isolation zurückziehen und unseren Hass gegen unsere Feinde rechtfertigen. Oder wir können das große Gebet Christi beten: ‚Dein Reich komme' und dann seinem Ruf folgen, in dem Wissen, dass das Reich Gottes in *uns*, in *euch* ist.

Wer glaubt, sollte in Zeiten des Krieges nicht verzweifeln, wenn Hass und Tod und Zerstörung wüten. Und wir sollten auch nicht fragen: ‚Wo ist Gott in alledem?' Gott ist in *uns*, seinem Leib. Satan ist mit voller Kraft am Werk und es wird Zeit, dass auch der Leib Christi mit voller Kraft an die Arbeit geht. Jesus fordert uns auf, unser Kreuz auf uns zu nehmen, ihm nachzufolgen und der Welt durch persönliche Opfer und Liebestaten sein Reich zu zeigen. Unser Gott ist ein Gott der Geschichte. Er hat uns nicht ohne Grund in *diese* Zeit und an *diesen* Ort gestellt. Wir sollten fragen: ‚Was verlangt er von mir jetzt, in dieser Stunde?' und dann mit seiner Kraft gehen und es tun.

Dies ist kein Krieg zwischen zwei verschiedenen Völkern, sondern ein Krieg gegen das Böse und gegen die Ungerechtigkeit. Gott will durch uns, durch unsere tätige Nächstenliebe und Opferbereitschaft gegen diese Mächte kämpfen. Der Kummer und das Leid, die wir sehen, sollen uns verändern, damit unser Leben seine Liebe widerspiegelt. Wir zeigen das Evangelium immer wieder neu durch die Art, wie wir leben und lieben. Und in diesen Opfern, während wir Hass und Ungerechtigkeit überwinden, finden wir einen Sinn für unser Leben. Wir leben oder sterben nicht für uns selbst, sondern für Gottes Reich.

Wie sollen wir nach Gottes Willen in der Zeit leben, die er uns zugewiesen hat? Die Israeliten folgten in der Nacht, als es so dunkel war, dass sie nichts sehen konnten, der Feuersäule. Jesus sagt: ‚Ich bin das Licht der Welt. Wer mir nachfolgt, der wird nicht wandeln in der Finsternis, sondern wird das Licht des Lebens haben.' Unser Volk wurde in die Finsternis von Krieg und Hass geworfen. Aber wenn wir dem Beispiel Christi in Liebe und Opfer folgen, wissen wir, dass wir im Licht wandeln. Und Gottes Reich *wird* triumphieren – nicht das Reich Satans –, wenn wir, sein Leib, Christus so folgen, wie er uns führt.

Ich gebe euch die folgenden Worte aus dem Römerbrief mit: ‚Ich ermahne euch nun, liebe Brüder, durch die Barmherzigkeit Gottes, dass ihr eure Leiber hingebt als ein Opfer, das lebendig, heilig und Gott wohlgefällig ist. Das sei euer vernünftiger Gottesdienst.' Amen."

Ein langer Moment der Stille hallte in der Kirche wider, als Nathanael geendet hatte. Auch Julia saß wie betäubt auf ihrer Bank. Sie hatte ganz vergessen, dass es Nathanael war, der da sprach. Ihr schien es, als hätte Gott selbst in ihr Herz hineingesprochen und sie zum Dienst in seinem Namen berufen. Ja, sie war aus selbstsüchtigen Beweggründen Krankenschwester geworden, aber Gott hatte sie durch all das, was sie erlebt hatte, verändert und zu einem Werkzeug gemacht, das er gebrauchen konnte. Jetzt sehnte sich ihr Herz danach, seinem Ruf zu folgen.

Als Nathanael sich setzte und der Gottesdienst weiterging, wurde Julia sich seiner wieder bewusst. Und sie fragte sich, wie er diese Worte mit solcher Leidenschaft und Überzeugung predigen konnte, wie er seine Gemeinde aufrufen konnte, in Christi Namen Opfer zu bringen, und ihr gleichzeitig sagen konnte, sie solle zu Hause bleiben, wo es am sichersten war. War die Meinung, die diese Gemeinde von ihr hatte, wirklich wichtiger als das, wozu Gott sie berief?

Julia erhob sich zum Schlusschoral, „Ein feste Burg ist unser Gott“, und fühlte sich verwirrt und enttäuscht. Die Worte, die sie sang, schienen das zu bestätigen, was Nathanael von der Kanzel gepredigt hatte, und nicht das, was er unter vier Augen zu ihr gesagt hatte: „… *Der alt' böse Feind, mit Ernst er's jetzt meint, groß' Macht und viel List sein' grausam' Rüstung ist, auf Erd' ist nicht seinsgleichen.*“ Satan war der Feind, nicht ihre eigenen Landsleute. Dieser Krieg richtete sich nicht gegen die Südstaaten, sondern gegen den Hass und die Lügen, die Brüder gegeneinander aufgehetzt hatten.

„… *Mit unsrer Macht ist nichts getan, wir sind gar bald verloren* …“ Julia dachte daran, wie Schwester Irene sie gedrängt hatte, Gott um Kraft zu bitten, damit sie in seinem Namen arbeiten konnte. Und Gott hatte ihr Gebet erhört und sie dazu befähigt zu tun, was sie aus eigener Kraft niemals geschafft hätte. „… *Gut, Ehr', Kind und Weib lass fahren dahin, sie haben's kein'n Gewinn, das Reich muss uns doch bleiben.*“ Wie konnte sie Gottes Ruf nicht folgen?

Als der Gottesdienst zu Ende war, konnte Julia nicht einmal zu Nathanael durchdringen, so scharten sich die Gemeindemitglieder um ihn, um ihm alles Gute zu wünschen. Aber später am Nachmittag kam er zu ihrem Haus, um sich zu verabschieden.

„Ich will unseren Abschied nicht in die Länge ziehen“, sagte er, als sie endlich allein im Salon waren. „Das würde es uns beiden nur noch schwerer machen. Ich schreibe dir, sobald ich meine Anschrift kenne, und wir können uns in unseren Briefen sagen, was wir fühlen.“

„Warte … bevor du gehst, muss ich dich etwas fragen, Nathanael.“ Julia wählte ihre Worte sorgfältig, weil sie ihn nicht verärgern und ihren Abschied verderben wollte. „Während deiner Predigt heute Morgen hatte ich das Gefühl, dass jedes Wort für mich persönlich gesprochen wurde. Ich möchte Gottes Ruf folgen. Ich will für sein Reich arbeiten.“

„Das ist wunderbar“, sagte Nathanael und lächelte.

„Aber ich glaube, dass es meine Berufung ist, als Krankenschwester zu arbeiten.“

Sein Lächeln schwand. „Wir haben doch schon darüber gesprochen. Ich dachte, die Sache sei geklärt."

„Sieh mal, du weißt, wie meine Arbeit als Krankenschwester wirklich aussieht. Du kennst die ungeheure Not. Und du weißt, dass meine Beweggründe über jeden Zweifel erhaben sind. Trotzdem scheint dir das, was deine Gemeinde denkt, wichtiger zu sein als das, wozu Gott mich beruft. Es geht nur um Äußerlichkeiten. Gott hat es mir ermöglicht, Krankenschwester zu werden, trotz der widrigen Umstände. Und er ruft mich jetzt, diese Arbeit zu tun, indem er deine Stimme benutzt, deine eigene Predigt. Und ich bin bereit, diesem Ruf zu folgen. Warum stellst du dich mir in den Weg?"

Er blickte sie lange an, ohne zu antworten. Julia konnte kaum atmen. „Ich stehe dir nicht im Weg", sagte er schließlich. „Du hast die Wahl, Julia. Du hattest sie immer. Wenn du dich entscheidest, mich zu heiraten, dann musst du die Rolle als meine Gehilfin akzeptieren. Die Arbeit, zu der du in unserer Ehe berufen bist, wird mir bei meinem Dienst helfen. Und das bedeutet, sie hilft uns, die Akzeptanz meiner Gemeinde zu gewinnen. Aber wenn du das Gefühl hast, dass Gott dich dazu beruft, etwas anderes zu tun – nämlich Krankenschwester zu sein –, dann verlangt er vielleicht von dir, ledig zu bleiben, so wie Miss Dix."

„Ich müsste nicht zwischen beidem wählen, wenn wir verheiratet wären. Es ist für eine verheiratete Frau völlig akzeptabel, im Krankenhaus zu arbeiten. Und ich könnte von meinem Lohn leben."

„Für mich ist es nicht akzeptabel. Wie kann ich vor Gott versprechen, dich eines Tages zu beschützen und für dich zu sorgen, und im nächsten Augenblick weggehen und dich allein zurücklassen? Ich nehme mein Gelöbnis als Ehemann sehr ernst." Seine Augen suchten die ihren, und sie sah den tiefen Kummer, den sie ihm bereitete. „Willst du die Verlobung lösen, Julia?"

„Nein, ich liebe dich."

„Ich liebe dich auch", sagte er zum ersten Mal, „und ich bete, dass du in deinem Herzen Frieden findest, was deine zukünftige Rolle betrifft." Während sich zwischen ihnen ein unbehagliches

Schweigen auftat, schlug die Dielenuhr plötzlich zur vollen Stunde. Der Glockenschlag erschien Julia prophetisch, aber sie wusste nicht inwiefern oder warum.

„Es tut mir leid, dass ich dich so verlassen muss", sagte Nathanael, „aber es ist schon spät. Ich muss los. Ich verspreche, dir zu schreiben."

Die Tränen, die sie so lange zurückgehalten hatte, rannen bei seinen Worten über ihr Gesicht.

„Bitte weine nicht", sagte er. „Das macht den Abschied nur noch schwerer. Ich bin in Gottes Hand geborgen."

Ohne nachzudenken schlang Julia die Arme um ihn und klammerte sich fest an ihn. Nathanael wirkte zuerst erschrocken und zögerte einen Augenblick, doch dann schlossen sich seine Arme um sie und erwiderten ihre Umarmung.

„Julia … Julia …", flüsterte er. Sie hörte seine Gefühle aus seiner brechenden Stimme heraus. „Sobald ich nach Hause komme, heiraten wir. Versprochen." Dann löste er sich von ihr und hob ihr Kinn, um ihr in die Augen zu sehen. Auch seine Augen waren feucht. Er küsste sie sanft, zärtlich, aber der Kuss war viel zu schnell vorbei. Dann trocknete er ihre Tränen. „Möge Gott schnell den Tag kommen lassen, an dem wir wieder zusammen sein können."

* * *

Phoebe ließ ihren Blick über die Gesichter der Männer schweifen, die sich zum Gottesdienst im Freien versammelt hatten, in der Hoffnung, Ted unter ihnen zu entdecken. Mehr als anderthalb Jahre waren vergangen, seit sie ihn zum letzten Mal gesehen hatte. Sie hatte gehört, dass ihr altes Regiment den Winter hier verbracht hatte, aber die Tausende Zelte und baufälligen Baracken, die die Soldaten gebaut hatten, waren über ein großes Gebiet verteilt, und so war ihre Chance, Ted zu finden, ziemlich gering. Es war kaum zu glauben, dass Teds Zeit bei der Armee in diesem Herbst zu Ende ging – falls er sie lebend überstanden hatte.

Den Winter über hatte Phoebe zusammen mit Dr. McGrath im

Krankenhaus in Washington City gearbeitet und war manchmal mit ihm in die Slums gegangen, um die ehemaligen Sklaven zu behandeln. Jetzt hatte die Armee einen neuen Kommandanten, General Ulysses S. Grant, und es war offensichtlich, dass er sich für den Kampf bereitmachen würde, sobald Frühlingswetter einsetzte. Der Zug, der Phoebe und das andere medizinische Personal nach Brandy Station, südlich von Washington, gebracht hatte, hatte außerdem Berge von Ausrüstung und Kriegsgerät befördert. Inzwischen waren mehrere Tausend Soldaten, Kanonen und Planwagen mit Vorräten hier versammelt und warteten darauf, den Rapidan zu überqueren und die Konföderierten anzugreifen, die am anderen Ufer lagerten. Ted zu finden, würde nicht einfach, aber dieser Gottesdienst schien ein guter Ausgangspunkt zu sein.

Als der Geistliche aufstand, um mit seiner Predigt zu beginnen, erkannte Phoebe den gut aussehenden Prediger sofort wieder. Es war derselbe Mann, der ihr vor zwei Jahren in Washington die Bibel geschenkt hatte. Ted hatte sie an jenem Morgen überredet, mit ihm zum Gottesdienst zu gehen, aber sie hatte kein Wort von der Predigt gehört. Auch jetzt hörte sie nur mit einem Ohr zu, während sie die Gesichter der versammelten Männer nach dem seinen absuchte.

„Wenn Sie in die Schlacht ziehen“, sagte der Pastor gerade, „achten Sie auf den Klang der Trompete, wie Sie es gelernt haben. Sie reagieren auf dieses Signal und gehorchen den Befehlen Ihrer Offiziere. Aber die Bibel sagt, dass eines Tages die letzte Trompete erschallen wird und Christus dann für sein Volk wiederkommt. Werden Sie seinen Ruf erkennen? Werden Sie ihn hören und den Befehl unseres Herrn befolgen? Er wird zum Gericht und mit Feuer zurückkommen und der Apostel Paulus schreibt im Brief an die Korinther, dass das Feuer erweisen wird, von welcher Art eines jeden Werk ist.“

Es war eine aufrüttelnde Predigt und die Männer schienen sie mit Begeisterung aufzunehmen. Aber als der Gottesdienst zu Ende war und die Menge sich wieder verlief, war Phoebe ausgesprochen enttäuscht, weil sie Ted nicht gesehen hatte. Sie wollte gerade gehen, als der junge Prediger auf sie zukam und sich zur Begrüßung an die Mütze tippte.

„Guten Morgen, Ma'am. Ich bin Pastor Nathanael Greene. Kann ich Ihnen vielleicht helfen? Sie sehen ein wenig verloren aus."

„Phoebe Bigelow", sagte sie. „Ich bin Krankenschwester im Feldlazarett." Sie erinnerte sich daran, wie freundlich dieser Pastor beim letzten Mal gewesen war, und daran, wie er ihr die Bibel geschenkt und ihr die Geschichte von dem kleinen Mann gezeigt hatte, der Jesus sehen wollte. Sie fasste sich ein Herz.

„Es gibt Stellen, die ich in meiner Bibel unterstrichen habe", sagte sie. „Könnten Sie sie mir vielleicht irgendwann erklären, wenn Sie –"

Bevor sie zu Ende sprechen konnte, schob sich ein Soldat zwischen sie und unterbrach sie. „Ich muss mit Ihnen sprechen, Herr Pastor. Es ist wichtig." Er wirkte sehr aufgebracht.

„Kann das nicht einen Augenblick warten?", fragte Greene. „Miss Bigelow wollte gerade –"

„Kein Problem", sagte Phoebe schnell. „Wir können ein andermal reden. Ich muss zurück zum Krankenhaus."

„Sind Sie Krankenschwester?", fragte der Soldat und hielt sie auf. „Dann sollten Sie das auch hören."

„Worum geht es denn?", fragte Nathanael. „Sagen Sie mir Ihren Namen."

„Ich heiße Noah Murdock. Sagen Sie der Dame, dass sie bleiben soll, Herr Pastor. Sie muss das auch hören."

„Sind Sie sich sicher, dass Sie nicht unter vier Augen mit mir sprechen wollen?", fragte er.

„Nein, ich will, dass alle es erfahren. Dieser Mann sollte gehängt werden!"

„Also gut, Murdock. Jetzt beruhigen Sie sich erst einmal und dann können Sie mir erzählen, was Sie so aufregt. Würde es Ihnen etwas ausmachen zu bleiben, Miss Bigelow?"

„Warum sollte es?", sagte sie achselzuckend. Aber sie fühlte sich sehr unbehaglich, obwohl sie keine Ahnung hatte, was Murdock auf dem Herzen hatte. Was hatte ihre Arbeit als Krankenschwester mit der Verurteilung eines Mannes zu tun?

„Mir geht es seit einiger Zeit nicht besonders gut", sagte der Soldat, „deshalb bin ich heute Morgen zum Arzt gegangen. Dabei stellte sich heraus, dass ich den Mann kenne. Sein Name ist McGrath. Und er ist ein kaltblütiger Mörder!"

Ein Schauer durchfuhr Phoebe, als sie seine Worte hörte.

„Warten Sie", sagte der Geistliche. „Das ist eine sehr schwerwiegende Anschuldigung. Da müssen Sie sich schon erklären."

Der Mann atmete wütend aus. „Vor dem Krieg habe ich in Connecticut als Fahrer für einen reichen Bankier namens Tyler gearbeitet. McGrath war Mr Tylers Arzt und ein langjähriger Freund. Er kam jede Woche ins Haus und manchmal habe ich die beiden gefahren, deshalb weiß ich, dass er es ist. Es ist derselbe Mann!"

„Gut, ich glaube Ihnen", sagte Nathanael ruhig. „Fahren Sie fort."

„Eines Abends, als ich zusammen mit den anderen Bediensteten in der Küche beim Abendessen saß, kam Mr Tylers Butler hereingestürzt und sagte, die beiden Männer würden sich im Arbeitszimmer lautstark streiten. Sie hatten viel getrunken und der Butler wollte, dass ich ihm half, den Doktor rauszuschmeißen, weil er ein kräftiger Mann war und der arme Mr Tyler alt und krank. Ich folgte dem Butler ins Haupthaus und ich konnte Mr Tyler rufen hören, als wir in die Eingangshalle kamen. Er sagte: ‚Helfen Sie mir! Helfen Sie mir!' Aber wir kamen zu spät. Plötzlich hörten wir einen Schuss. Als wir ins Zimmer gerannt kamen, war Mr Tyler tot, geradewegs in den Kopf geschossen. Der Doktor hatte die Pistole noch in der Hand und Mr Tylers Blut war überall auf seiner Kleidung. Er sagte immer wieder: ‚Es tut mir leid, Eldon. Es tut mir leid.'

Wir haben ihm die Waffe abgenommen und ihn festgehalten, bis die Polizei kam. Es ist derselbe Mann, Herr Pastor. Er ist ein Mörder und ich will nicht, dass er meine Freunde oder mich behandelt. Er sollte für sein Verbrechen hängen!"

„Warum wurde er nicht verurteilt?", fragte der Geistliche. „Gab es keinen Prozess? Wenn es Zeugen gab und der Mann gestanden hat …"

„Ich weiß nicht, warum. Das Letzte, was ich weiß, ist, dass er im

Gefängnis saß. Aber ich musste eine neue Arbeit finden, nachdem Mr Tyler ermordet worden war. Und so zog ich nach Pennsylvania, wo mir ein Freund eine Stelle verschafft hatte."

„Wie lange ist das her? Kann es sein, dass der Arzt seine Gefängnisstrafe abgesessen hat?"

„Nein, Sir. Er hat Mr Tyler im Frühjahr 1860 ermordet – das ist kaum vier Jahre her. So kurz kann ein Mörder nicht hinter Gittern bleiben."

„Glauben Sie, er ist ausgebrochen?"

„Ich weiß es nicht", erwiderte Murdock. „Er benutzt seinen eigenen Namen – so dreist ist der Mann. Wenn er einmal mit einem Mord davongekommen ist, wird er es doch bestimmt wieder tun, meinen Sie nicht?"

„Also gut. Ich kümmere mich um die Sache", sagte Nathanael. „Wenn der Doktor in Connecticut wegen Mordes gesucht wird, dann sollte er sofort von seinen Pflichten hier entbunden werden."

„Ich bringe Sie zu ihm", sagte Murdock. „Zu zweit schnappen wir ihn uns, Herr Pastor."

„Moment! Ich glaube, es ist besser, wenn Sie hierbleiben und ich zuerst alleine mit ihm rede."

„Was nützt Reden denn schon? Ich hätte zum Polizeidirektor gehen sollen und nicht zu Ihnen." Murdock wandte sich angewidert ab.

Der Pastor packte Murdock bei der Schulter und hielt ihn zurück. „Hören Sie zu: Dr. McGrath kann nirgendwohin. Es gibt hunderttausend Soldaten hier in Brandy Station. Ich verstehe, warum Sie außer sich sind, aber wir wollen uns doch nicht in etwas verrennen und die Sache zur Lynchjustiz ausarten lassen."

Der Gedanke, dass ihr Freund von einer wütenden Meute aufgeknüpft werden könnte, jagte Phoebe einen erneuten Angstschauer über den Rücken. Sie verspürte den überwältigenden Drang loszurennen und Dr. McGrath zu warnen, damit er fliehen konnte, aber der Pastor hatte recht – er könnte nirgends hingehen.

„Der Doktor hat verdient, dass man ihn anhört", sagte Nathanael. „Ich rede mit ihm und dann entscheiden wir, was wir als

Nächstes tun. Kennen Sie diesen Arzt, Miss Bigelow?", fragte er Phoebe. Ihr Herz schlug schneller.

„Ja, Sir, ich kenne ihn."

„Wissen Sie, ob er jemals in Connecticut gewohnt hat?"

Phoebe zuckte mit den Schultern. Sie war sich nicht sicher. Aber sie hatte einige der Briefe gesehen, die jede Woche von der Frau des Arztes eintrafen. Sie kamen aus einer Stadt in Connecticut.

„Ich glaube, Sie warten besser hier", sagte Nathanael zu dem Soldaten. „Miss Bigelow wird mich zu ihm bringen. Ich lasse Sie wissen, was er zu sagen hat."

Phoebe kam sich wie eine Verräterin vor, als sie mit dem Prediger über das Zeltplatzgelände zum Feldlazarett schritt. Sie wollte nicht glauben, dass Dr. McGrath jemanden umgebracht hatte. Aber sie erinnerte sich an die erste Nacht, in der sie mit ihm zusammengearbeitet hatte, und daran, wie er gesagt hatte, er sei nach Washington geflohen, so wie sie von zu Hause weggelaufen war. *„Ich sollte Sie warnen"*, hatte er an jenem Abend gesagt, *„ich habe die Erfahrung gemacht, dass man vor der Vergangenheit nicht davonlaufen kann."*

„Ich nehme an, Sie wussten nichts von der Vergangenheit dieses Mannes, als Sie anfingen, für ihn zu arbeiten?", unterbrach der Geistliche ihre Gedankengänge.

„Nein, Sir. Es war mir auch nicht wichtig, wo es doch so viele Soldaten gab, um die wir uns kümmern mussten." Phoebe wusste, dass die anderen Krankenschwestern im Fairfield-Krankenhaus nicht gut mit Dr. McGrath auskamen, aber sie mochte ihn trotz seiner Raubeinigkeit. „Er bringt niemanden um", fügte sie hinzu. „Er würde niemals einem Soldaten, für den er verantwortlich ist, etwas antun. Er hat mir das Leben gerettet."

„Ihnen? Wie denn das?"

Jetzt würde sie all ihre Lügen erklären müssen und das wollte Phoebe nicht. „Ich war krank und wäre beinahe gestorben", sagte sie stattdessen. „Er war mein Arzt. Wegen ihm bin ich noch am Leben. Hören Sie, ich zeige Ihnen, wo sein Zelt ist, aber ich will mit der Sache nichts zu tun haben."

„Nein, warten Sie. Sie haben gerade eine sehr schwerwiegende

Beschuldigung gegen den Doktor mit angehört. Es ist nur richtig, wenn Sie bleiben und seine Version der Geschichte hören. Gerade, weil Sie jeden Tag mit ihm zusammenarbeiten. Sie sollten nicht mit Zweifeln oder Verdächtigungen leben müssen."

Er hatte recht. Phoebe würde sich immer fragen, ob Dr. McGrath wirklich dazu fähig war, einen Menschen kaltblütig zu ermorden. „Das dort drüben ist er", sagte sie schließlich und deutete mit dem Kopf in die entsprechende Richtung. Der Arzt stand hinter einem der Krankenzelte und trank aus seiner silbernen Flasche, während er in die Ferne blickte. „Der Mann mit dem roten Bart."

Der Pastor zog überrascht die Augenbrauen hoch. „Wirklich? Ich bin diesem Mann schon einmal begegnet, in Washington. Kommen Sie mit, Miss Bigelow. Bitte."

Widerstrebend folgte sie dem Geistlichen, als dieser auf Dr. McGrath zuging und ihm die Hand entgegenstreckte. „Guten Morgen. Mein Name ist Nathanael Greene und ich bin der Militärseelsorger. Das ist ein erstaunlicher Zufall, aber wir sind uns schon einmal begegnet, in Washington. Sie waren dort in einem Krankenhaus tätig, nicht wahr?"

„Ja." Dr. McGrath wirkte misstrauisch und überhaupt nicht freundlich. Aber Phoebe wusste, dass das seine übliche Art war.

„Sie erinnern sich wahrscheinlich nicht an mich. Es ist über anderthalb Jahre her. Ich war in Ihrem Krankenhaus, um eine der Krankenschwestern zu besuchen, Julia Hoffman."

Seine Worte überraschten Phoebe. „Sie kennen Julia?", fragte sie. Als er nicht antwortete, wanderte ihr Blick vom Pastor zu Dr. McGrath und sie glaubte, einen flüchtigen Schatten der Angst in die Miene des Arztes huschen zu sehen.

„Was ist mit ihr?", fragte er.

„Das hier hat nichts mit Julia zu tun. Es ist eher eine private Angelegenheit", sagte Greene und blickte sich in dem lauten Lager um. „Wenn Sie vielleicht irgendwo anders hingehen wollen –"

„Kommen Sie zur Sache."

„Gut." Nathanael holte tief Luft. „Ein Mann namens Noah

Murdock kam zu mir. Er sagte, er kenne Sie aus Connecticut. Er hat eine ziemlich grausige Geschichte über einen Mord erzählt und behauptet, Sie hätten einen Mann getötet. Da Ihre Krankenschwester, Phoebe Bigelow, diese Anschuldigung zufällig mit angehört hat, dachte ich, sie sollte mitkommen und Ihre Aussage dazu hören. Murdock behauptet, Sie hätten seinen Arbeitgeber Mr Tyler kaltblütig erschossen."

Dr. McGrath verschränkte die Arme. Er sagte nichts und seine Miene war hart wie Stein.

Phoebe tat der Doktor leid. Sie wünschte, sie wäre nicht mitgekommen.

Der Geistliche räusperte sich. „Ich habe zu Murdock gesagt, ich würde versuchen, die Sache aufzuklären. Er macht sich Sorgen, weil Sie für das Wohlergehen seines Regiments verantwortlich sind. Er scheint außerdem zu glauben, Sie seien aus dem Gefängnis geflohen." Er hielt inne und Phoebe sah, dass er seine Worte mit Bedacht wählte. „Ich beschuldige Sie nicht, Herr Doktor. Wenn Sie etwas zu Ihrer Verteidigung vorzubringen haben, wäre dies ein guter Zeitpunkt. Wenn Murdock sich irrt, wäre es gut, wenn Sie es mir sagen könnten, dann entschuldige ich mich gerne dafür, dass ich Sie belästigt habe."

„Sind Sie fertig?", fragte der Arzt eisig.

„Ich versuche nur gerecht zu sein und beide Seiten anzuhören."

„Ich schulde weder Ihnen noch irgendjemand anders eine Erklärung", sagte Dr. McGrath. Dann wandte er sich um, ging davon und verschwand in seinem Zelt am Ende der Reihe.

Der Pastor schien verwirrt. Er starrte lange auf die Zeltreihen, als wäre er sich unsicher, was er jetzt tun sollte. „Hm", sagte er schließlich. „Julia hat mich gewarnt, dass er ein schwieriger Mann ist."

Phoebe erwachte aus ihrem benommenen Entsetzen, als er ihre Freundin zum zweiten Mal erwähnte. Sie wollte unbedingt die Spannung abbauen, den hässlichen Verdacht durch etwas Schönes ersetzen. „Julia Hoffman kenne ich auch", sagte sie. „Wir haben im selben Krankenhaus gearbeitet."

„Sie ist meine Verlobte", sagte der Pastor beiläufig. Offenbar war er mit seinen Gedanken noch immer bei dem Arzt. „Wir haben uns letztes Jahr im Herbst verlobt."

Phoebe erinnerte sich daran, dass Julia sich einen Mann gewünscht hatte, der sie wegen ihres Wesens liebte und nicht wegen ihres Aussehens. Greene war sehr attraktiv. Sie gaben sicherlich ein hübsches Paar ab. Und bestimmt sah der Geistliche das Gute in einem Menschen und liebte Julia aus den richtigen Gründen, oder etwa nicht?

„Wenn Sie Ihr schreiben", sagte Phoebe, „könnten Sie ihr dann sagen, dass ich mich sehr für sie freue? Sie ist eine tolle Krankenschwester, wissen Sie. Sie hat viel Gutes getan und einer Menge Menschen das Leben gerettet."

Der Pastor runzelte die Stirn. „Ja, ich weiß." Irgendetwas, das Phoebe gesagt hatte, war ihm unangenehm, aber sie wusste nicht, was. „Ich hatte keine Ahnung, dass Julia für einen Arzt mit einer so zwielichtigen Vergangenheit gearbeitet hat", sagte der Pastor. „Gott sei Dank ist sie nicht länger bei ihm."

„Sie glauben die Geschichte des Soldaten?", fragte Phoebe überrascht. „Sie glauben, dass der Doktor wirklich jemanden umgebracht hat?"

„Wenn es eine andere Erklärung gibt, verstehe ich nicht, warum Dr. McGrath sie uns nicht nennen und seinen Namen reinwaschen will."

Ein mulmiges Gefühl stieg in Phoebe auf. Sicher würde der Geistliche keine Lynchjustiz zulassen. „Was wollen Sie jetzt wegen alledem unternehmen?", fragte sie.

„Ich werde wohl Kontakt zu den Behörden in Connecticut aufnehmen müssen, um zu überprüfen, ob er tatsächlich geflohen ist. Wenn ja, muss der Polizeidirektor sich darum kümmern, nicht ich."

„Ich glaube das nicht", sagte Phoebe. „Ich glaube nicht, dass er jemanden einfach so erschießen würde. Oder wenn er es getan hat, dann hat er sich seitdem völlig verändert. Ich habe keine Angst vor ihm und die Männer brauchen auch keine Angst zu haben. Gott kann Menschen verändern, Herr Pastor. Ich habe die Geschichte gelesen, als Petrus Angst bekam und behauptete, er würde Jesus nicht einmal kennen, aber anschließend hat Jesus ihm verziehen und ihm noch eine Chance gegeben. Können die Leute nicht auch Dr. McGrath eine zweite Chance geben? Er hat schon Tausenden von Menschen das Leben gerettet und er wird noch viel mehr retten, wenn Sie ihn nicht ins Gefängnis stecken. Sollen wir anderen denn nicht vergeben?“

„Halten Sie mir eine Predigt, Miss Bigelow?“ Nathanael Greene lächelte schwach, aber seine Augen erreichte das Lächeln nicht ganz. „Das liegt ohnehin nicht in meiner Hand. Der Richter und die Geschworenen müssen darüber urteilen.“

Dasselbe hatte Dr. McGrath zu Phoebe gesagt, als sie ihn gefragt hatte, warum er ihr das Leben gerettet hatte. Er hatte nicht geglaubt, dass sie ein Feigling war. Er hatte sie nicht verurteilt und sie würde ihn auch nicht verurteilen. Nachdem Greene gegangen war, wanderte sie langsam die lange Zeltreihe hinunter zum Zelt des Arztes.

„Dr. McGrath?“, rief sie. „Ich bin’s, Phoebe Bigelow. Kann ich mit Ihnen reden?“

„Kommen Sie rein.“ Er saß allein im Zelt auf einem Feldhocker und rieb sich die Augen. „Wenn Sie irgendwelche Zweifel in Bezug auf mich haben, Phoebe“, sagte er leise, „wenn Sie jetzt Angst haben, mit mir zusammenzuarbeiten, dann verstehe ich das.“

„Nein, Sir. Ich habe keine Angst. Ich bin nur gekommen, um Ihnen zu sagen, dass ich das nicht glaube. Ich glaube nicht, dass Sie jemanden getötet haben.“ Er nickte leicht und schloss die Augen. Aber nicht, bevor Phoebe den Schmerz darin sehen konnte. „Das ist alles. Dann gehe ich mal nach unseren Patienten gucken.“

Als sie aus dem Zelt schlüpfte, glaubte sie zu hören, wie er „Danke“ sagte.

Kapitel 22

Brandy Station, Virginia
Mai 1864

Die Schlacht in der Virginia Wilderness begann nur wenige Tage später, sodass Phoebe kaum Zeit hatte, sich Gedanken darüber zu machen, was mit Dr. McGrath geschehen würde. Das Feldlazarett ihrer Division überquerte den Rapidan im Gefolge der Armee und sie wurden schnell von Verwundeten überschwemmt, die zu behandeln waren. Nach allem, was diese armen Menschen ihr erzählten, waren die heftigen Gefechte, die in den dichten Wäldern ausgetragen wurden, ein leibhaftiger Albtraum aus Entsetzen und Verwirrung.

Es galt ebenso sehr gegen das dicke, verzweigte Unterholz zu kämpfen wie gegen die Rebellen. Es gab keine eindeutigen Wege, nur wenig Schutz und keine klaren Kampflinien. Die verwirrten, desorganisierten Männer kämpften verzweifelt, heldenhaft, manchmal im Nahkampf, und benutzten Bajonette und die Kolben ihrer Gewehre. Selbst erfahrene Veteranen erzählten Phoebe, dass dies die schlimmste Schlacht sei, die sie je geschlagen hatten. Und sie ging weiter, immer weiter, ohne dass es einen Sieg gab.

Spät am Nachmittag hockte Phoebe sich hin, um einem Mann zu helfen, dessen Hand zum Teil weggeschossen worden war, und sie erkannte ihn sofort wieder. Es war ihr alter Freund Sergeant Anderson. Lange konnte sie nicht sprechen, aus Angst, er könnte sie erkennen und sie in schreckliche Schwierigkeiten bringen. Doch dann gewann ihre Sorge um sein Wohlergehen die Oberhand.

„Gut, dass die Blutung aufgehört hat", sagte sie zu ihm, „aber es wird eine Weile dauern, bis die Chirurgen sich das ansehen können. Ich kann Ihnen in der Zwischenzeit etwas Whisky anbieten und es gibt auch Morphium, falls die Schmerzen zu schlimm sind."

Er schwitzte und war kalkweiß, aber er sagte: „Whisky ist in Ordnung. Heben Sie das starke Zeug für die auf, die es wirklich brauchen."

Phoebe drückte ihm den Becher in seine gesunde Hand und half ihm beim Trinken. Er musterte sie nachdenklich. „Sie kommen mir bekannt vor", sagte er zwischen zwei Schlucken. „Kenne ich Sie, Ma'am?"

Phoebe beschloss zu lügen. Das war für sie alle einfacher. Sie fragte ihn, zu welcher Kompanie er gehörte, und als er es ihr erzählte, sagte sie: „Dann kennen Sie meinen Bruder, Ike Bigelow."

„Ja, das ist es vielleicht. Ich sehe die Familienähnlichkeit. Sind Sie Zwillinge oder so?"

Sie nickte vage.

„Tut mir leid, dass Ike vermisst wird, Ma'am. Ich weiß nicht, ob Sie davon gehört haben oder nicht, aber er war ein guter Mann und ein tapferer Soldat. Der beste Schütze, der mir je begegnet ist."

Phoebes Herz hämmerte vor Furcht, als sie all ihren Mut zusammennahm, um dem Sergeant ihre nächste Frage zu stellen. Sie musste die Antwort wissen, aber sie hatte schreckliche Angst zu fragen, schreckliche Angst, seine Antwort zu hören. „Hm … Ike hat mir immer geschrieben und von seinem Freund Ted Wilson erzählt. Wie geht es ihm denn?"

„Wilson hat sich auch zu einem richtig guten Soldaten entwickelt. Er hat alles versucht, um herauszufinden, was mit Ihrem Bruder passiert ist. Es dauerte eine Ewigkeit, bis er die Suche nach ihm aufgegeben hat. Er war nach Ikes Verschwinden ziemlich fertig."

„Lebt Ted denn noch? Geht es ihm gut?" Sie hielt die Luft an. Ihr Herz schien ebenfalls stillzustehen, während sie auf die Antwort wartete.

„Ich habe heute Morgen noch einen Kaffee mit ihm getrunken, kurz bevor dieses Chaos anfing."

Phoebe erhob sich und floh, unfähig, noch ein weiteres Wort zu sagen. Als sie den Vorratswagen erreicht hatte, sank sie dahinter zu Boden und weinte. Ted war am Leben, mit seinem jungenhaften Grinsen und dem schrecklichen Kaffee, den er immer machte. Sie weinte vor Glück und Sehnsucht, bis alle Tränen versiegt waren.

Wenige Stunden später bekam Phoebe mit, wie zwei Krankenträger Dr. McGrath erklärten, dass der verwundete Soldat, den sie gerade gebracht hatten, schwere Verbrennungen habe. „Die Gewehrsalven waren so heftig, dass der Wald Feuer gefangen hat. Diesen Kerl haben wir rausholen können, aber die meisten der Verletzten, die da drin lagen, konnten nicht mehr rechtzeitig fliehen und sind in den Flammen umgekommen."

„Es war schrecklich, Doc. Wir konnten sie um Hilfe schreien hören, aber wir konnten sie nicht erreichen."

„Sind noch welche drin?", fragte der Arzt.

„Ja, aber wir finden sie nicht, weil sie im ganzen Wald verstreut sind."

„Wir wissen aber, wo noch eine ganze Gruppe Verwundeter von einem Regiment aus Pennsylvania ist, nur kommen wir nicht an sie ran."

„Warum nicht?", fragte Dr. McGrath.

„Die Rebellen schießen auf alles, was sich bewegt. Ein Hauptmann sitzt mit ungefähr dreißig von unseren Jungs in der Falle und die Rebellen eröffnen das Feuer, wann immer wir versuchen, zu ihnen durchzukommen."

„Können Sie mich zu ihnen bringen? Könnte ich sie dort behandeln, wo sie sind?"

„Den Rebellen ist es egal, ob Sie Arzt sind. Sie werden Sie erschießen, wenn Sie es versuchen."

„Warten Sie hier", sagte Dr. McGrath. „Ich hole meine Tasche."

Phoebe folgte ihm, als er zum Vorratswagen ging und seine Tasche mit Chloroform, Morphium, Verbänden und chirurgischen Instrumenten füllte. „Ich will mit Ihnen gehen", sagte sie.

„Nicht dahin, wo gekämpft wird, Phoebe", sagte er, ohne aufzublicken. „Näher als bis hier will ich keine meiner Krankenschwestern an die Kampflinien heranlassen."

„Das ist vermutlich mein altes Regiment", sagte sie leise. „Ted könnte einer von den Männern sein."

Er blickte auf. „Ist das der Mann, dessen Leben Sie schon einmal gerettet haben?"

Sie nickte.

„Und Sie würden Ihr Leben noch ein zweites Mal für ihn riskieren?"

„Ich würde es hundert Mal tun. Wenn Sie mich nicht mitnehmen, gehe ich auf eigene Faust."

Dr. McGrath antwortete nicht. Stattdessen schloss er seine Tasche und ging zu den wartenden Männern zurück. Phoebe folgte ihm einfach.

Der Krankenwagen fuhr sie so nah wie möglich heran. Dann brachten die Träger sie so weit in den Wald hinein, wie sie zu gehen wagten. Dr. McGrath ging den Rest des Weges vor Phoebe, wobei er dem Stöhnen der Männer folgte. Geduckt huschten sie in ihre Richtung, während die Kugeln der Rebellen über ihre Köpfe hinwegfegten und in Baumstämme einschlugen. Merkwürdigerweise hatte Phoebe überhaupt keine Angst.

Sie fanden die verletzten Männer in einer Senke inmitten einer Baumgruppe. Ted war nicht unter ihnen. Mehrere der Soldaten waren bereits gestorben, aber Phoebe und Dr. McGrath machten sich sofort an die Arbeit, um den Lebenden zu helfen. Sie verabreichten ihnen Chloroform, damit sie sie operieren und die Projektile entfernen konnten. Phoebe verteilte Wasser und gab Morphium aus, beruhigte und fütterte und tröstete die Männer, so gut sie konnte. Als es dunkel und das Risiko, von Scharfschützen getroffen zu werden, geringer wurde, gingen Dr. McGrath und sie durch den Wald zurück, um die Krankenträger zu holen.

Während sie allein am Straßenrand saßen und darauf warteten, dass der Krankenwagen zurückkam, nahm Phoebe all ihren Mut zusammen und stellte ihm die Frage, die sie den ganzen Nachmittag über nicht losgelassen hatte. „Warum sind Sie so ein Risiko eingegangen, Dr. McGrath? Sie hätten getötet werden können. Ich glaube sogar, dass Sie genau das wollten."

„Vielleicht", sagte er leise.

„Warum?"

Er seufzte. „Man braucht weniger Mut, sein Leben in einem glorreichen Moment zu beenden, als sich den eigenen Fehlern zu stellen und noch einmal von vorne anzufangen."

„Aber Sie können neu anfangen, egal, wie viele Fehler Sie gemacht haben", sagte Phoebe. „Das habe ich doch auch."

Er schüttelte den Kopf.

„Erinnern Sie sich noch an das erste Mal, als ich Ihnen in den Slums geholfen habe?", frage Phoebe. „Da habe ich Ihnen einen Bibelvers vorgelesen, in dem es um einen neuen Menschen ging. Wissen Sie noch? Sie sagten, ich solle Ihnen Bescheid sagen, wenn ich herausgefunden hätte, was das bedeutet. Und ich glaube, ich fange so langsam an, den Vers zu verstehen." Sie hielt inne, als das sanfte Heulen einer Eule und der Ruf einer Nachtschwalbe erklang. Diese friedlichen Geräusche schienen nach dem Gemetzel dieses Tages merkwürdig fehl am Platz.

„Wir alle lügen und verletzen andere Menschen und tun schreckliche Dinge", sagte sie. „Ich war nie besonders nett zu jemandem, in der Schule habe ich Kinder verprügelt und zu meinen Brüdern war ich auch immer gemein. Später als ich so tat, als wäre ich ein Mann, habe ich sogar Menschen getötet. Der erste war ein junger Kerl, der in Yorktown auf einem Dach saß. Er war Scharfschütze und ich habe auf sein Bein gezielt, aber der Sturz könnte ihn getötet haben. Und danach habe ich viele getötet. Aber das Schlimmste, was ich getan habe, ist, dass ich ohne Gott gelebt habe. Ich habe ihn nie gefragt, welchen Weg ich gehen oder was ich tun sollte. Für all das habe ich es verdient zu sterben. Eine Kugel mit meinem Namen drauf fliegt geradewegs auf mich zu. Und Gott hat recht, wenn er mich tötet. Ich habe mich selbst zu seinem Feind gemacht. Aber Jesus ist zwischen die Kugel und mich gesprungen. Er hat mich mit seinem eigenen Körper abgeschirmt, obwohl ich den Tod verdient habe, und ist an meiner Stelle gestorben. Ich glaube, das hat er für jeden getan, nicht nur für mich."

Dr. McGrath schüttelte den Kopf. „Ich habe die schlimmsten Seiten der Menschen gesehen, Phoebe. Sie doch sicher auch. Warum sollte Christus das tun? Warum sollen wir nicht einfach die Strafe bekommen, die wir verdient haben?"

„Aus demselben Grund, aus dem ich Ted gerettet habe. Jesus hat gesehen, dass jemand, den er liebt, in Schwierigkeiten war, und musste es einfach tun. Ich habe Ted geliebt und nicht eine Sekunde gezögert, ihn zu retten. Aber das Beste ist, dass Gott mir deshalb die Chance gibt, noch mal ganz von vorne anzufangen. Es ist so, als würden die ganzen Sachen, die ich gemacht habe, nicht mehr zählen. Klar, in Bone Hollow gibt es immer noch Leute, die mich kennen und wissen, was ich getan habe. Aber was sie denken, ist nicht wichtig. Nur das, was Gott sagt, zählt, und er sagt, dass ich nagelneu bin, wie das kleine Baby, das wir in den Slums auf die Welt geholt haben – ganz frisch und unbefleckt, und ich habe noch mein ganzes Leben vor mir."

„Sie haben also in Ihrer Arbeit als Krankenschwester eine Möglichkeit gefunden, Sühne zu leisten", sagte der Doktor.

„Ich bin mir nicht sicher, ob ich weiß, was Sie damit meinen."

„Ich meine damit, dass Sie eine Chance bekommen, all die schlechten Dinge, die Sie getan haben, wiedergutzumachen, indem Sie hier arbeiten und die Hölle auf Erden durchmachen."

„Nein, das ist es nicht. Ich könnte hundert Jahre lang als Krankenschwester arbeiten und trotzdem könnte ich in Gottes Augen nichts wiedergutmachen. Jesus hat das für mich schon getan. Ich arbeite als Krankenschwester, weil ich seine Liebe an andere weitergeben will. Ich wusste nichts von dieser Liebe, bevor der Krieg anfing. Ist es nicht komisch, dass so etwas Schreckliches wie all das Töten und Leiden nötig war, damit ich herausfinde, was Liebe ist?"

„Was ist Liebe, Phoebe?", fragte Dr. McGrath leise.

„Sie ist ein Geschenk. Sie ist nichts, was man sich erarbeiten kann. Ted hat gar nichts getan, damit ich ihn liebe. Er war einfach Ted. Gott liebt mich genauso, und er sagt, dass ich seine Liebe anderen weitergeben soll, egal, ob sie es verdient haben oder nicht. Zuerst war es schwer, den Rebellen zu helfen. Aber ich weiß, dass ich ihnen so vergeben soll, wie Gott mir vergeben hat, also versuche ich es."

„Sie haben Vergebung gefunden?", murmelte er, wie zu sich selbst.

„Ja."

Mehrere Minuten lang saßen sie schweigend in der Dunkelheit. Phoebe registrierte, wie sich die sanften Abendgeräusche der Grillen und Frösche mit dem Krachen eines Gewehrs oder dem Stöhnen eines Menschen in der Ferne mischten, wie der frische Duft nach Erde und Kiefern sich mit dem beißenden Geruch von Rauch und Schießpulver vermengte. Sie spürte einen merkwürdigen Frieden, obwohl sie mitten auf einem schrecklichen Schlachtfeld saß.

Dr. McGrath hob einen Zweig auf und begann ihn langsam in Stücke zu brechen. Während er das tat, fing er an zu reden. Seine Stimme klang heiser und schmerzerfüllt. „Eldon Tyler war schon mehrere Jahre mein Patient. Er war ein wohlhabender Finanzier, mit allem, was ein Mann sich im Leben nur wünschen kann – außer Gesundheit. Ich sah ihn regelmäßig, mindestens einmal die Woche, und er spendierte mir immer ein Glas von seinem importierten schottischen Whisky. Die Ursache für seinen Gesundheitszustand war mir lange Zeit unklar, aber eines Abends deutete er an, er habe eine Vorliebe für … wie soll ich das sagen? Für einen bestimmten Typ Frau von zweifelhaftem Ruf. Da wurde mir klar, was er schon die ganze Zeit vermutet hatte, nämlich dass er Syphilis hatte. Und ich wusste auch sofort, dass die Krankheit ihr drittes und letztes Stadium erreicht hatte. An dem Abend, an dem ich Eldon zum letzten Mal sah …" Der Arzt hielt inne und holte tief Luft, als wolle er Kraft sammeln.

„Sie müssen mir das nicht erzählen", sagte Phoebe.

„Ich weiß. Aber ich will es. An diesem letzten Abend bemerkte ich beim Abhören von Eldons Herz, dass die Herzklappen beschädigt waren. Er hatte zudem Taubheitsgefühle in den Beinen, was bedeutete, dass die Krankheit bereits sein Gehirn angegriffen hatte. ‚Werde ich verrückt?', fragte er mich. Ich wollte ihm nicht antworten.

‚Das kann ich nicht mit Gewissheit sagen', versuchte ich mich aus der Schlinge zu winden.

‚Gibt es etwas, das Sie tun können?' Er sprach so ruhig, als würde er mich nach dem Wetter fragen.

‚Es gibt keine Heilung, Eldon. Es tut mir leid.'

‚Setzen Sie sich, James', sagte er. ‚Trinken Sie etwas mit mir.'

Ich war erschüttert und gestattete ihm, mein Glas immer wieder aufzufüllen. Ich gestehe, dass ich an jenem Abend mehr trank, als ich es normalerweise tat, aber er schenkte mir immer wieder nach und es schien ihn aufzumuntern, mich trinken zu sehen. Außerdem wollte ich meine Gedanken betäuben. Mein Stolz kam nicht mit der Tatsache zurecht, dass ich Eldon Tyler nicht heilen konnte.

‚Ich möchte Ihnen etwas zeigen', sagte er nach einer Weile. Er öffnete seine Schreibtischschublade und zog einen Satz Duellpistolen heraus. Er reichte mir eine, fragte mich, was ich davon hielte, und als ich aufstand, um sie zu nehmen, spürte ich die Wirkung des Whiskys. Ich musste mich wieder setzen, so stark war das Schwindelgefühl. Und dann fing er an, die schlimmsten Dinge über Ellen zu sagen – meine Frau. Ich werde sie nicht wiederholen, weil sie so schockierend waren Und die Sprache, die er gebrauchte … Ich hatte ihn noch nie so widerwärtig reden hören. Ich dachte, er wäre bereits dabei, seinen Verstand zu verlieren.

‚Eldon, ich muss gehen', sagte ich, als er nicht aufhörte. Da begann er zu schreien.

‚Was für ein Mann sind Sie eigentlich? Wollen Sie nicht einmal die Ehre Ihrer Frau verteidigen?' Er fing an, mit der zweiten Pistole herumzuwedeln und mich zu beschimpfen. Mir wurde klar, dass er versuchte, mich in ein Duell hineinzuziehen – auch wenn ich mir nicht vorstellen konnte, warum er das tat. Ich war zu schockiert über die Veränderung, die in ihm vorgegangen war, als dass ich klar hätte denken können. Und ich fühlte mich verantwortlich. Ich war sein Arzt und sein Freund. Ich war wütend auf mich selbst, weil ich ihm nicht helfen konnte. Er würde verrückt werden und unter schrecklichen Qualen sterben und es gab nichts, was ich dagegen unternehmen konnte. Ich litt ohnehin schon unter seinem Zerfall und konnte wegen des vielen Scotch nicht klar denken. Also stand ich wieder auf.

‚Soll ich Ihnen etwas Laudanum geben?', fragte ich, weil ich hoffte, das würde ihn beruhigen.

‚Nein! Ich will, dass Sie mir helfen!'

‚Es gibt nichts, was ich tun könnte. Es tut mir leid.'

‚Sie können mein Leiden beenden und mich ehrenwert in einem Duell sterben lassen, bevor meine Söhne mich im Keller anketten müssen, weil ich verrückt bin. Sie können mir eine Kugel in den Kopf jagen, James! Um Himmels willen, helfen Sie mir! Helfen Sie mir!"

‚Das kann ich nicht.' Ich legte die Pistole hin. Ich musste ihm die andere Waffe abnehmen, ihn betäuben und ins Bett bringen. Er hatte auch eine Menge Scotch getrunken. Ich ging um den Schreibtisch herum auf ihn zu. Doch ich war beschwipst und zu langsam. Bevor ich ihn erreichte, hielt er sich plötzlich die Pistole an die Stirn – und drückte ab."

James schloss die Augen. Er wurde ganz still und zitterte, als würde er den Schrecken von damals noch einmal durchleben.

„Ich wollte die Uhr zurückdrehen", sagte er mit heiserer Stimme. „Ich wollte eine zweite Chance, ihn rechtzeitig zu erreichen. Ich war dazu ausgebildet worden, zu heilen, und in meinem Entsetzen und Schock versuchte ich … ihn wieder zusammenzuflicken, ihn ganz zu machen. Ich wusste nicht, was ich da tat, aber so fanden mich die Dienstboten. Mit Eldons Blut und Gehirnmasse bedeckt, während ich vergeblich versuchte, ihn wieder zusammenzufügen und den Schaden wiedergutzumachen, den die Pistole angerichtet hatte. Ich weinte und sagte immer wieder: ‚Es tut mir leid, Eldon. Es tut mir so leid.' Die Waffe, die aus seiner Hand gefallen war, geriet irgendwie in meine eigene.

Die Diener riefen die Polizei. Sie hatten Eldons Rufe und seinen Streit mit mir gehört. Ich stand zu sehr unter Schock – und hatte zu viel Whisky getrunken –, als dass ich hätte erklären können, was geschehen war. Sie verhafteten mich wegen Mordverdachts.

Ich verbrachte einen Monat im Gefängnis. Der Staatsanwalt

glaubte, genügend Beweise gegen mich zu haben, um Anklage zu erheben. Alle glaubten, ich hätte Eldon ermordet. Die meisten Leute glauben das bis heute – wie der Kerl, dem Sie heute begegnet sind. Aber schließlich fand Eldons Anwalt den Abschiedsbrief, den er geschrieben hatte. Darin erläuterte er seinen Plan und schrieb, wenn ich ihn nicht heilen könne, würde er sich das Leben nehmen. Der Brief war aus irgendeinem Grunde die ganze Zeit übersehen worden … ich weiß auch nicht, warum. Wahrscheinlich hatten sie einfach nicht danach gesucht. Eldon schrieb über seine unheilbare Krankheit und seine Selbstmordabsichten. Zum Schluss glaubten sie mir endlich, als ich sagte, ich hätte nicht abgedrückt.

Aber Eldon hatte seinen Anwalt angewiesen, keine Kosten zu scheuen, damit die Sache nicht in die Zeitung kam, und der Tyler-Clan ist reich und einflussreich genug, um das zu erreichen. Um die Familie vor dem Skandal zu bewahren, wurde Eldons wahre Diagnose nie bekannt gemacht, ebenso wenig wie die Tatsache, dass er sich das Leben genommen hatte. Die Behörden entließen mich stillschweigend aus dem Gefängnis und die Anklage wurde fallen gelassen. Ihr Pastor wird das erfahren, wenn er Nachforschungen anstellt. Aber es wurde nie eine öffentliche Erklärung abgegeben. Die meisten Menschen glauben noch immer, ich hätte es getan. Mein Ruf, meine Karriere – mein Leben – wurden von einem Mord ruiniert, den ich nicht begangen habe."

Er schwieg wieder. Phoebe konnte das Rattern des näher kommenden Krankenwagens hören und die Krankenträger, die mit den Verwundeten aus dem Wald kamen. Sie stand auf und vertrat sich die verspannten Beine. „Sie sollten sich wehren, Dr. McGrath. Allen klarmachen, was passiert ist. Das ist nicht fair."

Langsam erhob er sich ebenfalls. Doch er schüttelte den Kopf. „Vielleicht ist es nicht fair, aber es ist gerecht", sagte er leise. „Ich bin ein Mörder, Phoebe. Eldon Tyler habe ich nicht umgebracht … aber ich habe jemand anderen getötet."

* * *

Philadelphia
Mai 1864

Julia saß mit ihrem Vater am Frühstückstisch und beobachtete sein Gesicht, während er die Zeitung las. Normalerweise las er ihr und ihrer Mutter einzelne Berichte vor, wobei er manchmal den Kriegsminister oder diverse Armeegeneräle wegen ihrer Entscheidungen kritisierte. Aber an diesem Morgen war er ungewohnt schweigsam. Julia befürchtete, den Grund zu kennen – dass Nathanaels Regiment in die Schlacht gezogen war.

„Was gibt es heute für Nachrichten?", fragte sie schließlich.

„Dieselben wie sonst." Er faltete die Zeitung zusammen. „Die Kämpfe haben sich an einen Ort namens Spotsylvania Court House verlagert."

„Neue Opfer?", fragte Julia beinahe im Flüsterton. Sie stellte sich vor, wie James sich über einen provisorischen Operationstisch beugte, und wünschte sich, sie könnte an seiner Seite arbeiten.

„General Grant macht seine Arbeit gut", erwiderte ihr Vater. „Er bläst nicht zum Rückzug wie all die anderen Generäle vor ihm. Natürlich hat die Sache ihren Preis."

„Wie viele, Papa?"

„Ich will jetzt nicht darüber sprechen", sagte er und erhob sich. „Es ist eine düstere Art, den Tag zu beginnen. Du und ich, wir haben beide zu tun." Der Richter erhob sich vom Tisch, sein Essen nahezu unberührt, seine Kaffeetasse noch voll. Für gewöhnlich ließ er seine Zeitung auf dem Tisch liegen, wenn er fertig war, aber an diesem Morgen nahm er sie mit.

„Willst du das etwa zur Versammlung der Frauengruppe anziehen?", fragte Julias Mutter, als sie wenige Minuten später ins Esszimmer gerauscht kam. „Wo ist dein Vater? Er ist doch noch nicht fort, oder? Wie spät ist es? Warum hat er mir nicht gesagt, dass er früher fährt?"

Julia wusste nicht, welche Frage sie zuerst beantworten sollte. „Papa ist mit dem Frühstücken bereits fertig. Ich glaube, etwas in der Zeitung hat ihn beunruhigt, aber er wollte nicht sagen, was es war. Und ja, das ziehe ich an. Warum?"

„Du untergräbst absichtlich deine natürliche Schönheit, Julia. Ich hoffe nur, du endest nicht so wie Nathanaels Mutter, so eintönig und unattraktiv. Die Frau eines Pastors muss schließlich keine hässliche alte Schachtel sein, weißt du."

„Und was glaubst du, würde die Frauengruppe sagen, wenn ich in Seide und Juwelen bei der Versammlung erschiene?"

„Es gibt so etwas wie einen goldenen Mittelweg. Und im Moment bist du immer noch unsere Tochter, nicht Nathanaels Frau. Auch unsere Gesellschaftskreise hegen Erwartungen."

„Ich weiß", sagte Julia. „Ich kann sie mir kaum alle merken." Und zu alledem fragte sie sich tagein, tagaus, ob Gott mit ihr zufrieden war.

Später, als Julia in der Eingangshalle stand und darauf wartete, dass der Fahrer die Kutsche vorfuhr, sah sie die Zeitung ihres Vaters auf seinem Schreibtisch im Studierzimmer liegen. Sie ging hinein. Als sie die Zeitung auseinanderfaltete, wusste sie sofort, warum ihr Vater sie vor ihr versteckt hatte. Eine der Überschriften auf der ersten Seite lautete: *Mehr Arbeit, als es Hände gibt.*

Verwundete Soldaten seien nach Fredericksburg evakuiert worden, erklärte der Artikel, aber die Armee habe im Vorfeld keine Krankenversorgung eingerichtet. *Es gibt Tragen und Krankenwagen und Züge und Schiffe, aber kein Personal und keine Ausrüstung,* las sie, *und die Verzögerung verursacht unsägliches Leid.* Männer lägen tagelang herum, ohne medizinisch versorgt zu werden oder die richtige Nahrung oder ein Dach über dem Kopf zu haben. Es stünde lediglich eine Handvoll Chirurgen und Krankenschwestern zur Verfügung, die mit den fast achttausend Opfern, die über sie hereinbrachen, nicht fertig würden. Der Bedarf an medizinischer Ausstattung und freiwilligen Krankenschwestern und Ärzten sei riesig. Der Bericht endete mit einer aufrüttelnden Bitte um Hilfe; in den kommenden Tagen wurden weitere Schlachten erwartet. Es gab „mehr Arbeit, als es Hände gibt".

„Warum bist du hier, Julia?", fragte ihre Mutter vom Foyer aus.

Julia erinnerte sich an die Nacht an Bord des Lazarettschiffes, als Schwester Irene in der Dunkelheit mit ihrer sanften Stimme die gleiche Frage gestellt hatte.

„Ich weiß es nicht …“, murmelte Julia. „Ich sollte in Fredericksburg sein.“

„Wo? Was ist nur heute Morgen mit dir los? Du sollst in wenigen Minuten bei einer Versammlung in der Kirche sein. Wenn du dich nicht beeilst, kommst du zu spät – und das wird auf Nathanaels Gemeinde einen noch schlechteren Eindruck machen als das Kleid, das du trägst.“

„Ist gut, Mutter“, seufzte sie. „Ich gehe ja schon.“

Julia traf als Letzte bei der Versammlung ein. Sie war sich einiger missbilligender Blicke durchaus bewusst. Schweigend und ernst saß sie da und hörte zu, während die Leiterin der Frauengruppe mit monotoner Stimme die Tagesordnungspunkte durchging. Es gab eine lange Diskussion darüber, ob die Gruppe an einem ökumenischen Gedenkgottesdienst auf dem örtlichen Friedhof teilnehmen sollte, da es Unstimmigkeiten zwischen den verschiedenen Konfessionen gab. Die Damen beschlossen, nicht teilzunehmen. Ein anderes Thema war die Sitzordnung bei einer bevorstehenden Teeveranstaltung; zwei Gemeindemitglieder, die sich seit Jahren bekriegten, planten teilzunehmen und mussten auf taktvolle Weise voneinander ferngehalten werden. Dann wurde die Frage diskutiert, ob die Namen von Spendern in alphabetischer Reihenfolge aufgelistet werden sollten oder nach dem Betrag, den sie für den Gedenkfonds gespendet hatten. Aber die längste und hitzigste Debatte drehte sich darum, in welcher Farbe die Sakristei gestrichen werden sollte – weiß, elfenbeinfarben oder blassgelb.

Julia glaubte, durch die kultivierten Stimmen und das Klimpern der Teetassen hindurch die qualvollen Schreie und das Stöhnen leidender Männer zu hören, dasselbe endlose Jammern, das sie manchmal im Traum vernahm. Warum war sie hier?

„Was meinen Sie, Julia?“

Die Frage riss sie aus ihren Gedanken und sie merkte, dass alle Frauen sie ansahen.

„Schließlich“, sagte die Leiterin, „wird Ihr zukünftiger Mann die Sakristei regelmäßig benutzen. Was meinen Sie, welche Farbe Pastor Greene bevorzugen würde?“

Julia starrte sie an. „Was für eine lächerliche Frage“, erwiderte sie. Sie dachte an Dr. McGrath und daran, wie oft er das zu ihr gesagt hatte. Im Gegensatz zu Nathanael war es James immer gleichgültig gewesen, was die Leute von ihm dachten. Sie stellte ihre Teetasse auf das Tischchen neben ihrem Stuhl und stand auf, zitternd vor Erregung.

„Eine ganze Rasse lebt in diesem Land in Armut und Sklaverei. Unser Volk wird bei lebendigem Leibe von Hass und Krieg und Tod verschlungen. Und wir streiten uns darüber, welche Farbe die Sakristei haben soll?“

Sie sah Erschrecken und Überraschung in den Gesichtern der anderen Frauen, aber Julia konnte sich nicht länger beherrschen. „Satan ist der Feind – nicht der Süden, nicht die anderen Kirchen, nicht andere Gemeindemitglieder. Jede Woche beten wir das Vaterunser und sagen: ‚Dein Reich komme‘, und dann sitzen wir herum und warten darauf, dass es auf einem Silberteller vom Himmel herunterschwebt. Haben Sie nicht gehört, was Nathanael in seiner letzten Predigt gesagt hat? Gottes Reich ist in uns. Es wird nur dann kommen, wenn wir dafür kämpfen. Und wie können wir gegen Satan kämpfen, wenn wir mit banalen Dingen beschäftigt sind – oder noch schlimmer, uns gegenseitig bekämpfen?“

Julia war sich darüber im Klaren, dass sie gerade alle Brücken hinter sich abbrach, so wie es die Rebellen in Fredericksburg getan hatten. Sie wusste, welch ungeheure Anstrengung nötig gewesen war, welch schrecklicher Preis gezahlt worden war, um diese Brücken neu zu bauen. Aber sie wusste auch, dass ein Konflikt nur noch länger anhielt, wenn man davor zurückschreckte und dem Feind die Gelegenheit gab, noch einen Tag länger zu kämpfen. Die Worte des Chorals, den sie an Nathanaels letztem Sonntag gesungen hatten, hallten in ihr wider: *Gut, Ehr', Kind und Weib lass fahren dahin, … das Reich muss uns doch bleiben.*

„Wissen Sie, Frauen sind auch ein Teil von Gottes Reich“, sagte sie zu den erstaunten Damen. „Jede Einzelne von uns sollte niederknien und Gott bitten, uns zu zeigen, was er von uns erwartet. Dann hören wir vielleicht endlich auf, unsere eigenen bequemen kleinen Reiche zu bauen, und fangen an, für die Sache unseres Herrn zu arbeiten."

Julia ging. Sie wusste, dass sie ihre Entscheidung getroffen hatte und dass es die richtige Entscheidung war. Sie wies ihren Fahrer an, sie zum Büro des *Christlichen Hilfsvereins* zu fahren, und als sie erfuhr, dass mehrere Mitglieder der Gruppe an diesem Nachmittag aufbrechen würden, um Lebensmittel und medizinische Verbrauchsgüter nach Fredericksburg zu bringen, fuhr sie gleich nach Hause, um zu packen. Zum Glück war ihre Mutter nicht da. Julia schrieb ihrem Vater einen Brief, in dem sie erklärte, dass sie wieder als Krankenschwester arbeiten würde, und legte die Nachricht in seinem Arbeitszimmer neben den Zeitungsartikel. Als letzten Satz hatte sie geschrieben: *Es tut mir leid, dass ich mich euren Wünschen widersetzen muss. Aber: „Urteilt selbst, ob es vor Gott recht ist, dass wir euch mehr gehorchen als Gott."*

Am schwersten war es, Nathanael loszulassen. Aber Julia wusste, dass sie ihre Verlobung in dem Augenblick gelöst hatte, in dem sie aufgestanden war und die Frauen bei der Versammlung gerügt hatte. Sie würde ihm schreiben und von ihrer Entscheidung erzählen müssen, aber sie saß mit einem leeren Blatt Papier im Zug und wusste nicht, was sie schreiben sollte.

Sie liebte ihn. Daran hatte sich nichts geändert. Mehr als alles auf der Welt wollte sie seine Frau werden … nein, nicht mehr als alles auf der Welt. Noch mehr wollte sie Gott gehorchen und sie spürte, dass er sie dazu berief, Krankenschwester zu sein. Was nutzte die Zustimmung der Gemeinde oder Nathanaels Billigung, wenn sie Gott den Rücken kehrte? Jesus hatte gesagt, die beiden größten Gebote seien, Gott und den Nächsten zu lieben. Er hatte das Gleichnis vom barmherzigen Samariter erzählt und gesagt: „So geh hin und tu desgleichen!" Aber wie sollte sie Nathanael das erklären? Sie hatte es schon einmal versucht und er hatte gesagt, es sei ihre Entscheidung. Er werde ihr nicht im Weg stehen, wenn sie sich dafür entschied, als Krankenschwester zu arbeiten. Aber wenn sie das täte, würde sie sich zugleich dagegen entscheiden, seine Frau zu werden.

Es war die schwerste Entscheidung, die Julia jemals hatte treffen müssen. Aber die Tatsache, dass sie nun im Zug saß und unterwegs in Richtung Süden war, sagte ihr, dass sie ihre Entscheidung gefällt hatte. Wenn ihr Herz das doch bloß auch akzeptieren könnte!

Julias Notizblock war noch immer leer, als sie Washington City erreichten. Sie und die anderen Freiwilligen des *Christlichen Hilfsvereins* verbrachten mehrere hektische Stunden damit, eine Überfahrt auf einem Dampfschiff zu buchen, das sie und ihre Vorräte den Potomac hinunterbringen würde. Sie versuchte noch einmal, einen Brief an Nathanael zu schreiben, nachdem sie an Bord gegangen war. Darin flehte sie ihn an ihr zu sagen, dass er sie immer noch liebte und dass er sie dennoch heiraten wollte. Aber kurz bevor das Schiff in Virginia vor Anker ging, zerriss sie den Brief in winzige Fetzen und warf ihn über Bord.

Es regnete in Strömen, als Julias Schiff anlegte. Die Konföderierten hatten die Bahnlinie nach Fredericksburg zerstört, sodass die Gruppe den Rest des Weges mit Pferdewagen zurücklegen musste. Aber als Julia von Bord ging und auf die Straße hinunterblickte, erblickte sie dort mehrere Hundert Krankenwagen. Sie standen Schlange, so weit das Auge reichte, und waren bis zu den Radnaben im Schlamm versunken. Mehrere Arbeiter des Hilfsvereins aus dem Staat New York waren am Tag zuvor angekommen und warteten in ihren Zelten darauf, dass die Straßen abtrockneten. Julia fragte sie nach den Krankenwagen.

„Sie sind voll mit Verwundeten von der Schlacht, die vor ein paar Tagen in Spotsylvania stattgefunden hat“, erzählte ihr ein Geistlicher.

„Vor ein paar Tagen? Sind sie denn medizinisch versorgt worden?“

„Nein, Ma'am. Sie wurden zuerst nach Fredericksburg gebracht, aber dort war kein Platz für sie. Die Stadt platzt ohnehin schon aus allen Nähten. Also haben sie sie hierher gebracht, um auf die Evakuierungsschiffe zu warten. Als es anfing zu regnen, sind die Wagen im Schlamm stecken geblieben."

„Hat irgendjemand hier sich um die Soldaten gekümmert? Haben sie wenigstens Essen und Wasser?"

Eine der freiwilligen Helferinnen zuckte hilflos mit den Schultern. „Bei dem Schlamm kommen wir nicht bis zur Straße durch."

Julia starrte sie an. „Können wir nicht zu Fuß gehen?"

„Der Schlamm ist kniehoch!", sagte eine der Damen.

Julia holte tief Luft. „Wenn Sie so freundlich wären, ein paar Körbe mit Essen fertig zu machen, bin ich bereit, durch den Schlamm zu waten."

* * *

Vier Tage später traf Julia endlich in Fredericksburg ein. Überall gab es Dinge, die sie an James erinnerten, und sie musste unwillkürlich immer wieder an ihn denken – obwohl sie wusste, dass ihre Gefühle für ihn unrecht waren. Als der erste Abend hereinbrach, stand sie auf dem Hügel, blickte auf den Fluss hinunter und dachte an die Nordlichter, die in jener Dezembernacht vor über einem Jahr den Himmel erleuchtet hatten. James hatte gesagt, die Lichter schicke der Himmel, um die Erde vor der Verzweiflung zu bewahren. Die Verzweiflung und das Leid, die sie diesmal in dieser Stadt vorgefunden hatte, waren schlimmer als alles, was sie bis jetzt gesehen hatte.

Julia hatte noch immer nicht an Nathanael geschrieben, aber sie wusste, dass sie es nicht länger aufschieben konnte. Schließlich beschloss sie, so schmerzlich es auch war, dass das, was sie zu sagen hatte, eigentlich ganz einfach war:

Lieber Nathanael,

Ich bin in Fredericksburg, Virginia, und arbeite als Krankenschwester. Es tut mir leid.

Julia

Kapitel 23

Cold Harbor, Virginia
Mai 1864

Der Soldat stöhnte vor Schmerzen, als Phoebe den Ärmel seiner Uniform aufriss, um seine Wunde zu untersuchen. Ein Blick auf das rohe Fleisch und den zertrümmerten Ellbogen, und ihr war klar, dass er operiert werden musste. Sie sprenkelte Morphinpuder über die Wunde und entfernte dann behutsam seine Ausrüstung und wusch sein Gesicht, damit er es etwas angenehmer hatte, während er darauf wartete, dass er an die Reihe kam. Das provisorische Feldlazarett war vor einer kleinen geweißten Kirche errichtet worden, nahe einer Kreuzung mit dem Namen Cold Harbor, nur wenige Kilometer von Richmond entfernt. Während die Schlacht in der Nähe wütete, hatte die Kirche sich schnell mit mehreren Hundert Opfern gefüllt. Selbst der Kirchhof quoll inzwischen über. Dr. McGrath und die anderen Chirurgen kamen mit dem Operieren nicht mehr nach.

„Möchten Sie einen Schluck Whisky?“, fragte sie den Soldaten.

Er nickte. Seine neue Uniform und sein jugendliches Gesicht verrieten ihr, dass er ein frischer Rekrut war – so wie sie einst. Phoebe hob seinen Kopf an, um ihm beim Trinken zu helfen, und berührte dabei ein Stück Papier, das hinten an seiner Uniform befestigt war. „Was ist das?“, fragte sie.

„Mein Name und meine Adresse. Wir wussten, dass es heute ein Blutbad gibt. Die Rebellen waren zuerst hier und haben sich hinter Brustwehren eingegraben, sodass wir über das freie Feld angreifen müssen. Deshalb haben einige von uns gestern Abend ihren Namen und ihre Adresse auf einen Zettel geschrieben und an der Uniform befestigt, damit sie wissen, wohin sie unsere Leichen schicken sollen." Er nahm noch einen kleinen Schluck und blickte zu Phoebe auf. Seine Augen waren angsterfüllt. „Werde ich es schaffen? I-ich habe Angst zu sterben."

Sie erinnerte sich daran, wie sehr sie und Ted sich gefürchtet hatten, als sie bei Williamsburg zum ersten Mal in die Schlacht gezogen waren. Sie wusste genau, wie er sich fühlte. „Wir tun, was wir können, damit Sie leben", sagte sie zu ihm. „Machen Sie sich keine Sorgen. Kann ich noch etwas für Sie tun, bevor ich dem nächsten Jungen da drüben helfe?"

„Beten Sie für mich. Beten Sie, dass Gott sich meiner Seele erbarmen möge."

Phoebe hatte Pastor Greene an diesem Morgen gesehen, als er zwischen den Kirchenbänken hindurchgegangen war und einige der Männer getröstet hatte. „Wissen Sie was?", sagte sie und erhob sich langsam. „Ich habe nicht viel Übung im Beten, aber es gibt hier einen Pastor, der das viel besser kann. Ich hole ihn für Sie."

Sie schlängelte sich zwischen den verstreut liegenden Leibern hindurch und suchte den Prediger, während sie sich wünschte, sie könnte die Geräusche dämpfen. Die Männer stöhnten, weinten und schrien jedes Mal vor Schmerzen auf, wenn sie bewegt wurden. Die Ärzte würden für sie tun, was sie konnten, aber nach der Operation würden sie eine lange, holprige Fahrt im Krankenwagen bis zum Evakuierungskrankenhaus bei White House Landing über sich ergehen lassen müssen.

Phoebe fand den Pastor in der Kirche, wo er neben einem Soldaten kniete, der gerade gestorben war. Greenes Augen waren geschlossen und sie sah das tiefe Mitgefühl in seiner Miene. Sie wartete, bis er sein Gebet beendet hatte. „Entschuldigen Sie, Herr Pastor", sagte sie, als er aufstand. „Da drüben ist ein Soldat, der möchte, dass jemand mit ihm betet. Haben Sie einen Augenblick Zeit?"

„Natürlich, Miss Bigelow. Führen Sie mich zu ihm." Er folgte ihr schweigend. Phoebe wusste aus eigener Erfahrung, dass man mit der Trauer um einen Patienten manchmal am besten fertig wurde, wenn man einem anderen half.

„Das hier ist Pastor Greene“, sagte sie zu dem Soldaten. „Er betet gerne mit Ihnen.“

„Danke“, murmelte er.

Sie ging zum nächsten Soldaten und dann zum übernächsten, aber sie sah, dass der Pastor eine Weile später immer noch mit dem Jungen sprach, als die Helfer ihn für die Operation zu Dr. McGrath trugen. Phoebe eilte zu ihnen hinüber, da sie an die letzte Begegnung der beiden Männer dachte und befürchtete, sie würden wieder aneinandergeraten. Aber der Arzt ignorierte den Geistlichen völlig, während er in die Hocke ging, um den Patienten zu untersuchen. Und Greene predigte dem Jungen weiter, als wäre der Doktor nicht einmal anwesend.

„Diejenigen, die Christus kennen, denen ist das ewige Leben verheißen“, sagte Greene. „Haben Sie diese Gewissheit?“

„Haben Sie irgendein Gefühl in dieser Hand?“, fragte Dr. McGrath. Der Soldat blickte von einem Mann zum anderen, als wüsste er nicht, wem von beiden er antworten sollte.

„Wir brauchen den Tod nicht zu fürchten, weil wir wissen, dass Gott für die, die er liebt, einen Platz vorbereitet hat“, fuhr Greene fort.

„Ich werde jetzt Ihr Handgelenk anheben, um Ihren Puls zu fühlen. Sagen Sie mir, ob Sie meine Finger spüren.“

„Die Erlösung ist ein Geschenk …“

Schließlich hatte der Arzt genug. „Würden Sie bitte die Klappe halten?“, schrie er. „Ich versuche, diesem Mann das Leben zu retten.“

Der Geistliche runzelte die Stirn. „Es hat wenig Sinn, sein Leben zu retten, wenn seine Seele verloren geht.“ Dr. McGrath stand auf und bedeutete dem Pastor ihm zu folgen. Außer Hörweite des Patienten blieb er stehen. „Wenn Sie so freundlich wären, sich etwas zurückzuhalten – Sie machen meinen Patienten Angst. Sie hören, wie Sie vom Himmel reden, und denken, dass sie im Sterben liegen.“

„Sie wissen ganz genau, dass einige von ihnen tatsächlich sterben werden. Ich bereite sie lediglich darauf vor, Gott gegenüberzutreten.“

„Sie werden ihm deutlich schneller gegenübertreten, wenn Sie nicht aus dem Weg gehen und mich meine Arbeit machen lassen!" Dr. McGrath kehrte zu seinem Patienten zurück und wies die Helfer an, ihn zum Operationstisch zu bringen.

Die Augen des Jungen waren vor Angst weit aufgerissen. „Nein, warten Sie! Wohin bringen Sie mich? Was wollen Sie machen? Kommen Sie mit, Herr Pastor. Ich habe Angst!"

„Da drin ist kein Platz für ihn", sagte Dr. McGrath. „Er muss hier draußen warten, bis wir mit der Operation fertig sind."

„Sie schneiden meinen Arm ab, oder? Bitte lassen Sie nicht zu, dass er mir den Arm abnimmt, Herr Pastor!"

Der Arzt legte eine Hand auf den Kopf des Jungen. „Ein Team aus drei Ärzten, darunter ich selbst, wird entscheiden, was getan werden muss. Ich amputiere nie ohne die Erlaubnis eines Patienten. Allerdings glaube ich, dass eine Amputation in Ihrem Fall nötig ist."

„Nein! Nein! Ich will meinen Arm nicht verlieren!"

„Wir können die schweren Verletzungen an Ihrem Ellbogen nicht reparieren. Wenn Sie uns nicht amputieren lassen, können Sie auch gleich hier draußen bleiben. Dann kann der Pastor Sie aufs Sterben vorbereiten."

„Es gibt keinen Grund, so grausam zu sein", sagte Greene.

„Ich bin nur ehrlich. Wenn wir amputieren, hat er sehr gute Chancen zu überleben. Aber wenn er diesen zertrümmerten Arm behält, dann wird er faulen und der Junge stirbt an Blutvergiftung. Es ist seine Entscheidung."

„Ich will nicht sterben!"

„Kann ich bitte einen Augenblick allein mit ihm sprechen?", fragte der Geistliche.

Dr. McGrath wandte sich an Phoebe. „Wer ist der Nächste? Kommen Sie."

Ein anderer Patient wurde zur Operation gebracht und Phoebe beobachtete aus einer gewissen Entfernung, wie Nathanael Greene weiter mit dem Jungen sprach und betete. Eine halbe Stunde später kam Dr. McGrath wieder aus der Kirche.

„Er ist jetzt bereit", sagte der Seelsorger zu ihm. „Tun Sie, was getan werden muss."

Phoebe und Pastor Greene warteten beide draußen, als die Krankenträger den bewusstlosen Jungen aus dem Operationssaal brachten. Sein Ellbogen endete in einem verbundenen Stumpf. Der Pastor wurde blass und wandte schnell den Blick ab. Phoebe nahm es ihm nicht übel. Obwohl sie nun schon eine Weile als Krankenschwester arbeitete, hatte sie sich selbst auch immer noch nicht an den Schrecken von Amputationen gewöhnt. Sie gab dem Geistlichen einen Augenblick, um seine Fassung wiederzuerlangen, bevor sie ihn anwies, was als Nächstes zu tun war.

„Es ist wichtig, auf Blutungen zu achten, Herr Pastor. Wenn Sie nicht bei ihm bleiben können, wecken Sie ihn auf, damit er jemandem Bescheid sagen kann, wenn er zu bluten anfängt."

Er nickte benommen.

„Außerdem ist es gut, den Arm am Anfang bedeckt zu halten. Lassen Sie ihn nicht sehen, was davon noch übrig ist … bis er für den Schock bereit ist."

„Aber wie soll er sehen, ob er blutet, wenn die Wunde bedeckt ist?"

Phoebe dachte an das warme, feuchte Gefühl ihrer eigenen Wunde und fröstelte. „Er wird es merken, glauben Sie mir. Sagen Sie mir Bescheid, wenn er etwas gegen die Schmerzen braucht." Sie zögerte einen Moment und fügte dann hinzu: „Und bitte lassen Sie ihn nicht aufgeben und sterben, selbst wenn es im Himmel schön ist."

Phoebes Arbeit schien endlos und das Gemetzel, das bei Cold Harbor stattfand, unvorstellbar. Ein verwundeter Offizier erzählte ihr, dass er allein in der ersten halben Stunde mehr als sechstausend Unionssoldaten hatte fallen sehen. Die Ärzte und Pfleger kämpften mit aller Macht darum, so viele Menschenleben wie möglich zu retten, aber es gab viele, die zu schwer verletzt waren. Alles, was Phoebe für diese Patienten tun konnte, war, sie zu beruhigen und etwas gegen ihre Schmerzen zu tun, bis sie starben.

Irgendwann gab es eine Unterbrechung der Kämpfe. Die beiden

Armeen befanden sich in einer Pattsituation und starrten einander über das Schlachtfeld hinweg an – die Rebellen, die ihr Land verteidigten, und die Union, die nicht bereit war, noch mehr Männer zu opfern, indem sie sie gegen die Brustwehr der Konföderierten anstürmen ließ. Aber keine der beiden Seiten wollte eine offizielle Waffenruhe ausrufen, damit die verwundeten Männer, die auf dem Feld zwischen den beiden Armeen lagen, versorgt werden konnten.

Einen Tag lang arbeitete Phoebe mit den Besatzungen der Krankenwagen zusammen, um so viele verwundete Männer wie möglich nach White House Landing zu evakuieren, um Platz für neue Opfer zu schaffen. Am späten Nachmittag sah sie Pastor Greene, der unter den wartenden Männern nach jemandem Ausschau hielt.

„Suchen Sie jemand Bestimmtes?", fragte sie, als sie zu ihm hinübergegangen war.

„Den Jungen mit dem amputierten Arm. Den, mit dem ich gestern gebetet habe."

„Es geht ihm ganz gut. Sie haben ihn schon nach White House Landing gebracht. Hören Sie, ich weiß, dass es schrecklich war, aber Dr. McGrath hatte recht. Den Arm des Soldaten zu amputieren, war die einzige Möglichkeit, sein Leben zu retten."

Der Pastor sah sich um, als erwarte er, dass der Arzt plötzlich auftauchte. „Ich verstehe, dass Dr. McGrath Ihr Freund ist, Miss Bigelow, aber ich kann nicht so tun, als würde ich ihn mögen. Sie müssen wissen, dass ich an die Behörden in Connecticut geschrieben habe. Ich warte noch auf ihre Antwort."

„Dr. McGrath hat mir die ganze Geschichte erzählt. Er hat diesen reichen Mann nicht ermordet, der Mann hat sich selbst getötet. Die Polizei hat einen Abschiedsbrief gefunden. Deshalb haben sie den Doktor freigelassen."

„Und Sie glauben seine Geschichte?"

„Ja, Sir. Das tu ich. Ich bin mir sicher, im Antwortbrief der Polizei wird das Gleiche stehen."

„Wir werden sehen. Der Brief kommt bestimmt mit Verzögerung, weil die Armee den ganzen Monat unterwegs war. Wahrscheinlich hat mich der Brief einfach noch nicht erreicht. Trotzdem ist der Doktor ein sehr unangenehmer Mensch. Ich weiß nicht, wie Julia es so lange ausgehalten hat, mit ihm zusammenzuarbeiten."

„Ich hoffe, es macht Ihnen nichts aus, dass ich frage … aber wie geht es Julia?"

Der Pastor wandte schnell den Blick ab, aber Phoebe hatte trotzdem den Aufruhr der Gefühle in seinen Augen gesehen. Sie fragte sich, ob Julia etwas Schlimmes zugestoßen war. „Sie hat unsere Verlobung gelöst", brachte er schließlich heraus.

„Das tut mir leid."

Er rang um Fassung. Als er sich Phoebe wieder zuwandte, stellte sie überrascht fest, dass von seinen widerstreitenden Gefühlen der Zorn die Oberhand gewonnen hatte. „Julia ist hier unten in Virginia", sagte er. „Sie hat mir von Fredericksburg aus geschrieben. Sie arbeitet dort als Krankenschwester."

„Das ist doch gar nicht weit von hier. Vielleicht können Sie mit einem der Krankenwagen mitfahren und mit ihr reden. Herausfinden, warum sie die Verlobung gelöst hat."

„Ich weiß, warum. Sie hat sich entschieden, lieber Krankenschwester zu sein als meine Frau."

„Kann sie nicht beides sein?"

Ihre Frage machte ihn nur noch wütender. „Nein, Miss Bigelow. Das kann sie nicht."

„Hören Sie, ich weiß ja, dass mich das nichts angeht", sagte Phoebe, „aber darf ich Ihnen etwas sagen?"

„Was denn?"

An der Art, wie er das sagte, erkannte Phoebe, dass Greene es nicht mochte, wenn andere ihm sagten, was er tun sollte. Trotzdem sagte sie ihm ihre Meinung.

„Wenn der Mann, den ich liebe, mir einen Heiratsantrag machen würde, dann wäre ich so glücklich, dass sich uns nichts in den Weg stellen dürfte. Ich würde mit Sicherheit einen Weg finden, nach Fredericksburg zu fahren und alles mit ihm zu besprechen."

„Würden Sie Ihre Arbeit als Krankenschwester aufgeben, wenn er Sie darum bäte?"

„Das ist eine alberne Frage. Warum sollte er wollen, dass ich aufhöre, anderen Menschen zu helfen?"

Sein Gesicht wurde so rot und wütend, dass Phoebe mit einem Mal verstand. „Das ist der Grund, nicht wahr?", sagte sie. „Julia ist als Krankenschwester hierher zurückgekommen und das wollten Sie nicht."

„Ich will nicht, dass sie in Gefahr ist. Nicht nur durch die Kugeln und Geschosse, sondern auch durch die vielen Männer in diesen Lagern, die weit von ihren Familien und Frauen entfernt sind. Viele von ihnen sind zwielichtige Gestalten, denen alles zuzutrauen ist. Es gehört sich für eine unverheiratete Frau nicht, eine solche Arbeit zu machen."

„Was ich hier mache, ist also unanständig?", fragte Phoebe. Der Pastor antwortete nicht. „Wissen Sie, deshalb bin ich zu Hause nie in die Kirche gegangen. Sie haben dort immer die ganzen Regeln aufgezählt und mir gesagt, dass ich keiner davon gerecht würde. Ich war im Krankenhaus über ein halbes Jahr lang mit Julia zusammen und sie hat nicht ein einziges Mal etwas Unanständiges mit einem der Männer getan. Sie haben sie respektiert. Jeder konnte sehen, dass sie aus einer Oberschichtfamilie kam, aber sie hat all die Dienstboten und das Geld und den Luxus aufgegeben, um anderen Menschen zu helfen. Hat Jesus nicht dem reichen Mann auch gesagt, dass er alles verkaufen und es den Armen geben soll, damit er sich Schätze im Himmel sammelt? Sie sollten stolz auf Julia sein."

Ihre Worte schienen ihn zu verblüffen. „I-ich war stolz auf sie. Es sind die Mitglieder meiner Gemeinde, die es nicht verstehen würden. Sie würden sie nie als Pastorenfrau akzeptieren, wenn sie sich allen Konventionen widersetzt und die gesellschaftlichen Gepflogenheiten verachtet."

„Dann war es also gar nicht Julia, die die Verlobung gelöst hat. Es waren die Leute in Ihrer Kirche. Wie es aussieht, haben Sie sich von diesen Menschen vorschreiben lassen, was Sie tun sollen."

„Julia kannte meine Meinung", erwiderte Nathanael Greene verbittert. „Ich habe ihr meine Wünsche ganz deutlich gesagt. Und sie ist trotzdem nach Fredericksburg gefahren."

„Lieben Sie sie denn, Herr Pastor? Oder sind Sie damit zufrieden, den Rest Ihres Lebens ohne sie zu verbringen? Weil ich glaube, dass genau das passieren wird, wenn Sie nicht ein bisschen nachgeben."

Er wandte sich ab und Phoebe war sich sicher, er würde davonstürmen. Aber dann hörten sie, wie ausgerechnet Dr. McGrath seinen Namen rief. „Herr Pastor … Pastor Greene, warten Sie! Ich brauche Ihre Hilfe."

Greene zögerte und drehte sich um. „Ja, was gibt es?", fragte er kühl.

„Ich kann niemand von der Armee dazu bringen, auf mich zu hören. Ich komme nicht einmal an die Generäle heran. Vielleicht hören sie auf Sie."

Daran, wie er sich mit den Fingern durch das Haar fuhr und an seinem Bart zupfte, konnte Phoebe erkennen, wie aufgebracht Dr. McGrath war. Er schien nicht stillstehen zu können.

„Um Himmels willen, Greene, wir müssen sie dazu bringen, einen Waffenstillstand zu schließen, damit wir den Verletzten helfen können. Jetzt sind schon zwei Tage vergangen und die verletzten Soldaten liegen noch immer da draußen auf dem Feld zwischen den beiden Armeen. Beide Seiten sind zu stur, um eine Waffenruhe auszurufen, damit wir sie holen und behandeln können. Die Generäle lassen noch nicht einmal die Toten begraben."

„Natürlich helfe ich", sagte der Geistliche. „Ich verstehe mich ganz gut mit mindestens einem Brigadegeneral. Bei dem können wir anfangen."

Phoebe sah staunend zu, wie die beiden Männer zusammen davongingen, als hätte es nie böses Blut zwischen ihnen gegeben. Aber erst nach dem dritten Tag verkündeten die gegnerischen Generäle endlich eine vorübergehende Waffenruhe. Als sie es taten, machte Phoebe sich bereit, mit einer Schar Ärzte, anderer Krankenschwestern und Trägern die Verletzten einzusammeln und in das Feldlazarett zu bringen.

Das Schlachtfeld erstreckte sich über fünf oder sechs Morgen – und jeder Zentimeter davon war mit Männern bedeckt, so als hätten die Soldaten beschlossen, sich dicht nebeneinander zu legen.

Phoebe watete mitten in den Männerteppich hinein und suchte nach Überlebenden, denen sie helfen konnte, wobei sie in jedes Gesicht sah und nach Ted suchte. Aber die ersten Soldaten, zu denen sie sich hinunterbeugte, waren alle tot. Ihre Leichen waren bereits steif und in der Sonne aufgebläht. Nach drei Tagen war der Gestank ekelerregend. Aber es war nicht der Geruch, der sie von dem Schlachtfeld zurück in ihr Zelt trieb. Es war das ungeheuerliche Ausmaß all dessen, die unbegreifliche Zahl energiegeladener junger Männer, die hier gefallen waren – für nichts. Nicht ein Zentimeter Land war gewonnen worden und der Krieg war seinem Ende um nichts näher als zuvor. Sie war von der Sinnlosigkeit zutiefst erschüttert.

Phoebe blieb in ihrem Zelt und weinte, bis ihre Tränen irgendwann versiegt waren. Später ging sie zurück in die Kirche, um zu helfen. Aber sie fand dort nicht die hektische Aktivität vor, die sie erwartet hatte. Eine der Krankenschwestern erzählte ihr, Dr. McGrath sei zu seinem Zelt gegangen, und Phoebe beschloss sich dafür zu entschuldigen, dass sie nicht geholfen hatte. Er saß im Zelt auf einem Hocker, den Kopf in den Händen vergraben.

„Doktor McGrath …? Ich wollte nur sagen, das es mir leidtut, dass ich nicht geholfen habe –“

„Es spielt keine Rolle, Phoebe“, sagte er mit heiserer Stimme. „Wir kamen zu spät.“

„Wie meinen Sie das?“

Er hob den Kopf und sah sie an. Seine Augen waren rot vor Schmerz. „Wissen Sie, wie viele Überlebende wir da draußen gefunden haben?“

Sie schüttelte den Kopf.

„Zwei. Nur zwei. Großer Gott, was für eine Verschwendung …“

* * *

City Point, Virginia
Juli 1864

Julia stand neben den anderen Helfern der Gesundheitskommission an der Reling des Dampfschiffs, das sie nach City Point gebracht hatte, zu ihrer neuen Krankenhausbasis. Dies war seit Mai das dritte Mal, dass das Evakuierungskrankenhaus verlegt worden war. Sie folgten Grants Armee weiter ins Landesinnere von Virginia hinein. Der erste Umzug hatte sie von Fredericksburg zu einer neuen Station in Port Royal geführt. Im Juni waren sie nach White House Landing weitergezogen, wo Julia zwei Jahre zuvor zusammen mit Schwester Irene auf dem Lazarettschiff gearbeitet hatte. Jetzt waren sie nach City Point in der Nähe von Petersburg gebracht worden.

Nach Cold Harbor hatte sich Grants Armee während der Nacht vom Schlachtfeld geschlichen, um auf Petersburg zuzumarschieren, und die Soldaten hatten auf einer riesigen Pontonbrücke den James River überquert. Ingenieure der Union hatten die sechshundertvierzig Meter lange Brücke in nur acht Stunden errichtet und die große Armee hatte Tage gebraucht, um den Fluss zu überqueren. Aber die viertägige Schlacht um Petersburg, wo die Rebellen sich eingegraben hatten, war fehlgeschlagen und jetzt wurde die Stadt belagert.

Julia betrachtete ihre neue Umgebung, während das Dampfschiff anlegte. Die Häuser und Kirchtürme von City Point lagen oberhalb einer hohen Klippe mit Blick auf die beiden Flüsse, die hier zusammenflossen. Die weißen Armeezelte waren weitaus zahlreicher als die Häuser und erstreckten sich so weit das Auge reichte. Neu gebaute Lagerhäuser und Werkstätten drängten sich unten am Ufer. Sie sah so viele Planwagen der Armee, die rund um den Anleger warteten, dass sie sie nicht einmal ansatzweise zählen konnte.

„Das hier war vor dem Krieg nur ein verschlafenes kleines Dorf am Fluss“, hörte sie eine der Krankenschwestern sagen. „Jetzt sieht es aus wie ein wichtiger Kriegshafen.“

Da hatte sie recht. Julia zählte acht Anleger, die auf anderthalb

Kilometern Flussufer verteilt waren, und alle wimmelten nur so vor blau berockten Soldaten und schwarzen Hafenarbeitern. Barkassen beförderten Berge von Fässern und Kisten und Heuballen für die Tiere der Armee. Ein seetüchtiges Dampfschiff, das neben ihrem angelegt hatte, brachte zwei Kompanien Soldaten, jede Menge Waffen und mehrere Dutzend Pferde. Julia staunte, als sie sah, wie an einem anderen Anleger eine Dampflokomotive auf die Bahnschienen geladen wurde. Bei all den Männern und der ganzen Ausrüstung war der Sieg doch sicherlich bald errungen.

Julia ging zusammen mit den vier anderen Krankenschwestern der Gesundheitskommission den Landungssteg hinunter und wurde von einer Reihe Güterwagen in Empfang genommen, die von Maultieren gezogen wurden. „Sind Sie die Leute von der Gesundheitskommission?“, fragte einer der Mannschaftsführer.

„Ja, das sind wir“, erwiderte die Pflegedienstleiterin.

„Otis Whitney“, stellte sich der Mann vor. „Ich habe die Anweisung, Sie und Ihre Sachen zur Agency Row zu bringen.“

Julia wartete am Ufer, während eine Gruppe Kontrabanden die Vorräte der Kommission auf die Güterwagen lud. Durch die Pfiffe und Rufe der Arbeiter hindurch konnte sie hören, wie die Wellen an die Kaimauer schlugen, die Maultiere wieherten und ein Sägewerk in der Ferne kreischte. Die gleißende Julisonne schien hell und heiß und spiegelte sich im Fluss wie Bronze. Es ging kaum eine Brise und die Luft schmeckte wie heißes Metall.

Als die Arbeit beinahe getan war, kam Otis Whitney zu der Stelle geschlendert, wo die Frauen warteten. Er war ein kräftig gebauter Mann Mitte dreißig mit langen, fettigen schwarzen Haaren und einem ungepflegten Bart. Julia fand, dass er wie ein Gesetzloser oder ein geflohener Verbrecher aussah. Er nahm seinen Hut ab, um sich den Schweiß von der Stirn zu wischen, und setzte ihn dann wieder auf. Er stand sehr dicht neben Julia. „Ihr Krankenschwestern werdet auch immer hübscher“, sagte er und berührte sie wie zufällig. „Wie heißen Sie denn?“

Sie war so verblüfft darüber, dass ein gewöhnlicher Kutscher sie auf so vertraute Weise ansprach, dass ihr keine Erwiderung einfiel.

„Ich heiße Otis", sagte er. „Mir und meinem Bruder gehört diese Spedition. Außerdem haben wir noch einen kleinen Imbiss, wo wir Austern und so an die Soldaten verkaufen. Schnaps verkaufen wir auch, wenn der Polizeidirektor nicht hinguckt." Er zwinkerte und stieß ihr den Ellbogen in die Seite. „Haben ganz schön Gewinn gemacht, seit der Krieg angefangen hat. Wenn er zu Ende ist, sind wir bestimmt reich. Dann gehören wir zur besseren Gesellschaft."

Julia atmete erleichtert auf, als er wegging, um die letzten Ladeaktivitäten zu überwachen. Aber als die Wagen abfuhren, erfuhr sie zu ihrer Bestürzung, dass Otis Whitney die übrigen Krankenschwestern auf die drei anderen Wagen verteilt hatte, sodass sie mit ihm allein war. „Sie sitzen gleich hier neben mir, Schätzchen", sagte er und klopfte auf den Sitz.

Julia wollte protestieren, aber es war zu spät. Die anderen Wagen rollten bereits die Straße hinunter und seiner war der einzige, der noch übrig war. Er schob eine Kiste für sie zurecht, die sie als Trittbrett benutzen konnte, und nahm dann ihre Hand, um ihr hinaufzuhelfen. Als er neben ihr Platz nahm, hielt er nicht einmal eine Handbreit Abstand. Sie konnte nur hoffen, dass die Fahrt nicht lange dauerte.

„Wie weit ist es denn bis zum Hauptquartier der Kommission?", fragte sie. Unauffällig bewegte sie ihr Bein und strich ihren Rock glatt, um sich von ihm zu entfernen, aber ihre Bemühungen waren umsonst. Er lehnte sich gegen sie, während er seine Maultiere den Hügel hinauftrieb, sodass seine Schulter die ihre berührte. Er roch nach Schweiß und Pferden und Whisky.

„Ist nur ein Stückchen von der Stadt entfernt, Süße. Nicht weiter als anderthalb Kilometer. Gleich gegenüber vom Depot-Krankenhaus. Wir nennen den Bereich Agency Row, weil da eine ganze Reihe Hilfsagenturen ihr Lager aufgeschlagen haben. Sie wohnen in Zelten. Ein hübsches Mädchen wie Sie sollte aber in einem Haus nächtigen. Sagen Sie Ihrer Kommission, sie sollen sich ein ordentliches Rebellenhaus schnappen, so wie manche Offiziere es machen. Dann ist man aus dem Wetter raus. Sie können natürlich gerne in meinem Haus übernachten." Er versetzte ihr einen erneuten Stoß mit dem Ellbogen.

„Ich bin es gewohnt, im Zelt zu wohnen, danke."

Die Maultiere schnaubten und keuchten, als sie die steile Straße vom Fluss hinaufkletterten, wobei sie an einer makaberen Pyramide aus Kiefernholzsärgen vorbeikamen, die darauf warteten, gefüllt zu werden. Julia sah auch, wie Arbeiter zwei geschlossene Särge zu einem wartenden Schiff am Kai hinuntertrugen.

„Ist das hier Ihr erster Besuch in City Point?", fragte Otis.

„Ja. Ich wusste nicht, dass hier so viel los ist."

„Man hat mir gesagt, dass jeden Tag ungefähr zweihundert Schiffe an- und ablegen. Hat mich zu einem reichen Mann gemacht. Ich habe gehört, hübsche Mädchen wie Sie haben eine Vorliebe für reiche Männer." Er zwinkerte ihr zu, als wären sie alte Freunde.

„Ist das Brot, was ich da rieche?", fragte sie, verzweifelt bemüht, das Thema zu wechseln.

„Ja. Die Armee hat da drüben eine riesige Bäckerei. Sie backen mehr als hunderttausend Brote am Tag. Ist noch warm, wenn die Männer in den Schützengräben es kriegen."

Sie kamen an einer Reihe von Geschäften und Verkaufshütten vorbei, wo Marketender nichtrationierte Lebensmittel und Getränke an die Soldaten verkauften. „Das ist mein Geschäft", sagte Otis und zeigte auf eine der Baracken. „Was halten Sie davon, wenn ich Sie heute Abend da zum Essen einlade?"

„Danke, aber meine Arbeit als Krankenschwester ermöglicht mir kein Sozialleben. Ich habe gehört, das Depot-Krankenhaus sei sehr groß."

„Mehr als tausend Zelte, alles in allem. Und es gibt ein extra Krankenhaus für die Neger. Sie haben jetzt sogar farbige Soldaten, wussten Sie das? Da unten sind 'ne ganze Menge davon. Ich kann mich ja nicht an den Gedanken gewöhnen, dass schwarze Kerle Gewehre tragen. Sollten getrennt bleiben, wenn Sie mich fragen. Ich lass jedenfalls keinen von ihnen in mein Geschäft."

Julia erblickte die ersten Krankenzelte und sah, dass die anderen drei Wagen anhielten. Sie war erleichtert, dass sie endlich angekommen waren. Otis sprang zuerst vom Wagen und streckte die Hand aus, um Julia zu helfen. Sie wollte nicht, dass er sie berührte, aber es war zu hoch, um allein hinunterzuspringen, und er hatte diesmal keine Kiste als Trittbrett für sie bereitgestellt. Sie ekelte sich, als er ihre Taille packte und sie vom Wagen hob.

„Sicher, dass Sie Ihre Meinung nicht ändern wollen, mit dem Abendessen?", fragte er und ließ seine Hände etwas zu lange liegen. Sie wand sich aus seinem Griff.

„Nein, danke. Ich habe zu viel Arbeit."

„Sie sind wirklich ein hübsches Ding. Ich habe Ihnen meinen Namen gesagt, aber Sie mir nicht Ihren."

Julia zögerte, abgestoßen von seiner rüden Art. Sie zog in Erwägung, wieder zu lügen und ihm zu sagen, sie sei verheiratet, aber sie hatte Angst, dass die anderen Helferinnen es mitbekommen würden. „Hoffman … Schwester Hoffman."

„Sie haben doch sicher auch einen Vornamen."

„Julia", sagte sie widerstrebend.

„Haben Sie schon mal Austern gegessen, Julia? Ich könnte Ihnen welche bringen."

„Das habe ich und ich mache mir nichts aus ihnen. Trotzdem danke." Sie eilte zu den anderen Damen hinüber, um sich in ihrer neuen Herberge einzurichten. Aber Otis Whitney blieb weiterhin in der Nähe, während die Vorräte der Kommission abgeladen wurden, und beobachtete Julia von Weitem, als ihr ein Zelt zugeteilt wurde. Als seine Arbeit getan war, machte er sich die Mühe und suchte sie erneut auf, um ein letztes Mal mit ihr zu sprechen.

„Ich habe noch nie ein Mädchen gesehen, das so hübsch ist wie Sie, Julia. Ich wette, Sie und ich könnten eine Menge Spaß zusammen haben. All die unverheirateten Mädchen, die ich hier getroffen habe, sind an eigenen Geschäften interessiert, wenn Sie wissen, was ich meine."

In der ganzen Zeit, die sie bereits als Krankenschwester arbeitete, hatte sie nie Angst vor irgendeinem der Männer gehabt, denen sie begegnet war. Otis Whitney war der Erste. Er war genau die Sorte Mann, wegen der Nathanael sich Sorgen gemacht hatte – die der

Hauptgrund gewesen war, warum er nicht erlaubt hatte, dass sie ihre Arbeit als Krankenschwester wieder aufnahm.

„Ich bin nicht so eine Frau, Mr Whitney“, sagte sie mit zittriger Stimme. „Ich bin hier, um die verwundeten Soldaten zu pflegen, und sonst nichts. Wenn Sie mich jetzt bitte entschuldigen wollen? Ich habe viel zu tun.“

* * *

Julia konnte es kaum erwarten, mit der Arbeit zu beginnen, und sie verschwendete keine Zeit darauf, ihre Sachen auszupacken. Das Depot-Krankenhaus lag auf einer hohen Klippe über dem Appomattox, wodurch es friedlich und heiter wirkte, trotz der kummervollen Arbeit, die auf sie wartete. Es gab viele Bäume, die Schatten spendeten, und am Abend zog oft eine kühle Brise vom Fluss herauf. Julia erfuhr, dass die Ärzte die verwundeten Männer zuerst in Verbandsstationen auf dem Schlachtfeld, in der Nähe der Schützengräben behandelten und sie dann mit dem Krankenzug auf eigens dafür angefertigten Schienen zum Depot-Krankenhaus bringen ließen. Das Krankenhaus hatte zudem seinen eigenen Anleger, wo genesende Patienten auf Schiffe verladen und in andere Krankenhäuser im Norden gebracht werden konnten.

Die meisten Patienten, die Julia in den nächsten Tagen versorgte, litten an Schusswunden und Verletzungen durch Schrapnelle. Die gegnerischen Armeen schossen jetzt aus ihren verzweigten Schützengräben heraus Kugeln und Granaten aufeinander ab, während die Belagerung von Petersburg andauerte.

„Wenn man morgens aufwacht, weiß man nie, ob man bei Sonnenuntergang noch am Leben ist“, erzählte ein Soldat ihr. „Wir sind so daran gewöhnt, die Miniégeschosse über unseren Köpfen pfeifen zu hören, dass wir uns nicht einmal mehr ducken.“

„Ist es das, was Sie getroffen hat, Hauptmann?“, fragte sie, während sie behutsam den Verband von seiner Schulter entfernte. „Haben Sie vergessen, sich zu ducken?“

„Nein, Ma'am. Mich hat ein Stück von einer Granate erwischt.

Die sieht man zwar kommen, aber man kann sich nirgends verstecken."

Julia überprüfte die Wunde auf Anzeichen von Fäulnis oder Wundbrand, wie Dr. McGrath es ihr beigebracht hatte, reinigte sie dann mit Karbolsäure und machte einen neuen Verband. „Haben Sie diese Granate auch kommen sehen?", fragte sie.

Der Hauptmann nickte. „Bei Granaten sieht man zuerst ein Rauchwölkchen hinter den feindlichen Linien. Zwei Sekunden später hören Sie das Krachen und sehen einen kleinen dunklen Fleck in den Himmel hinaufsteigen. Haben Sie schon mal eine Granate kreischen hören, Ma'am?"

„Ja, das habe ich. Am Bull Run schlug eine ziemlich dicht neben mir ein."

Er biss die Zähne zusammen, während sie arbeitete. „Schreckliches Geräusch, nicht wahr? Und bis man erkannt hat, dass sie auf einen zukommt, ist es zu spät."

Als Julia mit dem Wechseln des Verbands fertig war, ging sie zum nächsten Patienten. „Ich sehe an Ihnen überhaupt keine Verletzung", sagte sie, nachdem sie ihn begutachtet hatte.

„Die Sonne hat mich erwischt", sagte er. „In den Schützengräben gibt es keinen Schatten. Ich war mit Graben beschäftigt, als mir plötzlich schwindelig wurde und ich nicht mehr gerade gehen konnte. Der Sergeant dachte, ich wäre betrunken, bis ich umfiel und einen Anfall bekam."

„Kann ich Ihnen irgendetwas bringen?", fragte Julia.

„Sie können uns allen einen Gefallen tun und ihn entlausen", sagte der Hauptmann im Bett nebenan.

„Das wird nichts nützen", erwiderte der Mann. „Sobald ich zurückgehe, krabbeln sie wieder auf mir rum. Sie wissen doch, was man sagt, Ma'am – wir leben in lausigen Zeiten."

Julia musste lachen. Ihr nächster Patient lächelte auch, obwohl er sehr krank aussah. Sie erkannte an seinen geschwollenen Beinen, der verfärbten Haut und dem aufgedunsenen Mund sofort, dass er an einem schweren Fall von Skorbut litt. „Ich bin vor ein paar Tagen mit der Gesundheitskommission angekommen", erzählte sie ihm. „Wir haben neue Vorräte mitgebracht. Was würde Ihnen denn schmecken?“

„Alles außer dem schrecklichen erlegten Gemüse, das die Armee uns gibt.“

Julia lächelte. „Sie meinen sicher ‚eingelegtes‘ Gemüse.“

„Nein, Ma'am, wenn die Armee damit fertig ist, ist es tot. Die Ärzte haben mir Kartoffeln in Essig, Gurken in Essig und Weißkohl in Essig gegeben, aber ich kann nicht behaupten, dass ich diesen ganzen Essig mag.“

„Ich sehe nach, was ich finde“, sagte Julia. „Ich komme gleich zurück.“

Sie verließ die Männer und überquerte das Krankenhausgelände, wobei sie sich durch die Reihen schlängelte. Plötzlich trat eine vertraute Gestalt aus einem nahe gelegenen Zelt. Eine so groß gewachsene Frau mit so strohblondem Haar war nicht zu verwechseln. Sie trug das dunkelblaue Kattunkleid, das Julia ihr in Washington gekauft hatte.

„Phoebe Bigelow!“, sagte Julia überrascht. Sie eilte zu ihr hinüber, um ihre Freundin in die Arme zu schließen. „Was in aller Welt machst du hier? Ich dachte, du wärst schon vor einem Jahr nach Hause gefahren.“

„Dazu ist es nie gekommen“, erwiderte Phoebe verlegen. „Ich war immer noch in Washington City, als Dr. McGrath mich gebeten hat, als Krankenschwester für ihn zu arbeiten.“

„Er hat dich *gebeten*?“

„Ja. Er sollte als Feldchirurg nach Fredericksburg zurückgehen und er hat mich gebeten mitzukommen.“

„Mir hat er immer erzählt, Frauen gehörten nicht aufs Schlachtfeld.“

„Tun sie ja auch nicht. Aber er wusste, dass ich schon als Soldat dort gewesen war. Ehrlich gesagt glaube ich, dass er Angst hatte, ich würde mich wieder freiwillig melden. Wahrscheinlich dachte er, er nimmt mich lieber mit, damit er nicht wieder irgendwelche Schrapnelle aus mir rausschneiden muss.“

„Wärst du denn wieder zur Armee gegangen?“, fragte Julia.

Phoebe zuckte mit den Schultern. „Ich wusste nicht, was ich sonst mit mir anfangen sollte, um ehrlich zu sein. Aber Krankenschwester zu sein, gefällt mir richtig gut."

Julia fürchtete sich beinahe, die nächste Frage zu stellen. „Ist Dr. McGrath denn auch hier im Depot-Krankenhaus?"

„Ja. Ich kann dich zu ihm bringen, wenn –"

„Nein, nein. Ich will ihn gar nicht sehen. Eigentlich würde ich ihm sogar lieber aus dem Weg gehen. Gut, dass das Krankenhaus so groß ist."

Phoebe musterte sie neugierig und sagte dann: „Ich habe gehört, du warst in Fredericksburg."

„Von wem hast du das gehört?"

„Von deinem Freund Pastor Greene. Er hat mir das mit der Verlobung erzählt und dass du sie gelöst hast."

„O nein. Nathanael ist auch hier?" Julia blickte sich nervös um, als könnte er plötzlich aus dem Nichts auftauchen, so wie Phoebe es getan hatte.

„Ich bin mir nicht sicher, wo er ist. Seit Cold Harbor hab ich ihn nicht mehr gesehen. Ich habe ihm gesagt, er solle nach Fredericksburg fahren und sich mit dir versöhnen, aber wie mir scheint, ist er ziemlich stur."

„Nathanael hat meinen letzten Brief nicht beantwortet. Ich war mir nicht mal sicher, ob er ihn überhaupt bekommen hat. Aber wenn er dir erzählt hat, dass die Verlobung gelöst ist ..." Tränen traten in Julias Augen und sie konnte nicht weitersprechen. Phoebe legte eine Hand auf ihren Arm.

„Er wurde richtig wütend, als er mir davon erzählt hat. Er sagte, es läge daran, dass er nicht mehr wolle, dass du als Krankenschwester arbeitest, du aber dennoch eine sein wolltest. Es tut mir wirklich leid, Julia. Ich weiß, wie schwer es ist, jemand zu verlieren, den man liebt."

Julia konnte nur nicken. Sie stand immer noch neben Phoebe und versuchte sich zusammenzureißen, damit sie wieder an die Arbeit gehen konnte, als sie hörte, wie jemand ihren Namen rief. Sie blickte auf – und sah zu ihrer Bestürzung Otis Whitney mit einer kleinen Holzkiste auf sich zukommen.

„O nein", stöhnte sie.

„Hallo, Julia. Ich habe Ihnen ein Geschenk gebracht."

Er hielt ihr die Kiste hin. Darin lagen ein Dutzend Zitronen. Otis sah aus, als hätte er sich vor Kurzem die Haare gewaschen, aber das hatte seine zwielichtige Erscheinung nicht verbessert.

„Ich wette, Ihre Patienten können die brauchen, oder?"

„Ja, das können sie. Danke, Mr Whitney."

Er grinste. Seine Eckzähne waren so spitz wie die eines Wolfs. „Habe ich nicht gesagt, dass Sie mich Otis nennen sollen?"

„Danke, Otis. Ich kenne einen Soldaten, der genau so etwas braucht. Guten Tag." Julia eilte davon. Sie war froh, dass Phoebe sich entschloss ihr zu folgen – und nicht Otis.

„Das ist aber ein ziemlich raubeiniger Kerl", sagte Phoebe. „Wer ist er?"

„Ihm gehört die Spedition, die der Kommission all ihre Vorräte bringt. Er taucht beinahe jeden Tag auf und macht mir Geschenke. Ich will ihn nicht in meiner Nähe haben, aber die Pflegedienstleiterin hat mich angefleht, nett zu ihm zu sein. Sie will ihn nicht verärgern, aus Angst, dass er sonst die Preise erhöht – oder unsere Sachen gar nicht mehr transportiert." Julia blieb stehen, als sie das Ende der Zeltreihe erreicht hatte. „Otis Whitney macht mich nervös, Phoebe. Ich habe Angst vor ihm."

„Das kann ich dir wirklich nicht verübeln. Vielleicht solltest du ihm sagen, du wärst verheiratet – wie du es in Washington gemacht hast."

„Zu spät. Er weiß, dass ich ledig bin. Ich war es leid zu lügen – aber jetzt wünschte ich, ich hätte es getan."

Kapitel 24

City Point, Virginia
Juli 1864

Eine rumpelnde, gedämpfte Explosion riss Julia aus dem Tiefschlaf. Der Boden unter ihr zitterte wie bei einem Erdbeben. Sie war schon früher nahe an einem Schlachtfeld gewesen, aber dieses Geräusch war anders als alle anderen, die sie bisher gehört hatte. Die Sonne war noch nicht aufgegangen, deshalb zündete sie eine Kerze an und schlüpfte schnell in ihre Kleider. Als sie fertig angezogen war, konnte sie in der Ferne das Donnern von Granatfeuer hören. Einige andere Krankenschwestern der Kommission traten zur gleichen Zeit aus ihren Zelten wie sie.

„Was war das für eine Explosion?“, fragte eine von ihnen.

„Ich bin mir nicht sicher, aber jetzt feuern sie Granaten ab“, sagte Julia. „Das bedeutet, dass bald die ersten Opfer kommen. Ich gehe hinüber, um den Krankentransport in Empfang zu nehmen.“

In der nächsten Stunde arbeitete Julia gemeinsam mit den anderen Krankenschwestern in dem Zelt mit den medizinischen Vorräten, um sicherzustellen, dass sie genügend Druckverbände, Verbandsmaterial, Morphium und Jod hatten, dazu Wassereimer und Schwämme. Sie hörte das tiefe Murmeln von Männerstimmen in den Operationszelten, wo die Ärzte sich auf ihre Arbeit vorbereiteten und dafür sorgten, dass ihre Instrumente und Vorräte an Äther und Chloroform bereitlagen. In der Ferne wurde der Schlachtlärm lauter und intensiver. Als alles ausgepackt war, gab es nichts mehr, was Julia tun konnte, außer sich für das zu wappnen, was sie erwartete. Sie ging nach draußen in die Nähe der Bahnschienen und beobachtete, wie die aufgehende Sonne die ferne Dunstglocke in ein feuriges Rot verwandelte.

„Hallo, Mrs Hoffman."

Julia erkannte James McGraths Stimme, bevor sie sich umdrehte, um ihn anzusehen. Er war neben sie getreten, während sie den Sonnenaufgang betrachtet hatte. Sein braunes Haar war vom Schlaf zerzaust und er krempelte sich gerade die Ärmel hoch. Julias Herz schlug schneller, als sie an seine Berührung dachte. Sein Kuss war ihr nach all der Zeit immer noch in lebhafter Erinnerung. Es war ein Jahr her, seit sie ihn in Gettysburg zum letzten Mal gesehen hatte, und es überraschte sie, wie heftig sie auf ihn reagierte. Schnell wandte sie den Blick ab, weil sie sich wieder schämte. Sie sollte nicht solche Gefühle für einen verheirateten Mann empfinden.

„Hallo, Herr Doktor", sagte sie leise.

„Sie sind der letzte Mensch, den ich hier bei der Arbeit erwartet hätte."

„Ich weiß. Ich staune selbst darüber, dass ich hier bin. Ich habe immer wieder in der Zeitung gelesen, wie groß der Bedarf an Krankenschwestern sei, und ich … ich konnte einfach nicht zu Hause bleiben." Er stand dicht neben ihr. Julias Herz raste immer schneller.

„Sehen Sie sich den Himmel an", sagte er nach einer Weile. Er deutete auf den Horizont, wo es aussah, als hätte die Sonne die Wolken entzündet. Julia dachte an die Nacht in Fredericksburg, als er ihr auch den Himmel gezeigt hatte, und fröstelte.

„Haben Sie jemals das Buch der Offenbarung gelesen, Mrs Hoffman? In den vergangenen Monaten habe ich mich gefragt, ob die Apokalypse nun gekommen ist – der schreckliche Zorn Gottes, der über uns hereinbricht." James atmete aus, und als er weitersprach, klang seine Stimme ganz rau vor Emotion. „Ich habe gesehen, wie General Grant seit dem Frühling fünfzigtausend Männer geopfert hat. Fünfzigtausend! Das ist die Hälfte von dem, was die gesamte Armee der Union in den vorigen drei Jahren verloren hat. Ich bin mir nicht sicher, ob ich das noch lange mit ansehen kann."

„Ich weiß. Die Zeitungen nennen Grant einen Schlächter", sagte Julia.

„Und mich nennen sie einen Schlächter, weil ich so viele Männer mit fehlenden Armen und Beinen nach Hause schicke – als würde ich diese Arbeit gerne tun."

Besorgnis machte sich in Julia breit, als sie hörte, wie deprimiert und entmutigt er war – und ihr Tagwerk hatte noch nicht einmal begonnen. Sie konnte den Krankentransportzug hören, der die ersten Opfer des Tages brachte, und sie wusste, dass James schon bald mit seiner zermürbenden Aufgabe beginnen musste, Gliedmaßen zu amputieren.

„Wie lange ist es her, dass Sie zu Hause waren?", fragte sie leise. „Vielleicht sollten Sie sich Urlaub nehmen und eine Weile zu Ihrer Familie fahren."

Er antwortete nicht. Stattdessen sagte er. „Ich weiß, warum Sie zurückgekommen sind. Es liegt daran, dass der Krieg uns verändert hat. Wir sind nicht mehr die Menschen, die wir vor dem Krieg waren. Es ist, als würden wir auf ewig vom Tod angezogen – wir versuchen ihn aufzuhalten und das Ergebnis irgendwie zu verändern … aber das können wir nicht."

Die Verzweiflung in seiner Stimme erschreckte sie. Sie suchte nach Worten, versuchte verzweifelt, etwas zu sagen, das ihn zu trösten vermochte. „Hören Sie, James. Der Tod liegt in Gottes Händen, nicht in unseren. Er ist es, der entscheidet, wer heute stirbt und wer weiterlebt. Aber das Leben liegt in unseren Händen. Es ist sein Geschenk an uns. Er will, dass wir es genießen, es feiern, es als kostbare Leihgabe behandeln, so lange wir es haben, und es nie für selbstverständlich erachten. Sie haben recht, der Krieg hat mich verändert. Er hat mich gelehrt, dass ich mein Leben so dankbar und uneigennützig wie möglich verbringen sollte, bis meine Zeit gekommen ist. Deshalb sollten Sie nach Hause fahren und leben wie –"

„Sie sind aus uneigennützigen Motiven hier?", fragte er. „Sind Sie wirklich deshalb Krankenschwester geworden?"

„Nein, zuerst nicht", sagte sie und dachte an die erste Zeit zurück. „Ihre ursprüngliche Meinung von mir war ganz richtig, fürchte ich. Als ich nach Washington kam, war ich ein verwöhntes reiches Mädchen, das versuchte, etwas zu beweisen. Aber seither habe ich eine Menge gelernt. In Gettysburg –"

„Sie waren dort?"

„Ja." Julia dachte an den Nachmittag, an dem sie sich um ihn gekümmert hatte, und einen Augenblick lang erschütterte sie die Erinnerung daran. James hatte keinen Ehering getragen. Unwillkürlich suchte ihr Blick jetzt seine Hände, um nachzusehen, ob das immer noch so war, aber er hatte die Arme vor der Brust verschränkt und sie konnte seine Hände nicht sehen.

„Bis Gettysburg", fuhr sie fort, „habe ich aus den falschen Gründen gearbeitet. Zuerst wollte ich mich in den Augen eines bestimmten Menschen als würdig erweisen. Später hat mich mein schlechtes Gewissen getrieben und ich versuchte, in Gottes Augen Abbitte zu tun. Aber Vergebung ist ein Geschenk, wir können sie uns nicht verdienen. Und ich habe gelernt, dass Gott der Einzige ist, dem mein Leben gefallen muss."

Ihre Stimme ging im Lärm der Lok unter, die in eine Dampfwolke gehüllt auf das Seitengleis des Krankenhauses einfuhr. Sobald sie zum Stillstand gekommen war, eilten die Krankenträger los, um die Plattformwagen zu entladen, auf denen blau uniformierte Männer lagen. Weder Julia noch James rührten sich.

„Vielleicht ist das wirklich die Apokalypse", sagte sie und James beugte sich ein wenig näher, um sie über den Lärm hinweg zu verstehen. „Aber wie mein … mein Pastor sagte: Wir müssen Gott fragen, wie wir in der Zeit, die er uns zugewiesen hat, leben sollen. Wenn wir mit ihm zusammenarbeiten, die Gaben und die Kraft nutzen, die er uns gibt, dann helfen wir, sein Reich zu bauen, zu seiner Ehre, hier auf der Erde. Und das ist wirklich das Einzige, was zählt."

James schwieg lange. „Julia", sagte er schließlich, „weiß Ihr Mann, dass Sie hier sind?"

Sie sah zu ihm auf. Ihre Blicke begegneten sich zum ersten Mal. „Ich muss Ihnen die Wahrheit sagen, James", sagte sie und ihr Herz schlug schneller. „Ich bin nicht verheiratet. Ich habe gelogen, als ich nach Washington kam, weil es die einzige Möglichkeit war, eine Stelle als Krankenschwester zu bekommen."

Er starrte sie sprachlos an, aber in seinen Augen lagen tausend Fragen.

„Robert Hoffman ist mein Cousin“, sagte sie. „Es war praktisch, seinen Namen zu benutzen. Nachdem ich wieder zu Hause war, habe ich mich mit einem Mann verlobt, den ich schon seit Jahren kenne, aber er wollte, dass ich die Arbeit als Krankenschwester aufgebe … und unsere Verlobung endete, als ich hierher zurückkam.“

James umklammerte mit beiden Händen ihre Schultern, als suche er nach Halt. „Sie sind nicht verheiratet?“

„Dr. McGrath!“, rief jemand. „Hierher! Beeilen Sie sich!“

Julia beobachtete ihn genau, um seine Reaktion zu ergründen, aber seine Miene zeigte nichts als Schock, während er sie weiter anstarrte. Sein Griff tat ihren Armen weh.

„Dr. McGrath!“, schrie der Mann ein zweites Mal. „Bitte!“

Ohne ein weiteres Wort ließ James sie los und hastete davon, um sich seines ersten Patienten anzunehmen.

* * *

Während Phoebe mit den Patienten sprach, die in einem stetigen Strom eintrafen, erfuhr sie, was die donnernde Explosion ausgelöst hatte, die sie früh an diesem Morgen aus dem Schlaf gerissen hatte. Die Männer der Union hatten einen einhundertfünfzig Meter langen Tunnel unter den Linien der Rebellen hindurchgegraben und ihn am hinteren Ende mit mehreren Tonnen Schießpulver gefüllt, um sich einen Weg durch das Bollwerk der Rebellen zu sprengen. Nachdem die Zündschnur angezündet worden war, hatte die Sprengladung ein riesiges Loch in die Erde gerissen und einen Krater hinterlassen, der mehr als sechzig Meter lang, zwanzig Meter breit und zehn Meter tief war. Die Unionssoldaten waren durch den Tunnel in die Durchbruchstelle geeilt, hatten aber keine Möglichkeit gehabt, die steile Wand auf der anderen Seite zu erklimmen, sodass sie für die Rebellen leichte Beute gewesen waren. Mehrere tausend Yankees waren bei dem Versuch gefallen, ihre Kameraden zu retten.

Phoebe arbeitete den ganzen Tag und nahm eine Zugladung mit

verwundeten Männern nach der anderen in Empfang. Am späten Nachmittag, als die Helfer wieder einmal eine Trage von einem der Wagen luden und einen weiteren sterbenden Soldaten vor ihr auf dem Boden ablegten, wurde Phoebe plötzlich mit dem entsetzlichen Moment konfrontiert, den sie so lange gefürchtet hatte. Der blutige, schwer verwundete Mann war Ted.

„Nein … O Gott, bitte …“, flehte sie, als sie neben ihm zu Boden sank. „Nicht Ted ... Bitte … nicht er.“ Dies war bestimmt nur ein schrecklicher Traum, aus dem sie gleich erwachen würde. Lieber würde sie Teds Gesicht niemals wiedersehen, als ihn so sehen zu müssen. Aber sie träumte nicht.

Ted war kaum noch bei Bewusstsein und stöhnte vor Schmerzen. Der Schock hatte sein Gesicht fahlgrau werden lassen. Phoebe riss sein zerfetztes Hosenbein auf und sah, dass eine Granate sein rechtes Bein zertrümmert und beinahe völlig durchtrennt hatte. Sie konnte durch ihre Tränen hindurch kaum etwas sehen, als sie einen Druckverband um seinen Oberschenkel schnürte und Morphinpuder in die offene Wunde streute.

„Komm schon, Ted. Halt durch“, flehte sie, während sie sein Gesicht mit kühlem Wasser wusch. „Bleib bei mir … bleib wach. Komm schon, stirb mir jetzt nicht weg.“ Seine Augen öffneten sich mit flatternden Lidern und sie sah, dass er sich bemühte, nicht das Bewusstsein zu verlieren. Er betrachtete sie angestrengt. „Du hast keine Halluzinationen, Ted. Ich bin's.“

„Ike? Was machst du …? Ich dachte, du …“

Sie nahm seine Hand und drückte sie. „Nein, ich bin am Leben. Ich bin jetzt Krankenschwester und sorge persönlich dafür, dass du wieder gesund wirst. Der Arzt, der mir das Leben gerettet hat, ist ganz in der Nähe. Ich hole ihn, damit er dir hilft, Ted. Du schaffst es.“

„Ich weiß, dass es nicht gut aussieht. Ich habe mein Bein gesehen …“ Sein ganzer Körper begann zu zittern, obwohl er schweißüberströmt war. Seine bräunliche Haut war so weiß wie die einer Leiche.

„Du wirst das überleben!“, rief Phoebe. „Zum Kuckuck noch mal, Ted, hör mir zu!“

„Hey, jetzt wein doch nicht."

„Ich bin ein Mädchen!", schluchzte sie. „Und Mädchen dürfen so viel weinen, wie sie wollen!" Sie ließ seine Hand los und sprang auf. Dann rannte sie zum Operationszelt, um Dr. McGrath zu holen. Sie zitterte beinahe so heftig wie Ted, sodass ihre Bewegungen ungelenk und unbeholfen waren.

Die Ärzte operierten auf provisorisch zusammengezimmerten Tischen. Es war Phoebe gleichgültig, wie blutig der Anblick war oder ob sie den Arzt störte, als sie seinen Namen rief.

„Dr. McGrath! Bitte, Sie müssen meinem Freund Ted helfen. Er braucht sofort Hilfe und ich will, dass *Sie* ihn operieren. *Bitte!*"

Er blickte zu ihr auf und nickte, dann beugte er sich wieder über seinen Patienten und verknotete eine Naht. „Sie können das allein fertig machen", sagte James zu dem anderen Arzt. „Ich komme gleich wieder."

„Was? Warten Sie!", stotterte der Mann. „Sie können nicht einfach gehen, James! Kommen Sie zurück!"

James beachtete ihn gar nicht. „Zeigen Sie mir, wo er ist, Phoebe." Er beeilte sich, um mit ihr Schritt zu halten, als sie zu der Stelle zurückliefen, wo sie Ted zurückgelassen hatte.

„Lassen Sie ihn nicht sterben", flehte sie, als sie bei ihm angekommen waren. „Ich weiß, dass Sie meinem Bruder Willard nicht helfen konnten, aber Sie müssen Ted retten! Sie müssen einfach!" Sie wollte sich wieder neben Ted knien, aber Dr. McGrath hielt sie zurück.

„Ist das der Mann, den Sie lieben?", fragte er leise. Als sie nickte, wandte der Arzt einen Moment lang den Kopf ab, die Augen geschlossen. „Gütiger Gott", seufzte er. Dann ging er neben Ted in die Hocke, um sich dessen Bein anzusehen. Er entfernte vorsichtig Teds Schuh, damit er seine Zehen abtasten konnte, und fühlte an einer Stelle nahe dem Knöchel nach einem Puls. „Wie geht es Ihnen, mein Junge?", fragte er, während er arbeitete.

„Nicht so gut …" Ted schauderte. „Sie können mein Bein nicht retten, oder?"

Der Arzt erwiderte Teds Blick. „Nein. Tut mir leid."

„Dann verschwenden Sie keine Zeit mit mir. Gehen Sie und helfen Sie jemand anderem. Ich will nicht mit einem Bein weniger nach Hause gehen."

„Ted, nein!", schrie Phoebe.

„Lieber sterbe ich, als dass ich ein Krüppel bin. Ich will nicht, dass die Leute mich bemitleiden."

„Das ist eine sehr dumme Entscheidung", sagte Dr. McGrath leise. „Und eine sehr egoistische noch dazu. Was ist mit all den Menschen, die Sie lieben? Denen ist es egal, wie viele Beine Sie haben. An die sollten Sie denken, nicht an sich selbst."

„Sagen Sie mir die Wahrheit", erwiderte Ted. „Werde ich sterben, obwohl Sie mir mein Bein absägen?"

Der Arzt zögerte. „Wenn Sie mich amputieren lassen, besteht eine Chance, dass Sie gesund werden."

„Eine *Chance*?"

„Ja. Aber wenn Sie mir die Erlaubnis nicht geben, sterben Sie."

„Bitte hör auf ihn, Ted", flehte Phoebe. „Er ist der beste Doktor, den es gibt."

Dr. McGrath streckte die Hand aus, um Teds Stirn zu fühlen, und seine Hand blieb einen Augenblick dort liegen. „Jemand hat mich heute Morgen daran erinnert, dass das Leben ein Gottesgeschenk ist", sagte James. „Sie haben es bis jetzt gut genutzt, haben für das gekämpft, woran Sie glauben. Werfen Sie es jetzt nicht fort. Begehen Sie keinen Selbstmord."

Ted schloss die Augen. Er zitterte unbeherrscht. „Also gut. Dann bringen wir es hinter uns."

James stand auf und gab den Krankenträgern ein Zeichen. „Dieser Mann ist der Nächste."

Phoebe folgte Dr. McGrath, als er zu den Operationstischen zurückging. „Ich will Ihnen bei der Operation helfen", sagte sie. „Ich will sicherstellen, dass alles gut geht."

„Das kann ich nicht zulassen, Phoebe. Sie stehen ihm zu nahe. Außerdem zittern Sie wie Espenlaub." Er blickte sich auf dem überfüllten Gelände um und erblickte Julia. „Mrs Hoffman, kommen Sie bitte her", rief er. Als Julia herbeigeeilt kam, sagte er: „Bleiben

Sie bei Phoebe, während ich ihren Freund operiere. Halten Sie sie von hier fern."

Phoebe hörte, wie Ted aufschrie: „O Gott! O Gott, hilf mir!", als sie ihn auf den Operationstisch legten und sein verletztes Bein leblos herunterhing. Sie brach in Julias Armen endgültig zusammen und schluchzte hemmungslos.

„Er ist in guten Händen", beruhigt Julia sie. „James ist ein hervorragender Chirurg. Komm mit. Du willst das nicht sehen."

Aber Phoebe blickte doch noch einmal zurück, als Julia sie wegführte. Einer der Ärzte hielt die Äthermaske über Teds Gesicht, während Dr. McGrath in seinen Koffer mit den chirurgischen Instrumenten griff und eine Säge herausholte. Dann schwankte die Erde und Phoebe wusste, dass sie gleich ohnmächtig werden würde.

„Sieh nicht hin!", sagte Julia. Sie schob Phoebe in das nächstbeste Zelt und setzte sie auf ein umgedrehtes Fass. Dann drückte sie Phoebes Kopf nach unten, bis er zwischen ihren Knien hing. „Bleib so, bis der Schwindel nachlässt."

Allmählich kehrte das Blut in Phoebes Kopf zurück und sie konnte ihn wieder heben. Aber die Tränen, die ihr übers Gesicht rannen, oder die Angst, die ihr Herz umklammert hielt, konnte sie nicht eindämmen.

„Ist dieser Soldat jemand, den du gut kennst?", fragte Julia, während sie Phoebe tröstend über die Schultern strich.

„Ja. Es ist Ted", sagte sie. „Ich … ich liebe ihn."

In Julias Augen standen Tränen, als sie sich vor Phoebe hinkniete und die Arme um sie schlang. „Es ist in Ordnung", murmelte sie. „Es ist in Ordnung. Ich verstehe."

* * *

Depot-Krankenhaus
August 1864

Phoebe beobachtete, wie Dr. McGrath Teds Bein untersuchte. Mehr als eine Woche war verstrichen, seitdem Ted verwundet worden war, doch er war noch sehr krank und fiel immer wieder ins Delirium. Als der Arzt mit der Behandlung fertig war, bedeckte er das Bein vorsichtig mit einem Laken, dann zog er Phoebe beiseite.

„Er hat noch einen langen Weg vor sich, aber das wissen Sie selbst", sagte er zu ihr. „Im Moment ist er zu krank, um evakuiert zu werden. Der Transport würde ihn umbringen. Wir tun, was wir können, um das Fieber hier zu senken und die Blutvergiftung zu bekämpfen."

„Ich werde gut für ihn sorgen", sagte Phoebe.

„Das weiß ich."

Sobald der Arzt gegangen war, kehrte Phoebe an Teds Seite zurück. Sie tauchte einen Schwamm in kaltes Wasser und strich damit über sein Gesicht, um sein Fieber zu senken. Er schlug mühsam die Augen auf.

„Hey, Ike. Allmählich gewöhne ich mich daran, dass du ein Mädchen bist … ein Kleid trägst … und lange Haare hast."

„Es macht mir nicht besonders viel Spaß, mich jeden Morgen damit aufzuhalten. Ich wünschte, es wäre immer noch kurz."

Er schüttelte den Kopf. „Es ist hübsch. Sieht aus wie ein Bündel Kornähren."

Phoebe versuchte zu lächeln, aber ihre Augen füllten sich mit Tränen. „Das sagen alle Jungs."

Ted griff nach ihrer Hand, als sie seine Brust mit dem nassen Schwamm kühlte, und legte die seine darüber. „Phoebe … du bist der beste Freund, den ich je hatte. Versprichst du mir etwas?"

Sie nickte.

„Wenn mir etwas zustößt, möchte ich, dass du zu meiner Mutter fährst. Und ihr meine Sachen bringst."

„Du schaffst es, Ted. Du bist eine Kämpfernatur, das weiß ich, und du wirst dieses Fieber ebenso fertigmachen, wie du die Bailey-Brüder fertiggemacht hast. Weißt du noch?“

„Den Großteil der Arbeit hast du damals erledigt.“ Er lächelte und Phoebes Herz zog sich schmerzhaft zusammen. Wie sehr hatte sie dieses Grinsen vermisst.

„Wir haben sie zusammen fertiggemacht, Ted. Und das Fieber können wir auch zusammen bekämpfen.“

„Bring ihr meine Sachen. Versprichst du mir das?“

Phoebe wollte nicht daran denken, dass Ted sterben könnte, und sie wollte sich nicht vorstellen, wie es wäre, das zu tun, worum er sie bat. Stattdessen malte sie sich schnell eine andere Szene aus. „Wenn es dir wieder besser geht und der Krieg vorbei ist, suchen wir deine Großmutter, ja? Sie ist jetzt eine freie Frau. Du hast gekämpft, um ihr die Freiheit zu bringen.“

„Das war es wert, ein Bein zu verlieren“, sagte er leise. „Oder sogar mein Leben – falls es dazu kommt.“

„Bitte rede nicht so.“

„Sie haben jetzt schwarze Regimenter“, sagte Ted. „Hast du davon gehört? Wir haben letztens nebeneinander gekämpft – und zum ersten Mal in meinem Leben war ich wirklich stolz auf meine Identität und meine Herkunft. Künftig werde ich sie nicht mehr verheimlichen. Ich weiß nicht, ob du davon gehört hast, aber nach der Schlacht von Antietam, in der du verwundet wurdest, hat Präsident Lincoln verkündet, dass meine Großmutter und all die anderen Sklaven frei würden, wenn wir diesen Krieg gewönnen. Ich weiß, dass ich aus den falschen Gründen zur Armee gegangen bin. Ich dachte, es würde ein großes Abenteuer und ich käme als Held nach Hause. Aber Gott hatte etwas Größeres mit meinem Leben vor.“

„Ich weiß“, sagte Phoebe. „Ich bin zur Armee gegangen, weil ich von zu Hause fort wollte. Aber wie es aussieht, kann ich jetzt, wo ich hier bin, tatsächlich etwas Gutes tun.“

Ted nickte. Sein Gesicht war sehr bleich. An seinem Blick konnte sie erkennen, dass er große Schmerzen hatte. „Tut dein Bein weh?“, fragte sie.

„Ich verstehe nicht, wie etwas so wehtun kann, das gar nicht mehr da ist."

„Brauchst du mehr Medizin?"

„Noch nicht. Hör zu, ich will dir etwas sagen … Der Tod holt uns alle irgendwann. Bis es so weit ist, müssen wir in dem Wissen leben, dass jeder Tag zählt. Gott jeden Tag zu dienen, das ist es, was das Leben wichtig macht. Lebe ihm zur Ehre – egal, ob du verstehst, was er tut, oder nicht. Sei ihm treu."

Phoebe konnte nichts sagen. Sie sah den Mann, den sie liebte, durch einen Tränenschleier hindurch an und fürchtete den Gedanken, sie könnte ihn wieder verlieren. „Bitte stirb nicht", flüsterte sie.

„Das liegt nicht in meiner Hand. Aber was ich dir zu sagen versuche, ist … wenn ich sterbe, dann ist das in Ordnung. Mir wird es gut gehen … und dir auch."

Er konfrontierte sie mit etwas, dem sie sich nicht stellen wollte. Sie wandte den Blick ab.

„Tust du mir einen Gefallen?", sagte Ted nach einer Weile. „Du weißt doch, die andere Krankenschwester – die, mit der du befreundet bist?"

„Du meinst Julia?"

„Bitte sie, einen Augenblick herzukommen. Ich muss kurz mit ihr sprechen."

„In Ordnung." Phoebe traute sich nicht zu fragen, warum. Sie verließ hastig das Zelt, um ihre Tränen vor Ted zu verbergen, und machte sich auf die Suche nach Julia.

Als sie sich dem Hauptquartier der Gesundheitskommission näherte, sah Phoebe, dass Otis Whitneys Wagen davorstand. Sie ballte die Fäuste. Dieser Mann hatte etwas Gefährliches an sich. Phoebe gefiel es gar nicht, dass er sich ständig in der Nähe ihrer Freundin herumtrieb und ihr Angst machte. Höhere Preise hin oder her, die Kommission musste ihm den Laufpass geben. Als Phoebe um den Wagen herumging, hörte sie Julias verängstigte Stimme.

„Lassen Sie mich los!"

„Du schuldest mir was, du kleines Luder!", schrie Otis.

„Ich habe nie mit Ihnen geflirtet! Lassen Sie mich los!"

Phoebe rannte hinter das Zelt, wo sie die beiden dem Klang ihrer Stimmen nach vermutete, und sah, dass Otis Julias Arm umklammerte und sie wegzerrte.

„Die ganze Zeit über hast du meine Gefälligkeiten und Geschenke angenommen", sagte er, „und jetzt schuldest du mir was. Ich werde mir nehmen, was mir zusteht."

„Lassen Sie sie los!", rief Phoebe.

Otis drehte sich erstaunt um und Julia riss sich los. „Wer sind Sie denn?", wollte er wissen, als Phoebe direkt auf ihn zuhielt. Sein Atem roch nach Alkohol.

„Ich bin ihre Freundin. Gehen Sie nach Hause, Sie lausiger Säufer. Und wenn Sie sie noch einmal anfassen, Otis Whitney, dann ist das das Letzte, was Sie in diesem Leben tun."

„Ich habe keine Angst vor Ihnen", lallte er.

„Das sollten Sie aber." Phoebe legte eine Hand auf seine Brust und stieß ihn, so fest sie konnte. Er taumelte rückwärts. Beinahe wäre er gestürzt. Bevor er sich fangen konnte, ergriff Phoebe Julias Hand und zog sie hinter sich her, bis sie außer Sichtweite waren.

„Ich hatte solche Angst", sagte Julia. Sie versuchte, nicht zu weinen.

„Hör mal, wir müssen ihn jemandem melden. Er darf hier nicht ständig auftauchen. Er ist gefährlich."

„Ich glaube, er war betrunken. Ich bin froh, dass du rechtzeitig gekommen bist."

„Ich auch. Ich habe dich übrigens gesucht, weil mein Freund Ted mit dir reden will. Aber das kann sicherlich warten."

Julia holte zitternd Luft. „Nein, ich glaube, ich komme schneller über dieses Erlebnis hinweg, wenn ich mich ablenke und nicht an diesen schrecklichen Mann denke."

„Bist du dir sicher?"

Julia nickte.

„Das da drüben ist Teds Zelt. Ich nehme an, er will alleine mit dir sprechen."

„Ist gut."

Phoebe beobachtete, wie Julia das Zelt betrat, dann ließ sie den Blick über das Gelände schweifen, um sicherzustellen, dass Otis Whitney ihnen nicht gefolgt war. Sie musste irgendjemandem erzählen, was gerade geschehen war, aber sie wusste nicht, an wen sie sich wenden sollte. Schließlich entschied sie sich für Dr. McGrath und zog los, um ihn zu suchen.

Julia blieb gleich hinter dem Zelteingang stehen, holte noch einmal tief Luft und versuchte ihr Zittern in den Griff zu bekommen. Sie war zutiefst erschüttert, aber sie hatte ihre Freundin nicht beunruhigen wollen. Phoebe hatte recht, Otis Whitney musste aus diesem Lager verbannt werden.

Julia atmete langsam aus und trat an Ted Wilsons Bett. Er hatte die Augen geschlossen. Sein Atem ging schwer. Er sah ebenso weiß aus wie das Laken, das über sein verstümmeltes Bein drapiert war. Julia schloss die Augen und flüsterte ein Gebet für ihn.

„Danke, dass Sie so schnell gekommen sind."

Sie öffnete die Augen, als sie Teds Stimme hörte. „Wie geht es Ihnen?"

„Nicht so gut. Hören Sie, es kann gut sein, dass ich sterbe, das weiß ich. Würden Sie für mich bitte einen Brief nach Hause schreiben?"

„Natürlich. Ich hole Papier." Aber während Julia in der Kiste mit den Schreibutensilien kramte, die die Kommission jedem Verwundeten zur Verfügung stellte, fragte sie sich, warum er nicht Phoebe gebeten hatte, den Brief für ihn zu schreiben. „In Ordnung, schießen Sie los", sagte sie, als sie so weit war.

„Er ist an meine Mutter", erklärte er und nannte ihr die Adresse. Ted schloss die Augen, während er den Brief diktierte, so als wäre er zu schwach, sie länger offen zu halten. Julia schrieb seine Worte auf.

Liebe Ma,
eine der Krankenschwestern schreibt dir, weil ich nicht die Kraft habe, es selbst zu tun. Ich muss dir von jemandem erzählen, der mir sehr wichtig ist: Ike – ich meine Phoebe – Bigelow. Sie ist ein Mädchen, aber der beste Freund, den ich je hatte. Sie

hat mir zwei Mal das Leben gerettet und sie würde es diesmal wieder tun, wenn sie könnte.

Ich habe Phoebe gebeten, dir all meine Sachen zu bringen, wenn ich es nicht schaffe. Aber dich bitte ich, sie aufzunehmen und ihr eine Mutter zu sein, wenn sie kommt. Sie braucht dich, Ma. Sie hat ihre eigene Mutter nie kennengelernt, und sie hat keine Familie, zu der sie gehen könnte. Pass du für mich auf sie auf. Sie ist meine beste Freundin.

In Liebe, dein Sohn
Ted

Julia legte das Blatt Papier auf seinen Schoß und drückte ihm den Stift in die Hand. „Hier, unterschreiben Sie selbst", sagte sie. Er kritzelte seinen Namen darunter, dann lehnte er sich zurück und schloss erneut die Augen.

„Können Sie ihn für mich abschicken?"

„Ja, natürlich."

„Danke."

Als Julia das Zelt verließ, fühlte sie sich völlig ausgelaugt. Suchend blickte sie sich nach Phoebe um, weil sie hoffte, dass ihre Freundin auf sie gewartet hatte, aber sie war nirgends zu sehen. Da auch Otis Whitney nicht in der Nähe zu sein schien, ermahnte sich Julia, nicht so ängstlich zu sein, und machte sich allein auf den Weg zurück zu ihrem Quartier.

* * *

Phoebe hatte den Eindruck, dass es eine Ewigkeit dauerte, Dr. McGrath zu finden. Sie durchsuchte ein Zelt nach dem anderen in dem ausladenden Krankenhauskomplex, und als sie ihn schließlich fand, war er von dem Zwischenfall mit Otis Whitney sehr beunruhigt. „Wir müssen sofort die Militärpolizei informieren", sagte er. „Wenn Whitney sie bedroht hat, sollte er verhaftet werden. Wo ist Julia jetzt?"

„Ich habe sie bei Ted gelassen."

„Gehen Sie zurück und bleiben Sie bei ihr, Phoebe. Lassen Sie sie keine Sekunde aus den Augen."

Phoebe lief so schnell sie konnte zu Teds Zelt zurück. Das Herz schlug ihr bis zum Hals, als sie feststellte, dass Julia bereits fort war. „Hast du gesehen, in welche Richtung sie gegangen ist?", fragte sie Ted. Er schüttelte den Kopf.

Sie rannte über das Krankenhausgelände zum Hauptquartier der Kommission. Als sie sah, dass Whitneys Wagen noch immer davor stand, wurde ihr vor Angst ganz übel. Phoebe suchte alle Zelte der Kommission ab, eins nach dem anderen, darunter auch Julias. Sie waren alle leer. Niemand war da.

Phoebe spürte Panik in sich aufsteigen. Was sollte sie tun? Wohin sollte sie gehen? War es besser, Hilfe zu holen, oder würde sie damit zu viel Zeit verschwenden? Warum hatte sie Julia nur allein gelassen? *Lieber Gott*, betete sie, *sag mir, was ich tun soll!*

Zwei Gedanken kamen ihr. Der erste war, in eins der Zelte zurückzulaufen und das Gewehr zu nehmen, das sie dort hatte liegen sehen. Sie stellte fest, dass es nicht geladen war, aber sie fand eine Munitionsschachtel mit allem, was sie brauchte. Ihre Hände zitterten so sehr, dass es ihr kaum gelang, eine Kugel in den Lauf zu rammen und das Zündhütchen aufzustecken. Phoebe nahm die Schachtel mit der übrigen Munition, hängte sich den Riemen über die Schulter und rannte wieder aus dem Zelt.

Der zweite Gedanke war, dorthin zurückzukehren, wo sie Otis vorhin mit Julia gesehen hatte. Beim ersten Mal hatte er versucht, sie irgendwohin zu ziehen. Vielleicht war er zu betrunken, um sich ein neues Ziel zu überlegen. Schnell lief Phoebe zurück zu der Stelle.

Die Zeltreihen endeten hier. Vor Phoebe erstreckte sich ein schmales Feld mit hohem Gras, dahinter lag ein Waldstreifen, der oberhalb der Klippe verlief. Die Schienen und der Fluss befanden sich am Fuß der steilen Klippe. Phoebe sah, wie der Wind durch das Feld fuhr – und dann entdeckte sie plötzlich den Pfad mit dem niedergetretenen Gras. Wenn das ihre Spuren waren, hatte Julia sich heftig gewehrt. Otis musste sie hinter sich hergeschleift haben.

Phoebe rannte durch das Feld, immer der Spur hinterher. Sie endete im Wald. Dort war die Beschaffenheit des Untergrundes so, dass keine Spuren zu sehen waren. Phoebe wusste, dass es irgendwo in diesem Wald einen Fußweg gab, der zum Fluss führte, aber sie war ihn selbst noch nie gegangen und sie wusste auch nicht, ob Otis ihm gefolgt war.

Zu Hause hatte Phoebe ständig Tiere im Wald verfolgt, aber jetzt war sie in Panik und konnte nicht klar denken. Sie vergaß alles, was sie wusste, und stürzte blindlings in Richtung Klippe, während sie betete, dass sie Otis von dort aus würde sehen können. Als sie sie erreichte, blickte sie über ihren Rand, sah unten aber keine Bewegung. Weil sie vermutete, dass der Weg zu ihrer Linken verlief, lief sie in diese Richtung, während sie sich permanent umsah und alle paar Meter stehen blieb und lauschte. Nichts.

Sie lief weiter, das schwere Gewehr mit ihren schweißnassen Händen umklammert. Ihr Rock blieb immer wieder im dichten Gebüsch hängen und die Patronenschachtel schlug schmerzhaft gegen ihre Hüfte. Ihre Lunge fühlte sich an, als würde sie jeden Augenblick explodieren. Als Phoebe beim besten Willen nicht mehr weiterlaufen konnte, blieb sie stehen und lehnte sich an einen Baum. Obwohl ihr Verlangen zu atmen beinah übermächtig war, hielt sie eine Sekunde lang die Luft an und lauschte.

Phoebe hörte einen gedämpften Schrei.

Er kam von unten, aus der Nähe der Schienen. *Bitte lass mich nicht zu spät sein!*, betete Phoebe. Noch einmal nahm sie all ihre Kraft zusammen und rannte weiter in die Richtung, die sie zuvor eingeschlagen hatte, während sie das Gebüsch unter sich im Auge behielt.

Irgendwann sah sie aus dem Augenwinkel eine plötzliche Bewegung – Otis' Karohemd und die dunkle Hose schimmerten durch die Sträucher. Er kniete unten am Fuß der Klippe in einer Gruppe niedriger Büsche. Julia lag auf dem Boden unter ihm und bemühte sich, ihn von sich zu stoßen, während er versuchte, ihr den Mund zuzuhalten und sie gleichzeitig auf den Boden zu drücken.

Phoebe wusste, dass sie es niemals rechtzeitig schaffen würde, die

Klippe hinunterzukommen. Es würde zu lange dauern, den Weg zu finden, den Otis genommen hatte. Sie ging weiter am Rand des Felsens entlang, bis sie gut zielen konnte, dann hob sie das Gewehr an ihre Schulter.

„Otis! Lass sie los oder ich schieße!", schrie sie. „Ich habe dich im Visier."

Otis erstarrte. Sein Kopf fuhr herum und sein Blick wanderte über den Rand der Klippe, bis er sie gefunden hatte. „Verschwinde und lass uns in Ruhe!", rief er zurück. „Die Dame ist freiwillig hier."

„Das ist eine Lüge. Lass meine Freundin sofort los. Ich will dich nicht erschießen müssen."

Er rappelte sich auf und zog Julia ebenfalls hoch. Dabei hielt er sie wie einen Schild vor sich. Phoebe sah das Metall seines Messers aufblitzen.

„Leg das Gewehr weg und lass uns in Ruhe!", rief er, „oder ich schneide ihr die hübsche kleine Kehle durch."

Phoebe wollte ihn nicht töten. Sie wollte nie wieder einen Menschen töten, solange sie lebte. Sie hatte gehofft, sie könnte auf seinen Arm oder sein Bein zielen, falls er sie tatsächlich zwang abzudrücken. Aber er hielt Julia so vor sich, dass ihre langen Röcke seine Beine verdeckten und seine Arme um sie geschlungen waren. Er war dreißig Zentimeter größer als Julia. Das Einzige, worauf Phoebe freie Sicht hatte, war sein Kopf.

„Bitte, Otis. Ich will dich nicht umbringen. Lass sie los und verschwinde, dann vergessen wir die ganze Sache."

„Du kannst mich nicht töten, ohne gleichzeitig auch sie zu töten. Und jetzt sei ein gutes Mädchen und lass uns allein. Das hier geht dich nichts an."

Phoebe hatte seit beinahe zwei Jahren keine Waffe mehr abgefeuert. Sie hatte schreckliche Angst, dass Otis recht haben könnte und sie Julia tötete, wenn sie versuchte, ihn zu erwischen. Und sie hätte nur diese eine Chance, ihn zu treffen. Wenn sie danebenschoss, würde er Julia die Kehle durchschneiden, bevor sie nachladen konnte. Ihre Schulter war seit ihrer Verletzung nicht mehr so kräftig und sie hatte schon jetzt Mühe, das Gewehr ruhig zu halten.

„Ich bin ein echter Scharfschütze, Mister", sagte sie, aber ihre Stimme zitterte.

„Klar bist du das, Schätzchen", spottete er. „Ich habe gehört, alle Krankenschwestern schießen scharf." Er bewegte sich langsam rückwärts und zog Julia mit sich. Phoebe sah, wie er einen Blick über seine Schulter warf, um zu überprüfen, wie weit er noch von dem Stapel Bahnschwellen entfernt war, der neben den Schienen lagerte. Wenn sie ihn jetzt nicht erschoss, könnte er sich bald dahinter verstecken.

„Das ist deine letzte Chance!", rief Phoebe verzweifelt. „Ich will dich nicht töten, aber du musst Julia gehen lassen ... sofort!"

Ihre Hände zitterten. Wenn sie auch nur einen Hauch zu tief zielte, würde Julia sterben. Phoebe flüsterte ein Gebet – sie betete nicht dafür, dass sie Otis, sondern dass sie nicht Julia treffen würde.

„Na, dann erschieß mich doch, wenn du so ein guter Schütze bist", rief Otis. Er hatte den Stapel Bahnschwellen erreicht. Phoebe blieb keine Zeit mehr.

Sie drückte ab.

Im selben Moment, in dem der Schuss krachte, glaubte sie Julia schreien zu hören. Es dauerte einen schrecklichen, endlosen Moment, bis Phoebe durch den Rauch wieder etwas sehen konnte. Dann sah sie Julia und Otis beide am Boden liegen. Keiner von ihnen bewegte sich.

Phoebe rutschte den Hang hinunter auf die Schienen zu. Sie stolperte immer wieder, weil ihre ausladenden Röcke und Unterröcke an Zweigen hängen blieben und ihr im Weg waren. Die ganze Zeit über betete sie: *Bitte, Gott ... bitte, Gott! ...* als könnte das in irgendeiner Weise ändern, was geschehen war.

Als sie das Gleis erreichte, sah sie als Erstes das Blut, das über Otis und Julia gespritzt war. Es war nicht leicht zu erkennen, wessen Blut es war. Phoebe kniete sich neben den beiden auf den Boden. Durch ihre Tränen hindurch entdeckte sie das Einschussloch in Otis Whitneys Stirn. Er starrte mit leerem Blick in den Himmel. Schnell fühlte sie an Julias Hals nach ihrem Puls.

Sie fand ihn. Ihre Freundin war nur ohnmächtig geworden.

Aber Phoebe hatte einen Mann getötet. Sie hatte ihn umgebracht. Verzweifelt schlug sie die Hände vors Gesicht und schluchzte.

* * *

„Es ist vorbei, Julia. Komm schon, wach auf … es ist vorbei …" Die Stimme und der scharfe Geruch von Riechsalz rissen Julia mit einem Ruck zurück ins Leben. Sie öffnete die Augen und versuchte ihren Blick auf die Person zu fokussieren, die mit ihr sprach. James McGrath hielt ihren Kopf im Schoß. Er blickte auf sie hinunter und strich ihr sanft über die Wange.

Dann erinnerte Julia sich an Otis Whitney und daran, was er versucht hatte, ihr anzutun, und sie schrie auf, während ihr Körper vor Entsetzen zusammenzuckte.

„Alles ist gut", beruhigte James sie. „Er ist fort, Julia. Er kann dir nicht mehr wehtun."

„Wo ist er?", flüsterte sie.

„Er ist tot."

Sie hob die Hand und berührte ihre Kehle, weil sie daran denken musste, wie Otis sein Messer dagegengedrückt hatte. Ihr Hals brannte noch immer.

„Er hat dich ein bisschen angekratzt", sagte James, „aber das verheilt. Ich habe nach einem Wagen geschickt, der dich ins Krankenhaus bringt. Er müsste gleich hier sein."

„Wie … wie bist du hergekommen? Woher wusstest du, wohin du musst?"

„Phoebe hatte mir von dem Zwischenfall heute Morgen erzählt, also bin ich zur Polizei gegangen. Wir waren gerade dabei, Whitneys Wagen zu durchsuchen, als wir den Schuss hörten."

„Phoebe hat mir das Leben gerettet", murmelte Julia, die sich langsam erinnerte. „Wo ist sie?" Sie richtete sich mühsam auf und entdeckte ihre Freundin ein paar Meter entfernt. Sie kauerte auf dem Boden und ihr Gesicht war von dem Schießpulver und ihren Tränen verschmiert. Jemand hatte Phoebe eine Uniformjacke um die Schultern gelegt, aber sie zitterte immer noch, als wäre ihr eiskalt. Julia kroch auf sie zu und nahm sie in den Arm.

„Ich ... ich habe ihn getötet", weinte Phoebe. „Ich wollte ihn nicht töten ..."

Aus dem Augenwinkel sah Julia die Stiefel und die ausgestreckten Beine von Otis Whitney. Sie drehte Phoebe so, dass ihre Freundin den grausigen Anblick nicht länger ertragen musste. „Ich weiß. Ich weiß. Aber er hätte mich getötet, Phoebe. Das hätte er. Du hattest keine Wahl."

„Ich habe einem Menschen das Leben genommen ..."

„Nein, du hast einem Menschen das Leben gerettet."

Sie hielten einander fest umklammert und weinten, bis der Krankenwagen kam.

* * *

Die Nachricht verbreitete sich wie ein Lauffeuer – ein Wagenführer hatte versucht, eine Krankenschwester der Gesundheitskommission zu vergewaltigen und eine andere Krankenschwester hatte ihn erschossen. Nachdem der Krankenwagen Julia und Phoebe zu Julias Zelt gebracht hatte, wurden sie von Dutzenden Kommissionsangehörigen und Armeevertretern aufgesucht, die ihre Geschichte hören wollten und sie zur Abfolge der Ereignisse befragten. Am späten Nachmittag, als Julia sich ausruhte, ließ sie ein Geräusch hochschrecken. Sie blickte auf und sah James im Eingang des Zeltes stehen, in der Hand seine Arzttasche.

„Ich störe dich hoffentlich nicht?", fragte er. „Ich wollte nur sehen, wie es dir und Phoebe geht."

Julia setzte sich auf und ihr Herz schlug bei seinem Anblick schneller. „Mir geht es gut. Phoebe auch. Sie hat endlich aufgehört zu zittern und ist zu Ted gegangen."

„Das ist gut. Ich habe meine Tasche mitgebracht", sagte er und hob sie ein wenig hoch. „Ich ... äh ... ich dachte, du brauchst vielleicht etwas Laudanum, damit du heute Nacht schlafen kannst." Er runzelte die Stirn, als wäre es im Zelt zu hell. Sie fragte sich, ob er Migräne hatte.

„Danke, aber es geht schon", erwiderte sie.

James atmete aus. „Julia, ich weiß, dass es mich nichts angeht, und ich habe nicht das Recht, dir zu sagen, was du tun sollst … aber ich finde, du solltest heimfahren."

Sie sah die tiefe Sorge in seinem Blick und dieselbe Zärtlichkeit, die sie an diesem Nachmittag dort gesehen hatte, als sie aufgewacht war und er sie gehalten hatte. Sie dachte daran, dass er sie vor langer Zeit einmal gewarnt hatte, als sie noch in Washington gewesen waren. Er hatte versucht ihr zu erklären, wie Männer wie Otis Whitney auf sie reagieren könnten. Er hatte damit recht gehabt und sie schämte sich, weil sie nicht früher auf ihn gehört hatte.

„Ich weiß, dass ich nach Hause zurückkehren sollte", sagte sie und wandte den Blick ab. „Die anderen Krankenschwestern … und der Leiter der Kommission … sie alle sagen dasselbe."

„Dann … reist du also ab?", fragte er leise.

Sie nickte.

Eine Weile sprach keiner von ihnen, und in der Stille hörte Julia, wie ein Wagen zwischen den Zeltreihen hindurchfuhr und vor ihrem Zelt stehen blieb.

„Julia, ich … es gibt so viel, was ich dir sagen möchte", sagte James. „Ich weiß nicht, wie ich es sagen soll … wo ich anfangen soll …"

Sie blickte zu ihm auf und spürte, wie ihr Herz sich zusammenzog. James liebte sie. Sie konnte es in seiner Miene sehen, in seinen Augen. Und sie liebte ihn. Sie hatte nie gewollt, dass das geschah. James war ein verheirateter Mann und Vater. Er hatte versucht, sie von sich zu stoßen, aber sie war immer wieder zu der Arbeit an seiner Seite zurückgekehrt und hatte ihn in Versuchung geführt. Es war alles ihre Schuld.

„Nein, James. Sag es nicht", bat sie ihn – wenngleich ein Teil von ihr sich danach sehnte, ihn wieder im Arm zu halten und seine Liebe zu erwidern.

Sie hörte eine Stimme vor dem Zelt und Pferde. Dann erschien hinter James eine zweite, größere Gestalt. Die untergehende Sonne erleuchtete einen goldblonden Haarschopf. Nathanael.

„Julia?", rief er. „Darf ich hereinkommen?" Er schob sich an James vorbei und kroch in das Zelt, ohne ihre Antwort abzuwarten. „Julia", flüsterte er. „Gott sei Dank, Gott sei Dank! Es geht dir gut. Dir ist nichts passiert." Er zog sie auf die Füße und in seine Arme und hielt sie fest an sich gedrückt. Sie spürte, wie seine Tränen ihr Haar benetzten.

„Es tut mir so leid, Nathanael. Ich hätte auf dich hören sollen. Ich hätte nicht herkommen dürfen. Ich –"

„Schhh … schhh. Das spielt jetzt keine Rolle. Solange es dir nur gut geht..."

„Otis hat mir nichts getan."

„Gott sei Dank", hauchte er.

„Ich fahre nach Hause", erzählte sie ihm. „Sobald es geht."

„Ich bin ja so froh." Nathanaels Arme zogen sie noch fester an sich. Dann schob er sie ein Stück von sich fort, um sie anzusehen. „Dass diese Tragödie nötig war, um mich zur Vernunft zu bringen, Julia … Ich will dich nicht verlieren. Und ich möchte dich immer noch heiraten … wenn du willst."

Julia konnte nicht an ihm vorbeischauen und nachsehen, ob James noch immer im Eingang stand, aber irgendwie wusste sie, dass er nicht mehr da war. Sie konnte kaum glauben, dass es wahr war – dass Nathanael sie immer noch liebte, sie immer noch heiraten wollte.

„Natürlich", sagte sie. „Natürlich will ich." Julia lehnte sich an ihn und weinte, aber nicht all ihre Tränen waren Freudentränen.

* * *

„Du hast getan, was du tun musstest", sagte Ted, als Phoebe ihm die ganze Geschichte erzählt hatte. „Du hast ihn gewarnt, ihm einen Ausweg geboten, aber er hat dir keine Wahl gelassen."

„Ich habe in den letzten Jahren viele tote Männer gesehen", sagte sie schaudernd. „Aber ich habe noch nie neben einem gestanden, den ich selbst getötet habe."

„Ike", sagte Ted leise, „lass es los. Vergib dir … und lass es los." Die Worte rasselten heiser in seiner Kehle. Phoebe hatte es nicht wahrhaben wollen, aber sie konnte die Tatsache, dass Teds Lungenflügel sich mit Flüssigkeit füllten, nicht länger leugnen. Sie hatte die Anzeichen bei unzähligen anderen Soldaten gesehen. Er bekam eine Lungenentzündung. Sie fühlte seine Stirn – sie war glühend heiß.

„Ich hole einen Eimer kaltes Wasser", sagte sie und erhob sich. „Ich muss dein Fieber senken."

Er griff nach ihrem Handgelenk und hielt sie zurück. „Lass mich ein bisschen schlafen."

„Nein, du musst dagegen ankämpfen, Ted … bitte!"

Er nickte und versuchte zu grinsen. „Na gut … ich kämpfe … aber erst nachdem ich geschlafen habe."

Plötzlich hörte Phoebe schnelle, polternde Schritte herannahen. Vor dem Zelt kamen sie abrupt zu einem Halt. Phoebe blickte auf. Otis Whitney stand im Zelteingang – aber das konnte unmöglich sein. Er war tot. Sie hatte seinen leblosen Körper mit eigenen Augen gesehen.

Der Mann trat einen Schritt auf sie zu. In der Hand hielt er eine Pistole. Wie in einem Traum beobachtete Phoebe, wie er die Waffe langsam hob und auf sie richtete.

„Du hast meinen Bruder getötet!"

Sie hörte Ted „Pass auf!" schreien. Dann sprang er irgendwie vom Bett. Seine Arme umfingen Phoebe, als er auf sie zuhechtete und sie zu Boden warf. Im selben Augenblick hörte sie den Schuss.

Eine ganze Weile lang lag Phoebe wie betäubt auf dem Boden. Sie nahm im Hintergrund Geräusche wahr, und jemand rief: „Haltet den Mann! Haltet ihn!"

Teds Körper, der auf dem ihren lag, fühlte sich merkwürdig schwer an. Er versuchte in langen, schmerzhaften Zügen zu atmen. Als sie die Arme um ihn schlang, bemerkte sie, dass sein Rücken feucht und rutschig war von warmem Blut.

„Nein!", schrie sie. „Bitte nicht …"

Vorsichtig setzte sie sich auf und rollte Ted auf die Seite, um ihn im Arm halten zu können. Sie streichelte sein Gesicht und seine Locken mit ihren blutbefleckten Händen.

„Warum, Ted? Warum musstest du dich dazwischenwerfen?"

Er blickte zum letzten Mal zu ihr auf und flüsterte: „Du bist mein bester Freund, Ike ..."

Kapitel 25

Philadelphia
Oktober 1864

Phoebe starrte aus Julias Schlafzimmerfenster und beobachtete, wie unten auf der Straße die Kutschen vorbeifuhren. Die Bäume am Straßenrand leuchteten bunt, aber für Phoebe hatten sie etwas Trauriges an sich. Ihre Blätter würden bald zu Boden fallen und vom Wind fortgeweht, sodass die Zweige nackt und kahl zurückblieben. Und insgeheim sehnte sie sich danach, zusammen mit ihnen davongetragen zu werden.

„Bist du fertig?", fragte Julia und trat neben sie.

„Wärst du mir sehr böse, wenn ich hierbleibe, anstatt zu dem Tee zu gehen?"

„Warum? Was ist los?"

„Nichts. Es ist nur …" Phoebe seufzte. „Ich will dich nicht kränken, Julia. Du warst in den letzten drei Monaten so gut zu mir. Du hast mir hübsche Kleider gekauft, mich in dein Haus aufgenommen, mich überall mit hingenommen … Aber ich gehöre nicht hierher. Das hier ist nicht mein Leben und ich werde immer fehl am Platz sein."

Julia setzte sich so an ihren kleinen Frisiertisch, dass sie dem Spiegel den Rücken zuwandte. „Ich glaube, ich gehöre auch nicht hierher. Dieses Leben fühlt sich so eitel und sinnlos an."

„Das meinte ich nicht. Du und deine Familie, ihr tut viel Gutes für andere und ihr seid in finanziellen Dingen sehr großzügig. Aber ich bin nicht in einer reichen Familie mit einem schicken Haus wie diesem hier aufgewachsen, und ich werde nie hier hinpassen. Ich rede nicht richtig und traue mich kaum, mich in diesen Reifröcken zu bewegen, weil ich Angst habe, ich könnte irgendwas umwerfen und kaputt machen. Außerdem kann ich mich einfach nicht daran gewöhnen, dass andere etwas für mich tun, das ich genauso gut selbst tun kann – mich anziehen, meine Haare kämmen, mein Bett machen. Deine Dienstboten tun alles für mich, ich muss nur noch selbst essen. Ich bin nicht bettlägerig."

„Ich weiß. Mir gefällt das auch nicht. Ich wünschte …" Julia seufzte. „Ich weiß noch nicht einmal mehr, was ich mir wünsche."

Phoebe tat ihre Freundin leid. Die meisten Menschen würden Julia um ihr Leben beneiden. In der Vergangenheit hätte Phoebe das vielleicht auch getan, aber jetzt verstand sie, warum Julia so unglücklich war und warum sie sich danach sehnte, etwas Sinnvolles zu tun.

„Seid ihr Mädchen so weit?", fragte Mrs Hoffman, als sie in den Raum gerauscht kam. „Unsere Kutsche wartet vor dem Haus."

„Wir haben beschlossen, nicht mitzukommen", sagte Julia. „Bitte entschuldige uns bei Mrs Rogers."

„Das könnt ihr nicht machen. Sie erwartet euch – euch beide. Und jetzt beeilt euch bitte. Wir sind ohnehin spät dran."

„Keine von uns fühlt sich dieser Tortur gewachsen", sagte Julia.

„Es ist keine ‚Tortur', es ist eine Einladung zum Tee, um Himmels willen. Außerdem ist Mrs Rogers ein sehr einflussreiches Mitglied unserer Kirche. Du bist auf ihr Wohlwollen angewiesen, um Nathanaels willen."

„Aber mir ist nicht danach, zu diesem Tee zu gehen."

Mrs Hoffman winkte ungeduldig ab. „Es spielt keine Rolle, ob dir danach ist oder nicht. Nathanaels Karriere und seine Interessen sind wichtiger als deine eigenen Wünsche. Du bist seine Vertreterin."

„Nein, das bin ich nicht. Ich bin *ich*!"

Mrs Hoffman starrte ihre Tochter an, als hätte sie den Verstand verloren. „Diesen albernen Gedanken vergisst du besser, bevor er dir seinen Trauring an den Finger steckt, sonst ruinierst du seine Chancen auf eine anständige Karriere in der Kirche. Wenn du erst einmal Mrs Nathanael Greene bist, gibt es keine Julia Hoffman mehr. Was glaubst du, warum wir unseren Namen aufgeben und den unseres Ehemanns annehmen? Es ist mehr als ein Symbol – es ist eine Tatsache."

„Ich will diese Diskussion jetzt nicht führen", sagte Julia.

„Gut. Dann nimm deinen Mantel und komm." Mrs Hoffmann rauschte wieder aus dem Zimmer, wie ein Militärkommandant, der seine Truppen in die Schlacht führt.

„Die Einladung zum Tee gilt auch dir, Phoebe", sagte Julia nach einer Weile. „Sie wollen, dass du mitkommst."

„Ja, damit sie mich anstarren können. Ich sehe die Art, wie mich alle ansehen ... so als wäre ich sonderbar – weil ich es bin. Sogar deine Familie weiß nicht recht, was sie mit mir anfangen soll. Deine Mutter ist wirklich gut zu mir, aber ehrlich gesagt glaube ich, dass sie ein bisschen Angst vor mir hat. Wahrscheinlich macht sie sich Sorgen, dass ich noch jemandem eine Kugel zwischen die Augen jagen könnte, wenn ich wütend bin."

„Sie ist dir sehr dankbar, weil du mir das Leben gerettet hast."

„Ich weiß. Das hat sie mir schon hundertmal gesagt. Aber keine der anderen Damen, die heute Nachmittag zu dieser Teeveranstaltung kommt, hat jemals einen Mann getötet oder mit eigenen Augen jemanden gesehen, der einen anderen Menschen auf dem Gewissen hat. Sie sehen mich alle an, als könnten sie das mit dem Töten nicht vergessen, auch wenn ich es getan habe, um dich zu retten."

„Ich verstehe das nur zu gut, glaub mir. Ich habe für den Rest meines Lebens die zweifelhafte Ehre, ‚das Mädchen, das beinahe vergewaltigt wurde' zu sein. Die meisten Leute glauben insgeheim, ich hätte es verdient, weil ich weggelaufen und Krankenschwester geworden bin."

„Vielleicht denken sie das jetzt, aber irgendwann werden sie aufhören, sich die Mäuler zu zerreißen. Vor allem, wenn du erst einmal Pastor Greene geheiratet hast. Du bist eine von ihnen, du gehörst hierhin – ich nicht. Du weiß, dass das stimmt, Julia. Ich glaube, es ist an der Zeit, dass ich gehe."

„Ich weiß, dass du meine Freundin bist. Und dass ich dich schrecklich vermissen werde, wenn du gehst."

„Ich werde dich auch vermissen. Aber ich muss trotzdem gehen. Es gibt etwas, das ich erledigen muss. Ich habe Ted versprochen, dass ich seiner Mutter alle seine Sachen bringe, falls …“ Der Schmerz stieg so heftig in Phoebe auf, als wäre Ted gerade erst gestorben. Sie sank auf die Kante ihres Bettes und griff nach dem Tornister, den sie immer nahe bei sich behielt. Sie hob ihn auf ihren Schoß, umarmte ihn und legte die Wange darauf.

„Ich wollte alle seine Sachen behalten, weil … weil sie mich an ihn erinnern. Ich sehe seine Bratpfanne und seine albernen Tonikumflaschen und dann denke ich daran –“ Sie konnte nicht weitersprechen. Hastig wischte sie die Tränen fort, die ihr über die Wangen liefen. „Seine Hemden riechen immer noch nach ihm.“

„Dann bist du noch nicht so weit, Phoebe. Du brauchst noch Zeit, bevor du seine Sachen weggeben kannst.“

Phoebe blickte zu Julia auf. „Ist es falsch, an einem Mann zu hängen, der dir nicht gehört und nie gehört hat, einem Mann, den du niemals wiedersehen wirst?“

Ein merkwürdiger Ausdruck legte sich auf Julias Gesicht und ihre Augen füllten sich mit Tränen. „Ich bin nicht die Richtige, um dir diese Frage zu beantworten. Für unsere Erinnerungen können wir genauso wenig etwas wie dafür, in wen wir uns verlieben … Aber Ted hat dich geliebt, Phoebe. Er hat sein Leben für dich geopfert.“

„Er hat gesagt, ich soll so leben, dass jeder Tag zählt. Und so lebe ich nicht.“ Sie wischte sich ungeduldig die Tränen fort. „Ich muss aufhören, an die Vergangenheit zu denken, und nach vorne sehen, aber ich glaube, das kann ich nicht, solange ich mich an seinen Sachen festhalte. Ich muss alles zurückgeben, Julia. Und ich muss mir anschauen, wo er begraben ist. Sonst bleibe ich mein ganzes Leben lang in denselben eingefahrenen Gleisen stecken. Es ist an der Zeit, Teds Mutter zu besuchen und ihr diese Sachen zu geben – wie ich es versprochen habe.“

„Ich gehe mit dir.“

„Danke für das Angebot, aber ich finde nicht, dass du noch einmal weglaufen solltest.“

„Ich laufe nicht weg, ich will dir nur Gesellschaft leisten, damit du nicht allein reisen musst."

„Nein … du bist unglücklich hier und dies wäre eine gute Ausrede für dich, wieder wegzulaufen. Ich bin fast immer alleine unterwegs gewesen. Für mich ist das nichts Neues. Aber das hier ist dein Zuhause. Du hast zwar nicht das Gefühl, hierhin zu gehören, aber das liegt nur daran, weil du noch nicht lange genug zu Hause bist. Du hast dich noch nicht wieder an dieses Leben gewöhnt. Aber das wirst du – wenn du nicht immer wieder davor wegläufst. Du bist in diese Welt hineingeboren worden."

„Ich wünschte, ich wäre es nicht."

„Willst du denn Pastor Greene nicht heiraten und hier mit ihm eine Familie gründen?"

In Julias Blick lag plötzlich so etwas wie Panik. Sie zitterte wie ein Kaninchen, das in der Falle sitzt. „Ich weiß es nicht, Phoebe. Ich weiß nicht, ob ich ihn heiraten will oder nicht. Der Gedanke, dass er mein Leben so vereinnahmt, wie Mutter es gerade beschrieben hat, macht mir Angst. Nathanael hat ganz genaue Vorstellungen davon, wie seine Frau sich verhalten soll, was sie in jedem Augenblick tun oder sagen soll, und ich weiß nicht, ob ich seinen Erwartungen gerecht werden kann. Oder ob ich es überhaupt noch will. Ich weiß nicht, ob ich ihn liebe oder nicht."

Wieder blickte Phoebe ihre Freundin voller Mitleid an. „Du wirst es schon noch rechtzeitig herausfinden. Ich habe auch eine Weile gebraucht, um herauszufinden, was ich als Nächstes tun soll."

Julias Mädchen erschien plötzlich in der Tür. „Mrs Hoffman sagt, ich soll nachsehen, wo Sie bleiben. Sie sagt, sie verliert gleich die Geduld."

„Sag ihr, dass wir gleich kommen." Julia blieb einen Augenblick lang ganz still sitzen, als wolle sie sich sammeln. Dann wandte sie sich wieder Phoebe zu. „Was willst du tun, nachdem du bei Teds Mutter warst? Wo willst du hingehen?"

„Ich weiß es nicht. So weit habe ich noch nicht gedacht."

„Versprich mir, dass du mir schreibst und mir sagst, wo du bist und was du machst. Auch wenn es nur eine kurze Nachricht ist."

„Warum?"

„Weil der Krieg noch nicht zu Ende ist – und ich meine nicht nur den in unserem Innern. Du bist der einzige Mensch, mit dem ich darüber sprechen kann, wie es war, auf diesen Schlachtfeldern zu sein und all die verwundeten Männer zu sehen. Und bis wir darüber hinwegkommen, wissen wir beide nicht, wer wir sind oder was wir wollen. Ergibt das irgendeinen Sinn?"

„Ja. Ich würde sagen, wir sind so unterschiedlich wie ein Stachelschwein und ein Iltis. Aber wir waren beide am gleichen Ort und deshalb sind wir innerlich gleich, in unseren Herzen."

„Welcher von beiden bin ich?", fragte Julia und lächelte trotz ihrer Tränen, „das Stachelschwein oder der Iltis?"

Phoebe grinste. „Keine Ahnung. Werfen wir doch eine Münze."

* * *

Western Pennsylvania
Oktober 1864

Teds Heimatstadt war noch genau so, wie Phoebe sie in Erinnerung hatte, trotz der drei Jahre Krieg. Drei Jahre. Die Zahl erschreckte sie. Im Oktober des Jahres 1861 hatten Ted und sie sich gemeldet, um drei Jahre lang zu kämpfen. Ihre Militärzeit wäre in diesem Monat abgelaufen. Ted sollte derjenige sein, der gesund und munter heimkehrte, nicht sie.

Als der Zug in den Bahnhof einfuhr, hatte Phoebe das Gefühl, eine Reise in die Vergangenheit zu unternehmen. Sie erinnerte sich daran, wie sie vor drei Jahren ebenfalls allein im Zug gesessen hatte und die tränenreichen Abschiede draußen auf dem Bahnsteig mit angesehen hatte. Teds Mutter hatte sich an ihn geklammert und geweint und ihn angefleht, nicht zu gehen. Sie hatte solche Angst gehabt, sie könnte ihn verlieren, und das hatte sie schließlich auch. Ted war in einem Sarg zu ihr zurückgekehrt. Phoebe hatte ein schlechtes Gewissen, weil sie herkam und in einer Wunde bohrte, die wahrscheinlich noch nicht verheilt war. Aber sie vermutete, dass eine Mutter ohnehin niemals wirklich über den Verlust ihres einzigen Sohnes hinwegkam.

Phoebe stieg aus dem Zug und sah sich um. Das Hotel, in dem sie und all die anderen Soldaten übernachtet hatten, war ein Stück die Straße hinunter. Sie hatte auf der Fahrt beschlossen, sich dort ein Zimmer für die Nacht zu nehmen, nachdem sie Teds Mutter besucht hatte. Phoebe war sich immer noch unsicher, wohin sie am nächsten Tag gehen würde. Oder am Tag danach.

Sie ging langsam in die Stadt und bog in die Hauptstraße ein. Ihr wurde bewusst, dass sie es schon wieder tat – alle Gesichter zu mustern, an denen sie vorüberging, auf der Suche nach Ted. Sie hatte es in Philadelphia getan und in Washington und auf allen Schlachtfeldern, auf denen sie gewesen war. Sie hatte es auch den ganzen Weg hierher getan. Wie lange würde es dauern, bis sie diese Angewohnheit ablegte und die Tatsache akzeptierte, dass Ted tot war?

Phoebe blieb vor dem Geschäft stehen, das als Rekrutierungsbüro gedient hatte. Dort war sie ihm zum ersten Mal begegnet und er hatte den Tornister erhalten, den sie jetzt trug. Sie erinnerte sich daran, wie lustig er in dem riesigen Uniformmantel ausgesehen hatte, als er sie von unten herauf angegrinst und gesagt hatte: *„Hey du … sollen wir die Mäntel tauschen?“*

Hör auf, schalt Phoebe sich. *Du kannst hier nicht heulend durch die Stadt laufen, sonst sperren sie dich noch ins Irrenhaus ein.*

Auf einer schmalen Veranda vor dem Lebensmittelladen saßen zwei alte Männer und kauten Tabak. Sie fragte sie nach dem Weg zur Cherry Street, wo Teds Mutter dem Absender auf ihren Briefen zufolge wohnte. Sie sagten, es sei nicht weit, aber Phoebe ging so langsam weiter, als hätte sie noch viele Kilometer vor sich. Mit der einen Hand drückte sie Teds Tornister an ihre Brust, mit der anderen trug sie den Koffer, den Julia ihr für ihre eigenen Habseligkeiten gegeben hatte.

Das Haus Nummer fünfzehn in der Cherry Street war ein kleines, schlichtes Haus, das sich um Welten von Julias riesigem Anwesen in Philadelphia unterschied – und um Welten von Phoebes eigener rustikaler Hütte daheim in West Virginia. Es sah so aus, wie sie sich ein Zuhause immer vorgestellt hatte – ein gemütliches, eingeschossiges, mit Schindeln bedecktes Haus, umgeben von einem Zaun, der einen neuen Anstrich hätte gebrauchen können. Sie wollte gerade den Weg zum Haus hinaufgehen und an die Tür klopfen, als sie die Wäsche bemerkte, die an der Wäscheleine hinter dem Haus im Wind flatterte. Sie ging in den Garten und erblickte dort Teds Mutter, die sich streckte und bückte und wieder streckte, während sie die Wäsche abnahm und in einem Korb stapelte. Phoebe sah ihr mehrere Minuten lang zu.

Sie sah Ted so ähnlich, mit ihrem zierlichen Körperbau, der braunen Haut und dem lockigen braunen Haar, dass Phoebe sich fragte, was Teds Vater zum Aussehen seines Sohnes beigesteuert hatte. Mrs Wilson bemerkte Phoebe zunächst nicht. Erst nach einer Weile blickte sie plötzlich auf, sog scharf die Luft ein und ließ das Laken fallen, das sie in der Hand hielt.

„Bitte entschuldigen Sie", sagte Phoebe und eilte zu ihr, um das Betttuch aufzuheben. „Ich wollte mich nicht anschleichen, Mrs Wilson. Mein Name ist Phoebe Bigelow und ich bin gekommen, um –"

„Phoebe ...", wiederholte Teds Mutter und musterte sie. „Ach ja. Sie sind Teds Freund ... Ike."

„W-woher wissen Sie das?"

Sie zeigte auf den Tornister und ihre Augen füllten sich mit Tränen. „Sie haben seine Sachen nach Hause gebracht. Ted hat mir gesagt, Sie würden kommen."

„Das hat er?"

„Ich habe noch den Brief, den eine der Krankenschwestern für ihn geschrieben hat. Es war sein letzter."

Phoebe schluckte einen dicken Kloß hinunter, der in ihrem Hals festsaß. Julia musste diesen Brief für ihn geschrieben haben. Deshalb hatte er darum gebeten, dass sie an diesem letzten Tag zu ihm kam – diesem schrecklichen letzten Tag.

„Sie müssen hereinkommen", sagte Mrs Wilson und streckte den Arm aus, um Phoebe unterzuhaken. „Ich mache uns Tee. Es gibt so viel, worüber wir reden müssen."

Phoebe blieb über Nacht. Sie schlief in Teds altem Bett, obwohl es so kurz war, dass ihre Füße übers Fußende hingen. Seine Mutter hatte in dem Zimmer nichts geändert, seit er vor drei Jahren in den Krieg gezogen war. Am nächsten Tag ging Mrs Wilson mit Phoebe zum Friedhof und zeigte ihr Teds Grab, das neben dem seines Vaters lag.

„Bitte bleiben Sie noch ein bisschen“, sagte sie jedes Mal, wenn Phoebe andeutete, es sei für sie Zeit zu gehen. Und so blieb sie und gab ihrem Herz die Gelegenheit zu heilen, indem sie ihre Trauer mit Teds Mutter teilte.

Aus einer Woche wurden zwei, dann drei. Als im November die Präsidentschaftswahlen stattfanden, feierten die beiden Frauen gemeinsam den Sieg von Präsident Lincoln über den Gegenkandidaten, General George McClellan. „Ted hielt zuerst große Stücke auf General McClellan“, erinnerte sich Phoebe. „Aber nachdem der General sich von der Halbinsel zurückgezogen hatte, ohne sich ordentlich zu wehren, war Ted anderer Meinung. Er hätte mit Sicherheit für Mr Lincoln gestimmt, weil er versprochen hat, alle Sklaven zu befreien.“

Phoebe wohnte immer noch bei Teds Mutter, als Präsident Lincoln Ende November einen Nationalen Dank-Feiertag ausrief. Mrs Wilson kochte Hühnchen für sie beide und zeigte Phoebe, wie man eine Maisbrotfüllung und Apfelkuchen zubereitete. Gemeinsam lasen sie in der Zeitung, dass die Köche der Union mehr als hunderttausend *Thanksgiving*-Essen für Grants Armee in den Schützengräben bei Petersburg zubereitet hatten. Und zusammen verfolgten die Frauen General Shermans Marsch zum Meer und dass er Präsident Lincoln die Stadt Savannah in Georgia zum Weihnachtsgeschenk machte.

Am 31. Januar 1865 verabschiedete der Kongress den Dreizehnten Verfassungszusatz, mit dem die Sklaverei abgeschafft wurde. Phoebe und Ma Wilson weinten und umarmten einander und weinten wieder. „Ted hat mir deine Geschichte erzählt, Ma“, sagte Phoebe. „Es war sein Traum, nach dem Krieg die Plantage zu finden, auf der du geboren wurdest, und seine Großmutter nach Hause zu holen.“

Ma verbrachte die langen Winterabende damit, Phoebe das Nähen und Stricken beizubringen, und erzählte ihr Geschichten über alles, woran sie sich aus ihrer Kindheit als Sklavin erinnerte. Sie wurde ihr die Mutter, die Phoebe nie gekannt hatte. Als die beiden Frauen in der Zeitung lasen, dass General Sherman in Georgia und South Carolina einen Pfad der Zerstörung hinterließ, fragte Phoebe sich, was bloß aus den Tausenden und Abertausenden früherer Sklaven werden sollte, die jetzt obdachlos waren und hungerten.

„Das allererste Mal habe ich in den Slums als Krankenschwester gearbeitet", erzählte sie Ma, „habe ich Dr. McGrath geholfen, ein paar von den ehemaligen Sklaven zu behandeln, die dort in völliger Armut lebten." Sie fragte sich, wer sich jetzt um sie kümmerte.

Anfang März, an dem Tag, an dem Präsident Lincoln für seine zweite Amtszeit vereidigt wurde, stand Phoebe neben Teds Mutter an seinem Grab. Plötzlich wurde ihr bewusst, dass der lange, kalte Winter beinahe vorbei war. Der Frühling versuchte mit aller Macht hervorzubrechen. Und sie spürte, dass ihr eigener dunkler Winter sich ebenfalls dem Ende zuneigte. Es war Zeit für ein neues Leben – sowohl für die Natur um sie herum als auch für sie selbst.

„Ich muss fort, Ma", sagte sie leise. „Der Krieg beginnt bald wieder, und ich muss zurückgehen und mich um die verletzten Soldaten kümmern."

„Nein, bleib hier, Phoebe", bat Teds Mutter. „Lass mich für dich sorgen."

Ein Teil von ihr sehnte sich danach zu bleiben. Der Sog ihrer behaglichen Umgebung war stark, verstärkt noch durch das Band der Liebe, das zwischen Teds Mutter und ihr entstanden war. Vor dem Krieg hätte sie sich die Gelegenheit nicht entgehen lassen, in einem Zuhause wie diesem zu leben, in dem sie geliebt wurde. Aber jetzt war alles anders. Phoebe war nicht mehr derselbe Mensch, der sie vor dem Krieg gewesen war.

„Ich gehe nicht für immer", sagte sie. „Ich komme wieder und besuche dich, wenn der Krieg vorbei ist."

„Warum musst du denn gehen?"

„Weil … weil wir die Liebe nicht für uns behalten sollen, Ma. Wir sollen sie weitergeben."

„Aber es ist gefährlich an der Front. Ich habe Angst um dich. Was ist, wenn dir auch etwas zustößt?"

Phoebe blickte lange auf Teds Grabstein hinunter und betrachtete seinen Namen, der tief in den Stein eingemeißelt war. „Ted hatte keine Angst zu sterben. Er wusste, wofür er gelebt hatte. Ich glaube, wenn man weiß, warum man lebt, kann man dem Tod besser ins Auge sehen. Eines der letzten Dinge, die Ted zu mir sagte, war, dass ich Gott dienen solle. Er sagte, das sei das Einzige, was zähle. Und das habe ich vor."

Mrs Wilson schlang die Arme um Phoebe und drückte sie an sich. Die zierliche Frau reichte Phoebe nicht einmal bis zum Kinn. „Ich liebe dich, mein Schatz. Versprich mir, dass du wiederkommst und mich besuchst."

Phoebe erinnerte sich an den tränenreichen Abschied auf dem Bahnsteig vor drei Jahren und daran, wie sehr sie sich eine Mutter wie Teds gewünscht hatte. Jetzt hatte sie eine und es brach ihr das Herz, sie zu verlassen. „Ich komme wieder", sagte sie unter Tränen. „Ich verspreche es."

* * *

Philadelphia
April 1865

„Also wirklich, Julia! Ist es unbedingt nötig, dass du jeden Morgen drei Zeitungen liest?" Julia blickte von ihrer Lektüre auf und sah ihre Mutter an, die neben dem Frühstückstisch stand, die Hände in die Hüften gestemmt. „Du wirst allmählich schlimmer als dein Vater."

Julia betrachtete das Durcheinander, das sie angerichtet hatte. Überall auf dem Tisch und sogar auf dem Boden lagen Zeitungsblätter verstreut. „Es tut mir leid", sagte sie und bückte sich, um das Papier aufzuheben. „Aber Nathanael ist in Petersburg und ich muss einfach wissen, was dort geschieht. Die Ereignisse überschlagen sich derart, dass es schwierig ist, auf dem Laufenden zu bleiben."

„Was sind denn die jüngsten Neuigkeiten?", fragte Mrs Hoffman, während sie sich setzte, um ihren Kaffee zu trinken.

„Die Rebellen sind so gut wie besiegt. Ich glaube, der Krieg ist bald zu Ende."

„Gott sei Dank", seufzte ihre Mutter. „Vielleicht können wir dann endlich wieder ein normales Leben führen."

Julia steckte ihre Nase wieder in die Zeitungen. Sie konnte gar nicht genug Informationen darüber sammeln, dass der Krieg rapide zu Ende ging. Aber jedes Mal, wenn sie von den jüngsten Schlachten las, wünschte sie sich, sie wäre dort und könnte an James' Seite all die verwundeten Soldaten versorgen. Sie hasste es, die Ereignisse aus der Ferne, nur über die Zeitungen zu verfolgen, und sie hatte das Gefühl, ihr eigenes Leben zog an ihr vorbei, während sie anderen Menschen dabei zusah, wie sie ihres lebten. Etwas Großes und Wichtiges schien zu fehlen.

„Richmond ist gefallen", las Julia ihrer Mutter einige Tage später vor. „Hier steht, dass die Rebellen auf der Flucht alles niedergebrannt haben. Ein Großteil der Innenstadt liegt in Trümmern."

Mrs Hoffman musste sich setzen, um diese Nachricht zu verdauen. „Hoffentlich konnte deine Cousine Caroline die Stadt rechtzeitig verlassen. Vielleicht kommen unsere Briefe ja jetzt endlich wieder durch und wir können herausfinden, wie es ihr geht."

„Wahrscheinlich ist sie in Sicherheit. Hier steht, dass die meisten Wohngegenden der Stadt verschont geblieben sind", fuhr Julia fort. „Präsident Lincoln hat Richmond am Tag nach der Eroberung einen Besuch abgestattet und wurde von einer Menge jubelnder Sklaven begrüßt."

„Ich frage mich, was aus ihnen wird, jetzt, wo sie frei sind", sagte ihre Mutter nachdenklich.

Julia dachte an Loretta und Belle und die verzweifelte Lage, in der sie und ihre Kinder sich befunden hatten, bevor sie ihnen die Arbeit in der Wäscherei beschafft hatte. „Das frage ich mich auch", sagte sie. Sie verschwieg ihrer Mutter die Tatsache, dass die Bürger von Richmond kurz vor dem Verhungern gewesen waren, als die Truppen der Union dort einmarschiert waren. Ihre Familie hatte hier in Philadelphia nicht einen einzigen Tag lang gehungert, Nathanael war als Seelsorger nicht in Gefahr geraten und Rosalies Mann hatte dafür bezahlt, dass ein anderer an seiner Stelle diente. Julia fragte sich unwillkürlich, wie Carolines Leben in Richmond während der vergangenen Jahre ausgesehen hatte und ob ihr Verlobter, der auf der Seite der konföderierten im Krieg gekämpft hatte, noch am Leben war.

Dann las Julia eines Morgens von General Lees Kapitulation. Sie legte den Kopf auf den Tisch und weinte. Es war vorbei – der Krieg war tatsächlich vorbei. Jetzt mussten keine jungen Männer mehr sterben und sie musste nicht mehr mit ihrem Wunsch ringen, als Krankenschwester zu arbeiten und ihnen zu helfen. Sie konnte, wie ihre Mutter gesagt hatte, wieder ein normales Leben führen. Aber was war „normal"?

„Ich nehme an, das bedeutet, dass Nathanael bald aus dem Militärdienst entlassen wird", sagte Julias Mutter, als der Sieg verkündet wurde. „Wir sollten anfangen, die Hochzeit vorzubereiten."

Julia versuchte, Begeisterung aufzubringen, als sie eine Schneiderin aufsuchten, um sich Schnitte und Stoffmuster für ihr Kleid anzusehen. Ihre Zukunft lag vor ihr, voll mit aufregenden Veränderungen. Warum nur hatte sie immer noch ein so unbehagliches Gefühl, wenn sie an ihr neues Leben als Nathanaels Frau dachte?

„Es ist ganz normal, dass die Braut kurz vor der Hochzeit kalte Füße bekommt", beruhigte ihre Mutter sie. „Am besten besuchen wir morgen deine Schwester. Sie wird dir erzählen, dass es ihr damals genauso ging. Aber inzwischen hat sie sich an ihren Mann gewöhnt."

Julia hatte gelernt, alle möglichen Dinge zu tun, von denen sie sich nie hätte träumen lassen, dass sie sie tun könnte – Wäsche waschen, Wunden verbinden, in der Nähe eines Schlachtfelds arbeiten, während die Granaten um sie herum explodierten, bei Operationen assistieren. Sie würde auch diese neue Rolle erlernen.

Sie würde sich daran gewöhnen, Nathanaels Frau zu sein und ihm zu erlauben, über ihr Leben zu bestimmen.

Während sie sich am nächsten Tag für den Besuch bei Rosalie fertig machte, erhielt Julia eine furchtbare Nachricht – Präsident Abraham Lincoln war ermordet worden. Dies war der letzte Schlag nach vier Jahren Tod und Leid und er erschütterte sie bis ins Mark. Die Welt war wahnsinnig geworden. Wer hätte auch nur im Entferntesten damit gerechnet, dass jemand den Präsidenten töten könnte?

„Was für eine Tragödie", sagte Richter Hoffmann, der wie erstarrt in seinem Sessel saß, „dass dieser Mann uns durch einen langen, schrecklichen Krieg geführt hat, nur um eine Woche nach dessen Ende ermordet zu werden."

Das Volk erstarrte in Trauer. Als der Trauerzug durch Philadelphia kam und Lincolns Sarg in der Unabhängigkeitshalle aufgestellt wurde, schloss Julia sich der fünf Kilometer langen Schlange von Trauernden an, um ihm die letzte Ehre zu erweisen.

Der Krieg war vorüber, die Waffen schwiegen endlich. Aber sie wusste, dass der Hass, der das Volk vier Jahre lang gespalten, Millionen Menschen versklavt und zu dem Mord am Präsidenten geführt hatte, noch lange nicht abgeklungen war. Nathanael konnte von seiner Kanzel aus gegen den Hass predigen – Julia würde seinen Schäfchen Tee servieren. Sie erinnerte sich daran, wie sie Gottes Gegenwart ganz hautnah gespürt hatte, als ihr erster Patient gestorben war: „*Was ihr getan habt einem von diesen meinen geringsten Brüdern …*" Die „Geringsten" waren wohl kaum die Mitglieder von Julias reicher Kirchengemeinde. Schwester Irene hatte ihr gesagt, dass jede Aufgabe einen Sinn hatte, wenn sie sie für Gott verrichtete, selbst Brot backen – oder Tee servieren.

Aber während Julia ihrer Mutter half, eine lange Gästeliste für ihren Hochzeitsempfang zu erstellen, fragte sie sich, ob dies wirklich das Leben war, für das sie geschaffen war.

Kapitel 26

Washington City
Mai 1865

Julia betrachtete das Gedränge auf den Bürgersteigen rechts und links der Pennsylvania Avenue. Die Fahnen schwingende Menschenmenge erstreckte sich so weit das Auge reichte. „Ich habe noch nie so viele Menschen auf einmal gesehen", sagte sie zu ihrem Vater. Einhundertfünfzigtausend Fußsoldaten, Militärkapellen und Kavallerieeinheiten zogen in einer großen Parade die Avenue hinauf. Julia war mit ihren Eltern nach Washington gefahren, um die Siegesparade als Gäste des Kongressabgeordneten Rhodes mitzuerleben. Sie hatten Plätze nahe der Tribüne, von der aus General Grant und Präsident Andrew Johnson die Truppen inspizierten, gemeinsam mit dem Kriegsminister und den Generälen Sherman und Meade.

Die Kapellen spielten die Nationalhymne, während sie vorbeimarschierten. Die Flagge der wiederhergestellten Union wehte zum ersten Mal seit Präsident Lincolns Ermordung nicht mehr auf Halbmast. Regimenter zeigten stolz ihre eigenen Standarten, auf denen die Namen der Schlachten standen, in denen sie gekämpft hatten. Julia kamen die Tränen, als sie die vertrauten Namen las und sich an die Orte erinnerte, an denen auch sie gedient hatte. Da war Antietam, wo James Phoebe in ihr Zelt gelegt hatte. Fredericksburg, wo James und sie sich geküsst hatten. Gettysburg, wo sie James nach seinem Zusammenbruch versorgt hatte. Und Petersburg, wo ihre Laufbahn als Krankenschwester ein abruptes Ende gefunden und sie James zum letzten Mal gesehen hatte. All diese Schlachtfelder schienen Erinnerungen an James hervorzurufen und an die Arbeit, die sie gemeinsam getan hatten – aber keine war so überwältigend wie ihre Erinnerung an die Nacht in Fredericksburg, in der der Himmel in Flammen gestanden hatte.

Julia schüttelte sich, um einen klaren Kopf zu bekommen. Sie war hier, um Nathanael zu sehen. Sie blickte die Straße hinauf in Richtung Capitol, wo die Parade begonnen hatte, und sah, dass die neue Kuppel, die noch im Bau gewesen war, als sie in Washington gearbeitet hatte, inzwischen fertig war. Eine bronzene Freiheitsstatue zierte jetzt ihre Spitze und das hässliche Gerüst war entfernt worden. Die Prozession der Truppen würde zwei volle Tage dauern, aber Julia hatte nur an diesem ersten Tag Interesse. Denn heute marschierte die *Große Armee des Potomac* – zu der Nathanael gehörte – vorbei. Julia suchte die Gesichter der vorbeimarschierenden Männer nach ihm ab, aber die Soldaten sahen unter ihren blauen Feldmützen alle gleich aus. Sie sah die Flagge seines Regiments, aber ihn konnte sie unter den vielen Hundert Männern nicht finden.

Später an diesem Nachmittag kehrte sie zum Haus des Abgeordneten zurück, um dort auf Nathanael zu warten. Julia hatte ihn nicht gesehen, seit sie City Point vor zehn Monaten zusammen mit Phoebe verlassen hatte, und sie ging ungeduldig im Foyer auf und ab, während sie auf seine Kutsche wartete. Sobald er durch die Tür trat, eilte sie auf ihn zu und hoffte sehnsüchtig, dass er sie in den Arm nehmen würde. Aber Nathanael streckte stattdessen seine Hand aus. „Julia! Wie schön, dich zu sehen“, sagte er. Er gab ihr einen Kuss auf die Wange.

Julia fühlte sich betrogen, obwohl sie wusste, dass Nathanael seine Zuneigung nie gerne vor anderen Leuten gezeigt hatte. „Ich habe dich so sehr vermisst“, sagte sie.

„Ja“, murmelte er und wandte seine Aufmerksamkeit dann ihrem Gastgeber und Julias Vater zu, die ebenfalls darauf warteten, ihn zu begrüßen. Den größten Teil des Abends musste Julia sich damit zufriedengeben, in Nathanaels Nähe zu sitzen und ihn schweigend anzusehen, während er den anderen Gästen seine Erfahrungen als Militärseelsorger schilderte. Wenigstens boten sein attraktives Gesicht und seine goldblonden Haare einen wohltuenden Anblick.

Während des Essens dachte sie an den Tag zurück, an dem sie Nathanael zum ersten Mal gesehen hatte. Er war damals ganz frisch vom Predigerseminar nach Philadelphia gekommen, um seinen Dienst in ihrer Gemeinde anzutreten. Julia war gerade einmal fünfzehn Jahre alt gewesen. Er hatte die Gemeinde mit seiner unverblümten, leidenschaftlichen Predigt aufgerüttelt und Julia hatte sich auf den ersten Blick in den gut aussehenden, dynamischen jungen Mann verliebt. Und sie hatte seitdem keinen anderen Mann ernsthaft angesehen – *außer James*, erinnerte eine beharrliche Stimme in ihrem Innern sie.

Julia dachte daran, wie sie nachts in ihrem Bett ihr Kissen umarmt und sich vorgestellt hatte, es wäre Nathanael. Ein Lächeln umspielte ihre Lippen, als sie an die Versammlungen der Sklavereigegner dachte, die sie mit ihm besucht hatte, um seine Zuneigung zu gewinnen. Aber in diesen Jahren hatte all seine Leidenschaft der Abschaffung der Sklaverei gegolten und nicht ihr.

„Was willst du jetzt tun, Nathanael?"

Julia hatte gar nicht gemerkt, dass sie die Frage laut ausgesprochen hatte. Erst nach einer Weile wurde ihr bewusst, dass die Unterhaltung bei Tisch plötzlich verstummt war und alle sie anstarrten.

„Was meinst du?", fragte Nathanael.

„Ich habe gerade an all die Energie gedacht, die du in die Abschaffung der Sklaverei investiert hast – und jetzt sind die Sklaven frei. Du hast gewonnen. Ich habe mich nur gefragt, welches Anliegen jetzt diesen Platz in deinem Leben einnehmen wird."

„Welches Anliegen auch immer Gott mir zeigt", sagte er. „Meine Lebensaufgabe hat sich nicht geändert. Sie war schon immer, wie der Apostel Paulus an Timotheus schrieb, mich ‚vor Gott zu erweisen als ein rechtschaffener und untadeliger Arbeiter'."

„Hast du deshalb so eifrig gearbeitet? Um dir Gottes Anerkennung zu verdienen?"

„Ja, natürlich. Jeder von uns wird am Tag des Gerichts aufgefordert, für sein Leben Rechenschaft abzulegen, und ich möchte nicht dort stehen und für unzulänglich befunden werden."

„Aber was ist mit denen von uns, die nicht arbeiten?", fragte Julia. „Oder mit den Tausenden hilfloser, verkrüppelter Soldaten, die nie wieder ein produktives Leben führen können? Ich dachte, Gottes Liebe wäre bedingungslos. Ich dachte, wir würden aufgrund dessen, was Christus getan hat, als seine Kinder angenommen, nicht aufgrund unserer eigenen Taten."

Für den Bruchteil einer Sekunde funkelten Nathanaels Augen zornig auf. Sie hatte keine Ahnung, warum. Dann verbarg er sein Missfallen hinter einem nachsichtigen Lächeln und einem herablassenden Tonfall. „Dies ist nun wirklich nicht der richtige Zeitpunkt, um eine theologische Diskussion über Gnade und gute Werke zu führen." Er überspielte seine Verärgerung gut, aber sie merkte trotzdem, wie sie gleich unter der glatten Oberfläche seiner Worte brodelte. „Außerdem wechselst du das Thema, meine Liebe. Der Herr Abgeordnete Rhodes und Richter Hoffman sprachen gerade über das Verfahren gegen die Hintermänner des Attentats."

Julia lehnte sich auf ihrem Stuhl zurück. Das Gespräch wandte sich wieder Lincolns Ermordung zu. Während sie noch rätselte, was Nathanael so verärgert haben könnte, wurde ihr bewusst, wie wenig sie eigentlich über ihn wusste. Die Liebe, die sie all die Jahre für ihn empfunden hatte, wurzelte in seinem guten Aussehen und seinen leidenschaftlichen Predigten. Den Privatmann hinter der öffentlichen Fassade kannte sie kaum. Sie hatte wegen ihres Wesens geliebt werden wollen und nicht wegen ihres Aussehens – und trotzdem hatte sie Nathanael hauptsächlich aufgrund von Äußerlichkeiten umworben. Sie kannte ihn überhaupt nicht.

Panik stieg in ihr auf. Das Gefühl war viel zu stark, als dass sie es auf die üblichen „kalten Füße" vor der Hochzeit hätte zurückführen können. Sie schob ihren Stuhl abrupt zurück und stand auf.

„Julia? Was ist los?", fragte ihr Vater.

„Es ist sehr warm hier", sagte sie. „Ich gehe hinaus, um ein wenig frische Luft zu schnappen."

Sie ging durch die angrenzenden Räume zur Haustür und eilte hinaus. Auf der Treppe blieb sie stehen. Die Nacht war warm und wolkenlos und Millionen von Sternen leuchteten am Himmel. Aber ihre Panikgefühle waren ihr nach draußen gefolgt. Genauso wie Nathanael.

„Es tut mir leid, wenn ich etwas gesagt habe, das deine Gefühle verletzt hat", sagte er. „Ich wollte nicht ungehalten klingen."

„Warum hast du dich in mich verliebt?", fragte sie. „Wie … wann wusstest du, dass du mich heiraten willst?"

„Ich wusste es in dem Augenblick, in dem ich dich auf dem Lazarettschiff arbeiten sah. Die Bedingungen waren schrecklich, aber du warst so mitfühlend und aufopfernd, bereit, dich zum Wohl der anderen zu verschenken. Die Frau eines Pastors muss all diese Eigenschaften haben. Und da wusste ich, dass du die Frau bist, die ich immer gesucht habe."

Julia sah ihn nicht an. Sie wollte hören, was er zu sagen hatte, ohne sich von seinem guten Aussehen und seinem Charme beeinflussen zu lassen. „Ist es dir wichtig, dass ich die Frau bin, die ich nach deinem Willen sein soll, oder die Frau, die ich nach Gottes Willen sein soll?"

„Die beiden Frauen sind identisch, Julia. Gott hat dich mir gegeben, damit du meine Gehilfin bist und mich und meine Arbeit unterstützt."

„Und was ist mit meiner eigenen Arbeit? Habe ich zukünftig noch etwas anderes zu tun, als dir zu helfen?"

„Natürlich. Es gibt unzählige Wohltätigkeitsveranstaltungen und Missionsprojekte, bei denen du dich engagieren kannst. Die erfolgreichsten Spendenaktionen des *Christlichen Hilfsvereins* waren diejenigen, die du organisiert hast. Deine Erziehung hat dich mit genau den Voraussetzungen ausgestattet, die meine Frau braucht. Du bewegst dich mühelos in den wichtigen gesellschaftlichen Kreisen, du verstehst die Kirchenpolitik –"

„Ich meinte meine Arbeit als Krankenschwester. Auch dafür bin ich ausgebildet worden."

Nathanael atmete kraftvoll aus. Sie spürte, dass er sich bemühte,

Geduld mit ihr zu haben. „Ich dachte, nach dem, was dir bei deinem letzten Einsatz widerfahren ist, sei klar, dass diese Tätigkeit für dich beendet ist. Außerdem ist der Krieg jetzt vorbei und es werden keine Krankenschwestern mehr gebraucht."

„Ich vermisse es", sagte sie leise. „Es war schwer und ich hätte nie gedacht, dass ich all diese Dinge tun könnte, aber ein Teil von mir vermisst die Arbeit. Ich hatte das Gefühl, in Gottes Augen nützlich zu sein. Ich konnte seine Liebe und sein Mitleid an andere Menschen weitergeben, wie zum Beispiel den Männern auf dem Lazarettschiff."

„Das verstehe ich. Es gibt auch Aspekte meiner Arbeit als Militärseelsorger, die ich vermissen werde. Aber das Leben bringt immer Veränderungen mit sich, Julia. Es ist an der Zeit, dass wir uns neuen Herausforderungen stellen."

Sie schwiegen beide eine Weile. Julia zögerte immer noch, ihn anzusehen.

„Was hast du für morgen geplant?", fragte Nathanael schließlich. „Gehst du wieder zur Parade?"

„Nein. Ich möchte zum Fairfield-Krankenhaus und meine Freundin Phoebe besuchen. Sie hat mir geschrieben, dass sie wieder dort arbeitet. Aber sie schrieb auch, das Krankenhaus werde geschlossen, sobald die letzten Soldaten gesund genug seien, um nach Hause zurückzukehren."

„Ich komme mit."

„Das brauchst du nicht", sagte Julia schnell. Sie könnte unmöglich mit Phoebe über all ihre Zweifel oder die bevorstehenden Veränderungen in ihrem Leben sprechen, wenn Nathanael daneben stand! „Es wäre sehr langweilig für dich zu hören, wie zwei alte Freundinnen sich unterhalten. Außerdem komme ich in Washington gut alleine zurecht."

„Ich möchte dich hinbringen", sagte er unbeirrt. „Es macht mir nichts aus, auf dich zu warten."

Julia versuchte nicht, es ihm auszureden. Stattdessen blickte sie nun doch zu ihm auf und versuchte, seine Gedanken zu lesen. Er lächelte sie an und seine Miene war zärtlich und liebevoll. Sie waren allein hier draußen und der Maiabend war warm, aber er machte keine Anstalten, sie zu umarmen.

„Warum küsst du mich nicht?“, fragte sie.

„Hier? Jemand könnte –“

„Wir sind verlobt, Nathanael. Und wir sind allein.“

Wenn ein Heiliger wie Nathanael seine Selbstbeherrschung für einen Augenblick ablegen könnte, könnte Julia sich vielleicht endlich ihren schwachen Moment mit James verzeihen. Aber Nathanael schüttelte den Kopf.

„Ein Pastor muss über jeden Vorwurf erhaben sein“, sagte er und nahm ihren Arm. „Ich glaube, wir gehen besser wieder hinein.“

* * *

Am folgenden Nachmittag lieh Nathanael sich die Kutsche des Kongressabgeordneten, um mit Julia zum Fairfield-Krankenhaus zu fahren. Sie hatte sich inzwischen damit abgefunden, dass er mitkam und sie nicht die Freiheit haben würde, Phoebe ihr Herz auszuschütten. Aber als sie vor dem baufälligen Gebäude hielten, überraschte Nathanael sie, indem er sagte: „Ich warte hier.“

„Hier draußen? In der Kutsche? Aber … aber Phoebe und ich haben uns eine Menge zu erzählen.“

„Ihr braucht euch nicht zu beeilen. Nimm dir so viel Zeit, wie du brauchst. Ich habe mir zwei Zeitungen zum Lesen mitgebracht.“ Er hielt sie hoch, damit sie sie sehen konnte.

„Ich glaube, du hast Angst, dass ich wieder anfange, Patienten zu pflegen“, sagte Julia halb im Ernst, halb scherzhaft.

„Würdest du das tun?“ Seine Miene war todernst. Deshalb war er also mitgekommen.

Julia öffnete die Tür. „Ich bleibe nicht lang.“

Sie stieg aus der Kutsche und ging zum Haus hinauf. Auf halber Treppe zur Eingangstür blieb sie jedoch stehen, eine Hand auf das wackelige Geländer gelegt. Sie stellte sich vor, wie James drinnen an seinem Schreibtisch saß und sich durch einen endlosen Stapel Papier wühlte, wie er es an jenem Tag getan hatte, als sie zum ersten Mal in diesem Krankenhaus gewesen war. Plötzlich stand ihr wieder der zärtliche Ausdruck auf seinem Gesicht vor Augen, als sie ihn das letzte Mal bei City Point gesehen hatte. Er war nie dazu gekommen zu sagen, was er hatte sagen wollen, weil Nathanael sich an ihm vorbeigedrängt hatte, um ihr zu sagen, dass er sie noch immer heiraten wollte. Seitdem hatte sie James nicht mehr gesehen.

Mit einem Mal wusste Julia, dass es ganz falsch wäre, ihn jetzt zu sehen und die Gefühle wieder anzufachen, die sie beide nicht haben durften. Verstohlen warf sie einen Blick zurück zur Kutsche. Nathanaels Gesicht war hinter seiner Zeitung verborgen. Also hastete Julia die Stufen wieder hinunter und ging um das Gebäude herum zum Hintereingang. Sie entdeckte Phoebe auf der Station im Erdgeschoss, die gleich neben der Küche lag. Ihre Freundin hatte Julia den Rücken zugewandt. Sie saß am Bett eines Patienten und versuchte den Mann dazu zu bewegen, etwas zu essen. Das Gesicht des Soldaten war verbrannt und fürchterlich entstellt. Und nach einer Weile erkannte Julia, dass der Mann blind war.

„Wenn Sie nichts essen, sterben Sie, so einfach ist das", sagte Phoebe zu ihm.

„Ich will nicht leben. Ich nütze meiner Familie nichts, wenn ich nicht sehen kann."

„Hören Sie, es ist nicht Ihre Entscheidung, wann Sie sterben, genauso, wie es nicht Ihre Entscheidung war, wann Sie geboren wurden. Für diese Dinge ist Gott zuständig, und der sind Sie nicht."

„Gott hätte mich sterben lassen sollen", sagte der Patient verbittert. „Ich kann so nicht nach Hause gehen."

„Der Mann, den ich geliebt habe, wurde getötet", sagte Phoebe. Ihre Stimme klang jetzt ganz weich. „Ich werde ihn in diesem Leben niemals wiedersehen. Es hätte mich überglücklich gemacht, wenn er nur blind geworden wäre, anstatt zu sterben. Ich hätte ihn zum Mann genommen, ohne auch nur eine Sekunde zu überlegen. Ich wette, den Menschen, die Sie lieben, geht es genauso. An die sollten Sie denken."

Sie stellte den Teller auf den Tisch neben seinem Bett und stand auf. „Ich komme etwas später noch mal wieder, und dann erwarte ich, dass Sie sich dazu entschlossen haben, etwas zu essen." Als sie sich umdrehte, fiel ihr Blick auf Julia.

„Was machst du denn hier?", rief sie, als sie aufeinander zu eilten und sich umarmten.

„Ich bin hergekommen, um dich zu sehen. Ich bin mit meiner Familie in Washington."

„Mensch, ist das schön, dich zu sehen. Aber warum schleichst du dich so an? Bist du durch den Hintereingang gekommen?"

„Ja … i-ich wollte sehen, ob Belle und Loretta noch hier arbeiten. Ihre Kinder sind inzwischen sicher ganz schön gewachsen, nicht wahr?"

„Das sind sie." Als Julia Phoebes skeptischen Blick sah, schämte sie sich.

„Das ist nicht ganz die Wahrheit", sagte sie leise. „Ich habe mir geschworen, nicht mehr zu lügen, und jetzt tue ich es schon wieder." Sie holte tief Luft und seufzte. „Ich wollte Dr. McGrath nicht begegnen. Arbeitet er auch wieder hier?"

„Ja, seit dem letzten Winter. Damals hat er beschlossen, nicht mehr als Feldchirurg zu arbeiten. Er sagte, er wolle nie wieder ein Bein absägen, solange er lebe."

Julia nahm Phoebes Arm. „Komm, wir gehen in die Küche und reden."

Sie musste einige Minuten damit verbringen, die Köchinnen, die sie kannte, zu begrüßen und zu erklären, wo sie die ganze Zeit gewesen war und was sie gemacht hatte. Dann setzten Phoebe und sie sich an den kleinen Küchentisch. Julia erinnerte sich daran, wie sie an ihrem ersten Arbeitstag mit Mrs Fowle und den anderen Stationsschwestern hier gesessen hatte.

„Warum willst du Dr. McGrath nicht sehen?", fragte Phoebe schließlich. „Wegen all der Gerüchte, dass er einen Mann getötet haben soll? Sie sind nicht wahr. Er hat mir die ganze Geschichte erzählt, als wir bei Cold Harbor waren. Der reiche Mann hat Selbstmord begangen."

„Ich weiß, dass er kein Mörder ist, Phoebe. Ich habe gesehen, wie selbstlos er arbeitet, um Menschenleben zu retten – als hätte er mit dem Tod eine persönliche Rechnung offen. Ich glaube nicht, dass er dazu fähig wäre, jemandem das Leben zu nehmen."

„Ich weiß, dass er manchmal gemein sein kann", sagte Phoebe. „Ich höre, wie er die anderen Krankenschwestern hin und wieder anschnauzt, und dich hat er bestimmt auch angebrüllt. Es ist nicht richtig, dass er sich so verhält, aber ich glaube, er ist sehr verletzt. Die Leute bei ihm zu Hause glauben immer noch, er hätte jemanden getötet. Er hat mir erzählt, dass der Skandal sein Leben ruiniert hat. Dein Prediger hat ihn übrigens auch beschuldigt, ein Mörder zu sein."

„Nathanael?"

„Ja. Jemand aus Dr. McGraths Heimatstadt kam zu Pastor Greene und erzählte ihm, der Doktor habe einen Mann getötet. Ich war zufällig dabei und bekam die ganze Sache mit. Es muss schrecklich sein, wenn alle glauben, man hätte etwas Schreckliches getan."

Julia wandte den Blick ab, weil sie daran denken musste, wie sie und alle anderen James zu Unrecht beschuldigt hatten, Alkoholiker zu sein.

„Aber Dr. McGrath hat ganz andere Seiten als die, die man auf den ersten Blick sieht", fuhr Phoebe fort. „Du weißt doch, dass der Doktor manchmal ganz zerknittert zur Arbeit kommt, oder? Ich habe herausgefunden, warum. Er geht in die Slums und hilft den kranken Leuten dort, obwohl sie ihn nicht dafür bezahlen können. Ich habe einmal eine ganze Nacht lang mit ihm zusammen die Menschen dort medizinisch versorgt. Er will aber nicht, dass irgendjemand das erfährt, weil er die Medikamente und so von hier benutzt."

Es überraschte Julia nicht, wieder ein neues, wunderbares Teilchen zu entdecken, das zu dem Puzzle namens James McGrath gehörte.

„Und seine Patienten sind ihm wirklich wichtig", sagte Phoebe. „Auch wenn er manchmal unnachgiebig sein muss, damit sie gesund werden, merken sie doch, wie sehr er sich um sie sorgt, und sie lieben ihn dafür."

„Ich weiß, dass alles, was du sagst, stimmt, Phoebe. Ich habe selbst etwas von dem wahren James McGrath gesehen, als ich mit ihm zusammengearbeitet habe. Zwar weiß ich nicht, warum er niemanden an sich ranlässt und Mauern um sich herum aufbaut, aber ich glaube nicht, dass er in seinem Innern wirklich so ist."

„Warum willst du ihn dann nicht sehen?"

Julia starrte auf die zerkratzte Tischplatte. „Weil er ein verheirateter Mann ist und ich Gefühle für ihn habe, die ich nicht haben sollte. Und weil ich glaube, dass er angefangen hat, diese Gefühle zu erwidern. Otis Whitney hat mir damals vorgeworfen, ich hätte mit ihm geflirtet und ihn an der Nase herumgeführt, dabei hatte ich überhaupt nicht die Absicht, das zu tun. Ich will nicht wieder mit dem Feuer spielen. Ich wollte James niemals ermutigen –" Sie hielt inne, als ihr wieder einfiel, wie sie auf seinen Kuss reagiert hatte. „I-ich muss ihm aus dem Weg gehen, Phoebe."

„Du hast mir einmal gesagt, dass wir uns nicht aussuchen können, in wen wir uns verlieben", sagte Phoebe leise. „Weißt du noch?"

„Ja … ich weiß, dass ich meine Gefühle nicht immer kontrollieren kann. Aber ich kann kontrollieren, was ich tue." Julia schob ihren Arm über den Tisch und drückte Phoebes Hand. „Erzähl mir, was passiert ist, als du Teds Mutter besucht hast."

„Wir haben eine ganze Weile lang zusammen getrauert. Das brauchte ich scheinbar. Dann, irgendwann, konnte ich loslassen. Kurz vor seinem Tod hat Ted zu mir gesagt, ich solle mein Leben so leben, dass jeder Tag zählt. Und genau das habe ich jetzt vor."

„Was willst du machen, wenn das Krankenhaus geschlossen wird?"

„Zuerst fahre ich nach Hause und sehe nach, ob meine Brüder Jack und Junior den Krieg überlebt haben. Anschließend … das weiß ich noch nicht. Aber ich nehme an, dass Gott es mir schon zeigen wird. Und was ist mit dir? Willst du deinen Pastor immer noch heiraten?"

„Ja. Er wartet übrigens draußen in der Kutsche."

„Warum denn das?"

Julia lachte freudlos. „Ich bin schon zwei Mal gegen seinen Wunsch weggelaufen, um als Krankenschwester zu arbeiten – einmal nach Gettysburg und dann noch mal nach Fredericksburg. Wahrscheinlich will er sich vergewissern, dass ich es nicht noch ein drittes Mal tue."

„Ich weiß, dass er deswegen ganz schön sauer auf dich war. Er sagte, du könntest entweder seine Frau sein oder Krankenschwester, aber nicht beides. Warum bist du nach Fredericksburg gegangen, obwohl du wusstest, dass du dadurch den Mann, den du liebst, verlieren würdest?"

„Weil ich davon überzeugt war, dass Gott es wollte. Das ist es auch, was ich an der Ehe nicht verstehe, Phoebe. Nathanael sagt, er werde das Familienoberhaupt sein und alle Entscheidungen treffen. Aber dürfen wir Frauen denn nichts von Gott hören? Sind nur unsere Väter und Ehemänner qualifiziert, uns zu sagen, was Gottes Wille ist? Ich hatte das Gefühl, dass Gott zu mir gesprochen hat – aber als es darum ging, ob ich als Krankenschwester arbeiten sollte, war das, was Nathanael sagte, ganz anders als das, was Gott sagte. Die Gesellschaft verlangt, dass ich an meinem Platz bleibe und meinem Mann gehorche. Soll ich also versuchen, der Mensch zu sein, der seinem Willen entspricht, oder der Mensch, der Gottes Willen entspricht?"

„Ich glaube, die beiden sollten dir nichts Unterschiedliches erzählen."

Julia sah ihre Freundin an und lächelte. Phoebe war weiser als die meisten anderen Frauen, die Julia kannte. „Du hast recht. Das sollten sie nicht. Weißt du, als ich jünger war, dachte ich immer, um ein perfektes Leben zu haben, müsste ich nur den perfekten Mann finden. Er würde meinem Leben Sinn und Ziel geben. Und Nathanael war natürlich perfekt – fleißig, fromm, gottesfürchtig …"

„Attraktiv", fügte Phoebe hinzu.

„Ja, auch attraktiv", gestand Julia unbehaglich ein. „Aber manchmal habe ich das Gefühl, dass er mich nur heiratet, um sich selbst zu vervollständigen, um die Rolle der ‚Ehefrau' in seinem Leben zu füllen. Ich wünschte, ich wüsste, ob er mich um meiner selbst willen liebt, als jemand, der ein eigenständiges Wesen und einzigartig ist, und nicht als Anhängsel seiner selbst."

„Ich weiß nicht viel übers Verheiratetsein“, sagte Phoebe, „weil ich nicht viele Ehen gesehen habe. Und ehrlich gesagt bezweifle ich, dass irgendjemand mich heiraten würde.“

„Vielleicht sollte ich auch nicht heiraten. Meiner Mutter und den meisten anderen Frauen meiner Gesellschaftsschicht scheint es nichts auszumachen, dass sie Anhängsel ihrer Männer sind. Wenn ich ein eigenständiger Mensch sein will, sollte ich vielleicht unverheiratet bleiben, so wie Dorothea Dix.“

Aber Julia wusste, dass das auch nicht die Lösung war. Sie dachte an die tiefe Narbe auf Phoebes Rücken und daran, dass sie verwundet worden war, als sie den Mann beschützt hatte, den sie liebte. Und dass er gestorben war, um sie zu retten. Das war die Art Liebe, nach der sie sich sehnte. „Ich dachte immer, bei der Liebe würde sich alles um mich drehen“, sagte Julia. „Darum, dass jemand *mich* liebt. Aber bei der Liebe geht es nicht darum, jemanden zu besitzen oder ihm zu gehören, oder? Es geht darum, den anderen zu lieben, sich ihm und für ihn zu opfern … so wie Ted und du es getan habt.“

Phoebe nickte wortlos.

„Vor dem Krieg hatte ich keine Ahnung, was für ein Mensch ich in meinem Innersten war“, fuhr Julia fort. „Wie hätte ich mich selbst aus Liebe verschenken können, wenn ich doch nicht einmal wusste, wer ich war? Ich dachte immer, ich wäre ein ziemlich guter Mensch. Aber dann hat Gott den Krieg und all das Leid, durch das er mich geführt hat, dazu benutzt, um mich zu brechen und zu verändern und zu einem Menschen zu formen, den er tatsächlich gebrauchen kann.“

„Wahrscheinlich erkennen wir die Wahrheit über uns selbst nie“, sagte Phoebe, „solange in unserem Leben alles ziemlich glatt läuft. Aber wenn alles anfängt auseinanderzufallen, sind wir bereit, auf das zu hören, was Gott zu sagen hat. Ich dachte immer, ich wäre nicht gut – und das war ich auch nicht. Gott hat den Krieg dazu benutzt, um mir zu zeigen, dass er mich trotzdem liebt, und dann hat er mir geholfen zu lernen, andere Menschen zu lieben.“

„Und was machen wir jetzt?“, fragte Julia. „Ich habe auf den

Schlachtfeldern und in den Krankenhäusern herausgefunden, wer ich bin. Und du auch. Jetzt wären wir in der Lage, dieses Geschenk an andere weiterzugeben. Aber Nathanael hat seine eigenen Vorstellungen davon, wer ich bin und was ich tun sollte. Das ist alles so verwirrend."

„Ich weiß nicht, was ich dir darauf antworten soll, Julia. Ich bin genauso durcheinander wie du, aber in anderer Hinsicht. Ich habe immer allein gelebt und geglaubt, dass ich niemanden bräuchte. Dann hat mich der Krieg gezwungen, mit allen möglichen Leuten zusammenzuarbeiten – mit Reichen und Armen, Männern und Frauen – und ich habe festgestellt, wie sehr wir alle einander brauchen. Ich glaube, Gott will, dass wir Menschen zusammenarbeiten, uns umeinander kümmern. Aber sobald ich von hier weggehe, bin ich wieder ganz allein."

„Ich wünschte, du und ich, wir könnten zusammenbleiben", sagte Julia. „Ich wünschte, wir wären nicht so unterschiedlich wie Iltis und Stachelschwein."

„Ich weiß, was du meinst. Aber wir sind verschieden. Wir müssen jede unser eigenes Leben führen. Und auch wenn wir noch nicht genau sehen, wohin wir gehen sollen, glaube ich, dass Gott uns den Weg zeigen wird. Es gibt da einen Vers, den ich gut finde…"

Phoebe zog die abgenutzte, wellige Bibel hervor, in der Julia sie so oft hatte lesen sehen, und schlug sie auf. „Er lautet: ‚Der Gerechten Pfad glänzt wie das Licht am Morgen, das immer heller leuchtet bis zum vollen Tag.'"

„Ja …", murmelte Julia, „das hört sich gut an."

Sie wussten beide, dass es Zeit war, Abschied zu nehmen, und dass es ihnen schwerfallen würde. Als eine der Krankenschwestern plötzlich in die Küche kam, um Phoebe zu sagen, dass Dr. McGrath sie suche, hatten sie einen Grund, ihren Abschied nicht in die Länge zu ziehen. Phoebe und Julia umarmten einander herzlich und versprachen sich gegenseitig, oft zu schreiben. Dann eilte Phoebe davon.

Julia wartete einen Augenblick, bis ihre Tränen versiegt waren, dann ging sie über die Station zum Hintereingang. Als sie an dem Bett des blinden Soldaten vorbeikam, sprach er sie an.

„Schwester Bigelow? Phoebe, sind Sie das?"

„Nein, ich bin ihre Freundin Julia. Kann ich Ihnen etwas bringen?"

„Ich wollte ihr nur sagen, dass ich jetzt etwas essen würde."

Julia wusste, wie aufgebracht Nathanael wäre, wenn er hereinkäme und sähe, wie sie einen Patienten fütterte. Aber der Drang, dem Mann zu helfen, ihn zu trösten und zu beruhigen, erwies sich als so stark, dass sie nicht widerstehen konnte. Sie trat näher. „Ich helfe Ihnen beim Essen, wenn Sie damit einverstanden sind."

„Klar."

Julia setzte sich und griff zuerst nach dem Teller, dann nach der Hand des Soldaten. „Hier, halten Sie den Teller selbst fest. Es ist Gemüsesuppe."

„Ich kann das nicht. Ich verschütte sie bestimmt."

„Nein, keine Angst. Hier ist der Löffel. Wenn Sie den Teller dicht an Ihren Mund halten, geht es viel einfacher." Sie führte seine Hände die ersten paar Male, bis er sich daran gewöhnt hatte.

„Verraten Sie mir mal etwas", bat er zwischen den Schlucken. „Ich habe mich gefragt, wie Phoebe aussieht."

„Also, sie ist sehr groß."

„Das weiß ich. Ich merke, dass ihre Stimme von weiter oben kommt, als bei den anderen Krankenschwestern, wenn sie neben meinem Bett steht. Welche Farbe hat ihr Haar?"

„Es ist blond … ein sehr hübsches Blond. Und ihre Augen sind blau."

„Aber wie sieht sie aus? Sie will mir nicht die Wahrheit sagen. Sie behauptet immer, sie ist hässlich, aber ich glaube, dass sie lügt."

„Was glauben Sie denn, wie sie aussieht?", fragte Julia leise.

„Ich glaube, sie muss sehr schön sein. Ich habe in einer Bibel mal ein Bild mit Engeln gesehen und die hatten auch blonde Haare. Ich glaube, sie ist genauso wunderschön wie diese Engel."

Julia war froh, dass der Mann die Tränen, die ihr in die Augen traten, nicht sehen konnte. Niemand mit gesunden Augen hätte Phoebe Bigelow jemals als wunderschön bezeichnet. Aber die wahre Schönheit Christi leuchtete aus ihrem Leben heraus.

„Sie haben recht", sagte Julia. „Phoebe ist eine der schönsten Frauen, die ich kenne."

* * *

„Haben Sie mich gesucht, Dr. McGrath?" Phoebe fand den Arzt im Vorratsraum, wo er sich durch die Kisten, Flaschen und Verbandsstapel wühlte und nach etwas suchte.

„Ich kann das Quecksilberchlorid nicht finden", sagte er. „Haben wir keins mehr?"

„Doch, ich glaube schon."

Er hatte seine abgenutzte Arzttasche bei sich, die er immer mitnahm, wenn er in die Slums ging.

„Loretta und Belle haben mir erzählt, dass die Leute in den Slums alle furchtbar krank sind", sagte Phoebe. „Wenn Sie heute Abend hingehen, würde ich gerne mitkommen."

„Nein. Sie können diesmal nicht mitkommen, Phoebe. So, wie die Frauen die Symptome beschrieben haben, vermute ich, das es Typhus ist."

„Ich habe keine Angst –"

„Ich habe *Nein* gesagt!", schrie er. „Ich will Sie nicht auch noch töten! Halten Sie sich von dort fern!"

Phoebe trat einen Schritt zurück, bestürzt über die Heftigkeit seines Zorns. Er hatte sie noch nie angeschrien. Es dauerte nur einen Augenblick, bis er sich wieder gefangen hatte. Er schloss die Augen.

„Es tut mir leid. Ich hätte nicht so mit Ihnen reden dürfen. Bitte verzeihen Sie mir."

„Natürlich. Ist schon in Ordnung." Phoebe berührte kurz seinen Arm und bückte sich dann, um das Quecksilberchlorid aus dem Unterschrank zu holen.

Seine wütenden Worte hallten in Phoebe nach, weil sie sie irgendwie merkwürdig fand. *„Ich will Sie nicht auch noch töten."* Sie erinnerte sich an sein Geständnis bei Cold Harbor. Damals hatte er zugegeben, einen Menschen ermordet zu haben. Und sie erinnerte sich an seine emotionale Reaktion, als ihr Bruder Willard im Sterben gelegen hatte. *„Ich weiß, wie schwer es ist, wenn es einen Angehörigen trifft und es nichts gibt, was man tun kann.*“ Phoebe hatte den Eindruck, dass auf Dr. McGrath eine tonnenschwere Last lag, ein ganzer Tornister voller Schuldgefühle. Er litt und Phoebe verspürte den Wunsch, ihm zu helfen, so wie sie Ted geholfen hatte, als dessen Tornister zu schwer für ihn gewesen war.

„Ist jemand, den Sie geliebt haben, an Typhus gestorben?“, fragte sie leise.

Zuerst dachte sie, er würde nicht antworten. Als er nach einer Weile den Blick hob und sie ansah, waren seine Augen voller Schmerz.

„Meine Frau Ellen.“

Eine ungeheure Stille füllte den Raum. Je länger sie andauerte, desto schwerer schien sie sich auf sie beide zu legen. „Wie lange ist das her?“, fragte Phoebe schließlich.

„Vier Jahre.“

„Das tut mir unendlich leid“, flüsterte sie.

Er schloss erneut die Augen. „Es war meine Schuld“, sagte er mit heiserer Stimme. „Ich habe sie getötet.“

„Aber Sie haben doch gerade gesagt, dass sie an Typhus gestorben sei.“

„Ich habe sie genötigt, mir bei der Bekämpfung einer Epidemie wie dieser jetzt zu helfen. Sie wollte nicht, aber ich habe sie gedrängt. Es war kurz nachdem Eldon sich umgebracht hatte, und ich versuchte immer noch, der Welt zu beweisen, dass ich kein Mörder war. Meine Arztpraxis war ruiniert und keiner meiner früheren Patienten konsultierte mich mehr, deshalb fing ich an, die armen Leute aus der Hafengegend und den Arbeitersiedlungen zu behandeln. Ellen hatte Angst davor, in solche krankheitsverseuchte Gebiete zu gehen, aber ich war von dem Ehrgeiz getrieben, meinen guten Ruf wiederherzustellen. Es ging mir nur um mich … ihre Ängste habe ich vollkommen ignoriert. Als sie dann krank wurde, konnte ich sie nicht retten. Und sie starb.“

Phoebe schluckte. „Es ist ein grauenhaftes Gefühl, wenn man nichts tun kann, um den Menschen, den man liebt, zu retten.“

„Ja. Das ist es." Dr. McGrath holte tief Luft. „Ich nahm eine Stelle als Vertragsarzt bei der Armee an und kam hierher, um alledem zu entfliehen. Ich trauerte immer noch und ich weiß, dass ich meine Verzweiflung und Wut an allen ausgelassen habe, mit denen ich zusammenarbeitete. Ich tue es immer noch gelegentlich und das tut mir leid. Ich hätte Sie nicht anschreien dürfen."

„Was hat es denn dann mit all den Briefen aus New Haven auf sich?", fragte Phoebe, der ein Gedanke durch den Kopf geschossen war.

„Die was? Ach so. Meine Mutter kümmert sich um Kate … meine Tochter." James McGrath betrachtete das Quecksilberchlorid in seiner Hand, als hätte er keine Ahnung, wie es dorthin gekommen war. Dann sah er Phoebe an und nickte. „Danke, dass Sie das für mich gefunden haben. Ich will Sie nicht aufhalten."

Sie rührte sich nicht von der Stelle. „Nachdem Ted gestorben war, wollte ich auch alle anderen Menschen wegstoßen. Es schien mir sicherer, als sie an mich heranzulassen und wieder verletzt zu werden. Aber das ist vollkommener Blödsinn. Wir sind dazu gemacht, andere Menschen zu lieben, und wir müssen auch ihre Liebe annehmen. Sonst leben wir nicht richtig."

„Wahrscheinlich haben Sie recht", sagte Dr. McGrath leise. „Ich weiß, dass ich die ganzen Krankenschwestern ziemlich schikaniert habe, aber ich musste einfach wissen, was ihre Motive waren – ob sie die Arbeit taten, weil sie selbst es wollten, oder ihren Männern zuliebe, so wie es bei Ellen der Fall gewesen war. Ich weiß, dass ich vor allem zu Miss Hoffman sehr hart war, weil ich mir hundertprozentig sicher war, dass sie nur hier arbeitete, um jemanden zu beeindrucken, und nicht, weil sie selbst hier sein wollte. Warum sonst sollte jemand, der so reich und privilegiert ist wie sie, hierherkommen und –"

„Julia ist hier in Washington", unterbrach Phoebe ihn. „Sie war heute hier, um mich zu besuchen."

„Was? Julia ist … hier?"

Er liebte sie. Phoebe sah es an dem Ausdruck in seinen Augen und in seinem ganzen Gesicht. Dr. McGrath war immer sehr gut darin gewesen, seine Gefühle zu verbergen, aber diesmal gelang es ihm nicht. Dadurch, dass er Phoebe in sein Herz hatte schauen lassen und ihr seinen Kummer bekannt hatte, war er verletzlich geworden. Es war, als könnte sie geradewegs in ihn hineinsehen. „Sie lieben Julia, nicht wahr?“, sagte sie.

Sofort verschloss er sich wieder und wandte sich ab. „Es spielt keine Rolle, was ich für sie empfinde. Sie wird diesen Prediger heiraten … wie heißt er noch gleich?“

„Sie liebt ihn nicht. Und er ist nicht der Richtige für sie. Sie sind der Richtige.“

„Wie auch immer … jetzt ist es zu spät.“ Er verstaute das Quecksilberchlorid in seiner Arzttasche, ließ sie zuschnappen und schickte sich an, in sein Büro zurückzugehen. Phoebe heftete sich an seine Fersen.

„Sie wissen, was für eine wunderbare Krankenschwester Julia ist, aber Pastor Greene lässt nicht zu, dass sie weiter in diesem Bereich arbeitet. Er will sie nach seinen Vorstellungen verändern. Sie sollte ihn nicht heiraten.“

Als der Doktor sein Büro erreicht hatte, schob sich Phoebe mit ihm ins Zimmer. Er sah aus, als säße er in der Falle, als wäre er am liebsten fortgerannt, wusste aber nicht wohin. „Haben Sie nichts zu tun?“, fragte er.

„Julia mag Sie, Dr. McGrath. Das hat sie mir selbst gesagt.“

Er starrte sie an. „Wann hat sie Ihnen das gesagt?“

„Als sie heute hier war. Sie hat ihre Gefühle die ganze Zeit über versteckt, weil sie glaubt, dass Sie verheiratet sind.“ Phoebe zeigte auf das Foto auf seinem Schreibtisch. „Wir alle hier dachten das. Und wir dachten, diese Briefe wären von Ihrer Frau.“

Sie sah Hoffnung in seinen Augen aufflammen. Es war, als könnte er beinahe glauben, dass das Leben ihm noch eine zweite Chance gab, glücklich zu sein. Doch dann war dieser Augenblick vorüber und der Schmerz schob die Hoffnung wieder beiseite. „Ich habe meine Frau getötet, Phoebe. Noch einmal heirate ich nicht.“

„Sie haben Ihre Frau nicht getötet. Sie haben versucht, anderen Menschen zu helfen und ihnen das Leben zu retten. So wie bei mir, als ich den Mann getötet habe, um Julia das Leben zu retten. Sie wollten genauso wenig, dass Ihre Frau stirbt, wie ich wollte, dass Otis Whitney stirbt. Keiner von uns beiden hat es mit Absicht getan. Es ist einfach passiert. Ich musste Gott bitten, mir zu vergeben, und dann musste ich lernen, mir selbst zu vergeben. Und das müssen Sie auch."

„Um Vergebung zu bitten, ändert nichts an der Vergangenheit."

„Nein, aber Sie lassen sich von der Vergangenheit die Gegenwart und die Zukunft verderben. Wir sind alle nicht mehr dieselben Menschen, die wir vor dem Krieg waren. Gott kann neue Menschen aus uns machen, wenn wir ihn darum bitten. Erinnern Sie sich?"

„Ich bin mir sicher, dass Gott seine Erlösung niemals für Leute wie mich gedacht hat", sagte er und ließ sich auf seinen Stuhl fallen. „Verdient habe ich sie jedenfalls nicht."

„Sie irren sich. Wenn in den Slums alle gesund wären, hätten Sie keinen Grund, dorthin zu gehen, richtig? Jesus hat gesagt, dass nicht die guten, gesunden Leute einen Arzt brauchen, sondern die Kranken."

Er blickte nicht auf. Phoebe machte Anstalten, zur Tür zu gehen und ihn in Ruhe zu lassen, aber dann drehte sie sich noch einmal um. „Wenn Sie Julia lieben, dann kämpfen Sie um sie, Dr. McGrath."

„Wie?", fragte er mit heiserer Stimme.

„Sie wohnt im Haus dieses Kongressabgeordneten, während sie hier ist. Sie sollten hingehen und mit ihr reden. Lassen Sie nicht zu, dass sie einen riesigen Fehler macht und diesen Prediger heiratet."

„Es ist ihr Leben. Ich habe kein Recht, mich einzumischen."

„Sie brauchen sich nicht einzumischen, Sie müssen ihr nur die Wahrheit sagen. Erzählen Sie ihr, dass Ihre Frau vor vier Jahren gestorben ist. Sagen Sie ihr, dass Sie sie lieben. Und lassen Sie sie dann selbst entscheiden."

Kapitel 27

Washington City
Mai 1865

An Julias letztem Abend in Washington gab der Abgeordnete Rhodes eine Dinnerparty für sie und ihre Familie. Es war eine wundervolle, elegante Angelegenheit, mit Musik und köstlichen Speisen und viel Gelächter. Fast war es, als wäre die Freude endlich wieder in das Leben aller zurückgekehrt, jetzt, wo der Krieg zu Ende war. Julia fühlte sich an die Gesellschaft erinnert, zu der sie vor drei Jahren in diesem Haus eingeladen gewesen war, an den Abend, an dem sie Hiram Stone kennengelernt hatte – nur dass heute Nathanael ihr Begleiter war. Sie sah die Liebe und Bewunderung in seinen Augen, als sie in ihrem schönen neuen Ballkleid die Treppe hinunterging. Und als er unwillig schien, auch nur einen Augenblick von ihrer Seite zu weichen, begannen sich ihre Zweifel in Bezug auf die bevorstehende Hochzeit langsam in Luft aufzulösen.

Spät am Abend – der letzte Gang des siebengängigen Menüs war gerade serviert worden – kam der Diener des Kongressabgeordneten auf Zehenspitzen ins Speisezimmer und tippte Julia auf die Schulter. „Entschuldigen Sie, Miss Hoffman. An der Tür ist ein Herr, der Sie sprechen möchte."

„Hat er seinen Namen genannt?", fragte Nathanael, bevor Julia antworten konnte.

„Ja, Sir. James McGrath."

Erschrocken stand Julia auf. „Ich hoffe, Phoebe ist nichts passiert!" Nathanael folgte ihr, als sie in die Eingangshalle eilte.

James stand allein im Foyer, wo der Diener ihn hatte stehen lassen. Sein braunes Haar war ordentlich gekämmt, seine Kleidung ausnahmsweise einmal gebügelt und so korrekt, als wäre er ebenfalls zum Essen eingeladen. Etwas in Julia zog sich bei seinem Anblick zusammen und sie spürte einen Schmerz, den sie nicht einordnen konnte. Hastig suchte sie Nathanaels Nähe, während sie dem Drang widerstand, zu James zu laufen. Sie traute sich nicht zu sprechen.

„Was können wir für Sie tun, Herr Doktor?", fragte Nathanael.

James zögerte. „Ich würde gerne mit Julia sprechen, wenn ich darf."

„Miss Hoffman und ich sind verlobt", erwiderte Nathanael freundlich. „Alles, was Sie zu sagen haben, kann in meiner Gegenwart gesagt werden."

„Ich würde lieber unter vier Augen mit ihr sprechen." James deutete auf das Studierzimmer des Abgeordneten.

„Ihre Manieren lassen sehr zu wünschen übrig, Herr Doktor. Nach den Benimmregeln der gehobenen Gesellschaft sprechen junge Damen nicht hinter verschlossenen Türen mit Herren. Und Herren platzen nicht unangemeldet und ohne Einladung zur Essenszeit in Privathäuser. Ist dies ein Notfall?"

„Nein, aber –"

„Ist etwas mit Miss Bigelow?"

„Nein."

„Dann fassen Sie sich bitte kurz. Sie stören Julia beim Essen."

„Also gut", seufzte James. „Aber ich bin mir nicht ganz sicher, wen ich ansprechen soll." Er blickte von Nathanael zu Julia und wieder zurück. „Ich war mit meiner Tochter einmal bei einem Puppentheater, und obwohl es so aussah, als hätten die Puppen das Wort, hat doch der Puppenspieler für sie geredet."

„Was fällt Ihnen ein!", sagte Nathanael aufbrausend.

„Sie tun Julia keinen Gefallen, wenn Sie für sie reden, Herr Pastor. Glauben Sie mir, sie kann sehr gut für sich selbst sprechen. Sie hat mir bei verschiedenen Gelegenheiten deutlich ihre Meinung gesagt."

„Ich finde Ihre Haltung und Ihre Redensweise ausgesprochen beleidigend. Bitte gehen Sie." Nathanael zeigte auf die Tür, aber James rührte sich nicht von der Stelle.

„Der Krieg ist vorbei, Greene. Die Zeiten haben sich geändert. Frauen haben neue Gebiete erobert und neue Rollen gefunden – außer der, unsere ‚Gehilfinnen' zu sein. Sie haben die Anti-Sklaverei-Bewegung angeführt, Tausende Dollars für Hilfsorganisationen gesammelt, als Krankenschwestern gearbeitet, die Höfe und Geschäfte ihrer Familie geführt. Einige Frauen wurden erfolgreiche Spioninnen, weil die Männer so dumm waren zu glauben, dass keine Frau ihnen Sand in die Augen streuen könne. Und ich kenne zumindest eine mutige Frau, die eine Uniform angezogen und als Soldat gekämpft hat. Der Krieg hat die Frauen verändert. Sie haben bewiesen, dass sie mehr sind als nur schön. Wie könnten sie damit zufrieden sein, jetzt wieder von uns herumkommandiert zu werden?"

„Sind Sie fertig?"

„Nein. Ich möchte Sie etwas fragen: Haben Sie sich Gedanken darüber gemacht, wie Julias Rolle aussehen wird, nachdem sie Ihre Frau geworden ist?"

„Natürlich habe ich das. Julia und ich haben darüber gesprochen, welche Pflichten eine Pastorenfrau zu erfüllen hat und –"

„Und was ist, wenn sie diese Pflichten nicht erfüllen will? Was, wenn es andere Dinge gibt, die sie lieber tun würde?"

„Seien Sie nicht albern. Was sollte sie denn sonst wollen? Der Krieg ist zu Ende; Krankenschwestern werden nicht mehr gebraucht."

Julia hörte, wie Nathanael für sie sprach und ihr Worte in den Mund legte, genau so, wie James es ihm vorgeworfen hatte, aber sie war zu verwirrt und erschrocken, um klar zu denken.

„Ich hatte auch solche Erwartungen an meine Frau", sagte James. „Sie sollte die Rolle als Arztfrau ausfüllen. Aber Ellen war mit dieser Rolle sehr unglücklich. Sie war nicht dafür geschaffen, mir bei der Behandlung meiner Patienten zu helfen. Sie tat es natürlich, weil ich es von ihr erwartete und unser Ehegelöbnis verlangte, dass sie mir gehorchte … aber letztendlich waren meine Erwartungen schuld an ihrem Tod."

Seine Worte erschütterten Julia wie eine Bombenexplosion. „Ihre Frau ist tot?", hauchte sie.

„Ja. Sie half mir, während einer Epidemie Typhuspatienten zu behandeln. Dabei wurde sie selbst krank und starb.“ James hatte bisher ruhig gesprochen und ganz sachlich, doch nun zitterte seine Stimme. „Ellen wollte mir nicht helfen. Sie hatte immer Angst, sie könnte sich anstecken, vor allem, nachdem Kate geboren war. Aber ich habe sie dazu gezwungen. Schließlich ist der Mann das Haupt der Familie, nicht wahr, Herr Pastor? Die Frau muss sich seiner Autorität unterordnen, stimmt das nicht?“

„Ihr Verlust tut mir sehr leid“, sagte Nathanael steif. „Aber ich glaube kaum, dass eine Pastorenfrau den gleichen Risiken ausgesetzt ist –“

„Ihnen tut es nicht annähernd so leid wie mir“, sagte James leise. „Und wissen Sie, was das Schlimmste daran ist? Ich habe mir nie die Mühe gemacht, Ellen zu fragen, was sie gerne getan hätte. Ich sah sie genau so, wie Sie und jeder andere Mann seine Frau sieht – als Ergänzung meiner selbst. Wir glauben, dass Frauen unmöglich mehr wollen können, als mit uns verheiratet zu sein, in unseren Häusern zu leben, sich um uns zu kümmern und unsere Karriere zu unterstützen. Klingt das vertraut, Herr Pastor? Bevor Sie Julia bitten, all ihre eigenen Wünsche aufzugeben und sich in Ihr Leben einzufügen, fragen Sie sie doch einmal, was sie wirklich gerne tun würde.“

Nathanael antwortete nicht. Er schien zu wütend zu sein, um etwas zu sagen – oder vielleicht hatte er auch Angst, die Beherrschung zu verlieren. Während Julia James zuhörte, war ihr, als hinke sie mehrere Meter hinter ihm her und versuche ihn einzuholen. Sie hatte immer noch nicht die Tatsache verdaut, dass er die ganze Zeit über Witwer gewesen war. Ihre Gefühle für ihn waren überhaupt nicht schändlich gewesen.

„Ich war davon überzeugt, meine Frau zu lieben“, sagte James, „aber es war eine sehr egoistische Liebe, die nur auf dem beruhte, was sie mir geben konnte. Genau das haben Sie Julia zu bieten. Sie wollen sie zu etwas machen, das Ihren Vorstellungen entspricht, und sie dann ganz für sich behalten, sie zu Ihrem Eigentum machen und sie dazu benutzen, Sie selbst zu vervollständigen. Aber ob

Sie es glauben oder nicht, ich kenne die Bibel auch – sie sagt, dass wir Männer unsere Frauen genauso lieben sollen, wie Christus die Kirche geliebt und sich für sie geopfert hat. Sie geben gar nichts für Julia auf. Sie ist es, die alle Opfer bringt – und damit werden Sie sie am Ende umbringen."

Nathanael bebte vor Wut. Mühevoll rang er um Fassung. „Ich würde ihr niemals auch nur ein Haar krümmen –"

„Vielleicht nicht körperlich, aber Sie werden ihren wunderbar eigensinnigen Geist zerstören, der so einzigartig ist. Julia ist selbstbewusst, unverblümt, manchmal stur – kaum die idealen Eigenschaften für die Frau eines Pastors, meinen Sie nicht? Sie werden darin keine positiven Eigenschaften sehen, sondern versuchen, sie zu kontrollieren und zu unterdrücken, so wie Sie sie jetzt gerade zum Schweigen bringen."

James machte einen Schritt auf Nathanael zu und sah ihn herausfordernd an. „Ich wünschte, Sie hätten gesehen, wie Julia erhobenen Hauptes Wäsche geschrubbt hat. Oder wie sie mir bei Operationen assistiert hat. Sie musste dabei Knochen und Muskeln und Blut ansehen, aber sie hat nie gezögert, weil sie wusste, dass ein Menschenleben von ihr abhing. So stark ist ihr Wille. Und genau den wollen Sie zerstören. Ich fände es schrecklich, wenn das geschähe."

Nun hatte Nathanael anscheinend endgültig genug. Er legte eine Hand mitten auf James Brust und stieß ihn zurück. „Was gibt Ihnen das Recht, hier hereinzuplatzen und sich in unsere Angelegenheiten einzumischen? Wieso glauben Sie, dass Julias Ehe Sie auch nur das Geringste angeht?" Er versetzte ihm noch einen Stoß.

„Weil ich sie liebe."

„Wie können Sie es wagen!", schrie Nathanael. Julia war zu verblüfft, um etwas sagen zu können.

„Das wollte ich ihr sagen – unter vier Augen. Aber Sie haben ja darauf bestanden, es auch zu hören. Weil ich sie liebe, will ich das Beste für sie. Wenn sie entscheidet, dass Sie der beste Mann für sie sind – gut, dann soll es so sein. Aber behandeln Sie sie lieber gut, Greene. Sie hat es verdient. Sie ist eine der stärksten, selbstlosesten Frauen, denen ich je begegnet bin."

Julia kamen die Tränen, als sie daran dachte, wie sie einst in diesem Flur gestanden und gehört hatte, wie Nathanael sie als oberflächlich, verwöhnt und unerträglich selbstbezogen beschrieben hatte. Sie verspürte das dringende Bedürfnis, James etwas zu erwidern, aber Nathanael war so wütend auf ihn, dass sie Angst hatte, die beiden würden ernsthaft aufeinander losgehen, wenn diese Konfrontation noch lange andauerte.

Nathanael stieß James erneut zurück. „Gehen Sie!", schrie er. „Und wagen Sie es bloß nicht, Julia noch einmal zu nahe zu kommen!"

James' Blick begegnete dem ihren. „Ist es das, was du willst, Julia?"

Ihr blieb keine Zeit, ihm zu antworten. Nathanael packte James am Arm, riss die Tür auf und stieß ihn hinaus. „Julia liebt mich. Sie will, was ich will, und ich will, dass Sie verschwinden!" Wütend knallte er die Tür hinter ihm zu.

Der Aufruhr lockte den Kongressabgeordneten Rhodes, Julias Vater und zwei der anderen Männer ins Foyer. „Ist alles in Ordnung?", fragte Rhodes. „Was um Himmels willen ist denn hier los?"

„Nichts", sagte Nathanael. „Keine Sorge, der Besucher ist fort. Er ist ein unmöglicher Kerl und ich fürchte, ich musste etwas handgreiflich werden, um ihn loszuwerden. Bitte versichern Sie den Damen, dass alles in Ordnung ist. Wir gesellen uns gleich wieder zu Ihnen."

Julia hatte Nathanael noch nie so wütend erlebt. Sie starrte ihn an, als wäre er ein Fremder. „Ich bin froh, dass du morgen nach Hause fährst", sagte er schließlich. „Der Mann ist gefährlich. Es ist am sichersten, wenn du dich von ihm fernhältst."

Julia wurde das Bild nicht los, wie Nathanael James zurückgestoßen und durch die Tür hinausbefördert hatte, und sie fragte sich unwillkürlich, wer von den beiden der Gefährlichere war. „Du hättest nicht so grob zu ihm sein müssen. Er hat schließlich nicht versucht, mir etwas zu tun."

„Ich habe *ihn* grob behandelt? Hast du gehört, was er mir vorgeworfen hat?"

„James würde mir niemals etwas antun."

Mit einem Mal änderte sich Nathanaels Haltung. Er sah Julia an, als hätte er plötzlich beschlossen, dass sie der Feind war. „Wusstest du, was er für dich empfindet?"

„Er … er hat mir seine Gefühle noch nie zuvor gestanden", sagte sie. Das war zwar die Wahrheit, aber im Prinzip nur Ausflucht. Seit er sie damals geküsst hatte, hatte sie genau gewusst, wie James' Gefühle für sie aussahen. Beschämt wich sie Nathanaels Blick aus. Er bemerkte es und wurde misstrauisch.

„Sieh mich an, Julia", sagte er. Energisch hob er ihr Kinn an. „Wie kann es sein, dass er solche Gefühle für dich hegt? Ein Mann verliebt sich nicht ohne Grund."

„Willst du mich beschuldigen –"

„Du musst irgendetwas getan haben, das ihn denken lässt, er würde dich lieben."

„Was willst du damit sagen?"

„Das ist nicht das erste Mal, erinnerst du dich? Da war dieser raubeinige Kerl in City Point, der dich auch wollte. Ob es dir bewusst ist oder nicht, du tust etwas, um zwielichtige Typen anzuziehen."

„James ist nicht zwielichtig. Er –"

„Vielleicht weißt du über seine Vergangenheit nicht Bescheid, aber er wird des Mordes verdächtigt."

Julia öffnete den Mund, um James zu verteidigen, aber sie wusste, wenn sie das täte, würden ihre Gefühle für ihn aus ihr herausbrechen. Nathanael starrte sie noch immer vorwurfsvoll an. Wenn sie noch einen Augenblick länger bei ihm bliebe, würde sie Dinge sagen, die ihr später wahrscheinlich leidtun würden. Dinge, die sie nicht zu Ende gedacht hatte.

„Mir gefällt überhaupt nicht, wie du mit mir sprichst", sagte sie mit zitternder Stimme. „Bitte entschuldige mich bei Mrs Rhodes. Ich fühle mich nicht gut. Ich gehe zu Bett."

„Julia! Wir sind noch nicht fertig!"

„O doch, das sind wir. Ein für alle Mal. Gute Nacht, Nathanael."

* * *

Es dauerte eine Weile, bis Julia aufhörte zu zittern. Als ihre Mutter nach oben kam, um nach ihr zu sehen, sagte Julia ihr, sie habe Kopfschmerzen. Sie ließ sich von den Dienstmädchen dabei helfen, ihr Ballkleid auszuziehen und ihre Frisur zu lösen. Kurz darauf suchte Mrs Rhodes sie in ihrem Zimmer auf und bot ihr Laudanum an, damit sie besser schlafen könne. Julia nahm die Tabletten entgegen, um ihre Gastgeberin loszuwerden, schluckte sie aber nicht.

Sie lag lange im Dunkeln in ihrem Bett und lauschte den Geräuschen der Party, während sie über all das nachdachte, was James gesagt hatte. Sie verstand jetzt, warum er seinen Ehering nicht mehr trug. Er war frei; frei auch, ihr zu sagen, dass er sie liebte. Sie erinnerte sich an seinen zärtlichen Gesichtsausdruck, als er heute Abend gestanden hatte, sie zu lieben, und sie wusste, dass er ihr letzten Sommer in City Point genau das hatte sagen wollen, bevor sie ihn daran gehindert hatte.

Er hatte sie selbstbewusst, unverblümt und stur genannt. All das war sie. Und letzten Endes berührten diese Worte Julias Herz noch mehr als James' Liebeserklärung. Er wollte sie nicht ändern, so wie Nathanael es wollte. James sah sie, wie sie war, und liebte sie trotzdem.

Julia sprang aus dem Bett und schlüpfte in eines ihrer schlichteren Kleider. Hastig stopfte sie einige Kissen unter ihre Bettdecke, damit es den Anschein erweckte, als schlafe sie tief und fest, dann schlich sie die Dienstbotentreppe hinunter zum Hintereingang. Im Dunkeln eilte sie zum Stall hinaus und machte sich auf die Suche nach Rhodes Kutscher.

„Ich muss sofort zum Fairfield-Krankenhaus", sagte sie zu ihm. „Bitte machen Sie die Kutsche für mich fertig." Ihre Stimme und Haltung strahlten so viel Autorität aus, dass der Mann die zu dieser späten Stunde eher ungewöhnliche Bitte nicht hinterfragte.

Das Krankenhaus sah dunkel und verlassen aus, als sie dort ankam. „Warten Sie hier", sagte sie zu dem Fahrer. „Ich komme gleich wieder." Julia erwartete nicht, James im Krankenhaus anzutreffen. Doch sie hatte keine Ahnung, wo er wohnte, und nahm an, dass irgendjemand wusste, wo man ihn im Notfall erreichen konnte.

Die Eingangstür war wie immer nachts verschlossen. Julia hämmerte mit aller Kraft dagegen und war sehr überrascht, als Phoebe ihr irgendwann öffnete.

„Was machst du denn hier?“, fragte Julia.

„Ich wohne hier. Dr. McGrath hat mir ein Zimmer überlassen, weil es in der ganzen Stadt keines zu mieten gab. Und was machst *du* hier?“

„Ich muss mit Dr. McGrath reden.“

„Er ist nicht hier. Wahrscheinlich ist er in den Slums, wo Belle und Loretta früher gewohnt haben.“

„Danke.“ Julia wandte sich um und wollte zur Kutsche zurückgehen, aber Phoebe packte sie am Arm und hielt sie zurück.

„Moment! Warte! Er bekämpft eine Typhusepidemie. Er wollte nicht, dass ich ihm helfe, weil er Angst hatte, ich könnte mich anstecken – und er wird ganz sicher nicht wollen, dass du dorthin gehst. Du kommst besser morgen wieder.“

Julia wusste, dass sie keinesfalls bis zum Morgen warten konnte. Sie hatte zugelassen, dass Nathanael James aus dem Haus geworfen hatte, ohne auch nur ein Wort zu sagen. James hatte keine Ahnung, was sie für ihn empfand. „In Ordnung, Phoebe. Ich komme morgen wieder“, sagte sie. Aber nachdem sie die Treppe hinunter zu ihrer Kutsche geeilt war, wies sie den Fahrer dennoch an, zu den Slums zu fahren.

Der Kutscher zögerte. „Das ist ein ziemlich übles Viertel, Miss.“

„Mir passiert schon nichts. Ich war früher häufiger dort. Also diskutieren Sie bitte nicht mit mir, sondern fahren Sie.“

Die durcheinandergewürfelte Ansammlung von Baracken und Verschlägen war dreimal so groß wie damals, als Julia sie zum letzten Mal gesehen hatte. In dem schummrigen Licht einiger flackernder Lagerfeuer sahen die Schrotthaufen, die den Menschen als Behausungen dienten, wie der reinste Albtraum aus. Der Gestank des Todes schlug ihr entgegen, sobald sie aus der Kutsche stieg.

„Sie können nach Hause fahren“, sagte sie zu dem Fahrer. So bliebe James keine andere Wahl, als sie bleiben und helfen zu lassen.

„Miss, ich hätte Sie gar nicht erst herbringen dürfen", sagte der Kutscher. „Bitte steigen Sie wieder ein und fahren Sie mit nach Hause. Sonst verliere ich mit Sicherheit meine Stelle."

„Fahren Sie nach Hause, stellen Sie die Kutsche in den Stall und gehen Sie schlafen. Vor morgen früh wird niemand merken, dass ich fort bin – und ich erzähle keiner Menschenseele, dass Sie mich hergefahren haben." Julia wandte sich um und schritt auf die Baracken zu.

Die ersten Leute, denen sie begegnete, waren drei junge Schwarze, die sich um ein rauchendes Feuer versammelt hatten und sich eine Flasche Whisky teilten. Sie musterten Julia von Kopf bis Fuß, dann stand einer von ihnen auf. „Sie haben sich bestimmt verlaufen, Lady!" An ihrem Lachen erkannte sie, dass die jungen Männer betrunken waren.

Einen schrecklichen Augenblick lang verspürte Julia die gleiche lähmende Angst wie damals, als Otis Whitney sie von hinten gepackt und seine Hand über ihren Mund gelegt hatte. Sie war hilflos gewesen, unfähig, sich gegen ihn zu wehren, als er sie in die Büsche geschleift und zu vergewaltigen versucht hatte. Diesmal hatte sie es gleich mit drei Männern zu tun, die alle viel stärker als sie waren. Es war dumm von ihr gewesen, herzukommen.

„Ich habe mich nicht verlaufen", brachte sie irgendwie heraus. „Ich bin Krankenschwester und suche Dr. McGrath. Ich bin gekommen, um ihm zu helfen."

Der Fremde starrte sie an, als spräche sie eine fremde Sprache, die er nicht übersetzen konnte. Dann zeigte er auf eine nahe gelegene Hütte aus Transportkisten. Licht drang aus ihrem Inneren nach draußen. „Er ist da drin und kümmert sich um Ida und ihre Kleinen."

„Danke." Sie ging mit weichen Knien zu der Baracke.

In ihr lagen ein Dutzend fiebernde Kinder und ihre Mutter auf dem Boden. James kniete im Dreck, hielt den schlaffen Körper eines Kleinkindes im Arm und schlug dem Mädchen auf den Rücken, um den Schleim in seiner Lunge zu lösen. Als Julia eintrat, blickte er auf.

„Komm nicht rein!“, rief er. „Raus! Verschwinde!“

Noch immer erschüttert von der Erinnerung an Otis, wurde auch sie laut. „Wer gibt dir das Recht, mich herumzukommandieren? Das hier ist nicht dein Krankenhaus. Ich habe das gleiche Recht wie du, hier zu arbeiten.“

„Bitte, Julia, es ist zu gefährlich. Das hier ist eine Typhusepidemie.“

„Es ist mein Leben“, erwiderte sie leise. „Ich kann genauso gut entscheiden, es zu riskieren, wie du, deins auf Spiel zu setzen.“ Sie starrten einander wortlos an. Aber Julia wusste, dass sie trotzdem zu einer Übereinkunft gekommen waren. „Sag mir, was ich tun soll“, sagte sie.

Sie arbeiteten die ganze Nacht hindurch Seite an Seite. James zeigte ihr, wie er den Typhus anhand der typischen roten Hautwunden an Brust und Unterleib eines Patienten diagnostizierte, und sie half ihm, Quecksilberchlorid gegen den Durchfall zu verteilen sowie Kaliumnitrat und Ipecacuanha-Puder, um das Fieber der Erkrankten zu senken. In einigen Fällen war zu Typhus eine Bronchitis oder Lungenentzündung hinzugekommen. Julia und James hielten die fiebernden Kinder über Schüsseln mit dampfendem Wasser, damit sie besser atmen konnten. Keiner von ihnen erwähnte Nathanael Greene oder das, was an diesem Abend geschehen war, auch nur mit einer Silbe. Das schien bereits eine Ewigkeit her zu sein.

Im Morgengrauen hob James einen schlafenden Säugling aus Julias Armen und half ihr auf die Füße. „Komm“, sagte er sanft. „Wir haben getan, was wir können. Es ist Zeit, nach Hause zu gehen.“

Beide schwiegen, als sie sich ihren Weg durch den Unrat der Slums bahnten. Während sie die schmale Gasse zur Hauptstraße hinuntergingen, kam es Julia vor, als kehre sie in eine andere Welt zurück. Der Gestank und die Verzweiflung der letzten Stunden klebten noch an ihr und sie sehnte sich nach einem heißen Bad und mehreren Stunden Schlaf. James sah ebenso erschöpft aus, wie sie sich fühlte. Er hatte ihr im Haus des Abgeordneten sein Herz offenbart, aber jetzt waren die in jahrelanger Kleinstarbeit errichteten Mauern wieder an Ort und Stelle. Sie wusste, dass es nun an ihr war, sie abzutragen.

„Wie sehen deine Pläne aus, jetzt, wo der Krieg vorbei ist, James?"

Er überlegte eine Zeit lang, bevor er antwortete. „Ich habe eine Stelle in einem anderen Militärkrankenhaus hier in Washington angenommen. Es gibt eine Menge Soldaten, die noch ärztliche Unterstützung brauchen, um wieder auf die Beine zu kommen. Und der Gesundheitszustand der Kriegsgefangenen ist ehrlich gesagt ziemlich bedenklich. Außerdem sind da noch die ehemaligen Sklaven … Ich werde hier noch gebraucht."

„Braucht dein neues Krankenhaus vielleicht zufällig Krankenschwestern?"

James blieb stehen. „Warum?"

Sie lächelte ein wenig. „Wie es aussieht, habe ich gerade meine Verlobung gelöst – schon wieder. Und mein Vater wird mich wahrscheinlich enterben, wenn er erfährt, dass ich die ganze Nacht fort war. Ich könnte eine Anstellung gut gebrauchen."

„Warum solltest du hier in Washington bleiben wollen? Dein Zuhause ist doch in Philadelphia."

„Aber der Arzt, den ich liebe, ist hier in Washington."

James schloss einen Augenblick lang die Augen. Dann ging er langsam weiter. „Du warst so stur, als du in mein Krankenhaus gekommen bist, mit hochgerecktem Kinn, und unbedingt Krankenschwester werden wolltest. Ich war furchtbar grausam zu dir, indem ich den Patienten mit Wundbrand benutzt habe, um dich zu vertreiben. Aber du bist trotzdem geblieben – obwohl ich alles versucht habe, um dich loszuwerden. Ich glaube, ich wusste, dass ich mich in dich verlieben würde, wenn du geblieben wärst. Und genau das ist geschehen. Die Nacht, in der dein erster Patient starb und du in deiner eleganten Dinnerkleidung ins Krankenhaus geeilt kamst, um bei ihm zu sitzen … Ich habe dich damals vom Flur aus beobachtet. Du sahst so schön aus und hast so liebevoll mit dem Jungen gesprochen … Und dann bist du in meine Arme gelaufen und ich habe dich gehalten und ich war mir sicher, mein Herz würde aus Liebe zu dir brechen."

„Du hast mich sehr erfolgreich fortgestoßen."

„Funken und Pulverfass, *Mrs* Hoffman. Ich dachte, du wärst eine verheiratete Frau."

„Hättest du mich eingestellt, wenn ich die Wahrheit gesagt hätte?"

„Nie im Leben."

„Deshalb habe ich gelogen."

Als sie die Straßenecke erreicht hatten, blieb James stehen und sah zu ihr hinunter. „Ich kann dir nur sehr wenig bieten, Julia. Ich habe ein bescheidenes Vermögen von Eldon Tyler geerbt – wahrscheinlich als Entschädigung, weil er bereits absehen konnte, dass er mein Leben ruinieren würde. Aber ansonsten … ich weiß, dass ich nicht so gut aussehe wie dein Pastor, und man sagt mir nach, ich sei grob und unhöflich und launisch. Ich habe eine zwielichtige Vergangenheit und eine ungewisse Zukunft. Ich muss versuchen, noch einmal von vorne anzufangen und mir eine neue Praxis aufzubauen. Außerdem habe ich eine siebenjährige Tochter, die ich kaum kenne und die sich ehrlich gesagt ein bisschen vor mir fürchtet. Ich war beim ersten Mal kein guter Ehemann –"

„Heißt das, es könnte ein zweites Mal geben?", fiel Julia ihm ins Wort.

„Nur, wenn du Ja sagst."

„Ja."

James ließ seine Arzttasche auf den Bürgersteig fallen, zog sie in seine Arme und drückte sie fest an sich. Es schien ihm gleichgültig zu sein, dass sie auf einer Straße mitten in Washington standen und eine Handvoll Menschen und Kutschen im Morgengrauen an ihnen vorbeieilten.

„Damals, in jener Nacht in Fredericksburg", sagte James, „als der Himmel brannte und wir uns küssten … Ich dachte, du wärst verheiratet, und ich wäre anschließend vor Scham am liebsten gestorben."

„Und ich glaubte das Gleiche von dir."

Er streichelte mit einer ungeheuren Zärtlichkeit ihr Gesicht, als sie zu ihm aufblickte. „Aber diesmal gibt es keinen Grund, ein schlechtes Gewissen zu haben, oder?"

„Überhaupt keinen", flüsterte sie.

* * *

Bone Hollow, West Virginia
Juli 1865

Phoebe ging die lange, staubige Straße entlang, die von Bone Hollow zu der Hütte ihrer Familie führte, und fragte sich, was sie dort wohl vorfinden würde. Niemand im Ort hatte sie beachtet, also war sie geradewegs weitergelaufen, in der Hoffnung, wenigstens einen ihrer Brüder zu Hause anzutreffen. Als die Hütte in Sichtweite kam, sah Phoebe, dass Jack auf der vorderen Veranda saß. Ihre Augen füllten sich mit Tränen. Sie war so froh ihn zu sehen, dass sie am liebsten losgerannt wäre, aber es war furchtbar heiß und der lange Heimweg war beschwerlich gewesen. Also hob sie stattdessen die Hand und winkte.

Jack starrte sie an, als wäre sie ein Gespenst. Dann griff er nach einem Paar Krücken und erhob sich mühevoll, um die Straße hinunter- und ihr entgegenzuhumpeln. Sein linkes Hosenbein war unterhalb des Knies leer. „Kann das meine kleine Schwester sein … Ike …?"

„Ja, ich bin's, Jack. Wie geht es dir?" Sie umarmten einander ungelenk, weil Jacks Krücken im Weg waren. Soweit Phoebe sich erinnern konnte, war es das erste Mal, dass sie Jacks Arme um sich gespürt hatte, ohne dass sie miteinander rangen oder sich prügelten.

„Wir dachten schon, du wärst über den Rand der Erde gefallen." Jacks Stimme klang heiser.

„Wieso ‚wir'? Ist Junior auch hier?"

„Ja, er ist draußen und pflügt die Felder. Er ist heil aus dem Krieg zurückgekommen, was man von mir nicht gerade behaupten kann. Hey, weinst du etwa, Ike?"

„Na und?", sagte Phoebe und fuhr sich mit der Hand übers Gesicht. „Ich bin ein Mädchen, falls du es noch nicht bemerkt haben solltest. Und Mädchen dürfen heulen, wann immer sie wollen."

„Ich kann nicht fassen, dass du wirklich wieder da bist", murmelte Jack. „Warte, bis Junior dich sieht. Er wird seinen Augen nicht trauen. Du bist ja richtig erwachsen geworden … und du bist ein Mädchen!"

„Was dachtest du denn?"

Jack zuckte mit den Schultern. „Dass du einer von uns bist."

Junior wirkte hocherfreut, Phoebe zu sehen, als er hereinkam, um zu Mittag zu essen. Er grinste von einem Ohr zum anderen und schloss sie in eine verschwitzte Umarmung. Sie setzten sich und aßen, was Jack gekocht hatte, und Phoebe erzählte ihnen, wo sie in den vergangenen Jahren gewesen war und was sie angestellt hatte. Ihre Brüder wurden ganz still, als sie ihnen von Willard erzählte und davon, dass sie bei ihm gewesen war, als er in Cancellorsville gestorben war.

„Dr. McGrath konnte nichts für ihn tun", sagte sie. „Aber wenigstens musste er nicht alleine sterben."

Sie aßen einige Minuten schweigend weiter, dann sagte Junior: „Wo wir gerade von Ärzten sprechen – hier war ein paarmal einer, der dich gesucht hat."

„*Mich*?", fragte Phoebe überrascht.

„Ja. Wie hieß er noch mal, Jack?"

„Ich weiß nicht … Morgan … Morris …?"

Phoebe hätte beinahe ihre Gabel fallen lassen. „Daniel Morrison?"

„Genau. Netter Kerl. Allerdings sieht er aus, als hätte jemand ihn aus Ersatzteilen und Feuerholz zusammengebastelt."

Phoebe erinnerte sich an den schlaksigen Doktor, den sie bei Gettysburg kennengelernt hatte. Bestimmt hatte er nicht seine Rebellenuniform getragen, als er hier gewesen war, denn sonst hätten ihn ihre Brüder sicherlich mit der Schrotflinte verjagt. Wieso um alles in der Welt hatte er sie sehen wollen? Phoebe spürte, wie ihr Gesicht zu glühen begann, und hoffte, dass ihre Brüder es nicht bemerkten. Sie würden sie sonst noch bis Weihnachten damit aufziehen.

„Was wollte er denn?", fragte sie schließlich so gleichgültig wie möglich.

„Ich weiß es nicht", sagte Jack. „Aber er hat gesagt, dass er wiederkommt. Und dass er mir vielleicht ein Bein aus Kork machen kann. Könnt ihr euch das vorstellen?“

„Ich habe schon merkwürdigere Dinge gesehen“, sagte Phoebe.

* * *

Am Ende der Woche fühlte sich Phoebe schon wieder ruhelos. Sie hatte Ma Wilson versprochen, ihr einen erneuten Besuch abzustatten, und jetzt, wo sie wusste, dass es ihren Brüdern gut ging, drängte es sie, wieder aufzubrechen. Jack hatte vor, am Nachmittag nach Bone Hollow zu fahren, und so packte sie ihre Sachen, um mit ihm mitzufahren.

Sie stand mit ihrer Tasche in der Hand auf den Stufen zur Veranda, als Dr. Daniel Morrison in seinem Einspänner vor dem Haus vorfuhr.

„Guten Morgen, Miss Bigelow“, sagte er und zog seinen Hut vom Kopf. „Kommen oder gehen Sie gerade?“

„Ich wollte gerade gehen. Ich habe jemandem in Pennsylvania einen Besuch versprochen.“

Er sprang von seinem Gefährt herunter und stellte sich vor sie, die Hände in die Hüften gestemmt. „Wie soll ich Ihnen denn den Hof machen, wenn Sie wieder weglaufen?“

„Sie wollen mir den Hof machen?“

„Nein, Ihren streitlustigen Brüdern!“

Phoebe wusste, dass sie rot wurde, aber sie konnte nichts dagegen tun. „Es gibt eine Menge anderer Mädchen in Morgan County, denen Sie den Hof machen können“, sagte sie. „Und in Berkeley County auch.“

„Ich habe Ihnen doch gesagt, dass ich eine Vorliebe für hübsche Mädchen mit strohblonden Haaren habe.“

Phoebe war sprachlos. Er hatte sie als hübsch bezeichnet. Ihr Herz fing an zu hämmern, so wie es das manchmal getan hatte, wenn sie mit Ted zusammen gewesen war. Sie wünschte, Dr. McGrath wäre hier, dann hätte sie ihn fragen können, was ihr fehlte und ob es etwas Ernstes war. Als sie zu Daniel Morrison aufblickte, fiel ihr ein, dass auch er Arzt war. Aber bei dem Gedanken, ihn zu fragen, begann ihr Herz erst recht zu galoppieren.

„Sagen Sie mir eins", unterbrach Dr. Morrison ihre Gedankengänge. „Waren Sie gerne Krankenschwester oder haben Sie das alles hinter sich gelassen, jetzt, wo der Krieg vorbei ist?"

„Es hat mir viel Freude bereitet, aber ich weiß noch nicht, was ich jetzt mit mir anfangen soll."

„Ich habe Sie in Gettysburg beobachtet. Sie machen das richtig gut. Ich finde, wir wären ein gutes Team, ich als Landarzt und Sie ... Ich könnte eine gute Krankenschwester gebrauchen. Und ich könnte mir vorstellen, dass Sie sich an mich gewöhnen, wenn Sie sich erst einmal dazu durchgerungen haben, mir zu verzeihen, dass ich ein Rebell bin, und mir eine Chance geben."

Phoebe wandte den Blick ab und ließ ihn über die Wälder hinter dem Haus streifen. „Ich habe mich im Krieg in einen Mann verliebt", sagte sie schließlich. „Er wurde getötet."

„Das tut mir leid ... wirklich", sagte Daniel Morrison leise. „Bedeutet das, dass Sie sich niemals wieder gestatten werden, sich zu verlieben?"

„Ich weiß es nicht. Er würde es wollen. Ted würde mir sagen, ich solle leben und glücklich sein."

„Und, glauben Sie, ich könnte mich jemals mit ihm messen?"

Phoebe blickte langsam zu Dr. Morrison auf. Sie musste lächeln, als sie sich Ted neben ihm vorstellte. „Sie haben ihn schon um gut sechzig Zentimeter geschlagen."

Daniel streckte sich, sodass er noch größer wirkte. „Das ist eine gute Nachricht für mich, oder?"

Phoebe wollte lächeln und ihr Misstrauen ablegen, aber sie hatte Angst. Sie runzelte die Stirn und zeigte auf ihre Tasche. „Hören Sie, ich habe Teds Mutter versprochen, dass ich sie besuchen komme, damit sie weiß, dass es mir gut geht. Und dann wollte ich seine Großmutter ausfindig machen, die auf einer Plantage im Süden lebt. Es könnte ein paar Wochen dauern, bis ich wiederkomme."

„Wie wäre es mit ein bisschen Gesellschaft?"

„Sie wollen mitkommen? Sie wissen doch gar nicht, wohin ich fahre."

„Das macht nichts. Vielleicht können wir uns auf dem Weg besser kennenlernen."

Genau davor fürchtete sich Phoebe. Es war sicherer, allein zu sein, nicht das Risiko einzugehen, sich in jemanden zu verlieben und ihn dann wieder zu verlieren. „Ich passe schon seit Langem auf mich selbst auf, wissen Sie. Es macht mir nichts aus, allein unterwegs zu sein."

„Na, das sehe ich auch. Aber das ist auch nicht der Grund, warum ich gerne mitkommen möchte."

„Warum denn dann?"

„Der Krieg hat mir gezeigt, wie kurz das Leben ist. Ich habe gerade vier Jahre davon vergeudet und ich will nicht noch mehr Zeit verschwenden. Ich will leben." Er lächelte, und sein Lächeln war so warm und herzlich, dass etwas in ihr zu schmelzen begann. Phoebe dachte an Teds Grinsen und dann an Dr. McGrath. Sie wusste, dass es falsch war, sich von anderen Menschen abzuschotten, so wie er es nach dem Tod seiner Frau getan hatte. Mit Julia hatte er nun endlich eine neue Liebe gefunden. Vielleicht konnte sie das auch.

„Wissen Sie, Sie sind wie eine Zecke", sagte sie deshalb zu Daniel. „Richtig schwer abzuschütteln."

„Das ist das Netteste, was jemals ein Mädchen zu mir gesagt hat", neckte er sie.

„Wenn Sie unbedingt mitkommen wollen, dann kann ich Sie wohl nicht daran hindern." Phoebe gab sich größte Mühe, mürrisch zu klingen.

„Wenn Sie mir weiter so schmeicheln, Phoebe Bigelow, werde ich mich in Sie verlieben, noch bevor wir die Staatsgrenze erreicht haben."

Wieder brachte er sie zum Lächeln, trotz all ihrer Bemühungen, es nicht zu tun. „Für einen Rebellen sind Sie gar nicht so übel", gab sie zu.

Dr. Daniel Morrison fing an zu lachen – und er lachte so fröhlich, dass Phoebe einfach mitlachen musste.